루비 라이크

§ 루비라이크 1 §

2017년 9월 25일 초판 1쇄 인쇄
2017년 9월 27일 초판 1쇄 발행

지은이 § 문은숙
발행인 § 곽동현
기획&편집디자인 § 신연제, 이윤아
발행처 § (주)조은세상

등록 § 2002-23호(1998년 01월 20일)
주소 § 경기도 연천군 미산면 청정로 1355
Tel § (02)587-2977
e-mail romance@comics21c.co.kr
블로그 http://goodworld24.blog.me

값 11,000원

ISBN 979-11-6171-254-3 / ISBN 979-11-6171-253-6(set)

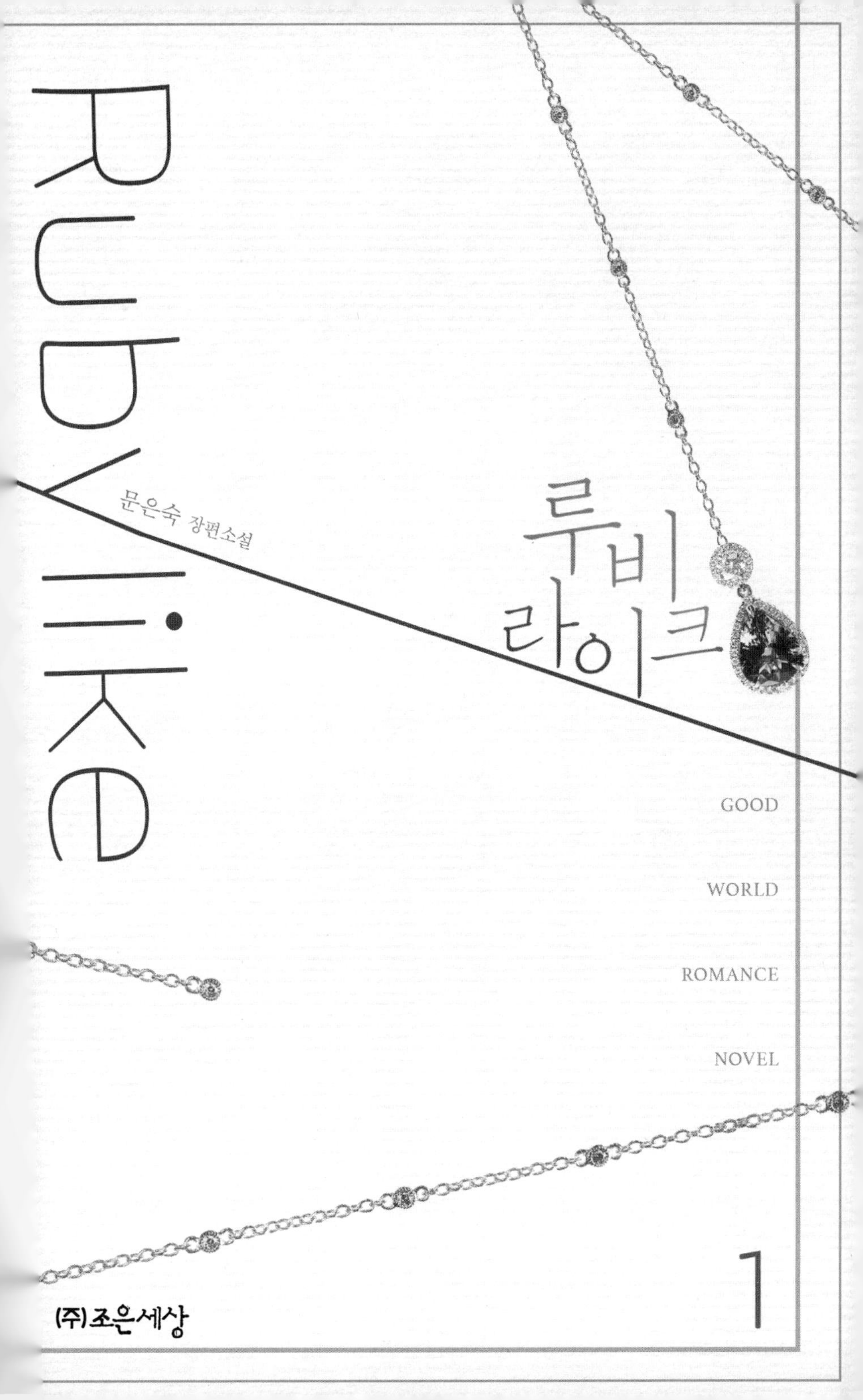

Ruby like
문은숙 장편소설
루비 라이크
GOOD
WORLD
ROMANCE
NOVEL
1
(주)조은세상

Contents

2부. Tarantella

[일러두기]

작품상에 등장하는 '무주'는 가상의 공간으로 실재하는 무주와는 무관합니다.

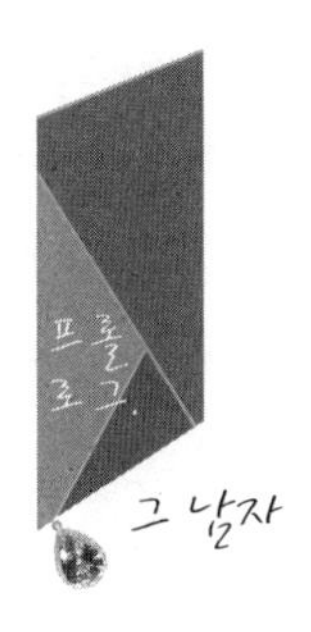

"단도직입적으로 말할게."

달그락, 찻잔을 내려놓는 소리에 그의 말소리가 겹쳐졌다. 찰랑거리는 홍차의 양이 거의 줄지 않은 게 그저 입술만 적셨지 않았나 싶다. 창백한 안색을 더욱 부각시키는 얇은 입술을 가볍게 빨며 그가 빤히 이쪽을 바라본다. 부담스러우리만치 강한 안력에 승준은 저도 모르게 눈길을 피하고 싶은 것을 테이블 아래에서 주먹을 거머쥐며 참았다.

'은근히 요염한 사람이랄까.'

전화로 이 남자에 대해 이야기하던 화담의 목소리가 불현듯 뇌리에 생생해졌다. 사내자식이 요염하다니 재수 없다고 대꾸하던 자신의 어린 목소리도 떠올랐다.

그 오래전 이야길 아직도 기억하는 건, 말하는 화담의 태도에서 조금 마음에 걸리는 게 있었기 때문이다. 막연한 느낌. 열일곱 살 소년으로서는 그것이 무엇인지 정확히 알 수 없었다. 그래서…….

"이제 그 앨 그만 놓아줘."

남자는 부드럽게, 명령했다.

자신이 이 순간을 확실히 예감했음을, 승준은 인정했다. 올 것이 왔구나 하는 생각은 어째선지 웃음으로 치밀어 올라 상대를 야유케 했다.

“왜요, 내가 놓아주면 그쪽이 갖게요?”

상대는 눈 하나 깜빡 않으며 승준을 쳐다본다. 그 흐트러짐 없는 냉철함에 팽팽히 응할 만한 기량, 그런 게 자신에겐 부족함을 아는 승준은 삽시간에 땀이 흥건해진 손바닥을 상대가 눈치채지 못할 정도로 조심스레 바지에 문지르며 자못 심각하지 않은 양 가볍게 지껄였다.

“대답은 해야죠? 무슨 이유로 나한테 화담일 놓으라 마라 하는지.”

“네 말대로야.”

“놓아주면 갖겠다……. 근데 치졸하네. 그렇게 탐나면 나한테 놔라 마라 할 게 아니라 당신이 뺏어야 하는 거 아냐?”

승준의 어조도, 언성도 한결 거칠어졌다.

“뺏고 뺏기고 할 물건이 아니잖아.”

어디까지나 평온한 목소리로 그가 말한다.

“피차에 그 애를 아끼는 입장이라고 생각해서, 이렇게 부탁하는 거야.”

부탁? 이런 게? 차디찬 냉수를 다 들이켜 보아도 들끓어 오르는 열기는 잡히지 않는다. 태연할 수 없다. 그런데도 태연한 척 애를 쓰니 자꾸만 빈정거림이 나왔다.

“내가 놓아주면 당신이 잡을 수 있다고 누가 그래요? 나랑 화담이, 7년 사귀면서 아무 문제없었어. 그런데 이제 와서 왜 내가 화담일 놔야 하는데? 애초에 당신이 뭔데?”

“내가 뭔지가 중요한 게 아니야…….”

스윽 상체를 승준에게 기울여오며 그가 말했다.

"나한테 서화담이 뭔지가 중요하지."

입 안이 마르며 관자놀이에서 툭툭 뛰는 맥이 느껴졌다. 승준은 아랫입술을 깨물었다가 비틀린 미소와 함께 물었다.

"왜, 화담이가 당신한테 전부란 말이라도 하려고?"

살짝 눈썹이 치켜 올라가나 싶더니 그의 입술이 천천히 호를 그렸다.

"맞아……. 존재의 이유를 그 사람의 전부라고 못할 것도 없지. 등가치환될 만한걸?"

불현듯 일어난 파문 같은 미소를 뺨에 피어난 홍조가 감싸 안았다. 별안간 사람이 달라진 듯 생기를 발하는 남자에게서 승준은 달아나듯 몸을 뒤로 빼며 쏘아붙였다.

"그런 입에 발린 소리 나라고 못할 것 없어. 서화담, 나한테도 둘도 없는 사람이야. 놓아달란 말에 호락호락 놓아줄 인연 따위가 아니라고!"

남자는 고개를 갸웃하며 승준을 보았다.

"당연히 둘도 없지. 그러니 내가 갖는 게 옳아."

"뭐? 대체 무슨 근거로……."

"내가 더 서화담을 사랑해."

순간 말문이 막혀 승준은 멍하니 입을 벌렸다. 다시금 그가 말했다.

"너보다 더, 세상 누구보다도 더. 시쳇말로 내 목숨보다도 더."

그의 입가에 머문 미소는 여전하지만 눈빛이 찰나를 경계로 완전히 달라졌다.

"너도 눈이 있으니 그 애한테 어울리는 자리가 어딘지 모른다고 하진 않겠지. 언제까지 애들 장난이나 할 것도 아닌데, 소꿉친구 특전은 그만하면 충분했잖아?"

눈빛만큼이나 서늘한 목소리로, 남자는 말을 맺었다.

"그러니 그만 내놔."

추호의 거역도 용납지 않겠다는 뜻을 온몸으로 발산하는 남자는 마치 오랫동안 빌려준 것을 되돌려 받겠다는 듯이 당당했다. 그런데도 승준은 반박의 말 한마디가 떠오르지 않았다.

'언뜻 사파이어라고 생각했었는데 이제 보니 루비를 닮은 것 같아.'

오로지 화담의 목소리가 먼 메아리처럼 웅웅거렸다.

차인후란 사람에 대해서, 전화기 너머에서 화담은 그렇게 말했었다. *그래, 루비야. 실은 루비인 거지.* 응. 몇 번이고 그렇게.

여섯 해를 거슬러 올라가, 늦봄과 초여름의 경계에서.

1부. Pavane

Rubylike

"화담아, 어이, 서화담!"

한창 재잘대며 지난밤에 본 드라마 이야기를 하던 화담은 옆구리를 쿡쿡 찔러 대는 친구들 덕분에 자신을 줄기차게 불러대는 목소리에 귀가 트였다. 돌아보니 사복 차림의 승준과 서윤이 학교 정문 앞에 있는 게 보였다.

"오빠가 마중 왔다, 화담아!"

위로 치켜든 두 손을 붕붕 흔들며 승준이 소리쳤다.

화담은 얼떨떨한 눈으로 승준과 서윤을 번갈아 보았다. 오늘 저 둘이 다니는 고등학교 소풍날이라 일찍 끝나는 대로 화담의 학교로 올 테니 영화라도 보러 가자고 약속한 게 있었다. 하지만 화담은 그 약속이 잠정적으로 깨졌다고만 생각하고 있었다.

"내가 문자 보낸 거 못 받았어?"

체육대회 때면 승점 보증수표 노릇을 톡톡히 하는 준족을 발휘해 둘 앞에 이르기 무섭게 화담이 물었다. 승준의 눈이 휘둥그레지더니 "문자?"하고는 휴대폰을 확인했다.

"무슨 문자?"

"없어? 내가 현주 꺼 휴대폰 빌려서 오늘 약속 없던 걸로 하자고 보냈는데."

고개를 디밀어 승준과 함께 휴대폰 메시지함을 들여다봐도 없는 것은 없는 것. 틀림없이 보냈는데 그게 어디로 갔지? 하고 고개를 갸웃하고선 화담은 홱 고개를 돌려 느긋이 이쪽으로 걸어오는 반 친구들 중 하나를 불렀다.

"현주야! 내가 2교시 끝나고 휴대폰 빌렸었잖아, 그치?"

"어. 그게 왜?"

"문자 하나 보낸 거 있는데, 그거 확인돼?"

현주가 휴대폰을 꺼내 잠깐 만져보다가 이내 고개를 들어 있다고 끄덕끄덕해 보였다. 다시금 바람같이 화담이 현주에게 달려가 휴대폰을 공수해 왔다.

"봐, 문자 보냈어."

자랑하듯 내민 휴대폰 화면에는 [울 엄마 아침부터 두통이 심하신가봐. 일찍 들어가야겠어. 둘이서 재미나게 놀고 나랑은 나중에 놀아줘]라는 문구가 선명했다. 승준은 고개를 갸웃하며 "두통?"하고 물었다.

"응. 진통제를 두 개나 드시더라고. 어지간해선 약 근처에도 안 가시는 분이 말이야."

"아줌마가 두 개를 먹을 정도면 심각한 거네."

같은 재래시장에서 장사를 하는 어머니를 둔 이웃사촌이자 유치원, 초등학교 동창, 그리고 목하 남자친구이기도 한 승준과는 상대방의 집 두루마리 화장지 여분도 꿸 정도의 사이라 술 좋아하고 세상 무서울 것 없다는 듯 호탕한 화담의 어머니가 약과 병원이라면 어린애처럼 무서워서 질색을 하는 점도 잘 안다. 그래서 금세 미간을 찡그리고 심각한 표정을 짓는 승준의 어깨를 툭툭 치며 화담이 웃었다.

"사람이 마흔을 넘기면 하나둘 고장 나는 게 표가 난다고 네 어마마마가 말씀하셨잖아. 우리 어마마마도 올해 마흔둘이니까 뭐. 그리고 그렇게 술 좋아하는데 가끔은 숙취도 오고 그래야 사람이지."

별것 아니란 듯이 이야기하자 또 금세 표정을 풀며 승준도 맞장구쳤다.

"맞아, 아무리 여장부라고 해도 말이지. 안 그래, 서윤아?"

옆에 있던 서윤도 대화에 끼워주는 말에 서윤은 잠자코 코를 찡긋하며 웃었다. 작은 체구며 동그란 안경, 목덜미에 닿을락 말락한 단발까지 중학교 때와 거의 변한 게 없는 그녀를 화담은 잠시 귀엽다는 눈길로 쳐다보았다.

서윤은 화담이 중학교에서 사귄 단짝 친구로 곧잘 화담의 집에 놀러 오거나 하면서 승준과도 어울리게 된 것이 현재는 그와 같은 고등학교에 다니는 동창생의 인연으로 이어졌다. 모두 같은 학교로 가고 싶어 한 승준의 바람은 일찍부터 '고교 졸업 후 취직'이라는 결심이 또렷했던 화담 때문에 이루어지지 못했다.

"근데 문자가 왜 중간에 날아간 거지?"

"그러니까. 이렇게 제대로 보냈는데 말이야."

승준과 화담이 그렇게 주고받는 말에 서윤이 입술을 들썩거리는 게 보였다. 화담이 왜? 하고 묻자 서윤은 "번호……."라고 작게 중얼거렸다.

"전화번호? 당근 제대로 입력했지. 010-2323-3XX9!"

"엥?"

승준의 얼굴이 일그러지더니 화담의 손에서 현주의 휴대폰을 냅다 가져갔다. 보낸 번호를 확인한 그가 화담을 쳐다보며 한숨을 푹 쉬었다.

"서화담, 너 내 전화번호 아직도 못 외우냐?"

"어? 아니야, 외웠어. 010-2323-3XX9! 아니야?"

"아니야! 9XX3, 9XX3! 내가 몇 번을 말하냐, 이 숫자 박약아 같으니!"

"뭐, 그깟 전화번호 좀 못 외웠다고 박약아라고! 그러는 넌 얼마나 머리가 좋냐, 서윤이라면 몰라, 너도 나랑 피장파장이면서 박약아? 박약아? 엉?"

당장 승준의 멱살잡이를 하고 드는 화담을 승준도 질세라 눈을 부라리며 맞장을 떴다.

"피장파장 같은 소리 하시네. 이 몸은 수학 성적 오십 점 이하론 맞아본 적 없거든?"

"왜 이러셔, 전교 등수는 내가 더 높았다? 그 망할 수학 성적으로도 백분율 십오 프로 안에 들던 사람이야, 내가."

"넌 공부한다고 하는 게 그 모양이었고. 난 안 해도 이십 프로 안에 들었어. 이거 왜 이래."

"그래서 공부 안 한 게 자랑이냐, 지승준?"

"해도 안 되는 머리 달고 있는 건 자랑이냐, 서화담?"

169센티미터와 168센티미터로 키마저 비슷한 둘이 으르렁대는 옆으로 화담의 반 친구들이 지나가다가 현주가 늘 봐도 사이좋은 커플이라고 놀리면서 자기 휴대폰을 챙겨갔다. 명화여자상업고등학교의 하교 시간을 맞아 교문을 나서는 학생들의 눈요기가 되어주느라 바쁜 두 사람을 보다 못한 서윤이 중재에 나섰다.

"화담아, 아주머니 아프시다며. 일찍 가서 가게 일 거들어 드려야 하는 거 아니야?"

"앗! 어마마마!"

휘둥그레진 눈으로 서윤을 돌아본 화담이 냅다 승준의 가슴팍을 밀치고는 서윤을 답삭 끌어안았다.

"역시 전교 1등, 내 똑똑한 친구! 여자에 관심이 생기면 언제든 말해. 꼭 나랑 사귀자."

가슴에 폭 안길 정도로 작은 서윤의 뺨에 쪽 소리가 나게 입을 맞췄다 떼고 화담은 즉시 달리기 시작했다.

"먼저 간다, 내 몫까지 둘이서 놀아!"

뒤도 돌아보지 않고 뛰어가는 그녀를 보던 승준은 살짝 토라진 얼굴로 서윤을 쳐다보았다.

"오서윤, 어째서 번번이 네가 내 라이벌이 되는 거냐?"

여느 때 같으면 옮게 웃고 넘겼을 서윤이 오늘은 가만히 뺨을 문지르며 중얼거렸다.

"그러게. 기왕이면 남자로 태어날 걸 그랬나."

"흥. 진짜 남자였다면 내가 이미 결투를 신청했을걸?"

진담임에 분명한 말을 내뱉고 이제 어쩌지, 하고 중얼거리는 그에게 서윤이 간단명료한 답을 내놓았다.

"어쩌긴. 우리도 가자. 아주머니 못 뵌 지도 꽤 됐는데 이참에 인사도 드리고."

"그럴래? 좋아, 기왕 가는 거 화담국밥집 돈 좀 벌게 해주자고."

둘만 남겨진 상황에 얼마쯤 막막해하던 목소리가 금세 기분 좋은 웃음으로 들떴다. 힘차게 버스정류장을 향해 걷기 시작하는 승준의 등을 보며 남모르게 쓴웃음을 삼킨 서윤도 이내 걸음을 내디뎠다.

간발의 차로 둘은 화담이 탄 버스를 놓쳤다. 시장으로 가는 버스 두 대 모두 막 지나간 후였는지, 다음 버스를 탄 것은 십 분이 훌쩍 지난 후였다. 이십 분 넘게 걸려서 시장 앞 정류장에서 내린 그들이 시장 골목으로 들어설 즈음 안쪽에서 나온 119구급차 한 대가 그들의 곁을 스쳐갔다. 꾸물거리는 서윤을 급히 제 옆으로 당긴 승준은 멀어져가는 구급차를 보면서 걱정스런 눈빛을 했다.

"별일 없어야 할 텐데."

승준이 여섯 살 때 부모님이 시장에 살림집이 2층에 딸린 청과물 가게를 차린 때부터 열일곱 살이 되는 지금까지 계속 살아온 터라 시장 사람들이라면 알음알음 모두 안면이 있다. 개중엔 이런저런 지병을 앓는 어르신들도 있어서 119구급차를 보자 그 여러 얼굴이 떠올랐던 것이다.

"별일 아닐 거야."

서윤의 담담한 말에 승준도 짐짓 웃었다.

"그렇겠지. 구급차를 보면 괜히 불안해져서. 나만 그런가?"

"나도 구급차 사이렌만 들려도 깜짝깜짝 놀라는 걸."

"맞아, 그 소리 진짜 사람을 일없이 불안하게 만들어. 색도 빨갛고. 빨간색은 왠지 불길하다니까."

"아무래도 붉은색이 피를 연상시키니까……."

조곤조곤 맞장구 쳐주는 서윤의 말에 연신 고개를 끄덕거리던 승준은 퍼뜩 목소리를 낮춰 소곤거렸다.

"이런 말 했다는 거 화담이한텐 비밀이다. 걔, 빨간색 좋아하잖아."

고개를 주억거리고 걸어가던 서윤이 문득 웃으며 말했다.

"화담이 생일이 7월이잖아. 7월 탄생석이 루빈 거 알아?"

"그래? 루비라. 그럼 너랑 나랑은 뭐야?"

"우리는 11월이니까 토파즈."

"토파즈? 토파즈가 어떻게 생긴 거였지?"

"왜, 말간 빛을 띤 노란 보석. 파란색도 있긴 한데, 순수한 토파즈는 거의 무색이라고 하더라."

"음. 어디서 본 것도 같고. 근데 토파즈보다 루비가 더 비싼 거 아냐?"

"대개는."

대뜸 가격부터 따지고 드는 승준 때문에 서윤의 웃음이 좀 더 커졌다. 승준은 조금도 굴하지 않고 꿋꿋이 물었다.

"꽃에는 꽃말이란 게 있잖아, 보석에도 그런 게 있나?"

"있어. 토파즈는 '우정' 이고……."

"루비는?"

그새를 못 기다리고 다그쳐 묻는 승준에게 서윤이 담담히 말했다.

"용기와 정의."

"오, 불타는 빨간색이라 용기인가."

고개를 갸웃하는 승준에게 서윤이 "어울리지?"하고 묻자 그는 아주 크게 고개를 끄덕이며 대답했다.

"응. 화담이가 루비라니까 그 탄생석인지 뭔지에 신빙성이 팍 생긴다. 용기와 정의라. 근데 그거 진짜 비싸겠지?"

화담의 탄생석에만 신경 쓰고 정작 자신의 탄생석엔 딴전인 승준을 서윤이 말끄러미 보고 있자니 승준은 미간에 주름까지 만들며 서윤에게 상담해왔다.

"나 통장에 구십만 원 약간 못 되게 있는데 그걸로 반지 같은 거 살 수 있을까? 7월까지 육십은 더 모을 수 있어."

"어떤 걸 사느냐에 따라 못 살 것도 없어."

일단 대꾸를 한 뒤 서윤이 눈을 깜박거리다 물었다.

"생일선물 해주게?"

머쓱한지 승준은 머리를 긁적이며 몸을 꼬았다.

"명색이 사귀는 사인데 백일이랑 1주년 같은 거 챙긴 적이 없잖아. 사나이는 한 방! 이참에 좋은 거 해주고 나중에 돈 많이 벌 때까지 우려먹을 거야."

"너 그러려고 아침에 신문 돌리는 거 시작했구나."

입 안에서 웅얼거리는 듯한 서윤의 혼잣말을 못들은 승준은 "아, 엄마한테 진주귀걸이도 해주기로 약속했는데. 올해는 내내 일만 해야겠네." 하고 울상을 지었다.

"보석인지 뭔지 그 쪼그만 것들이 뭐가 그렇게 비싼 거냐, 진짜."

"화담이라면 그렇게 비싼 거 아니어도 개의치 않을걸?"

"걔야 백만 원짜리 반지든 오백 원짜리 뽑기 반지든 똑같이 반응하겠지. 귀찮다고 안 찬다고나 안 하면 다행이다."

"근데 왜 굳이?"

"그런 녀석이라 더 해주고 싶어. 너도 알지만 화담이한테 그 흔한 명품 하나가 있길 하냐. 어릴 때부터 옷이 됐든 운동화가 됐든 다 시장표인 애잖아. 나만 해도 중학교 다니면서부터는 운동화만큼은 메이커 신는데도."

승준이 제 운동화를 내려다보며 쓴웃음 짓는 옆에서 서윤은 살짝 입술을 깨물었다. 그녀의 운동화가 색은 달라도 그와 같은 메이커의 같은 디자인인 게 신경 쓰였다.

"운동화를 선물해주고 싶어도 커플 사이에 신은 선물하는 게 아니래서 관뒀어. 가뜩이나 잘 달리는 녀석인데 내가 준 운동화 신고 도망치면 큰일 아냐. 그치?"

온통 머릿속에 화담이뿐인 승준이 그런 걸 알아줄 리 만무했다. 서윤은 가볍게 어깨를 으쓱해 보이곤 중얼거렸다.

"화담이가 도망치면 어딜 간다고……. 그리고 패션의 완성은 얼굴이란 말 몰라? 명품 같은 거 없으면 어때. 사람이 서화담인데."

"오올, 오서윤. 나 등에 소름 돋았어. 네가 남자가 아니라 진짜 다행이다."

툭툭 서윤의 어깨를 두드리며 엄지를 추켜세우는 승준의 행동에 서윤이 빙그레 웃었다.

그러는 사이 둘은 국밥가게 골목에 이르렀다. 네 시가 조금 넘은 어중간한 시각이라 보통은 한산한 때인데 왠지 모르게 뒤숭숭한 분위기가 어귀에서부터 느껴졌다.

"안녕하세요."

"아, 청과물 강 씨 아들 맞지? 어서 가게로 가봐."

"가게요?"

골목에 나와서 수군거리며 이야기 중이던 가게 아주머니들에게 승준이 인사를 하는데 그중 한 분이 급하게 손사래를 치며 말했다.

"청과물 말고, 국밥집. 화담이네 일 났어."

"예?"

소스라쳐서 헐레벌떡 승준과 서윤이 화담국밥집으로 뛰어갔다. 가게 문을 열기 무섭게 바닥을 쓸고 있던 여자와 눈이 마주쳤다. 승준의 엄마 강 씨였다.

"엄마가 왜 여기 있어?"

강 씨가 동그란 얼굴을 찌푸리며 한숨을 쉬었다.

"서 씨가 쓰러졌지 뭐니. 두통이 영 안 잡혀서 한숨 자러 간다고 하기에 그런 줄로만 알았는데 화담이가 와서 보니 쓰러져 있더란다. 그냥 자지 뭐 하러 장사 준비는 하다가…… 쯧쯧. 막 구급차가 와서 실어 갔는데, 못 봤어?"

"봤어. 아, 어떡해, 어떡해, 어느 병원으로 갔는데?"

"그걸 어찌 알아, 막 실어갔는데."

"나한테 전화를 하지!"

"전화를 하면?"

별 시답잖은 소리 다 한다는 듯 쳐다보고 다시 바닥청소를 하는 어머니 옆에서 승준은 답답해서 휴대폰을 꺼냈다가 발만 동동 굴렀다.

"그러니까 휴대폰 좀 하래도 징그럽게 말 안 들더니, 이게 뭐냐, 서화담!"

"우선 기다려봐. 응급환자면 그리 멀리 안 갔을 거야. 십 분 정도 기다려보고 근처에 있는 병원부터 전화해 보자."

거들겠다고 승준의 엄마에게서 빗자루를 받아든 서윤이 침착하게 승준을 달랬다. 그 말이 백번 맞는 줄 알면서도 승준은 초조함을 못 이겨 가게 앞에 나가 무작정 서성거렸다.

화담의 어머니가 실려 간 병원을 알게 된 것은 정확히 십이 분 후였다.

닷새가 흘렀다.

화장실 거울 앞에서 매무새를 다듬은 화담은 중환자실로 돌아가다가 그제야 어슬렁거리며 복도를 걸어오는 외삼촌 상만의 모습에 눈을 가늘게 떴다. 그렇게 말했는데도 밤을 새우고 오는지 눈이 쑥 들어가 퀭한 얼굴을 보며 하고 싶은 말이 목까지 차올랐지만 꾹 참아 넘기고 가서 세수부터 하고 오라고 일렀다.

“씻는 건 일이 아닌데…… 넌 꼭 학교를 가야겠냐, 이 판국에?”

하품을 늘어져라 하고서 고까운 듯 내려다보는 눈길을 빤히 쏘아보며 화담이 대답했다.

“말했잖아요, 중간고사 기간이라고.”

“누나가 죽게 생긴 마당에 중간고사가 대수냐?”

욱하고 또 한 번 치밀어 오른 뜨거운 것을 뱃속에 가라앉히며 화담은 말없이 중환자실로 들어갔다. 붕대로 칭칭 감긴 머리 아래 누렇게 뜬 엄마의 얼굴을 보면서 퉁퉁 부어오른 손을 움켜쥐었다.

“학교 다녀올게, 엄마. 시험 잘 볼 테니까 맘 푹 놔.”

씩 웃어 보이고 손을 놓아주려고 했지만 좀처럼 손을 놓지 못하고 몇 번이나 잠든 엄마의 얼굴을 들여다보았다. 눈꺼풀 한 번도 떨리지 않는 것을 그저 이제라도, 이제라도 하면서 눈이 뜨이길 기다리는 사이 매사에 늑장을 부리는 상만이 대충 얼굴을 훔치고 돌아왔다. 대뜸 보조침상부터 끌어내며 안 가냐, 하고 묻는 상만에게 화담은 날 선 목소리로 쏘아붙였다.

“오늘은 제발 잠 좀 주무시지 마세요. 내내 외삼촌 뒷바라지해준 누나 위해서, 딱 다섯 시간만 눈 뜨고 계시라고요.”

“니가 뒷바라지해줬냐, 저나 나나 같이 뜯어먹고 산 주제에 생색은.”

너는 말해라, 나는 잔다는 식으로 상만은 침대에 누워 눈을 감았다. 화담은 목덜미부터 귀까지 벌겋게 달아오르는 게 스스로도 느껴졌다.

삼십 년 넘게 돌보며 챙겨준 누나가 뇌졸중으로 쓰러져 혼수상태에 빠져 있는데도 화투판에 미쳐 쫓아다니느라 여념이 없는 남자다. 엄마가 쓰러지고 이틀 만에 연락이 닿아 제발 오전만이라도 환자 좀 지켜보라 통사정을 했더니, 얼굴은 비추는 걸 보고 아주 말종은 아니구나 했는데 결국 와서 하는 일이라곤 내내 자다 가는 것뿐. 이런 사람 손이라도 필요한 상황에 이를 악물며 화담은 한 번 더 엄마를 쳐다보고 병실을 나섰다.

"하여간 계집애가 애비 없이 커서 싸가지가 없어."

등 뒤에서 느물거리며 들려오는 목소리를 한사코 모른 척 꿋꿋이 걸었다. 몇 걸음 걸어가다가 눈가가 뜨거워지는 것에 으득 입술을 깨물며 손등으로 눈을 눌렀다.

"내가 30등 안에 들 것 같으니까 엄마가 은근슬쩍 머리 쓰는 모양인데 그런다고 봐줄 줄 알고. 기다리고 있어, 엄마. 내가 꼭 자전거 갖고야 만다!"

중환자실을 돌아보며 씩씩하게 외쳤다가 근처에 있던 간호사에게 한소리 얻어들었다. 그럼에도 병원을 나서서 버스정류장으로 향하는 동안 상글거리며 "우리 집 자전거는 빨간 자전거."하고 흥얼거렸다. 언제 이슬이 핑글거렸냐 싶게 반짝이는 까만 눈으로 5월 초의 하늘을 올려다보며 화담이 소리쳤다.

"시험 잘 봐서 자전거 타고 놀러 갈 테다! 으랏차!"

두 팔을 쭉 펴고 뛰어오르자 지나가는 사람이 깜짝 놀랄 정도로 높이 올라갔다 사뿐히 착지했다. 넘치는 운동신경에서 한 삼 할만 뗐으면 공부도 기가 막히게 잘할 텐데 말이다. 생긴 건 아버질 쏙 빼다는데 알맹이는 엄마 판박이. 그러니 공부 따위 못 해도 얼마든지 이해한다는 엄마에게 화담은 돌멩이도 갈면 구슬이 된다는 걸 보여주고자 했다.

'나, 엄청 노력할게. 그러니까 엄마도 노력해. 나 올 때까지 버티기다.'

버스 차창 너머로 멀어져가는 병원을 바라보는 화담의 입술이 바르르 떨렸다. 어제까지만 해도 어서 깨어나라고 투정 부렸는데 이제는 버텨달라는 생각이 들다니. 중간고사를 보느라 엄마 곁에서 떨어져 있을 몇 시간이 불현듯 까마득히 길게 느껴지는 순간이었다.

아무런 변화 없이 또 하루가 흘러갔다. 중간고사 마지막 날을 무사히 마치고 병원에 오니 웬일로 외삼촌 상만이 병실에 앉아서 신문을 들춰보고 있었다.

"이제 시험은 끝이냐? 성적은 잘 나올 것 같고?"

무슨 바람이 불어 이런 걸 묻나 싶어 힐긋 상만을 쳐다보며 화담은 거침없이 네, 라고 대답했다. 상만은 이쑤시개를 잘근거리며 비죽거렸다.

"그래 봤자 상고 아니냐. 요샌 개나 소나 다 대학 가는데 너도 인문계를 갔어야지. 뭐 이제라도 늦은 건 아니다만."

언제는 네가 어서 취직해야 누나가 두 다리 쭉 펴고 산다고 말하더니 별안간 딴소리를 한다. 굳이 진지하게 말을 섞고 싶지는 않아 화담은 잠자코 화장실에 가서 옷을 갈아입고 왔다. 평소 같으면 뭘 이리 꾸물거리느냐 쏘아붙이며 부랴부랴 일어설 사람이 오늘은 여전히 신문만 뒤적거리는 것을 보고 화담이 보다 못해 안 가시느냐 물었다.

"더 있을 테니까 점심이라도 먹고 와라. 돈은 있냐? 없으면 삼촌이 좀 집어주고."

뜨악하게 상만을 쳐다보던 화담이 마침내 미간을 찡그리며 물었다.

"어디 아프세요?"

상만은 실없는 소릴 한다며 히죽 웃기까지 했다. 봐도 봐도 낯선 태도라 화담은 엄마에게 별일 없는지 살펴보는 중에도 자꾸만 그에게 눈이 가는 걸 어쩌지 못했다. 일단은 아무 문제가 없어서 컵라면이라도 먹을 요량으로 잠시 병원 매점에 다녀오겠다고 말했다. 상만은 막 병실을 나가는 화담을 부르더니 대뜸 넌 옷이 그런 것밖에 없느냐 트집이다.

"옷이 왜요?"

분홍색 티셔츠에 군청색 트레이닝복 바지. 모두 집에서 뻔질나게 입던 건데 새삼 상만은 눈을 찌푸리곤 혀를 찼다.

"목 늘어나고 무릎 너덜너덜한 거 봐라. 생긴 것도 반반한 녀석이 그런 걸 옷이라고 주워 입고 싶냐?"

"옷이야 깨끗하게 입으면 됐지 누가 멋 봐요?"

"보지, 세상 사람들, 특히 여자들은 멋 보고 옷 입게 마련이야. 열일곱 살이나 먹었으면서 세상 돌아가는 것도 좀 봐야지. 네가 만날 학교랑 가게만 왔다 갔다 하니까 그렇게 속 편한 소리를 하는 거야."

"남들은 남들대로 살고 저는 저대로 사는 거죠."

조금 이상하게 군다 싶더니 역시 평소랑 다를 바 없는 외삼촌이구나 하고 도리어 안심하고 화담은 걸음을 옮겼다.

언제 또 상만이 딴소리를 할지 몰라 부랴부랴 매점에서 컵라면을 해치웠다. 요 며칠 계속 빵이랑 우유로 간단히 해결하던 점심을 라면이긴 해도 국물 있는 걸 먹었더니 속이 든든해졌다. 소화도 시킬 겸 비상계단을 가볍게 뛰어서 병실까지 갔다. 아직 병실에 있던 상만이 교대하듯이 점심을 먹으러 자리를 떠났다.

"진짜 삼촌 왜 저런대, 엄마. 무섭게."

누워 있는 엄마의 귓가에 소곤거리고 턱을 괸 채 엄마를 쳐다보다가 갑자기 엄마의 입가에 귀를 가져다 대며 화담이 놀라는 시늉을 했다.

"또 돈 떨어진 거 아니겠냐고? 아냐, 아까 나한테 점심값 집어준다고 하던데? 응? 그게 다 날 구슬리려는 수작이야? 통장을 사수하라고? 설마,

암만 망나니여도 엄마 이러고 있는데 금쪽같은 엄마 통장에 손댈까……라고 믿을 수가 없구나! 아냐, 괜찮아, 그래도 비밀번호는 모를 테니까……가 아니라 내 생일이지 참!"

워낙에 사고친 이력이 화려한 외삼촌을 두고 있다 보니 이 막막한 와중에 집에 둔 통장 걱정까지 하게 생겼다. 이따가 승준이 문병 오면 가게에 들러 챙겨두라고 부탁해야겠다고 굳게 다짐했다.

상만이 옆에 있으니 시간이 더 안 가는 것만 같다. 있다고 도움이 되는 건 손톱만큼도 없다. 침대 시트를 갈고 환자복을 갈아입히고 틈틈이 몸을 움직이게 하는 등의 일은 모두 화담의 몫. 어차피 맡길 생각도 없으니 불만이 있는 건 아니지만 퍼질러서 잠이나 잘 거면 아예 가줬으면 싶다.

씻은 소변통을 가지고 병실에 들어서는데 상만의 코 고는 소리가 하도 요란해 확 짜증이 일었다. 당장이라도 쫓아낼 생각을 하는 화담의 눈에 보조침상 아래 떨어진 거무스름한 게 보였다. 주워보니 상만의 반지갑이다. 잠버릇이 고약해 뒤척이다 흘린 모양이었다. 거기까지는 별생각 없었는데, 지갑이 유난히 두툼한 게 마음에 걸렸다. 슬쩍 뒤집어보니 대번에 초록이 넘쳐나 화담의 눈이 휘둥그레졌다.

"……무슨 돈이지?"

언뜻 봐도 수십만 원—오십만 원은 거뜬히 넘을 것 같았다—이 채워진 지갑에서 코골며 자는 상만에게로 시선을 옮겼다. 지난밤에 화투판에서 돈 좀 땄나보다……라고 생각하는 게 가장 속 편한 답일 듯했으나 낙관하기엔 화담이 외삼촌에 대해 아는 게 너무 많았다. 뭐가 됐든 돈이 걸린 내기가 되면 도무지 절조가 없는 사람이었던 것이다. 돈을 따면 땄다는 이유로, 잃으면 잃었다는 이유로 한 판 더 하자고 달려드는.

당장 깨워서 무슨 돈이냐고 따지고 싶은 것을 엄마 얼굴을 보고 참았다. 도박이며 술, 여자까지 두루두루 사고만 쳐온 동생이라도 엄마는 하나뿐인 피붙이라고 어떻게든 보듬고 챙겼다. 아홉 살, 여섯 살에 남매가 외할머니 손에 보육원에 맡겨진 이래로 삼십 년 넘게 쭉 그래 왔던 것이다. 화담이 어릴 때엔 늘 엄마 속만 상하게 하는 삼촌이 너무 꼴 보기 싫어 곧잘 불평을 터뜨렸지만 그럴 때마다 엄마는 그렇게 엇나가는 걸 잡아주지 못한 자신의 탓이라며 눈물바람이라 어느샌가 투정조차 못하게 되었다.

힘들다, 피곤하다는 말이 뭔지 모르는 사람처럼 늘 씩씩한 엄마가 동생 상만의 일에는 눈물을 보이곤 한다. 화담은 엄마가 우는 게 세상에서 제일 싫었다. 그러니 참아야 한다. 아무리 부족한 외삼촌이라도 엄마가 울지 않는다면 백 번 천 번이고 받아들일 수 있다.

그래도 일단 일어나는 대로 한 번 물어보기는 하자. 화담이 그렇게 생각하며 지갑을 보조 침상에 올려두는데 때마침 상만의 휴대폰이 울리면서 그가 잠에서 깨었다.

"여, 여보세요. 네, 제가 서상만인데 누구…… 아, 아아, 예, 예. 예에. 지금 나가지요, 예."

아직 잠에 취해 누운 채로 전화를 받았던 상만이 벌떡 일어나 앉더니 통화를 하는 사이사이 화담을 힐긋거렸다. 모른 척 엄마의 손톱을 자르려고 손톱깎이를 꺼내는 화담의 어깨를 상만이 툭툭 두드리고는 나갔다 온다고 말했다.

"내일 올 거예요?"

"어? 아니, 일단은 다시 오지. 올 것 같은데, 음, 와야지. 내가 있어야지, 암. 명색이……. 아무튼 다녀오마."

영문을 알 수 없을 만큼 허둥거리며 대답하다가 상만이 병실을 나갔다.

"암만 봐도 수상해."

닫힌 문을 보며 중얼거린 화담은 엄마에게 고개를 돌려 "그치?"하고 동의를 구했다.

때마침 병원 로비에 승준과 서윤이 막 들어서고 있었다. 다음 주부터 그들도 중간고사가 시작되는 터라 서윤은 걸으면서도 암기노트를 보느라 여념이 없었다. 그러다 옆에서 승준이 "어?" 하는 소리에 재빨리 노트에서 고개를 들었다.

"화담이 외삼촌이 웬일로 아직 병원에 있지?"

"화담이 외삼촌? 나 마주치기 싫은데 어디 있어?"

"저기 꽃무늬 셔츠."

서윤은 승준의 옆으로 숨어서 노트로 입가를 가리고 승준이 가리킨 쪽을 보았다. 로비엔 사람이 많긴 해도 꽃무늬 셔츠를 입은 남자는 딱 한 명이라 서윤은 어렵잖게 상만을 찾았다. 단정치 못한 머리며 입성, 건들거리는 걸음새, 이리저리 둘러보는 한시도 가만히 있지 못하는 눈, 모두가 사내의 부박한 성품을 드러내고 있었다.

"여전히 인상이 안 좋다. 근데 이제 보니 눈매가 아줌마 좀 닮았나?"

"아줌마가 저렇게 한심한 눈을 하고 있단 말이야?"

다른 사람 험담은 장난으로라도 쉽게 내뱉지 않는 승준이 그토록 질색을 하는 게 서윤도 어느 정도 이해가 갔다. 화담의 집에 놀러갔을 때 몇 번 마주쳐 인사한 게 전부지만 사람 자체가 발하는 불쾌한 인상을 경험할 만큼은 보았다. 그래서 더 심각하게 화담의 외삼촌을 쳐다보는데 그는 그런 시선도 모르고 어떤 남자와 호들갑스러울 정도로 반갑게 인사를 나눴다.

고급스러운 감색 양복을 입은 훤칠한 체격의 남자는 위로 올라가자는 듯 손짓하는 상만과 함께 가기 전에 옆에 두었던 서류가방을 들려고 몸을 돌렸다. 별것 아닌 동작에도 묘한 무게가 느껴지는 기품 있는 남자였다. 첫눈에 젊은 시절 굉장한 미남이었을 거란 짐작이 드는 남자의 나이는 아마도 사십 대 중후반 정도.

얼굴을 제대로 본 건 불과 이삼 초도 안 됐다. 그런데도 승준과 서윤은 그 자리에 못 박힌 채 멀어져가는 상만과 남자의 모습에서 눈을 떼지 못했다. 엘리베이터가 열리고 안으로 들어가 바깥을 향해 돌아서는 남자를 다시금 보고 승준은 헛숨을 들이켜다가 그만 딸꾹질이 나기 시작했다.

엘리베이터 문이 닫혔다. 승준은 자신이 딸꾹질을 한다는 것도 모르고 눈만 깜박이며 그 닫힌 문을 보고 있다.

"승준아, 방금 그 사람……."

서윤의 말에 승준이 멍하니 중얼거렸다.

"서윤아, 너도 나랑 같은 생각하냐?"

"문병 온 손님이 있다, 화담아."

다시 돌아온 상만의 말에 화담은 얼굴을 찡그리며 고개를 들었다. 아직 문병을 받을 만한 상황이 아니라 친하게 지내온 시장 식구들도 승준 편에 말만 전하는 형편이다.

"마음은 감사하지만 아직은 곤란하대두요. 병원에서도―."

짜증이 실리지 않도록 목소리를 누르며 일어서는데 조심스레 병실문을 열며 들어서는 사람의 모습이 눈에 들어왔다.

모르는 아저씨.

그것은 당연한 생각이었다.

그런데 뒤이어, 어디서 봤나? 하는 생각이 들었다.

고개를 갸웃하며 쳐다보는 화담을 남자도 물끄러미 바라보며 서 있다. 살짝 언 듯이 긴장되어 있던 턱가가 서서히 풀리면서 눈이 부신 사람처럼 가늘게 휘어지는 눈매가 유난히 그윽했다. 매끈한 콧날 아래의 입술이 얼마쯤 벌어지다가 다물리길 반복한다.

그러다 남자가 조심스럽게 화담을 향해 한 발 내딛었다.

"네가……."

착 가라앉은 목소리도 근사한 남자에게서 화담은 눈을 뗄 수가 없었다. 아무리 머리가 안 좋다고 해도 이렇게 멋진 사람을 한 번이라도 봤다면 잊었을 리가 없다. 그런데도 이상하리만치 낯익다. 그 이유가 뭔지 알 것 같은 데도 얼른 떠오르지 않아 죽도록 답답했다.

"네가, 화담이구나."

"예, 제가 화담이에요."

대답했다. 이어서 물었다.

"혹시 우리 어디서 본 적 있나요?"

남자가 살짝 입술 끝을 들어 올렸다. 그 작은 미소로 개인 듯 밝아지는 얼굴에 화담의 의문은 더욱 강해졌다. 모르는 데도 이미 아는 것 같은 기분이 드는 이 남자, 누구일까?

남자는 화담에게서 시선을 돌려 침상에 누워 있는 화담의 엄마를 바라보았다. 조금 밝아졌다고 생각한 얼굴이 조용히 무너지며 나직이 탄식했다.

"강희야……."

허청허청 병상의 환자에게 걸어가는 모습이 불안했다. 병상 옆에서 의식이 없는 환자를 바라보며 믿기지 않는 것처럼 몇 번이고 고개를 젓다가 마침내 남자가 환자의 손을 잡았다. 거기에 또 한 번 환자를 부르는 목소리가 겹쳐졌다.

"강희야, 강희야……."

울먹임이었다. 남자의 뺨을 타고 흘러내리는 눈물이 몇 번이고 방울지어 떨어져 내렸다.

"화담아, 저 사람이 말이지."

"알아요."

어느새 곁으로 온 상만이 하려는 말을 화담이 가로막았다.

"알아?"

화담은 엄마의 손을 잡고 우는 남자를 쳐다보며 고개를 끄덕였다. 크게 뜨인 눈과 살짝 벌어진 입술은 기이한 광경에 사로잡힌 어린애처럼 천진하기까지 했다.

'저 사람이 정말 세상에 있었네.'

그런 기분이었다.

착한 사람. '뺏긴 게 아니라 양보한' 사람.

저 남자가 바로 화담의 아버지였다.

태어나서 거의 만 십육 년이 돼서야 아버지를 만난 기쁨. 그걸 제대로 만끽할 여유는 화담에게 허락되지 않았다.

아버지가 찾아온 바로 그날 밤, 화담은 어머니를 잃었다.

평생 딱 한 번, 온 마음을 다해 사랑했다는 남자를 기다리느라 여태 버티고 있었다는 것처럼, 서강희란 여자의 심장은 그 남자의 손을 잡은 채로 아주 멈추었다.

화담은 엄마가 쓰러진 이래 처음으로 울었다. 오열의 끝에 엄마에게 매달려 실신하는 화담을 아버지가 붙잡고 다독거리며 이젠 내가 있다고, 그러니 괜찮다고 말해주는 것이 꿈처럼 아득하게 들려왔다.

괜찮지 않았다.

온 세상을 줘도 바꾸지 않을 사람을 잃었다.

조금도 괜찮지 않았다.

“서울에 함께 가자고 하시는 것 같던데…….”

장례식을 끝내고 집에 돌아와 앉을 틈도 없이 걸레로 방바닥을 훔치는 화담 옆에서 청소를 거들던 승준이 조심스레 말을 꺼냈다.

“안 가.”

대뜸 들려온 대답에 승준은 눈에 띄게 안심해서 얼핏 웃으려다가 정색을 하고 돌아서서 먼지를 털었다.

“하지만 너희 아버지 쉽게 물러설 것 같지는 않던데. 내 생각에도 열일곱 살밖에 안 된 딸이 혼자 지낸다고 하면 그래, 그럼 그래라 하고 말기는 쉽지 않을 거야.”

“그거야 그 사람 사정이고.”

언제 봤다고 아버지 노릇이냐, 같은 말 한 마디쯤 할 법한데도 결코 입 밖에 내지 않는 것이 그녀다웠다. 시장에서 밥장사를 한 지 십 년이 넘었어도 허투루 욕 한 번 하지 않던 엄마처럼 화담은 어떤 면에서 말에 대해 극히 조심스러웠다.

"문도 안 열어뒀는데 먼지 쌓인 것 좀 봐. 승준아, 이거 봐봐. 아무래도 여기 먼지 뿜는 귀신이 있는 게 틀림없어."

거무죽죽해진 걸레를 보이며 놀랍지 않냐는 듯 눈을 굴리곤 다시 걸레질을 하는 화담에게 승준은 마냥 안쓰러운 눈길을 던졌다. 엄마가 돌아가신 날 정신을 놓을 정도로 울고 나더니 이후로는 무서울 정도로 담담해져선 오늘 화장터에서도 눈물 한 방울 비치지 않았다. 밥도 먹고 잠도 자는 것 같다. 하지만 불과 며칠 만에 눈이 쑥 들어갈 정도로 수척해진 걸 보면 겉으로 드러내지 않을 뿐 속앓이가 엄청난 게 분명했다.

이런 때엔 백 마디 말이 다 소용없다며 그저 옆에서 챙겨주기만 잘하라고 승준의 엄마가 당부했지만 승준은 뭐라도 더 할 수 있는 게 없을까 전전긍긍하고 있다. 그저 애만 태우는 걸로도 하루가 다르게 축축 쳐지는 게 아, 화담이도 이래서 반쪽이 됐나 보다 싶다.

"안 따라간다 치고…… 어쨌든 여기서 계속 사는 건 힘들 거 아냐."

"그렇지. 내가 국밥집을 할 것도 아니고. 주인아줌마한테 전화해서 가게랑 다 내놓으라고 해야지. 보증금이랑 빼면 그럭저럭 방 하나 얻을 돈이 없겠냐. 일단 집부터 해결하고, 통장에 얼마쯤 있는 거 아껴 쓰면 고등학교 졸업까진 버틸 수 있을 거야. 뭣하면 나도 너처럼 신문 배달하는 거지."

이미 생각해 뒀던 것처럼 착착 늘어놓으며 열심히 방을 훔치던 화담이 불쑥 고개를 들고 빠르게 눈을 깜박였다. 그리고 벌떡 일어나 장롱 앞으로 내달렸다.

"화담아, 왜 그래?"

"별거 아냐. 그냥 노파심에……."

장롱문을 열어젖혀 중간 서랍을 열어 이리저리 뒤적이던 화담이 다시 옆 서랍을 열어 무언가를 찾았다. 마지막으로 왼편 서랍도 열어 뒤적이는데 그 손놀림이 갈수록 거칠어졌다. 그러다 잠시 손을 멈추고 심호흡을 하더니 세 개의 서랍을 다시 뒤지는 것이었다.

"뭘 찾는 거야? 나도 거들 테니까 말해봐."

"그게…… 승준아, 너희 엄마한테 전화해서 저기 전화번호 좀, 번호……."

가뜩이나 퀭한 얼굴이 더욱 어두워진 화담을 쳐다보며 승준은 휴대폰을 꺼냈다. 일단 엄마에게 전화부터 걸면서 어디 전화번호냐고 물었다. 화담이 마른 입술을 빨며 중얼거렸다.

"마을금고……."

뒤늦게 승준도 화담이 찾는 게 뭔지 감이 잡혔다. 강 씨가 전화를 받자마자 새마을금고 전화번호를 불러달라고 다그치니 저편에서 엄마가 금고는 왜, 하고 묻다가 그 말 떨어지기 무섭게 "그놈이냐?"하고 사태를 알아차렸다.

오늘 어째 코빼기도 안 보일 때 수상하다 했다, 그래도 그놈이 인두겁을 쓴 사람이면 그리는 못 한다, 라는 강 씨의 비난을 뒤로하고 알려준 번호로 전화를 걸었다. 화담이 그의 손에서 휴대폰을 뺏어가 마을금고 직원과 통화를 했다.

"……언제요?"

화담의 물음에 어제 어쩌고저쩌고하는 직원의 목소리가 들려오는 걸 들은 승준은 기가 막혀서 다리가 다 풀려 주저앉았다. 전화를 끊은 화담은 멍하니 벽만 보고 승준도 말을 잃고서 한참을 그러고 있었다.

"정말로, 외삼촌이야?"

차라리 잘못 들었으면 하는 심정에 승준이 묻자 화담은 그제야 실감이 나는지 헛웃음을 지었다. 귀를 겨우 덮을 정도의 짧은 머리를 쓸어 넘기며 화담은 “아이고오.”하고 조금은 익살스러운 소리를 내었다.

“엎친 데 덮친다는 말이 이래서 있나. 사람이 인연 끊는 방법도 참 가지가지구나. 그치, 승준아?”

“다 가져갔대? 아주머니가 거래하는 은행, 또 없어?”

“없어. 숫자에 취약인 울 엄마, 그냥 한 은행 쭉 팠거든. 괜찮아. 다 합쳐도 이천 안 돼. 삼촌이 워낙에 많이 해먹었어야지. 어머니나 다름없이 돌봐준 누나 장례 치르는 중에 머리가 그리로 돌아가다니, 과연 서상만이다.”

능청스럽게 이죽대는 화담에게 승준은 그런 한가한 소리를 할 때냐 한소리 하려다 참았다. 누구보다도 기가 막힐 사람은 그녀인데 옆에서 더 화를 내서 뭘 어쩌겠는가. 신경질적으로 입술을 잘근거리던 승준이 방을 둘러보며 말했다.

“그럼 이제 믿을 건 가게랑 집뿐인가?”

화담은 고개를 끄덕이곤 비로소 맥없이 한숨을 쉬었다. 화담의 엄마는 겨울에서 봄으로 넘어가는 즈음 감기 한 번씩 걸리는 것 말곤 잔병치레라곤 없었던지라—겨울에도 반팔 입고 장사하는 씩씩한 여장부였다—마흔이 넘도록 그 흔한 보험 하나 든 게 없었다. 언제 한 번 푹 쉰 일도 없이 십 년을 하루같이 밥장사를 했는데 남은 게 달랑 이 가게 보증금뿐이라는 사실 앞에서 오만 생각이 다 치밀어 올랐다.

승준은 내가 정신을 바짝 차려야 한다고 재삼 다짐하곤 자리에서 일어나며 가게 계약서는 어디 있느냐 물었다. 화담은 꿈에서 깬 듯한 눈으로 그를 쳐다보다가 고개를 돌려 장롱을 보았다.

“빨간 봉투에 들어 있었어. 그걸 빨간 보자기에 싸서…….”

갑자기 화담이 숨을 헉 들이켜더니 중얼거렸다.

"통장이랑 같이……."

밖으로 끌어낸 세 개의 서랍은 통장을 찾는 중에 온통 헤쳐진 채였다. 승준이 아무리 눈을 부릅뜨고 봐도 그 어디에도, 빨간 보자기 같은 것은 보이지 않았다. 화담이 바닥을 짚고 일어나려다 여의치 않았는지 그대로 무릎걸음으로 손바닥만 한 거실로 나가는 것을 승준이 눈으로 좇았다.

"뭐 하게?"

"전화해봐야지, 주인아줌마한테."

겹쳐놓은 공간박스 위에 놓인 유선전화기 앞에서 호흡을 고르던 화담이 따라 나온 승준을 보며 웃어 보였다.

"가게 계약서잖아. 은행에 맡겨놓은 돈 찾는 거하고는 다르지. 안 그래?"

"응. 다르지. 얼른 전화해봐."

화담은 몰라도 승준은 정말로 그렇게 생각했다. 집은 내놓는다고 바로 세입자를 찾을 수 있는 게 아니니까 벌써 무슨 일이 생기진 않았을 거라고.

그리고 그것이 얼마나 터무니없는 낙관이었는지 불과 수십 초도 되지 않아 깨닫게 된다. 보증금 삼천에 월세 팔십의 임대계약서는 이미 전날에 제3금융, 이른바 사금융업자들 손에 넘어간 후였다. 서상만이 그 대가로 챙긴 돈은 그 삼분의 일, 천만 원이었다.

어머니가 돌아가신 건 안 됐지만 이쪽도 곤란하긴 마찬가지라며 일주일 후까지 가게며 집을 비우라는 통보를 받고 화담은 수화기를 내려놓았다. 전화기를 내려다보고 있는 옆얼굴이 너무도 고요해 숨조차 쉬지 않는 것처럼 보였다.

"화담아……."

어깨를 붙잡아주는 손에 퍼뜩 그를 돌아본 화담이 몇 번 눈을 깜박이다가 씩 웃었다.

"네 빽 좀 이용하자, 지승준."

"무슨 빽?"

"신문 배달. 나 좀 주선해줘. 남자친구 좋다는 게 이런 거 아니겠냐?"

찰싹 그의 등을 때리며 싱글거리는 화담 때문에 도리어 왈칵 눈물이 난 승준이 그녀를 덥석 끌어안았다.

"아, 진짜. 뭐가 이러냐. 말도 안 돼. 이거 다 꿈이었으면 좋겠다. 소풍 전날, 아니 소풍날 아침으로만 다시 돌아가게 해주면 악마한테 영혼이라도 팔겠어."

화담이 가만히 손을 들어 그의 등을 토닥거렸다.

"그거 내가 해봤는데 소용없어. 세상엔 신도 없고, 악마도 없나 봐."

가느다란 화담의 한숨에 승준의 눈물이 더욱 굵어진다. 잠자코 그가 눈물을 그칠 때까지 등을 토닥거려주는 화담의 눈은 한없이 메말랐다.

외삼촌이 그녀를 빈털터리로 만들어 놓고 사라졌다. 어처구니없는 일임에 틀림없다. 그런데도 제대로 화조차 나지 않았다. 당황스럽고 놀란 마음도 일시적일 뿐, 곧 마음속 커다란 싱크홀에 떨어진 조약돌처럼 고요해졌다.

불과 며칠 전까지 살아서 웃고 떠들던 엄마가 더는 세상에 없다. 밑 빠진 독에 물 붓기라고 푸념하면서도 모으고 또 모으던 얼마 안 되는 예금통장은 물론 십 년 넘게 세 사람을 입히고 먹여준 가게도 이제 신기루처럼 증발했다.

서강희라는 한 사람.

그 사람의 마흔 좀 넘는 인생의 끝에 남은 게 납골당에 모셔진 작은 유골함과 여기 서화담이라는 자식 하나뿐이다.

적어도 나는 신기루가 아니니까, 라고 생각한다.

그래도 마음이 움직이지 않았다.

모래에 묻혀 영영 사라진 사막의 성처럼, 보이지 않는 모래가 차곡차곡 화담을 뒤덮고 있었다.

엄마가 집에 와서 저녁 먹으라고 했다는 승준의 말을 거절했더니 납골당에 다녀와서 겨우 개시한 가게도 옆 가게에 부탁하고 승준의 엄마가 달려와 모자가 함께 자기네 집으로 가자고 설득했다. 둘이서 한쪽 팔씩 잡고 억지로라도 데려가려고 하는 것을 밥 생각이 정말 없다고, 밥보다는 잠 생각이 나서 그런다고 화담이 오히려 둘을 설득했다.

"정말 졸려서 그래요. 며칠간 제대로 못 자서 그런가 집에 오니까 잠이 쏟아지네요. 저 당장이라도 베개에 머리만 대면 잘 수 있을 것 같아요."

그녀를 혼자 두고 싶지 않다고 얼굴에 적어 놓은 거나 다름없는 모자의 얼굴을 갈마보면서 하는 말에 먼저 뜻을 굽힌 쪽은 승준의 엄마 강 씨였다.

"그래, 사람 보내는 게 쉬운 일이 아니다. 나도 전에 승준 아빠 보내고 와서 거의 이틀을 잤다. 자고 싶으면 자야지. 하지만 일단 아줌마랑 같이 가자. 가서 아줌마 방에서 자."

"괜찮아요, 아주머니. 전 여기서……."

"딴 뜻이 있어서가 아니라 한 며칠이라도 옆에 끼고 먹는 것 좀 챙겨주려고 그래. 너 지금 꼴을 봐라. 네 엄마가 보면 애가 반쪽이 됐는데 언니는 뭘 했냐고 날 탓할 거 아니냐. 내가 꿈자리 뒤숭숭하기 싫어서 그런다."

"그래, 화담아. 엄마 말 들어. 같이 가자 좀."

어디까지나 좋은 뜻에서, 그녀를 배려해서 그러는 것이다. 입장을 바꿔서 승준에게 이런 일이 생겼다면, 화담은 물론 화담의 엄마도 지금처럼 했을 것이다. 두 모녀라면 구구절절 말할 것도 없이 다짜고짜 승준을 끌고 왔을지 모른다. 나이 터울이 좀 나는 형이 있긴 해도 지금 군복무 중이니 결국 혼자 남을 승준이 마음에 걸려 그냥 뒀을 리가 없다.

다 알지만 지금의 화담에게는 거기에 감사할 만한 마음의 여유가 없어 짜증만 났다. 그저 바라는 것은 혼자 남는 것뿐인데. 속으로 한숨을 삼키며 시선을 방 안 저편 이불장에 던졌다가, 무심코 생각난 대로 중얼거렸다.

"여기서 자고 싶어요. 엄마 냄새 나는 이불 속에서요."

그리고 다시 돌아본 모자의 얼굴에서 화담은 더 이상 실랑이하지 않아도 될 거란 사실을 알았다.

"아유, 짠해서 어쩌면 좋냐."

일층 가게 문을 나서며 강 씨는 앞치마를 끌어올려 눈물을 훔쳤다. 조용히 문을 닫고 돌아선 승준은 말없이 고개만 떨궜다.

"그렇게 건강하던 사람이 하루아침에 그게 뭔 일이데. 진짜 점심 먹을 때까지 멀쩡하던 사람이……. 사람이 살았다 할 것이 없다. 살았다 할 것이 없어. 나보다 열 살이나 어린 사람이 그렇게 허망하게 세상 등지고……. 외삼촌, 그 개돼지보다 못한 놈이 사람이냐. 어디 가서 콱 뒈져부러야 할 놈은 멀쩡히 살아 있고. 이제 저 어린 것을 어째, 아이고."

몇 번이고 가게 2층을 돌아보며 차마 떨어지지 않는 발을 옮기던 승준이 불쑥 엄마의 팔을 잡으며 말했다.

"우리랑 같이 살면 안 돼?"

"뭐?"

찔끔찔끔 눈물을 보이던 강 씨도 그 말엔 눈물이 쏙 들어가는 모양이었다. 승준의 진지한 표정에 강 씨가 한숨을 쉬었다.

"개나 고양이도 아니고 사람 하나 들이는 게 보통 문젠 줄 알아. 당장 입 하나가 느는 건데……."

"내가 신문 배달해서 버는 돈 다 엄마 줄게!"

"방도 둘뿐이잖아. 커다란 사내놈들도 둘이나 있고."

"내가 거실에서 자고 내 방 내줄게. 어차피 형은 군대 일 년 넘게 남았잖아. 그때까지만이라도 어떻게 안 돼? 고시원 정도는 들어갈 돈 있다고 화담이가 그러는데, 나 화담이가 그런데 들어가는 거 싫단 말이야."

"네 속은 알겠는데, 아주 애들도 아니고 어중간한 것들이 한집에서……. 아서라, 괜한 말 돈다. 사람들 입이 얼마나 무섭다고."

"무슨 상관이야. 어차피 나중에 결혼하면 되는 거 아냐?"

말 그대로 십년지기. 사귀기 시작한 건 일 년이 겨우 넘었지만 마음속에선 화담을 결혼 상대자로 철석같이 정해 놓은 열일곱 살 소년은 결혼 이야기에도 서슴없다. 강 씨는 둘째 아들의 그런 순진함에 어이가 없어 웃었다. 왜 웃느냐고 승준이 볼이 부어서 툴툴대자 강 씨는 아까와는 다른 의미로 피어난 눈가의 이슬을 훔치며 물었다.

"둘이 벌써 그런 약속도 했냐, 막내야?"

"약속은 무슨. 하지만 할 거야. 에이, 이렇게 된 거 고등학교 졸업하면 바로 할까보다."

"얼씨구."

유치원 다닐 때 체구가 작아서 다른 아이들에게 곧잘 괴롭힘을 당하던 승준을 화담이 나서서 지켜주기 시작한 이래로 화담이라면 덮어놓고 좋아해온 아들의 일, 엄마니까 누구보다도 잘 안다. 그 한결같음이 기특하면서도 이젠 약간 미덥지 못한 것도 엄마니까 드는 마음이다.

세상일이란 게 어디 사람의 뜻대로만 흘러가는 것이어야 말이지. 당장 화담의 엄마가 저렇게 급작스럽게 세상을 뜬 것만 봐도 마음에 맺히는 바가 있을 법한데, 아직 어린 아들은 거기까진 생각이 미치지 못하는 모양이다.

그 점을 굳이 설교하듯 가르쳐줄 생각은 없다. 아직은 품 안의 자식인 승준의 머리를 쓱쓱 문질러보며 강 씨는 그래, 한 번 생각이나 해보마, 하고 말했다. 대번에 승준은 활짝 웃으며 엄마를 답삭 끌어안았다.

"역시 울 엄마 최고, 정 많고 의리 넘치는 강순금 여사!"

"얼씨구."

혀를 차며 좀 더 걸음을 재우치던 강 씨는 마주 오는 한 남자를 보고 그만 우뚝 멈춰 섰다. 승준도 덩달아 멈추며 앞을 보고는 웃음기가 씻은 듯이 사라졌다.

"안녕하십니까."

그들을 알아보고 창백한 얼굴에 엷게 미소 비슷한 것을 담으며 인사하는 남자는 화담의 아버지였다. 그는 어제 새벽에 서울로 올라갔다가 밤에 다시 비서와 함께 와서 장례식 마지막 절차를 다 챙겼다.

그는 이렇다 하게 화담과 말을 나누지는 않았으나 오늘 납골당에서 유골함을 안치하고 우두커니 망자의 사진을 보는 두 사람의 모습이 너무도 닮아서 승준은 묘한 소외감 비슷한 것까지 느꼈었다. 하물며 거기서 남자가 화담에게 서울로 가자고 말하는 걸 듣는 순간엔 머릿속이 다 하얘졌었다. 화담의 대답은 "전 여기서도 괜찮습니다." 한마디였다. 역시,

하고 승준은 겨우 안심했었다.

하지만 납골당을 나와 집으로 돌아오는 차 안에서 조금씩 다른 생각이 마음에 번졌다. '여기서도 괜찮습니다' 라는 말은 꼭 여기여야만 한다는 뜻은 아니다. 여기서도. 그것이 '여기가 아니어도 괜찮다' 는 뜻이라면?

게다가 외삼촌 때문에 온통 엉망이 된 상황이다. 이 판국에 저 남자가 다시 서울로 가자고 권유한다면…….

"화담인 무주에 남겠다고 했어요. 걘 한 번 아니면 아닌 애니까 지친 애한테 강요 같은 거 하지 마세요. 이제 와서 아버지 노릇 안 해도 저도 있고, 우리 엄마도 있으니까."

남자를 보며 적의에 찬 어조로 말하는 승준을 옆에서 강 씨가 찰싹 등을 쳐서 말리고 남자에게 고개를 숙였다.

"애도 걱정이 돼서 하는 말이니까 이해하세요. 화담이 보러 오신 거죠? 얼른 가보셔야겠어요. 지쳤는지 자고 싶다고 해서 나오는 길이네요."

"네, 감사합니다."

남자는 깍듯하게 인사를 하고 승준에게도 작은 목례를 건네고 가게를 향해 걸어갔다. 못마땅한 눈으로 그 뒷모습을 쏘아보는 승준의 등에 또 한 번 강 씨의 손이 날아들었다.

"아, 또 왜?"

"왜 그렇게 철이 없어, 본데없이 자란 놈처럼!"

강 씨는 아들의 팔을 부여잡고 성큼성큼 걸어 아예 남자의 모습이 보이지 않게 되었을 때에야 눈을 부라리며 말했다.

"너도 눈 달렸으니 저 사람 입성 봤을 거 아니야. 저 나이에 저 정도 관록 있는 남자가 세상에 흔한 줄 알아? 명함 받아 보니까 회사 사장이야, 사장. 화담이가 졸지에 엄마는 잃었어도 저런 부자 아빠가 떡하니 나타나

줬는데 손가락 빨고 천덕꾸러기로 지내는 게 네 원이냐? 응? 아니면 속좁게 걔가 금수저 물게 생겼으니까 그게 샘나서 그래?"

"누가 샘을 낸다고 그래!"

벌컥 화를 내며 강 씨의 손을 뿌리치고 승준은 앵돌아져서 걸음을 옮겼다. 하지만 몇 걸음도 못 가서 걸음을 멈추고 엄마가 가까이 오길 기다렸다. 어느새 시무룩해진 그가 풀기 없는 목소리로 하소연했다.

"서울은 너무 멀잖아, 엄마."

아직도 눈물 많고 마음 여린 품 안의 자식. 두 번이나 때렸던 등을 살살 만져주며 강 씨는 한숨을 내쉬었다.

"사람 일은 다 연緣대로 흘러가는 거야. 연대로……."

"이미 말씀드린 대로에요. 전 여기서도 괜찮습니다."

승준의 걱정만큼 화담의 근성은 물렁하지 않았다. 집까지 찾아온 친부를 대하며 화담은 납골당에서보다 더할 것도 덜할 것도 없는 덤덤한 태도로 재차 거절의 의사를 밝혔다. 외삼촌 때문에 난감해진 상황에 대해선 입도 뻥긋하지 않았다. 그저 얼마쯤 상냥함을 담은 목소리로 엄마가 해주었던 이야기를 언급했다.

"원래 엄마랑 저 사이에선 '아빠'에 대한 이야기가 금기였어요. 하지만 나중에 더 크면 이야기해주겠다던 약속을 작년 제 생일에 지키셨죠."

열여섯 번째 생일. 이팔청춘, 춘향이가 이몽룡 만나 시집간 게 그 나이니까 너도 어른 대접을 받을 권리가 있다는 서강희식의 살짝 엉뚱한 논리였다. 심지어 그날 엄마는 화담에게 술 마시는 것까지 가르쳤다. 함께 술을 마시며 마치 친구에게 들려주듯이 딸에게 옛날이야기를 풀어냈다.

엄마가 맥주공장 공순이었을 무렵, 중졸 학력인 게 영 마음에 걸려 검정고시라도 치러볼 요량에 다니기 시작한 검정고시학원의 선생님이 바로 화담의 아버지였다. 두 사람에게 그것은 재회였다. 이미 보육원 시절에 약 반년 정도 함께 지냈던 시절이 있었던 것이다. 그를 맡긴 후 꼭 데리러 오겠다고 했던 어머니가 결국 타지에서 병사한 뒤, 반듯하게 생긴데다 머리까지 좋았던 그는 적지 않은 나이에도 금세 입양되어 보육원을 떠났다.

꽤 부잣집으로 입양되어 갔으나 운명의 장난이랄까, 그를 입양한 때부터 가세가 날로 기울어 사람을 잘못 들여서 집안 꼴이 이렇게 됐다는 원망을 덮어쓰고 몇 년 후 파양되고 만다. 그것조차 운명의 장난이라면 장난이겠지만, 그때 그의 나이가 열일곱 살. 그때부터 주경야독하는 몇 년이 물처럼 흘러갔다. 화담의 어머니와 다시 만났을 때엔 스물다섯 살로 서울대 법학과에 꿈을 두고 공부하는 만학도였다.

두 사람의 연애가 시작된 건, 그가 정말로 서울대생이 된 이듬해 봄부터였다. 화담의 엄마는 계속 공장에서 일했으니 장거리 연애가 되었지만 소꿉장난 같은 연애는 그 뒤 몇 년 동안 순조롭게 이어졌다.

조심스럽게 장래에 대한 이야기도 나누며 키워가던 사랑에 문제가 생긴 건 그의 나이 스물여덟의 가을.

고시 준비에 박차를 가하고자 그간 해오던 과외를 그만두려던 것이 발단이었다. 그의 도움 아래 편입 준비를 하던 여자가 연정을 호소해온 것이다. 결혼을 생각하는 여자가 있다는 그의 대답은 여자의 마음을 돌리기에 역부족이었다.

수면제 자살을 시도한 여자를 그의 부모들이 부랴부랴 외국으로 보냈지만 거기서도 손목을 긋고, 목을 매어 죽으려고 하는 바람에 다시 불러

들여야 했다. 견실한 가구 제조업체 경영자였던 여자의 아버지는 무남독녀인 딸을 위해 화담의 아버지에게 무릎까지 꿇고 딸을 거둬달라 사정했던 모양이다.

그리고 여자의 어머니가 화담의 엄마를 찾아왔다. 신장병으로 긴 투병생활을 하느라 부유한 사모님이라고는 볼 수 없는 초췌한 여인이 세 번의 유산 끝에 낳은 하나뿐인 딸, 그마저도 먼저 보내지 않도록 도와달라고 읍소를 하는 것에 서강희란 여자는 버텨낼 재간이 없었다.

둘이 행복해지기 위해서는 세 사람이 비참해지는 것을 감수해야 한다. 어떤 사람들에겐 가능한 일이었을지 모른다. 하지만 여기서의 둘은 그렇지 못했다.

"뺏긴 게 아니라 양보한 거야. 나는 좋은 사람이니까."

빙그레 웃으며 화담의 엄마는 정말로 자랑스러운 듯이 말했었다.

"사람 좋은 것도 정도가 있지. 배 속의 나는 어쩌고?"

"아, 그땐 몰랐어. 우리가 생리가 좀 불규칙하잖니? 보내주고 보니까 덜컥 임신이더라니까. 와, 그땐 진짜 놀랐다. 한 이틀 식욕이 다 없더라니까."

"그걸 아빠한테 말을 안 했단 말이야?"

"안 했어. 해야 하나 고민을 하다가 무작정 서울에 올라가봤는데, 글쎄 그 집이 상중인 거야. 그 여자 엄마가 겨울을 못 넘기고 돌아가신 거 있지. 그래서 그냥 왔어. 죽은 사람과의 약속은 깨면 안 되는 거니까……."

그냥 왔다고, 화담의 엄마는 가볍게 웃으며 말했지만 그때 그냥 돌아서야 했던 엄마의 속은 어땠을까.

아이가 생긴 걸 알리지 않았다. 태어난 것도 알리지 않았다. 훗날은 어떻게 될지 모르지만 자신이 사지육신 멀쩡해서 키울 수 있는 동안엔 모르는 사람처럼 살아야지 했단다.

"남들 다 있는 아빠를 너한테 못 준 건 미안하지만 그 대신 내가 두 배로 더 열심히 사랑해줬으니까. 봐. 너도 이만하면 참 잘 컸잖아? 그러니까 딸, 우리 앞으로도 그 착한 사람 속상하지 않게 둘이 오붓하게 살지 않을래?"

이대로 모른 척해주자. 우리는 우리끼리 행복하게 살자. 아빠가 아빠 가족들이랑 행복하게 살 수 있게.

엄마의 눈이 말하던 것들.

서강희는 좋은 여자였다. 그래서 불쌍한 여자였다.

"엄마는 착하지만 바보야. 그 여자 아버지한테라도 말해서 위자료라도 듬뿍 뜯어낼 것이지."

어쩐지 눈가가 시큰시큰한 것을 마음에도 없는 소리를 지껄여 모면한 기억이 화담은 아직도 생생했다. 그랬다고 해도 네 삼촌이 벌써 다 날려 먹었을 거라고 깔깔거리고 웃던 엄마의 얼굴도.

"가족이 있으실 거 아니에요. 그때의 그 여자분, 맞죠?"

승준의 엄마가 받은 명함에 새겨진 가구회사의 이름을 보고 화담은 엄마의 양보가 의미 없지는 않았구나 생각했다. 실제로 아버지는 고개를 끄덕였다.

"혹시 제 형제는 없어요? 가끔 그게 궁금했거든요."

무거운 아버지의 표정과 달리 화담의 안색은 밝았다. 아버지는 곤혹스러운 듯이 아랫입술을 지그시 깨물었다.

"아들 하나, 딸 하나가 있는데……."

"오, 딱 좋네요. 누가 위에요?"

"큰애가 아들이고 작은 애가 딸이야."

"나이는요?"

다시금 뜸을 두었다가 아버지가 대답했다.

"큰애는 열아홉이고, 작은애는 열여섯 살."

언뜻 들어서 이해가 되지 않는 큰애의 나이에 화담이 어리둥절한 표정으로 "네?"하고 되묻자 아버지의 입가에 약간의 쓴웃음이 번졌다.

"그 사람과의 사이엔 아이가 생기지 않았어. 그래서 둘을 입양했단다."

"아, 네……."

얼마간의 놀라움에 이어 눈앞의 자신과 참 많이 닮은 남자를 쳐다보는 화담의 눈에 야릇한 반짝임이 돌았다.

그럼 실제론 내가 이 사람의 유일한 아이인 거잖아.

―라는 생각은 이어서 묘한 승리감으로 옮겨갔다.

엄마, 그 여자는 아이를 낳지 못했대. 그렇게까지 해서 아빠를 차지해 놓고선. 엄마가 이긴 거야.

멸시에 가까운 적의. 차갑게 들끓어 오르는 그 감정은 한 번도 만나지 못한 어떤 여자에게 맹렬히 독기를 뿜어냈다.

하지만 이내 마음을 스친 그 서늘한 생각에 스스로도 놀라 쭈뼛 솜털이 돋았다. 이렇게 모진 마음을 품을 정도로 그 사람을 미워하는 게 아닌데. 다른 사람의 불행에, 순간이나마 진심으로 기꺼워했다는 사실에 화담은 망연해졌다.

그사이 화담의 아버지가 이런저런 말을 이어갔지만 거의 허공의 메아리처럼 의미 없이 사라지다가 간곡히 부탁하는 모습이 화담의 눈빛을 일깨웠다.

"타인이나 다름없는 사람들 사이에 들어오라고 하는 건 네게도 못할 짓이겠지. 그래서 따로 지낼 만한 집을 알아보게 했단다. 다른 건 몰라도 사는 거 불편하지 않게, 하고 싶은 공부 마음껏 할 수 있게 지원해줄 테니까. 네가 내키지 않는다면 자주 보자고 번거롭게도 하지 않을게. 이렇게 크도록 몰랐던 주제에 아버지 운운하는 건……. 그저 최소한만 할게. 그 최소한이라도 모른 척 받아주렴. 네 엄마를 생각해서. 매일 아팠던 사람도 아니고, 별안간 널 두고 갔으니 강희가 얼마나 마음이 아프겠어……."

눈시울을 붉히는 아버지를 보면서 화담은 가슴속 커다란 싱크홀 저 아래쪽에서 찰찰 물소리가 들리는 것 같은 기분이 들었다. 그래도 싱크홀을 메우기엔 턱없이 부족했다.

엮이지 않는 게 좋을 거란 생각이 들었다. 이 사람의 반경으로 들어가면 좋든 싫든 그 여자도 만나게 될 것이다. 만나고 싶지 않았다. 화담은 여기서, 엄마의 흔적이 남은 이 거리에서 착한 사람으로 살아가고 싶었다.

"마음이 아프시기야 하겠죠. 하지만 전 괜찮을 거란 거, 엄마는 알 거예요. 우리 엄마, 저 그렇게 호락호락하게 키우지 않았거든요."

화담은 등을 쭉 펴며 짐짓 장난스럽게 말했다.

"제가 이렇게 예쁘장하다 보니 걱정하시는 마음은 알겠는데, 자그마치 태권도 3단에 쌀 사십 킬로도 번쩍번쩍 든다고요. 아, 바퀴벌레로도 손으로 잡아요. 맨손으로 한 방에 확! 어때요, 이제 좀 듬직하게 보이죠?"

붉게 충혈된 눈이 그녀를 향해 따뜻하게 빛났다. 엄마의 첫사랑이자 마지막 사랑인 남자. 화담과 국화빵 찍어놓은 것처럼 똑 닮았다던 남자를 실제로 만나서 진짜 국화빵이구나, 눈으로 확인한 걸로 충분했다.

"그러니 이제까지처럼 살아요. 폐 끼치지 않고도 잘 살아갈 테니까요."

"폐라니, 그런 게 아니야. 네 당연한 권리란다, 그러니—."

"가족분들도 그렇게 생각할까요?"

화담의 질문에 아버지는 흠칫하며 말을 잇지 못했다. 화담은 덤덤히 말을 이었다.

"세상에 영원한 비밀은 없대요. 이렇게든 저렇게든 연락을 주고받다 보면 결국 제 소재가 알려지는 것도 시간문제겠죠. 엄마는 아버지가 행복하길 바랐어요. 그건 저도 마찬가지고요. 그러니까 우리, 따로따로, 행복하게 살아요."

물끄러미 화담을 보던 아버지가 한참만에야 깊이 잠긴 목소리로 중얼거렸다.

"넌 강희를 참 많이 닮았구나."

천천히 화담의 볼에 홍조가 돌며 눈이 밝게 빛났다.

"정말 그렇죠?"

확인하듯 물으며 웃었다. 엄마가 쓰러진 이래 처음으로 짓는 마음을 다한 웃음이었다.

다시 연락한다고 하고 아버지가 서울로 올라간 후 화담은 만으로 거의 하루를 죽은 듯이 잤다. 그렇게 오래 잔 건 처음인데도 일어났을 땐 온몸이 개운하고 머리마저 맑았다. 다만 너무 배가 고파서 라면을 두 개 끓여서 신나게 먹고 있는데 승준이 들어오다가 그 모습을 목격했다.

"오, 지승준, 먹을 복 있는데. 라면 한 젓가락 할 테야?"

"너…… 괜찮아?"

여전히 걱정스러운 눈으로 그녀를 살피는 승준에게 당연히 괜찮지 하며 화담은 후루룩 면발을 흡입했다. 두어 번 씹어서 꿀꺽 삼키고서 젓가락으로 승준을 가리키며 명령했다.

"야, 너희 집에 밥 있지? 있으면 두 공기만 가져와라. 역시 라면엔 밥이 있어야 해. 멀뚱하게 서 있지 말고 빨리빨리. 왜, 집에 밥 없냐?"

"아냐, 있어. 금방 올 테니까 다 먹지 말고 남겨놔."

"그랬다간 팅팅 불어. 내가 깔쌈하게 먹고 새로 하나 끓여주지. 야, 파김치가 익었는데 이게 완전 예술이다. 으흥."

흥흥거리는 화담을 힐긋거리며 나가다가 승준은 문설주에 머리를 찍고야 말았다. 그걸 보고 몇 천 번 찾아온 집 문도 못 찾느냐며 비웃느라 화담은 라면에 사레가 들렸다.

헐레벌떡 집으로 돌아가면서 승준은 서윤에게 전화를 걸어 화담이 깨서 라면을 먹고 있더라고 알렸다.

"근데 얘가 좀 이상해. 막 웃어."

"웃어? 웃으면…… 잘 된 거 아냐?"

"아냐, 잘 된 게 아니라, 뭔가 좀 그래. 말로 설명하긴 힘든데 하여간 좀……."

"내가 지금 갈까?"

"음. 좀 더 보고. 아무튼 이따 다시 전화할게."

전화를 끊고 승준은 새삼 뒤를 돌아보았다. 국밥집 골목 사이로 홀로 불이 꺼진 화담국밥 가게 위로 아련하게 불이 들어온 2층을 올려다보며 그는 재차 고개를 갸우뚱했다.

아직 화담이 혼자뿐인 집이 낯설어서 그런 걸까. 모르겠다. 그냥 막연하게, 라면을 먹으면서 웃는 화담의 모습에 가슴이 두근거렸다. 화담을 보면 무시로 두근거리던 심장이지만, 이번 것은 달랐다. 그것은 좋은 두근거림이 아니었다.

뭔지 모를 불안에 쫓기며 소년은 집을 향해 달렸다. 오늘 밤만은 기어코 화담을 자기 집에서 재워야지 하면서.

그 불안은, 어떤 의미에선 전조였다.

설상가상. 세상 살다 보면 눈 위에 서리가 내리는 일들이 닥칠 때도 있다. 다만 화담에겐 눈과 서리, 그 위에 또다시 쌓일 눈이 남아 있었다.

사흘 후인 금요일 새벽, 별안간 울린 인터폰 소리가 잠든 승준 모자를 깨웠다. 손을 뻗어 휴대폰을 본 강 씨는 아직 네 시가 못된 시각을 확인하곤 "어떤 미친놈이야."하고 구시렁거리며 이부자리에서 빠져나왔다. 사람이 나올 때까지 누를 셈인지 인터폰 소리가 요란한데도 옆에서 화담은 죽은 잠을 자는지 눈썹도 깜빡하지 않았다.

"무던히도 잘 잔다. 그래서 키가 큰갑다."

거실로 나오니 한 발 먼저 일어난 승준이 인터폰 수화기를 들고 누구냐고 묻고 있었다.

"예? 누구요?"

까치집이 된 머리를 벅벅 긁으며 퉁명스럽게 되묻던 승준은 잠시 후 수화기를 고쳐 들며 눈을 부릅떴다.

"아, 예. 화담이 여기 있어요. 잠시만요."

대문 개폐 버튼을 누르고 강 씨를 돌아본 승준은 러닝셔츠에 트렁크 팬티 차림의 엄마를 보고 기겁을 해서 들어가서 뭐라도 입으라고 난리였다.

"왜, 누군데?"

"비서 아저씨. 장례식 치르면서 봤잖아, 화담이 아버지 모시고 다니던 귀 큰 사람. 빨리 들어가서 옷 입으라니까!"

"응? 갑자기 그 사람이 왜?"

어리둥절해하는 엄마를 일단 방으로 밀어 넣고 승준은 부랴부랴 머리를 손으로 빗으며 손님을 마중 나갔다. 1층에서 2층으로 올라가는 계단 옆의 한 뼘이 될까 말까 한 좁은 터에서 비서는 휴대폰을 만지작거리다 승준이 내려오는 기척에 번쩍 고개를 들고 뜀걸음으로 그에게 다가왔다.

“안녕하십니까, 이런 시각에 불쑥 찾아뵈어 죄송합니다. 아가씨를 모시러 갔었는데 여기 계시다고 해서…….”

‘아가씨’란 말이 화담을 지칭하는 줄 알면서도 영 낯설어 승준은 머뭇머뭇 고개를 끄덕였다.

“지금 자고 있어요. 걔가 한 번 자면 업어 가도 모르게 깊게 자서……. 아, 근데 정말 화담인 왜요?”

“기다릴 여유가 없습니다. 적어도 사장님 임종 자리에라도 참석하시게 모셔가고 싶습니다.”

“예에, 임종 자리, 예, 예? 임종이면, 그, 그게 죽는다는 거 아니에요?”

소스라쳐서 남아 있던 잠의 찌꺼기마저도 완전히 날아가 버린 승준이 묻는 말에 비서는 안경을 추켜올리며 그렇다고 대답했다. 어둑해서 잘 몰랐는데 이제 보니 비서의 행색이 한 며칠 집에 못 들어간 사람처럼 꾀죄죄했다.

“수요일 밤, 정확히는 목요일로 넘어가는 새벽에 교통사고가 있었습니다. 요즘 계속 울적해 계시더니 밤중에 잠깐 드라이브라도 하려고 나가신 것 같습니다. 그게 그만…….”

5월 들어 퉁퉁 터진 사고 때문인지, 그 말을 들으면서도 승준은 실감이 나지 않고 꿈을 꾸는 것 같았다. 말도 안 된다. 어머닐 그렇게 보낸 게 며칠이나 됐다고 이제 와서 아버지까지. 아버질 만난 게 대체 며칠이나 됐다고.

"아직 돌아가신 게 아니잖아요? 그러니까 화담이 데리러 온 거고. 그 말은, 아저씨 살 수도 있다는 소리 아니에요?"

비서는 거기에 대해선 아무런 말도 하지 않았다. 그저 안경을 벗어 슥슥 매만져 다시 쓰면서 말했다.

"병원 연락 받고 제가 제일 먼저 도착했습니다. 그때만 해도 말씀 정도는 하셨는데, 계속 아가씨를 부르셨습니다."

"아……. 그럼 이제 말씀도 못 하시는……."

괜한 희망이 의미 없다고 생각했던지 마침내 비서가 딱 잘라 말했다.

"수술실에서 나오실 때, 이미 뇌사 상태였습니다."

승준도 거기에 이르자 그만 말을 잃었다. 비서가 말한 임종 자리라는 게, 산소호흡기를 떼기 전에 얼굴이나 보란 소리였음을 깨달은 것이다.

그때 옷을 챙겨 입고 머리도 대충 손본 강 씨가 2층에서 문을 열고 내다보며 손님 모시고 올라오라고 말했다. 버릇처럼 계단이 가파르다고 주의를 주면서 승준은 멍하니 위로 향했다.

이제 겨우 푹 자게 된 화담에게 또다시 끔찍한 소식을 전할 사람을 데려간다. 차라리 이 계단이 끝나지 않았으면 좋겠다고 승준은 간절히 바라고 있었다.

아침 여덟 시 반쯤 되어 병원 주차장에 이르렀을 때 서울은 하늘에 드리워진 묵직한 비구름이 허세로 느껴질 만큼 가늘고 조용한 비가 내리고 있었다.

"우산을 준비할 테니 잠시만 기다려 주십시오."

비서가 그렇게 말하고 차에서 내렸지만 화담은 그대로 차문을 열고 빗속으로 나갔다. 어젯밤 잘 때 입었던, 무릎길이의 헐렁한 민소매 원피스에 욕실에서나 신을 법한 고무 슬리퍼를 신고 있다. 가방 하나 없이, 자다 일어난 그대로 몸만 서울까지 온 탓이다. 다들 정신이 없어서 허둥지둥하는 바람에 손에는 승준이 들려준 그의 휴대폰이 전부이다.

승준이 따라오려고 했어도 중간고사 마지막 날이라 그럴 수가 없었고 강 씨도 오전에 가게 물건 떼는 날이라 여의치 않았다. 그럼에도 따라나서겠다는 승준을 말릴 정신은 있으면서도 정작 자신의 꼴을 생각 못했던 화담은 얼마쯤 넋이 나간 눈으로 병원을 올려다보았다.

"어디로…… 영안실로 가나요?"

올라오는 내내 말 한마디 없던 그녀가 입을 열어 묻자 우산을 씌워주던 비서가 아직 병실에 계실 거라고 말했다.

"도련님과 두 시간 전에도 통화를…… 잠시만, 전화를 좀 받겠습니다."

"편하게 하세요."

비서가 막 걸려온 전화를 받느라 멈춰선 사이 화담은 비척거리며 걸음을 옮겼다. 엄마가 그 사람을 기다렸듯이, 날 기다리고 있을 그 사람에게로. 아, 그럼 들어가면 안 되는 건가. 엄마가 그랬듯이 그 사람도 죽고 마는 거잖아.

가지 않으려 하는 마음과 기계적으로 앞으로 나아가던 몸 사이의 불협화음으로 무언가에 걸려 넘어지듯이 앞으로 고꾸라지고 말았다. 우산은 놓치고 슬리퍼도 한쪽이 벗겨졌으나 휴대폰만큼은 손에 쥔 채로 우두커니 주저앉아 있었다.

빗발이 너무 가늘어 얼마 동안은 비가 내린다는 감각조차 없었다. 그저 조용히 비에 젖어가던 그녀의 위로 어느 순간 그늘이 생기며 누군가 물어왔다.

"다친 겁니까?"

"아니요, 괜찮아요. 전, 괜찮습니다."

멀거니 중얼거리는 말에 그늘이 사라졌다. 하지만 멀어지는가 했던 구두 소리가 되돌아오더니 다시금 그늘을 드리우며 그녀 앞에 슬리퍼 한 짝을 던지듯 내려놓았다.

"그럼 우산 받고 일어나요. 여긴 차 다니는 길이니까."

물때가 탄 연보라색 슬리퍼를 보면서 화담의 눈이 생기를 조금 되찾았다. 엄마와 화담이 누구 거라고 할 것 없이 나눠 신던 신이었다. 둘 다 이백사십 밀리의 발 사이즈. 그런데 키는 화담이 십오 센티가 더 크고 하물며 머리도 더 작다는 건 암묵적인 비밀. 그래서 둘이 같이 사진을 찍을 때면 엄마는 꼭 한 발 뒤로 물러나곤 했다.

슬리퍼를 신기 위해 화담은 땅을 딛고 일어났다. 슬리퍼에 발을 꿰고 도와준 사람에게 우산을 받으려고 손을 내밀며 인사했다.

"도와주셔서 감사합니다."

얼른 우산을 내어주는 대신 상대방은 살짝 놀란 듯한 눈으로 그녀를 보고 있었다.

"혹시 그쪽……."

앞머리가 눈을 찌르지 않을까 싶은 남자치고는 긴 감이 있는 까만 머리카락과 창백한 안색의 대비가 유난히 또렷한 젊은 남자의 눈에 이쪽을 알아보는 듯한 기색이 비쳤다.

하지만 남자가 더 말을 꺼내기 전에 통화를 마쳤는지 비서가 다가오며 아가씨, 하고 부르는 소리가 들렸다. 비서는 그녀 앞에 서 있던 남자를 알아보고 목례를 했다.

"와주셨습니까, 인후 도련님."

"네, 당연히 와야죠……."

힐긋 그녀를 쳐다보며 남자는 뭔가 궁금해하는 눈치였지만 다시 비서를 향해 말을 건넸다.

"다현인 할 데까지 했어요. 너무 원망 마세요."

"어떻게 도련님을 원망하겠습니까."

비서는 침통하게 대꾸하더니 문득 안경을 벗고 손으로 눈을 누르며 그들에게서 몸을 돌렸다. 잘게 그의 어깨가 떨리는 것을 쳐다보던 화담은 불현듯 어떤 예감 같은 게 들어 소리 내어 물었다.

"돌아가셨나요?"

침묵. 그 자체가 대답인가 하고 화담이 시선을 떨어뜨리는데 꽉 메인 목소리가 들려왔다.

"……예, 삼십 분 전에 산소호흡기를, 호흡기를 떼셨다고 합니다."

차마 얼굴도 마주하지 못하고 비서는 울었다. 모셔온 상사의 죽음에 이토록 울어주는 걸 보면 아버지를 일컬어 착한 남자라고 했던 엄마의 말이 아직도 꽤 유효한 모양이었다. 먹먹한 가슴에 그 하나가 성냥불 같은 온기가 되었다.

"조금만 빨리 올걸."

화담은 슬리퍼를 내려다보며 중얼거렸다.

그것은 회한도 무엇도 아니었다. 나오지 않는 눈물을 대신해, 죽은 이에게 보내는 미봉의 사과였다.

화담은 그렇게 완벽한 고아가 됐다.

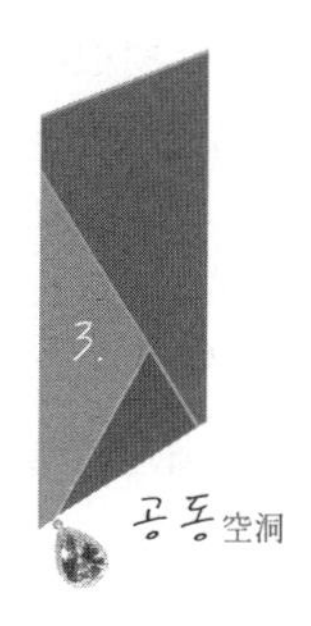

3. 공동空洞

"……그러네. 참 많이 닮았어."

그 짤막한 말은, 화담이 자기소개를 하고 자리에 앉은 지 거의 오 분 남짓 흐른 후에야 흘러나왔다.

자그마하고 온순한 인상의 여자였다. 화담이 엄마의 이야기를 들으면서 상상한, 사랑 때문에 세 번이나 스스로의 목숨을 버리려 했던 격정적인 여자와 지금 눈앞에 보이는 여자 사이의 간극이 너무도 커 화담은 다시금 얼떨떨해졌다.

"닮았어……. 이래선 누가 봐도 그이 딸이야."

여성스럽기 그지없는 가늘고 우아한 어조는 화담이 익히 알던 엄마의 억세고 걸걸한 그것과는 천양지차였다.

하기야 비슷한 점을 찾는 것이 더 무리였다. 남편의 사망선고를 받은 지 한 시간 남짓 지난 아내라고는 생각할 수 없을 만큼 흐트러진 구석 하나 없는 여자는 사진으로 오려낸 듯한 귀부인 그 자체였다. 온몸이 남의 손으로 가꾸어진 여자와 아침저녁으로 로션 하나 바르는 것도 귀찮아하던 여자, 비교하는 자체가 난센스라는 정도는 화담도 안다.

그럼에도 무심코 여자를 보면서 자기 엄마를 떠올리고 마는 게 어린 소녀의 한계랄까. 그리고 생각하고 마는 것이다.

'아버진 엄마를 보고 무슨 생각을 했을까.'

'엄마, 실은 그런 모습 아버지에게 보여주고 싶지 않았던 건 아닐까.'

뒤늦게 여자로서의 엄마가 가여워지면서, 적어도 엄마 입술에 립스틱이라도 발라줄 걸 하는 후회로 화담은 눈길을 깔았다. 그러자 계속 보던 사람은 물론 보지 않는 척하던 사람의 눈도 그녀에게 와서 꽂혔다.

화담은 남들의 시선에 신경 쓰는 타입과는 거리가 멀었지만 자리가 자리인 만큼 지금은 예외로 삼아야 하리라. 십칠 년간 이름밖에 모르고 살았던 아버지가 돌아가신 날, 그의 가족들과 처음 대면한 자리이다.

애초에 그들과 만날 생각이 눈곱만큼도 없었다. 요령껏 정 비서가 가족들을 따돌리면 잠깐 생전의 얼굴만 볼 작정이었다. 하지만 그것도 다 허사가 된 마당에 더 무엇을 할까 싶어 화담은 그대로 돌아가려고 했다. 그것을 정 비서는 "모두 아가씨의 일을 알고 계십니다."에 이어 "사모님께서 아가씨를 한 번 보았으면 하십니다."라는 말로 붙들었다.

빈소가 차려지기 전이라 그들은 아직 고인이 쓰던 병실에서 대기 중이다. 병실이라고 해도 VVIP실이라 환자가 쓰던 침대는 벽 하나 너머에 있고 이곳은 당장 어느 드라마의 거실로 촬영을 해도 무방하지 않을까 싶을 만큼 낙낙한 공간에 그럴싸한 집기가 갖춰져 있다. 아버지의 사업체가 제법 이름 있는 가구업체이긴 해도 뉴스에 곧잘 나오는 대기업도 아닌데 부자면 얼마나 부자겠느냐 했던 화담의 생각은 이 쓸데없이 호화로운 병실을 보는 것만으로도 얼마쯤 형체가 약해졌다.

그리고 그런 곳에 당연하다는 듯이 자리를 지키고 있는 세 사람. 화담의 상상과는 한참 달랐어도 품격 있는 미녀임에는 분명한 아버지의 아내. 두 자녀에 대해 말하자면, 경황이 없는 중에 처음 봤어도 엄격한 외모 심사를 하고 입양했나 싶을 만큼 반듯하고 어여쁜 소년소녀였다. 뽀얗게 우유로 빚어낸 듯한 흰 살결은 세 사람이 가족처럼 닮았다. 또 하나, 모두가 단정하게 갖춰 입은 검은색 옷과 구두도.

그러니 홀로 야광주황색의 후줄근한 면 원피스를 입고 연보라색 욕실 슬리퍼를 신은 화담은 펭귄 무리 속에 던져 놓은 홍학만큼이나 생뚱맞을 것이다. 새삼 드러난 팔다리가 볕에 그을려 거무튀튀한 것도 눈에 박혔다.

'사람이란 게 참 얄궂네. 아버지가 돌아가셨다는 마당에 행색 따지고 그새 살이 탔다고 혀나 차고 있으니…….'

두 자녀의 눈가가 많이 운 탓에 붉게 짓물러 있던 걸 떠올리고 억지로 눈물을 쥐어짜보려고 해도 그럴수록 눈만 말똥말똥해졌다. 스스로 그럭저럭 착한 사람이라고 자부하고 있었는데 이제 보니 말도 못하게 냉정한 데가 있구나 하고 눈살을 찌푸리며 팔걸이에 턱을 괴었다.

그 모습에 대놓고, 혹은 흘끔거리며 화담을 관찰하던 세 사람이 하나같이 약간씩 반응을 보인 것을 그녀는 몰랐다. 화담의 별것 아닌 그 제스처가 얼마나 그녀의 아버지를 강하게 연상시켰는지 그녀는 알 도리가 없었으니까.

정 비서가 병실로 화담을 데리고 들어왔을 때, 방 안에 있던 가족들은 정도의 차이는 있어도 저마다 충격에 휩싸였다. 너무도 닮았다. 화담도 자신과 아버지의 인상이 흡사함은 인정하지만 그녀가 본 것은 어디까지나 사십 대 중반이 되어버린 아버지였기에 엄마가 말했던 '너는 네 아빠 판박이야.' 라는 말의 무게를 절감할 정도는 아니었다. 하지만 그의 젊은 시절을 기억하는 아내와, 그의 젊은 시절의 사진을 본 적 있는 두 자녀들에게 그것은 반박 불가능한 진리였다. 화담이 들어오기 전까지 날을 세우고 친자검사 운운하고 있던 둘째딸 소현도 그녀를 보고는 조개처럼 입을 다물어 버렸다.

죽어서 실려나간 남자가 십 대 소녀로 전생轉生하여 돌아왔다—는 부조리극에서나 통할 고약한 농담 같은 상황. 남편의, 아버지의 죽음 앞에서 아직 한없이 서러워해야 할 감정들이 화담의 존재로 인해 어그러지고 변색한다.

그러한 시선을 받아내는 화담으로선 일분일초마다 부쩍 기력이 빠져나가는 기분이 든 것도 당연하다. 때마침 승준에게서 걸려온 전화로 화담은 병실을 나갈 수 있었다.

“고마워, 승준아.”

승준에게 대뜸 고맙다고 몇 번이나 말하곤 화담은 벽에 기댄 채 한숨을 쉬었다. 아버지는 어떠시냐고 조심스럽게 묻는 말에 화담은 대답하려다 입술을 깨물며 뜸을 들였다.

“그게, 생각보다 나쁘진 않아. 비서 아저씨가 조금 과장했더라고. 안 그럼 내가 안 올 것 같았나 봐.”

중간고사를 치러야 할 승준을 위해 하얀 거짓말을 해본다. 다행히도 그 말을 믿은 승준이 시험 끝나면 연락하겠다고 하고 전화를 끊었다. 화담은 휴대폰을 내려다보며 그 연락을 받을 때쯤엔 자신이 집으로 돌아가는 중이길 빌었다.

그러나 일이 그렇게 녹록하지는 않았다.

이윽고 빈소가 마련되었다는 말에 병실을 나가는 세 사람을 보며 화담도 쭈뼛쭈뼛 따라가려고 했는데 아버지의 아내, 조명혜가 그녀를 돌아보며 너는 잠시 여기 있으라고 말했다. 이유도 말해주지 않고 명혜는 아이들을 데리고 가버렸다.

엄마에게 팔짱을 끼고 바짝 붙어 가는 소현의 뒤에서 큰아들 다현이 뒤를 돌아보았다. 셋 중에서 그나마 화담에게 호의적인 느낌을 준 사람이었는데 이번에도 다소 걱정스러운 눈빛을 그녀에게 던지더니 이내 작은 미소와 함께 고개를 살짝 끄덕여 보이고 돌아섰다.

불안해하지 않아도 된다는 뜻일까. 화담은 일단 좋은 쪽으로 생각하기로 하고 병실로 돌아가려다 텅 빈 안을 보니 괜히 무섬증이 일어 복도의 의자에서 기다리는 쪽을 택했다.

일없이 휴대폰을 만지작거리며 시간을 보낸 지 삼십 분 남짓 흘렀을 때 정 비서가 어떤 여자를 데리고 돌아왔다. 그는 들고 온 쇼핑백을 건네주면서 병실에서 옷을 갈아입고, 옆의 여자를 가리키며 머리 손질도 받으라고 했다.

"머리요?"

옷까지야 그럴 수 있다고 쳐도 머리 이야기에 화담은 어리둥절해져선 되물었다. 머리 손질에 재주가 젬병인 엄마를 둔 까닭에 어릴 때부터 줄곧 그녀는 사내아이 같은 짧은 머리였다. 그 머리에 문제가 있다고는 생각해 본 적도 없다.

"사모님 말씀이십니다."

그렇게만 말하고 정 비서는 빈소로 가봐야겠다며 인사를 하고 빠른 걸음으로 멀어져갔다. 화담은 일단 병실로 들어가 욕실에서 큰 쇼핑백부터 열어보았다. 긴소매에 목을 덮는 차이나 칼라, 길이는 무릎까지 오는 블랙 원피스. 검은 니삭스를 비롯해 흰 손수건도 들어 있다. 다른 쇼핑백엔 검은색 메리제인 슈즈가 담겨 있다.

고개를 갸웃했으나 옷도 맞춘 듯 잘 맞고 구두도 딱 맞았다. 지나치게 갖춰 입은 거울 속 제 모습이 화담은 낯설기만 했다.

욕실에서 나가자 기다리고 있던 여자가 네모난 상자를 열었다. 마술상자처럼 착착 펴지는 상자 속에 화장품이며 화장도구가 즐비한 것을 멀뚱히 바라보던 화담은 여자가 자신에게 화장을 해주려 하는 것을 깨닫고 바로 손을 내저었다.

"그냥 머리 손질만 해주세요."

"네. 얼굴부터 손본 다음에 할 거예요."

"괜찮습니다, 안 그래도 방금 저 안에서 세수했어요."

화담의 대답에 여자는 짐짓 웃어보이곤 여전히 이런저런 파운데이션을 들어보며 색을 골랐다. 화담은 정색을 하고 여자에게 말했다.

"제 얼굴은 이대로 됐으니까 머리만 해주세요. 아니면 그조차 하지 마시든가요."

그녀가 아예 소파에서 일어나자 그제야 여자가 곤란한 표정을 지었다.

"짧게 끝낼게요, 아가씨. 어쨌든 사모님 말씀이 있으니까."

"제가 싫다고 했다고 하세요. 머리만 봐주신다면 앉고 아니면 갈게요."

결국 여자가 두 손 들었다. 자리에 앉은 화담의 머리에 여자는 미스트를 뿌려 결을 정돈한 후 왁스로 형태를 잡았다. 여자가 거울을 보여주자 소가 핥아놓은 듯한 올백 머리가 눈에 들어왔다. 이래서 엄마가 평생 미장원 근처에도 안 갔구나 생각하는 화담에게 여자는 다 생략해도 립글로스 정도는 바르는 게 어떠냐 부추겼다. 화담은 자리에서 일어났다.

"전 결혼식이 아니라 장례식에 온 거예요. 이만하면 추레함은 면했으니까 고인께 누가 되진 않겠죠. 감사했습니다."

여자를 떨치고 병실에서 나온 것까진 좋았다. 하지만 당장에 빈소가 어딘지 모른다는 사실에 생각이 미쳤다. 정 비서의 휴대폰 번호조차 받아 두지 않은 상황. 원무과에서 물어보면 어떻게든 되겠지 하고 그녀는 빠르게 걸음을 옮겼다.

하지만 원무과에 들러 확인을 마친 후에도 화담은 약간의 헤맴을 감수해야 했다. 과연 서울이라고 해야 할까, 인구 오십만의 무주와는 죽는 사람의 숫자조차도 차원이 달라 병원에 부속된 장례식장이 또 하나의 병원이나 다름없었다.

"지하 2층 29호……는 이쪽."

로비에서 방향을 숙지한 뒤 화담은 급수대를 찾아 급히 몸을 돌렸다. 장례식장에 들어선 후 또 한 번의 죽음 속으로 내몰려졌다는 것이 비로소 실감이 나면서 속이 메슥거리고 심장이 자꾸만 두근거렸다. 물로 입을 축이고 얼굴에도 끼얹어 보았지만 심장이 머릿속에서 뛰노는 듯 쿵쿵거리는 것은 좀처럼 가라앉지 않았다.

"잠깐 들여다 만 보고 갈 거니까. 버틸 수 있어."

눈을 감고 같은 말을 몇 번이고 반복했다. 여전히 속은 메슥거렸지만 심장 소리가 조금은 희미해지는 기분이 들었다. 천천히 숨을 고르는데 문득 누군가 그녀의 어깨를 건드렸다.

"너, 괜찮아?"

"승준이?"

언뜻 승준의 목소리처럼 들려서 화담은 놀라 돌아보았다. 눈높이가 비슷한 상대방도 그녀를 꽤나 놀랐다는 표정으로 응시했다. 승준과 닮은 건 그 키 정도일 뿐, 밝은 갈색의 곱슬머리에 한쪽에만 쌍꺼풀이 크게 진

동그란 눈이 어딘가 레서팬더를 떠올리게 하는 남자는 틀림없는 초면이었다.

"우와, 진짜 아저씨랑 닮았잖아!"

놀라서 내지르는 소리조차 승준의 그것과 확실히 닮은 남자는 뒤를 돌아보며 호들갑스럽게 외쳤다.

"인후야, 얘가 걔 맞잖아. 이래도 아니라고 할래?"

남자가 돌아본 쪽에 바지에 두 손을 찌르고 서 있는 이의 얼굴이 낯익었다.

"딱히 아니라고 부정한 적 없어."

침착하게 대꾸하는 창백한 인상의 남자. 맞다, 정 비서가 인후 도련님이라고 불렀던 남자였다. 몇 시간 전의 일인데도 어렴풋한 기억을 더듬어보며 화담은 다시 한 번 그를 향해 꾸벅 허리 숙여 인사했다.

"아침엔 감사했습니다."

"으엥? 뭐야, 차인후, 얘가 널 아는 분위긴데?"

곱슬머리의 추궁에도 창백한 남자, 인후는 대수롭지 않다는 듯 고개만 까딱해 보였다.

"빈소에 가는 게 먼저잖아. 이야기는 나중에 해."

"어, 그렇지. 가야지. 그렇지만……."

곱슬머리는 화담이 영 걸리는지 몇 번이고 뒤를 돌아보았다. 멀어져가는 그들을 보다가 화담은 저 사람들을 따라가야겠다는 생각에 급수대를 뒤로하고 걸음을 옮겼다.

과연 그들이 그녀를 아버지의 빈소까지 이끌어 주었다. 여기저기 전화하느라 정신없는 정 비서와 근조화환을 운반하는 사람들이 분주히 움직일 뿐, 마련된 조객록도 아직 펼쳐지지 않은 한적한 빈소에 명혜와 소현이 동그마니 앉아 있고, 상주인 다현이 찾아와준 두 사람을 맞이했다.

골똘히 바닥의 한 점을 응시하며 생각에 잠긴 명혜는 아들의 친구들이 온 것도 인지하지 못했고, 소현은 눈짓으로 인사를 해보였을 뿐 화담은 칼같이 외면했다. 그녀에게 알은체하며 안으로 들어오라 말해준 것은 다현이었다.

"왔구나. 어서 올라와."

여기까지 와서도 망설이던 화담은 그 말을 밧줄 삼아 안으로 들어섰다.

곱슬머리—이름은 '강푸른' 이다—가 먼저 영정에 국화를 바치고, 인후는 향을 들어 분향을 했다. 영정에 묵념을 하는 푸른 옆에서 두 번의 절을 마친 인후가 다현 앞으로 가 맞절을 하고 명혜에게로 가서 조문의 말을 건네는 동안 화담은 주춤거리며 다현에게 말해 보았다.

"저도 해도 될까요?"

다현은 일순 어리둥절한 표정을 지었다가 아랫입술을 지그시 깨물며 건너편의 명혜를 쳐다보았다. 시간으로 따져서 일이 초도 되지 않는 짧은 시간이었지만 화담이 나서지 말 걸 하고 후회하기엔 충분한 시간이었다.

"해야지. 당연히."

그럼에도 들려준 대답은 어디까지나 상냥했다. 또 한 번 화담은 그 상냥한 말에 의지해 물러서고 싶은 것을 극복하고 앞으로 나아갔다.

처음 보았을 때처럼 여전히 낯설면서도 어딘가 친숙한 묘한 감정을 불러일으키는 사진 속의 아버지 남재현을 쳐다보다가 세 개의 향을 향로에 꽂았다. 피어오르는 연기를 보며 뒷걸음으로 물러나 절을 했다. 설에 세배를 할 때에도, 외할머니 외할아버지 제사 때에도 양손 위치를 헷갈려서 번번이 엄마에게 물어 고치곤 했지만 이젠 조금도 고민하지 않고 왼손이 위로 올라갔다. 그 쓸쓸한 배움에 대해 생각하며 그녀는 반듯이 서서 아버지의 사진을 응시했다.

'울지 않아서 죄송해요. 저도 울고 싶지만 눈물이 나올 만큼 당신에 대해 아는 게 없네요. 애석하게 여기셔도 어쩔 수 없어요. 네……. 엄마가 그렇게 된 것도, 아버지가 이리된 것도, 제가 울지 않는 것도, 모두 어쩔 수 없는 일이네요.'

인력으로 어쩔 수 없는 일. 우연인지 운명인지 몰라도 삶을 휘두르는 크나큰 힘에 철저히 두들겨 맞은 화담은 전에 없는 비관에 빠져 쓴웃음을 지었다.

"사이코야? 이 마당에 뭐가 좋아 웃는데?"

불현듯 빈소에 울려 퍼진 쨍한 목소리에 화담은 흠칫하며 소리가 난 쪽을 보았다. 내내 입을 다물고 있던 둘째딸 소현이 화담을 매섭게 노려보며 거듭 쏘아붙였다.

"왜, 부자 아빠가 죽었으니까 그쪽한테 무슨 콩고물이라도 떨어질 것 같아 웃음이 절로 나와? 웃기지 말라 그래. 너 아무것도 아냐. 아빠가 이렇게 됐는데 너 같은 거 누가 인정이나 해준데? 재수 없으니까 얼쩡거리지 말고 꺼져! 누구 때문에 우리 아빠가 죽었는데 여기까지 그 잘난 얼굴을 들이미는 거야! 꺼져, 꺼지라고!"

적의와 악의, 극단적으로 살의까지 느껴지는 증오에 똘똘 뭉쳐진 말을 숨도 쉬지 않고 내던지던 소현은 심지어 화담이 막 분향하고 온 향로마저 뒤엎었다. 너무도 갑작스럽게 벌어진 일에 우두망찰해 있던 다현이 뒤늦게 동생을 말리러 뛰어왔다. 오빠에게 붙들려서도 놓으라고 발악을 하는 소현의 잔뜩 일그러진 얼굴을 화담은 멍하니 쳐다보다가 문득 뒷걸음쳤고 이내 몸을 돌려 밖을 향해 걸었다. 그대로 빈소를 떠날 생각이었다. 하지만 벗어놓은 신발 한쪽을 신다가 마음을 바꾸었다.

"나는 서화담이야."

화가 난 나머지 내뱉은 막말이라고 해도, 화담은 모욕당했다. 그 모욕은 그녀 일신에 국한되는 게 아니었다. 그녀를 낳고 길러준 서강희라는 사람, 그 여자의 생 또한 화담이 지고 있는 이상엔.

화담은 돌아서서 성큼성큼 소현을 향해 걸어갔다. 아직도 분이 안 풀려 몸부림치는 소현을 붙든 다현에게 그냥 놓아주라고 말했다. 다현이 난처한 표정만 지을 뿐 손을 놓지 않자 화담은 소현에게 직접 말했다.

"너 열여섯 살이라고 들었어. 나랑 한 살 차이인데, 그럼 사리 분별 못하는 코흘리개 아니잖아. 그런데도 성질 못 이겨서 계속 행패나 부릴래?"

달아올라 있던 소현의 얼굴이 욱해서 더욱 벌게졌지만 화담의 말에 자극받는 바가 없진 않았는지 들썩이던 걸 그치고 두 주먹을 움켜쥐는 것에 그쳤다. 하지만 아직도 죽일 듯이 노려보는 그 눈을 똑바로 쳐다보며 화담이 물었다.

"너 내 이름 아니?"

"네 이름을 내가 알든 말든!"

알고 있는 게 분명한데도 그렇게 뻗대고 나오는 소현의 모습에 얼핏 웃음이 나오려는 것을 참으면서 화담이 말했다.

"난 서화담이라고 해. 태어나서부터 지금까지 서화담으로 살았고, 앞으로도 죽을 때까지 쭉 서화담으로 살 거야. 나는 내가 서화담인 게 좋아. 내 엄마가 서강희란 것도 좋고. 아버지가 남재현인 거? 그건 좋지도 싫지도 않아. 왜냐하면 난 그 사람을 모르거든. 너도 모르는 사람 상대로 좋다 싫다 구분할 수는 없을 거 아냐. 안 그래?"

일단 동의를 구해 보았으나 소현은 입도 들썩이지 않는다. 여전히 눈빛은 무시무시하다. 딱히 설득하려고 시작한 말이 아니니 화담은 실망하지 않고 말을 이었다.

"내가 웃어서 화가 난 거지? 그건 다른 생각이 있어서가 아니라 그냥…… 명색이 아버지가 돌아가셨는데 눈물도 안 나는 상황이 어이가 없어서였어. 당최 뭘 알아야 울지. 엄마는 저분이 착한 사람이라고 했지만, 그거야 엄마 생각이고 나는 나대로 판단할 필요가 있잖아? 하지만 알 시간이 없었어. 저분이랑은 밥 한 번도 같이 안 먹어 봤거든……."

영정사진을 돌아보자 엷게 웃고 있는 얼굴이 어쩐지 몹시 슬퍼 보였다. 맞아, 우린 밥 한 번 같이 먹지 못했구나, 하고 망자 또한 슬퍼하는 듯이. 사진을 외면하며 시선을 내리까는 화담의 목소리가 약간 잠겨 들었다.

"어떤 사람인지 궁금하긴 했지만 그걸로 뭔가를 노리겠다는 생각 같은 건 안 했어. 다시 한 번 말하지만 난 서화담인 게 좋거든. 이제 와서 너나 너희 오빠처럼 남씨 성을 가진 남화담이 되고 싶다는 생각 같은 거, 눈곱만큼도 안 했어. 남화담이라니, 어휴. 내 예쁜 이름이 엉망 되는 거 순식간이잖아?"

다이아몬드의 굳기에 비견할 만한 진심. 이름만 두고 보자면 엄마와 아버지가 결혼하지 못한 게 다행일 정도였다.

"괜한 걱정 마. 나는 여길 나가면 무주로 돌아가서 거기 토박이로 살 거야. 서울 구경은 올지도 모르지만 어쩌다 한 번일 테고 혹여 아버지 묘나 납골당을 찾는다 해도 기일은 내가 피할게. 그러니까 아마 우린 다시 볼일 없을 거야."

여기까진 꽤 부드럽게. 하지만 이어지는 말은 부러질 듯 단호했다.

"하나 더. 저분이 죽은 걸 나나 우리 엄마 탓으로 돌리지 마. 우리만 아니었으면 이런 일 없었을 거라고 원망하는 모양인데 속상한 일 있다고 사람들이 다 사고로 죽지는 않아. 하필 그때 그 장소에 있어서 불상사가 생긴 걸 가지고 단지 네 속 편하라고 나랑 우리 엄마가 말도 안 되는 원망 덮어쓸 이유 없어. 알아들어?"

무표정에 가까운데 살짝 눈만 가늘게 뜨고 야단치는 모습, 그것이 생전의 남재현과 너무도 흡사했기에 소현은 저도 모르게 "네……."하고 중얼거리곤 그런 자신에 놀라 한층 얼굴이 빨개졌다.

"야, 너 서울내기 주제에 말귀가 빠르네?"

빙긋, 작은 미소를 남기고 화담은 소현에게서 몸을 돌렸다. 빈소에 온 뒤로 인형처럼 말이 없어진 명혜에게로 가서 "저는 그만 돌아가보겠습니다."하고 인사했다. 다현에겐 목례를 남기고 다현의 두 친구에게도 눈인사를 건넨 뒤 화담은 총총히 빈소를 뒤로했다.

깔끔한 퇴장.

……이 될 뻔했는데, 치명적인 맹점이 있어 화담은 빈소 주변을 서성여야 했다. 들어올 때만 해도 보이던 정 비서가 도대체 어딜 갔는지 나타나질 않았다.

"어쩌지? 그냥 택시로 가? 으, 택시비 엄청 나올 텐데."

무슨 좋은 수가 없을까 머리를 쥐어짜며 끙끙대노라니 "머리 아파?"하고 누군가 묻는 소리가 들렸다. 누군데 다짜고짜 반말이냐 하고 돌아본 곳에 이제는 낯이 확 익은, 아침의 그 남자가 있었다.

"아, 저기, 누구시더라. 맞다, 인후 도련님, 맞죠?"

"도련님까진 붙일 거 없고."

키 169센티미터, 거의 170에 육박하는 화담을 가뿐히 내려다보며 말하는 인후는 꼭 피가 부족한 뱀파이어 같은 낯빛에 입을 다물면 지독히 냉랭해 보이는 인상 때문에 외모로 사람 가리지 않는 화담도 선뜻 말을 붙이기가 꺼려졌다. 그래도 아침에도 넘어진 것을 도와주고, 방금도 머리 아프냐고 말을 붙여준 걸 보면 좋은 사람임에 틀림없다. 그 판단에 기대어 화담은 염치없는 부탁을 하기로 했다.

"저기, 초면에 죄송합니다만 한 가지 부탁이 있습니다."

스윽 한쪽 눈썹을 치켜 올리며 인후는 고개를 갸웃했다. 그제야 눈에 들어온 왼쪽 뺨에 작게 찢어진 흉터와 함께 그 작은 움직임은 뭐라 말할 수 없는 묘한 박력을 풍겼다.

"뭔데?"

"차비를 좀 빌렸으면 하는데요. 제가 경황 중에 빈손으로 왔거든요. 삼만 원, 아니 사만 원만 빌려주시면 돌아가서 계좌로 넣어드릴게요. 절대 떼먹고 그럴 사람 아니에요, 보증할게요. 아, 내가 날 보증한다는 건 말이 안 되지만 아무튼 약속은 꼭 지킵니다, 전."

오늘 처음 만난 사람을 붙잡고 돈 이야기를 하자니 화담은 민망함에 얼굴이 다 벌게졌다. 하지만 그녀의 말이 채 끝나지 않았을 때 인후가 슈트 안쪽에서 지갑을 꺼내더니 빳빳한 오만 원 지폐를 내밀었다.

"이걸로 되겠어?"

"고맙습니다, 꼭 갚을게요. 계좌번호는…… 여기 입력해 주실래요? 제가 휴대폰 만지는 게 서툴러서요."

허리를 꾸벅 숙여 인사한 후 화담이 휴대폰 문자 화면을 열어서 인후에게 내밀었다.

"됐어, 그냥 가져."

그대로 인후가 지나쳐가는 것을 화담은 황당한 얼굴로 바라보다가 부라부랴 앞을 가로막았다.

"말씀은 감사하지만 그냥 가지고 말고 할 액수가 아닌데요. 계좌번호 알려주세요. 보내드리겠습니다."

그냥 물러서지 않겠다는 의지가 얼굴에 생생한 터라 인후는 약간 짜증스러운 듯 한숨을 쉬곤 말했다.

"너 아저씨 딸이라며. 아저씨한테는 그럭저럭 신세 진 일이 꽤 되니까 그 정돈 받아도 돼. 정 뭣하면 길에서 주웠다고 치든가."

"길에서 돈을 주우면 경찰서에 가져다주라고 배웠거든요? 그리고 안에서도 말했다시피 전 남재현이란 사람 잘 모릅니다. 그러니 그분에게 어떤 신세를 졌든 제가 그 이득을 얻을 이유 없어요. 계좌번호, 부탁드립니다."

다시 한 번 휴대폰을 내밀며 고개를 숙였다. 그러고 한 십 초쯤 흘렀을까, 휴대폰을 받아가는 손이 느껴졌다. 화담이 고개를 들자 인후가 자판을 누르면서 중얼거렸다.

"도덕군자 같은 기질도 아저씰 닮았네."

"아뇨, 그건 같이 살았을 때의 이야기고요, 키워준 게 엄마니까 전 엄마를 닮은 거예요."

굳이 교정하고 드는 화담을 인후가 힐긋 쳐다보았다. 처음 본 사이에 선심을 써준 사람에게 너무 정색을 하고 덤볐나 싶어 화담이 머쓱해지려는 찰나 인후의 왼쪽 입꼬리가 살짝 위로 올라갔다. 뺨에 있는 흉터가 보조개처럼 파이며 붉은 입술에서 나오는 목소리도 얼마쯤 부드럽게 들렸다.

"그래, 네 말이 맞겠구나. 말실수해서 미안."

입을 다물자 순식간에 다시 싸늘해지는 인상. 그럼에도 화담은 그 잔영을 찾듯 인후의 얼굴을 말똥말똥 쳐다보았다.

'왠지 특이한 사람이네.'

화담의 머릿속에 달칵, 차인후라는 라벨이 붙은 서랍이 생기는 순간이었다.

"이제 아비 덕 좀 보고 사는가 했더니 어찌 저리 박복할까. 쯧쯧. 애가 어릴 때부터 깎은 옥처럼 귀티가 흘러서 언제고 잘 살겠지 하면서도 이마에 흉 있는 게 걸리더라니. 아이고, 불쌍해라, 불쌍해."

손바닥만 한 부엌 식탁에서 멸치 안주로 소주 한 병을 마시며 강 씨는 몇 번이고 한탄했다. 엄마 혼자 자작하지 말라고 마주 앉아 술을 따라주곤 하는 승준도 물을 들이켜며 화담이 잠들어 있는 큰방 쪽으로 고개를 돌렸다.

다섯 시가 넘어서 승준네 청과물 가게로 온 화담은 대뜸 배고프다며 밥부터 찾았다. 이제나저제나 하며 기다리던 승준이 차려준 밥을 먹으며 화담은 덤덤히 아버지의 부음을 전하곤 거짓말해서 미안하다고 사과했다. 복장과 머리 탓에 희미하게 위화감이 느껴지기도 했지만 하루 종일 굶었다며 한 공기를 더 받아먹는 씩씩함은 서화담 그대로였다. 그러곤 피곤했는지 여덟 시 반쯤 되자 이부자리에 들었다.

"또 뭔 일이야 없겠지만, 혹시 모르니까 점 한 번 보고 액막이도 해야지. 전부터 화담 엄마더러 나 따라 신수 보러 가재도 일없다고 웃기만 하더라니……. 억지로 끌고라도 갔으면 그 젊은 사람이 죽기야 했을라고. 참 사람이 살았다 할 것이 없어……."

여섯 잔쯤 들어가자 취기가 오르는지 강 씨의 입버릇이 시작되었다. 얼마 후 그녀도 자러 들어갔다.

혼자 남아서 식탁을 치우던 승준은 남은 소주를 싱크대에 쏟으려다가 별안간 제 입에 대고선 목구멍으로 쏟아 부었다. 처음 마신 술은 저절로 인상이 찌푸려질 만큼 쓰기만 했다.

"이런 걸 왜들 그리 마시는 거야."

중얼거리는 승준의 어깨가 축 졌다. 부엌을 정리하고 자기 방으로 돌아온 승준은 바로 침대에 누워 이불을 둘러썼다가 얼마 못 가 다시 일어나 양 무릎을 끌어안고 얼굴을 묻었다. 서윤의 전화가 온 것은 그런 때였다.

"이제 막 학원 끝나고 집에 가는 길이야. 화담인 괜찮아?"

"일찍 자러 들어갔어. 내 앞에서는 괜찮아 보여. 종일 굶었다며 밥을 두 공기나 먹고."

"원래 씩씩하잖아, 화담이가. 그리고 아직은 실감이 안 나서 그러는지도 몰라. 나라면 어땠을지 상상도 못 하겠어."

"우리야 완전 멘붕 그 자체겠지. 화담이 발끝이나 따라가겠냐."

서윤의 한숨에 승준도 한숨으로 맞장구치며 말했다.

"우리야 새가슴이니까. 셋이 공포 영화 보러 가서도 화담인 비명 한 번 안 지르잖아."

"비명만 안 지르냐, 걔가? 남들 다 소스라칠 때 어설프다면서 웃어젖히는 녀석이잖아. 우린 무서워서 무릎에 머리 박고 난리도 아닌데. 아마 우리 둘 심장 합쳐도 서화담 심장한텐 못 당할 거야. 맞다, 그때 일 기억나? 왜 전에 우리 외할머니 집에 놀러 갔을 때……."

승준은 화담의 강심장을 입증할 만한 이런저런 옛날 일을 끄집어와 한참 떠들어댔다. 하지만 일부러 꾸며낸 명랑함은 얼마 가지 못하고 눅눅하게 젖어들었다. 서윤은 세심하게도 그가 침묵하는 동안 잠자코 함께 침묵해 주었다.

"난 내가 이렇게 못난 놈인 거 이번에 처음 알았어."

"뭐가. 지승준이 새가슴이란 치명적인 약점이 있긴 해도 아주 못난 놈은 아니야. 얼굴 가지고 말하는 거면 내가 비록 친구긴 해도 쉴드칠 말이 없긴 한데……."

서윤 나름의 농담에 승준도 픽 웃었지만 결국 그는 무릎에 이마를 대고 잠긴 목소리로 털어놓지 않을 수 없었다.

"화담이가 아버지 잘못되셨다고 말하는데, 순간 나는 무슨 생각을 한 줄 알아? 그럼 이제 화담인 서울 안 가는 거네, 라고……."

말끝이 떨리며 잠겨 든 그의 말에 서윤도 할 말이 없는지 침묵했다. 승준은 거칠게 머리를 헝클어뜨리며 푸념했다.

"어떻게 딴 사람도 아니고 내가 그런 생각을 하지? 소름 끼치고 창피해서 딱 땅으로 꺼져버렸음 싶었어. 그런 주제에 화담이한텐 안 됐다고, 너무 상심하지 말라고 뻔뻔스럽게 위로하고. 사람 참 징그럽더라. 아니, 내가 징그러워."

승준이 거듭 자책하자 서윤이 짧게 한숨을 쉰 뒤 말했다.

"그렇다고 아저씨가 잘못되길 빌었던 건 아니잖아. 오늘 학교에서도 계속 아저씨 일 걱정하느라 밥도 먹는 둥 마는 둥 하고. 너 그때 설마 제발 돌아가시라고 빌었던 거야?"

"그럴 리가! 사람이 어떻게 그런 무서운 짓을 하냐."

"봐. 사람 생사가 오락가락한 마당에 그 아저씨가 나으면 화담이 데려갈지도 모르니까 잘못되면 좋겠다고 빌 만큼 너 악한 사람 아니야. 아니, 애초에 그런 복잡한 생각 자체를 못 하지, 지승준은."

"맞아, 난 그렇게 머리 쓰면서 못 살아, 워낙에 단순해서, 잠깐, 지금 너 내 편들어주는 거 맞아?"

문득 울컥해서 승준이 걸고넘어지자 서윤이 쿡쿡 소리 죽여 웃는 기척이 전해졌다. 이어서 그녀가 다독이듯 말했다.

"지승준 착하니까 걱정 마. 사람이 꼭 날개 없는 천사 소리 들을 만큼 착해야 할 이유는 없잖아? 아니면 너 스스로 날개 없는 천사라 자부할 만큼 착했으면 하는 거야?"

"아니, 그 정도는 좀……. 나도 적당히 욕심 있고, 하고 싶은 거, 갖고 싶은 거 많은 사람인데 천사는 무리야."

"맞아. 우리 다 나름대로 욕심 가지고 사는 사람이야. 네가 소름 끼치고 창피해서 사라지고 싶을 만큼 죄스러워한 그 생각도 그런 의미에서 이해할 만하잖아? 잘못되라고 빈 것도 아니고 일이 어쩔 수 없는 쪽으로 끝난 마당에 네 불안이 가셔서 안심하는 거, 그럴 수 있어. 사람이니까."

"그런가? 사람이니까……?"

줄곧 마음이 안 좋아 괴로워하던 승준에게 서윤의 그 말은 큰 위로가 됐다. 죄책감이며 화담에 대한 미안한 마음으로 터질 듯 달구어졌던 머릿속이 서윤이 뿌려준 차가운 비로 확 진정되어가는 느낌이랄까. 급격한 안도감에 온몸이 노곤해져 승준은 흐물흐물 침대에 드러누웠다.

"그래도 역시, 화담이한텐 참 미안해. 십년지기 유세는 있는 대로 떨면서 정작 걔가 힘들 때 내 욕심에 전전긍긍하다니. 이번에 내 바닥을 본 기분이야."

"바닥이 얕다 싶으면 앞으로 좀 더 파면 되는 거잖아. 우리 아직 열일곱 살인 거 잊었어? 앞날이 구만리란 말이지."

그래, 그래 하며 고개를 주억거린 승준은 헤식은 웃음과 함께 중얼거렸다.

"역시 오서윤이 똑똑하긴 하다. 너한테 전화 안 왔으면 나 밤새 잠도 못 자고 끙끙댔을 텐데, 이렇게 단박에 고민을 해결해주다니. 과연 우리 삼총사 중에 브레인이야."

"비행기 태우고 입 씻을 궁리를 하는 모양인데 안 통해."

"입을 씻다니, 어찌 감히! 내일 학교 갈 때 캔커피 사갈게!"

"달랑 캔커피 하나?"

"두 개 사갈 거야. 나도 마시게."

쿡쿡 웃던 서윤이 전화 들어온다면서 내일 이야기하자고 먼저 전화를 끊었다. 승준은 몸을 돌려 천장을 보고 누우며 깊게 숨을 들이마셨다가 천천히, 길게 내쉬었다.

"그래, 서윤이 말대로 바닥을 더 파자. 바닥도 파고, 통도 늘리고…… 더 강해져야지. 화담인 내가 지켜줄 거야."

굳은 다짐을 하고 평소처럼 키가 크게 해달라는—적어도 서화담보단 크게 해달라는—간절한 소원을 빈 뒤 승준은 금세 꿈나라로 접어들었다.

그와 통화를 마친 서윤은 여전히 휴대폰에서 시선을 떼지 않고 있다. 열한 시가 다 되어 학원 문을 나올 때보다 지금이 더 지친 얼굴이었다.

"어쩔 수 없어, 나도 사람이니까."

눈을 감으며 지그시 뒤로 머리를 젖혔다. 오늘 마지막 소식을 듣기 전까지 서윤 또한 빌었었다. 제발 기적처럼 그 아저씨가 무사히 깨어나시길. 그래서 제발…….

화담을 서울로 데려가주시길.

온통 그 생각에 매어 시험을 어떻게 봤는지도 기억나지 않을 정도로.

눈을 감은 채, 서윤은 몇 번이고 입 안에서 되뇌었다.

나도 사람이니까…….

이틀 후가 주인아주머니가 말한 최종기한이 끝나는 날이었다. 큰 짐들을 대부분 처리했어도 이거다 할 정도의 돈은 마련되지 않아서 화담은 당분간 승준네 집에 얹혀 지내게 되었다. 시장 주변을 고집하지 않으면 수중의 돈으로도 방 한 칸 얻는 건 일이 아닌데, 이제 보호자를 자처하고 나서는 승준 엄마, 강 씨가 절대 반대를 했다. 화담이 멀리 가버리면 자신이 오가며 챙겨주는 것에도 한계가 있을뿐더러 행여나 무슨 일이 있을까 걱정되어 잠도 맘 편히 못 잘 거라며 강경히 붙잡은 것이다. 물론 승준의 입김도 꽤 작용했겠지만 어쨌든 강 씨의 간곡한 뜻이 고마워 화담은 한동안 신세질 각오를 했다.

별것 안 되는 짐을 나른 뒤 그것도 이사라고 강 씨가 시켜준 짜장면을 먹고 새 식구가 생긴 기념으로 떡집에서 맞춘 시루떡을 승준과 화담 둘이서 주변에 나눠드리러 다녔다.

"아주머니도 참. 떡까지 하실 건 또 뭐람."

갚을 길이 아직 막막하게 먼 호의가 머쓱한 나머지 화담의 말투가 통곱지 않다. 그 속을 아는 승준은 화담의 옆구리를 쿡쿡 찔러가며 느물거렸다.

"다른 사람도 아니고 예비 며느리 아니냐. 이걸로 일찌감치 딱, 입을 씻는 거지."

"예비 며느리? 누가? 떡 줄 사람은 생각도 않는데 김칫국 사발로 들이켜는 소리 하고 있네."

"니가 안 주면 내가 못 먹냐? 여기, 나도 떡 있거든?"

"뭐래, 바보가. 야, 그렇다고 진짜 먹어서 어쩌자는 거야!"

그렇게 티격태격하면서도 딱 붙어서 떡 배달을 하는 어린 커플을 보고 짓궂은 시장 사람들은 승준네 집에 민며느리가 들어왔구나, 옛날 같으면 딱 신랑신부네 하면서 놀려댔다. 승준 더러는 너희 엄마 아직 한창인데 벌써 할머니 만들면 안 된다고 단속하는 아저씨도 있었다. 그런 소릴 들어도 싱글벙글 화담 옆에 딱 달라붙어 있는 승준과 달리 화담은 나중엔 입이 댓발쯤 튀어나와 퉁퉁 부어 있었다.

"나 아르바이트할 거야. 아침에도 하고 저녁에도 해서 석 달 내로 기어코 집 얻어 나갈 테니 두고 봐."

"천천히 생각해, 천천히. 그리고 그런 건 너무 떠들어대면 괜히 동티난다더라."

의지에 불타는 화담의 등을 두드리며 승준이 은근히 초를 치자 대뜸 이글거리는 화담의 눈매가 꽂혀왔다. 바로 승준은 꼬리를, 아니 손을 내렸다.

"사람들 말이 그렇다 이거지. 서화담은 잘할 거야. 아무렴. 누구 마누란데."

"글쎄 그놈의 마누라가 누구냐고. 지승준, 이 몸이 너랑 사귀어주기로 한데엔 조건이 달렸다는 걸 잊었어? 엉?"

"아, 중간고사 공부를 너무 심하게 한 탓인가 요즘 기억력이 영……."

승준은 고개를 외로 꼬며 딴청을 부렸다. 그거 큰일이라며 충격요법이라도 해줘야겠다고 화담이 주먹을 움켜쥐었지만 이미 청과물 가게가 목전이라 유야무야되고 말았다.

가게엔 학원 수업 마치고 온 서윤도 있었다. 서윤이 케이크를 사왔다면서 강 씨는 화담이 덕분에 먹을 복이 넘친다며 싱글거렸다. 질 수 없다며 승준이 느닷없이 가게를 뛰쳐나가더니 돌아올 땐 돼지고기 두 근을 끊어왔다. 덕분에 저녁엔 고기에 케이크, 떡까지 배가 늘어날 지경으로 먹어댔다.

집에서 보낸 차가 기다리는 큰길까지 서윤을 바래다주고 돌아오면서 화담은 속이 더부룩하다며 승준에게 콜라 좀 사다 달라고 부탁했다. 당장 승준이 길 건너 슈퍼를 향해 바람처럼 달려가자 화담은 긴 하루 끝에 겨우 혼자가 되었다.

그리고 비로소 가슴속 사막에 꼭꼭 눌러뒀던 한숨을 허공중에 흘려보냈다.

천지간에 홀로 뚝 떨어진 알. 그것을 선량하고 고운 새들이 모여서 제 깃으로 꼭꼭 품어주는 듯한 하루였다.

따뜻하고 안락했다. 그런데도 가슴 한켠의 구멍에서 잊을 만하면 쌩하니 찬바람이 일었다.

"아직 낯설어서 그럴 거야. 익숙해지겠지, 이것도. 나, 적응력 하나는 끝내주니까."

익숙해진다……. 적응한다……. 무엇에?

사람들의 동정에?

싫다.

정색을 하며 진저리를 치는 자신의 목소리를 들었다.

나중에 갚아? 어떻게 장담해? 엄마한테 네가 갚은 게 뭔데? 당장 내일 무슨 일이 있을 줄 알고 '훗날' 타령이야!

하루 장사가 끝나면 그제야 소주 한 잔에 밥 한술 뜨면서 십 년 후, 이십 년 후 이야기를 하는 게 화담의 엄마, 강희의 낙이었다. 화담이 한 살 한 살 나이를 먹을 때마다 그녀가 꿈꾸는 미래는 더욱 거창해졌다.

십 년 후엔 우리 딸도 결혼을 했으려나? 싫어? 왜, 스물일곱이면 한창 예쁠 때야. 그리고 어지간하면 아이는 젊을 때 후딱 낳아버리는 게 좋아. 이렇게 애 봐줄 튼튼한 엄마 있는데 무슨 걱정이야? 돈만 많이 벌어오란 말이지. 그래서 한 이십 년 후엔 이 엄마가 전국에 국밥 체인점을 둔 회장님이 되어서 우리 외손자들 유학도 보내주고! 그러니까 숨풍숨풍 한 네 명만 낳아주라, 딸. 응? 교육비는 엄마가 다 대줄게. 뭐야 그 표정은, 서강희 회장님 못 믿어?

그 모든 꿈같은 이야기들이 이토록 생생한데, 어느새 엄마가 세상에 없다. 지주막하출혈. 아직도 입에 설기만 한 그 증상이 엄마를 데려가고 말았다.

그렇게 모든 꿈들이 신기루로 끝났다.

간절히 원하면 이루어진다는 말은 거짓말. 아니, 거짓말은 아니더라도 아주 살벌한 단서가 붙는 말. '운 나쁜 사람들에겐 해당 사항 없음'이라는.

윙윙, 가슴에 생긴 동공에서 바람이 피어오른다. 모래처럼 까슬까슬하고 서리처럼 차가운 입자들이 서걱거리며 화담을 몸속에서부터 얼려나간다.

텅 빈 눈으로 화담은 차들이 오가는 도로를 응시했다. 모두 어디를 저리 바쁘게 가는 걸까. 저 사람들도 꿈이 있을까? 있겠지. 수십 년 후에 대한 희망이 되었든 내일 점심 메뉴에 대한 계획이 되었든 저마다 꿈 한둘은 있을 거야.

그런데 그런 게 다 무슨 소용일까?

죽어버리면 그만인데.

어차피 다들 죽고 마는 거야. 통화하면서 웃고 있는 여자도, 버스 안에서 하품하는 남자도, 차 밖으로 담배꽁초를 버리는 아저씨도 모두 죽어서 신기루처럼 사라지는 거라고.

그래, 지금 여기 있는 나도.

악착같이 돈 벌 거라고 승준에게 약속했었지. 몸으로 하는 일이라면 퍽 잘할 자신 있어. 그러니 승준이 집에 신세지는 것도 그리 오래는 아닐 거야. 그러고도 고등학교 정도는 마쳐야 할 테니 제대로 자립하기까지는 사오 년쯤 걸릴까.

그 사오 년 후의 자신을, 지금의 화담은 떠올릴 수가 없었다. 떠올려보려고 해도 몰려오는 건 전에 없는 기진함. 피로, 허무, 공허, 그리고 슬픔.

아무리 시간이 흘러도 거기엔 엄마가 없다.

오직 그 사실이 서럽게 사무쳐 견딜 수 없다. 시간이 흐르면 극복할 수 있으리라는 생각 같은 건 지금 화담의 머릿속에는 전혀 들어오지 않았다.

"엄마곰과 아기곰이 살았는데 어느 날 엄마곰이 죽었다. 아빠곰이 그 소식을 듣고 찾아왔다가 아빠곰도 죽었다. 슬퍼서, 슬퍼서, 아기곰도 죽었다."

화담의 입술에서 그렇게 덧없는 이야기가 흘러나왔다. 어느새 그녀는 비척거리며 걸음을 옮기고 있었다.

그때 승준은 막 횡단보도 앞에 이른 참이었다. 화담을 찾아 길 건너를 쳐다보았으나 언뜻 보이지 않아서 집으로 돌아간 건가 했다.

"의리 없게 그새를 못 참고 버리고 가냐. 콜라 마구 흔들어서 갖다 줄까 보다."

눈높이로 치켜든 콜라를 흔드느냐 마느냐의 기로에서 실눈을 뜨던 승준은 콜라 너머의 무언가를 보고 눈이 휘둥그레졌다. 엉뚱한 방향으로 걸어가는 화담이 보인 것이다.

어째선지 그녀는 버스정류장을 향해 가고 있었다. 열 시 반이 넘은 거리에는 막차 버스들이 꽤나 밟아대고 있었다. 지금도 한 대의 버스가 발차와 동시에 속도를 높이는 게 보였다. 그때 문득 화담이 도로를 향해 몸을 돌렸다.

"재 뭐 하는 거지? 잠 와서 저러나?"

그 어떤 의심도 없이, 그저 잘 시간을 넘겨서 졸려서 저러나 하며 승준은 눈을 끔벅였다.

그사이 화담은 왼발로 인도의 턱을 밟았다. 그리고 오른발을 띄우는 순간, 그녀는 꼭 바나나껍질을 밟고 넘어지는 코미디언처럼 벌러덩 나자빠졌다.

"으아아, 화담아!"

마침 딱 횡단보도 신호등이 켜져서 승준은 열심히 화담에게 달려갔다. 달려가는 동안 바지 주머니 속 휴대폰이 울기 시작했는데, 미처 신경 쓸 틈이 없었다. 화담은 그가 바로 옆으로 갈 때까지도 바닥에서 일어날 줄 몰랐다.

"화담아, 화담아, 괜찮아? 화담아?"

하늘을 보고 넘어진 채 화담은 동그랗게 눈을 뜨고 있었다. 그 시야로 승준이 얼굴을 들이밀고 손을 휘휘 저어도 알아보는 것 같지 않아 승준은 덜컥 겁부터 났다.

"화담아, 어디 다쳤어? 머리? 허리? 화담아, 무슨 말이든 좀 해봐, 나 보여? 나 보이냐고."

문득 화담의 눈이 몇 차례 깜박거리더니 또르르 눈동자를 굴려 승준을 보았다. 잠시 후 그녀가 씩 웃었다.

"놀랬지?"

"어? 당연히, 놀랬지, 야, 방금 나 십년감수…… 뭐야, 너 지금 나 놀리려고 쇼한 거냐!"

화담은 빙글 몸을 옆으로 굴려 팔꿈치를 세워 머리를 괴며 낄낄거렸다.

"요새 좀 본의 아니게 심심하게 살았잖아? 다른 사람도 아니고 이 서화담 님과 사귀는 건데, 이 정도 소소한 버라이어티함은 있어줘야지. 암."

"두 번만 버라이어티했다간 내 목숨줄 닳겠다. 야, 이 더러운 길바닥에서 폼 잡을 생각이 드냐? 그만 일어나지?"

"나 혼자 일어나라고? 방자야, 내 손에 흙 안 묻히겠다던 약속을 그새 잊었구나!"

"누가 방자냐, 그리고 그런 약속한 적 없거든?"

입으로는 따지면서도 승준은 당장 화담의 손을 잡았다. 에구구구, 하고 요란한 소리를 내며 일어나는 화담에게 엄살 부리지 말라고 하면서도 열심히 등이며 바지의 먼지를 털어주었다. 누가 봐도 훌륭한 방자다.

"옳지, 옳지. 잘한다, 네로. 근데 지금 이 소리, 네 전화벨 소리 아닌가?"

방자에서 네로로 종의 격하를 당한 승준은 화담의 말에 휴대폰을 꺼냈다.

"모르는 번혼데? 잘못 걸렸나 보지."

막 끊어지면서 부재중으로 뜨는 전화번호를 확인하고 도로 주머니에 넣는데 잠깐 기다려보라는 듯 휴대폰이 다시 울렸다. 똑같은 번호에 승준은 갸웃했다.

"받아봐."

승준은 고개를 끄덕이고 전화를 받았다. 화담은 머리를 터는 척하며 몸을 돌려 방금 자신이 넘어졌던 자리를 내려다보다가 툭툭 발로 건드려 보았다. 걸려 넘어질 만한 것도, 발이 미끄러질 만한 것도 없는데…….

그녀의 스산한 눈이 차도로 향했다. 두 걸음, 어쩌면 딱 한 걸음이 부족했을지도 모른다.

'나는 안 된다는 거야?'

그저 우연에 불과했을 일. 그런데도 거기에서 어떤 의지를 읽고 싶어 하는, 뭐라도 찾고 싶어 하는 제 나약함에 화담은 웃는다. 웃으면서도 그 의지에 매달리듯 물었다.

'나는 모르겠어. 남아 있을 이유도, 그 필요도…….'

"화담아."

승준이 부르는 소리에 화담은 짐짓 하품하는 시늉과 함께 그를 돌아보았다. 왠지 승준이 조금 딱딱한 표정인 걸 보고 "왜?"하고 묻자 그가 수화기 부분을 가리고 있는 휴대폰을 턱으로 가리켰다.

"너 찾는 전화야. 서울이래."

그녀가 그렇게 병원을 떠난 후 아무 소식도 없더니 새삼 무슨 일일까 싶어 화담은 어리둥절해졌다. 그때 문득 번개처럼 뇌리를 때리는 게 있었다.

"아. 오늘이겠구나."

어젯밤까진 생각했는데 아침부터 이사다 뭐다 해서 번거로운 통에 오늘이 아버지의 탈상 일이란 것을 까맣게 잊고 있었다. 화담은 한숨을 쉬고 휴대폰을 넘겨받았다.

"여보세요, 서화담입니다."

"나 차인후야."

"어……?"

대뜸 들려온 말에 화담은 다시금 어리둥절해졌다가 정신을 차리고 예, 하고 대답했다.

"그땐 정말 고마웠습니다. 와서 바로 계좌로 돈 보내드렸는데 그게 안 갔나요? 그리고 이 번호는 어떻게……."

"보냈으면 왔겠지. 이 번혼 계좌 찍을 때 보고 외워뒀어. 그것보다 너 지금 올라올 수 있어?"

"예? 왜요?"

저도 모르게 큰소리를 낸 화담과 달리 수화기 너머에서 들려온 목소리는 지나칠 정도로 차분했다.

"네가 필요해, 여기에."

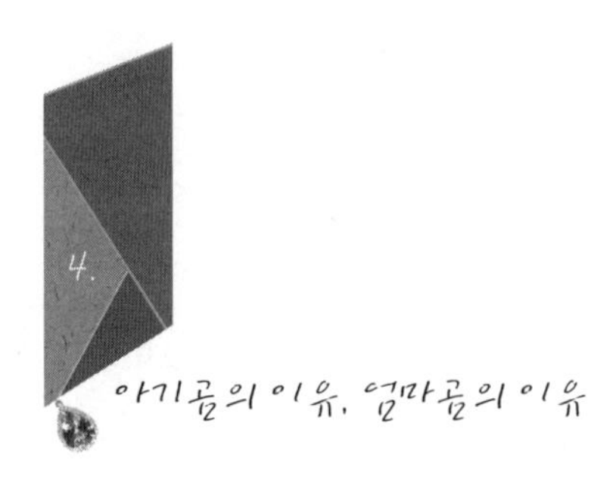

네가 필요해.

그 한마디에 마음이 움직였다.

저 유명한 주문인 '열려라 참깨' 처럼, 그 말이 그녀의 마음에 생긴 커다란 동굴에 아주 제대로 작동했다. 그런 의미에서 그 말에 이어진 인후의 설명은 부차적인 문제였다. 그녀는 이미 그가 원하는 답을 할 준비가 되어 있었다.

다음날 아침 고속버스터미널에서 서울행 첫차를 타는 것으로 그 답을 실행에 옮겼다. 마침 일요일이고 해서 이번엔 죽어도 따라가겠다고 벼르던 승준도 동행했다.

"원래 남쪽이 더 덥지 않나?"

고속버스에서 내린 후 구름 한 점 없는 하늘을 올려다보며 승준은 잠이 덜 깬 눈으로 하품을 했다. 화담도 동의의 뜻으로 고개를 주억거리며 기지개를 켰다. 다섯 시 좀 넘어서 집에서 나서느라 옷을 좀 두껍게 입었는데 그게 답답할 정도로 벌써 볕이 뜨뜻했다.

터미널 로비로 들어가는데 중키에 오십 대 중후반 정도의 살집 있는 남자가 다가와 혹시 서화담 양이시냐고 물었다. 그렇다고 대답하자 화담에게서 눈을 떼지 못하던 남자가 연신 고개를 숙여가며 인사를 했다. 화담도 엉겁결에 인사를 하자 남자는 십 년 넘게 화담의 아버지를 모신 운전기사라고 스스로를 소개하며 신 기사라고 부르면 된다고 했다.

"에, 그러니까 신 기사님이 마중 나오신 건가요?"

"예, 아가씨. 차를 좀 멀리 대어놓았습니다. 이쪽으로."

병원까지 모시고 가겠다는 기사의 뒤를 따라가며 화담은 이런 게 부자들 세상인가 하고 생각했다. 첫차로 서울에 도착할 시간을 알아보고 다시 인후와 통화할 때 터미널에 있으면 데리러 가겠다고 하기에 당연히 본인이 올 줄 알았다.

하지만 다시 생각해 보니 '당연'이라는 말을 쓸 일은 아니구나 싶다. 어차피 그는 남재현 아들의 친구일 뿐이니 엄밀히 말해선 국외자인 것이다. 그러니 그로선 그녀에게 연락을 취한 것으로 할 만큼 한 것.

화담은 그렇게 납득하며 하늘을 올려다보았다. 삐죽빼죽 솟아 있는 고층빌딩들 사이로 쏟아지는 햇살이 별나게 따갑다. 무주에서 뜨는 해랑 서울에서 뜨는 해가 다를 것도 없는데, 왠지 이쪽의 해는 조금 더 전투적으로 느껴진다.

"긴 하루가 되겠네."

"그러게."

화담의 혼잣말에 승준이 맞장구치는 소리에 그녀가 빙글 그를 돌아보았다. 아주 잠시 동안 옆에 있다는 걸 잊고 만 공기 같고, 물 같은 친구. 혼자서도 전혀 주눅 들지 않을 자신 있지만 이 친구가 있어서 좀 더 등허리에 힘이 들어간다. 화담은 별안간 승준의 손을 잡고 씩 웃었다.

"뭐, 뭐냐 갑자기."

워낙에 화담이 티격태격하며 장난칠 때 말고는 먼저 스킨십 같은 걸 하는 적 없었던 터라 불시의 습격에 놀란 승준이 말을 다 더듬었다.

"여기서 보니까 좀 잘생겨 보여서. 이게 사람들이 말하는 그 서울 물인가?"

"아직 서울 와서 물 한 잔도 안 먹었는데?"

농담을 다큐로 받아들이며 승준은 진지하게 의아해했다. 화담은 그저 웃으면서 쥐고 있는 승준의 손을 보다 꽉 쥐었다. 승준도 화담의 손을 꽉 맞잡아주면서 "내가 있으니까 걱정 마."하고 귓가에 소곤거려 왔다. 그 표정이며 눈빛에 터무니없이 힘이 들어가 있어서 화담은 웃음이 나왔다.

"걱정 같은 거 안 해. 기왕 온 거 일 빨리 끝나면 남산이나 가볼까?"

"오, 남산. 가면 기념품 살 데 있겠지?"

"외국 왔냐, 기념품은 무슨."

"야, 그래도 서울이잖아. 어쩌면 연예인을 만날 수도 있어. 아, 맞다. 63빌딩은 어디 있는 거였더라?"

대인경호에 돌입한 보디가드 모드도 잊고 대번에 서울 처음 온 무주 촌뜨기 본색을 드러내며 눈을 빛내는 게 예사롭지 않다. 너무 얼어 있는 것보다 그쪽이 화담에겐 좋았다.

이윽고 신 기사가 운전하는 차에 올라 명혜가 입원한 병원으로 향해 갔다. 서울 지리에 대해선 둘 다 까막눈이나 마찬가지였지만 얼마 지나지 않아 화담은 기시감이 들었다.

"ㅇㅇ병원인가요?"

"네. 사모님을 비롯해 가족분들 모두가 그리로 다니십니다. 그 병원 원장님께서 선대 사장님과 절친한 친구이신 인연으로. 선대의 내외분부터 이번에 사장님까지, 세 분을 다 그 병원에서 보내드렸으니 좋은 인연이라 할 수는 없을지도 모르겠습니다만……."

기사의 말이 끝나자 화담은 승준에게 며칠 전에 온 곳이라고 말했다. 승준이 그녀의 기색을 살피며 물었다.

"괜찮겠어?"

연민이 담긴 눈빛이며 조심스러워하는 말투. 내가 괜찮지 않을 게 뭐냐고 속으로 반문하면서 화담은 어깨를 으쓱했다.

병원에 다 와 갈 무렵 신호대기를 하는 사이 기사가 어딘가로 전화를 했다. 상대를 도련님이라고 부르며 곧 들어간다고 알리는 게 아마도 다현에게 하는 성싶었다.

'열아홉 살이라던데, 졸지에 가장이 된 건가.'

침통한 와중에도 온화한 성정이 느껴지던 다현을 떠올리며 화담은 약간의 동병상련을 품어보았다. 곧 경우가 다르다는 생각으로 그 마음을 부정했다. 아버지를 잃었을 뿐 어디까지나 어머니가 건재하다. 현재로선 **온전히** 건재하다고는 말할 수 없을지 모르겠지만…….

"어서 와."

병원 로비에서 다현이 먼저 그들을 알아보고 뛰걸음으로 다가왔다. 검은 면바지에 흰 셔츠 소매를 팔꿈치까지 접어서 입고 있을 뿐인데 갖춰 입었다는 느낌이 나는 게 묘했다.

"네 일만으로도 힘들 텐데 이런 일로 오라 가라 해서 미안해."

다현은 꾸벅 허리까지 숙여가며 사과부터 했다. 그 정중함에 화담은 약간 감명을 받았다. 아직 속속들이는 모르긴 해도 뭐랄까, 제대로 배우고 자란 성품 좋은 사람이라는 이미지가 한 겹 더 쌓였다.

"어차피 할 일도 없어요. 그리고 아무것도 안 하는 것보단 뭐라도 하면서 바쁜 게 더 낫거든요."

다현의 부담을 덜어주려는 화담의 말에 다현은 뭐라고 말을 하려다가 가만히 입을 다물며 고개를 끄덕였다. 곧 그의 눈이 승준에게 향했다.

"이쪽은?"

"아, 제 친구예요. 지승준. 승준아, 여기는 남다현. 그분 큰아들이야."

화담의 소개에 승준이 앞으로 나서며 꾸벅 고개를 숙였다.

"지승준입니다. 화담이 이웃사촌이고, 남자친구예요. 지금은 한집에 사니까 가족이나 다름없고요."

힘이 빡 들어간 소개에 다현의 눈이 약간 휘둥그레졌다. 화담은 속으로 한숨을 쉬고선 명혜가 어떤지 물었다.

"잠깐 깨셨다가 다시 주무셔. 눈만 감고 계시는지도 모르지만."

"뭐라도 좀 드셨나요?"

다현이 쓰게 웃으며 고개를 저었다.

"전혀. 아까는 소현이까지 쓰러져서 링거 달고 있어."

화담은 천천히 고개를 끄덕이며 다현 너머의 허공에 시선을 두고 있다가 걸음을 떼기에 앞서 물었다.

"올라오긴 했지만, 가라고 하면 그냥 갈게요. 여기 용건 없어져도 이 친구랑 둘이 남산이라도 구경하고 내려가면 되니까. 어떠세요, 제가 가서 봬요, 아님 말아요?"

말하는 화담의 얼굴을 빤히 보던 다현이 한숨을 쉬며 이마를 짚었다.

"네가 안 온다고 했으면 내가 가서 빌었을지도 몰라."

그제야 약간의 피로가 다현의 눈가에 드러났다. 강희의 상을 치러본 화담은 지금쯤이 가장 피곤할 때임을 알고 있다. 아니, 피곤을 자각하는 때라고 해야 할 것이다. 장례식 중에는 피곤을 느낄 겨를도 없다가 일이 다 마무리 지어지고 집으로 돌아와 가버린 사람의 난 자리를 보면서 몸이 급속도로 무너진다. 그래서 화담은 그때 죽은 듯이 잤었다.

지금 다현에게 필요한 것도 그 죽음 같은 잠일 텐데, 잘 수가 없는 상황이다. 동생이 쓰러졌다는 걸 보면 그나마 그 아인 그렇게라도 잘 수 있단 이야기인데.

"그럼 일단 가서 뵐게요."

"응. 고마워."

또 한 번 머리 숙여 인사하는 다현 때문에 화담도 꾸벅 머리를 숙였다가 끝도 없을 것 같아 제가 먼저 어디냐고 물으면서 휘휘 걸어갔다. 공교롭다고 해야 할까, 그들이 향한 곳은 전과 같은 병실이었다.

"어머니가 굳이 여길 원하시는 바람에."

화담은 아무 말도 안 했지만 탐탁지 않은 얼굴을 하고 있었던지 다현이 힘없는 목소리로 변명했다.

"전에 외할아버지도 한동안 쓰셨던 병실이기도 하고."

"그러다가 돌아가신 건가요?"

다현이 의아한 얼굴로 돌아보기에 오는 길에 신 기사가 들려준 이야기를 언급했다.

"음. 엄밀히는 아니야. 집에서 돌아가시고 싶어 하셔서 임종은 집에서 맞으셨어. 병원에서 옮길 때 이미 의식이 없긴 하셨지만 어쨌든 집으로 모셨어."

"집이라……. 운이 좋으신 분이네요."

할 수 있다면 화담도 엄마에게 그렇게 해주고 싶었다. 이제 와서 죽은 곳이 어디냐를 따지는 것이 헛된 줄은 알면서도 역시 쓸쓸한 건 쓸쓸한 것이다.

"그분은 어땠으려나."

지나가는 말처럼 화담이 중얼거린 말에 다현의 표정이 어두워졌다. 화담은 그저 순수하게 그분, 아버지가 마지막을 맞고 싶은 곳도 집이었는지 궁금했을 뿐이다. 아는 게 너무 없으니 그저 막연하게 궁금해하곤 말겠지만.

응접실을 거쳐, 일전엔 들어가 보지 못한 환자의 침상이 있는 방까지 들어갔다. 새침데기 같은 인상을 한 초로의 여자가 레이스를 뜨던 것을 내려놓고 일어나며 알은체했다. 화담을 보고 놀라지 않는 척 시치미를 떼며 힐끔거리는 게 외려 더 눈에 띄는 여자에게 다현은 소현이가 어떤지가 봐달라고 부탁했다.

여자를 내보낸 다현이 명혜의 머리맡으로 다가가 그녀를 깨워보았다. 며칠 전과 달리 화장기 하나 없는 얼굴에서 세월의 흔적이 드러나는 명혜는 간곡한 부름에도 감긴 눈꺼풀조차 미동치 않았다.

"어머니, 그 애 왔어요. 좀 일어나 보세요. 어머니가 계속 찾으셨던 아이요. 보고 싶으신 거 아니셨어요?"

상황이 상황이라곤 해도 다현이 명혜에게 몹시 조심스러운 태도를 보이는 것에 평소에도 조금 어려운 사이가 아닐까, 생각하면서 화담은 자신의 경우를 반추해 보았다.

기억을 온통 뒤져봐도 서강희란 여자, 딸에게 고압적인 데라곤 없었다. 진상 부리는 손님의 멱살을 잡아 가게 밖으로 내치는 것쯤이야 예사인 괄괄한 성미였지만 딸에겐 더없는 애교쟁이였다. 태권도를 배우러 다닐 때 도장에서 집에 가면 부모님을 어머니, 아버지라고 부르고 존댓말을 쓰라고 가르치기에 집에 와서 해봤다가 엄마가 너한테 뭘 잘 못했느냐며 사색이 된 적도 있다. 그놈의 술 때문에 곧잘 말다툼도 했지만 그런 때에도 어린애가 뭘 아느냐 같은 말로 딸을 무시하지 않았다.

허물없이 친했다. 흔히들 사이좋은 모녀를 자매 같다고들 하는데 화담네 모녀가 딱 그랬다.

'아, 역시 우리 엄마 같은 사람 세상에 없는데.'

새삼스레 날개 한쪽이 뜯겨진 새의 심정이 되어 명혜의 잠든 얼굴을 응시했다. 혼수상태의 엄마에게 왜 깨어나지 않느냐고 다그쳤던 게 후회스러웠다. 계속 이러고 있으면 병원비가 얼마나 나올지 아느냐고 겁을 준 건 더더욱 참담하다. 여태 제대로 쉰 적 없이 일만 했으니까 푹 쉬고, 사랑하는 딸내미 얼굴 보고 싶어지면 언제 그랬냐는 듯 일어나라고 말해줄 것을.

"그냥 두세요. 깰 때 되면 깨시겠죠. 저 바로 갈 거 아니니까 시간 여유 좀 있어요. 여기서 다섯 시 안에만 나가면 여섯 시 고속버스 타고 내려갈 수 있거든요."

명혜를 깨우려 애쓰는 다현을 만류한 화담은 안에서 보니 더 퀭해 보이는 그의 안색을 보곤 좀 쉬라고 말했다.

"통 못 잔 것 같은 얼굴이네요. 제가 여기 있을 테니까 저 방 소파에서라도 눈 좀 붙이지 그래요?"

"아니야, 그럴 수는……."

"저 책 가져온 거 있어요. 두 권짜리인데 제가 책 읽는 속도가 썩 빠르지 않아서 다섯 시 안에 절대 못 읽을 거예요. 승준아, 너도 책 가져온 거 보면서 기다릴 수 있지?"

"물론."

서화담이 책을 읽는다는데 지승준이 못할 쏘냐, 라는 뜻의 '물론'이다.

입술을 비죽이며 한 번 쏘아봐준 후 다현을 보며 깍듯하게 말했다.

"혼자 애면글면하는 게 약 올라서 나도 쓰러져버려야지 하고 작정한 거 아니면 가서 좀 자요. 옛말에도 뿌리 깊은 나무는 바람에 아니 흔들린다는 말이…… 음, 여기 써먹을 말이 아닌가? 제가 좀 문자에 약해요."

"약한 게 문자뿐인가."

입속말치고는 너무 크게 들린 승준의 한마디에 이번에야말로 화담이 손을 뻗어서 그의 뺨을 제대로 꼬집어 놨다.

"어쨌든 제 뜻은 이해하죠?"

벌게진 뺨을 붙잡고 앓는 소리를 참는 승준과 방금 무슨 일이 있었냐는 듯 태연한 화담을 갈마본 다현이 희미하긴 해도 미소를 지으며 고개를 끄덕였다.

"응. 내가 버텨야지. 명색이 장남인데."

"장남, 장녀 같은 게 중요한 게 아니에요. 누가 강하냐의 문제이지. 아니면 누가 가장 강한 척하냐의 문제거나."

"강한 척……인가. 아무튼, 고마워. 염치없지만 네 호의에 기대서 잠깐 눈 좀 붙일게. 기껏 사람 불러올려서는 이런 부탁이나 하다니 정말 면목이 없다."

"고맙고 미안한 건 나중에 한꺼번에 다 몰아서 말하기로 해요. 무주에서 예의 하면 서화담인데, 그쪽도 만만치가 않네요."

혀를 차는 화담 때문에 다현의 미소가 조금 더 깊어졌다.

얼마나 잠이 고팠던지 다현은 소파에 눕고 얼마 안 돼 잠들었다. 화담이 병실 보조침상에 있는 담요를 들고 오는 걸 본 승준이 재빨리 넘겨받아선 다현에게 덮어주며 물었다.

"기다리는 건 좋은데, 다섯 시 다 돼도 안 깨어나시면 어쩔 거야?"

"뭐, 그땐 그때지. 다섯 시까지 한참 남았으니 사서 걱정하지 마. 대머리 된다."

"앗, 악담하지 마!"

일찍 돌아가신 아버지가 서른 중반 조금 넘은 나이에 이미 정수리가 훤한 사진을 남겨놓으신 터라 머리숱에 민감한 승준에게 짓궂은 미소를 던지고 화담은 문을 닫았다.

책을 펼쳐들긴 했으나 몇 장 읽지 못하고 어느새 시선은 명혜의 얼굴에 머물렀다. 처음 보았을 때 너무나 멀쩡했던 모습은, 남편의 혼외자 앞에서 보인 일종의 허세 같은 거였을까. 장례식 내내 물도 먹는 둥 마는 둥, 잠도 거의 이루지 못하던 끝에 어제 납골을 마치고 집으로 돌아와 자러 들어가서는 다량의 수면제를 술과 함께 들이켰던 모양이다.

요즘 수면제는 많이 먹어도 죽지는 않는다지만 며칠간 제대로 먹은 게 없었던 데다 독한 술과 함께이다 보니 조금 위태로운 지경까지 갔었다고 한다. 어쨌든 반나절 만에 눈을 뜬 명혜가 두리번거리며 남편을 찾았을 때 심장이 철렁하도록 놀랐을 사람들 마음은 헤아릴 만했다.

다행히 주변의 말에 어렵잖게 남편의 죽음을 떠올렸다지만 그다음이 문제였다. 혼미한 중에 그녀가 화담을 찾았던 것이다. 화담은 집으로 돌아갔다고 몇 번을 말해도 잠에 빠졌다 정신이 돌아오면 어김없이 '그 아이는?' 하고 물어댔다.

전적이 화려한 명혜가 또 자살시도를 한 건지 어떻게든 자 볼 생각에 그런 건지는 모를 일이지만, 줄기차게 화담을 찾은 것은 무슨 뜻으로 봐야 하나.

"역시 내가 닮았으니까……."

팔짱을 끼고 화담은 고개를 갸웃해본다. 꼭 그렇게 단순한 이유가 아닐 수도 있다. 고속버스 안에서, 그 여자가 죽으려고도 한 마당에 이판사판이다 너까지 끌어들여 죽자고 벼르는 거면 어떡하냐고 승준이 말했을 때 별 시답잖은 소리 다 듣겠다는 듯 웃어넘겼지만 잊지 않고 마음에 담아둔 걸 보면 그럴 가능성도 없진 않다고 생각했다는 뜻.

소현에게는 애먼 사람 원망하지 말라고 으름장을 놨지만, 너무 큰 상실감에 눈에 뵈는 게 없는 사람에게 논리란 것은 무용지물이 될 수 있음을 화담은 이제 어렴풋이 안다. 불과 어젯밤, 스스로 차도로 뛰어들 뻔했으니…….

이렇게 환한 낮이 되어 돌이켜보니 일말의 주저도 없이 죽고자 했던 그때의 심경이 잘 떠오르지 않았다. 만으로 열두 시간도 안 된 일인데 숫제 오래전에 꾼 꿈처럼 흐릿하다. 한순간 뭐에 홀리기라도 한 것처럼. 어쩌면 아버지, 그분도 혹 그런 것에 사로잡혔던 것은 아닐까…….

도무지 알 수 없는 일을 골똘히 생각하며 화담은 뒤통수를 만졌다. 자고 일어나니 어디 하나 아픈데 없이 멀쩡했지만 그 한 곳이 열감과 약간의 욱신거림으로 간밤의 일이 진짜라는 것을 증명했다. 머리를 만져댄 탓인지 시나브로 졸음이 밀려왔다. 간밤의 일도 있고, 서울행에 마음이 수런거려 잠을 설친 까닭도 있다. 그래도 여기서 자는 건 좀, 하고 생각했지만 이미 고개가 스르륵 옆으로 기울고 있었다…….

그러다 불현듯 누군가 어깨를 흔드는 손길에 움칫하며 깨었다. 화담이 멍한 눈으로 옆을 보니 그녀를 깨운 승준이 볼멘 표정으로 소곤거렸다.

"다들 잘도 잔다. 나 말고 다 자네, 다 자."

"어, 나도 모르게. 근데 왜?"

졸린 눈을 비비며 침상에 여전히 눈을 감고 있는 명혜를 확인하곤 승준을 올려다보자 승준이 손목시계를 두드리며 말했다.

"열두 시 반 넘었어. 점심 안 먹어?"

"벌써? 점심…… 먹어야지. 근데 그 사람은?"

엉거주춤하게 일어나면서 화담이 다현을 찾는 기색에 승준이 말했다.

"말했잖아. 다들 잔다니까."

"아직?"

화담은 머리를 긁적이며 침상의 명혜를 돌아보곤 쩝 입맛을 다셨다.

"아무래도 한 명씩 나가서 먹고 와야겠다. 일단 너부터."

"싫어. 밥 혼자 먹을 바엔 안 먹어."

"니가 애냐?"

"싫은 건 싫은 거야."

승준의 확고한 의지에 화담이 눈살을 찌푸리며 한마디 쏘아붙이려는데 한 발 빠르게 승준이 절충안을 내놓았다.

"내가 밖에 나가서 먹을 거 사올게. 아까 오면서 보니까 병원 앞에 너 좋아하는 햄버거 가게 있더라. 거기서 둘이 먹을 거 사와서 먹으면 되잖아."

결국 화담도 승준의 제안에 동의했다. 소파 쪽을 턱으로 가리키며 기왕 사오는 거 세 사람분 사오라고 말한 뒤 픽 웃었다.

"초행길이라 어리바리하더니만 햄버거가게도 봐두고. 쓸 만한데, 네로?"

"이 몸이 어딜 가든 널 굶길 성싶으냐."

가슴을 펴고 의기양양해 한 승준이 얼른 다녀오겠다며 후다닥 병실을 나갔다.

"담부턴 네로 말고 해피라고 부를까."

애교 넘치는 멍멍이 같은 구석이 있는 죽마고우 때문에 기분이 좋아진 화담이 병실 안쪽으로 들어가려다가 힐끗 다현을 돌아보았다. 자다가 뒤척였는지 거의 바닥에 흘러내려간 담요를 보곤 다시 덮어주러 갔다.

"진짜 피곤했나 보네."

가까이에서 보니 움푹 들어간 눈 밑을 비롯해 입술도 까칠하게 튼 게 눈에 들어왔다. 화담은 그녀가 잠든 줄 안 승준의 엄마가 화담의 머리를 쓰다듬어주며 "애썼다, 서화담, 애썼어."하고 위로해주신 게 기억나 손을 들었다.

"애썼다, 남다현. 참 애썼어."

비록 잠결이라고 해도 말 한마디나마 힘이 되길 바라며 다현의 머리를 쓰다듬어주는데 별안간 다현의 눈꼬리를 타고 이슬이 배어 나오는 바람에 꿈쩍 놀랐다.

"아버지……."

주르륵 눈물을 흘리며 다현이 중얼거린 말이 화담의 귀에 절절히 울렸다. 멍하니 눈물 맺힌 다현의 눈가를 보던 화담이 천천히 미소했다.

"당신, 그분을 사랑했구나."

돌아서는 화담의 두 뺨이 상기되어 있다. 명혜가 잠들어 있는 병실 안쪽으로 들어가 문을 닫고 기대선 채로 방금 본 광경을 되살려 보았다. 어쩌면 남재현 그 사람에겐 자식들의 머리를 쓰다듬어주는 버릇이 있었을지도 모른다. 어쩌면 다현은 그저 아버지에게 애썼다, 한마디를 듣고 싶었던 건지도 모른다. 맞든 틀리든 상관없다. 그저 남재현이라는 사람이 아들의 입에서 저토록 애틋하게 불리는 '아버지'였다는 것이 화담은 기뻤다. 그리고 슬펐다. 이제 자신은 평생을 가도 할 수 없는 말이란 것이.

화담은 병상 앞의 의자로 돌아와 책을 들어 무릎 위에 펼쳤다. 가름끈이 가리키는 왼쪽 페이지 맨 위부터 재차 읽었다. 그러다 문득 자신이 노래를 흥얼거리고 있음을 알았다.

'얼굴' 이란 노래였다. 엄마 강희의 여러 레퍼토리 중에서 혼자 동떨어져 이채를 띠던 노래. 며칠 비가 연이어져 손님이 뚝 끊긴 가게 안에서, 혹은 만취해서 테이블에 머리를 묻은 채로 엄마가 그 노래를 흥얼거리는 걸 듣고 있자면 공연히 화담의 마음이 아릿아릿해지곤 했다.

청승맞은 노래라서 싫었다. 그래서 한사코 못 들은 체했는데 워낙에 자주 들어 전부 외워버렸다는 것을 이제 알았다. 마음속 큰 동공에 노래는 고요한 비가 되어 내렸다.

그렇게 노래에 침잠하며 화담은 다시 지난밤의 일을 돌이켜보았다. 엄마곰이 죽고 아빠곰이 죽고, 슬퍼서, 슬퍼서, 아기곰도 죽는다…….

'아냐, 슬퍼서라기보다는 지쳐서랄까. 아무리 슬퍼해도 달라질 게 없다는 걸 알게 되거든. 다신 못 봐. 다신 못 만나. 죽음이란 그런 거야. 무덤에 가버린 엄마곰은 다신 이리로 못 와. 못 오는 걸 아는데 보고 싶어……. 그러니 갈 수 있는 쪽이 가야지…….'

어쩌면 나는 또 그와 같은 짓을 시도할 수 있다고 화담이 또렷하게 자각한 순간이었다. 그리고 그때는 아마 실패하지 않을 것이다. 그런 생각과 함께 빙그레 웃었다.

바로 그 사실이 다음 순간 너무도 낯설게 느껴져 화담의 얼굴이 굳었다. 왜 이런 생각을 하면서 웃는 거지? 머잖아 죽을지도 모른다는 생각에 들떠서 히죽대는 거야?

'뭐야, 나. 소름 끼치게 왜 이래.'

실제로 온몸에 쭈뼛 소름이 돋아나 화담은 가만히 있지 못하고 자리를 박차며 의자에서 일어났다. 어느새인가 열린 문가에 누군가 서 있는 걸 본 건 그때였다.

검은 후드티의 후드를 머리에 푹 뒤집어쓴 창백한 얼굴이 그녀를 보고 있었다. 저도 모르게 숨을 멈추며 화담은 상대의 깊은 밤과도 같은 크고 검은 눈동자를 응시했다. 그자의 피를 바른 듯한 붉은 입술이 천천히 열리면서…….

"안 돼요, 아직."

화담이 선수를 치며 먼저 말했다. 상대의 눈이 조금 커졌다. 화담은 그에게 짬을 주지 않으려 내처 말했다.

"아직 한마디도 나누지 못했다고요. 그러니 나중에 와요, 데려가는 건 언제라도……."

그쯤에서야 화담은 자신이 하고 있는 큰 착각을 깨달았다. 그리고 문가에 서 있는 사람이 누구인지도 알아보았다.

차인후! 맙소사, 어째서 저승사자라는 말도 안 되는 상상을 했을까! 완전히 맛이 갔나보다, 나사 한두 개가 빠진 걸로 멀쩡한 사람이 이토록 황당한 망상을 할 리가 없다!

"계속 이러면 정신과에 가봐야겠어."

"정신과?"

인후의 반문에 화담은 자신이 머릿속으로 생각할 일을 입으로 말해버렸단 걸 깨닫고 얼굴이 빨개졌다.

"별말 아니에요, 신경 쓰지 마세요."

억지웃음과 함께 재빨리 손을 내저으며 둘러댄 화담은 병상의 명혜를 쳐다보고 인후에게 밖에서 이야기하자는 손짓을 해보였다. 밖이라고 해봤자 다현이 잠들어 있는 바로 옆방이다.

"어쩌다 보니 다들 자고 있네요. 음, 뭐 음료수 같은 거라도 드릴까요?"

"난 이거면 돼. 그런데 여길 너한테 맡기고 잠이 들다니, 저 녀석도 꽤 얼굴이 두껍네."

손에 들고 있던 생수병을 흔들어 보인 인후가 다현을 보며 중얼거렸다.

"제가 좀 자라고 권했어요. 너무 피곤해 보여서."

"피곤할 거야. 요즘 거의 병원에서 지냈으니. 겨우 집에 들어갔나 싶은 날 아주머니가 저렇게 됐고. 슬슬 한계일 법하지."

워낙에 무덤덤한 말투라 정말 걱정을 하는 건지 마는 건지 알 수가 없어 화담은 인후를 훔쳐보았다. 생수병을 열어 물을 넘기는 옆얼굴이 화담이 보아온 누구보다도 반듯하다.

하지만 그 반듯함은 저런 걸 보고 밀랍 같다고 하나 싶은 창백한 피부와 붉다 못해 피자두가 떠오를 지경인 입술 때문에 화담의 눈엔 조금 무섭다. 게다가 긴 소매의 검은 후드티와 검정에 가까운 군청색 바지를 입고 있으니 딴생각에 골똘하던 화담이 언뜻 그를 보고 저승사자를 떠올린 것도 무리는 아니라는 생각마저 들었다. 다 관두더라도 겨울도 아닌데 실내에서 후드는 왜 뒤집어쓰고 있냐, 이 말이다.

훔쳐보던 시선이 아예 노골적인 응시로 변모한 즈음, 인후의 눈길이 그녀에게 향했다. 끝이 치켜 올라간 그의 눈매는 짙고 날카로운 눈썹과 어울려 차가운 인상이 여실했는데 어린애들에게서나 볼 법한 새까맣고 큰 눈동자가 묘한 이채를 띠어 시선을 붙잡는 힘이 있었다.

"그렇게 선뜻 오겠다고 할 줄은 몰랐어."

목소리 자체는 좋은데, 너무 무덤덤한 게 패기가 없어 아쉽다고 생각하며 화담은 어깨를 으쓱했다.

"뭐든 하긴 해야겠는데 뭘 할지 고민할 의욕조차 바닥난 상태거든요.

그렇게라도 내일 할 일이 생겨서 기뻤어요."

"순전히 그 이유뿐이라고?"

"……저 아줌마 일에는 관심이 좀 있기도 하고요."

"관심, 인가."

별 의미 없는 중얼거림일지도 모르는데 괜히 뜨끔해서 화담이 변명했다.

"나쁜 뜻 아니에요, 나름대로 캐서린이라고 상상했던 게 있어서."

멀뚱히 그녀를 보던 인후가 "워더링 하이츠?"하고 중얼거렸다. 화담은 그게 《폭풍의 언덕》의 원제라는 것까진 몰랐다. 자존심이 있어서 못 알아들었다는 말은 못 하고 뭐래는 거야? 하고 마주 쳐다볼 뿐이다. 인후는 눈길을 돌리며 생수를 더 마시곤 그만 가야겠다고 말한 게 고작이다.

"벌써 가세요?"

"전활 해도 저 녀석이 받아야 말이지. 온 거 봤으니까."

이미 인후는 병실 출입문을 향해 걸어가고 있었다. 화담은 다현을 쳐다보고는 인후를 따라 걸음을 뗐다. 왔었다고 전하겠다고 말하는 화담을 인후가 휙 돌아보더니 바지주머니에서 지갑을 꺼내 웬 하얀 종이를 건넸다. 뭔가 하고 보니 십만 원짜리 수표이다.

"교통비. 저 녀석 경황이 없어서 못 챙길지도 모르니까 일단 넣어둬."

됐습니다, 라고 단칼에 거절하기에 십만 원은 크다. 당장 몇 만 원이 아쉬운 입장인데다 오늘은 승준도 동행했다.

"이것도 깨면 이야기하겠습니다."

수표를 반으로 접으며 화담은 순순히 받아들였다. 인후는 고개를 끄덕해 보이고 돌아섰다. 멀어져가는 늘씬한 뒷모습에 잠시 눈을 두고 있는데 별안간 그가 뒤돌아보며 물었다.

"아까 부르고 있던 거, 뭐야?"

"부르고 있던 거요?"

"왜 저 안에서 노래 흥얼거리고 있었잖아. 노크해도 모를 정도로 푹 빠져서. 그거 나도 어디서 들어본 것 같은데."

"아, 그거요. '얼굴' 이에요."

"얼굴? 그게 다야?"

"네. 그냥 '얼굴'."

흐응, 하고 고개를 끄덕이면서 인후는 등을 돌렸다. 그대로 가나 싶더니 또 한 번 그녀를 돌아보며 물었다.

"그러고 보니 너 식사는?"

"안 그래도 먹으려던 참이에요. 친구가 이 앞에 햄버거 사러 갔어요."

대답하고 보니 그러고 말 게 아니다 싶어 재빨리 말했다.

"점심 아직이면 같이 드실래요? 세 명분 사올 건데."

"그런 거 안 먹어."

칼 같은 거절을 남기고 인후는 엘리베이터를 향해 갔다. 그가 앞에 이르자 기다렸다는 듯 엘리베이터가 열려 이내 화담의 시야에서 아주 사라졌다. 화담은 그대로 잠시 서 있다가 병실로 돌아서며 "그런 거 안 먹어? 없어서 못 먹는 사람도 있구만 거들먹거리긴."하고 구시렁거렸다.

가져오는 사이에 행여 햄버거가 식을까 화담이 먹을 치킨버거를 가장 안쪽으로 담은 종이백을 가슴에 안고 뛰어온 승준은 이제 막 4층에서 내려오기 시작한 엘리베이터 숫자판을 쳐다보며 제자리걸음을 했다. 그의 바쁜 마음을 아는지 중간에 멈추지 않고 바로 내려온 엘리베이터가 열리는 것에 승준은 다짜고짜 안으로 들어가려 했다. 엇갈리듯이 밖으로 나오던 한 남자가 힐긋 승준을 위아래로 훑어보더니 "이거지하로 내려가는데 좀 기다렸다 타지?"하고 중얼거렸다. 순간 민망해서 "아, 네."하고 승준은 뒤로 물러났다.

엘리베이터 문이 닫히고 남자 말대로 아래로 더 내려가는 숫자판을 보다가 문득 '나이도 별 차이 안 나는 것 같던데 왜 반말이야?' 하는 고까움에 승준은 뒤돌아보았다. 저만치 멀어져가는 남자의 훤칠한 키가 승준의 눈에 박혀왔다.

몸 자체가 호리호리한 것도 있지만 그게 아니라도 간단히 백팔십은 넘을 것 같다. 나도 딱 오 센티만 더…… 하고 풀이 죽어 고개를 돌리는데, 뭔가가 다시 승준으로 하여금 뒤돌아보게 했다.

"저 노래……."

강희 아줌마가 곧잘 부르던 노래였는데. 남자가 흥얼거리며 가는 노래에 승준은 시무룩하게 웃으며 화담이 아니라 내가 들어서 다행이라고 생각했다.

병실로 돌아갔더니 화담은 이미 바깥방에서 그를 기다리고 있었다. 다현의 잠을 깨우지 않게 부스럭거리는 소리도 조심해가며 맛나게 햄버거를 먹던 화담이 불쑥 투덜거렸다.

"이렇게 맛있는데, 뭐가 어때서. 흥."

"무슨 소리야?"

"아무것도 아냐. 먹어, 먹어."

승준이 의아쩍어서 물었으나 그녀는 손을 내젓고 추가주문해서 사온 프렌치프라이도 양껏 먹었다.

배를 두둑하게 채우고 화담은 옆방으로 돌아갔다. 소화를 시킬 겸 발끝을 세워서 병실 안을 거닐고 있자니 자연스레 생각은 침상의 명혜에게 향했다.

사람이 얼마나 모진 마음을 먹으면 제 목숨을 끊을까. 불과 얼마 전까지 화담은 그렇게 생각했었다. 그러나 이제 화담은 그 판단을 유보한다. 걷잡을 수 없는 공허에 사로잡힌 사람에겐 때론 세상이 까까절벽 사이로 난 좁은 길처럼 보일 때가 있다는 것을, 배우고 난 참이니까.

때문에 눈앞의 명혜 또한 새삼스러운 눈으로 바라보게 되었다. 어쩌면 이번이 네 번째였을지 모르는 여자. 그 세 번, 혹은 네 번에 어떤 의미가 있었는지 화담은 묻고 싶었다.

하지만 정작 둘이 그런 것을 주제로 심각하게 이야기하는 걸 상상하자 모든 게 너무도 우스꽝스럽게 느껴졌다. 또 애초에 화담의 기준으로 명혜에게 네 번째 시도는 있어선 안 되는 것이기도 했다.

"나야 아직 머리에 피 덜 마른 아기곰이라 치고 아줌마는 엄마곰이라고요. 엄연히 경우가 다르죠."

"무엇이 다른데?"

가늘게 뜨인 명혜의 눈이 곧장 화담에게 향해 왔다. 목소리에 힘은 없어도, 건네는 말은 명료했다. 눈동자에도 졸린 기운은 없다. 이미 한참 전에 깼거나, 아예 처음부터 잔 게 아닐 거란 생각이 일었지만 크게 놀랍지는 않았다. 화담은 평소에 잘 알고 지내는 사람이라도 대하듯 심상하게 말했다.

"곰 세 마리 노래는 아세요?"

"알아. 그게 왜?"

"엄마곰 아빠곰이 다 무덤으로 가버리고 졸지에 혼자 남은 아기곰이랑, 아빠곰이 무덤에 갔지만 아기곰이 두 마리나 있는 엄마곰은 경우가 다르다, 이런 뜻이에요."

명혜는 천천히 눈을 깜박이며 생각해보더니 말했다.

"두 마리 아기곰들에겐 유산이 많을 거야."

그쪽으로는 전혀 생각 못했던 화담은 잠시 할 말을 잃었다가 일단 우기고 보았다.

"돈도 좋지만 중요한 건 사랑이에요. 아기곰들이 부모 사랑에 목말라 외롭게 클 거 생각해 보세요. 불쌍하잖아요."

"혼자 남은 아기곰은 사랑뿐 아니라 돈도 없어. 못된 친척곰 때문에 당장 이웃곰에게 얹혀살아야 한대. 아무렴 그 애보다 더 불쌍하겠어?"

듣고 보니 아닌 게 아니라 자기가 제일 안 됐다. 내가 지금 누굴 동정할 처지가 아니구나 하고 입술을 빠는 화담을 보며 명혜가 말을 이었다.

"그리고 이쪽 엄마곰은 성격도 괴팍해. 제 기분 좋으면 아기곰들 예뻐해 주고 제 기분이 아니면 본체만체하지. 그런 제멋대로인 엄마곰 사랑보다 일찌감치 손에 쥘 수 있는 유산 쪽이 아기곰들에게도 좋을 거야."

자식들에게 자기가 있어주는 것보다 돈이 있어주는 편이 더 낫다는 생각을 진심으로 하는 거면, 어떤 의미에선 참 안 된 사람이었다. 실제로 세상엔 그런 생각을 하는 자식들이 있다는 것을 안다. 하지만 화담이 잘은 몰라도 다현이나 소현, 그 둘이 그런 쪽이라고는 생각되지 않았다.

"그럼 그 유산이란 거, 지금 줘버리라고 하죠. 그다음에 아기곰들이 나가든가 안 나가든가는 자율에 맡기고요. 어찌 됐든 엄마곰은 엄마곰대로 살아가고 말이죠."

웃는 듯, 마는 듯 명혜의 입가가 떨렸다.

"엄마곰은 세상이 너무 재미가 없다는 걸 어쩌지?"

재미라. 이 사람은 어른이면서 어린애 같은 말을 한다고 한심해하며 화담이 대꾸했다.

"세상이 마냥 재미있어 사는 사람이 얼마나 된다고요. 그리고 뭐든 넘치면 물려요. 저는 치킨이라면 끔뻑 죽지만 그렇다고 삼시 세 끼 치킨만 먹고 싶진 않아요. 아줌마가 말하는 재미란 건 이를테면 술, 아니 술은 못 먹는 사람도 있으니까 그거 말고. 음…… 아! 소금이요, 소금 같은 거 아닐까요? 없으면 심심해서 죽을 것 같지만, 그렇다고 너무 먹으면 중독돼서 탈나잖아요. 엄마곰이 마음먹고 잘 찾아보면 간간하게 재미를 줄 수 있는 일이 없잖아 있을 거예요. 특히 그 엄마곰이 돈이 많다면 더더욱 쉬운 일이죠."

마지막 대목은 목소리를 조금 낮춰 비밀 이야기라도 하듯이 속닥거렸다. 명혜는 물끄러미 그런 화담을 쳐다보다가 중얼거렸다.

"신기하네……. 얼굴은 꼭 그 사람인데 어쩌면 이렇게 활달할까."

까불댄다는 뜻일까? 어차피 화담이 낯가림하고 인연이 없는 건 맞지만 그래도 명혜 앞에선 꽤 긴장해 있는데 명혜의 눈에는 거기까지는 안 보이나 보다. 새삼 조심스럽게 굴 생각은 없다. 이왕 명혜 때문에 서울까지 올라온 거 하고 싶은 말은 거침없이 할 셈이다.

"아줌마, 빙빙 말 돌리지 않고 그냥 여쭤볼게요. 지금 병원에 입원해 계신 이유요, 실패와 실수, 어느 쪽이에요?"

명혜의 눈이 얼마쯤 더 크게 뜨였다가 이윽고 미소와 함께 가늘어졌다.

"어느 쪽이든 상관없었다고 하면, 네가 듣기엔 답답하려나?"

"답답할 것까진 없는데, 조금 애석하네요. 아줌마는 역시 캐서린은 아닌가 봐요."

화담의 쓴웃음에 명혜가 궁금한 듯 몸을 뒤척였다.

"캐서린?"

"《폭풍의 언덕》의 캐서린이요. 히스클리프와 캐서린. 모르세요?"

“아, 워더링 하이츠. 영문학 수업 때 읽은 기억이 나네.”

“잠깐, 방금 뭐라고 하셨어요?”

“영문학 수업 때 읽었다고 했는데?”

“아니 그거 말고, 워더…… 하이 뭐라고 말씀하셨는데.”

“워더링 하이츠? 《폭풍의 언덕》의 원 제목이야.”

명혜의 설명에 눈을 슴벅거리던 화담은 비로소 “아.”하고 이해한 바가 있었다. 어쨌든 눈앞의 명혜에 집중해야 할 때였다.

“저는 그거 작년에 읽었는데요. 현충일에 산 책을 7월까지 거의 두 달 걸려 읽었어요. 어찌나 글자가 빽빽하던지 보기도 전부터 질리는 통에 도무지 진도가……. 아무튼 그거 읽는 도중에 생일이 끼어 있었거든요. 그때 엄마가 아버지 이야기를 해주셨어요. 그전까진, 솔직히 이름도 몰랐고요.”

“작년 생일에……. 그랬구나.”

“왜 아버지가 우리 인생에 없는지, 그런 걸 이야기하다 보니 자연스럽게 아줌마 이야기가 나왔어요. 험담 같은 건 아니에요. 우리 엄마, 딸 앞에서 남의 흉이나 보는 그런 사람 아니거든요.”

그것만큼은 강하게 짚고 넘어가겠다는 화담의 눈빛에 명혜가 가만히 고개를 끄덕였다.

“알아. 너희 엄마는…… 햇빛 같은 사람이랬어.”

햇빛. 아버지가 엄마를 그렇게 표현했을까? 햇빛. 햇빛. 근사하네, 엄마. 그만 가슴이 뜨끈해지려는 것을 화담은 나중에 실컷 생각하자고 봉해버리고 말했다.

“전 아줌마 이야기를 들으면서, 《폭풍의 언덕》에 나오는 캐서린이 떠올랐어요. 아주 격정적이고 불꽃같은 여자. 엄마에겐 비밀이지만 사실 조금 감탄했어요. 그렇게 목숨까지 걸며 누군가를 사랑한다니, 정말 소설 같잖아요."

말없이 경청하던 명혜가 나지막이 대꾸했다.

"비밀로 한 게 다행이네. 네 엄마가 들었다면 웃었을 거야. 내가 얼마나 치졸했는지, 떠올리면서……."

명혜의 눈이 허공의 한 점을 더듬으며 과거로 향했다.

"난 너희 엄마를 만나는 게 두려워서 내 병든 엄마까지 부려먹을 정도로 비겁했어. 만나버리면…… 내 눈으로 봐버리면 그 사람을 놔줘야 한다는 걸 깨닫게 될 것 같았거든. 햇빛인 사람을, 달빛이 무슨 수로 이겨."

엄마가 햇빛이고 이 사람이 달빛인가. 왠지 납득이 가는 표현이라 화담은 저도 모르게 고개를 끄덕였다. '뺏긴 게 아니라 양보했다'고 한 엄마의 말이 전에 없이 무게를 갖고 가슴에 울려왔다.

"그이도, 네 엄마도 착해서 내게 져준 거 알아. 그 대신이라고 말하긴 뭐해도 그이에게 최선을 다했어. 내게 있어 남재현은 신이었어. 한 번도 그렇지 않은 적이 없었단다."

하소연해오는 것처럼, 간절한 울림이 깃든 말이었다. 언뜻 화담은 명혜의 눈에서 죄책감 비슷한 것을 읽었다. 어쩌면 이 사람은 내 존재에 대해 훨씬 일찍부터 알고 있었을지도 모른다는 생각이 든 건 그때였다.

후회하는 걸까. 과거에 행하지 못한 많은 일들을? 거슬러 올라가 그때 두 사람을 갈라놓은 것도? 그래서 이제 와 두 사람의 딸에게 자신이 최선을 다했노라 변명이라도 해야 견딜 수 있는 걸까?

어쩌면, 그 후회가 정당할지도 모른다. 과거의 어딘가에서 명혜가 다른 선택을 했다면 지금 세상에서 두 사람이 사라진 지경까지는 이르지 않았을지도 모른다. 하지만 그런 일들을 하나하나 생각하다 보면 결국 한도 끝도 없어질 것이다.

뺏은 거든, 양보한 거든, 결국 모두가 어른으로서 제 갈 길을 결정한 것. 엄마가 열심히 살았음은 화담이 보장한다. 눈앞의 이 여자도 자신의 최선을 주장했다. 아마 남재현이란 사람도 그랬을 거라고 믿고 싶다.

화담은 명혜에게서 몸을 돌려 창가로 다가가 커튼을 젖히고 창문을 열었다. 뒤늦게 창문 열어도 되죠, 하고 묻자 명혜가 고개를 끄덕였다. 창턱에 기대어 밀려오는 햇살에 지그시 눈을 감았다가 병실에 깔린 무거운 공기를 일소하듯 싱긋 웃으며 명혜를 돌아보았다.

"신이란 거, 꼭 눈에 보여야만 믿을 수 있는 거 아니잖아요? 아니면 이제 눈앞에 없으니 믿음도 없다, 그런 이야기가 되나요?"

"그렇게 손바닥 뒤집듯 버릴 수 있는 마음이라면 왜 내가……."

"왜 내가 죽으려 했겠냐고요? 그거야 아줌마가 나약하니까요."

웃는 얼굴로 화담은 냉정한 말을 서슴없이 했다. 더불어 스스로의 나약함도 쿨하게 인정했다.

"실은 저도 그래요. 멀쩡하게 밥 먹고 웃고 떠들다가도 엄마가 없는데 이게 다 뭐 하는 짓인가 싶어 순간순간 무기력해져요. 모든 게 시들하고, 딱히 살 이유도 없는 것 같고. 그래서 어젯밤에는 달리는 버스에 뛰어들어 죽어버릴까 했어요. 거의 실행에 옮기기까지 했는데."

헉, 하고 명혜가 숨을 들이켜는 소리가 굉장히 컸다. 안색까지 변한 그녀를 보고 화담은 안심하라는 듯 손을 저었다.

"실패했으니까 여기 살아 있는 거죠. 잘 가다가 버스를 코앞에 두고 나자빠졌어요. 운동신경 하면 이 서화담인데 멀쩡한 길바닥에서 벌러덩, 뒤로 넘어진 거 있죠. 그땐 엄마가 못 가게 막은 건가 하고 생각했지만 이제와 생각해보면 죽는 게 무서워서 본능적으로 넘어졌지 싶은 게……."

"네 엄마가 막은 거야."

단호한 목소리로 명혜가 끼어들었다.

"그이도 막았을 거야. 그러면 안 돼, 너는. 절대 안 돼."

"저는 절대 안 되는데, 아줌마는 되고요?"

"나랑은 경우가 달라."

"맞아요. 난 아기곰이고 아줌마는 엄마곰이죠."

"그런 이야기가 아니라……."

"그런 이야기예요. 그래서 둘 다 살아야 해요."

예상 못 한 화담의 말에 명혜는 벌렸던 입을 다물곤 상반신을 일으켜 세우며 화담을 응시했다.

"나는 우리 엄마곰 사랑 듬뿍 먹고 자란 하나뿐인 새끼곰이니까 살아야 하고, 아줌마는 아빠곰이랑 함께 키운 아기곰 두 마리를 위해 살아야 하고. 그런 이야기라고요."

눈물 한 방울이 화담의 뺨을 적셨다. 머리로는 알고 있다. 살아야 하는 이유. 하지만 마음에 생긴 동굴이 너무 크다. 거기서 문득 찬바람이 일어날 때면 온 세상이 암흑이 된다. 그녀와 비슷한 암흑을 내비치며 명혜가 한숨처럼 말했다.

"아기곰들……. 나 같은 엄마는 없는 편이 좋을 텐데."

"그거야 아줌마 생각이라니까요. 아니면 아기곰 두 마리 불러다 대질해 보실래요?"

눈물에 콧물까지 나는 걸 훌쩍이며 화담이 핀잔했다. 명혜가 미소했다.

"그럼 아기곰들 클 때까지만 살까. 소현이가 열여섯 살이니 한 사 년쯤……?"

왠지 여기서 화담이 잠자코 있으면 정말 딱 사 년이라 못 박을 것 같다는 생각이 들었다. 기한을 조금이라도 늘릴 방법, 뭐 없나? 보이지 않는 도깨비방망이라도 뚝딱한 듯이 화담의 뇌리에 뭔가가 번쩍였다.

"아줌마, 연세가 어떻게 되세요? 대충은 짐작 가는데 정확히요."

"서른아홉 살이야."

"와, 어쩐지 주름이 너무 없더라. 그래도 참 관리를 잘하셨네요. 우리 엄마랑 세 살 차인데 한 열 살은…… 아니야. 우리 엄만 화장품이라면 질색을 하고 술도 그리 마셔댔으니까……. 아, 첫 월급 타서 엄마 팔자주름에 보톡스 맞게 해드리는 게 꿈이었는데."

말하다 그만 중얼중얼 삼천포로 빠지고 말았지만 곧 정신을 차리고 화담이 다시 물었다.

"남재현 씨가 올해 마흔다섯인 걸로 알고 있는데 맞죠?"

명혜가 고개를 끄덕이자 화담이 주먹을 흔들며 주장했다.

"남재현 씨가 아줌마 신이라면서요. 그럼 남재현 씨보다 덜 살지는 말아야죠. 그러니까 아줌마도 최소한 마흔다섯, 12월까지는 사셔야 해요."

숫제 논리도 뭣도 없는 우격다짐이다.

"그렇다고 그때가 엔드라인이란 소린 아니에요. 그건 말 그대로 최소치일 뿐이에요. 아무튼 부모 삼년상을 치르는 사람도 있는 판국에 남재현이 신이니 뭐니 한 아줌마가 고작 세상이 재미없단 이유로 죽겠다는 게 말이 돼요? 아줌마가 추모 안 하면 신 체면이 뭐가 되냔 말이에요. 아예 신이란 말을 말던가. 그래서야 완전 신성모독 아닌가요?"

오로지 기세만으로 으름장을 놓던 화담이 여전히 벙해 있는 명혜에게 얼굴을 들이밀며 그녀의 손을 움켜쥐었다.

"이렇게 시시한 사람 때문에 내가 아버지 없이 살았구나 하고 저한테

두고두고 경멸당하고 싶은 게 아니라면, 근성 좀 발휘해 봐요, 아줌마. 제가 아줌마 때문에 엄마를 버리고 아줌마를 선택한 아버지, 더불어 착한 우리 엄마마저 원망하게 하지 말란 말이에요. 아시겠어요?"

잡아먹을 것처럼 응시하는 강렬한 시선에 명혜는 가늘게 몸을 떨었다. 하지만 틀림없이 작게 고개를 끄덕였다.

생각 이상으로 흥분하고만 자신을 추스를 수가 없어 화담이 책을 챙겨 병실을 나가려는데 문을 연 순간 바로 앞에 다현이 서 있었다. 환자에게 줄 식판을 들고 있었다. 안에서 나누는 이야기를 들었던 건지 놀라지도 않고 화담을 마주보는 눈빛이 몹시 가라앉아 있다.

"뭣도 모르는데 오지랖 좀 부렸어요. 괴롭히는 걸로 들렸다면 미안해요."

머쓱하게 변명하고 다현의 옆으로 비켜서 나온 화담은 승준을 향해 턱으로 일어나라는 신호를 보냈다.

"요새 병원이라면 치가 떨려서요. 아줌마도 봤고 하니 그만 가봐야겠어요. 그쪽도 빨리 병원 졸업하시길 빌게요."

승준은 화담의 가방까지 속전속결로 챙겨서 이미 문가에 서 있다. 화담도 재빨리 그를 따라갔다. 하지만 복도에 나선 두 사람을 다현이 불러 세웠다.

"그래도, 이렇게 돌려보내는 건 경우가 아니잖아. 잠시만 기다려줘. 아주머니 부를 테니까 오시면 내가……."

"우리가 딱히 경우 따지고 말고 할 사이는 아니잖아요?"

싱긋 웃으면서 화담이 다현의 말을 끊었다. 말문이 막힌 다현에게 화담은 꾸벅 목례를 남기고 아주 돌아섰다.

유유히 병원을 나섰다. 쫓아오는 사람은 없다.

"아직 해가 중천이네. 남산 열두 번도 가겠다. 그치?"

들뜬 얼굴로 승준을 돌아보며 묻다가 번쩍, 무언가를 떠올리고 화담은 제 이마를 쳤다. 서두르느라 다현에게 차인후 이야기를 한다는 걸 깜박한 것이다.

"뭐야, 웬 돈이야?"

주머니에 넣어놨더니 꼬불꼬불해진 수표를 펼쳐보는 화담 옆에서 승준의 눈이 동그래졌다. 화담은 이맛살을 찌푸리고 수표를 하늘에 비쳐 보다가 도로 잘 접어 지갑에 챙기며 교통비라고 말했다. 승준이 입술을 비죽거렸다.

"그 아줌마가 준 거야? 야박하네. 부자라면서 달랑 그거 한 장이냐. 둘이 서울 왕복한 비용이면 남는 것도 없겠다."

"시끄러, 이제 보니 나 지켜준다는 건 다 헛말이고 노리는 콩고물이 있었던 모양이네? 좀 정떨어지려고 하거든? 떨어져서 걸어줄래?"

"으앗, 잘못했어, 화담아, 나 그런 놈 아니야!"

쌀쌀맞게 말하고 바로 성큼성큼 걸어가 버리는 화담을 승준이 쩔쩔매며 쫓아갔다. 화담이 뒷발질을 하며 꺼지란 시늉을 하더니만 냅다 달리기 시작했다. 진짜 큰일 났다는 생각에 승준이 허둥지둥 달리며 목 놓아 화담을 불렀다.

그렇게 한바탕 달리고 보니 이미 병원은 시야에도 들어오지 않게 되었다. 너무 간격이 벌어져서 승준이 미아가 되기 전에 멈춰선 화담은 병원이 있었던 방향을 쳐다보며 숨을 고르는 틈을 타 한숨을 쉬었다.

'할 만큼 했어. 응. 엄마가 봤어도 잘했다고 했을 거야.'

남은 문제는 지갑 속의 수표 정도. 계좌번호도 알고 있으니 까짓 거 돌아가서 부쳐주자는 쪽으로 생각을 매듭지었다.

"어째 번번이 빈대를 붙은 셈이네."

단지 그 사실이 못마땅해 입맛이 썼다. 그 무섭게 잘생긴 남자 머릿속에 서화담이 빈대와 동격으로 남을 거란 것. 다시 볼 일이 없다고 해도 유감은 유감이다.

"워더링 하이츠."

그 발음도 이상한 제목을 알다니 머리도 똑똑한 모양인데.

"응? 무슨 말인지 잘 못 들었는데 뭐라고 했어?"

그때서야 겨우 화담을 따라잡은 승준이 또 그녀가 뛰어갈까 봐 겁나는지 그녀의 옷자락을 잡고 턱까지 차오른 숨을 고르며 물었다.

"워더링 하이츠, 라고 했다."

"뭔데 그게? 어느 나라 말이야?"

달아오른 얼굴이 삶은 문어 같은 승준이 눈을 말똥거리며 묻는 것에 화담은 강렬한 친근함을 느꼈다. 이게 정상이다. 워더링 하이츠인지 뭐시긴지 우리 같은 애들이 알 게 뭐냐. 화담은 으샤 하고 기운 좋게 승준에게 어깨동무를 했다.

"뭐 그런 게 있다더라. 남산 가자, 남산! 잘하면 대학로도 갈 수 있으려나? 야, 머리 좋은 네가 얼른 생각해 봐."

"오케이! 우선 저 앞에 버스정류장으로 가보자!"

서울에 올라오기 전보다 한결 기분이 가벼워 보이는 화담 때문에 승준의 기분도 더할 나위 없이 좋았다. 네가 거길 왜 가야 하는지 모르겠다고 지난밤부터 오늘 아침까지 줄곧 화담에게 투덜거렸던 게 미안할 정도였다.

얼마 후, 자신의 그 못마땅한 기분이 백번 옳았음을 승준은 알게 된다. 직감. 예감. 육감. 그 어떤 이름을 갖다 붙이든 결과는 같다.

승준은 이날의 서울행을 두고두고 후회하게 된다.

5. 아직도 장애물이 있다

“저기, 정 비서 아저씨.”

문득 화담이 말을 건네자 정 비서는 보고 있던 책에서 눈을 들어 그녀를 보았다.

“왜 그러십니까, 아가씨?”

화담은 주변을 의식하느라 잔뜩 낮춘 목소리로 정 비서에게 속삭였다.

“실은 제가 비행기를 처음 타거든요. 그래서 말인데, 낙하산은 어디서 빌리는 건가요?”

“예?”

“낙하산 말이에요, 낙하산.”

자기 귀를 의심했던 정 비서는 답답하다는 듯 두 번이나 강조하는 화담의 진지한 표정에 침착하게 보이는 얼굴 너머에서 고민에 빠졌다. 설마 진심으로 낙하산을 찾을 리는 없고, 요즘 학생들의 은어 같은 걸까?

“음. 낙하산 말씀이십니까.”

저도 모르게 화담의 분위기에 휩쓸려 정 비서도 목소리를 낮추었다.

화담은 고개를 끄덕이며 주위를 돌아보고는 한 남자가 발치에 세워둔 기내반입용 캐리어를 가리켰다.

"다른 건 몰라도 비행기 탈 때 낙하산은 꼭 챙겨야 한다면서요. 국내선이라고 종종 무시하고 안 가지고 타는 사람도 있다지만 저는 지킬 건 지키자는 주의거든요. 아저씨도 그렇고 저도 이렇게 빈손으로 비행기를 타는 건 안 된다고 생각해요. 두 사람이면 보증금 십만 원 안팎으로 된다고 그러던데 기왕이면 빌려가죠?"

어찌나 진지하던지, 순간 정 비서는 자신이 패러렐 월드에 들어선 듯한 기분이 들었다. '이쪽 세계'에서는 비행기를 탈 때 개인용 낙하산을 챙겨서 타는 게 당연한지도…….

아니, 그렇게 간단히 패러렐 월드 같은 곳에 떨어질 리가 없다. 정 비서는 읽고 있던 SF소설을 덮으며 차분하게 화담에게 질문을 건넸다.

"낙하산에 대한 이야기는 누구에게 들으셨습니까?"

"서윤이요. 아, 아저씨는 서윤인 못 보셨죠. 승준이랑 같은 학교 다니는데 시험만 봤다 하면 전교 1, 2등이 기본인 엄청 머리 좋은 친구예요. 머리만 좋은 게 아니라 굉장한 노력파예요. 근데 그렇게 머리 좋은 녀석 장래희망이 '현모양처'래요. 그것도 '전업주부 현모양처'요. 인류를 위해서 꼭 다시 생각해 보라고 권유했는데 생각하고 있는지 모르겠어요."

"한 사람의 진정한 현모양처가 탄생하는 것도 인류에겐 좋은 일이 아닐까요."

"좋은 일이죠. 하지만 시험 때엔 쌍코피를 터뜨릴 정도로 억척스럽게 공부하는 아이가 검사나 의사가 되면 얼마나 잘하겠어요. 미궁에 빠진 사건도 해결하고, 불치병에 획기적인 약도 개발할 수 있을 텐데. 걔가 한 번 이거다 싶은 건 스스로 납득할 때까지 해봐야 만족하는 악바리기질이 있거든요. 그게 마음에 들어서 친구 하자고 했어요, 제가."

잘했지 않냐는 듯 화담이 의기양양한 미소를 짓는 모습에 정 비서도 그만 전염된 것처럼 빙그레 웃었다. 하지만 친구를 좋아하는 이 순진한 소녀에게 낙하산의 진실을 밝히지 않고 넘어갈 수는 없었다.

그 결과 화담은 큰 충격을 받았다. 서윤이가 나한테 그럴 리가 없어, 라고 몇 번이나 중얼거리다가 정 비서의 휴대폰을 빌린 그녀는 세 차례나 다른 번호로 전화를 걸어 죄송합니다를 연발하고선 마침내 애꿎은 머리를 쥐어뜯었다.

"절친은 딱 두 명인데, 그 두 명 전화번호도 못 외우다니. 오랑우탄도 나보단 낫겠다."

그 모습이 안쓰러워 정 비서가 비밀 정보를 들려주었다.

"남 사장님도 유독 전화번호 외우는 일에는 약하셨습니다. 한 번 스치듯 본 사람도 몇 년 후 어제 만난 사람처럼 기억하시는 분이 매일 거는 집 전화번호도 헷갈리셨지요."

"그거 정말이에요?"

"정말입니다. 그분에게 전화번호를 저장할 수 있는 휴대전화는 문명세계에서 가장 위대한 발명품이었습니다."

"그 어려운 고시까지 붙은 분이 전화번호를 못 외우다니."

"사람에겐 누구나 약점 하나는 있기 마련이니까요."

"맞아요. 제 약점은 숫자예요. 구구단을 외울 때부터 전 숫자가 싫었어요. 그래서 산수도 수학도 바닥을 기고……. 에헤헤, 그렇다고 다른 공부를 별나게 잘한 건 아니고요. 다 중간 정도는 해요. 다만 수학은, 세상에서 아예 없어져버렸으면 좋겠어요."

마지막 말은 거의 넋두리에 가까웠다. 그 모습을 지켜보는 정 비서의 입가에 미소가 감돈다. 그는 주변에 아이가 전혀 없는 터라 가까이서 보고 산 아이라면 모시는 사장댁의 두 아이, 다현과 소현이 전부였다. 한쪽은 어릴 때부터 흠잡을 데 없는 모범생 왕자였고 다른 쪽은 응석받이 공주님이었다. 거기에 이제 한 사람, 발랄한 재투성이 아가씨가 합류하는 건가 그는 생각해 본다.

그때 서울행 비행기에 탑승할 것을 알리는 방송이 시작되었다. 정 비서가 서류가방을 챙기며 일어서고 화담도 책가방을 등에 메며 일어났다. 목요일 오후 네 시 이십 분. 화담은 학교가 끝나고 그녀를 데리러 와 있던 정 비서를 만나 바로 공항으로 온 참이다. 청과물 가게에는 제대로 전화해서 갑작스런 서울행을 알려뒀다.

"승준이 녀석, 또 무슨 일일까 싶어 머리 빠지겠는 걸."

게이트로 걸어가면서 화담은 힐긋 뒤를 돌아보며 중얼거렸다. 장래가 불안한 친구의 정수리 머리카락을 위해서라도 일찍 돌아오면 좋겠다고 생각했다. 그리고 돌아서면서는…… 승준이고 뭐고 다 잊었다.

두근거리는 가슴을 안고 화담은 비행기를 만나러 갔다.

[우와, 비행기 최고! 비행기 사랑해! 안에 있으니까 위로 뜰 때랑 아래로 내려갈 때 빼곤 빠른지 느린지 전혀 모르겠던데 어느새 서울이었다. 그 커다란 걸 운전하다니 비행기 기장은 대단하다! 파일럿이 되고 싶어졌다. 하지만 파일럿이 되려면 수학을 잘해야 하겠지. 조종하는 판? 계기판? 아무튼 그것도 다 숫자 천지겠지. 절대 불가능. 깨끗이 접자.]

한남동 저택으로 향하는 차 안에서 화담은 열심히 다이어리에 비행기를 탄 소감을 적어 넣었다. 감격스런 소감이 꿈의 좌절로 끝나는 게 애석해 비행기를 자주 탈 수 있는 다른 방법이 없나 볼펜을 물고 생각해 보았다.

"아, 스튜어디스라면?"

그건 자신 있다. 아까 보니 스튜어디스 언니들 키 크고 늘씬한 미인들이던데 나도 화장만 잘하면……. 아니다. 복병이 있었다. 아주 커다란.

"정 비서 아저씨."

"예."

"스튜어디스가 되려면 외국어를 잘해야 하는 거죠? 특히 영어."

"아무래도 영어 정도는 기본인 시대이니까요. 스튜어디스라면 말할 것도 없겠죠."

영어 정도는? 너무도 범상한 대답에 화담은 눈을 멀뚱거리다가 조심스럽게 되물었다.

"아저씨도 영어 잘하세요?"

"네이티브에 비할 바는 아니겠지만 웬만큼은 합니다. 회사에서 연수도 보내줬는데 못 해서야 체면이 안 서죠."

"연수 다녀오셨구나. 역시 무작정 공부하는 것보다 외국에서 몇 달이라도 살아본 사람이 언어는 잘해요. 그쵸?"

"환경의 영향은 크니까요. 하지만 의지만 가지고도 충분히 여러 언어를 공부하는 사람도 봤습니다. 당장 사장님, 아가씨 아버님이 그 좋은 사례이지요. 그분은 영어랑 일본어는 네이티브 수준이었고 그 외에도 러시아어, 중국어, 프랑스어, 베트남어까지 수준급으로 구사하셨지요. 올해 들어서는 미얀마어를 공부하고 계셨습니다."

"흐아……."

말로만 들었던 몇 개 국어 구사자가 바로 자신의 아버지였다는 사실에 화담은 벌어진 입을 다물질 못했다. 베트남어까지는 그렇다고 치자. 미얀마어? 미얀마어? 놀라다 못해 기가 질린 화담의 얼굴을 룸미러로 쳐다본

정 비서가 웃음을 누르며 다독거렸다.

"머리가 좋은 것도 있겠지만 역시 언어에 대한 소질을 타고나신 거겠지요. 본인께서도 외국어 배우는 게 취미라고 할 만큼 즐기셨습니다. 아가씨는 어떠십니까? 전혀 그런 쪽에 흥미가 없으신가요?"

"못해요. 바보거든요. 영어도 싫어 죽겠는데."

자학하듯 말하곤 화담은 부루퉁한 표정으로 다이어리를 내려다보았다. 외국어 배우는 게 취미라니, 나와는 완전히 다른 세상 사람이다. 닮은 건 얼굴뿐인가 하고 쭈욱 제 볼을 꼬집어보는 화담에게 정 비서가 말했다.

"영어를 싫어하는 사람은 많습니다. 학교에서 지겹도록 주입식 공부를 시키는 탓이 크지요. 아가씨도 학교 공부가 아닌 다른 식으로 영어를 접했다면 공부가 꽤 재미있었을지 모릅니다. 아직 1학년이니 제2외국어는 안 배우시지요?"

"안 배워요. 상고에 다녀서 배울 일도 없을 거예요."

"아…… 그렇군요. 하지만 어떤 언어든 하나를 제대로 마스터해보는 건 퍽 긍정적인 일입니다. 영어가 아니어도 상관없으니 다른 언어에 관심을 두시고 도전해 보십시오. 생각지도 못했던 재능을 발견하실지도 모르니까요."

"영어도 못하는데 다른 언어라고 딱히 잘하겠어요."

"시켜서 억지로 하는 것과 자발적으로 즐기며 하는 건 경우가 전혀 다르지요. 아가씨는 그런 경험이 없으십니까?"

정 비서의 물음에 화담은 볼펜을 물고 생각에 잠겼다.

"음, 음…… 아! 저번 겨울에 엄마가 김치통 들다가 허리를 삐끗한 적이 있어요."

엉뚱한 방향의 대답에 정 비서가 룸미러로 힐끗 화담을 쳐다보았다. 왼쪽 허공을 쳐다보며 화담이 말을 이었다.

"마침 방학이라 제가 매일 가게에 붙어 있었거든요. 근데 한 열흘이나 됐을까? 나보고 식당 아줌마 다 됐다면서 좀 놀라고 엄마가 부득부득 용돈 줘서 내보내는 거예요. 그래서 승준이랑 서윤이 만나서 스케이트 타러 가긴 했는데 식당 걱정에 영 머리가 무겁더라고요. 저 스케이트 타는 거 엄청 좋아하거든요? 근데도 그땐 정말 지루해서 시계만 계속 들여다봤어요. 아저씨 말도 이런 의미죠?"

"……예. 거의 비슷합니다."

정 비서는 조금 애매하게 대답했으나 화담은 크게 깨달았다는 듯이 팔짱을 끼고 고개를 끄덕였다.

"제2외국어 도전해 봐야겠어요. 생각지도 못했던 재능을 발견하면 다 아저씨 덕분이겠네요. 누가 취미가 뭐냐고 물어보면 외국어 공부요, 라고 대답할 수 있을지도……. 우와, 뭔가 엄청 지적인데? 너무 근사하지 않아요, 아저씨?"

이미 화담은 히죽거리며 다이어리에 도전 과제를 적어 넣고 있었다. 거기 대고 너무 큰 기대는 말라는 말 따윈 죽어도 할 수 없는 정 비서였다. 룸미러로 보이는 소녀의 천진난만한 모습에 빙긋 정 비서가 웃었다.

'신데렐라가 아니라 뮬란인가.'

무주에서도 이 정도면 몇 억은 금방일 텐데, 하물며 서울에 이런 집. 밖에서 본 한남동 저택의 외양에 화담은 놀라서 입을 다물지 못했다. 가구회사 사장 집이니까 집안 가구가 으리으리할 거란 짐작은 했는데 집 자체에 관한 건 간과했던 것이다. 안으로 들어가면서 보니 정원이 축구를 해도 될 정도로 넓고 본채는 물론 차고에 별채까지 있었다!

"혹시 저기 저거 수영장인가요?"

문득 눈에 들어온 무언가를 가리키며 화담이 묻자 정 비서가 수긍했다.

"예. 슬슬 물을 채울 때가 다가오는군요."

집에 수영장이 있어! 베버리힐스냐? 승준이한테 말하면 내가 거짓말을 한다고 생각할 거야. 그렇다고 사진을 찍어달라는 건, 너무 나간 거겠지 하고 단념하면서도 화담은 이것을 머릿속으로만 간직해야 한다는 사실이 못내 안타까웠다.

"수영할 줄 아십니까?"

"제가 효담동의 물개예요. 전 운동신경과 관계있는 건 다 잘해요."

대답하면서도 수영장에서 눈을 떼지 못하는 화담에게 정 비서가 아무렇지 않게 말을 보탰다.

"뒤뜰에 마침 테니스장도 있습니다."

"테니스장이요? 와, 서윤이네 집도 무주에선 부자 소리 듣는데 서울 부자는 상상을 초월하네요. 가구회사라는 게 그렇게 돈을 많이 버나 보죠?"

화담의 순진한 의문에 정 비서는 말을 골라 적당한 선에서 대답했다.

"작고하신 선대 회장님께서 부동산에 대한 혜안이 있으셨습니다. 일찍이 마련한 이 저택도 그렇고, 젊으실 때부터 사 모으신 땅이며 건물 등이 회사의 총 자산규모를 거뜬히 뛰어넘지요. 서라가구가 견실한 토대를 갖춘 알토란 같은 기업으로 평가받는 데는 부동산의 힘이 큽니다."

한마디로 땅 부자라는 소리? 화담은 아담한 체구의 명혜를 떠올리곤 그 아줌마가 어마어마한 상속녀였구나 생각했다. 그렇다고 뭐 별다르게 느껴지는 건 아니었지만 일전에 병원에서 아기곰들 유산 운운했던 소리는 어느 정도 납득하게 되었다. 이 집만 봐도 크게 이해가 되었다.

세상은 참 불공평한 곳 맞구나, 하며 집 마당에 있다는 게 믿기지 않는 커다란 느티나무를 올려다보았다가 열심히 돈 벌어서 땅 산 선대가 있으니 후대가 복 받는 건데 공평 불공평을 왜 따지느냐 싶었다. 까짓 화담도 열심히 벌어서 무주에 집 사고 땅 사면 될 일이다. 샐러리맨이 삼십 년 동안 저축해도 제 집 갖기가 팍팍하다는 서울에 비해 무주는 사람이 흘린 땀을 우롱하지 않을 정도는 된다. 무주가 고향이라 정말 다행이라고 화담은 가슴을 쓸어내렸다.

새삼 고향에 대한 자부심이 들끓을 때는 아니었다. 정원을 가로질러 마침내 저택의 현관 포치에 이르렀고 정 비서가 열어주는 문 사이로 화담이 들어가야 하는 때가 왔다. 신발만 벗기 위해 있는 곳이라고 믿을 수 없을 만큼 넓은 곳에 새하얀 앞치마가 눈부신 도우미 아주머니가 두 분 서 있었다. 한쪽은 아주머니라고 말하는 것도 미안할 정도로 젊다. 앞치마와 한 벌인 머릿수건, 게다가 똑같은 검정 원피스를 입은 게…… 전형적인 메이드 복장!

넓은 저택, 수영장, 테니스장보다 더 실감 나는 부의 상징에 화담의 머릿속이 핑글거렸다. 엄마, 메이드가 있어요, 호텔도 아닌데! 승준아, 나 메이드 봤어. 서윤아, 너희 집에 있는 도우미 아주머니하고는 분위기가 달라!

"어서 오십시오, 아가씨."

소리 없는 구령이라도 붙인 것처럼 동시에 깍듯이 인사를 한 두 메이드 역시 화담의 얼굴을 보고 놀라는 기색이 역력했으나 금세 표정을 수습하고 보다 나이 지긋한 쪽이 사모님께선 서재에 계신다고 정 비서에게 알렸다. 정 비서는 차는 천천히 내오라고 말하고서 화담을 서재로 안내했다.

"사모님. 아가씨를 모셔왔습니다."

두터운 서재문의 노커를 들어 정 비서가 노크하자 들어오라고 말하는 명혜의 목소리가 들렸다. 문은 두께에 비해 너무도 조용히, 매끄럽게 열렸다.

안으로 들어선 화담은 예상을 뛰어넘은 서재에 또 한 번 놀라 입을 벌렸다. 서재라면 두 분 다 대학교수인 서윤의 부모님 서재를 본 터라 면역이 있다고 생각했지만, 아니었다.

화담국밥집이 세 채는 들어섬 직한 면적에, 살림집과 가게 사이의 천장을 터서 1, 2층을 통하게 만들 때에야 가능한 한 높이. 높은데 있는 책을 꺼내기 위한 사다리까지 비치된 공간이 사람 키가 넘는 화초와 책들로 들어찬 것을 보니 화담은 숨이 다 막히는 느낌이었다.

"어서 오렴. 갑작스럽게 오라 해서 놀랐지?"

"아, 안녕하셨어요."

창문 가까이에 있는 떡갈고무나무가 워낙에 커서 그 옆에 있던 명혜를 뒤늦게 발견하고 화담은 꾸벅 인사했다. 오늘의 명혜는 무릎길이의 검은 원피스와 깔끔하게 뒤로 넘겨 하나로 묶은 머리에 화장기 없는 얼굴이 어딘가 프랑스 여배우 같은 허무한 매력을 풍기고 있었다. 볼 때마다 그 이미지가 달라지는 여자. 그중 오늘이 가장 낫게 보이는 것은 어쩌면 당연한 일인지도 몰랐다.

"용건도 제대로 말하지 않고 무작정 올라와서 이야기하자니 이 사람 뭔데 이래 했겠어."

명혜는 서재 중앙의 커피 테이블이 있는 쪽으로 와서 소파에 앉으며 화담에게도 앉으라고 손짓했다.

"조금 놀라긴 했는데 덕분에 비행기도 타보고, 나쁘진 않았어요."

"비행기?"

"네. 오늘 처음 타봤거든요. 좋던데요."

좋았다, 그 간단한 말로는 도저히 표현할 수 없는 무수한 감정으로 화담의 눈이 반짝반짝 빛났다. 물끄러미 바라보던 명혜가 엷게 웃으며 말했다.

"퍼스트 클래스로 장거리 여행을 가보면 더 진가를 알 수 있을 거야."

"그치만 일등석은 비싸잖아요. 운 좋게 무슨 경품 같은 거에 당첨되면 모를까 제 돈 주고는 절대 못 탈 거예요. 버스비도 아까워서 벌벌 떠는데 비행기는……."

별생각 없이 말하다가 문득 엄마의 일이 떠올라 화담은 멈칫했다. 그러고 보니 우리 엄마, 비행기 한 번 못 타고 돌아가셨네. 화담이 취직하면 둘이 비행기 타고 제주도나 한 번 놀러 가자고 말했던 걸 생각해 냈다. 신혼여행으로 가보고 싶었던 곳이라나…….

걷잡을 수 없이 먹먹한 기분에 사로잡혔다. 엄마가 새삼 안타까웠던 것은 말할 것도 없지만, 이제야 그 생각을 한 자신이 믿기지 않는 마음이 컸다.

사람이 무정하다는 게 이런 뜻인가. 엄마가 돌아가신 게 1년이 된 것도 아니고 한 달이 된 것도 아니다. 겨우 보름 좀 지났다. 그런데 벌써 화담은 순간순간 엄마를 아예 잊고 사는 것이다.

"왜 그러니? 어디 몸이라도 불편하니?"

화담의 낯빛이 급속도로 어두워지는 걸 보고 명혜가 물어왔다. 화담은 억지로 미소를 지으며 어깨를 으쓱해 보였다.

"그냥 좀 갑자기 제가 한심한 것 같아서요. 뭔가 알뜰하다기보다는 쩨쩨하지 않나 싶은 게."

"글쎄, 쩨쩨하다고 말하기엔 그릇이 참 크다고 보는데."

화담이 잠자코 명혜를 쳐다보니 명혜가 그 판단의 이유를 설명했다.

"네 어머니가 남기신 그 소중한 돈, 외삼촌이 가지고 잠적해 버렸잖아. 하물며 집조차 없는 맨몸으로 널 거리로 내몰았어. 그런데도 넌 다 털어버리곤 씩씩하게 살잖니? 네가 진짜 쩨쩨한 사람이라면 못 그러지."

외삼촌 이야기에 화담은 쓴웃음을 지었다.

"워낙에 그런 분이구나 하고 살아와서 그래요. 설마 엄마 잃고 혼자가 된 조카마저 등치고 갈 줄은 몰랐지만 이미 벌어져버린 일이니까요."

"찾아볼 생각 전혀 안 했니?"

"빈털터리 학생이라서요. 찾아봤자 그 돈 그대로 가지고 있을 거란 보장도 없고요. 뭐 이걸로 외삼촌이랑 인연을 끊었다고 생각하면 오히려 홀가분하기도 해요. 엄마가 외삼촌이랑 저까지, 셋이나 건사하며 산 것에 비해 저는 내 한 몸만 건사하면 되니 얼마나 편해요."

생글거리는 화담을 물끄러미 쳐다보던 명혜가 팔걸이에 걸고 있던 손을 들어 턱을 괴며 말했다.

"실은 널 올라오라고 한 게 그 일과 연관이 있단다."

"예?"

그 순간 화담은 등줄기를 따라 찌릿하고 쏘는 기운을 느꼈다. 나쁜 예감. 외삼촌과 관련된 일로 좋았던 적이 한 번도 없음을 체득한 몸이 경고한 것이다. 가뜩이나 반듯했던 자세에서 더욱 등을 꼿꼿하게 곧추세우며 화담이 말했다.

"말씀해주세요. 어떤 나쁜 소식이든 들을 준비됐습니다."

"네 외삼촌이 연락을 해왔단다. 이틀 전에."

"연락을…… 여기로요?"

명혜가 정 비서 쪽을 쳐다보았다. 화담도 정 비서를 보자 그가 고개를 끄덕였다.

"제게 연락을 주셨습니다."

"이제 와서 정 비서 아저씨한테 무슨 연락을 해요? 아, 참. 외삼촌은 그 분 돌아가신 걸 모르나?"

"아뇨, 기사를 보셨던지 알고 계셨습니다."

"흥. 별일이네. 조의라도 표하겠대요? 자기 누나 장례식도 안 보고 간 사람이 무슨 바람이 불어선……."

어디까지나 사람답게 생각하는 화담을 두고 정 비서와 명혜가 눈짓을 주고받았다. 화담의 착각이 길어지지 않도록 명혜가 다시 말문을 열었다.

"나한테 소송을 걸겠다더구나."

"……예?"

너무 황당한 나머지 화담은 자리를 박차고 일어나고 말았다. 명혜는 침착하게 말을 이었다.

"친생자관계존부확인의 소를 내겠다는 거야."

"……예?"

이번 '예?'는 그게 대체 어느 나라 말이냐는 '예?'였다.

"너랑 남재현이란 남자 사이에 부녀 관계가 존재하는 걸 확인하는 소, 다시 말해 네가 남재현 딸이란 걸 법적으로 인정해라, 그거야."

덤덤한 명혜의 대꾸에 화담은 도무지 알 수 없다는 얼굴로 반문했다.

"그분 돌아가셨잖아요. 근데 이제 와서 뭘 인정해요?"

"화장한 게 아니니까. 이제라도 머리카락 같은 걸 채취해서 유전자검사를 하면 돼."

"머리카락을 채취……한다면 무덤을 파헤친다고요? 싫어요, 절대 하지 마세요! 저 그런 거 안 해도 돼요. 안 해요! 법적인 인정 같은 거 조금도 필요 없으니까 다시 전화 오면 쓸데없는 짓 하지 말랬다고 아줌마가 말씀해주세요."

화담은 진저리를 내며 완강히 거부했지만 명혜는 희미하게 웃을 따름이었다.

"네가 원치 않는다고 끝날 일은 아니야……. 어쨌든 네 외삼촌이 네 법정대리인인 이상엔 외삼촌이 소송을 거는 걸 네가 막을 방법은 없어."

기가 막혀서 눈을 깜박이던 화담이 털썩 소파에 주저앉아 머리를 싸맸다가 다시 번쩍 고개를 들고 물었다.

"법정대리인인지 뭔지, 그거 못 하게 하면 되는 거 아닌가요? 외삼촌이 우리 엄마 가게 계약서랑 통장까지 들고튀어서 절 거지로 만들어놨는데, 그런 사람이 무슨 법정대리인인지 뭔지를 한다고 나설 수 있어요? 아무렴 법이 그렇게 이상하진 않을 거 아니에요."

잘 생각해냈다는 듯 고개를 주억거리며 명혜가 말했다.

"네 말대로 자격이 없다는 걸 법원에 증빙하고 변경심판을 청구할 수 있어. 말 그대로 '변경'이란다. 너는 미성년자라서 후견인이 되어줄 사람이 꼭 필요하거든. 어떠니, 주변에 네 일을 책임감 갖고 돌봐줄 만한 어른이 있니?"

생각지도 못해본 일이라 화담은 잠시 막막해졌다. 떠오르는 사람이라고 해봐야 승준의 엄마가 전부였다.

"승준이 어머니요. 지금도 절 거둬주신 좋은 분이니까 부탁드리면 아마 해주실 거예요. 그런데 그거, 해주는 사람한테 무슨 불이익 같은 건 없는 거죠?"

"불이익이 생기느냐 마느냐는 네게 달렸지. 그것도 어떤 의미에선 부모가 되는 것과 비슷하니까. 형식에 불과하다고 해도 책임이 지워지는 건 사실이야."

죽어도 문제 같은 건 안 일으킬 자신이 있지만 그래도 화담은 어린 마음에 승준의 엄마에게 폐를 끼치게 되는 건가 싶어 우울해졌다. 법과 관련된 이야기라면 은근 순진한 분이라 겁이 나실 텐데. 그렇다고 외삼촌이 법정대리인인지 뭔지로 활개치면서 소송을 일으키는 걸 두고 볼 수는 없고. 나 혼자서도 어련히 알아서 내 앞가림을 할 텐데 법인지 뭔지는 왜 내 인생에 태클을 거는 걸까?

잠시 생각할 시간을 준 명혜는 수심 가득한 얼굴로 입술을 꾹 다물고 있는 화담을 보며 말했다.

"그래서 내가 제안을 할까 하는데."

화담은 마지못한 듯 명혜를 쳐다보았다.

"괜찮다면 그 후견인 역할, 내가 맡을게."

눈을 크게 뜨며 화담이 뭐라고 말하려 했지만 명혜의 제안은 아직 끝난 게 아니었다.

"그전에 내가 널 입양하고 말이지."

조금은 싸한 미소와 함께 명혜가 창가를 응시했다.

"네 외삼촌은 내 남편이 남긴 유산을 탐해서 소송을 건 거겠지만, 네가 내 자식이 되면 그 유산쯤은 문제도 안 된단다. 그 사람, 겉만 번지르르했지 실은 빛 좋은 개살구였거든. 부동산은 전혀 가진 게 없고 주식은 다 정리한다고 해도 십억 조금 넘을까. 통장엔 몇 천만 원 정도밖에 없어. 연봉 받아봤자 자길 위해 쓰는 건 책 사는 정도, 그 외 태반은 기부하며 살았으니까. 착한 사람이라……."

끝이 조금 젖어들던 목소리를 헛기침으로 가다듬고서 명혜가 화담을 돌아보았다. 슥 한쪽 눈썹을 치켜 올려 오만한 분위기를 드러내며 명혜가 나른하게 말을 건넸다.

"정 비서가 지금 내 자산이 이천억 약간 넘는다더구나. 몇 년 후엔 어찌 될지 잘 모르겠지만 여기저기 뜯긴다 해도 몇 백억은 건질 거야. 내 아버지 말씀에 의하면 땅은 변하지 않는다니까. 어떠니, 내 아기곰이 되는 거 생각해 볼래?"

너무 엄청난 제안에 이건 뭐 생각이고 뭐고 할 수 없다. 어안이 벙벙해서 화담은 명혜의 얼굴만 쳐다보고 있었는데 별안간 서재 한 귀퉁이의 서가가 빙그르르 돌아가더니 거기서 누군가 튀어나왔다.

"죽어도 싫어! 난 그런 거 죽어도 싫단 말이야!"

그 누군가는 악을 쓰고 소리친 뒤 당장이라도 죽일 듯이 화담을 쏘아보았다. 눈물범벅인 얼굴이 무섭게 일그러졌어도 사람을 못 알아볼 정도는 아니었다. 남소현. '응석받이 공주님' 께서 이야기를 엿듣고 있었던 모양이다.

"저기, 나는 하겠다고는……."

"재가 엄마 딸이 되면 내가 콱 죽어버릴 거야!"

화담의 말은 들은 체도 하지 않고 소현은 발을 구르며 명혜에게 선언한 뒤 들어왔던 서가의 비밀문으로 뛰쳐나갔다. 혼자 톡 튀어나와 있는 서가를 멍하니 쳐다보다가 화담이 명혜를 돌아보았다. "말만 저러지 안 죽어."라고 말한 명혜는 정 비서에게 차를 준비하라고 일렀다.

"참, 배고프니? 슬슬 저녁 준비하게 할까?"

문득 생각났다는 듯이 묻는 명혜의 극히 덤덤한 얼굴. 정말이지 프랑스 영화배우 같았다. 독특한 분위기. 아름답다. 그리고 어딘가 무서웠다.

생각할 시간은 딱 주말까지만. 그렇게 소송이 급박하냐고 물었더니 명혜는 학교 전학 때문이라고 잘라 말했다.

"네가 지금 다니는 학교가 상업계이다 보니 인문계로 전학하는 게 만만치는 않거든. 다현이가 다니는 수연고에 문의하니 네 중간고사 성적이 일정 수준 이상이라면 5월 안으론 전학 수속을 해주겠다더구나. 다행히 성적이 커트라인을 겨우 넘겨서 한시름 덜었어."

어느 틈에 화담의 중간고사 성적까지 조회해 놓았는지. 그 주도면밀함에 화담은 새삼 혀를 내둘렀다.

강희가 입원해 있는 동안 치렀던 고등학교 첫 중간고사. 이걸 잘 봐야 엄마가 깨어난다는 묘한 믿음을 갖고 임했던 시험 결과는 화담이 평생 받은 그 어떤 성적표보다 훌륭했다. 석차가 전교 5% 안에 들었으니 말 다했잖은가.

하필 그 5% 이내의 석차가 수연고인지 뭔지에 전학 가기 위한 커트라인이었다니, 그건 좀 신기했다. 신기해 봤자다. 어차피 전학 같은 거 안 갈 텐데 뭘.

공항 안까지 바래다준 정 비서에게 화담은 감사인사와 함께 말했다.

"그만 돌아가세요, 아저씨. 시간 되면 제가 알아서 타고 갈게요."

"게이트 들어가시는 것까지 보겠습니다."

"에이, 괜찮아요. 한 번 타봤으니까 이젠 끄떡없어요. 제가 공부머리는 평범해도 잔머리는 좋거든요."

씩 웃으며 자랑한 화담은 아예 정 비서의 몸을 돌려세우며 어서 돌아가라고 등을 떠밀었다.

"알겠습니다, 아가씨. 정 그러길 원하신다면 돌아가겠습니다. 하지만 우선 이것을."

화담의 힘에 깜짝 놀란 정 비서가 더는 밀리지 않기 위해 단전에 힘을 주며 가방에서 뭔가를 꺼냈다. 흰 봉투. 국밥집 딸 화담은 대뜸 돈 냄새를 맡고 코를 벌름거렸다!

"교통비입니다. 지금까지 미처 신경 쓰지 못했습니다."

"네. 어른께서 주시는 건 거절하는 게 아니랬으니까 받겠습니다. 아주머니께 감사히 받았다고 전해 주세요."

시치미를 뚝 떼며 얌전을 떨어도 봉투를 받는 화담의 눈이 웃고 있다. 이제 그 남자, 차인후에게 빌렸던 돈을 갚을 수 있다, 야호! 속으로 환호작약하며 플라멩코를 추는 화담에게 정 비서가 당부했다.

"사모님의 제안, 모쪼록 신중히 생각하시길 바랍니다. 노파심이지만, 아가씨께선 벌써부터 일주일 후에 거절하겠다고 정해놓으신 듯해서."

그렇게 얼굴에 티가 났나? 화담이 머쓱해서 눈을 깜박거리다가 헛기침을 하고선 대꾸했다.

"뭐랄까, 역시 이건 경우가 아닌 것 같아서요. 제 상황이 공교로운 건 맞지만, 그렇다고 아주머니 양녀가 된다는 건……. 제 얼굴 볼 때마다 돌아가신 그분 생각이 날 게 뻔한데 그게 아주머니께 좋은 일이라는 생각도 들지 않구요. 전 그냥 우리 엄마 서강희 딸 서화담으로 살래요."

"이 집으로 들어온다고 해서 아가씨가 서화담이 아닌 다른 사람이 되지는 않습니다. 그렇게 될 필요도 없습니다. 사모님께서도 그런 건 원하지 않으실 겁니다."

화담은 쓴웃음과 함께 고개를 갸웃했다.

"앞날에 대해서 그렇게 잘라 말할 수는 없지 않을까요? 게다가 소현이 질색하는 거 아저씨도 보셨잖아요. 세 식구끼리 오순도순 살아도 부족할 판에 제가 들어가서 평지풍파를 일으키라고요? 아유, 싫어요. 그건 정말 아니에요."

그 딱 부러진 거절에 정 비서도 더는 권하지 못했다. 그럼에도 돌아가기 직전에 생각만이라도 해보는 건 돈 드는 일이 아니라고 넌지시 충고를 남겼다.

마침내 무주로 돌아가는 비행기 안에서 화담은 동그란 창밖의 밤 풍경을 내려다보면서 정 비서가 충고한 대로 명혜의 제안을 생각해 보았다. 하지만 역시 안 될 말이었다. 그녀는 다이어리를 꺼내 들었다가 이 일은 그저 가슴에만 간직해야지 하면서 도로 덮었다. 그때 아까 받아서 다이어리에 끼워두었던 봉투에 시선이 갔다.

"음…… 무게로 봐서 이십만 원쯤?"

두께가 살짝 있는 봉투를 흐뭇하게 내려다보다가 너무 좋아한다 싶어서 입술을 삐죽거렸다. 자존심을 좀 챙기자, 서화담. 부러 인상을 쓰며 봉투 입구를 열자,

"응?"

언뜻 보인 게 배추색도 누런색도 아니다. 회색? 딱 회색이라고 말하기엔 뭔가 색이 우중충하던데……. 눈치 볼 사람도 없는데 무슨 고민이냐 싶어 확 봉투를 열어젖혔다.

"오! 오오?"

십만 원권 수표를 보고 아아, 하고 이해하는데 두께에 생각이 미쳤다. 수표가 많았다. 정확히 열두 장. 그중 마지막 두 장은 다른 수표보다 0이 하나가 더 붙어 있다.

"삼백만 원?"

교통비가? 왜? 화담은 영문을 알 수가 없었다. 서울 부자가 교통비라고 찔러준 삼백만 원의 근거를 생각해 보느라 화담은 집에 갈 때까지 지

루할 틈이 없었다.

언제 올 거라고 말도 안 했는데 버스정류장에 나와 있던 승준을 본 순간 화담은 대뜸 "야, 너 잘 만났다!"하고 외치며 팔을 잡았다.

"그 아줌마가 나한테 교통비라고 삼백만 원이나 줬어! 계산을 어떻게 하면 그런 금액이 나올 수 있지?"

"삼백? 삼십만 원이 아니라?"

"야, 내가 숫자를 싫어하지 돈을 싫어하냐? 봐라, 여기. 내가 거짓말하나."

가방에서 꺼내 건넨 봉투 속 내용물을 확인하고 승준도 두 눈을 멀뚱거리며 "오오?"하고 얼빠진 소리를 냈다. 함께 집으로 돌아가면서 이리저리 머리를 굴려보던 승준이 그럴싸한 대답을 내놨다.

"지갑에서 십만 원짜리 수표 집어서 준다는 게 백만 원짜리가 섞여들어간 거 아닐까? 왜, 드라마 보면 부잣집 사람들이 흔히 그러잖아. 지갑 안도 안 보고 대충 슥 집어주기."

"이거 먹고 내 아들한테서 떨어져! 하는 식으로 말이지?"

일리가 있다는 듯 고개를 주억거리던 화담이 백이십만 원이라 쳐도 너무 많다고 투덜거렸다.

"그냥 횡재했다고 치고 넣어둬. 너한텐 요긴하게 쓰일 돈이잖아. 그 사람들한테 있어도 그만, 없어도 그만이지만."

"그야 그렇겠지만……."

현실감이 없을 정도로 컸던 그 저택이며 이천억 운운하던 명혜의 말 등을 떠올리며 화담은 말꼬리를 늘였지만 곧 시큰둥하게 고개를 홰홰 내저었다.

"내 사정이 어렵다는 거 하고 그 아줌마 부자인 게 무슨 상관이야. 다음에 만나면 돌려줄 거야."

"또 만난다고?"

저도 모르게 높아진 승준의 목소리에 화담이 멀뚱거리며 그를 쳐다보았다. 반은 머쓱하게, 또 반은 통 이해할 수 없다는 투로 승준이 물었다.

"아니, 또 만날 일이 뭐가 있나 싶어서. 오늘도 그렇게까지 해서 너 데려갈 이유가 뭐냐?"

화담은 양녀 건은 빼고 그 자리에서 오간 이야기를 들려주었다. 화담만큼이나 속 터져 하는 승준과 함께 기회는 이때다 하고 외삼촌 흉을 보았다.

"진짜 네 외삼촌은 어떻게 해야 정신을 차리냐, 어우! 그래서, 소송은 안 하는 쪽으로 가닥 잡은 거야?"

"절대 안 되지. 내가 남화담이 되느냐 마느냐의 문제라고. 남화담이라니, 잘못 부르면 나마담이라고 들린다고. 어우, 그게 이름이야, 방구야."

치를 떠는 화담과 달리 승준은 금세 다른 생각에 표정이 진지해졌다.

"외삼촌 속내는 나도 싫지만 네가 얼마라도 아버지의 유산을 받는 거, 나쁘지만은 않다고 봐. 그분이 살아계셨다면 네 앞길은 분명 챙겨주셨을 테니까."

"전혀 관심 없어. 이번 주말부터는 밥 배달할 거고, 6월부터는 신문배급소에서 일하기로 말도 해놨는데 내가 돈 걱정할 이유 없잖아? 앞길은 내 튼튼한 몸으로 헤쳐 나갈 거니까 공연히 허파에 바람 넣지 마라. 알았지, 내 남친?"

승준의 목에 팔을 걸어 당기곤 화담이 으름장을 놓았다. 승준은 결코 반항하지 않았다. 할 수도 없었다. 여자 친구의 얼굴이 바로 코앞에, 입술 사이 간격은 십 센티도 안 되는 거리에서 사춘기 소년의 뇌는 있으나 마나 하니까.

화담이 늦은 저녁을 먹는 사이 앞에 마주앉아 이야기를 들은 승준의 엄마 강 씨도 똑같이 의분에 불탔다. 미성년자인 둘보다 훨씬 실감 나는 욕을 외삼촌에게 투척하던 강 씨는 보다 현실적으로 소송 문제에 접근했다.

"그 육시랄 놈이, 어쨌건 네 하나밖에 없는 피붙이긴 한데 그쪽에서 마음대로 소송 안 하고 말고 할 수는 있는 일이니? 녹록지가 않을 성싶은데."

"저한테 하고 간 짓이 있으니까요. 너무 걱정하지 마세요. 그 아줌마 부자라서 변호사 빠방하게 쓸 거래요. 아무튼 그 문제 때문에 한두 번 더 서울에 갈 것 같아요."

그러니까 교통비로 오십만 원은 받자. 그것도 좀 많은 것 같지만 어쩌면 또 비행기를 탈 수도 있으니까 여유를 두고. 깔끔하게 돈 계산을 마치고 내일 학교 파하는 대로 차인후에게 십만 원을 부쳐줄 결심을 했다. 벌써 앓던 이가 빠진 기분에 화담은 히죽거리며 밥을 두 공기나 먹었다. 멋모르는 모자는 화담이 속상할 텐데 우리 앞에서 씩씩한 척하느라 더 애를 쓰는구나 싶어 애처로운 눈빛을 주고받았다.

다음날 은행 일을 보고 휘파람을 불며 화담이 청과물가게로 돌아왔을 때 주인 없는 가게를 옆집 채소가게 아저씨가 겸해서 봐주고 있었다. 채소가게 아저씨가 강 씨는 손님이 오셔서 위로 올라갔다고 말해 주었다.

"손님이요?"

"왜, 가끔 오는 여동생."

"어머. 혹시 오늘도……."

"얼굴은 멀끔해 보이던데 자세히는 모르겠구나."

같은 무주에 살아도 두세 달에 한 번 찾아올까 말까 한 승준의 작은이모와는 화담도 안면이 있었다. 열 번을 봤다면 그중 여덟, 아홉 번은 맞아서 말이 아닌 얼굴이었다. 남편이 술만 먹으면 그렇게 마누라를 팬다고 했다. 한데도 그거 하나가 흠이지 술 안 먹을 땐 정말 좋은 사람이라면서 여태 안 헤어지고 살고 있다. 화담은 그 하나의 흠이 용서할 수 없는 수준이란 것을 절대 인정하지 않는 승준의 작은이모에 대해 썩 좋은 감정이 없었다.

어쨌든 얼굴이라도 비출 생각에 화담은 채소가게 아저씨에게 금방 내려오겠다고 말하고 위로 올라갔다. 자매는 이야기가 한창이라 화담이 문을 열고 들어서는 소리도 못 들은 듯했다. 아무렇게나 벗어 던져진 신발을 가지런히 정리하고 있는데 빠끔히 열린 안방 문틈 사이로 말소리가 들려왔다.

"백번 말해도 소용없어. 나는 보증은 안 서."

"언니, 제발. 내 얼굴을 봐서라도 딱 한 번만. 딱 대출 삼천 받는 거잖아. 이게 그렇게 큰돈이면 언니한테 왔겠어. 인경이 아빠한테 틀림없이 해줄 거라고 약속한 내 체면은 뭐가 돼. 한 번만 나 좀 살려주라."

또 돈 문젠가 하고 화담은 눈살을 찡그렸다. 화담의 외삼촌만큼은 아니어도 승준의 작은이모 역시 이런저런 구실로 올 때마다 약간의 돈을 타가곤 했다. 이번엔 아예 대출받는데 보증 서달라고 조르는 모양이었다. 강 씨의 걸걸한 목소리가 들려왔다.

"이제 내가 건사해야 할 애들이 셋이다. 일이백이 귀한 판에 삼천? 도저히 없는 돈 치고 도장 못 찍는다, 난. 하물며 우리 아버지가 뭣 때문에 돌아가셨냐? 친구 보증서 준 거 잘못돼서 집 날아가고 화병 나서 술 마시고 돌아오다가 길에서 동사하셨다. 보증? 아나 보증이다. 그거 말고도 난

법이라면 치가 떨리는 사람이다. 너는 승국이 아빠가 어떻게 죽었는지 알고도 나한테 보증을 서라 마라 하냐, 지금?"

툭툭 내뱉는 말은 마디마디가 한이 묻어 있다. 십 년 무사고 경력의 화물트럭기사였던 승준의 아버지는 고속도로에서 역주행한 차를 피하려다 차가 뒤집히면서 큰 부상을 당했다. 응급실에 들어갈 때까지만 해도 의식이 있어서 마주 오던 옆선의 차가 역주행을 했다고 말했던 모양이지만 정작 그 차는 이미 사라져버린 후였고 이후의 수사로도 끝내 찾아내지 못했다. 게다가 이틀 만에 승준의 아버지가 숨을 거두면서 경찰은 오히려 승준 아버지의 졸음운전으로 일어난 사고로 사건을 종결시켜버리고 말았다.

사람의 죽음만큼 억울한 게 또 없겠지만 이후 사망보험금이라고 받은 돈도 트럭 배상에 모두 들어가고 그러고도 강 씨에게 남은 빚이 몇 천쯤 되었으니 그 억울함이 오죽했겠는가. 청과물가게가 안정되는 대로 기사 일을 그만두려던 참이라 더 그랬다. 사람이 무식하고 힘이 없으면 당한다며 두 아들에게 엄하게 공부를 시킨 것도 그 때문이다.

승준 이모가 뭐라고 하면서 옥신각신 대화는 이어졌지만 화담은 조용히 도로 밖으로 나왔다. 아래로 내려가 가게를 보는 중에도 강 씨의 말이 머리 한편에서 떨어지질 않았다. *나는 법이라면 치가 떨리는 사람이다……*.

그런 분에게 법정대리인 운운 말을 꺼내는 것. 얼마나 커다란 폐가 될까. 저토록 질색하시는 것을 화담의 처지를 생각해서 억지로라도 해주시려고 할 걸 생각하면.

"엄마. 나 고등학교라도 졸업하는 거 보고 가지 그랬어."

화담은 땅이 꺼져라 한숨을 내쉬었다.

다음날 학교에서 돌아왔더니 화담의 앞으로 퀵배달 온 게 있었다. 보낸 사람란에 적힌 '남다현'이란 이름에 화담은 의아해하면서 상자를 열었다.

"휴대폰?"

휴대폰. 그것도 요즘 한창 광고에 등장하는 인기모델의 미끈한 외관에 일단 화담은 감탄했다. 상자 안을 다시 살피니 작은 카드가 보였다.

[받는 대로 아래 번호로 전화해줘. 아무 때든 상관없어. 개통은 되어 있으니까. —다현]

아무 때든 상관없다니, 이 사람 고3 아닌가? 고개를 갸우뚱하면서 화담은 손목시계를 보았다. 네 시 좀 넘은 시각. 학교마다 수업 시작과 끝 시간이 유동적이니 운 좋게 쉬는 시간에 전화를 건다는 보장이 없다.

"아, 문자를 보내서 확인하면 되겠구나."

화담은 기가 막힌 생각을 해냈다는 듯 스스로에게 감탄하며 지렁이가 기어가는 속도로 문자를 작성했다.

[저 서화담입니다. 쉬는 시간이 언제인지 알려주세요.]

틀린 글자가 없는 걸 몇 번이나 확인하고 수신번호를 입력할 때는 그 배는 더 확인한 후에 문자를 보냈다. 겨우 가슴을 쓸어내리고 있는데 번개 같은 속도로 휴대폰이 지저귄다. "벌써?" 하며 화담이 액정화면을 보았다.

[지금 전화해.]

"오올, 딱 쉬는 시간에 보냈나 봐. 역시 서화담, 럭키 걸!"

의기양양하게 웃고선 조신하게 무릎 꿇은 자세로 전화를 걸었다. 신호연결음으로 들려오는 피아노곡이 어딘가 많이 귀에 익어서 저도 모르게 흥얼흥얼 따라 하다 보니 저편에서 "여보세요."라고 목소리가 들렸다.

"아, 안녕하세요. 저 서화담입니다."

저편에 보일 리가 없는데도 꾸벅 머리 숙여 인사했다. 저쪽은 다소 맥없는 목소리로 "알아."하고 대꾸했다.

"휴대폰 보내주신 거 방금 받아서 전화 드리는 거예요."

"그랬겠지."

당연한 걸 왜 굳이 확인하냐는 듯 시큰둥한 대답에 화담은 잠시 휴대폰을 귀에서 떼고 쳐다보았다. 변변찮게 말을 나눈 사이는 아니어도 꽤 상냥한 사람이라는 인상이 있었는데 전화상으로는 그 인상이 좀 어긋난다.

고개를 갸우뚱하다가 뒤늦게 그럴 만한 이유가 떠올랐다. 그 역시 화담의 입양 이야기를 듣고 기분이 상한 건가?

별안간 휴대폰을 보낸 것도 그것과 연관이 있을 거란 생각에 화담은 눈살을 찌푸렸다. 입양 이야기는 그쪽 엄마 혼자 생각이지 나는 그럴 생각이 없다고요. 얼마든지 당당하게 말해주겠노라 다짐하며 화담은 느슨하게 책상다리를 하고선 최대한 고까운 표정을 지었다.

"그럼 용건을 말해 주실래요? 이렇게 휴대폰까지 부쳐야 할 정도로 중요한 할 말이 있는 모양이신데."

"그냥 심부름이야. 통화 끝나고 10초 안에 휴대폰이 폭발하거나 할 정도로 중요한 용건 같은 건 없어."

"예?"

뭐냐, 이 사람? 서울 사는 부잣집 고3 남자는 휴대폰 폭발 같은 살벌한 비유를 예사로 드나? 설마 이건 농담을 가장한 진담? 그래, 이게 〈명탐정 코난〉 속 한 장면이라면 난 틀림없이 통화가 끝나고 살해당할 거야! 살해 동기는 어머니의 유산! 화담은 폭주하는 망상에 사로잡혀 휴대폰을 0.5미터쯤 귀에서 떼고 꿀꺽 마른침을 삼켰다.

"이거 내가 받은 게 아니라 승준이 엄마가 받아놓으셨다가 주신 거예요. 아주머닌 물에 가라앉아도 입이 제일 마지막에 가라앉을 만큼 수다가 왕성하셔서 내가 이런 걸 받았다는 걸 온 시장 사람들이 벌써 다 알게 틀림없어요."

재빠르게 화담이 날 죽이고 싶어도 막아야 할 입이 한둘이 아님을 강하게 어필하니 저편에서 잘 이해가 안 된다는 듯 물었다.

"무주가 그래도 시市 아냐? 무슨 휴대폰 하나 받은 게 그렇게 이야깃거리가 돼?"

"어느 집에서 숟가락을 새로 산 것도 이야깃거린데요, 뭘. 매일없이 보는 얼굴들, 그런 말하는 낙이라도 있어야죠."

"턱없이 무가치한 낙이로군."

단칼에 폄하된 소박한 사교의 즐거움에 화담은 슬며시 뿔이 나기 시작했다. 남다현, 이렇게나 쌀쌀맞은 인간인 줄 몰랐는데 되게 실망이다. 나는 아직 사람 보는 눈이 없다고 고개를 저으며 화담은 제 딴엔 차갑게 말했다.

"심부름이라면 아주머니가 시키신 건가요? 어쨌든 고3 수험생인데 이런 심부름이나 하게 된 거, 유감이고 미안하네요. 저한테 물어보셨다면 필요 없다고 말씀드렸을 텐데."

"허락이야 아주머니가 한 건 맞지만 먼저 말 꺼낸 건 다현이야. 아주머닌 은근히 현실 감각이 희미한 분이라 그런 세심한 데까진 신경이 미치지 못해. 너도 알아둬."

"흐응, 현실 감각이라. 명심하죠. 근데 잠깐만요, 아주머니는 뭐고 다현인 또 뭐예요? 원래 표현을 그렇게 해요?"

다 큰 남자가, 자길 가리켜 이름으로 지칭한다니! 화담과 휴대폰 사이의 간격은 0.1미터쯤 더 늘어났다.

상대방은 잠시 침묵하다가 마침내 물었다.

"너 내가 누군 줄 아는 거야?"

"누구긴 누구예요, 남다현…… 어?"

뒤늦게 화담의 머리가 경보를 발했다. 으레 다현이라고만 생각했다. 그래서 수화기 너머로 들리는 목소리가 꽤 익숙하게 느껴지는 것도 그러려니 했다. 그런데 아니었다. 화담은 다현의 전화 목소리를 들은 적이 없다.

오히려 이전에 전화 목소리를 들어본 쪽이라면…….

"아, 아아! 안녕하세요! 서화담입니다."

"알고 있다니까."

한층 냉랭해진 목소리는 이제 자각하고 나니 분명히 차인후의 그것이다. 화담은 울상이 되어 다시금 통화 초기의 공손한 모습으로 말을 건넸다.

"휴대폰 상자 안에 있는 메모에 다현이라고 적혀 있어서요. 다른 사람이 받을 거라곤 미처 생각 못했거든요."

"그래. 사람은 보고 싶은 대로 보고 듣고 싶은 대로 듣게 마련이라지."

"근데 어째서……."

"내가 전화를 받고 있냐고? 어제 휴대폰 사러 갈 때 동행했었거든. 언제 전화가 오든 내가 받기가 편할 거라는데 의견이 일치했고."

왜요, 라고 묻는 대신 화담은 경청 모드를 유지했다.

"당분간 전화가 있는 편이 편할 거란 건 너도 인정하지?"

"네. 당분간이라면."

"그렇다고 받는 용도로만 쓰란 건 아니야. 무제한 통화? 그런 거 신청

해 놨으니까 좋을 대로 써. 그리고 한 가지."

무슨 이야기이든 마지막 대목에 중요한 사항이 온다. 화담은 등을 더욱 곧추세우며 통화에 집중했다.

"알아보니 통신사마다 네 명의로 살아 있는 번호 있더라. 그거 알아?"

"네에? 그게 무슨 말이에요?"

"말 그대로야. 네 개 통신사마다 네 이름으로 개통된 휴대폰이 있더라고."

"내가 신청하지도 않은 휴대폰이 네 개나 있단 말인가요?"

화담이 거듭 확인하니 인후가 가볍게 혀를 찼다.

"아마 네 외삼촌이 대포폰 비슷한 걸 개통해서 쓰는 모양이야. 명의를 빌려준 거든 뭐든 간에 당장은 문제가 안 돼도 한 몇 달 후 골치 좀 썩게 될 가능성은 농후해."

"골치를 썩는다는 건……."

"간단하게는 요금폭탄 같은 거?"

인후가 심상하게 든 예에 화담은 십 톤 철근이 떨어지는 기분을 맛보았다. 으아아아, 외삼촌! 있는 돈 다 쓸어간 걸로 모자라 하나뿐인 조카에게 무슨 짓을 하는 거야, 대체!

"서화담. 듣고 있어?"

망연자실해서 멍해 있는 시간이 길었는지 인후가 확인을 해왔다. 화담은 간신히 고개를 끄덕였으나 전화상으론 보일 리 없다는 걸 깨닫고 소리를 내어 대답했다.

"……네. 듣고 있어요. 알려줘서 고마워요. 어떻게 해야 할지 여기서 한 번 알아봐야겠네요."

"알아봐도 별수 없을 거야. 그것도 결국 법정대리인 문제로 귀착되거든. 근본적인 게 해결되지 않는 이상 네가 동동거리는 건 의미가 없어."

"아뇨, 그래도 동동거릴 거예요. 내 문제인데 내가 손 놓고 있으면 하늘에서 금도끼가 뚝 떨어진데요?"

저도 모르게 목소리에 힘이 들어가 짜증을 부리는 것처럼 되어버렸다. 화담은 질끈 눈을 감고 바로 사과했다.

"미안합니다. 그쪽에게 화풀이하려던 거 아니에요."

"알아. 이 상황이 짜증나서 답답할 거란 거."

맞는 소리인데도 그렇게 맞는 소리만 골라 하는 상대가 얄미운 건 왜일까. 부글거리는 머리를 꽉 움켜쥔 화담은 문득 떠오른 용건에 애써 웃음 지으며 말했다.

"어제 오후에 그때 계좌로 돈 부쳤는데 알아요?"

"돈? 아…… 그거? 다현이한테 말한다더니 왜?"

"깜박한 거죠, 뭐. 엊그제 서울 갔을 때 정 비서 아저씨가 교통비 하라고 주신 게 있어서 덕분에 갚았어요. 이건 깜박하고 있지 않았으니까 오해 마세요."

저편에서 가만히 듣던 인후가 약한 한숨을 내쉬었다.

"그냥 주면 주나보다 하고 넘어가면 안 돼? 뭘 그렇게 기필코 갚고말고……. 귀찮게."

"이유 없이 남의 돈 받고 꿀꺽하는 건 거지가 아니면 도둑놈 심보죠. 거지라면 자존심이 없는 거고 도둑이라면 양심이 없는 거고. 난 그 둘 다 튼튼해요. 그러니까 그쪽이 그렇게 돈에 연연하지 않으면 어디 기부라도 하는 게 좋겠네요."

어디까지나 차인후에겐 신세를 졌다고 생각한다. 그렇기에 화담은 최대한 성질을 죽여서 대답했다. 인후에겐 그게 훌륭한 비아냥거림으로 들렸다.

"좋아. 네 자존심과 양심을 무시한 발언은 취소할게. 마지막으로 한 가지 충고를 해주고 싶은데, 그래도 되겠어?"

그렇게 물어본 자체가 인후 방식의 빈정거림이었지만 화담은 좋은 뜻으로 받아들여 기꺼이 수락했다.

"아주머니의 제안, 입양까지는 뭣하다 싶으면 거절해도 좋지만 후견인 건은 받아들이는 쪽으로 생각해봐. 네 외삼촌 같은 사람, 이거다 싶은 사람에게 기대어 골수까지 빨아먹는 거 죽어도 못 고쳐. 네가 돌아가신 엄마 대신 외삼촌 봉이 되고 싶은 거 아니면 깨끗하게 인연을 끊어야 해."

"그럴 거예요. 꼭이요."

나는 엄마하고 달라, 하고 화담의 눈에서 불꽃이 튀었다. 하지만 인후는 생각이 좀 달랐다.

"나중엔 몰라도 지금의 너로는 힘에 부칠걸? 어찌어찌 법정대리인을 다른 사람으로 돌리는 데 성공한다 치자. 거기에 악감정을 갖고 너절한 해코지를 안 할 거란 보장 있어?"

"설마……."

화담은 눈살을 찌푸렸지만 딱 부러지게 대답할 수가 없었다. 그녀의 외삼촌은 자신이 남에게 저지른 잘못은 금방 잊고 남이 자신에게 입힌 사소한 해는 앙심을 품고 그 몇 배로 앙갚음해야 만족하는 사람인 것이다. 만약 승준의 엄마가 후견인이 되어준다면 외삼촌이 과연 가만있을까? 무서운 상상에 그만 모골이 송연해진 화담이 꿀꺽 마른침을 삼켰다.

"부정 못 하네."

인후의 목소리가 무척 멀리서 들려오는 듯했다. 화담은 심호흡을 해서 마음을 진정시키고 시무룩하니 중얼거렸다.

"그런 거라면 아주머니께도 후견인을 부탁해선 안 되는 거 아닌가요.

그쪽은 친구 어머니 걱정은 안 하나 봐요."

"안 해. 그분에겐 돈이 있고, 그건 곧 힘이 있단 뜻이니까. 네 외삼촌 같은 사람들은 그 두 가지 앞에선 기를 못 펴지. 전형적인 소인배들이 다 그렇지만."

돈과 힘. 눈에 가득 찼던 수심을 잠시 거두며 화담은 그 말을 새겨본다.

"서화담, 〈아기돼지 삼형제〉란 동화 알지?"

엉뚱한 이야기에 화담은 눈을 깜박거렸다. 인후의 나직한 목소리가 이어졌다.

"늑대를 피하려면 가장 튼튼한 집으로 가는 거야."

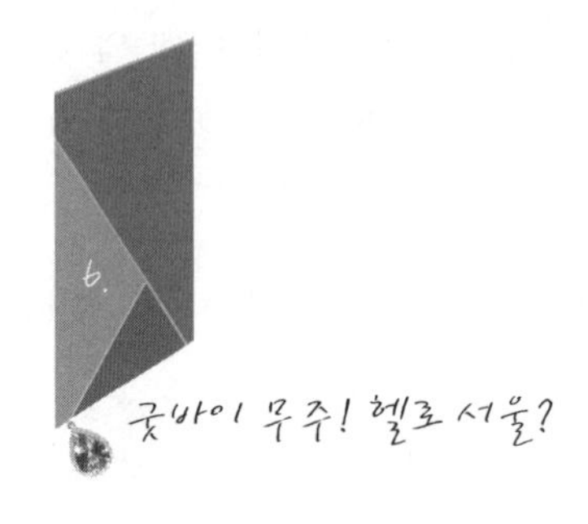

—늑대를 피하려면 가장 튼튼한 집으로 가라.

그 말이 결국 화담의 갈등에 종지부를 찍었다. 그래도 막상 아주 결정을 하자니 미진한 감이 없잖아 있어 똑똑하기론 삼총사 중 으뜸인 서윤에게 상담해보기로 했다.

토요일인데도 학원 수업이 열한 시가 다 돼서 끝난 서윤을 학원 앞에서 기다리다가 근처 편의점으로 자리를 옮겼다.

"그럼 너, 서울로 전학 가게 되는 거야?"

"아무래도 그렇게 되지 않을까. 그 아줌마가 내 후견인 노릇만 해주고 나는 무주에서 살 방법이 없나, 생각도 해봤는데 그럼 어차피 당분간 승준이네 신세를 지게 될 것 같고 그래서야 머리 굴린 의미도 없다 싶어서. 기왕 민폐 안 끼치기로 한 거면 확실히 해야지."

화담은 초롱초롱한 눈으로 서윤의 의견을 구했다.

"나 잘 생각한 거 맞을까?"

"글쎄……."

서윤은 에너지 드링크 약간을 마시고 생각에 잠긴 시선으로 캔을 만지작거렸다. 잠시 후 서윤이 운을 뗐다.

"솔직히 말리고 싶어. 좋은 뜻으로 도와주려고 하시는 거라면 더할 나위 없겠지만 십년지기 친구 사이에도 잘 모르는 게 사람 속이라니까. ……나라면 너무 좋은 제안은 일단 경계하고 보겠어."

"나라고 그 아줌마 무작정 믿는 거 아냐. 나쁜 사람은 아닌 것 같다고 생각했지만 모르지, 나 불러들여서 학대할 생각에 가슴 두근두근하고 있는 변태인지도."

편의점 창문에 비친 얼굴을 보며 화담은 한숨을 쉰다.

"설사 그렇다 해도 상관없어. 내 일신의 일 정도는 충분히 감당할 수 있으니 그런 건 걱정 안 해. 나 때문에 승준이나 승준이 엄마가 해를 입는다면, 그거야말로 큰 걱정이지."

"네 외삼촌이 설마 그렇게까지야……."

"나도 그 정도는 아니라고 믿고 싶은데 믿어져야 말이지. 창피해서 이런 이야기까진 안 하려고 했는데 전에 외삼촌 두 번 사고에 휘말린 적 있어."

운은 뗐지만 영 꺼림칙해서 화담은 잠시 뜸을 들였다.

"한 번은 물놀이 사고였고, 또 한 번은 화재 사고. 두 번 다 당시 사귀던 여자랑 관계가 있는데 물놀이 사고는 계곡에서 입수금지지역 들어갔다가 수영 미숙으로 여자가 빠져 죽을 뻔한 걸 지나가던 사람이 구해줬다고 하고, 화재는 여자네 집에서 자다가 불이 난 거였어. 다행히 이때도 사람은 안 죽었어. 근데 이상하지. 당시 여자친구들은 외삼촌이랑 사귀고 얼마 안 돼서 자기들이 들고 있던 보험 수령인을 외삼촌으로 바꿨다더라고."

"……말도 안 돼. 야, 아무렴 사람이 어떻게."

서윤이 겁을 집어먹은 눈으로 고개를 저었다. 화담은 쓴웃음을 지었다.

"우리 엄마가 두 번째 사고 때 화상 때문에 병원에 입원한 외삼촌 여자친구 찾아갔다가 마침 병실에 있던 외삼촌이랑 다투는 소릴 들었나 봐. 네가 나 죽이려고 한 거 모를 줄 아냐, 뭐 이런 소리였겠지. 전에 다른 여자랑 난 물놀이 사고도 떠오르고 엄마는 가슴이 철렁하도록 놀란 거야. 그날 집에서 외삼촌 붙들고 이실직고하라고 다그치더라고."

"그래서?"

"외삼촌이야 펄쩍 뛰었지. 보험 수령인 바꾼 건 맞는데, 나도 같은 보험 들어서 수령인 그 여자로 했다고 우기는 거야. 과연 외삼촌이 들고 와서 보여준 보험증서 수령인이 그 여자긴 했나봐. 세상 누가 자기 동생이 돈 노리고 다른 사람 목숨이나 노리는 악마라고 믿고 싶겠어? 엄마는 그걸로 외삼촌 결백을 믿어주고, 다음엔 누구를 만나도 이런 보험 같은 걸로 장난치지 말라고 신신당부하는 걸로 끝냈어."

"그래, 네 외삼촌 말이 사실일 거야. 한창 죽고 못 사는 사이일 때 같이 보험 들면서 상대방을 보험 수령인으로 했다고 해도 이상할 건 없잖아. 실제로 아무도 안 죽었고."

서윤 또한 화담의 엄마처럼 외삼촌에게 긍정적인 방향으로 이해해 보려고 했다. 화담은 눈을 가늘게 뜨고 테이블을 내려다보며 중얼거렸다.

"그때 둘이 옥신각신할 동안 난 자리를 피하느라 화장실에 들어가 있었어. 그래 봤자 벽이 얇은 집이라 말하는 게 다 들리긴 했지만. 아무튼 이야기가 끝나고 외삼촌이 툴툴대면서 현관문을 열고 나가는 소리가 났어. 담배에 불을 붙이는지 찰칵찰칵 라이터 소리가 나던 걸 똑똑히 기억해. 이어지던 외삼촌 혼잣말도. *난 결정적일 때 운이 없어서 큰일이야.*"

침묵이 테이블 위에 깔렸다. 이윽고 서윤이 물었다.

"그 이야기 승준이도 알아?"

화담은 생수의 바닥을 보도록 들이켠 후에 고개를 저었다.

"아무리 불알친구라고 해도 차마 하지 못할 말도 있어."

또 얼마간의 침묵. 너무 겁을 줬나 싶어 화담이 창문에 비친 서윤을 훔쳐보는데 서윤이 중얼거렸다.

"……불알도 없으면서."

그 엉뚱한 지적에 그만 풋, 화담은 웃음이 터져 나왔다.

"야, 오서윤이 불알이라고 하니까 엄청 이상해! 그 얌전한 얼굴로 불알이라니!"

"너야말로 이상하거든? 새침데기 쿨뷰티처럼 생겨선 지가 굉장히 터프하게 생겨 먹은 줄 착각하는 게 누군데."

"뭐, 새침데기 쿨뷰티? 너 지금 나한테 시비 거냐?"

"시비는 무슨. 보이는 대로 말해주는데 웬 역정?"

"시비지. 나처럼 시커멓게 탄 쿨뷰티가 세상에 어딨냐?"

"그 말에 정답을 담고 있네. 넌 보이는 데만 탄 거지 원래 까만콩은 아니잖아. 같이 목욕까지 한 사이에 인정할 건 인정하시죠, 서화담 씨?"

잠시 그렇게 아무래도 좋을 언쟁을 벌이고 났더니 테이블에 드리워졌던 무거운 기운도 많이 희석되었다. 화담이 두 번째 생수를 사 와서 자리에 앉자 서윤은 진지하게 자신의 견해를 정정했다.

"말린다고 했던 말은 취소할게. 이 경우엔 네 의지대로 하는 게 가장 좋은 방법일지도 몰라. 그렇다고 네 외삼촌 일을 아주 의심한다는 건 아니야. 거기엔 뭔가 네가 알지 못했던 오해가 있을 거라고 생각하고 싶어."

"응. 나 역시도 반반이니까. 다만 그 사람을 믿을 수 없는 건 확실해."
서윤도 고개를 끄덕이곤 조금 머뭇거리다 물었다.
"승준이랑 아줌마한테도 외삼촌 일을 말할 작정이야?"
"되도록 안 그러려고. 공연히 겁주는 것도 싫고, 역시 쪽 팔리잖아. 달랑 하나 있는 피붙이가 사실은 당신들이 알고 있는 것보다 더 인간말종인지도 몰라요, 하고 선언하는 건."
"하지만 그 일을 설명하지 않고서 승준일 제대로 설득할 수 있겠어? 영문 모를 일에 승준이도, 아줌마도 섭섭해 하실 것 같은데. 게다가 어쩌면……."
"어쩌면 뭐?"
"네가 돈 때문에 그런 결정을 했다고 오해할 수도 있어."
조심스럽게 서윤이 말을 건네자 화담은 새로 딴 생수를 한 모금 마시고 피식 웃었다.
"아주 아닌 것도 아닌데 뭐."
"아주…… 아닌 게 아니야?"
서윤의 의아한 얼굴을 돌아보며 화담이 눈을 빛냈다.
"누가 그러더라고. 늑대를 피하려면 가장 튼튼한 집으로 가라고."
"누가?"
"있어. 저 위쪽에."
가슴에 남은 숨을 끌어모아 한숨을 내쉬고 화담은 말했다.
"동화 속에 나오는 그 튼튼한 집은, 우리가 사는 실제 세상에선 돈 있고 빽 있는, 힘 있는 집이란 소리잖아. 그러니까 그리로 도망가기로 했어."
속내를 털어놓은 것만으로도 모든 것이 훨씬 명료해졌다. 화담은 후련한 기분으로 서윤의 손을 잡았다.

"이 일로 내가 승준이랑 싸우게 돼도 넌 내 편들지 마. 네가 나 감싸주면 걔 성격에 더 오래 삐쳐 있을 거야. 그러니까 승준이랑 열심히 내 흉보고 화내기다? 그럼 얼마 못 가서 왕따 당하는 불쌍한 친구 용서해 주겠지."

서윤이 쿡 웃고선 놀려댔다.

"알고 보면 곰탱이처럼 구는 건 다 위장이네. 사실은 여우과면서."

"원래 내가 잔머리는 좋잖냐."

찡긋 윙크를 던지고 화담은 물을 마셨다. 나 이러다 자다가 오줌 싸는 거 아닐까 걱정하는 화담 옆에서 서윤도 반 넘게 남은 음료수를 들이켰다. 내리깐 눈 속의 눈동자가 요동친다. 한참 전부터 심장 고동도 평소보다 훨씬 빨라졌었다. 밤이 깊어서 마신 에너지 드링크 탓만은 아니다.

'화담이가 서울로…….'

그것이 의미하는 바에 느끼는 비밀스러운 기쁨. 화담은 자신을 믿고 치부까지 들려주었는데……. 새삼 얄팍하게만 느껴지는 자신의 우정에 실망하며 단단히 세워보려고 해도 친구를 돌아보자 또 한 번 생각하게 되는 것이었다.

'화담인 서울로 가고, 난 승준이 옆에 있는 거야. 나만.'

집으로 돌아가는 차 안에서 서윤은 멍하니 수첩을 펼쳐놓고 뭔가를 끼적이다가 멈칫하고 자신이 쓴 걸 들여다보았다.

[Out of sight out of mind.]

……눈에서 멀어지면 마음도 멀어진다.

서윤은 그것이 사실이길 바랐다, 이 경우에도.

일요일 오전에 승준 모자가 교회에 간 사이에 화담에게 전화가 걸려왔다. 서울에서 온 전화였다. 아직 결정을 못 내렸느냐 묻는 정 비서에게 화담은 아니요, 라고 답했다.

"아주머니 도움 받겠어요. 아니, 받고 싶어요. 하지만 딱 하나, 양녀가 되는 것만큼은 못 하겠어요. 그래도 상관없다고 하시면 아주머니 뜻에 따르겠습니다."

"사모님께 그리 전하겠습니다."

화담은 휴대폰을 앞에 두고 연락이 올까 기다려 보았지만 교회 갔던 승준네 모자가 돌아오도록 연락은 없었다. 두 모자에겐 아직 아무 말도 꺼내지 않은 상태였다. 교회에서 돌아온 그들과 교대하듯이 화담도 주말 알바를 가느라 말할 틈이 없었다. 일하러 간 식당에서 휴대폰을 집에 두고 왔음을 깨달았지만 일하느라 바빠 이내 그 일은 잊어버렸다.

일요일엔 오전 열한 시부터 저녁 열 시까지 열한 시간 일해서 일당 7만 원. 토요일에 저녁 타임만 일해서 버는 3만 원과 합쳐서 주말에만 십만 원을 번 화담은 몸은 파김치가 됐어도 신이 나서 집으로 돌아왔다.

"다녀왔습니다."

"피곤하지? 여기 갈아입을 옷. 얼른 가서 씻고 나와."

승준의 엄마는 이미 거실에서 화담이 입을 옷을 들고 서 있다가 화담이 신발을 벗기 무섭게 들이밀며 욕실로 가라고 눈치를 줬다.

"물이 따뜻한지 모르겠네. 아까 보일러가 말썽이던데."

짐짓 큰 소리로 누구에게 들으란 듯이 이야기한 강 씨가 화담을 따라 욕실 안까지 상체를 들이밀며 소곤거리는 목소리로 아까 서울에서 전화가 왔었다고 알려줬다.

"들어오는 대로 전화하라고 하겠다고 했으니까 봐서 전화해줘. 그런데 그 여자 말이 이제부터 자기가 널 거두겠다는 식으로 말하던데, 그거 너도 아니?"

아뿔싸. 직접 말할 생각이었는데 일이 묘하게 어그러졌다는 것을 깨닫고 화담은 당혹스러웠다. 일단 씻고 말씀드리겠다고 대답하고 아주머닐 내보낸 뒤 화담은 물을 틀어놓고 웅크려 앉아서 제 머리를 때렸다.

"어쩐지 승준이가 데리러 안 왔다 했더니. 아, 둔탱이. 휴대폰을 목에 걸고 있을걸."

이미 저지른 실수, 보다 빨리 만회할 생각에 화담은 경이로운 속도로 샤워를 마치고 욕실에서 튀어나갔다. 아주머니께 드릴 말씀이 있다고 먼저 말해놓고선 승준의 방—정확히는 군대 간 형, 승국과 함께 쓰는 방—문에 노크를 했다.

"지승준, 게임하냐?"

몇 번 문을 두드려도 대답이 없어 슬그머니 문을 열고 머리를 디밀었다. 책상 앞에 앉아 슈팅게임 중인 승준의 헤드폰 너머로 쾅쾅거리는 게임 배경음이 흘러나왔다. 책상 옆으로 다가간 화담이 가볍게 책상을 두드리며 말했다.

"요호, 토킹어바웃 좀 하자. 나와라."

대답 없는 메아리. 승준은 어마어마한 집중력으로 모니터를 보고 있는 것 같지만 웬걸, 쏘는 족족 총은 과녁을 빗나가고 이쪽 HP가 쫙쫙 닳는 게 눈에 보였다. 여느 때 같았다면 눈 뜨고 자냐, 원숭이도 너보단 잘 쏘겠다며 깐죽거리고 놀렸겠지만 이번엔 그냥 구경만 하면서 기다렸다.

결국 얼마 못 가 캐릭터 사망. 하지만 곧 죽어도 승준은 화담을 무시하며 캐릭터를 부활시켜 다음 판에 들어갔다. 이게 인내심의 문제라면 얼마든지 버티고 있겠지만 거실에는 화담을 기다리고 있는 아주머니가 계셨다.

"듣기 싫으면 관둬. 난 아줌마랑 이야기하고, 들어가 잘 테니까."

어쨌든 말은 해두고 방을 나왔다. 거실의 자그마한 좌탁 앞으로 다가 앉은 화담은 단도직입적으로 말을 꺼냈다.

"아줌마, 어쩌면 저 서울에 가서 살게 될 것 같아요."

"으응?"

뒤척이며 앉은 자세를 바꾸는 아주머니께 화담은 조곤조곤 명혜가 했던 제안에 대해 말했다. 다 들은 아주머니가 자꾸만 입술을 잘근잘근 깨무는 모습에 화담은 부엌으로 가서 보리차 한 잔을 가져와 아주머니 앞에 놓았다. 물을 달게 들이켠 후에 잔을 만지작거리며 아주머니가 입을 열었다.

"양녀는 싫다고 딱 부러지게 말했단 말이지?"

"딱 부러질 정도는 아닐지도 몰라요. 아직 당사자하고 이야기를 한 게 아니니까요. 어쩌면 주제를 모르고 거절한다고 아예 없었던 이야기가 될지도 모르겠고요."

"그래……."

말이 막히는지 다시금 보리차를 마시고 탁자에 있는 작은 옹이 같은 얼룩을 손톱으로 긁작거리며 아주머니가 말했다.

"나도 먹고살기가 팍팍해서 아주 돌봐준단 말을 못 하는 입장이라 감 놔라, 배 놔라 말하는 것도 그렇다만……. 음, 아줌마는 썩 탐탁하게는 안 들리는구나. 그 여자 입장에서 보면 어쨌든 넌 남편이 밖에서 낳은 자식이니까. 시앗을 보면 돌부처도 돌아앉는댔다고 시앗이 낳은 자식, 어지간해선 곱게 안 보이는 법이지. 딴에는 그래도 기른 정으로 감수하기도 한다더만, 너랑 그 사람은 그조차도 없으니……."

우리 엄마가 시앗? 화담은 강 씨가 별 의식 없이 쓴 단어에 크게 충격을 받은 것을 내색치 않기 위해 안간힘을 썼다. 강 씨는 자세한 속사정까진 아니더라도 대충 화담 엄마의 사정을 알고 있었다.

처녀 때 만나던 사람이 있었는데 더 좋은 여자를 만나서 떠났다. 자존심 때문에 그 사람 안 잡았는데 떠나고 보니 애가 생겼더라, 그래서 그 사람은 딸이 있는 줄도 모른다. 강희가 세상에 내어놓는 이야기는 그 정도 수준이었다.

강희와 알고 지낸 세월이 있으니 그녀가 양심에 거리낄 행동은 결코 하지 않을 사람이란 것도 강 씨는 잘 알 것이다. 그런데도, 강희의 딸을 앞에 두고 태연히 시앗이라는 말을 꺼내는 것에서 화담은 세상의 벽을 여실히 깨달았다.

엄마가 양보한 건데. 엄마보다 그 여자에게 더 절실한 것 같아서, 잡으려면 잡을 수 있는 걸 알면서도 놓아준 건데. 그런데도 세상 사람들에겐 그 사람이 법적으로 처라는 사실만이 의미가 있다니. 시앗, 따위의 소리를 들어야 한다니.

'착한 사람은 손해를 보는구나.'

화담의 마음속 동공에서 스산한 안개가 피어올랐다. 아직도 뭐라 뭐라 명혜의 제안이 석연치 않은 바를 늘어놓는 강 씨를 쳐다보던 화담은 말이 끝나자 엷게 웃으며 말했다.

"현명하게 대처할 테니까 너무 염려 마세요. 팥쥐 엄마한테 당하면서도 참기만 하는 바보 콩쥐 노릇 같은 건 돈 주고 시켜줘도 할 생각 없으니까요. 솔직히 절 데리고 있으면 그 사람도 얻는 바가 있을 거라고 생각하고요."

"어떤 점에서 말이니?"

"아줌마도 보셨잖아요. 제가 남…… 아버지를 쏙 빼닮은 거. 서울에 있는 부인에겐 저만큼 아버질 닮은 자식은 없거든요. 그분 제 아버질 정말 대단히 사랑한 모양이더라고요."

실은 남재현의 자식이 한 명도 없다는 사실까진 덮는다. 강 씨는 화담이 풍기는 묘한 냉랭함을 알아챌 만큼 예리하지는 못했지만 고개를 갸우뚱하며 불안한 눈빛을 지었다.

"네가 자기 자식들보다 훨씬 남편을 닮아서 더 널 미워하게 될지도 몰라. 여자의 질투는 무섭단다. 설사 질투의 대상이 죽었다고 해도 질투는 죽지 않거든."

"그땐 그때고요. 잘 지낼 수 있도록 최선을 다하겠지만 사람이 좋고 싫은 건 인력으론 안 된다는 정도는 알아요. 미움 받는다는 감이 들면 아줌마 눈에 안 띄도록 노력해야죠."

"너무 쉽게 생각하는구나. 한 지붕 아래에서 미워하는 사람이랑 함께 사는 게 보통 일인 줄 아니?"

강 씨가 혀를 찼다. 화담은 여전히 웃으며 말했다.

"아무렴 죽는 것만 하겠어요?"

그때 쾅, 하는 문소리와 함께 승준이 거실로 나왔다. 성질났다고 있는 대로 티 내듯이 좌탁까지 쿵쾅거리며 걸어온 승준은 잔뜩 찌푸린 얼굴로 화담에게 쏘아붙였다.

"허세 부리지마, 멍청아!"

그러곤 그대로 현관으로 직행해서 집을 나가버렸다. 계단을 내려가면서도 쿵쾅쿵쾅. 바깥 대문을 닫으면서도 부서져라 문을 닫는 소리로 잠깐 귀가 다 얼얼했다. 화담은 잠자코 보리차를 마저 마시고 물었다.

“저 녀석, 열쇠나 챙겨서 나갔을까요? 아무래도 이따 초인종을 누를 것 같다는 예감이 강하게 들어요.”

“한 시간 지나도 안 들어오면 내다봐야겠다.”

여자친구는 물론이요, 엄마에게도 너무나 그 속을 훤히 읽히는 지승준, 십칠 세의 소년이다.

거실에서 TV를 보며 아들을 기다릴 아줌마를 남겨두고 화담은 안방으로 들어왔다. 휴대폰 통화목록을 확인해서 가장 위에 뜬 명혜의 것으로 여겨지는 번호를 찾아냈다. 번호를 내려다보는 화담의 시선이 전에 없이 냉랭했다.

‘아줌마, 십 년 세월 동안 이웃하며 언니 동생하고 살아온 분조차 우리 엄마더러 시앗이라고 하네. 엄마라면 그냥 웃어넘기고 말았겠지만 난 살짝 속상하려고 그래.’

실은 살짝이 아니라 굉장히 부글부글 끓고 있다. 살면서 남의 말하기 좋아하는 사람들 입에서 그보다 더한 소리가 나오는 것도 들은 적이 있다. 저 정 많고 너글너글한 승준의 엄마마저 하는 소리인데 다른 사람들은 오죽할까.

한때는 물어버릴 듯이 듣는 족족 따지고 들어 어린애가 되바라졌다는 소리깨나 들었다. 그렇게 싸워봤자 안 보는 자리에선 또 여전히 그런 말을 할 사람들이란 걸 알 만큼 자란 후론 한심한 사람들이라고 생각하며 무시했다.

하지만 그렇게 무시했어도, 한 겹 한 겹 앙금이 쌓인 건 확실하다. 몸에 난 상처는 딱지가 떨어지고 나면 언제 그랬냐는 듯 잊어버리는 반면 대수롭잖은 말 한마디는 마음에 박혀 응어리가 지고 마는 것이다.

‘결정은 엄마가 했어. 알아. 남재현도 엄마가 아닌 당신을 선택했고.

알아. 그래도 당신 탓이야. 적어도, 삼분의 일은.'

내키지 않는 손짓으로 통화버튼을 누른 잠시 후 명혜가 전화를 받았다.

"늦었구나. 이제 들어온 거니?"

"씻고 이런저런 이야기도 하느라고요."

"네 거취 문제?"

"네. 아무래도 갑작스럽다 보니 조금 염려하시네요."

두루뭉술하게 강 씨의 반응을 들려주고 본격적으로 향후의 일에 관한 대화를 나누었다. 양녀 건에 이르자 명혜의 목소리는 다소 고압적으로 딱딱해졌다. 생리적으로 거절에 익숙하지 않은 사람임을 드러내듯이.

"너한테 들려준 내 자산, 당장 급매한다고 쳤을 때의 최소한으로 계산한 거야. 주위에 변변한 어른이 없으니 이게 얼마나 좋은 기회인지도 모르는 거지."

열일곱 살짜리를 상대로 돈 자랑에 환경 지적. 본인의 의도와 달리 역효과는 지대했다. 화담은 고까움을 가볍게 구겨서 마음속 동굴로 걷어차 넣고선 웃으며 말했다.

"놓치고 후회할 팔자라 그런가 보죠. 어쨌든 전 아줌마가 제 후견인이 되어주시는 걸로도 충분히 감사해요."

저쪽은 여전히 떨떠름한 태도로 대답했다.

"단순히 날 스폰서 삼을 셈이라면 우리 서라가구에서 지원해주는 장학생이나 다름없이 대할 거야. 학비와 최소한의 생활비 보조. 다른 점은 살 곳을 제공해 준다는 정도뿐."

"아주 훌륭한데요?"

"같은 집에 사는 내 아기곰들하고 싫어도 비교하게 될걸? 그때 가서 후

회한다 해도 난 몰라."

그 말투에 그만 정말 웃음이 나는 것을 화담은 꾹 눌렀다. 고생 모르고 자란 아가씨란 느낌이 다분한 대사가 아닌가.

어쩐지 공주님 같은 분이라고, 새삼 생각하게 된다. 전화 걸기 전만 해도 '당신 때문에 우리 엄마가 불행해졌어' 따위의 원망과 저주파를 발산하고 있었는데 이래서야 급랭했던 마음도 그만 흐물흐물해지고 만다.

"아줌마 입으로 썩 좋은 엄마 아니라고 하셨잖아요? 그 말이 맞는다면 딱히 후회할 일 없을 것 같은데 말이죠."

"그런 이야기가 아니라…… 됐다, 됐어. 나도 더 이상은 설득 안 해. 후견인, 거기까지만 하자."

넌더리가 난다는 듯 잘라 말한 명혜는 구체적인 일은 정 비서가 해결할 거라고 알렸다.

"가끔 정 비서가 전화할지도 모르니까 휴대전화는 잊지 말고 챙겨다녀. 다음 주 안으로 서울에 아주 올라올 건 각오하고."

화담은 빠르게 아랫입술을 핥으며 네, 하고 대답했다.

통화가 끝나고 이부자리를 펴려다 문득 눈에 들어온 벽걸이 달력을 보며 다음 빨간 날엔 여기에 없는 건가 생각하니 기분이 말할 수 없이 묘했다. 무주에서 나고 자란 무주 토박이 촌년. 튼튼한 몸과 배짱 빼면 시체지만 정말로 무주를 떠나야 한다는 걸 실감하니 다리에 힘이 들어가지 않는다.

"우와, 손에서 땀도 다 나네."

긴장했다. 엄마가 돌아가실지도 모른다고 걱정했던 때를 빼면 오롯이 자신의 일로 겁이란 게 나본 것은 처음이다.

"아직 일주일 있으니까 슬슬 마음의 준비를 하자."

잠옷 바지에 손바닥을 닦으며 화담은 심호흡을 했다.

서울 사람들, 특히 경쟁에 특화된 샐러리맨의 일 처리 속도를 우습게 본 여유였다.

다음날인 월요일 정 비서가 화담의 학교에 와서 전학 수속을 밟았고 그 자리에서 화담은 서울 한남동 집으로 이미 전입신고가 되었음을 알았다. 화요일 오후에 정 비서의 전화를 받았더니 "금요일부터 등교하는 걸로 이야기를 해뒀습니다."라고 한다. 어안이 벙벙해진 화담에게 정 비서가 무척 미안해하며 말했다.

"제가 그만 교복에 대해서 깜박 놓치고 있었습니다. 수연고는 기성품 교복은 체육복 정도이고 다른 건 다 맞춰야 합니다. 오늘 내로 치수를 알려주셨으면 합니다만……."

"금요일이요?"

아직도 화담은 이 소리였다.

"어느 학교든 전학생이란 건 꽤나 주목을 받게 마련 아닙니까. 월요일부터 등교를 한다면 한 주 내내 주위의 이야깃거리가 되기 십상이지요. 그래서 부러 금요일에 잠깐 얼굴을 보이고 주말 동안 관심이 식기를 노리는 겁니다."

정 비서는 진지하게 대꾸하더니 슬쩍 한마디 덧붙였다.

"전학만 열 번 넘게 해본 경험자로서 그쪽이 아주 주효했습니다."

"네에, 그래서 금요일……."

화담은 벤치에 앉아서 하늘을 멀거니 쳐다보며 금요일의 충격에 빠져 있었다. 날이 저무는 건 금방이다. 그 말은 이제 무주에서 보낼 날이 이틀도 남지 않았다는 뜻.

"이러고 있을 때가 아니야!"

벌떡 일어나 화담은 내달리기 시작한다. '엉덩이에 불붙은 듯' 이란 말을 그녀는 이날 제대로 배웠다.

당장 승준이네 집으로 가서 봄옷, 겨울옷 할 것 없이 죄 빨아서 옥상에 널고 내려와 국밥집에서 나오면서 추렸던 짐을 또 한 번 추렸다. 1차 추리기가 끝나자 저녁 먹을 시간이라 내려가서 아주머니 대신 가게를 봐주었다. 강 씨가 저녁을 먹고 내려온 후 화담은 승준이 마중 간다고 하고선 승준과 서윤이 다니는 고등학교로 출발했다.

먼저 승준을 만나서 토라진 걸 풀어줄 생각이었다. 그런데 이 녀석, 보고도 무시한다. 야자 끝나고 가는 바글바글한 학생들 속에서 '나 삐쳤어' 라고 등에다 화담의 눈에만 보이는 형광펜으로 적고 열심히 발을 재우쳐 걸어가는 다람쥐 같은 남친을 건들건들 뒤따라가며 화담은 씁쓸히 웃었다.

같은 버스를 탔지만 끝내 알은체 안 하고 집에 다 와서 내릴 때에도 혼자 덜렁 내린 승준을 따라가면서 화담이 말을 꺼내려고 입술을 벙긋거렸지만 결국 그만두고 말았다.

하늘을 올려다보니 층층구름이 수월찮게 눈에 띈다. 요 근래 가물었으니 비가 와도 좋겠다고 생각했지만 바로 다가오는 승준이네 집 건물을 보고 정신이 번쩍 들었다. 다 늦어서야 빤 화담의 빨래가 옥상에서 춤을 추고 있다. 특히 겨울옷들을 생각하면 비는 절대 곤란하다.

"내일 말고 내일모레! 내일은 안 돼!"

하늘을 향해 비 오는 날을 두고 협상을 벌이다 언뜻 눈앞을 보니 승준이 없다. 가게 뒤쪽에 난 대문이 덩그러니 열려 있고 계단을 뛰어올라가는 발소리만 귀에 들려왔다.

괜스레 머리만 벅벅 헝클어뜨리던 화담은 왜 하필 난 여자애로 태어났을까 한탄했다. 남자애였다면 엄마에게도 더 힘이 되어줄 수 있었을 테고 십년지기 동네친구가 실은 나한테 넌 여자다, 여자 아닌 적 없었다라고 고백하지도 않았을 텐데. 그럼 이 헤어짐도 보다 수월하지 않았을까.

"세상 참…… 어렵다."

엄마가 쓰러진 때부터 불현듯 그 망망한 크기며 무게를 실감하게 된 세상을 향해 백기 선언 같은 말을 하고 화담은 대문 안으로 발을 디뎠다.

정 비서가 부탁한 치수에 대해선 이미 까맣게 잊은 후였고 하물며 승준의 학교로 가는 도중에 휴대전화 배터리가 다 된 것도 화담은 몰랐다. 그리고 기다리다 못해 전화를 건 정 비서는 그러한 무응답을 화담의 자의라고 해석했다. 졸지에 엄마도, 아버지도 잃고 정든 고향마저 떠나야 하는 열일곱 살 소녀가 오죽 생각이 많을까 깊게 헤아려주며 정 비서는 연락을 시도하는 것을 단념했다.

화담은 휴대폰 전원이 꺼졌다는 것을 다음날 오후 엄마를 보러 간 납골당에서야 알았다. 휴대전화를 받은 이래 충전을 해야겠다고 생각한 적이 없을 만큼 무심했던 터라 잠시 먹통인 휴대폰을 보며 고장인가 하고 여겼을 정도다.

"자주 온다고 했는데 벌써부터 핑계 대서 미안. 하지만 엄마, 서울이랑 무주잖아. 교통비 무시 못 하는 가난한 날 이해해줘. 한 달에 한 번은 꼭 올게. 약속."

사진 속 강희에게 손 흔들고 키스를 날리고 화담은 납골당을 뒤로 했다. 버스정류장으로 가는 길에 한두 방울 빗방울이 듣기 시작하더니 돌아가는 길 내내 주룩주룩 비가 내렸다. 다행히 집에서 나오기 전에 옷들은 다 걷어 다림질까지 마친 후였다. 버스 운전기사는 이채롭게도 라디오 클래식 채널을 틀어두었는데 평소엔 들으면 졸리기만 하던 클래식도 이런 날에 비를 보며 듣자니 운치가 있었다.

"어? 이거……."

그리고 언제부턴가 귀에 익은 피아노 소품이 흐르기 시작했다. 유명한 곡 같은데 당장 제목을 말하라면 막힌다. 이런 생각을 아주 최근에도 하지 않았나 고개를 갸웃거리며 귀를 기울였다. 그런데 모처럼의 음악 감상을 방해하듯이 앞자리의 어떤 여자가 별나게 큰 목소리로 전화통화를 했다.

"……비도 오는데 술이나 한 잔 하자고. 센티멘탈은 무슨, 치맥 생각에 침 고여. 응? 카페 아냐. 버스 안이야. 아, 이거. 버스 라디오. 진짜. 그래, 이 몸이 버스를 타면 월광 정도는 기본이다 이거야."

깔깔거리며 떠드는 여자의 목소리는 여전히 컸지만 화담은 더는 그 목소릴 소음으로 여기지 않았다. 여자 덕분에 피아노곡의 제목을 떠올렸다.

월광……. 아마도 베토벤! 언젠가 서윤이네 집에 놀러 갔을 때 거실을 차지하고 있는 굉장한 그랜드피아노를 보고 한 곡 치라고 야단인 두 친구 앞에서 서윤이 가볍게 쳐 보인 곡도 월광 소나타의 한 대목이었다. 학원이라곤 태권도 학원 다닌 게 전부인 화담의 눈에 피아노를 치는 친구의 모습이 얼마나 근사했던지.

"아, 그러고 보니 그때."

최근에 이 곡을 들은 게 어디인지도 떠올랐다. 불과 며칠 전, 차인후에게 전화했을 때 들려오던 컬러링이 이거였다. 음악은 잘 모르지만 핏기 없이 너무도 하얘서 병약한 느낌마저 들던 그 사람에게 썩 잘 어울린다고 생각했다. 목소릴 만질 수 있다면 바삭바삭하게 말린 드라이플라워랑 비슷한 감촉이지 않을까 싶은 그 정적인 목소리와도.

'늑대를 피하려면 가장 튼튼한 집으로 가는 거야.'

"네, 그래서 곧 서울로 갑니다."

차창을 때리는 빗줄기를 보며 화담은 중얼거렸다.

이날 밤 빗속에서 우산 들고 기다리고 있는 여자친구를 보고 승준은 더 이상 화난 척도 할 수가 없어졌다. 제 우산도 있으면서 굳이 접고 화담의 우산 속으로 들어오며 승준이 투덜거렸다.

"내가 그렇게 노래 부를 땐 코빼기 한 번 안 비쳐놓고 이제 와서 우산 들고 마중이란 필살기 쓰기, 있냐 없냐?"

근처를 지나가던 같은 반 친구들이 승준과 함께 있는 화담을 보고는 휘파람을 불어대느라 잠시 떠들썩했다. 이럴까 봐 절대로 올 생각이 없었던 화담이지만 이제 무주도 떠나는 마당에 승준이 소원 하나쯤 못 들어줄 것도 없었다.

"그래, 그래. 내가 지승준 여자친구다. 어때, 사진보다 실물이 훨씬 낫지?"

원 없이 보란 듯이 화담은 우산을 승준에게 맡기고 빙그르르 한 바퀴 돌기까지 했다. 별달리 꾸민 것도 아니고 피케원피스에 슬리퍼라는 조합이었지만 비율 발군에 이목구비 또렷한 잘난 얼굴은 비 내리는 밤에도 존재감이 두드러졌다. 반 애들 중에서 누군가가 "지승준, 전생에 나라를 구했냐?"라고 외치자 어떤 여자애가 "이순신이었나 봐!"라고 대답했고, 거기에 휩쓸린 애들이 일제히 이순신을 연호하기 시작했다. 화담이 싱글거리며 승준에게 말했다.

"공부만 하는 학교치곤 굉장히 떠들썩하네?"

창피했던지 승준은 화담에게 어서 가자며 걸음을 재촉했다. 서윤이가 다니는 학원까지 십 분 남짓 걸었다.

기분은 풀린 것 같은데 말이 없는 승준에게 동조해 화담도 이렇다 할 말 없이 묵묵히 걸었다. 다음 날 화담이 서울로 갈 거란 건 승준도 알고 있다.

"장거리 연애라니. 내가."

마침내 승준이 푸념하듯 쏟아낸 말에 화담은 그의 어깨를 토닥여준다.

"그래도 한 달에 한 번은 꼭 내려올 거야. 뭣하면 군대 갔다고 생각하든가."

"한 달에 한 번 내려와? 고작 한 달에 한 번?"

"그럼 어떡해. 내가 가난한데."

"말이나 못하면……. 네가 한 달에 한 번 오면 나도 한 달에 한 번만 서울 올라갈 거야."

"당연하지. 너도 가난한데다 공부도 해야 하잖아? 시험 있는 달엔 올라올 생각도 하지 말고."

"야, 그럼 달랑 한 달에 한 번 보고 살란 말이야?"

어떻게 그럴 수 있냐는 듯 목소리까지 떨리는 승준을 화담은 정말이지 신기하다 싶어 쳐다보았다. 얜 내가 그렇게 좋나? 코찔찔이일 적에 하도 찌질하게 당하고 다녀서 좀 지켜줬던 건 맞지만 그 뒤로 딱히 잘해준 기억이 없는데 어디가 그렇게 좋아서 눈에 눈물까지 그렁거리지?

참 불가사의한 지승준. 하지만 그가 울먹거리니 화담의 가슴 어딘가도 근질거리는 건 어쩔 수 없었다. 누가 뭐래도 불알친구란 말이다. 서윤이 말대로 내 불알은 없지만.

"여름방학이랑 겨울방학 땐 놀러 올 거야. 그때 최대한 오래 있을게. 벌써 여름방학, 두 달도 안 남았잖아."

"소용없어, 넌 십 대의 하루가 어른들 한 달보다 길다는 소리 못 들어봤냐?"

“못 들었는데? 야, 하루가 다 똑같은 하루지 뭐 그리 심한 차이가…… 그래. 그렇구나. 아이 속상해.”

심드렁하게 고개를 젓다가 노려보는 승준의 시선에 재빨리 화담은 말을 바꾼다. 승준은 다시금 토라졌다.

“그래 말만 사귀는 거지 이건 내 짝사랑이니까. 가라, 서화담. 너 가고 싶은 데로 가. 내가 황진이 첫사랑처럼 삐쩍 말라 죽으면 내 관 끌어내느라 고생 좀 하겠지.”

“으하하, 내가 바로 서화담인데 황진이 첫사랑은 무슨. 차라리 네가 황진이라고 하는 게 낫겠다. 황진이는 서화담을 사랑했다네, 우우.”

화담의 이름은 그냥 강희 좋을 대로 지은 거였지만 나중에 알고 보니 서경덕이란 문인이 있었다나 뭐라나. 그 사람 호가 화담이라 흔히들 서화담이라 불렀고, 그 사람이 저 유명한 기생 황진이, 박연폭포와 함께 송도의 삼절이라는 것, 화담도 나름 기억하고 있다. 아무튼 굉장한 학자였고 황진이가 유혹하는데도 꿈쩍도 안 해서 외려 황진이가 그 인품에 감복해 스승으로 모셨을 정도의 사람. 친일파 따위와 동명이인인 것보다야 천만배 좋은 게 당연하다.

하지만 승준은 자신을 황진이에 비유하자 질색을 했다.

“아, 싫어! 황진이 이야기 전부 취소. 내가 죽나 봐라. 악착같이 공부해서 서울로 대학 갈 거야. 간단하네. 하하하.”

영혼 없이 웃는 승준에게 화담이 현실적인 지적을 했다.

“그땐 내가 무주로 올 텐데? 그럼 우린 어게인 장거리?”

“아, 왜 네가 그때 무주로 와? 한 번 서울 갔으면 대학도 거기서 다녀!”

“에이, 내 머리 공부머리 아닌 거 알면서. 돈 아깝게 무슨 대학이냐, 난 그냥 무주 와서 원래 계획대로 취직을…….”

얼렁뚱땅 화담의 서울행을 당연하게 받아들이고 삼 년 후의 이야기를 하다 보니 서윤의 학원 앞에 이르렀다. 학원 수업이 다 끝나도록 기다리다가 이윽고 삼총사가 뭉쳐 예의 편의점으로 들어가 각자 좋아하는 음료수들로 조촐한 이별 기념 건배를 나누었다.

"정말로 가는 거네, 서울로."

조금 감회에 찬 서윤의 말에 화담이 고개를 끄덕였다.

"간다, 정말. 너희들 대학 가면서 서울 가고 나 혼자 무주에 남는 건 자주 상상했어도 그 반대 경우는 상상도 못했는데 말이지. 참 세상이란 거, 살아보고 볼 일이야."

"긴장 안 돼?"

"무슨 긴장? 오서윤, 나 서화담이야. 몸 튼튼한 거하고 얼굴 두꺼운 거 빼면 시체인 서화담 모르냐?"

"여자애가 그게 자랑이다."

거들먹거리는 화담 옆에서 승준이 입술을 비죽거리며 핀잔했다. 화담은 바로 그거라는 듯 윙크를 했다.

"이 죽여도 죽지 않을 바퀴벌레보다 강한 성격, 아무나 타고난 줄 아냐? 야, 너야말로 긴장해라, 지승준. 서울 꽃돌이들이 내 근성에 반해서 너 없인 못 사네 어쩌네 아우성일 날이 머잖았다. 무주에서 네가 너무 편하게 살았어. 암."

"흥, 얼굴 보고 혹했던 사람도 성격 보고 나가떨어질걸? 긴장? 그게 뭔데? 먹는 거냐?"

말은 그렇게 하면서도 승준이 쥐고 있는 알루미늄 캔이 조금씩 찌그러지고 있는 게 육안으로 보인다. 그걸 지적하는 화담에게 승준은 이건 원래 고를 때부터 이랬다고 우기고 있다. 이번 주 들어 내내 우울해하며 학교에서 변변히 말도 안 하던 승준이지만 화담 앞에선 여전한 모습에 서윤은 복잡한 뜻의 미소를 머금었다.

마지막 만찬도 늘 그랬듯이 농담 따먹기 식으로 끝나나 했는데 밖으로 나왔을 때 우산 속에서 화담은 진지한 얼굴을 보였다.

"나한테 너희들은 둘도 없는 베스트프렌드야. 떨어져 있다고 멀어졌네 뭐네 하지 말고 우리 열심히, 바득바득 친하게 지내자. 승준이야 안 시켜도 잘할 테지만 오서윤, 너. 너는 좀 시켜야겠다. 아무리 공부가 좋아도 밥 먹는 것도 까먹고 다섯 시간이고 여섯 시간이고 앉아서 공부만 하지 말고 두 시간에 한 번은 쉬어. 그리고 그럴 때 나한테 전화나 문자를 하는 거야. 안 그럼 너 서른 되기 전에 치질 걸린다."

"뭐야, 아예 걸리라는 저주보다 더 무서워."

울상이 된 서윤을 보며 화담은 웃음을 터뜨렸다. 천진한 웃음에 배인 활기와 힘. 그 웃음은 으슬으슬 비가 내리는 밤이란 것조차 일순 망각하게 만들 만큼 눈부셨다. 자신과는 정반대의 그 반짝임에 정신없이 끌렸던 언젠가처럼 서윤은 새삼 벅찬 기분을 느꼈다.

'함께 있으면 세상이 훨씬 즐거워지는 기분이 들게 해주는 내 친구 화담이. 너랑 있으면 덩달아 나도 재미난 사람이 되는 것 같았는데.'

그런 친구와 이제 멀리 떨어진다는 상실감에 불현듯 어찌할 바를 모르겠다. '안 가면 안 돼?' 라는 말이 당장이라도 떨어질 것 같았다. 하지만 당황스러움은 화담을 보고 있는 다른 친구, 승준을 눈에 담는 순간 그 형체가 약해졌다.

둘 중에 하나를 골라야 한다면…….

서윤은 눈을 내리깔며 목에 걸린 말을 삼켰다.

목요일. 오전 일곱 시 정각 즈음에 정 비서가 전화를 해서 짐이 어느 정도 되느냐 물었다. 짐 가방 세 개 정도로 화담 혼자서도 충분히 고속버스로 올라갈 수 있다고 대답했는데도 정 비서는 기어코 화담을 데리러 왔다.

열한 시 좀 넘어서 무주를 출발한 차는 세 시 안에 서울로 들어섰다. 그들이 집보다 먼저 향한 곳은 수연고 부근의 교복점. 화담은 그때서야 치수를 알려주기로 했던 약속을 까맣게 잊은 걸 깨닫고 정 비서에게 부랴부랴 사과했다.

"괜찮습니다. 막상 자신의 신체 치수를 정확히 재는 사람은 드물다더군요. 재단사도 직접 오는 게 좋겠다고 해서 저도 재촉하지 않았으니 그렇게 사과하실 것 없습니다."

정 비서는 여유롭게 대답했지만 화담은 약속을 저버렸단 사실에 계속 울상이다.

"앞으론 절대 이런 일 없게 할게요. 저 약속 함부로 깨거나 하는 그런 애 아니에요. 열두 시 약속이면 다리가 부러져도 열두 시까진 나가고 파란불은 사람, 빨간불은 차, 신호등도 절대로 엄수합니다. 믿어주세요."

요즘 애들답지 않은 말을 하는 화담을 보며 정 비서는 진지하게 믿겠습니다, 하고 대답했다. 화담은 거듭 사과한 뒤에야 차에서 내려 교복점으로 들어갔다.

"오늘 주문해서 오늘 안에 받는 건 아무래도 무리겠죠?"

"부탁이야 드려보겠지만, 아무래도 어렵겠지요."

교복점에서도 오늘 당장 옷을 만들어달란 말에는 난색을 표했다. 원래 주말에는 일을 하지 않는 원칙을 깨고, 일요일까지 세 벌씩 만들어서 보내주는 정도가 최대한의 성의.

"옷이 여의치 않으니 등교는 다음 주로 미루시겠습니까?"

일단 체육복만 구입해서 차로 돌아오며 정 비서가 묻는 말에 화담은 고개를 저었다.

"괜찮아요, 혹시 싶어서 입던 교복 가지고 왔거든요. 빨아서 잘 다려놨으니까 입고 갈게요. 종종 그러기도 하잖아요?"

정 비서는 눈썹을 치켜 올렸으나 그래도 괜찮겠느냐는 확인은 생략했다. 고인이 된 사장을 쏙 빼닮은 서화담이란 소녀가 제법 배짱이 두둑하다는 것을 알아가는 중이었다.

수연고에 들러보겠냐는 정 비서의 말에 어차피 내일부터 실컷 볼 학교 아니냐며 화담은 손사래를 쳤다. 대신 차를 돌려 오면서 정 비서가 가리키는 대로 멀찍이서 구경은 했다.

"저기가 수연재단입니다. 유치원부터 고등학교까지 망라하고 있지만 각각의 공간이 겹치지 않도록 잘 구획되어 있습니다. 고등학교는 저기 보이는 붉은 건물 일대입니다."

학교 셋에 유치원까지 모여 있으니 당연하다고 해도 좋겠지만, 굉장한 위용. 물결지은 흰 담으로 구획 지어진 학교 부지는 울창한 녹음 사이로 드문드문 건물이 보이는 것이 언뜻 봐서는 산속 펜션 같기도 했다. 특히 가장 높은 지대에 있는 고등학교는 고딕 양식의 뾰족한 시계탑이 햇빛에 빛나는 것이, 흡사 무슨 성이다. 화담은 저기 땅값이 어마어마하겠구나 하는 생각에 이어 제 다리 걱정을 했다.

"내일부턴 매일 등산을 각오해야 되나요."

정 비서가 웃는 낯으로 그녀의 걱정을 덜어주었다.

"신 기사가 등하교는 책임질 겁니다. 단 아가씨께서 늦잠만 주무시지 않는다면요. 도련님이 고3이시다 보니 아침잠 많은 소현 아가씨는 차 안에서 주무시기 바쁘지요. 아가씨는 어떠실지 모르겠습니다."

"일찍 자고 일찍 일어나니까 전혀 문제없어요."

다만 그 둘과 같은 차를 타고 등교한다는 건 문제가 될 수 있다. 특히 소현이. 그 아이의 불만은 잘 다독거려졌는지 궁금했으나 자기 눈으로 볼 때를 기다리기로 했다.

네 시가 훌쩍 넘어서야 한남동 저택에 들어섰다. 짐가방을 나눠 들고 저택 본채로 향해 걸어가는데 본채의 현관에서 젊은 메이드가 나오더니 화담의 눈치를 보며 정 비서를 따로 옆으로 불러 무언가를 속닥거렸다. 조금 당혹스러워하며 빠르게 눈을 깜박인 정 비서가 화담에게서 등을 보인 채 어딘가로 전화를 했다. 자신에게 들리면 곤란한 이야기인 것 같아서 화담은 부러 정원을 구경하는 척 걸음을 옮기며 주위를 두리번거렸다. 그러다 본채의 3층에 있는 방에서 밖을 내다보고 있는 소현과 눈이 딱 마주쳤다.

"일찍 왔네? 내 정신 좀 봐. 쟤 중학생이지."

소현을 향해 까딱 고갯짓과 함께 손을 흔들었다. 돌아온 건 오만상을 찌푸리며 뒤돌아서는 소녀의 등짝 정도?

"그래도 안 죽은 게 어디야."

화담이 집에 들어오면 죽어버리겠다고 소리치던 게 빈말로 끝나서 다행이라고 가슴을 쓸어내렸다. 내심 걱정했는데 화낼 기운이 있는 걸 보면 안심해도 되겠다.

그 사이 통화가 끝났는지 정 비서가 화담에게 머뭇머뭇 걸어오는 게 보였다. 뭔가 표정이 떨떠름해서 이상하게 여기고 있는데 다가온 정 비서가 목을 가다듬더니 아예 가방을 내려놓고 안경닦이를 꺼내 일없이 안경을 닦았다. 화담이 싱긋 웃으며 말문을 열게끔 유도했다.

"왜요? 이제 와서 집엔 못 들이겠으니까 나가래요?"

"아니요, 아닙니다. 그건 아닙니다만."

말을 끌며 힐긋 정 비서가 본채의 어딘가를 쳐다보았다. 그 시선이 가 닿는 곳이 아마도 아까 소현이 서 있었던 방이라고 짐작하는 건, 어렵지 않았다.

"왜요? 소현이가 저 쓰라고 준비해둔 방 점거해서 농성이라도 하나요?"

"그게 들렸습니까?"

넘겨짚은 건데 딱 맞춘 건지 정 비서가 화들짝 놀랐다. 화담은 그제야 젊은 메이드가 한 말을 대충 알 것 같았다. 그래서 모임에 참석해서 저녁 먹을 무렵에야 들어온다는 명혜에게 전화를 한 모양인데 결과가 썩 좋지 않다는 것도.

"집이 이렇게 큰데 무슨 걱정이에요? 전 천장 있고 비만 안 새면 족해요. 아, 따로 있는 저긴 어때요? 저기도 누가 사나요?"

화담이 가리킨 별채를 보며 정 비서는 다소 복잡한 눈빛을 지었다.

"안 그래도 그리로 모시려던 참입니다. 방을 꾸미지는 않았어도 쓰실 만한 곳이 있긴 합니다."

"좋네요, 가죠."

이미 그쪽으로 걸음을 옮기는 화담을 보며 정 비서도 뒤따라 발을 뗐다.

겉으로 봤을 땐 단층 건물로 보였는데 들어가서 보니 지하실이 있는 복층 건물이었다. 온실 겸 선룸을 통유리 너머로 구경하면서 지나친 후 들어선 곳은 그윽한 나무 냄새와 희미한 고무 냄새로 둘러싸인…… 아틀리에였다. 벽에 걸린 그림과 아직 기대어진 그림, 이젤에 걸려 있는 하다만 스케치며 제도용 책상을 차지하고 사람의 손길을 기다리는 하얀 도화지 등등, 한눈에 그 목적이 뚜렷한 곳을 돌아보며 화담이 감탄을 섞어 외쳤다.

"그림 그리는 사람이 있나 봐요? 와, 잘은 모르겠지만 다 엄청 잘 그린 걸로 보이는데, 누구예요? 누가 그려요?"

풍경이며 정물을 담은 그림들을 구경하느라 분주히 눈동자를 굴리는 화담에게 정 비서가 조용한 목소리로 "사장님께서."라고 대답했다. 화담은 동그래진 눈으로 정 비서를 돌아보았다가 확실히 하기 위해 물었다.

"그 사장님이 제가 아는 그분이랑 동일인?"

정 비서가 고개를 끄덕였다. 화담은 천천히 고개를 돌려 다시 그림들을 돌아보았다. 홀린 듯한 눈으로 수도 없이 보고 또 보느라 들고 있던 짐가방을 떨어뜨린 줄도 몰랐다. 그러다 마침내 경악에 가까운 얼굴로 소리쳤다.

"변호사였던 것으로 모자라 육 개 국어를 하고, 그것도 모자라 그림도 잘 그린다고? 뭐지, 그 얼굴에 그 능력치는 불공평하잖아!"

화담은 정 비서를 돌아보며 캐물었다.

"아저씨, 그분 약점은 없어요? 약점 말이에요, 약점. 인간이라면 다 잘할 수는 없을 거 아니에요."

고인을 생각하며 감상에 빠져 있다가 생뚱맞은 화담의 말에 와장창 감상이 붕괴된 정 비서는 짧게 헛기침을 해서 정신을 수습하고 대답했다.

"사장님께서는 운동치, 보다 정확히 말하자면 몸치에 가까우셨지요. 게다가 심각한 길치라서 일찌감치 운전대를 잡는 걸 포기하셨던 분이기도 합니다. 내비게이션이 그분에겐 구원자였죠."

"운동치에 길치……."

그 말을 곱씹어보던 화담이 문득 허리에 손을 올리고 고개를 뒤로 젖혀 와하하 소리 내어 웃었다.

"저 서화담, 발군의 운동신경에 다섯 살 때 한 번 간 길도 기억하는 눈부신 공간감지력을 갖추고 있습니다. 이만하면 뭐, 겨뤄볼 만하겠군요."

뭘 겨루겠다는 건지 잘 모르겠지만 보통내기가 아니란 확신은 더더욱 강해지는 정 비서였다.

단순히 재현의 아틀리에를 구경시켜주러 온 게 아니라 그 아틀리에가 임시로 화담이 쓸 거처였다. 복층구조로 만들어진 아틀리에는 오른편 구석에 계단이 있었고 그 계단을 올라가면 휴식을 취할 만한 공간이 있었다. 책을 보거나 음악 감상을 할 때는 소파로, 잘 때는 침대로 쓸 수 있는 소파베드와 뒹굴거리기 좋은 두툼한 러그를 비롯해 작은 오디오며 수십 권의 책이 꽂힌 책꽂이도 한쪽 벽을 차지하고 있다.

경사진 지붕 밑이라 그런지 다락방 같은 느낌이 드는 그 공간이 화담은 딱 마음에 들었다. 번거롭게 본채까지 오갈 일이 없도록 아틀리에에 샤워기 딸린 화장실도 있었다.

"여기 좋은데요? 게다가 조금만 고개를 돌리면 아래에 저렇게 멋진 그림들도 있고. 근사해요!"

정 비서는 조금은 곤혹스러운 미소를 머금고 보일 듯 말 듯 고개를 끄덕였다.

잠시 쉴 시간을 주려고 정 비서가 그녀를 아틀리에에 남겨놓고 나간 후 화담은 책꽂이 아래의 받침대를 살펴보다가 그것이 문이 달린 공간박스 수납장임을 깨닫곤 열어보았다. 한쪽에 음악CD가 약간 쌓인 것을 빼놓곤 텅 빈 거나 다름없어 화담은 재빨리 짐을 풀기 시작했다. 짐가방 두 개를 탈탈 정리한 후 남은 가방—이래봤자 학교 갈 때 메는 백팩이었다—은

구석에 세워두는 걸로 만족했다.

"응. 여기가 딱 내 자리다 싶은걸?"

난간에 팔을 기대고 아틀리에를 내려다보며 화담은 자신의 말에 재삼 수긍했다. 정 비서 앞에서 부산을 떨었던 것과 달리 그림들을 바라보는 화담의 눈에는 아련하게 물결치는 가을 강 같은 동요가 흘렀다.

"이렇게 그림을 잘 그리는 분이었구나……."

이러니 엄마가 반하지, 하며 갸웃이 고개를 팔에 묻었다.

"우리 모녀 은근히 이런 데 약하다니까."

한숨과 함께 화담은 눈을 감았다. 지난밤, 영 뒤숭숭해서 설쳤던 잠이 그녀를 찾아왔다. 승준이네 집으로 옮긴 이래 승준 엄마의 잠버릇이 고약해 숙면을 취한 적이 별로 없었는데 이번의 잠은 달랐다.

실로 오랜만의 달고도 맛있는 꿀잠이었다.

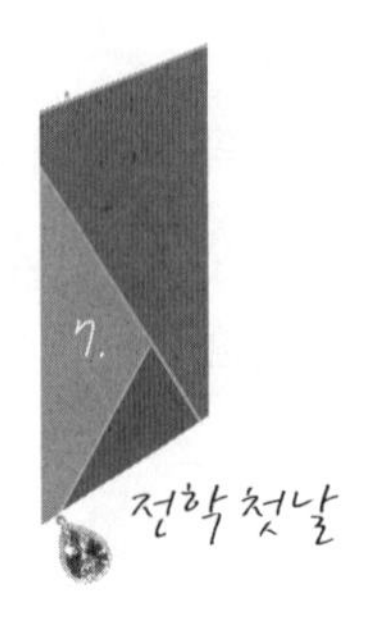

아무리 그래도, 열여섯 시간을 내리 자는 건 좀 심했다.

금요일 아침 여섯 시에 번쩍 눈을 뜬 화담은 어느새 자신이 소파베드 위에서 자고 있는 것을 의아하게 여겼다가 어둑한 실내에 목요일 저녁이라고만 생각하곤 주섬주섬 카디건을 찾아 걸쳤다. 하지만 무주에 전화해 줘야지 하고 찾은 휴대전화의 액정에 뜬 시각 정보에 "우와아아악!" 소리치며 튕기듯 일어서다가 야트막한 천장에 머리를 찧었다.

냅다 아틀리에를 뛰어나간 잠시 후 되돌아와 세수를 하고 두 번째로 뛰어나갔다. 별채에서 막 나와 본채로 날아가려는 화담을 언뜻 부르는 소리가 들린 것 같아서 급정거를 하고 돌아보니 정원 저쪽에서 누군가 뛰어오는 게 보였다.

"안녕? 잠은 잘 잤어?"

동틀 무렵, 지평선이 장밋빛으로 물든 하늘 아래 라임그린색 트레이닝복을 입고 뛰어오는 남다현은, 옷만큼이나 산뜻한 미소를 짓고 있었다. 화담은 세수하면서 대충 물만 묻혔던 머리를 쓸어 넘기며 인사했다.

"네. 거의 기절한 것처럼 푹 잤어요."

다현은 조깅을 하느라 흘린 땀을 훔치며 싹싹하게 물었다.

"배는 안 고프고?"

"아, 고플 게 분명한데 너무 많이 자서 그런가 별생각이 없네요."

"안 그래도 저녁도 안 먹고 잔다는 소리에 깨우러 갔었거든. 근데 너무 곤히 자서 깨울 엄두가 안 나더라. 전화벨이 울리는데도 눈도 꿈쩍 안 하는 거 있지."

"전화요?"

"응. 계속 오길래 걱정하겠다 싶어서 내가 받았거든. 전에 병원에서 본 그 애. 지승준, 맞지?"

"네. 승준이요. 전화 몇 시쯤에 왔는데요?"

"음. 열 시 십 분에서 이십 분 사이?"

화담은 머리를 긁적이며 한숨을 쉬었다.

"사람 걱정시켜 놓고 넌 잠이 오더냐고 한소리 듣겠네. 간신히 풀어줬는데 또 삐친 건 아닌지 몰라."

그녀의 표정을 보던 다현이 고개를 갸웃하며 물었다.

"걔가 남자친구랬지?"

화담은 이런 이야기가 되면 괜히 쑥스러움을 타는 부류다. 그래서 무뚝뚝하게 고개를 끄덕이는 둥 마는 둥 하곤 화제를 돌렸다.

"되게 황당하셨죠? 남의 집에 들어와서 제대로 인사도 안 하고 잠만 쿨쿨. 뭐 이런 애가 있냐고 생각하셔도 별수 없겠네요. 아줌마도 그렇고 소현이한텐 더 찍혔겠네요."

"음. 어머닌 원래 다른 사람 일 깊게 생각하시는 분이 아니고 소현인…… 모난 소리를 좀 하긴 했지만 심성이 나쁜 애는 아니니까 네가 이해해. 그리고 나로 말하자면 나도 긴장하면 잠으로 푸는 부류라서 전혀 이상하게 생각 안 했어. 애기처럼 쿨쿨 자는 거 보니까 동질감 느껴지고 좋던데?"

웃는 얼굴만 호의적인 게 아니라 사람 배려해주는 것도 살뜰하다. 적어도 이 사람과는 잘 지낼 수 있겠다고 안심한 화담은 생각난 김에 딱 자세를 갖춰 꾸벅 인사를 했다.

"당분간 신세 지게 된 서화담입니다. 주위 분들께 폐 끼치지 않는 하숙생이 되도록 노력하겠습니다. 모쪼록 잘 부탁드려요."

그 정중한 인사에 다현도 정색을 하고 맞절을 한다.

"먼저 하숙하고 있는 남다현입니다. 새로 온 하숙생을 진심으로 환영합니다. 이쪽도 아무쪼록 잘 부탁드립니다."

그렇게 응수해주는 자체가 기뻐서 화담은 싱긋 웃었다. 다현도 빙그레 웃더니 슥 손을 내밀어 악수를 청했다.

"난 살면서 가장 중요한 건 사람을 얻는 거라고 생각해. 우리들, 좀 갑작스럽긴 했지만 앞으로 좋은 인연이 되었으면 좋겠다."

"저도 꼭 그랬으면 좋겠어요."

내밀어진 손을 마주 쥐자 다현이 힘차게 흔들었다. 따뜻하고도 힘 있는 악수. 역시 좋은 사람이란 느낌이 물씬 흘러들어왔다.

"화담이라고 편하게 불러도 되지?"

"물론이죠."

"그럼 너도 그 존댓말은 살짝 치우고 오빠라고 불러."

"에…… 예, 으응."

"뭐야, 그 이상한 반응은?"

화담은 쑥스럽게 머리를 긁적였다.

"그게, 여태 누굴 오빠라고 부를 일이 없었던 터라."

어릴 때부터 보고 지낸 승준의 형 승국 보고도 형, 형 해댔던 화담은 오빠란 말에 혀가 꼬이는 기분이 들었다. 머릿속으로 오빠, 오빠하고 연습은 해보지만 막상 부르자니 나오지 않는 것에 화담은 너무도 빠르게 백기를 들었다.

"그냥 형이라고 부르면 안 될까요? 그건 자신 있는데."

"형……?"

다현은 어리둥절한 표정을 지었지만 잠시 후 어째선지 볼을 물들이며 머쓱해했다.

"오랜만에 형 소리 들으니까 기분 묘하네. 여동생뿐이라서 들을 일이 거의 없었거든. 후배 녀석들은 내가 어려운가 꼬박꼬박 선배라고 부르고."

"그거 기분 나쁘지 않다는 뜻이죠? 그럼 나 앞으로 형으로 불러요? 다현이 형?"

"음…… 그러든가. 하지만 그 존댓말은 떼고."

"알겠습니다, 아니, 알았어, 다현이 형! 진짜 잘 부탁해!"

아직 쥐고 있던 손에 다른 손까지 보태 양손으로 흔들며 화담이 활짝 웃었다. 그 천진하고도 에너지 가득한 미소는 극도로 내향적인 서윤을 비롯해 그간 수많은 사람에게 인상을 남긴 화담의 필살기이다. 하물며 그녀와 참 많이 닮은 부친과 십 년 넘게 살아온 다현에겐 더더욱 강렬했다.

"재랑 같이 갈 바엔 학교 안 가."

그렇게 선언하고 소현은 몸을 돌려 2층으로 올라가기 시작했다. 아침 식사 자리에서 먼저 식탁에 앉아 식사하고 있던 화담을 보고 "재랑 같이 먹을 바엔 밥 안 먹어."에 이은 2차 공격이었다. 1차 공격 때는 화담이 거의 다 먹었다고 외친 뒤 반 이상 남은 밥을 들이붓듯이 비우고 자리를 뜨는 걸로 해결되었다. 하지만 2차 공격에는 다현이 언성을 높였다.

"남소현, 자꾸 유치하게 이럴래?"

"나 이렇게 유치해 빠진 거 오늘에야 알았어?"

계단을 올라가면서 소현이 빈정거리는 말에 다현은 재빨리 다독거리는 쪽으로 노선을 바꾼다.

"화담이 등교 첫날이야. 이럴 시간 없으니까 오늘은 일단 같이 가자. 응?"

"내 알 바 아니야."

"좋아. 어차피 개근상 탈 것도 아니니 결석을 하든 택시 타고 쫓아오든 알아서 해. 가자, 화담아."

다독임에 이어 빠른 단념. 정말이지 빠른 시간에 여러 전술을 보여줬지만 소현의 마음을 돌리는 것은 무리였다. 이미 짐작했듯이 고집이 센 아이의 작은 등을 쳐다보다가 가자고 재촉하는 다현과 함께 현관을 나섰다. 나오긴 했지만 화담은 곧 고개를 가로저으며 걸음을 멈추었다.

"나는 혼자 갈게. 형은 소현이랑 같이 가."

"저 녀석 막무가내는 받아주면 한도 끝도 없어. 그냥 모른 척해."

"받아줄 만한 막무가내라면 받아주는 것도 나쁠 거 없잖아. 저만하면 귀여운데 뭘."

"귀여움이라……. 그래, 소현이 안 지 얼마 안 된 사람들은 그런 표현도 종종 하지."

어딘가 해탈에 가까운 공허함을 담아 다현이 중얼거리는 걸 보니 어지간히 동생에게 시달려온 세월을 얼추 알 것 같았다. 툭툭 다현의 어깨를 두드려주며 화담은 씩 웃었다.

“어쨌든 내가 굴러들어온 돌이잖아. 박힌 돌하고 원수지간이 되는 건 바라는 바가 아니니까 형도 눈치껏 도와줘.”

“무슨 뜻인진 알겠는데…….”

“오케이, 협상 완료. 난 시간차 좀 두고 나갈 테니까 형은 어서 소현이 달래서 학교 가. 어서.”

그래도 다현이 난처해하는 것을 직접 현관문을 열어 들여보내고 화담은 작게 한숨을 쉬고 돌아섰다. 등 뒤에서 다시 문이 열리더니 다현이 근심 섞인 얼굴로 내다보았다.

“정말 혼자 갈 수 있겠어?”

“당근! 택시 타고 수연고 갑시다, 하면 되는 거 아냐? 형 혹시 내가 일곱 살인 줄로 알고 있는 거 아냐?”

“학교 오는 대로 문자 해. 시간 되는대로 가볼게.”

그 말엔 화담이 뜨악한 표정을 지었다.

“뭐하러? 엣, 설마 학교에서 아는 척하고 지낼 셈?”

“……당연하지?”

왜 화담이 뜨악해하는지 모르겠다는 얼굴인 다현에게 화담이 눈살을 찡그려 보였다.

“괜히 곤란해질지도 모르니까 그냥 모르는 척해.”

“아, 네가 곤란할까?”

“내가 아니라 형! 나야 어차피 다 모르는 사람뿐이지만 형은 다르잖아.”

그제야 화담이 말하는 바에 마음이 미친 다현이 눈을 깜박거리다 픽 웃었다.

"그런 거라면 신경 쓰지 마. 남의 말 하기 좋아하는 사람들이라면 어차피 어떤 식으로든 다 알게 돼 있어. 일단 너만 괜찮다면 아버지 쪽 친척 정도로 해둘까?"

"나야 아무래도 상관없지만……."

"그럼 됐네. 그럼 이따 학교에서 보자. 아, 우산 챙겨가는 거 잊지 말고."

안으로 들어가려던 다현이 다시 머리를 내밀고 하늘을 가리켰다. 어느새가 구름이 몰려든 하늘을 보며 화담도 고개를 끄덕이곤 별채로 향했다.

"배려심 짱이네, 우리 다현이 오빠."

꽤 자연스럽게 튀어나오긴 했으나, 이내 불판 위의 오징어처럼 사지가 오그라드는 느낌에 진저리를 쳤다.

"형, 형, 그냥 형, 어우, 오빠 안 돼, 오빠 못 해."

한 십 분쯤 바깥으로 난 별채의 복도에 앉아 음악을 들으며 시간을 때우다가 이만하면 갔겠지 싶어 밖으로 나왔다. 유유히 정원을 가로질러 대문까지 걸어간 뒤 대문 밖으로 걸음을 떼다 말고 잠시 멈춰서 집을 쳐다보았다.

새삼 봐도 크고 근사한 넓은 집에서 살게 됐는데도 벅차다는 마음은 전혀 일지 않는다. 어쩐지 남의 꿈에 들어와 기웃거리는 기분이 들 뿐.

이렇게 멋진 집에 사는 아기곰 두 마리는 메이드들이 차려준 밥을 먹고 기사가 태워주는 차를 타고 학교에 간다. 새벽이 깊어야 잠이 든다는 엄마곰은 열 시가 넘어야 일어나기 때문에 아침에는 볼 수가 없단다. 아빠곰이 있을 때는 조금 달랐을까, 고개를 갸웃해보며 화담은 대문을 닫았다.

백팩 끈을 야무지게 움켜쥐고 약간 경사진 내리막길을 우르르 달려 내려갔다. "이상한 나라의 서화담 나가신다!"라는 외침이 그녀의 뒤로 팡팡

튀어올라 흩어졌다.

다현에게는 택시를 타겠다고 했지만 길에 돈 뿌리는 걸 죽도록 아까워하는 화담의 성정에 그런 만행을 저지를 턱이 없다. 승준과 함께 인터넷으로 면밀히 사전 조사한 대로 지하철을 타러 씩씩하게 진격했다. 하지만 마침내 수연고 부근 역에서 내렸을 때 화담은 진이 다 빠져 있었다.

"우웨엑, 토할 것 같아. 와, 저런 걸 타고 출퇴근을 하다니. 서울 사람들은 무섭구나. 서울에 부자가 제일 많은 것도 당연해, 암. 우욱."

출퇴근시간 무렵의 대혼잡한 지하철, 딱 그 피크에 동참해본 화담은 사람의 한계는 무궁무진하다는 깨달음을 얻고 터덜터덜 역을 떠났다. 지상으로 올라오자 보슬비가 내리고 있었다. 그제야 화담은 다현이 가져가라고 일러주기까지 했는데 우산을 깜박했음을 깨닫고 스스로 꿀밤을 먹였다.

"진짜 정신 반쪽씩 딴 데 놓고 다닐래, 서화담? 우주최강 엄마 서강희 씨가 널 그렇게 키웠더냐?"

잊어버린 건 잊어버린 거고 앞일을 생각해야 한다. 솔직히 예전 학교를 다니고 있었다면 이 정도 비, 그냥 맞고도 가겠지만 오늘은 전학 첫날이었다. 택시비는 아꼈지만 엉뚱한 데서 돈이 새게 생겼다고 씁쓸해하며 화담은 우산 살 곳을 찾아 주위를 두리번거렸다.

"오, 깜찍해."

건망증 덕분에 마음에 드는 우산을 건졌다. 투명한 비닐에 포인트로 빨간 별 무늬가 총총히 있는 우산을 펼치고 화담은 수연고까지 올라가는 가파른 길 등반에 나섰다.

화담처럼 두 다리에 의지해 학교까지 가는 학생들이 아주 없는 것은 아니었으나 교복 자체가 아예 다르다 보니 그녀가 홀로 도드라진 건 당연했다. 읽고 있던 책에서 잠시 시선을 들어 바깥을 내다본 누군가의 눈에도 확 박히기 충분할 만큼. 그는 뱅글뱅글 우산을 돌리며 걸어가는 그녀의 뒷모습에 이삼 초쯤 시선을 주고 다시 책을 보았다가 페이지를 쓱 문지르며 중얼거렸다.

"왼쪽으로 보이는 빨간 우산 옆에 세워주세요."

"빨간 우산……. 예, 도련님."

평생 가야 제가 먼저 말 거는 일이 손에 꼽는 터라 기사는 룸미러를 힐끔거리곤 분부에 따랐다.

문득 차 한 대가 옆에 서더니 차창이 슥 내려가는 것에 화담은 별생각 없이 시선을 한 번 던지고 걸어가다가 그 안으로 보였던 누군가가 신경 쓰여 다시 뒷걸음질을 했다.

"어, 안녕하세요?"

아는 사람을 만난 반가움에 꾸벅 인사하는 화담에게 그 아는 사람, 인후도 고개를 까딱하며 알은체했다.

"다현인 어쩌고 혼자야?"

"먼저 갔어요."

"먼저?"

"네. 소현이 데리고."

딱히 그걸 강조한 건 아니지만 거기서 제반의 사정을 대충 눈치챈 인후가 반대쪽 차창 너머를 응시하고는 차에 타라고 말했다. 화담은 재빨리 사양했다.

"괜찮습니다. 연습 삼아 한 번 걸어 올라가보려고요."

"연습 나중에 해. 교복 제대로 생겼을 때."

"아, 이거. 그렇게 눈에 띄나요?"

너무 당연한 터라 인후는 대답도 하지 않고 잠자코 손을 뻗어 차문을 열어주는 쪽을 택했다. 그 정도로 권하는데 거절하는 것도 경우가 아니다 싶어 화담은 우산을 접고 차에 올라타며 인후와 기사에게 일일이 감사 인사를 했다.

차가 출발한 후 눈을 찌를 것처럼 긴 앞머리를 드리우고 책에 시선을 고정시킨 인후를 화담은 멀뚱히 쳐다보다가 심심해진 손을 치마에 슥슥 문질렀다. 차 안에는 자칫 놓치기 쉬울 정도로 희미하게 클래식이 흐르고 있었는데 이번엔 무슨 곡인지 화담은 전혀 감도 오지 않았다. 바이올린, 혹은 첼로. 화담에게 그 둘의 구분은 크게 의미가 없다.

잘은 몰라도 차분하다. 그래서 졸립다…… 라는 감상과 함께 스르륵 감기는 눈을 의식하고 번쩍 뜬 눈에 힘을 주면서 다시 인후를 돌아보았다. 팔락 책장을 넘기는 그의 왼손이, 갸름하고 긴 손가락은 물론 옅은 복숭아색의 손톱까지도 깔끔하고 어여쁜데 내심 감탄하고는 그 손이 들고 있는 책의 제목을 보려고 슬금슬금 고개를 움직였다.

"뭘 알고 싶은데?"

안 보는 것 같은데도 보고 있었는지 인후가 툭 물었다.

"아니 그냥 어떤 책을 읽나 싶어서."

슬쩍 겸연쩍어하며 화담이 말하자 인후는 대답 대신 책 표지를 화담 쪽으로 보여주었다.

『假面の告白』

화담은 일순, 호기심이 고양이를 죽인다는 말이 왜 생겼는지 생생히 깨달았다. 표지에 뭐라고 써 있는지 전혀 알 수가…… 아니야, 마지막의 백白 자는 알겠어. 백 자 앞의 글자도 어디서 많이 본 듯한 게 시간을 충분히 주면 기억날지도…… 아니야, 나는 틀렸어. 나한테 한자는 무리야.

그런 감정이 파노라마처럼 스쳐가는 그녀의 얼굴을 보던 인후가 "가면의 고백."이라고 친절하게—다현의 온혈동물의 친절함을 발한다면 이쪽은 냉혈동물의 친절함이랄까—알려주었다. 어째 알아도 반갑지가 않다. 그래도 대화의 물꼬를 계속 터나 가고자 화담은 미소를 지으려 애쓰며 물었다.

"중국 책인가요?"

인후는 대답을 하기 전에 화담을 빤히 쳐다보았다. 웬만한 경우엔 시선만으로 주눅 드는 일이 없는 화담이 저도 모르게 눈길을 피하고 싶어질 정도로 밀렸다. 천천히 인후가 책 본문의 페이지를 그녀 쪽으로 보였다.

"일본 책."

과연. 한자가 엄청 많은데, 한자로 보기 힘든 글자도 수두룩하다. 화담은 방금 전에 시선으로 밀렸던 것도 잊고 인후를 쳐다보며 물었다.

"일본어 잘하나 봐요, 제2외국어로 배운 거예요?"

"아니."

"제2외국어도 아닌데 책을 읽을 정도란 말이에요? 혹시 그쪽도 어학이 취미예요?"

"아니."

이미 책으로 시선을 옮긴 인후가 극도로 짧은 대답을 거듭 하자 화담도 아, 말하기 귀찮은가 보다 하고 느낄 지경이 되었다. 그래서 잠자코 고개만 끄덕이고 대화 시도를 단념하려는데 생각지도 못하게 인후가 말을 보탰다.

"난 그런 거 없어."

"그런 거……라면 취미요?"

말 대신 고개만 끄덕여 보이는 인후를 화담은 통 모르겠다는 눈으로 쳐다보았다. 고3 학생이 등굣길에 일본어로 된 책을 읽고 있다. 취미가 아니라면 뭘까? 당장 물어보고 싶어서 입술이 실룩거리는 것을 참기로 했다. 얻어 타고 싶어서 얻어 탄 차는 아니지만, 어쨌든 태워준 사람은 대화보다는 독서에 관심이 있는 게 분명해 보이니까.

그래서 차창 밖으로 눈길을 두고 졸지 않으려고 노력하는데, 왠지 시선이 느껴졌다. 하지만 홱 고개를 돌려보니 인후는 여전히 독서삼매경. 화담은 착각이 겸연쩍어 뺨을 긁적이며 도로 고개를 돌렸다.

줄줄이 소시지처럼 이어지는 차량의 행렬에 걸어가는 쪽이 더 정신건강에 좋지 않을까 생각해 보고 있는데 따르릉, 따르릉하는 소리가 차 안에 낭랑하게 울려 퍼졌다. 역시 전화벨 소리는 이게 좋더라, 하고 화담이 고개를 끄덕이는데 생각해보니 그게 제 휴대전화 소리였다. 가방에서 꺼내자 더 커진 벨소리에 인후의 눈치를 보며 급히 전화를 받았다.

"여보세요, 응? 아……."

서두른다는 게 그만 받는 버튼이 아니라 끊는 쪽을 택했다. 딱히 서두르지 않아도 전화 받을 때 둘에 한 번은 하는 실수인 터라 액정에 뜬 승준의 얼굴을 보며 울상을 지었다. 메시지라도 보내줄 셈으로 느릿느릿 문자를 입력하다가 또 한 번 "아……."하고 바람 빠진 풍선 같은 소리를 냈다. '지금 학교 가는 길'을 쓰려다 오타가 나서 지운다는 게 '지금 학교 가는 ㅋ'에서 그만 문자를 보내고 말았다. 이번엔 진지하게 좌절해서 얼굴을 손으로 덮었다.

아니, 포기는 이르다. 서화담, 재도전합니다! 씩씩하게 털어내고 두 눈을 부릅뜨고 문자를 입력하고 있는데, 하필 그때 승준에게서 다시 전화가 왔다. 휴대폰을 가져본 이래 겪은 바 없는 초유의 사태 앞에 화담은 당황했다. 이럴 땐 그냥 전화를 받으면 되나? 하고 손가락을 움직인다는 게 또! 끊었다! 제 몸에 달린 것이라고 믿을 수 없는 손가락을 화담은 물끄러미 들여다본다.

"뭐하냐, 너?"

옆에서 묻는 소리에 멍하니 고개를 돌린 화담은 어느샌가 그녀를 보고 있는 인후에게 제 오른손 검지를 들어 보였다.

"손가락한테 배신당해 봤어요?"

인후의 시선이 그 손가락에 머물렀다가 천천히 화담의 얼굴로 향했다.

"굳이 배신자를 찾자면, 손가락이 아니라 뇌겠지? 손가락은 불수의근이 아니잖아?"

"불수의근? 그게 뭔데요?"

"의지하고 관계없이 스스로 알아서 움직이는 근육. 심장을 생각하면 돼."

"오, 심장. 확실히 그건 내가 뛰라고 해서 뛰는 건 아니죠. 그걸 불수의근이라고 하는구나. 와, 딱 봐도 똑똑해 보인다고 생각했는데 확실히 서윤이 과네."

서윤이가 누구냐고 묻는 대신 그냥 빤히 쳐다보는 인후에게 화담이 열렬하게 제 똑똑한 친구 자랑을 했다.

"걘 일본어로 책까지는 못 읽지만, 2년 후 일은 몰라요. 제2외국어로 일본어 공부할 거라고 했거든요. 공부가 특기이자 취미니까 일본어도 한번 시작했다 하면 거뜬히 정복할 거라고 봐요. 걔가 얼마나 악바리냐면……."

들려줄 자랑거리가 무궁무진한데 다시금 전화벨 소리가 끼어들었다. 인후가 그녀의 휴대전화를 가리키며 말했다.

"그 악바리네. 받아봐."

"아니에요, 앤……. 어?"

전화한 애는 다른 애라고 말하려다가 휴대폰 화면에 커트머리에 안경을 쓴 서윤이 얼굴이 뜬 걸 보고 화담은 시의적절한 우연에 눈을 깜박였다. 옆에서 쓱 뻗어온 손이 화담 대신에 통화버튼을 눌렀다.

"이번엔 실수하지 말고."

놀리는 것 같은 말에 힐끗 옆을 보았지만 이미 인후는 책에 시선을 옮긴 후. 게다가 전화기 저편에서 들려오는 승준의 목소리에 화담은 부리나케 휴대폰에 귀를 가져다 대며 "어, 나."하고 대답했다. 전화가 계속 꺼져서 서윤이 걸로 해본다는 승준에게 화담은 받다가 조금 실수했다고 솔직히 인정했다. 승준이 푸하하 웃음을 터뜨렸다.

"번번이 그래서 어떡하냐, 너? 하기야 너 컴퓨터 타자도 참 어렵게 뗐지. 알고 보면 기계치 아냐?"

"기계치는 무슨. 내가 안 써 버릇하니까 손에 안 익어 그럴 뿐이야. 연습 삼아 너한테 하루에 문자 오십 개씩 보낼 테니까 각오해. 시도 때도 없이 보낼 테다."

"제발 좀 그래라. 어지간하면 문장은 다 완성해서. 응?"

"까불고 있어. 끊어."

승준이 낄낄거리는 것에 열이 오른 화담이 냅다 전화를 끊고 가방 깊숙이 넣었다. 하지만 곧 뭔가를 떠올리고 휴대전화를 다시 꺼내 옆을 보았다.

"저기, 사진 한 번 찍어도 될까요?"

"왜?"

"저장해둔 번호에 사진도 넣고 싶어서요."

천천히 책에서 고개를 든 인후가 화담에게 물었다.

"너 나랑 친해?"

화담은 말똥말똥 그를 쳐다보다가 고개를 저었다. 그건 아나 보네 하는 듯한 눈빛으로 인후가 시선을 거둔다. 화담은 굴하지 않고 재빨리 말했다.

"앞으로 친해지고 싶은데요."

인후가 다시 그녀를 보았다. 미간을 살짝 구긴 채로.

"어째서?"

"뭐가 어째서요?"

"어째서, 나랑, 친해지고 싶은, 거냐고 묻는 거야."

이렇게 싫은 티를 팍팍 내는데 말이다, 라는 표정. 확실히 귀찮아하는 오라 정도는 화담도 느꼈다. 하지만 화담은 밀어낸다고 밀려나고 싶지는 않았다. 싱긋 웃고 그녀가 답했다.

"그쪽, 느낌이 좋아서요."

인후의 표정이 무너졌다. 제대로 허를 찔린 듯이 놀란 표정에 화담이 눈을 끔벅이는데 불현듯 인후의 입꼬리가 실룩 움직였다. 빨간 입술이 호를 그리며 뺨의 상처가 보조개처럼 깊게 팬 위로 긴 눈매도 휘어져 보석처럼 반짝이는 순간을 화담은 분명히 보았다. 비록 다음 순간엔 이미 정색을 하고, "너 바보지?"라고 묻긴 했지만.

결국 인후의 사진을 얻는 데에는 실패하고 말았다.

1학년 5반 출석번호 40번이 된 전학생 서화담. 원래 가만히 입만 다물고 있어도 존재감 게이지 최상위 1%인 마당에 막강한 전학생 버프 추가, 게다가 남다현과 강푸른이 교실까지 찾아와 관심을 보였다. 도는 소문에 의하면 아침에 차인후의 차에서 내리는 모습을 보았다는 사람도 있다. 남다현, 강푸른, 차인후. 각기 다른 의미에서 추종자를 두고 있는 수연고 내 셀레브였으니 후광 효과까지 추가.

점심시간이 되자 그 넷이 한곳에 모였다. 한 걸음 움직일 때마다 뭇 시선이 쏟아진다. 워낙에 사람들 시선을 즐기는 푸른은 즐거워서 발걸음이 저도 모르게 리듬을 타고 있다. 그는 찌무룩하니 구름 낀 듯한 얼굴을 하고 반찬을 훑어보는 인후에게 소곤거렸다.

"은근 물건이다, 저거. 애들이 이렇게 쳐다보는데 눈 하나 깜빡 안 해. 무슨 생각일까?"

"아무 생각도 없을걸."

바보니까, 라는 말은 입 안에서만 중얼거려 푸른은 미처 듣지 못했다. 푸른은 조금 앞서 걸어가며 다현이 설명해주는 대로 식판을 채우고 있는 화담을 보며 말을 늘어놓았다.

"자연미인이 좋다는 거 새삼 느꼈다, 나. 예쁘장한 애들치고 어디 한 군데 손 안 본 애가 없는 우리 학교에 저런 날것 느낌 물씬 풍기는 흑진주가 등장하다니! 아, 저 보이시한 커트 머리도 멋져!"

"보이시를 넘어 지저분해."

"차인후, 너 어떻게 여자에게 그런 말을!"

개인적인 사정으로 어머니가 둘인 푸른은 골수부터 페미니스트라 인후의 무시무시한 발언에 경악을 했다. 인후는 덤덤하게 할 말을 했다.

"콩깍지 빼고 제대로 봐. 가까이서 보면, 머리를 어찌나 되는대로 잘라 놨는지 미용사가 졸면서 깎았나 싶을 지경이야. 여기 썩둑, 저기 썩둑, 난리도 아냐."

"그 정도였나? 흠. 확실히 앞머리가 좀 거칠다고는 생각했어. 진짜 제대로 봐야겠다."

당장 푸른이 둘의 뒤로 따라붙어서 대수롭잖은 이야기를 건네면서 화담의 머리를 요리조리 관찰했다. 잠시 후 푸른이 인후를 돌아보며 우스꽝스러운 표정으로 '오 마이 갓!' 하고 입모양으로 말했다. 인후는 어깨를 으쓱해 보이곤 주의 깊게 반찬 앞 네임카드에 적혀 있는 재료 구성을 살폈다.

앞의 세 사람이 일찌감치 식판을 들고 자리를 잡은 후로도 인후는 늑장을 부리며 먹을 것을 고르고 있었다. 기다리지 않고 바로 먹기 시작하는 다현과 푸른을 보고 일단 화담도 수저를 들었지만 자꾸만 인후에게 시선이 가는 것은 어쩔 수 없었다. 앞자리에 앉아 있던 푸른이 그걸 보고 인후는 올 때 되면 온다고 어서 먹으라고 말했다.

"먹을 것에 그리 신경 쓸 것처럼 보이지 않는데, 은근 까다롭나 봐요."

"대놓고 까다로워. 딱 보면 신경질적으로 안 보여?"

"신경질적이란 생각은 못 했어요. 말 붙이기가 좀 어렵긴 한데."

아침 일을 떠올리며 대답하는 화담을 보며 푸른은 과장되게 눈을 굴렸다.

"조금? 난 아직도 어려워. 저 녀석이랑 유치원부터 붙어 다녔는데도 열에 일곱은 말을 씹힌다고. 열에 열, 다 씹히던 시절도 있었지만."

"와, 그렇게 무시하는데도 꿋꿋이 친구로 지내다니, 푸른 선배 근성 있네요!"

"그래, 그토록 무시 받고 설움을 당하면서도 친구를 놓지 않았지. 사나이는 의리, 오로지 그 하나를 붙잡고……!"

"언뜻 봐선 여리여리한데 그런 강단이 있네요."

왕년의 연극부 부장답게 즉흥연기에 들어간 푸른은 그렇다 치고 의심할 줄도 모르고 눈을 빛내며 감탄하는 화담의 모습에 다현은 쿡쿡 웃었다.

"이야기는 먹고 나서 천천히 하고 일단은 식사부터 해. 인후는 별로 안 먹으니까 늦게 와도 얼추 비슷하게 다 먹고 일어나거든."

"인후 선배, 소식하는 거야? 저 키에?"

다현의 말에 화담이 눈을 동그랗게 뜨고 물었다. 큰 비밀이 아니긴 해도 다현은 살짝 목소리를 낮춰 말했다.

"천식 때문에 음식을 가리거든. 그래서 학교에서는 많이 못 먹어."

"천식이면 그, 흡입기라고 하던가? 하여간 그거 필요한 거잖아? 전혀 티가 안 나서 짐작도 못 했는데."

화담이 걱정스러운 표정을 짓자 다현은 괜찮다는 뜻으로 고개를 저었다.

"흡입기가 필요할 정도로 심했던 건 초등학교 때였어. 자라면서는 많이 좋아져서 지금은 거의 멀쩡해."

"그래도 아직 음식을 가리는 거면 먹고 싶은 것도 마음껏 못 먹는 거잖아. ……어쩐지."

뭔가 이해했다는 듯 화담이 고개를 주억거리는 것을 보고 궁금증이 인 푸른이 뭐가 어쩐지냐고 물었다. 화담은 힐끗 인후를 쳐다보고선 다현처럼 목소리를 낮춰 소곤댔다.

"저렇게 화사하게 생겨놓고도 맥없이 음침한 게, 꼭 태어나서 햇볕 한 번 못 보고 자란 빨간 독버섯 같잖아요. 그게 먹고 싶은 걸 못 먹고 산 스트레스라고 생각하니 확 이해가 됐어요. 어휴, 짠해라."

"햇볕 한 번 못 보고 자란 빨간 독버섯……?"

멍하니 그 말을 되뇌던 푸른은 잠시 후 인후를 돌아보곤 "푸흑!" 하는 묘한 소리와 함께 웃느라 사레가 들렸다. 다현조차 웃음을 참느라 입술을 깨물고 얼굴을 딴 데로 돌렸다. 화담은 여전히 혀를 차며 인후를 쳐다보다가 그가 식탁 쪽으로 오는 걸 보고 부랴부랴 식사하는 척 수저를 움직였다.

"얜 왜 이래?"

웃느라 입에 거품까지 문 푸른을 턱으로 가리키며 인후가 물었다. 다현은 화담이가 무주에서 유행하는 농담을 했다는 식으로 둘러댔다. 과연 인후는 어떤 농담인지 관심도 보이지 않고 식사를 했다. 화담은 볼이 빵빵하게 먹다 말고 인후의 듬성듬성한 식판을 측은하게 쳐다보았다. 간신히 웃음을 추슬렀던 푸른은 화담의 그 시선에 그만 또 웃음이 터졌다.

식당을 나와 후식 삼아 다현이 사서 돌린 아이스크림을 물고 걸어가면서 화담은 창 너머로 보이는 깨끗이 비가 갠 하늘을 보며 오후 일정을 말했다.

"가는 날이 장날이라더니 오늘 오후에 5반부터 8반까지 합동 체력장이라나. 전에 다니던 학교에서 4월에 했는데."

"공교롭게 걸렸네. 하루만 더 늦었어도 안 하는 건데."

혀를 찬 다현이 기운 내라는 듯 말했다.

"그런데 우리 학교 다니려면 어차피 체력장하고 친해져야 해. 다른 학교들이랑 달리 예체능을 매우 중요하게 여겨서 체력장도 반년마다 한 번씩 할 정도거든. 우리 같은 고3도 예외가 아니야."

"튼튼한 몸에 튼튼한 정신, 말 그대로 그런 모토!"

푸른이 주먹을 불끈 쥐며 한 문장으로 요약하자 화담도 싱긋 웃으며 따라서 주먹을 쥐어 보였다.

"걱정 안 해도 돼. 튼튼한 몸 하나는 보증수표고 움직이는 걸 워낙 좋아하기도 하거든. 아, 근데 내가 너무 잘 하면 반 애들이 얜 뭐지? 그러려나?"

"이렇게 예쁜 전학생이 운동도 잘한다는 건 그야말로 인기인으로 가는 지름길이지! 걱정 말고 네 저력을 보여봐, 서화담!"

푸른의 호들갑에 화담은 크게 베어 먹은 아이스크림을 다 삼키고 짐짓 울상을 지었다.

"그렇게 쌓은 인기, 시험 한 번 보고 와르르 무너지고 말이죠? 내 평생 공부로 1등도 안 해봤지만 꼴등도 안 해봤는데 여기 와서 하는 거 아닐까 걱정되기 시작했어요."

웃자고 하는 말이 아니라 오전 수업은 화담을 긴장시키기에 충분했다. 수연고의 대학 진학률이 백 프로에 가깝고 그중 구십 프로 이상이 서울 명문대며 외국 유수의 명문대로 진학한다는 것을 아직 몰랐는데도. 그녀의 말을 겸손으로 받아들인 푸른이 대수롭지 않게 말했다.

"무슨 쓸데없는 걱정이야? 여기 작년도 학생회장인 우등생 오빠에, 비록 전교 오십 등 안에서 뛰논다지만 어지간한 학교 가면 전교 1등도 할 수 있는 이 몸도 있어. 그리고 저기 전교 1등부터 꼴등까지 오가는 다채로운 이력의 브레인도 있지. 막히는 데 있으면 상담하라고."

"상담이라. 근데 전교 1등에서 꼴등을 오간다뇨?"

설마 말로만 듣던 백지답안 같은 걸 내나 하고 화담이 인후를 쳐다보는데 푸른이 낄낄거리며 대답했다.

"그게 다 쟤의 오만방자하고 변덕스러운 성격, 으악!"

한마디 말도 필요 없이 인후는 푸른의 엉덩일 걷어차는 것으로 말문을 닫게 했다. 푸른이 아프다고 징징대도 눈 하나 깜짝하지 않고 홍차음료를 마신다. 할 때는 하는 그 행동력에 화담은 감탄했고 그와 친해지고 싶다는 결심은 더 굳건해졌다.

'어렵쇼?'

미리 받은 시간표를 보고 체육복은 챙겨왔는데 그걸 갈아입는 과정에서 화담은 난처한 사실을 깨달았다. 어째선지 다들 긴소매다. 화담이 들고 온 건 여름용 반소매인데.

일단 학교에 입고 온 교복은 춘추복이긴 하지만, 6월이 코앞에 닥친 무렵이라 운동을 하면 덥다. 그래서 당연하다는 듯 하복 체육복을 골라 담았건만. 워낙에 공부를 잘하는 애들은 더위도 덜 타는 걸까?

난처함에 느릿느릿 블라우스 단추를 푸는 화담에게 이미 옷을 갈아입은 반장이 다가와 서두르라고 말했다. 화담은 고개를 끄덕이다가 막 몸을 돌린 반장을 불러 세웠다. 왜 하고 돌아보는 아이에게 화담이 목소리를 낮춰 물었다.

"어떻게 다른 반에서 체육복 좀 빌릴 수 없을까?"

"체육복? 안 가져왔어?"

"가져오긴 했는데 하복이라서. 보통 5월 중순쯤 되면 다들 하복 입지 않나?"

그 말에 반장은 슬쩍 코웃음 치며 고개를 저었다.

"그럴 때가 되면 위에서 지시가 내려와. 그전에 학생이 임의로 교복을 골라 입는 일은 없어."

"음. 그럼 역시 어떻게든 빌려봐야 한다는 거네."

은근히 빡빡한 학교라고 화담이 속으로 한숨을 쉬는데 반장이 조금 생각해보더니 그럴 것까진 없겠다고 말했다.

"지금 빌리러 다니기엔 시간도 촉박하니까 그냥 입어. 선생님껜 내가 사정 설명할게."

새침데기 같은 애라고 생각한 점을 미안하게 여기며 화담은 반장에게 고맙다고 말하곤 후다닥 체육복을 갈아입었다. 교복점에서 치수를 잰 후에 이거면 맞을 거라고 주는 걸 받아만 놨지 입는 건 처음이었는데, 교복점에서 미리 입어볼 걸 그랬다는 후회가 잠깐 들었다.

'작아. 이리 꽉 맞는 걸 입고 무슨 운동을 하래?'

교복이든 뭐든 타이트하게 입는 게 유행이라고 해도 화담은 전혀 알 바 아니다. 교복은 낙낙해야 한다는 그녀의 원칙에 대놓고 태클을 거는 체육복이 곱게 보일 리 없다.

'조금만 더 달라붙으면 입고 피겨스케이팅도 하겠는데?'

허리가 잘록하게 들어간 흰 피케셔츠며 속바지에 겉을 대는 걸 잊었나 싶은 검은 반바지. 가뜩이나 짧은데 바지 옆엔 시늉이긴 해도 슬릿도 있다! 일어났다 앉았다 해보니 신축성은 강해 그 하나는 다행이었다.

진작 옷은 다 갈아입었지만 파우더를 덧바른다, 선스프레이를 뿌린다 부산하던 반 여자애들이 마침내 교실을 나가는 뒤를 따라가면서 화담은 이런 체육복을 입고 생리할 때는 어떻게 헤쳐가나 근심에 빠졌다. 여고도 아니고 여긴 남녀공학인데 으으음…….

화담에겐 정말 심각한 고민인지라 앞서가는 반 애들, 또 복도에서 마주친 다른 반 여자애들도 화담의 얼굴이 닳도록 돌아보며 저희들끼리 수군거리는 데에는 생각이 미치지 않았다. 어차피 알았다 해도 신경 안 쓰긴 매한가지겠지만 일단 전학 첫날이니 혹시 제 복장에 무슨 착오가 있는 건 아닌지 확인 삼아 주변에 묻긴 했을 것이다.

착오는 없었다. 문제는 여름 체육복이 작정하고 입은 사람의 몸매를 드러낸다는 데 있다.

키가 크고 탄탄한 근육질의 마른 체격. 비율도 좋고 엄마를 닮아 나올 데 확실히 나왔다는 장점까지 있다. 등을 쭉 펴고 성큼성큼 걸어가는 박력 있는 미인을 보는 동성들의 눈에 곱지 않은 불꽃들이 피어올랐다. 그녀의 여름 체육복을 두고 튀려고 작정했다는 시기에 찬 말들이 쏟아지고 단정하지 않은 숏컷이며 무슨 브랜드인지 알 수 없는 낡은 운동화까지 입방아에 올라 비등점을 넘기는 것도 순식간이다. 하물며 화장기 없는 얼굴까지 비난한다. 의미는 다르다고 해도 운동장에서 마주친 남학생들의 시선마저 모아들였다.

네 개 반이 모여 가볍게 준비운동을 하고 선생님의 지시대로 체육부장들이 퍽 일사불란하게 측정 항목별로 반을 통솔해갔다. 그 일사불란함도 결국은 둘씩, 셋씩 어울리는 짝패들이 모여 가능하다. 아직 이렇다 한 무리에 속하지 못한 화담은 뒤처져 따라가면서 점심 먹을 때 푸른이 했던 말을 떠올리고 있었다. 인기까지는 노리지 않더라도 반 애들에게 운동신경으로 어필을 좀 해볼까 하는 것이다.

'그래 뭐, 공부 잘하는 경쟁자보다는 운동 잘하는 바보가 더 호감을 사기 좋지 않겠어?'

마음을 굳힌 화담은 젖 먹던 힘까지 동원해 열심히, 그러면서도 악착떠는 것처럼 보이지 않도록 표정관리를 하면서 체력장을 정복해 나갔다. 제자리멀리뛰기를 가뿐히 3m 끊는 걸 시작으로 윗몸일으키기 99개(백 개를 채우지 않으려고 내심 신경 썼다), 100m달리기 12초대 주파 등등 전방위적으로 잘난 운동신경을 광고하는 건 아주 순조로웠다.

문제는 마지막으로 오래달리기를 남겨놓고 일어났다.

잠시 앉아서 쉬는데 어쩐지 아래쪽이 눅눅한 느낌이 들었다. 바지가 땀 흡수가 잘 안 되나 보다 하고 별생각 없이 돌아본 운동장 가장자리 화단에 빨간 일본 단풍나무가 늘어서 있었다. 단풍색도 타는 듯이 곱고 가지도 깔끔히 정리된 게 오늘 본 수연고의 인상과 일맥 했다.

사람으로 치면 10m 거리에서도 아찔한 포스가 느껴지는 레드 투피스의 미녀랄까. 원거리의 미녀를 가까이에서 보고 실망하는 경우도 많지만 이 여자는 다르다. 헤어스타일, 화장, 네일케어, 액세서리, 뭐 하나 부족함 없이 완벽. 늘씬한 각선미의 종지부를 찍는 레드 하이힐은 먼지 한 톨 묻지 않은 반짝반짝 신상품. 처음 봤을 땐 감탄밖에 나오지 않는다. 그리고 생각하는 것이다. '우와, 이 여자 엄청 꾸몄네!'

겨우 등교 첫날이고, 둘러본 곳도 한정적이지만 화담은 이렇게 학교 같지 않은 곳은 처음 봤다. 구성원인 학생들 또한 화담이 익히 아는 또래 학생들과 달랐다. 쉬는 시간이 되어도 복도에서 뛰는 사람을 못 봤고, 큰 소리로 누굴 부르거나 웃는다거나 하는 경우도 별로 못 봤다. 결정적으로 욕하는 소릴 한 번도 못 들었다. 하물며 화장실 벽과 문에도 낙서 하나가 없었다. 화장실에 가서 볼일을 보면서 암만해도 마음이 안정이 안 되어 뭐가 문제지 하고 사방을 둘러보며 고민하다가 그걸 깨달았을 땐 팔에 소름이 다 돋았다.

화담은 오늘 학교에 와서 선생님보다 청소하는 분들을 더 많이 봤다고 맹세할 수 있다. 교장선생님, 혹은 이사장이 결벽증인지도 모르겠다고 화담은 진지하게 추측해보았다.

지저분한 것보다야 낫지만 그래도 너무 고상한 나머지 사람 냄새가 안 나는 것도 좀……. 빨간 투피스의 아가씨에게 정붙이기가 쉽지 않을 것 같아 한숨을 쉬며 화담은 다시금 단풍나무를 쳐다보았다. 빨간색, 가장 좋아하는 색이긴 했다. 빨간 사과도 좋고 빨간 꽃도 좋고 빨간 입술도 좋고 빨간 김치도 좋고 빨간 피도, 아니, 그건 좀 그런가?

……하다가 퍼뜩 눈이 굳었다. 뭔가 방금 엄청 위험한 생각이 하나 스쳐갔다. 피라는 말이 불러온. 화담은 반쯤 얼어붙은 눈으로 슥 반바지를

내려다보았다.

이번 달 들어 그녀는 생리 예정일을 건너뛰었다. 스트레스를 심하게 받거나 하면 한두 번 건너뛸 수도 있다고 알고 있어서 깊게 생각하지 않았다. 그렇지만 건너뛴 생리가 다시 다음 달 예정일에 시작한다는 보장이 없다는 것도 안다. 그리고 아까부터 화담은 꺼림칙한 찝찝함을 느꼈다…….

'설마. 설마 전학 첫날, 그것도 체육시간에 휴화산이 폭발한다는 사태야 일어나겠어. 그렇게 운이 없을 리가.'

'아냐, 나 이번 달 운 최악인 건 말할 필요도 없잖아!'

살면서 겪어본 바 없는 대재앙과 함께 한 5월이 아직도 끝나지 않았다. 불길한 예감은 어느새 확신으로 굳어 화담은 자리에서 벌떡 일어났다. 전광석화의 속도로 앉은 자리를 확인해보곤 얼룩이 없는 것에 십년감수했다.

그러나 이때를 기다렸다는 듯이 5반 오래달리기 차례가 돌아왔다. 화담은 머뭇거리며 반 애들 뒤를 따른다. 여기가 전의 학교였다면 당장 그녀는 손을 치켜들며 "선생님, 저 화산 폭발이요!"라고 외쳤을 것이다. 조금 우습긴 해도 그게 거기서 통하던 은어였다. '대자연이 부릅니다' 라는 말은 큰 볼일을 가리키는 말이고 작은 볼일은…… 아니, 지금 향수에 빠져 있을 때가 아니다!

'빈혈인 척하며 쓰러질까? 안 돼, 애써 쌓은 이미지가 있는데. 아, 하지만 달리기는…… 까짓 팔백 미터니까 그냥 눈 딱 감고 달려? 어차피 시작했다고 해도 두세 시간은 양이 많은 것도 아니고 다행히 바지도 검은색…… 아, 느낌 안 좋다. 아아아. 왜 이러지? 몇 주 미뤄진 탓인가?'

우물쭈물하는 사이 어느새 반 전체가 출발선에 모여 있었다. 화담은 체육선생님을 쳐다보았다.

“완주도 좋지만 중간에 이상이 있다 싶으면 무리하지 말고 지체 없이 손을 들도록. 남자애들은 한 바퀴 더 도는 거 분명히 체크하니까 꼼수 부리지 말고.”

반 애들을 죽 훑어보던 체육선생의 시선이 화담에게 멈췄다. 말을 하려면 지금이다, 라고 화담이 주먹을 움켜쥐었을 때 건장한 체격의 여선생이 싱긋 웃으며 그녀를 지목했다.

“오늘 아주 잘하던데? 네 기록 기대하마, 전학생.”

“네, 선생님!”

무심결에 화담은 다부지게 대답하고 만 것이었다…….

돌이킬 수 없다.

출발선에 서서 화담은 퀭한 눈으로 장장 네 바퀴를 돌아야 할 운동장 트랙을 쳐다보았다. 눈앞이 깜깜하다 싶던 것도 잠시, 이내 기이한 고양감이 끓어오르며 전의에 불탔다.

‘피할 수 없으면 즐기랬지. 버텨라 자궁아, 십 분, 아니 오 분만. 이 대장이 널 위해 인생역주를 펼쳐주마.’

출발을 알리는 호루라기 소리와 함께 체육선생은 스톱워치를 누른다. 오래달리기를 할 때 꼭 초반에 치고 나가는 부류가 있다. 그 선두 그룹 속에 화담이 끼어 있다. 그걸로 모자라 아예 일등을 노린다. 그녀가 이백 미터 경주라도 하듯 전력질주를 하고 있다는 것을 알고 같은 선두그룹의 애들도 질려서 슬슬 제 페이스를 찾아갔다.

저래서는 얼마 못 간다고 빈정거리듯이 뒤에서 눈짓을 주고받는 건 화담이 알 바 아니다. 화담은 자신을 배반한 적 없는 폐활량과 연합해서 운명과 싸우고 있다.

운동장 한 바퀴를 돌 즈음 그녀와 2등 사이엔 반 바퀴 차이가 났다. 보통 애들이 백 미터 달리기를 하고 숨차다고 할 때의 기분을 그녀는 삼 백 미터 즈음에서 느꼈다. 사백 미터, 즉 두 바퀴 완주 때 옆구리가 아프기 시작했다. 세 바퀴째, 그녀는 출발선 부근에서 반 남자애들과 합류했다. 세 바퀴 반쯤 돌았을 때 선두그룹을 앞질렀다. 2등과 완벽하게 한 바퀴 차이를 만든 것이다. 반 바퀴 남았나 하고 출발선을 곁눈질할 즈음엔 심장이 북처럼 뛰고 이명까지 윙윙 들렸다.

이만하면, 하고 안도하려는 찰나, 별안간 아랫도리에서 말로 형용할 수 없는 기이한 느낌이…….

"우아아아앗!"

화담은 괴성을 지르며 속력을 올렸다.

"우와, 라스트 스퍼트까지!"

"괴물이다."

"육상부였던 거 아냐?"

뒤에서 떠들어대는 소리는 하나도 들리지 않았다. 화담은 완주를 했고, 어지간한 선수급이나 가능한 기록에 흥분해 뭐라고 말을 걸려는 체육선생에게 토할 것 같다는 말 한마디를 남기고 쏜살같이 운동장을 떠났다. 당장 한 바퀴 더 돌라고 해도 얼마든지 뛸 수 있을 듯한 속도였다.

화담이 건물로 뛰어들어가는 모습을 보고 운동장 동쪽의 3층에 있는 어느 창가에도 커튼이 쳐졌다. 그리고 아무 일도 없었다는 듯 교재를 들여다보는데 그의 번호가 불렸다. 대답하며 국어선생님을 보는 표정은 태연자약했다.

"방금 그 대목하고 비슷한 주제를 담은 시, 생각나는 대로 말해볼래?"

선생의 질문에 그는 펼쳐진 교재를 응시했지만 이미 흐름을 놓친 지 꽤 되어 어느 대목인지 감을 잡을 수 없었다.

"죄송합니다. 잠시 다른 생각을 했습니다."

"다른 생각? 무슨 대단한 생각이기에 팔방미인이 한 귀도 못 열어놨을까?"

국어선생의 빈정거림에 반 애들도 슬금슬금 그에게 시선을 던졌다. 말로는 표현 못 할 고까움이 많게든 적게든 드러나는 눈빛들이다. 차인후라서 봐주고 넘어가는 것들을 생각하면 이해 못 할 일도 아니다.

단적인 예로 그의 책상에는 국어교재 말고 아침에 읽던 소설책도 버젓이 펼쳐져 있다. 다른 학생이라면 해서는 안 될 짓이겠지만 차인후라면, 그런 한눈팔기가 허용된다. 정확히는 '묵인' 하고 있다. 제대로만 치르면 전국 톱을 다투는 실력자가 연거푸 두 번 모의고사에 백지를 내면서 이룩한 치외법권이랄까.

학교에서 짜준 시간표가 아니라 내가 정한 스케줄대로 공부하겠다는 그의 뜻에 두 손 든 학교 측에서 못 본 척은 해주겠지만 그 과목 시간에 공부하는 시늉은 하라고 한 말에 그가 한 대답이 유명하다. '한 귀는 열어놓고 있겠습니다.' 실제로 딴 짓을 하는 것처럼 보여도 수업 중에 지목 당하면 그는 어김없이 정답을 말했다.

그러던 것이 오늘, 보란 듯이 나무에 떨어진 원숭이 꼴이 됐다. 인후는 덤덤한 얼굴로 재차 고개 숙여 사과했다. 국어선생은 별다른 대꾸 없이 다른 학생을 지목하는 것으로 한껏 불편한 심기를 피력했다. 다른 학생이 일어나 주절주절 대답하면서 다시 수업이 진행된다.

인후는 실제로 퍽 거추장스러운 앞머리를 쓸어 넘기고 펜을 돌리다가 움찔 손을 멈추고 펜을 쥔 손을 펼쳐보았다. 펜을 꽉 움켜쥔 자국이 손에 남아 있다. 반짝거리는 듯 보이는 건 땀이 밴 흔적. 방금 선생에게 지목된 일 때문은 아니다. 손에 땀을 쥐게 할 만큼 그가 몰두했던 것은…….

눈동자만 옆으로 굴려 커튼을, 정확히는 창 너머의 운동장을 응시했다. 기다렸다는 듯이 그의 머릿속을 점령하는 생생한 영상에는 바람이 있고, 빛이 있다. 압도될 듯한 힘이 있다. 인후는 화담이 달리는 모습을 보았다.

'그쪽, 느낌이 좋아서요.'

다시 그 말을 듣는다면, 바보냐고 묻지는 않을 텐데.

얼마쯤 아깝다고 여기며 인후는 손을 닦았다. 아까운 일. 혹은 아쉬운 일. 그 둘의 구별이 거의 의미가 없는 때였다.

다시금 자세를 바로 하고 책을 들여다보았다. 국어교재에서 소설책으로 소설책에서 국어교재로 몇 번이나 중점을 바꾸다가 아예 관두고 수학문제집을 빼들었다. 결국 인후는 이날 『가면의 고백』을 다 읽지 못했다.

한편, 반 애들에게 좋은 인상을 남기고 싶었던 화담의 소박한 바람은 작고 닫힌 세계인 수연고의 사교계에 훌륭한 이야깃거리를 만들어냈다. 이번에 1학년에 처음으로 체육특기생을 받은 모양이라는 말로 와전되면서. 초중고의 관문마다 압도적인 투표율로 학생회장을 역임한 점에서 알 수 있는 인망종결자 다현이 그로 인해 한동안 새로 온 전학생에 대한 질문을 받아내기 바빴던 건 의도치 않은 부작용.

정작 화담은 여자의 감이란 세상 믿을 게 못 된다는 엉뚱한 결론을 얻었다. 그 고생을 하고 화장실로 쇄도했건만 화산 폭발은 개코나. 요상한 바지 때문에 엉덩이에 땀 찬 걸 말도 안 되게 오해해 수명이 며칠 줄었을 것을 생각하니 원통하기까지 하다고 다이어리에 적었다. 비싼 돈 주고 왜 입는지 모를 옷을 하필 체육복으로 입히더라는, 빨간 투피스의 미녀, 수연의 약점을 안 것이 그나마 작은 위안이었다.

'앞으로 한자 공부를 할 생각이다.' 라는 문구를 끝으로 전학 첫날의 긴 일기는 마침표를 찍었다.

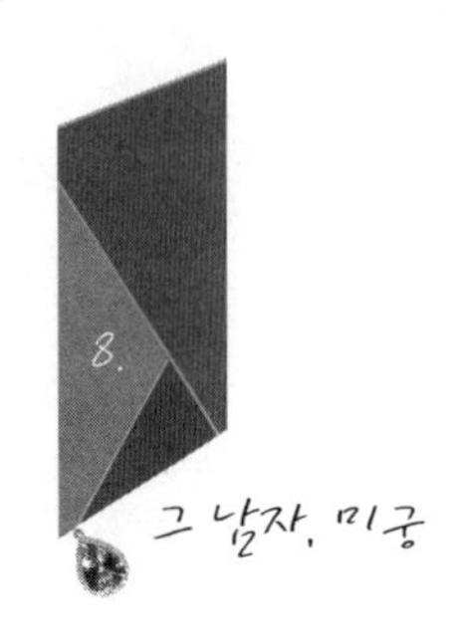

“덥다…….”

6월로 달이 바뀌자 더욱 길어진 해만큼 밤공기도 서서히 식었다. 팔락팔락 손부채질을 하며 화담은 저 수영장에는 언제 물을 채우나, 멍하니 쳐다보았다. 승준의 전화가 온 건 그런 때였다.

“밥 먹었어?”

한결같은 말로 시작되는 통화에 화담은 피식 웃었다. 어제 통화할 때 잘 먹고 잘 자니까 밥 이야기 말고 다른 것부터 물으라고 콕 집어 알려줬는데도 도로아미타불이다.

“먹었지. 여긴 여섯 시 반이면 칼같이 밥 먹는다니까. 오늘은 칼 들고 고기 썰었다. 자그마치 비프스테이크. 완전 두툼한 게 써니까 핏물이 나와서 흠칫했어.”

“으엑, 그런 걸 먹었어? 더 익혀달라고 하지.”

“안 그래도 그랬다가 촌스럽다고 한소리 들었어. 그래, 그래. 그 햄스터지 누군 누구겠냐.”

"그런 걸 그냥 봐주고 있단 말이야? 야, 괜히 주눅 들어 있지 말고 보는 사람 없을 때 확 군기 잡아버려."

무주에 있을 때엔 금방 욱하곤 하는 다혈질 화담을 승준이 달래기 바빴는데 이제는 승준이 먼저 싸우라고 부추기고 있다. 화담은 낄낄 웃으며 봐서 알아서 하겠다고 대꾸했다. 승준은 그게 못내 불만인지 툴툴거렸다.

"눈치 보는 거 맞네. 여기였으면 네가 그렇게 기어오르는 애 아직껏 봐주고 있을 리가 없잖아. 에이, 신경질 나."

"에구에구, 우리 승준이 신경질 나요? 어우, 누나 속상하게 왜 그래요. 이런 얘기 저런 얘기 다 해달래서 해줬더니 못 쓰겠네. 이제부턴 뭉텅뭉텅 잘라먹어야겠다."

"야, 야, 그건 안 돼, 그건 반칙이야!"

혀 짧은소리로 놀리는 말에 승준이 화드득 놀라는 걸 들으며 화담은 기분 좋게 웃음을 터뜨렸다. 저녁 먹고 정원에 나와 멍 때리고 있을 땐 밑도 끝도 없이 자신이 식충이 같더니만 이제 비로소 사람 같이 느껴졌다.

"아줌마 어깨는 좀 괜찮으시고?"

"여전하지. 오늘도 병원에 안 가고 파스만 붙이고 있어. 내일은 일어나자마자 병원 모시고 가려고."

"응, 응. 안 가신다고 하면 업고라도 가. 지승준 파이팅!"

화담의 응원에도 승준은 재삼 한숨을 쉬었다. 전부터 오십견으로 고생하던 강 씨가 이번 주 들어 상자를 옮기다 어깨를 삐끗하고 말았단다. 아무리 아파도 장사는 놓지 않는 분이니 승준이 가게를 거들어야 해서 주말엔 세상없어도 서울에 올라올 거라던 그의 계획은 다음 주로 미뤄졌다.

"서윤이도 역시 혼자선 엄두가 안 나나 봐. 다음 주에 같이 올라갈게."

"무리할 것 없어. 미리부터 다짐하지 말고 봐서 정하자. 나는 어어어엄청 한가하니까."

화담은 '엄청'에 휴대전화를 들고 있지 않은 팔을 한껏 크게 휘둘렀다. 팔자 좋다고 놀려댄 승준은 조금 뜸을 들였다가 이쪽 눈치를 보듯이 물었다.

"근데, 별일은 없고?"

"별일? 야, 뭐 들었냐. 방금 말했듯이 이 몸은 한가해서 돌아가실 것 같다니까. 잠깐, 너 어째 좀 수상하다. 어제도 별일 없냐고 물었잖아. 지승준, 진짜 궁금한 게 뭐야?"

승준은 이리저리 말을 돌렸지만 되려 그게 더 의심을 불러일으켰다. 결국 끈질기게 캐묻는 화담에게 그가 실토했다.

"실은 네 외삼촌이 왔었나봐."

"외삼촌? 거기에?"

저도 모르게 벌떡 일어나며 화담이 소리쳤다.

"난 학교 가 있을 때라 못 봤고, 엄마도 제대로 본 건 아니래. 근데 국밥집 근처에서 어슬렁거리는 거 본 사람이 좀 돼. 너 정말 서울로 갔느냐고 확인하더란 말도 있고. 내 생각엔 너 주소 옮긴 거 알고 와봤지 싶어."

"어이가 없어서. 외조카 하나 있는 거 길바닥에 나앉게 할 땐 언제고 이제 와서 거길 나타나? 이야, 낯바닥이 뭘로 돼 있으면 그렇게 뻔뻔하지? 암튼, 그게 언제 일인데?"

"엊그제. 수요일 저녁 먹을 때 엄마가 말하더라고."

화담은 벤치에 도로 앉으며 "수요일……."하고 중얼거렸다. 거기 없는 걸 확인했으면 서울에 올라와 어슬렁거릴 만도 하다. 다만 이 근처는 워낙에 고급 주택가라 일없이 대문 앞에서 어정대는 사람만 있어도 경비업

체에서 순찰을 나온다. 무주에서는 시장 인근 상습불법투기 지역에 cctv 한 대 설치하는 일도 청원을 수도 없이 넣어서 가능했는데 여긴 한 대가 무언가, 집집마다 당연하다는 듯이 구비된 의자나 다름없다. 뒤가 켕기는 사람이 선뜻 오갈 곳은 아니란 말씀.

"아직은 못 봤지만 그 화상 성격에 어떻게든 기웃거리긴 하겠지. 일단 신경 쓰고 있을게."

화담의 말에 그러라고 말한 승준이 한숨을 섞어 푸념했다.

"울 엄마 말처럼 조칸데 해코지야 하겠어하다가도, 괜히 꺼림칙해서 잠자리가 다 뒤숭숭하더라니까. 사내 녀석 배포가 간장종지만 해서 그런다고 엄마한테 한소리 들었어."

"이히히, 지승준 그릇 작은 게 뭐 어제오늘 일인가."

"뭐냐, 너. 내가 누구 때문에 걱정을 하는 건데!"

투덜거리는 승준을 달래주는 화담의 머리 한편엔 '조칸데 해코지야 할까.' 라는 말이 떠다녔다. 절대 그럴 사람이 아니라고 믿을 수가 없었기 때문에 무주를 떴다. 법적 처리 절차 일체는 어른들이 알아서 할 테니 넌 학교나 잘 다니라는 명혜의 말대로 화담은 외삼촌 일을 잊고 있었으나 이제 다시금 경계심을 갖기로 했다.

화제를 바꾸어 승준의 학교 이야기를 들어주는데 본채 현관이 열리면서 두 사람이 나오는 게 보였다. 한쪽은 다현이고 다른 쪽은 다현의 과외선생이다. 이 집 남매는 학원을 다니는 것 말고도 과외를 몇 개씩 받는데 오늘 같은 금요일은 가족이 다 함께 모여 식사하는 날이라는 규칙이 있어 학원을 쉬는 대신 과외를 몰아서 받는다. 소현은 식사만 하고 중요한 시험이 있다며 학원으로 돌아갔지만 다현은 과외선생님 올 때까지 자습할 게 있다며 2층으로 올라가는 걸 보고 화담은 본채를 떠났었다.

이제 과외선생을 배웅하고 들어가려던 다현은 통화 중인 화담을 보고는 정원으로 나왔다. 벌써부터 웃는 얼굴인 다현의 모습에 화담도 배시시 웃으며 승준에게 자기 전에 샤워해야겠다고 둘러대고 전화를 끊었다.

"또 그 친구야? 승준인가 하는?"

"네. 아니, 응."

같은 집에 살게 된 것도 벌써 일주일이 넘었는데 조금만 방심하면 존댓말이 튀어나오는 화담을 보며 다현은 못 말리겠다는 듯 고개를 젓고는 옆자리에 앉았다.

"은근히 낯을 가리는구나. 너 사람이랑 금방 친해지는 것 같이 보여도 실은 깊게 사귀는 것까지 오래 걸리지?"

"응. 다들 내가 친구 많은 줄 아는데 정작 내가 친구라고 생각하는 사람은 그렇게 많지 않아. 절친이라고 하면 딱 둘 정도."

"나도 그래. 절친이라고 하면 둘. 근데 그 절친 중 한 명은 거기에 동의 안 할지도 몰라."

다현이 팔짱을 끼며 짐짓 심각한 체하자 화담이 쿡 웃으며 알 만하다는 듯 말했다.

"차 모 씨 말이지? 그 선밴 참 운도 좋아. 그 음침한 성격에도 불구하고 푸른 선배랑 다현 형 같은 블링블링한 사람들이 친구로 붙어 있다니."

"그래서 극과 극은 통한다는 말이 있는 거 아니겠어?"

농담조로 말하긴 했지만 곧 다현은 진지하게 차 모 씨의 역성을 들었다.

"인후는 활발하거나 다정다감한 것하곤 거리가 멀어도, 본성이 참 반듯해. 아, 저 사람 참 처신이 깔끔하다 싶은 사람이라고 하면 이해가 가려나?"

"알아, 나도 그런 친구 있어. 몹시 내성적이지만 알고 보면 매사에 어른스럽고 침착한 게 야무지다 싶지."

바로 그거란 듯이 고개를 끄덕인 다현이 말했다.

"인후가 그래. 나이가 한 살 더 많은 탓도 있겠지만 확실히 또래 녀석들보다 속이 깊다는 느낌이야. 가끔은 너무 속내를 안 보여준다 싶어서 맥이 빠지긴 하지만."

"응? 나이가 한 살 더 많다는 건 뭐야?"

"아, 아직 모르나? 인후 어릴 때 잠시 외국에 나가 있었거든. 푸른이 말론 몸이 약해서 요양 비슷하게 갔었다나 봐. 그래서 남들보다 한 학년이 더 늦어."

"헤에, 그럼 나이가…… 스무 살?"

"스무 살이지. 왜, 갑자기 확 거리감이 느껴져?"

처음엔 고개를 갸웃거리다 이윽고 자꾸 끄덕거리는 화담을 보며 다현이 빙그레 웃었다.

"아니. 뭔가 좀 이해가 돼서. 눈빛만 보면 차 모 씨가 사실 마흔 살이라고 해도 아, 그런가 보다 할 것 같아."

"그건 좀 심하다."

"왜, 난 그 사람 보고 저승사자라고 착각한 적도 있어."

"저승사자? 하, 하하. 안 돼, 안 돼. 아무리 인후라도 그런 소리 들으면 스크래치 생길 거야."

절대 인후 앞에선 그런 말 말라고 하면서도 입을 막고 킥킥 웃는 걸 보면 다현도 그런 생각을 언제 해보지 않았나 싶다. 화담은 과외는 다 끝난 거냐고 물었다.

"아직. 아홉 시에 한 분, 열 시 반에 또 한 분 올 거야."

"으아, 매일 자정 다 돼서 집에 오는 거랑 똑같네. 일요일에도 과외 받느라 옴짝달싹 못하더니. 형은 아예 안 쉬어?"

"고3이잖아."

"소현이도 보니까 공부 엄청 하던데? 열 시 다 돼서 집에 와선 또 과외 받잖아. 난 그 시각에 자기 바쁜데."

"걘 욕심이 많아서. 난 초등학교 땐 몰라도 중학교 땐 학원만 다녔어."

화담은 고개를 절레절레 저으며 두 손 드는 시늉을 했다.

"그냥 둘 다 공부벌레로 보여, 내 눈엔. 이렇게 부잣집 애들이 공부 열심히 해서 나중에 또 부자가 되는 거군. 빈익빈 부익부 현상이 심화된 대한민국의 미래가 눈에 보여."

"이젠 너도 그 부잣집 애야. 강 건너 불구경하듯 말할 때 아닐걸?"

"노노, 나는 부잣집 애가 아니라 하숙생. 홈스테이래도?"

딱 선을 긋는 말에 다현이 의미심장하게 고개를 저었다.

"글쎄. 여유를 부리는 건 좋지만……."

"무슨 말을 하려다 말아? 해봐, 왠지 불길하잖아."

다현이 슥 화담의 코앞까지 얼굴을 디밀고 비밀이야기라도 하듯 속삭였다.

"소현이 녀석 공부 욕심은, 실은 어머니를 닮은 거야."

"아줌마가 그렇게 욕심이 많아? 전혀 안 그래 보이던데?"

화담도 덩달아 밀담이라도 나누듯 목소리를 낮추고 주위를 경계한다.

"어머니는 흑백이 분명한 분이시거든. 관심을 두면 철저하게 두고, 관심이 없으면 아예 없는 거야. 그중에서 학업은, 어머니가 생각하시는 자녀교육의 제1 척도."

"어휴. 안 됐다."

우리 엄만 무조건 몸이 튼튼한 게 최고랬는데. 빵점 맞은 산수 시험지 가지고 돌아간 날에도 돈 계산만 잘하면 장땡이라며 껄껄 웃었던 엄마를 떠올리며 화담은 혀를 찼다.

"역시 남의 일 아니거든, 서화담?"

"내가 왜? 난 이렇게 자유로운데?"

"지금은 지켜보시는 거지. 나 때도 그랬어. 이 집에 오고 한동안은 그냥 학교와 집을 오가도록 내버려두셨어. 피아노 선생님이 일주일에 세 번씩 와주신 건 빼고. 그런데 학교에서 첫 시험을 보고 돌아간 날 어머니가 부르시더라……."

먼 곳을 보는 다현의 시선에 동조해 같이 먼 곳을 보며 화담이 물었다.

"불러서 뭘?"

"찬찬히 내 시험지를 보셨지. 그걸 다 내려놓으신 뒤에 날 물끄러미 쳐다보시다가 말씀하셨어."

마치 그때의 명혜를 흉내 내듯 다현이 가늘어진 눈으로 화담의 눈을 응시했다. 화담은 저도 모르게 숨을 죽이고 다음 말을 기다렸다.

"'이 정도 수준이구나'……라고."

"히익, 오싹해, 별거 아닌데 뭔가 굉장히 무서워!"

오버한 게 아니라 정말로 화담은 팔에 소름이 돋았다. 다현도 크게 고개를 끄덕이면서 화담의 어깨를 탁 붙잡았다.

"난 그때 아홉 살이었어. 어머니가 그렇게 말씀하시는데, 그만 잘못했다고 무릎 꿇고 빌고 싶었다고."

"대체 얼마나 시험을 못 봤던 건데?"

"전 과목 합쳐서 다섯 개 틀렸어."

"뭐어! 기똥차게 잘 본 거잖아?"

화담의 부르짖음에 다현이 고개를 저었다.

"딱 이틀 뒤에 나는 생애 첫 과외선생님을 만났어. 어머닌 처음 그때 말곤 학교 공부에 대해서 아무 말씀도 하지 않으셨어. 다만 선생님이 계속 바뀌었지. 세 번으로 기억해. 세 번째 선생님을 만나고 내가 시험을 올백 맞았거든."

으아아아. 아무 말도 안 하는 대신 선생님이 조용히 잘려나가는 광경을 떠올리자 목덜미에까지 소름이 돋았다.

"너도 6월 모의고사 결과 나오면 어머니가 호출할 거야."

다현의 말투가 덤덤해서 더욱 살벌했다. 화담은 강하게 부정했다.

"안 그럴걸. 나는 홈스테이니까. 어디까지나 홈스테이. 아줌마 애기곰 아니라고. 형이랑 소현인 아줌마 애기곰이니까 어쩔 수 없는 거고."

양녀가 됐다면 큰일 날 뻔했다고 가슴을 쓸어내리는 화담을 돌아보며 다현이 빙긋 웃었다.

"하지만 네가 남재현 애기곰인 건 불변의 사실이잖아?"

"얼굴만 닮았지 알맹이는 완전 달라. 나 공부 머리 아니야. 아줌마도 그거 알아."

"알아도 말이야, 기본은 해야지. 이렇게나 아버질 닮은 얼굴로 뒤에서 세는 게 더 빠른 등수를 받는 건, 아버지 장남으로서 나도 용납 못 해."

"에엥?"

"물론 이렇게 총명한 얼굴로 전교 최하위권 순위전에 뛰어들 일은 없을 거 알아. 그래도 노파심에 한마디 할게. 미리미리 공부해라, 화담아. 알겠지?"

슥슥 화담의 머리를 쓰다듬어주며 다현이 말했다. 천사의 돌변! 얼굴은 웃는데 어디선가 쌩쌩 찬바람이 불었다. 책 아니면 칼을 받아라! 소현보다 더한 복병이 여기 있었다!

벌써 아홉 시가 됐던지 정원으로 대학생 정도로 보이는 남자가 걸어오는 모습이 보였다. 공부할 시간이라며 다현이 자리에서 일어나면서 화담에게 굿나잇 인사를 했다.

"벌써부터 속 끓이지 말고 푹 자. 너 처음 왔을 때보다 더 마른 것 같아. 잠 잘 자는 거 맞아?"

"잘 자지 그럼. 나 말고 형이나 신경 써. 어째 요 며칠 얼굴이 누렇게 뜬 것 같은 게 어느 쪽인데. 아까도 먹는 것 영 시원찮더라."

"갑자기 부쩍 더워졌잖아. 나 여름 타거든."

정원 불빛에 한층 파리한 감이 있는 다현의 얼굴을 보며 화담은 혀를 찼다.

"공부고 뭐고 하루쯤 푹 쉬면 좋을 텐데. 아, 미안. 그나마 쉬는 시간인데 나한테 잡혀 있었네. 못 쉬어서 어쩌냐."

"너랑 이야기했더니 한결 머리가 맑아졌어. 집에서 이렇게 이야기할 사람 생겨서 정말 좋다."

활짝 웃은 다현은 화담의 머리를 헝클어뜨리듯 만져주곤 본채로 뛰어갔다. 현관 앞에서 선생님을 만나 깍듯이 인사하는 다현의 모습을 화담은 흐뭇하게 지켜보았다.

"잘생기고 상냥하고 예의 바르고, 캬아, 인기남의 조건을 다 갖췄구만. 소현이도 저러면 좀 좋아?"

그들이 집으로 들어가는 걸 보고 화담도 천천히 별채로 향했다. 아틀리에로 들어가 승준에게 둘러댔던 대로 샤워를 하고 나와 다이어리를 좀 끼적이고 한자 교습책을 펼치고 열심히 베껴 썼다. 그러다 문득 휴대전화의 문자수신음에 고개를 들어 시계를 보니 어느새 열한 시 이십 분.

전 같으면 이미 하품을 하느라 정신없었을 텐데 지금은 하품은커녕 졸립지도 않았다. 문자는 승준에게서 온 밤인사였다.

[자기 전에 문자 좀 해달라고 해도 또 그냥 자기냐? 사랑이 부족하다, 서화담! 그래도 잘 자ㅠㅠ]

에휴, 하고 화담은 한숨을 쉬고 이제 막 자러 간다고 답문자를 하다가 때려치우고 침대로 들어갔다.

빛에 민감한 그림을 보호하기 위해 창마다 암막커튼을 친 아틀리에는 불을 끄면 그대로 암흑에 잠긴다. 방음 또한 철저해서 참 잠들기에 좋은 환경이다. 그런데도 오던 잠도 달아나 뒤척이는 밤이 이어지고 있다.

무엇이 문제인지는 화담도 안다. 이 고요함. 이 완벽한 어둠. 이것이 문제이다.

불과 한 달 전까지 학교 갔다 오면 숙제를 해치우고 내려가서 가게 일을 거드는 게 당연한 나날이었다. 아홉 시가 넘으면 엄마는 씻고 자라고 화담을 올려 보냈다. 손님이 아무리 많아도 아홉 시가 한계. 그쯤 되면 거의 술장사인 터라 화담도 순순히 엄마 말을 들었다. 자려고 불을 꺼도 싸구려 꽃무늬 커튼 너머로 집 앞에 바로 서 있는 가로등 불빛이 훤히 비쳐 들어오는 방은 아래에서 손님들이 큰소리로 웃고 떠드는 소리며 맞은편 가게 손님들이 떠드는 소리조차 예사로 들려올 정도로 방음과는 거리가 멀었다. 하지만 워낙에 익숙해진 화담은 베개에 머리를 대기 무섭게 잤다. 누가 들어오는지 나가는지 전혀 모르고 아침까지 쿨쿨.

그런 어수선함에 익숙했던 몸은 뒤늦게 찾아온 완벽한 숙면의 환경을 낯설어 한다. 첫날 그렇게 푹 잤던 것도 그 전날 무주에서 잠을 설쳤던 탓인 듯, 사흘에 이틀 꼴로 잠을 설치고 있다. 오늘은 어김없이 잠을 설칠 날인 모양이다.

"아냐. 몸이 너무 편한 탓도 있어."

징그럽게 뒤척인 끝에 화닥닥 일어나며 중얼거렸다. 이번 주 내내 학교 가는 거 말고는 이렇다 할 일 없이 좀이 쑤셔 죽을 것 같은 매일을 보내고 있다.

화담은 할 일이 필요했다. 공부는 일찌감치 머릿속에서 젖혀진다. 그녀는 주말에 지리를 익힐 겸 동네 구경을 나갔다가 서점에서 일본어 기초회화며 영어회화 책을 사와서 나름 저녁 시간을 들여—두 시간이나!—공부하고 있다. 한국 단편문학 전집도 쌓아두고 인내심을 훈련하듯 읽는다. 하지만 그런 건 화담에게 '일'이 아니다. 화담에게 일은 몸을 움직이고 땀을 흘리는 피로감을 느낄 수 있는 것이었다.

대체 뭘 해야 하는 걸까. 뭘 해야 그 홀가분한 후련함을 느낄 수 있을까.

뚫어져라 어둠 속의 한 점을 응시하던 화담은 불을 켜고 잠옷을 벗어던진 뒤 트레이닝복으로 갈아입었다. 그러곤 열쇠와 시계, 천 원짜리 몇 장을 주머니에 챙기곤 아틀리에를 나갔다. 운동화를 신으면서 휴대전화를 두고 온 게 떠올랐지만 가지러 돌아가지는 않았다.

"영 귀찮단 말이지."

편리한 건 사실이지만 여태 휴대전화 없이도 잘만 살아온 화담으로선 목줄처럼 느껴질 때가 종종 있다. 당장 승준이만 해도 하루에 전화를 몇 통을 하는지 원. 지금은 멀리 떨어진 지 얼마 안 돼서 허전해할 승준의 어리광을 받아주고 있지만 계속 이러면 언제고 한 번 뒤집을 것이다. 그날을 언제쯤으로 할까 고민하며 별채를 나서던 화담이 우뚝 멈춰 섰다. 어느 틈엔가 보슬비가 내리고 있었다.

"그래, 어쩐지 오늘 심하게 덥더라니."

반가움에 웃음 지으며 화담은 눈을 감고 하늘을 향해 고개를 젖혔다. 한바탕 뛰러 갈 참인데 비가 내리다니, 그것도 이렇게 가는 비라니 참 운이 좋다.

"오! 그러고 보니 5월이 끝나서 내 운이 회복됐나?"

고개를 갸웃하곤 하늘을 향해 다시금 물었다.

"맞지, 엄마? 그런 거지?"

의문을 확신으로 둔갑시키며 화담은 신이 나서 종종걸음으로 정원을 가로질러 갔다. 조용히 대문을 닫고 나와 준비운동 삼아 가볍게 체조를 하는데 길 아래쪽에서 올라오는 차가 있었다. 혹시 싶어 살펴보니 아니나 다를까 소현을 태운 차였다. 차고 문이 열리는 중에 차의 뒤 차창이 스륵 내려가더니 소현이 화담을 쳐다보았다.

"고생 많았네. 피곤하지? 시험은 잘 봤어?"

"무슨 상관이래, 그쪽이?"

붙임성 좋게 다가가 말을 건네 봤지만 돌아오는 건 고까움 그득한 빈정거림이 고작이다. 그래도 아예 무시하고 들어갈 수도 있는데 차창을 내린 게 가상해 화담이 기회는 이때다 하고 재잘거렸다.

"공부도 좋지만 아직 한창 클 나이니까 잠은 제대로 자. 이 집은 다들 하나같이 늦게 자고 조금 자서, 내가 엄청 잠꾸러기 같다니까."

"지금 키 크다고 유세하는 거야? 기막혀."

"엇, 그게 아니라. 어어……."

대번에 소현의 눈에서 레이저가 발사되더니 차창이 올라가고 차도 차고로 들어가 버렸다. 지체 없이 차고 문이 닫히는 걸 뻘쭘히 쳐다보며 화담은 머리를 긁적였다.

"말을 잘못했나? 별로 작은 키도 아닌데 키에 예민한가 보네. 아, 어렵다.”

아직 감도 안 잡히는 남소현 공략법을 고민하다가 당장은 별수 없지 하고 깨끗이 단념했다.

“오늘만 날이냐, 내일도 날이다. 자, 우선 달리자!”

힘차게 파이팅하고 화담은 내리막길을 뛰어 내려갔다. 큰 도로변에 나온 뒤가 고민이었다. 어디로 갈지 망설이며 주변을 둘러보다가 저 멀리 동쪽으로 톡 튀어나와 보이는 초고층 주상복합 아파트를 목적지로 삼기로 했다.

그 뒤부터는 질주, 또 질주였다. 전학 첫날 선보인 무리한 쇼와 달리 안정적인 속도를 유지했다. 이따금 나오는 신호등 앞에서도 제자리 뛰기를 하며 호흡을 지켰다. 한 10분 남짓 달렸을 때 고비가 왔지만 꾸준히 달렸더니 어느 순간부터 호흡도 편해지고 내뻗는 다리도 한결 가벼워졌다.

비가 내려선지 도로의 차 소리가 유난히 컸지만 그것도 어느 순간부터 묘하게 멀어지며 자신이 들이쉬고 내쉬는 규칙적인 숨소리가 온통 귀를 사로잡았다. 눈앞으로 보이는 길과 달리고 있는 자신만을 의식하며 달렸다. 머릿속이 텅 비고, 오로지 몸이 생생하게 살아 움직였다.

실컷 몸을 움직이다 보면 느껴지는 날아갈 듯한 상쾌함, 아아, 이거였다. 이게 필요했다. 즐겁다. 즐겁다. 즐겁다. 지금 이 순간, 살아 있는 게 너무 좋아 미칠 것 같다!

그러다 문득 누군가 이름을 부른 것 같은 느낌에 언뜻 뒤를 돌아보는데 한 발자국 앞 정도를 쌩하니 오토바이가 지나갔다.

“시발, 죽고 싶어 환장했냐!”

달리는데 너무 도취해 신호등 없는 횡단보도를 대충 보고 건넌다는 게 그만 오토바이와 추돌사고가 날 뻔한 것이다. 핸들을 틀면서 저만치

미끄러지긴 했어도 다행히 쓰러지진 않은 오토바이를 화담은 살짝 얼어서 쳐다보았다. 그 와중에도 배달꾼이 쉴 새 없이 그녀에게 욕설을 날려준 덕분에 화담은 빨리 정신을 차렸다.

"죄송합니다!"

사과부터 하고 고개를 든 화담도 지지 않고 소리쳤다.

"아저씨도 전조등 켜고 달리셔야죠! 이렇게 깜깜한데 전조등 안 켜고 운전하는 건 무슨 배짱이에요?"

"썅! 이 소리 안 들리냐? 엉? 귓구멍이 막혔어, XXX?"

시동을 걸자 할리 데이비드슨도 아닌 얄팍한 게 우릉우릉 무시무시한 폭음을 토했다. 큰길 옆에 있는 시장터에서 오래 살아온 화담이 질색하는 것들 중 하나인, 마후라 개조한 오토바이였다. 새벽에 저런 오토바이들이 떼로 모여서 큰길 한 번 질주할라치면 한 번 잠들면 시체인 화담조차 무덤에서 끌려나오지 않을 수 없었다. 화담은 더 욱해서 받아쳤다.

"불법 개조한 게 자랑이에요? 야밤에 그렇게 소리 내서 달리면 민폐도 보통 민폐가…… 잠깐, 번호판도 없네? 아저씨, 그냥 저랑 이참에 경찰서 가시죠? 예? 억울하면 경찰서 가자고요."

"나참 재수가 없을 라니까. 너 내가 지금 일해야 되는 게 천운인 줄 알아라. 어우, X만한 게. 퉤!"

재수 옴 붙었다는 듯이 침을 뱉고선 배달꾼이 자리를 떴다. 새삼 엄청난 폭음에 화담은 귀를 틀어막으며 눈살을 찌푸렸다.

"경찰은 왜 저런 거 하나 단속을 못하지? 못하는 거야, 안 하는 거야? 역시 내가 경찰 되는 게 애국하는 길인가?"

새삼 장래희망 후보 셋 중 하나를 진지하게 고려해 보는데 문제는 아직 그녀가 있는 곳이 횡단보도 한복판이라는 점이었다. 바로 그 점을 누군가 아주 신랄한 목소리로 지적했다.

"진짜 죽고 싶어 환장했어?"

그러고서 화담의 팔을 잡아채어 성큼성큼 인도로 끌고나갔다. 별안간 벌어진 일에 멀뚱멀뚱 자신을 데려가는 남자의 뒤통수를 쳐다보던 화담은 남자가 인도에 들어서서 뒤를 돌아본 순간 어엇, 하고 놀랐다.

"인후 선배? 여기 웬일이에요?"

"너야말로 그 꼴로, 여기서 뭐 하는 거야?

험악하게 인상 쓴 인후의 눈에서 파란 불꽃이 튀는 듯해 화담은 저도 모르게 상체를 뒤로 젖혔다.

"저는, 달리는 중이었는데요. 맞다, 조깅, 조깅 나왔어요."

조깅이라는 유식하게 들리는 단어를 구사한 게 흐뭇해 화담은 히죽 웃었다. 인후가 가늘게 뜬 눈으로 그녀를 위아래로 훑어보곤 물었다.

"조깅?"

"네, 조깅이요. 집에서부터 여기까지, 앗, 저기 저 빌딩 보이죠? 저기 목표로 달렸는데 넘은 줄도 몰랐네요."

집에서 볼 땐 꽤 멀어 보이더니 어느새 훌쩍 지나왔구나 싶어 신기했다. 화담이 가리킨 초고층 주상복합 아파트를 힐긋 쳐다본 인후는 다시금 그녀의 행색을 보고 말했다.

"너 지금 물에 빠진 생쥐 꼴인 건 알아?"

"그 정도에요? 앗, 진짜네. 이거야말로 '가랑비에 옷 젖는 줄 모른다' 바로 그 경우네요. 아하하."

대소하는 화담을 인후는 뭐 이런 게 다 있지, 하는 눈빛으로 훑었다. 화담도 그 정도는 눈치채고 웃음을 그친 대신 지적했다.

"맨몸으로 어슬렁거리는 건 선배도 마찬가지 아니에요?"

"우산이 없긴 왜, 아……."

무슨 소리냐는 듯 자기 손을 내려다보던 인후는 텅 비어 있는 손을 발견하곤 잠깐 어리둥절해졌다. 그리곤 왔던 길을 돌아보며 조금 얼빠진 소리를 냈다. 화담은 재빨리 인후와 같은 곳을 눈을 보면서 물었다.

"왜요, 가지고 나왔는데 어디서 떨어뜨린 거예요?"

"……그랬나 봐."

"접힌 채로, 편 채로?"

"펴서 쓰고 있었지."

인후가 대답하자 화담이 큰소리로 외쳤다.

"펼쳐져 있는 걸 놓쳤으면 위험하잖아요. 바람에 날려서 차도로 들어간다면 큰일이에요, 어서 가봐요!"

말이 끝나기도 전에 이미 그의 팔을 잡아끌며 내달리고 있다. 화담의 손에 잡혀 달려주면서도 인후는 사뭇 희한한 걸 보듯 화담을 쳐다보았다.

머잖아 인도와 차도 사이에 아슬아슬하게 걸쳐 있는 장우산을 발견한 화담이 환호성을 질렀다. "저거죠? 저거 맞죠?"하고 확인하는 화담에게 인후가 고개를 끄덕이자 당장 화담이 쪼르르 달려가 우산을 들고 그에게 돌아왔다. 꼬리만 없을 뿐 접시를 물고 신나서 돌아오는 강아지나 다름없다.

"다행이에요, 우산도 찾고 딴 사람한테 폐도 안 끼쳐서."

우산 손잡이를 인후에게 넘겨주고선 화담이 그제야 이상하다 싶어 물었다.

"근데 우산을 왜 길에 흘리고 다녀요? 돌풍이라도 불어서 놓친 건 아닐테고. 보니까 아까 우산 잃어버린 것도 모르고 말이야."

인후는 대답 없이 미간을 찡그린 채 우산 손잡이만 보고 있다. 화담도 같은 곳을 쳐다보다가 불현듯 그가 천식을 앓았다는 게 떠올랐다. 1년이나 학업이 늦어질 정도였다면 상당한 중증이었을 터. 아토피 때문에 아직도 정기적으로 피부과에 다니는 서윤만 해도 먹는 거며 손에 닿는 것에 몹시 까다롭다. 생각이 짧았다고 속으로 혀를 차며 화담은 제 왼팔 소맷자락을 쭉 빼서 우산 손잡이를 슥슥 닦았다.

"우선 대충 닦고 집에 가서 손 깨끗이 씻어요. 집 가까워요? 멀면 나 편의점에서 물 사먹을 건데 물티슈 사줄게요."

"물티슈를 왜?"

"손잡이 깨끗하게 닦고 싶은 거 아니에요? 땅바닥에 굴렀으니까."

화담의 말에 인후는 눈을 깜박이다 물었다.

"누가 나보고 결벽증이래?"

"아뇨, 그런 말은 못 들었는데요. 선배 결벽증이에요?"

"아닌데. ……아니라고 생각해."

묘하게 핀트가 어긋난 말을 아무렇지 않게 주고받는다. 어쨌든 인후는 손을 들어 자신의 집을 가리켰다. 우연찮게도 화담이 목표로 삼았던 초고층 주상복합 아파트였다. "다들 부자네."하고 목이 아프도록 고개를 젖히고 아파트 꼭대기를 올려다보던 화담은 그녀에게 우산을 씌워주고 있던 인후가 걷기 시작하자 함께 걸음을 옮겼다.

"너 싸움닭이야?"

잠시 말이 끊겼다가 밑도 끝도 없이 인후가 던진 말에 화담이 동그래진 눈으로 그를 올려다보았다.

"누가 그래요? 어디서 들었어요?"

"보통 아니라고 부정부터 해야 하는 거 아냐?"

기막히다는 듯 인후가 묻자 화담은 혀를 쏙 내밀었다.

"아니라고 잡아떼기엔 걸리는 게 없지 않아서요. 친구들도 다혈질이라고 하고 내가 봐도 가끔 욱하는 거 있어요."

하지만 곧 두 손을 흔들며 자기변호를 했다.

"그래도 아무한테나 시비 걸거나 하진 않아요. 내가 누군가랑 싸운다면 그건 분명 그 사람한테 잘못이 있는 거예요."

"그래서 아까 도로 한복판에서 그 남자를 훈계했어?"

"훈계는요, 충고죠, 충고. 그 작은 오토바이 마후라 개조하면 폼 나는 줄 아는 게 난 진짜 이해가 안 돼. 근데 인후 선배는 대체 어디서부터 본 거예요?"

이제야 그게 궁금해진 화담에게 졌다는 듯 인후는 고개를 저을 따름이다. 화담은 계속 대답을 기다려도 무시당하자 부루퉁해졌다.

"우산도 왜 놓친 건지 대답 안 해주고. 인후 선배, 은근 사람 무시하는 거, 별로 마음에 안 들어요."

그 말에 슬쩍 인후는 화담의 얼굴에 시선을 던졌다. 젖어서 찰싹 달라붙은 머리카락이며 이슬이 대롱대롱 매달린 긴 속눈썹 아래의 머루 같은 눈. 5월에 몸고생 마음고생으로 살이 홀쭉하게 내렸지만 젖살만큼은 아직 포동포동한 뺨을 부풀리고 있는 게 어떤 동물을 떠올리게 했다. 언뜻 떠오르지 않는 그 동물을 궁리하며 인후는 입을 열었다.

"거의 처음부터. 오토바이 오는 소리에 위험하다 싶어서 불렀는데, 못 들었어? 돌아보기에 들은 줄 알았는데."

"아? 그냥 기분이 그런 줄 알았는데 진짜 불렀구나. 뭐지 그럼? 인후 선배가 불러서 돌아본 덕분에 오토바이랑 쾅 하는 건 피한 게 되나요?"

그때 상황을 떠올려본 화담은 타악, 제 손바닥을 주먹으로 치며 거듭 감탄했다.

"한 발 차이로 오토바이가 지나갔는데! 오오, 생명의 은인이 여기 있었네?"

"오버하지 마. 별게 다 생명의 은인이네."

인후는 통명스럽게 쏘아붙였지만 화담은 빙글빙글 웃으며 그를 올려다보았다.

"오버든 뭐든 저는 그렇게 생각하니까요. 역시, 느낌이 좋다니까. 아무래도 선배가 내 귀인인가 보다. 꽉 잡아야지. 진짜 빈말 아니라 나랑 좀 친하게 지내주세요, 네?"

덥석 그의 팔을 잡은 화담이 눈을 반짝거리며 올려다보는 서슬에 인후는 적잖이 당황했다. 다행히도 몸에 익은 방어기제가 지체 없이 작동해 화담의 손을 뿌리쳤다.

"그런 친분이 나한테 좋을 게 뭔데? 내가 너한테 귀인이면 넌 나한테 뭐가 되는지부터 생각해 보지 그래?"

급조한 면박이었지만 화담에겐 새겨들을 바가 충분했다.

"그러네요. 귀인이니까 친해지자니, 굉장히 뻔뻔한 소리를 했어요. 느낌이 좋다는 것도 내 기분이지 선배 기분은 아니고. 선배의 눈으로 보자면 난…… 골칫덩어리겠네."

이쪽은 도움을 받았다지만 저쪽은 도움을 준 쪽. 이쯤 되면 확실히 성가신 아이로 분류되었다고 해도 할 말 없겠다 싶어 화담은 어깨로 한숨지었다.

생각보다 심각하게 받아들이는 화담 때문에 우산을 쥔 인후의 손에 힘이 들어갔다. 그러다 저편에 편의점 간판이 보이기에 얼른 화담에게 말했다.

"물 마신다며? 저기 편의점이야."

그의 말에 편의점을 본 화담은 인후에게 물었다.

"뭐 안 마실래요? 아까 이름 불러준 턱 낼게요. 비싼 건 안 되고, 음료수 캔 하나지만."

"……홍차."

필요 없다고 할 줄 알았는데 대답이 나와서 화담은 벙긋 웃었다. 곧 눈을 찡그리긴 했지만.

"홍차도 카페인 들어 있잖아요. 잠 깊게 못 잘 텐데?"

"전혀 지장 없어. 어차피 두 시에나 잘 거고."

화담이 알겠다고 편의점으로 뛰어갔다. 엉겁결에 인후도 우산을 씌워주러 뛰는 걸 화담이 그냥 있으라고 손사래 쳤다. 부득부득 따라가기도 뭣해서 인후가 뒤에 남아 천천히 가는데 바람처럼 편의점으로 뛰어 들어갔던 화담이 너무 빨리 나왔다. 그것도 웬 중년 남자의 팔을 붙잡고. 무슨 일인가 싶어 인후가 뛰걸음으로 다가가니 화담이 눈에 쌍심지를 켜고 중년 남자를 윽박지르는 말이 들렸다.

"경찰차 타고 금의환향해 온 가족 마중 받는 게 소원이세요? 아저씨가 딸만 한 여자 추행하다 현행범으로 잡혔다고 하면 아저씨네 가족들 좋아서 펄쩍펄쩍 뛸 거예요, 그죠? 어쩌실래요, 제가 경찰차 부를까요, 아니면 아저씨가 두 발로 곱게 집으로 갈래요?"

취해서 불콰한 얼굴의 중년 남자는 발음도 어눌한 목소리로 생사람을 잡는다고 잡아뗐다. 화담이 싱글거리며 중년 남자에게 어깨동무를 하더니 그 귓가에 뭐라 뭐라 속삭였다. 그 남자는 눈에 띄게 흠칫하더니만 몇 번 고개를 젓고는 이내 서류가방을 품에 꼭 끌어안고 허둥지둥 멀어져갔다.

그 모습을 물끄러미 쳐다보던 인후는 아직도 매서운 눈으로 중년 남자가 간 쪽을 쏘아보는 화담을 보고, 또 편의점 안쪽을 힐긋 보았다. 카운터 쪽에서 이쪽을 내다보던 젊은 여자가 그와 눈이 마주치자 재빨리 얼굴을 돌려 외면했다. 인후도 여자에게 등을 돌리고 물었다.

"……성추행?"

"바닥에 쏟은 맥주 치워주는 점원 손을 잡고 야단도 아니더라고요. 하여간 술 마시면 개 되는 인간 너무 싫어."

"뭐라고 말했는데 저러고 도망가는 거야?"

"별말 안 했어요."

그러곤 입을 다물어버리는 화담을 인후가 빤히 쳐다본다. 화담은 씨익 웃으면서 이젠 내 기분 좀 알겠느냐 물었다.

"진짜 별말 아니에요. 그냥 '아저씨, 우리 같은 아파트 사는데 저 모르시겠어요?' 라고."

"음?"

의아한 표정을 지었던 인후는 이내 말뜻을 이해하고 약간 입을 벌렸다. 잠시 후 감탄했다는 듯이 중얼거렸다.

"어떻게 그런 생각을 했어?"

"이 주변이 거의 아파트잖아요. 그래서 아마 집 다 와놓고 마지막으로 또 한 잔 하는 거지 싶어서. 그게 아니라고 해도 서울 사람들 아파트에 많이 살잖아요? 대충 넘겨짚어도 맞을 확률이 적지 않죠."

두어 번 고개를 끄덕인 인후는 우산 손잡이를 엄지로 문지르며 말했다.

"너더러 바보냐고 했던 건, 잠정 보류해야겠군."

"잠정 보류? 왜 취소가 아닌데요?"

"무모하다는 점에서 점수가 깎였거든. 취객을 왜 술 취한 개라고 하는데. 아까 그 남자가 그나마 온순했으니 망정이지 행패라도 부렸어봐."

"행패를 부리면, 제압하면 되죠."

꿈같은 소리 한다는 듯 인후가 코웃음 치자 별안간 화담이 왼다리를 붕 차올렸다. 머리 위로 치솟아 수직으로 쫙 펴진 다리며 오른발 하나로 흔들림 없이 버티는 자세. 태권도 시범에서나 볼 법한 자세를 선보이며 화담이 씩 웃었다.

"태권도 3단. 송판 격파는 주특기죠."

"실전은 달라. 사람 패 본 적 있어?"

"없을까 봐서요? 중학교 때 비공식 학교 짱이었어요."

인후의 눈이 살짝 찌푸려지는 것을 본 화담이 재빨리 다리를 내리곤 설명했다.

"일진 놀이 같은 거 절대 아니고요. 그런 거 없는 평범한 학교였어요. 다만 내가 모종의 사건으로 유명인이 되는 바람에 주위에서 상일중 짱이라느니 뭐니 해댔지."

"모종의 사건?"

이 말을 해도 되나 싶은 표정으로 화담이 뺨을 긁적거리다가 뭐 어떠랴 싶어 인후에게 말했다.

"바바리맨을 때려잡아서 경찰서에서 주는 표창장 받은 거요. 우리 지역 신문에도 났어요."

"바바리맨……."

"입학 때부터 있는 줄은 알아도 그러려니 했는데 친구가 그놈이랑 골목길에서 마주치곤 며칠 학교를 못 올 정도로 충격을 받았지 뭐예요. 걸리기만 하라고 별렀는데 전우치도 아닌 게 동에 번쩍 서에 번쩍하는 바람에 한 달 걸려 잡았어요. 잡고 보니까 그 사람 직업이 뭐였는지 알아요?"

전혀 감도 오지 않아 인후는 멍하니 고개를 저었다.

"변호사요, 변호사."

기가 막힌다는 듯 혀를 내두르며 화담이 손을 내저었다.

"잡아놓고 경찰 기다릴 때 나이 마흔이 훌쩍 넘은 남자가 잘못 했다고 무릎 꿇고 비는데…… 불쌍해서 그냥 놔줄까 하는 생각까지 했다니까요. 경찰서 가서도 집에는 연락하면 안 된다며 엄마 불러달라고 울고. 어휴. 아마 어릴 때 제대로 못 놀고 공부만 하다 어른이 됐지 싶더라고요."

진지하게 바바리맨의 심리까지 추측하는 화담을 보며 인후는 저도 모르게 한숨을 쉬었다.

"무기는 없었고, 그 사람?"

"무기요? 어머, 야해. 그래요, 봤어요. 그래도 대놓고 물어보면 어떡해요. 하여간 다들 궁금해하는 게 똑같다니까."

쿡 하고 옆구리를 찌르며 화담이 핀잔하는 것에 인후는 어리둥절해졌다. 하지만 이내 화담의 착각을 깨닫곤 제풀에 당황했다.

"무슨 소릴 하는 거야. 칼 같은 흉기는 안 들고 있었냐 묻는 거잖아."

"아, 그쪽 무기요? 뭐 든 게 있긴 했는데 흉기는 아니고…… 크큭, 요술봉 알아요? 여자애들 가지고 노는 공주님 요술봉이요. 글쎄 그걸 들고 나타나서 '변신!' 하고 소리치면서 한 바퀴 돌고 옷을 열어젖히는데 그야말로 대장관……."

"……장관?"

"아니, 아니 대참사요, 대참사. 내가 장관이랬나? 왜 그랬지? 별로 볼 것도, 어, 어, 히큥!"

별안간 희한한 소리를 내며 말을 멈췄다. 화담은 가늘어진 눈으로 입술을 씰룩이며 먼 곳을 보는 것 같았지만 그건 재채기가 나오기 직전의 표정임이 곧 밝혀졌다. 히킁, 히킁 하는 다시 들어도 희한한 소리가 그녀의 재채기 소리였다.

"화장지 사야겠다. 맞다, 홍차 제일 싼 거 사도 되죠? 올 때 삼천 원밖에 안 가져와…… 으히쿵! 아이고, 죽겠네."

풋, 하고 웃음이 나려는 것을 인후는 극적으로 참아내며 고개를 돌렸다. 방금 그건, 도저히 사람의 재채기라고는……. 혹시 지금 나름대로 귀여운 척하는 건가?

인후의 의심에 아랑곳없이 화담은 연달아 킁킁거리며 강아지 빰치는 재채기를 해댔다. 오만상을 쓰고 편의점으로 들어가면서도 발작처럼 재채기를 하면서 머리를 바르르 떤다. 저쯤 되면 타고난 거다. 편의점 문이 닫힌 뒤에야 인후는 등지고 서서 기침 소리로 웃음을 대신했다.

겨우 마음을 진정시킬 즈음 딸랑거리는 종소리와 함께 화담이 나왔다. 그에게 홍차캔을 떠안기듯이 넘겨주고 티슈갑을 뜯은 화담은 시원하게 코를 풀고는 쓰레기통을 찾다가 다시 편의점에 다녀왔다. 편의점 휴지통 앞에서 재차 코를 푸는 모습을 인후는 멀거니 쳐다보았다. 저만큼 큰 여자애가 사람 꺼리는 기색도 없이 코 푸는 모습, 처음 봤다.

"아우, 살겠다. 얼른 가서 따뜻한 물로 씻고 쿨쿨 자야겠어요. 이러다 감기라도 걸리는 날엔 무슨 개망신이에요."

후련한 얼굴로 말하는 화담의 손에 티슈갑밖에 쥐어진 게 없어서 인후는 눈을 깜박거렸다.

"물 마신다며? 왜 빈손이야?"

"아, 백 원쯤 돈이 부족해서요. 괜찮아요, 얼른 뛰어가서 마시죠 뭐."

이 빗속을 또 뛰어갈 셈인가 하며 잠시 앞을 쳐다본 인후는 잠자코 화담에게 홍차캔을 내밀었다. 화담은 눈을 멀뚱거리다 손을 저었다.

"선배 마시라고 준 거잖아요. 어차피 전 홍차 안 먹어요. 솔직히 이게 무슨 맛인가 싶어서."

"목말라서 허덕대는 것보다는 백배 낫잖아."

"안 돼요! 고작 캔 하나긴 해도 고마워하는 마음이 담긴 거거든요? 그걸 내가 도로 마신다니, 내가 배은망덕한 사람이 되잖아요!"

엉뚱하지만 절박하기 짝이 없는 논리에 캔을 따려던 인후의 손이 동작을 멈춘다. 화담은 그대로 캔을 쥔 인후의 손을 옆으로 슥 밀고선 그에게 꾸벅 목례를 했다.

"그럼 또 봐요, 선배."

홱 몸을 돌려 뛰어가던 화담이 불쑥 돌아보더니 오늘 고마웠다고 새삼 허리를 숙여 인사했다. 다시 몸을 돌려 달음박질에 시동을 거는 것을 인후가 불러 세웠다.

"거기 서 봐, 서화담."

"홍차 안 마셔도 된다니까요."

"수연고 1학년 5반 40번. 선배가 거기 서란 말 안 들려?"

목소리에 힘을 넣었더니 비로소 화담이 급정거 후 꼼짝 않고 기다렸다. 느슨한 걸음걸이로 화담에게 걸어간 인후가 예의 싸늘한 시선으로 화담을 내려다보았다. 화담도 초롱초롱한 눈을 크게 뜨고 인후를 올려다보았다. 눈겨룸이라면 얼마든지 자신이 있지만.

"히큥!"

재채기 앞에선 장사 없다. 또 찾아온 불청객과 싸우느라 정신없는 화담을 외면한 채 인후는 아랫입술을 잘근잘근 깨물며 평정을 유지했다.

"위험경보 레벨 7쯤인가. 이거 진짜 곤란하네. 승준이가 말도 못하게 잔소리할 텐데."

못쓰게 된 휴지를 주머니에 따로 챙기며 화담이 시무룩하게 중얼거리는 말에 인후는 눈썹을 치켜 올렸다. 승준이. 아무래도 남자 이름이지? 저번에 서윤이란 녀석도 그렇고, 얜 친구가 다 남잔가.

"그러고 집까지 가면 레벨10 거뜬히 채울걸? 내 집에 건조기 있으니까 대충 겉옷이라도 말리고 가."

"에?"

"마실 것도 줄게. 생강차 있어. 도라지청도……. 아무튼."

그런 것까지 나열하는 자신이 왠지 구차한 것 같아 인후의 표정이 더 무뚝뚝해졌다. 화담은 인후가 진지하게 권하고 있단 걸 깨닫고 두 팔을 내저었다.

"아뇨, 이 꼴로 남의 집에 가다니. 선배 가족들이 보면 너 이상한 사람이랑 어울리냐고 걱정할 걸요?"

"스스로도 이상한 줄은 아는구나."

"아무렴 그것도 모를……. 뭐예요, 그 말은. 지금이야 비 맞아서 그렇다 치고 내가 평소에도 이상하다 뭐 그런 뜻으로 하는 말이에요?"

"어쨌든 난 혼자 사니까 내 가족 걱정은 접어둬. 이미 말했을 줄 알았는데. 다현이 아니면 푸른이 그 촐랭이라도."

화담의 의문을 싹 무시한 인후의 말에, 화담은 방금 욱했던 것도 잊고 눈을 빠르게 깜박이며 대답했다.

"안 했어요, 그런 이야기. 전에 천식을 앓았다는 건 들었는데, 그건 점심 먹을 때 선배가 하도 부실하게 먹어서 내가 물어보다가 나온 말이에요."

"흠. 천식뿐이야?"

"예. 천식뿐. 엇, 그 말은 뭐가 또 있다는 뜻 같은데?"

이런 일에는 눈치가 빠른 화담의 질문을 무응답으로 눙치며 인후는 턱으로 슥 왼편 위로 보이는 아파트를 가리켰다.

"어쩔래, 들렀다 갈 거야?"

의식하고 보니 화담이 서 있는 곳이 인후의 아파트로 올라가는 진입로였다. 멀뚱히 아파트를 올려다보는 화담에게 인후가 중얼거리는 말이 들렸다.

"여기서 다현이네 집까지 달려가면 못해도 삼사십 분은 걸릴 텐데. 빗발도 좀 굵어지지 않았나?"

아닌 게 아니라 빗발이 좀 세지긴 했다. 달릴 땐 시원하게만 느껴졌지만 열이 식고 어영부영하다 보니 슬슬 몸에 한기가 돌았다. 재채기는 몸이 보내는 명백한 경고였다. 하지만 덥석 인후의 말을 받아들이는 건 내키지 않았다.

"이러다간 인후 선배에겐 번번이 폐만 끼치는 녀석으로 낙인찍히겠어요. 아까 귀인 이야기한 게 얼마나 됐다고. 그냥 가는 게 좋겠어요. 말은 고마워요, 선배."

말하면서 화담은 당장이라도 출발할 듯 제자리뛰기를 했다. 인후는 미간을 찡그리며 뭐라 말하려다가 입술 속살을 깨물며 그만두었다. 안 오겠다는 녀석 집에 못 데리고 가서 안달할 건 없잖아? 아프면 지가 아픈 거지.

"알아서 해, 그럼. 이번엔 앞만 보지 말고 좌우도 좀 보고 달리고."

말이 끝나기 무섭게 쌩하니 몸을 돌려 인후는 아파트를 향해 걷는다.

"네. 귀도 크게 열어놓을 테니까요."

화담이 히죽 웃으면서 말했다. 잠시 인후의 뒷모습—까만 우산, 까만 셔츠, 까만 바지. 역시 음침하다니까—을 보다가 본격적으로 자리를 뜨려는 순간, "야!" 하는 부름이 뒷머리를 잡았다. 걸음을 멈추고 돌아본 화담에게 인후가 다가오더니 우산을 내밀었다. 가져가라는 뜻이다.

"괜찮아요, 어차피 다 젖었는데."

"내가 안 괜찮아."

야멸치게 쏘아붙이며 화담이 받건 말건 우산 손잡이를 놓는지라 엉겁결에 화담이 우산대를 움켜쥐었다. 그러고 다시 쳐다보니 인후는 이미 등 돌려 걸어가는 중이다. 아파트 입구에서 흘러나오는 빛을 받은 엷은 빗줄기가 인후의 몸에 부딪치며 반짝이는 후광처럼 화담의 눈에 비쳤다.

"아, 싫다. 번번이 신세를 지네. 내가 악어새도 아니고."

조금 맥없이 중얼거리고 발길을 돌리다 에잇, 하고 되돌아서며 화담이 목청껏 불렀다.

"야, 차인후!"

차인후? 인후는 제 귀를 의심하며 우뚝 걸음을 멈춘다. 천천히 돌아보자 화담이 씩 웃더니 제 점프력을 자랑하듯 팔짝팔짝 뛰며 손을 흔들었다.

"우산 고맙다고! 너 복 받을 거야, 진짜."

저게 미쳤나, 라는 말도 안 나올 만큼 어이가 없어 쳐다보는데 화담은 그가 잡으러 올까 봐 걱정이라도 하는지 쌩하니 달려가 멀찍이 간격을 벌려놓고 또 소리쳤다.

"좋은 꿈꾸고! 혹시 내가 꿈에 나타나서 번호 불러주면 그거 로또 번호니까 적어, 알았지? 이상, 서화담의 야자타임이었습다, 선배님! 용서하십쇼!"

거수경례까지 착 하고서 화담은 돌아서 뛰어갔다. 비에 쫄딱 젖은 빨간 트레이닝복이 아주 사라진 후에도 금세라도 다시 나타날 것만 같은 기분에 인후는 한동안 발이 묶여 있었다.

이윽고 몸을 돌려 그도 집으로 돌아갔다. 얼마 맞은 것 같지도 않은데 축축하게 젖은 옷을 갈아입고 나와선 커피 테이블에 놓아둔 홍차캔을 보며 머리를 타월로 닦았다. 그러다 인후는 창가로 향했다. 이젠 보일 리가 없는 줄 알면서도 창을 열고 밖을 내다보았다. 확실히 없다. 그럼에도 인후는 창틀에 팔을 걸치고 아래를 내려다보았다.

11층. 땅이 잘 보이는 것도 아니고 하늘이 잘 보이는 것도 아닌 어중간한 높이에 살고 있다. 하물며 그는 안경만 안 쓸 뿐 시력이 썩 좋은 것도 아니다. 지금도 오가는 사람들이 실루엣 정도로 뭉뚱그려져 보인다. 비까지 내려서 색의 구분도 거의 의미 없다. 빛바랜 흑백 영화에 가까운 풍경엔 어둠과, 그보다 덜한 어둠이 교차한 그러데이션이 있을 뿐.

'그런데 걘 보였단 말이야.'

비 올 때의 공기를 좋아해 창문을 열었다가 별 뜻 없이 내다본 바깥 풍경 속에 달리고 있는 그 아이가 있었다. 선명하게 눈에 박혀오던 빨간 트레이닝복 탓. 하지만 그건 아주 지엽적인 해답일 뿐임을 알고 있다.

첫 만남도 빗속에서였다. 망연자실하니 주저앉아 있던 그때엔 둥지에서 떨어진 새처럼 황망하고 가련하게만 보였다.

또 한 번 빗속에서 만났다. 처음부터 끝까지 가련의 '가' 자도 찾아볼 수 없는 황당한 만남이었는데도 여전히 인후 안에서 서화담은 둥지에서 떨어진 새였다.

흠뻑 젖은 그 빨간 새가 지금 어디쯤 달려가고 있을까 눈길로 더듬어보며, "어디 내일, 감기만 걸렸어 봐라." 하고 벼르듯이 중얼거렸다. 창백한 뺨 위로 엷은 구름 같은 홍조를 드리운 채.

그 무렵 신호등 앞에 선 화담은 재채기에 된통 시달리느라 눈물이 다 나왔다. 뭉텅 뽑은 티슈로 눈이며 코를 닦던 그녀는 별안간 의아한 게 생겨서 휙 뒤를 돌아보았다.

"그러고 보니 인후 선밴 어디 가는 길이었지?"

알 수 없다. 아마 앞으로도 알 일이 없을 것 같다. 느낌은 좋은데 여간 까다로운 사람이어야 말이지.

'차인후' 라는 서랍에 '미궁' 이란 항목의 칸을 마련하며 화담은 또 한 번 재채기를 했다.

"으히쿵!"

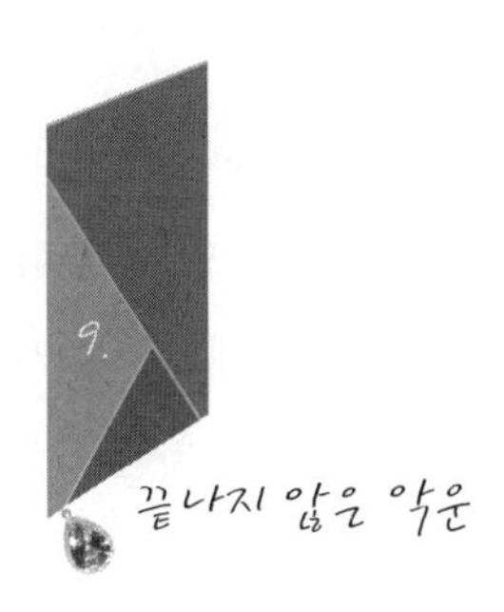

강철의 서화담답게 푹 자고 나자 몸이 가뿐해졌다고 말하면 좋겠지만 아침에 일어나 보니 미열과 함께 목이 간질거렸다. 5월은 끝났으나 5월에 갉아먹은 체력이 원상복귀 되는 것에는 시간이 좀 필요한 것인지.

"맞다, 약. 약이 있어."

화담은 손가락을 튕기곤 침대 아래의 서랍을 열어 무주에서 올라올 때 서윤이가 챙겨준 빨간 보석함을 꺼냈다.

예쁘긴 한데 왜 이런 걸 주는지 첫눈엔 알 수 없는 선물이었었다. 옆에서 보던 승준이 가려운 곳 긁듯이 생일도 아닌데 뭐냐고 묻는 말에 서윤이 여자애니까, 라고 대답했었다. 일단 생물학적으론 여자이긴 한데 승준과 마찬가지로 이해를 못 하던 화담을 보며 서윤은 말했다.

'여자는 무엇보다 사생활이 필요하잖아. 더욱이 넌 낯선 곳으로 가는 거니까 조심스러운 일들이 없잖아 있을 거야. 그러니 너만 열 수 있는 비밀공간 하나쯤은 필요하지 싶었어. 그래서 열쇠도 짱짱한 걸로 준비했고.'

'우와, 역시 서윤인 달라.'

'그러게. 생각하는 거 봐라. 우린 언제 저 경지에 이르지?'

화담은 물론 승준도 서윤의 섬세함에 감탄해서 엄지를 치켜세웠었다. 똑똑한 서윤인 그 보물상자를 비상 상비약으로 채워주는 센스도 발휘했다. 상처에 바르는 약 말고는 거의 쓸 일이 없을 것 같아서 내심 아깝게 여겼었는데 당장에 쓸 일이 생긴 것에 화담은 새삼 서윤의 선견지명에 감탄했다.

"이래서 사람은 나보다 나은 사람이랑 사귀라고 하는 건가 봐. 아? 근데 서윤이가 나보다 낫다면, 나랑 친구하는 서윤인 뭐지? 헉, 서윤이가 불쌍해!"

해열제를 꺼내다 말고 먼 곳에 있는 친구를 가엾게 여기다가 약을 넘기고 물을 마신 후 발상의 전환을 했다.

"그래도 내가 서윤이보다 몸은 튼튼하지! 바바리맨 때려잡아서 서윤이도 학교 다시 나왔고. 아, 근데 지금은 튼튼하다고 말할 처지가 아니네. 큰일이다. 나는 아프게 되면 그나마 있는 장점도 사라지는구나."

문제의 심각함을 느낀 화담은 해열제를 하나 더 먹고 부랴부랴 아틀리에를 나갔다. 첫날 지하철에 시달려본 뒤 적어도 학교 갈 때만이라도 사람답게 가자는 각오 하에 서둘러 집을 나서고 있다. 그런데 조금씩 더 빨리 타러 가봐도 여전히 아침 지하철은 붐볐다. 워낙에 서울에 사람이 많다는 것을 그런 것으로 실감하고 있다. 어쨌든 오늘은 어제보다 십 분 당겨서 여섯 시 사십오 분에 아틀리에를 나섰다.

"벌써 나가?"

정원을 가로질러 뛰어가는데 들려온 목소리에 화담이 돌아보았다. 이미 환해진 하늘 아래 정원의 흰 철제 벤치에 앉아 다현이 책을 보고 있었다. 언제 봐도 자세가 좋다. 화담도 무의식적으로 더욱 자세를 바르게 하며 아침인사와 함께 말을 건넸다.

"응. 가장 지하철 타기 편한 시간대 실험 중이야. 근데 형은 여기서 뭐해? 밥 먹으러 안 가?"

"별로 생각이 없어서 그냥 거르려고."

"아침을 제대로 먹어야 오전 공부가 더 잘된다고 친구가 그랬어. 그 친구 공부 잘하니까 아마 그 말이 맞을 거야. 생각 말고, 의지로 먹지 그래?"

다현은 빙그레 웃고는 고개를 저었다.

"오늘만 의지박약아 할래. 커피는 마셨으니까 아주 안 먹은 것도 아냐."

"노노, 커피를 먹는 걸로 분류하는 건 반칙입니다."

화담의 지적에도 다현은 말없이 웃기만 했다. 배시시 마주 웃으며 화담은 그럼 먼저 가보겠다고 말했다.

"마음 같아선 더 설득해 보고 싶지만 실험은 꾸준히 해야 해서. 이따 봐."

"아니, 잠깐만. 기왕 본 거 같이 가자."

다현이 옆 의자에 놓아둔 가방을 들고 일어나는 걸 보고 화담이 힐긋 본채를 보았다.

"나는 상관없지만, 소현이가 안 좋아할 것 같은데 형?"

"아무리 오빠라고 해도 무작정 동생 어리광 받아주란 법 있어? 나도 내 자유의지가 있어."

다시금 화담의 시선이 본채로 가는 걸 다현이 그녀의 어깨를 잡아 돌려 세우며 가자고 재촉했다. 그의 자유의지를 존중하지 않는 것은 아니지만 소현이는 화담에게 오빠를 뺏긴 기분이 들 터였다. 그리고 오빠보다는 오빠를 앗아간 화담을 원망할 것이 분명하다. 다시 만났을 때 활활 타는 눈으로 쏘아볼 소현을 생각하자 화담은 절로 어깨에서 힘이 빠졌다.

'이렇게 상냥해 보여도 별수 없는 남자애네.'

말로 설명하기 전엔 짐작도 못 하는 둔감함을 갖추고 있다. 초등학교 시절 늘 남자애들이랑 어울려 다니는 선머슴아였던 화담도 꼭 그리 둔했던 것을, 여중 3년을 다니면서 어찌어찌 극복, 아니 얼추 짐작은 하는 수준까지 왔다.

"지하철 타면 앉아 갈 수 있는 희망 전혀 없어. 사람한테 부대끼는 거 은근 일이다. 오늘은 아침도 안 먹었으니까 그냥 차로 편하게 가."

"한 끼 안 먹었다고 쓰러질까 봐? 나, 그렇게 체력 바닥으로 보여?"

"그런 뜻이 아니라 공부하는 거 힘드니까 학교 오갈 때는 편하게 쉬는 게 좋지 싶어서."

"어차피 차 안에서도 썩 편히 못 쉬어. 소현이, 시험 기간일 때 빼곤 은근 수다스럽거든."

"오빠한텐 말 잘하나 보네. 좋겠다."

재주는 없지만 둥글게 말을 돌려서 만류해본 것도 별 소용이 없다. 결국 둘은 함께 대문을 나왔다. 기왕 이리된 거 화담은 나중 일은 나중에 생각하기로 하고 동행이 생긴 등굣길을 즐기기로 했다. 어제 바짝 더웠던 날씨도 비가 오고 한풀 꺾여 선선한 것이 걷기 좋은 날이었다.

"아, 저 구름만 없으면 참 화창한 날씨가 되겠는데. 다 없어져라, 없어져."

화담이 하늘의 구름더러 손을 내저으며 하는 말에 하늘을 올려다본 다현이 고개를 갸웃했다.

"저 구름도 부족하다고 생각하는 사람도 있을걸. 어디 오늘 하루는 둘 중 누구의 바람이 더 강한지 지켜봐야겠다."

"꼭 그런 사람을 알고 있는 것 같이 말하네. 누군데? 혹시 형이야? 형 구름 낀 날씨 좋아해?"

"내 선호를 묻는다면 좋지도 싫지도 않다는 게 정답. 하지만 미스터 클라우디라면 단연 좋아하겠지."

"미스터 클라우디? 동화책에 나올 법한 사람 이름 같네. 험프티덤프티 같이. 아, 알겠다. 실존인물은 아니고 그냥 상징적으로 말해본 거구나?"

"땡. 이 경우엔 실존인물입니다. 게다가 서화담 양도 안다면 잘 알죠."

"내가 잘 알아?"

어리둥절해하는 화담에게 다현이 손가락을 하나씩 들어 보이며 말했다.

"비 오고 천둥 치고 구름 잔뜩 낀 날씨를 좋아할 것 같은 인물, 얼른 떠오르는 얼굴 없어?"

"그런 날씨를 좋아할 사람이 어디에…… 있네."

머리를 굴리고 말 것도 없이 떠오르는 얼굴. 차인후였다. 다현은 그녀의 표정만 보고도 고개를 끄덕이며 바로 그 사람, 하고 말했다.

"미스터 클라우디가 인후 선배 별명이야?"

"인터넷상의 닉네임이야. 본인이 지은 건데, 어울리지?"

"응. 차마 부정할 수가 없네."

지난밤에 본 인후의 모습이 떠올랐다. 검은 옷 일습에 검은 우산. 우산 위론 작은 먹구름이 옵션으로 달려서 거기만 비를 퍼붓는 모습이 뽕 하고 그려진다. 너무 어울리잖아!

"생기긴 참 잘생긴 얼굴인데 하필 무섭게 잘생겨서 손해를 보겠어, 그 선배는. 같이 다니는 사람도 다현 형에 푸른 선배. 심하게 대비되고 말이지."

"어떤 점에서?"

"둘 다 이를테면 웜톤이잖아. 형은 산뜻한 민트색 계열. 푸른 선배는 화사한 노랑이나 밝은 귤색 느낌? 근데 그 선배는……."

"역시 블랙인가?"

"음. 뭐."

다현의 말에 화담은 아주 고개를 끄덕이지는 않았다. 분명 쿨톤이라고 여겼는데 마땅히 떠오르는 색이 없다. 검은색은 그가 자주 입은 옷 색이고 어울리기도 했지만, 차인후란 사람 자체를 상징하는 색이라곤 여겨지지 않았다. 괜한 이야길 꺼냈다고 생각하며 화담은 화제를 돌렸다.

"인후 선배 뺨에 있는 흉터는 어쩌다 생긴 건지 알아?"

"듣기론 어릴 때 개에게 물린 거래."

"으아, 그 정도 흉터가 생길 정도면 난리도 아니었겠네. 게다가 얼굴! 내 경우에 비할 바가 아니네."

혀를 차는 화담을 쳐다보며 다현이 너도 개한테 물린 적이 있느냐 물었다. 화담은 힘차게 대답했다.

"응. 새끼 낳은 어미 개 앞에서 얼쩡대다가 살점이 떨어져나가게 물렸어."

다현은 놀라서 잠시 말도 잇지 못했다.

"살점이 떨어져나갈 정도면 큰일 아냐?"

"히힛, 괜찮아, 괜찮아. 엉덩이라서 된장 바르고 내버려두니까 알아서 다 나았어."

"된장……. 설마 병원에도 안 갔단 소리야?"

"응. 마침 방학 때였거든. 그것도 겨울방학! 겨울이 아니라 여름이었으면 옷이 얇아서 뼈까지 상했을지도 몰라. 운 좋지? 내가 원래 한 행운해."

암만 봐도 자랑거리가 아닌데 우쭐대고 있다. 한숨을 쉬는 다현 옆에서 화담이 여전히 자부심 그득한 말투로 말했다.

"보는 사람마다 흉도 예쁘게 졌다고 하더라고. 나중에 수영장에 물 넣으면 형한테도 한 번 보여줄게."

"어, 저기 그런 건 굳이……."

"맞다, 그전에 나 수영복 사야겠다."

민망스러운 권유를 다현이 거절할 새도 없이 화담은 잊지 않게 메모해야겠다며 걸음을 멈추었다.

"중학교 때 산 수영복이 아직 멀쩡한데 이젠 작아도 너무 작아서 별수 없이 정리했거든. 중학교 다니면서 정말이지 쑥쑥 크는 거 있지. 그 바람에 브래지어도 차야 했고 얼마 안 가 생리도 시작하고. 아, 초등학교 때가 좋았어."

다이어리에 메모를 적어 넣고 탁, 소리 내어 닫으며 화담은 향수에 젖은 눈으로 한숨을 쉬었다. 다현도 다른 의미에서 한숨을 쉬었다.

지하철역엔 어제보다 사람이 적었지만 그렇다고 텅텅 빈 지하철이 왔느냐, 그건 아니었다. 앉을 자리는 꿈도 꿀 수 없는 콩나물시루이긴 매일반. "서울은 진짜 사람 많아."하고 혀를 내두르는 화담과 함께 다현도 그 시루 속으로 끼어들었다. 점점 더 시루가 빽빽해지더니 수연고 부근 역에서도 내리는 사람이 별로 없는 탓에 빠져나오느라 혼났다.

"소현이가 뭐라고 하든 그냥 차 타고 다녀라, 너."

머리며 옷매무새를 정돈하며 다현이 하는 말에 화담은 낄낄거리며 고개를 저었다.

“다음 주부터는 버스에 도전해 보려고.”

“버스라고 이보다 나을 것 같지 않아.”

“난 몸으로 직접 부딪혀봐야 이해하는 스타일이거든. 걱정 마, 형. 체력 하나는 타고났…… 콜록, 콜록.”

별안간 기침 사레가 드는 화담을 다현이 걱정스레 쳐다보았다. 손으로 기침을 막으면서 화담은 얼른 나가자고 손짓했다. 지하철역을 빠져나올 무렵엔 기침도 가라앉았다.

“공기가 안 좋아. 공기가. 형은 서울에서만 살아서 실감 안 나겠지만.”

기침의 원인을 오로지 나쁜 공기 탓으로 돌리는 말을 다현은 별 의심 없이 받아들인 듯 고개를 끄덕였다.

“그렇긴 한데 방학 돌아오면 2주 정도씩 별장 내려가곤 하거든. 그때마다 번번이 생각한 게, 난 노후는 꼭 이렇게 공기 좋은 곳에서 보내야지 하는 거야. 뭐 평상시엔 익숙해져서 공기가 나쁘다는 생각조차 못하지만 말이야.”

“난 아직 익숙해지려면 멀었나 봐. 그나마 형네 집엔 나무라도 많아서 다행이야.”

다현이 문득 얼굴을 찌푸리더니 화담의 어깨를 잡았다.

“형네 집이라고 하지 마. 이젠 너도 우리 집 식구잖아.”

화담은 말똥말똥 다현을 쳐다보다가 히죽 웃으며 고개를 끄덕였다.

“거기에도 익숙해지도록 노력할 테니까.”

“아직은 멀었고?”

“멀었어. 아직 하아안참.”

장난스러운 표정으로 늘여 말하긴 했지만 퍽 진심에 가깝다. 다현도 화담의 눈빛에서 그걸 읽었는지 그 주제는 거기에서 일단락되었다.

지하철과 달리 학교로 가는 길은 아직 한산했다. 일곱 시 이십 분 약간 넘은 시각엔 평소 등하교 시간에 벌어지는 고급 세단들의 꼬리를 문 행진은 볼 수 없었다. 비싼 차 구경은 좋지만 차들이 꽁무니에서 내뿜는 배기가스를 마시는 건 질색이었던 화담은 앞으로는 이 시간대에 다녀야겠다고 결심하며 잔기침을 살짝 했다.

목이 간질거리기만 하던 게 바야흐로 기침으로 옮겨가는 중인 듯하다. 화담은 치마 주머니 속에 있는 해열제를 만지작거리며 교실에 닿는 대로 약을 하나 더 먹어야지 했다. 약효가 돌 때는 지난 것 같은데도 몸이 찌뿌듯하고 목덜미까지 홧홧하게 열이 올라 기분마저 급속도로 하강했다.

그렇다고 너무 말이 없으면 다현이 이상하게 여길 것 같아 할 말을 궁리하며 옆을 보았더니 그는 무슨 생각에 빠졌는지 골똘한 눈빛을 짓고 있다가 힐긋 뒤를 돌아보았다. 이내 고개를 돌리나 싶더니 또 몇 걸음 못 가서 뒤를 본다.

다현을 따라 화담도 저쯤이지 하고 짐작되는 곳에 눈길을 던져봤지만 학교 진입로 앞 가게들과 연석을 경계로 세워진 두어 대의 봉고차 말고는 별다른 게 눈에 띄지 않았다. 그래서 다현의 팔을 툭 치며, "뭐 볼 거 있어?" 하고 묻자 다현이 눈에 띠게 당황한 표정을 지었다.

"아? 아니, 아냐. 그냥 뭔가 살 게 있는 것 같은데 생각이 안 나서 말이야. 도무지 안 떠올라."

"나도 곧잘 그래. 너무 자주 그래서 엄마한테 치매 아니냐 소리 듣고선 그때부터 곧 죽어도 메모를 한다니까. 아무리 농이라도 그렇지 딸에게 치매가 뭐야, 치매가. 안 그래?"

괜히 말 걸어서 화들짝 놀라게 만들었나 싶어 화담은 우스갯소리로 이끌어갔다. 다현은 덤덤히 중얼거렸다.

"그런 말을 나눌 수 있을 만큼 친하단 이야기잖아. 나는 좀 부러운걸."

웃자고 한 소리에 다현의 기색이 어두워지는 걸 보고 화담이 당황할 차례였다. 이 상황을 어떻게 타파한다지?

"하긴 명혜 아줌마는 농담 같은 거 잘 안 하지? 내가 보기엔 일절 안 하게 생겼던데."

"응. 농담 같은 거 들어본 적 없어."

"역시. 아줌마는 공주님과가 틀림없어."

딱 박수를 치는 화담을 다현이 물끄러미 쳐다보았다.

"원래 공주님은 가만히 있어도 주위에서 웃겨주려고 야단들을 하니 평생 가야 자기가 남을 즐겁게 해주는 재주를 개발할 일이 없거든. 어떻게 생각해?"

"……어느 정도 공감."

다현의 동의에 화담은 기운을 얻어 술술 말을 풀어냈다.

"공주님 부군이신 남재현 씨도 재미있는 부류는 아니었을 것 같단 말이지. 뭐 나랑은 만난 상황이 상황이라 농담 따먹기는 도저히 할 분위기가 아니었지만 감이란 게 있잖아? 특히 우리 엄마가, 드라마를 보면 꼭 느끼하게 무게 잡는 아저씨한테 꽂히더라고. 어때, 형? 뭔가 좀 들어맞아?"

다현은 눈을 깜박이다가 살짝 망설이며 입을 열었다.

"느끼하다고 할 것까진 아닌데, 조금 진중한 편이셨어. 나름 분위기를 띄워보려 하시는 말씀도 어느샌가 모두가 경청하는 분위기가 된 달까."

"으하핫! 뭐야, 그 진지한 캐릭터는? 혹시 열심히 준비한 농담이 무위로 끝나면 뒤돌아서서 구석에서 한숨짓고 그런 거 아냐? 아, 좀 더 일찍 만났다면 내 평생에 본 적 없는 시리어스맨을 구경했을 텐데. 아깝다!"

"그렇게까지 웃으면 아버지한테 미안한데."

말은 그렇게 하면서 다현도 쿡쿡 웃고 있다. 그렇게 웃으면서 걷는 길은 확실히 올라채기가 한결 수월했다.

수월하다, 그런 생각을 한다는 자체가 힘에 부쳐 하고 있는 증거였다. 지난 일주일간 지하철에 시달리면서도 학교 가는 게 힘들다는 생각은 해 본 적이 없었는데 오늘은 컨디션이 안 좋으니 언덕 위의 학교가 마냥 멀게만 느껴졌다.

어쨌든 걷고 또 걸어서 무사히 학교 교사까지 이르렀다. 서로 갈라서야 할 자리에서 다현이 웃으며 말했다.

"아마 네가 1학년 5반에서 제일 일찍 일어나는 새겠네."

"옙! 그러니 가서 열심히 벌레를 잡겠습니다. 오늘 도전할 벌레 이름은 『무정』입니다, 형님."

"훌륭해. 그거 처음만 좀 참고 넘기면 재미있는 책이니까 제대로 잡도록. 알겠나?"

맞춰주는 장단에 화담은 더욱 씩씩하게 말했다.

"제대로 못 잡으면 성을 갈 수는 없고, 이름을 잠시 갈지요. 오늘 안에 무정을 독파 못하면 서화담이 아니라 서웅담입니다, 형님!"

"서웅담……. 뭐야, 엄청 이상한데 또 어울리는 건 뭐지?"

얼굴을 찡그리고 웃는 다현을 보며 화담이 히죽 웃었다.

"진짜 별명이었거든. 초등학교 때 좀 친한 애들은 다들 웅담이라고 불렀어. 서웅담, 멋지지? 장군 이름 같지 않아?"

"멋져? 그게? 진심으로 웅담이 멋……."

다현은 웃느라 더는 말을 못 이으면서 화담에게 그만 가라고 손짓했다. 이따 보자고 인사하며 화담이 교실을 향해 가다가 돌아보니 여전히 다현이 웃으면서 가고 있다. 다현을 웃겨준 건 노리던 바였지만 그 포인트가 웅담이란 건 화담으로선 도무지 이해할 수 없었다.

"고추 달고 태어났으면 내 이름 진짜 웅담일 텐데. 아, 서웅담. 아깝다, 그 이름……. 암만 봐도 장군감인데."

초등학교 시절 화담의 장래희망은 육 년 내내 장군. 그리고 장군은 아직도 그녀의 부동의 장래희망 3순위에 든다.

장군이 된 자신을 상상하다 보니 어느새 교실이 코앞이다. 문을 열고 맨 뒷자리에 마련된 자신의 자리에 앉는 순간, 장군의 꿈은 온데간데없이 나른한 기운이 덮쳐왔다. 책상에 엎드리자 머리마저 지끈거려 깜짝 놀라 고개를 들었다.

"와, 두통. 이게 얼마 만이냐. 오늘 하루만 놀아줄게. 그리곤 알아서 떨어져라. 응?"

머리를 툭툭 두드리며 말하곤 다시 책상 위로 기절……할 뻔했는데, 가방 속에서 휴대전화가 울었다. 승준의 전화겠거니 하면서 집에서 나오며 까먹었던 매너모드도 해놔야겠다고 휴대폰을 꺼냈는데 액정에 뜬 이름이 의외였다.

"다현이 형?"

"응. 아까 못한 말이 생각나서 전화했어."

"못한 말? 해봐."

저편에서 다현이 약간 머뭇거리는 기색인 것을 머리가 아파서 잠자코 듣고만 있었더니 잠시 후 그가 말했다.

"수영복 사야 한다며? 이따 만나서 보러 갈까?"

수영복? 아, 아까 그런 이야기를 했지. 당장 사겠다는 말은 아니었는데 은근 성격이 급하구나 하며 화담은 미간을 찌푸렸다. 솔직히 수업 끝나는 대로 집으로 돌아가 침대에 쓰러지고 싶은 마음이지만…… 다현이 기껏 생각해서 해주는 권유를 거절하는 것도 마땅치 않았다. 그렇다고 아프다고 이실직고할 생각도 없다.

"오늘 일찍 끝나도 형은 학원 가야 하잖아?"

그래서 다현의 사정을 지적해 수영복 이야긴 유야무야해 보려 한다. 하지만 오늘의 다현은 어딘가 반항적.

"한두 시간쯤 땡땡이치지 뭐."

너무 아무렇지 않게 말해서 화담은 조금 놀랐다. 그래도 되느냐 거듭 확인했지만 다현은 끄떡없다고 보증했다.

"고3도 가끔 숨 돌려야 살아. 나가자, 맛있는 거 사줄게."

멋진 제안이다. 컨디션만 좋았다면 더욱 멋졌을 텐데. 화담은 눈을 감고 일이 초쯤 고민하다가 "그래."하며 고개를 주억거렸다. 몸이 좀 말을 안 듣긴 하지만 까짓 이 정도쯤 근성으로 이겨내겠다는 객기가 샘솟았다.

다현은 별다른 일정은 없지만 혹시 모르니 일단 학교 정문 앞에서 보자고 하고 전화를 끊었다. 화담은 잘한 건가, 살짝 고민했지만 머리가 아파서 생각조차 귀찮아졌다.

"몇 시간 후엔 날아다닐 수도 있어. 맞다, 약 먹고 자자."

세 알째의 해열제를 먹었다. 그리곤 바라 마지않던 대로 책상 위에 엎드려 쿨쿨 잤다.

인후가 3학년 교실에서 가까운 카페테리아에 들어갔을 때 먼저 와서 모닝커피를 마시고 있던 다현과 푸른이 그를 보고 손을 흔드는 게 눈에 띄었다. 인후가 홍차를 주문하고 기다리는 동안 푸른이 그에게까지 잘 들릴 만한 목소리로 떠들어대기 시작했다.

"오늘의 차인후는 한두 가지 눈에 띄는 점이 있군. 자, 저 머리를 보라고, 왓슨. 감고 나서 대충 물기만 말려서 내버려둬도 알아서 가지런해지는 참머리가 오늘은 왼쪽 관자놀이 위에 눌린 자국이 있어. 책상에 기대어 잠들었다던가 잘 때 옆으로 돌아누워 팔을 베고 잤다는 이유는 통하지 않지. 왜냐하면 눈밑의 다크서클! 저 정도 그늘이 나타났다는 건 밤을 새웠거나 많아도 한두 시간밖에 못 잤다는 뜻이거든! 나는 과감히 밤을 새운 쪽에 걸겠어. 이유는 지난밤에 내린 비 때문이지. 비가 내리면 바이오리듬이 급상승하는 청개구리답게 창문을 열어놓고 이것도 공부하고 저것도 공부하고 신이 났겠지. 그러다 기분이 급다운돼서 정신을 차려보니 창밖이 환히 밝은 걸 본 거야. 시계를 보니 이미 여섯 시가 훌쩍 넘었어. 나라면 십 분이라도 쪽잠을 자는 쪽을 택했겠지만 차인후는 그러지 않지. 아무리 바빠도 몸을 꼼꼼히 씻고 교복을 입었어. 하지만 교복을 입을 당시 어지간히 시간에 쫓겼다는 건 저 조끼가 증명해. 조끼의 저 구겨진 품새. 다른 녀석들이 흔히 그러듯 속단추를 무시한 거야. 원래 차인후는 그런 실수는 안 해. 바빠서 어쩔 수 없었던 거지. 아파트를 나와서 대기 중이던 차에 올라탔지. 여느 때 같았으면 한자가 바글거리는 책이나 꼬부랑 글씨가 뛰노는 책을 펼쳐들고 자신의 우월한 지성을 즐겼겠지만, 오늘은 차 안에서 한숨 잤어. 한데 아직 덜 마른 머리를 잘못 가누면 머리에 잔 흔적이 남을 거라는 점, 그걸 생각 못할 차인후가 아니거든. 그런데도 저런 자국을 달고 왔다는 건 그만 저도 모르게 곯아떨어졌다는 뜻이야! 어때, 내 추리가?"

홍차를 가지고 테이블로 온 인후는 우선 홍차 한 모금을 음미한 뒤 조용히 내려놓고 한마디 했다.

"다 틀렸어."

"이런, 아깝군!"

손가락을 튕기는 푸른에게, 아깝다는 말은 백 점 맞을 시험에서 한 개를 틀렸을 때 하는 말이라고 인후가 지적했지만 푸른은 귓등으로 듣는 체도 하지 않았다. 푸른은 다현을 보며 애석하다는 듯 말했다.

"난 관찰에는 소질이 없다니까. 확실히 그릇이 크다 보니 세세한 일에 구애받는데 재주가 없거든. 안 그래?"

"음."

목울림에 불과한 다현의 반응에도 푸른이 계속 지껄였다.

"별수 없이 정보를 모아올 조수들을 거느리고, 나는 내 명석한 두뇌를 이용해서 취산이합을 꾀할 수밖에. 이를테면 중앙처리장치. 고전적으로 말하자면 안락의자 탐정인 거지."

"가망 없어."

조금의 짬도 두지 않고 인후가 딱 잘라 말하는 바람에 다현이 그만 픕 하며 웃음을 삼켰다. 푸른은 그마저 못 들은 체하나 싶더니 얼마 못 가 푸르르 떨면서 왜 남의 꿈에 초를 치느냐 항의했다.

"차인후, 이 자존감도둑 같으니라고, 십 년을 한결같이 탐정이 되겠다는 친구한테 해줄 말이 그렇게 없냐? 넌 늘 그따위야. 안 돼, 넌 못해, 꿈 깨. 내가 너한테 보여주기 위해서라도 오기로 탐정 되고야 만다. 두고 봐라, 진짜."

"두고 볼 것 없이 시간 낭비래도."

일말의 미안한 표정도 없이 인후는 우아하게 잔을 기울여 홍차를 마셨다. 푸른이 자리에서 벌떡 일어나 카페테리아 안에 있던 사람들에게 십 년 내로 '강푸른 탐정사무소'를 열겠노라 목청껏 맹세하는 동안에도 마찬가지였다. 그쯤하고 앉으라고 다현이 이끄는 대로 자리에 앉은 푸른이 인후에게 "특히 너는 더 두고 봐."하고 이를 갈았다. 인후는 잔을 내려놓고 의자에 등을 깊이 묻으며 중얼거렸다.

"열어, 백 번이라도."

"열어서 망해 봐라, 이거냐?"

인후는 피식 웃더니 의자 팔걸이를 툭툭 치며 말했다.

"탐정사무소라고 꼭 탐정 일할 필요 있나? 그 간판 걸고 카페를 할 수도 있고, 술집을 할 수도 있고, 옷집을 할 수도 있고. 좀 더 세련되게 다듬어서 네 의류브랜드 론칭에 써먹을 수도 있을 것 같은데?"

"내 브랜드……?"

그만 그 단어에 확 꽂힌 푸른은 방금 전까지 뭣 때문에 아웅다웅했는지도 잊고 둥실둥실 구름 위에 뜬 표정이 되었다. 탐정에 대한 강한 동경만큼이나 패션에도 지대한 관심이 있는 푸른은 후자에 대해선 재능과 센스, 모두 있다. 아직도 현역으로 활동 중인 모델이자 디자이너인 어머니 밑에서 자란 걸 생각하면 무리도 아니다.

"브랜드 론칭이 말이 쉽지, 돈이 얼마나 드는 줄 아냐. 스무 살 되면 당장 집에서 쫓겨날 판인데, 브랜드 론칭……. 으아아, 너무 멀다."

풀썩 테이블에 머리를 박고 푸른은 우울모드에 들어갔다. 한쪽은 고등학생일 때, 또 한쪽은 고교 졸업하자마자 독립해 오로지 실력으로 자수성가한 푸른의 강한 어머니들은 그들의 자식 또한 스무 살 이후의 삶은 스스로 책임져야 한다는 걸 오래전에 분명히 해뒀다. 바야흐로 방출의 시기가 가까워져오는 열아홉 살, 늘 시시덕거리는 것처럼 보여도 속으론 생각이 많은지 푸른의 성적은 계속 하향세를 그리고 있다.

"우는소리는 그쯤하고 근성을 보여봐. 하는 거 봐서 우량주다 싶으면 투자할 용의 있어."

인후의 말에 푸른이 슬그머니 머리의 방향을 바꾸어 친구를 보았다.

"그냥 해보는 소리지?"

인후가 어깨를 으쓱했다.

"패션을 대하는 네 태도나 말에는 꽤 설득력이 있거든. 나는 그런 쪽 감이 전혀 없지만 네게 감식안이 있는 건 알아. 네가 입고 쓰는 게 머잖아 유행이 되는 걸 너무 자주 봤으니까. 그거 능력이라고 생각하는데. 안 그래, 다현아?"

동의를 구하자 다현도 힘차게 고개를 끄덕였다.

"확실히 그런 걸로 돋보이는 재주 있어. 남들이 생각 못하는 걸 먼저 보고 시도하고. 패션 아이콘이라고 하나, 그런 걸? 하다못해 스타일리스트를 해도 굶고 살진 않을 거야."

"음. 확실히 그쪽엔 자신 있어. 자신만 있나? 당장 못 해서 아쉽지."

어느새 기가 살아 고개를 쳐들고 푸른이 우쭐거렸다.

"차인후, 아까 투자 이야긴 내가 킵해 놨다. 나중에 모른 체하면 재미없을 줄 알아."

"그전에 거품이 아니란 것부터 확실히 증명해 보라고."

"거품? 천재한테 그런 소린 모독이야, 모독."

거들먹거리며 식은 커피를 쭉 들이켠 푸른은 촐랑거리며 일어나 "보미 누나, 리필해 주세요!" 하며 주문대로 뛰어갔다. 그 모습에 고개를 저으며 웃고서 다현이 말했다.

"은근 너 사람 다루는 재주 좋은 거 알지?"

"모르겠는데."

방금 무슨 일이 있었냐는 듯 시큰둥해진 게 또 인후답다. 그가 홍차잔을 내려다보며 하품을 하려다 마는 걸 보고 다현이 물었다.

"역시 잠을 설친 거야?"

"그 반대. 너무 자서 그래."

"너무 잤다고? 네가?"

"응. 그것도 침대가 아니라 소파에 앉아서 잠든 바람에. 일어났더니 목도 결리고 어깨도 뭉치고 가관이야. 쯧."

또 생각났는지 목이며 어깻죽지를 주무르며 인후가 미간을 찡그렸다. 다현이 새삼 그의 얼굴을 살피며 어디 아픈 건 아니냐고 물었다.

"별로. 간밤에 엉뚱한 운동을 했더니 좀 피곤했나봐."

"무슨 운동을 했는데?"

그 물음엔 인후가 조개처럼 입을 다물어 버렸다.

"……그러고 보니 그 앤 어때?"

오히려 인후가 묻는 말에 다현이 그를 쳐다보다가 "화담이?" 하고 확인했다.

"아직도 학교 올 때 따로따로 와?"

인후가 묻자 다현이 커피잔 부리를 따라 둥글게 손가락을 움직이며 말했다.

"소현이가 워낙 질색을 해서. 그래서 오늘은 먼저 나와서 기다렸다가 한번 같이 지하철 타고 와 봤어."

"어땠는데?"

"심란하지 뭐. 지하철에 수연고 교복은 달랑 우리 둘뿐이더라."

"소현일 데리고 지하철을 타봐. 뭔가 깨닫는 게 있겠지."

"지금도 내가 그 애 편든다고 시샘이 말도 못해. 여기서 더 편들면 오히려 더 일을 키우는 거 아닌가 해서."

그것도 일리가 없잖아 있어 인후가 고개를 주억거렸다.

"크나 작으나 여자란 건 어렵네."

다현은 멈칫하며 인후를 쳐다보곤 그만 웃고 말았다. 인후가 의아한 눈빛으로 쳐다보자 다현이 손을 저으며 사과했다.

"왠지 영 안 어울려서. 네가 그런 말을 다 하고."

인후는 입속말에 가까운 작은 중얼거림을 흘렸다.

"미쳐서 그래."

다현의 시선이 옆얼굴에 와 닿는 걸 무시하면서 인후는 쓴웃음을 지었다.

"……얼마나 가겠냐만."

화담은 쨍쨍 태양이 내리쬐는 길을 터벅터벅 걸어 내려가고 있다. 내리막길이 유난히 길고 구불구불하게 느껴지는 건 한 1% 정도는 찌는 태양 탓. 남은 99%는 바닥을 치는 컨디션 탓이다. 워낙에 약을 안 먹어 버릇한 그녀가 진통해열제 세 개를 한꺼번에 먹은 게 너무 과했던 걸까, 오전 내내 멍하고 감각이 둔한 게 꼭 반쯤 마취된 느낌이었다.

그런 상태로 학교 정문 앞에서 다현을 반 시간은 족히 기다렸다. 너무 늦는데 하고 고개를 갸웃하다가 뒤늦게 아차 하며 휴대폰을 꺼내보니 부재중 통화를 비롯해 메시지가 와 있었다. 언제쯤 휴대전화의 존재 자체에 익숙해질런지.

어쨌든 다현의 메시지는 학생회 일로 후배들이 보러 와서 좀 늦어질 것 같다며 학교 앞 큰길 건너에 있는 카페에 가 있으라는 내용이다.

[빙수라도 먹으면서 기다리고 있어. 최대한 빨리 갈게.]

화담은 휘적휘적 걷기 시작했다. 컨디션만 정상이었다면 혼자서 의리없게 무슨 빙수냐, 올 때까지 기다린다! 하고 버텼겠지만 지금은 그런 생각조차 들지 않았다. 하교 시간에서 삼십 분쯤 지난 뒤라 진입로는 이따금 오가는 차를 빼고는 한산했다. 그래서 더 햇빛이 여봐란 듯 작열하는 길 위로 언젠가부터 노랫소리가 퍼졌다.

"디로롱, 디롱디롱 디로로로롱. 이 노래 어디서 많이 들은 건데 뭐더라."

거푸 하품을 하다가 또 한발 늦게 자신의 휴대전화 벨소리라는 걸 깨닫고 부랴부랴 전화를 받았다. 승준이었다.

"어이, 승준! 어디냐? 병원? 병원엔 왜? 너 아프냐?"

화담의 반응에 벙찐 승준이 잠깐 말미를 두었다 말했다.

"엄마 병원 모시고 왔지. 고새 까먹냐, 그걸?"

"어? 아줌마가 병원…… 아, 맞다, 어깨. 미안. 잊어버린 건 아니고 내가 좀 정신이 없어서."

"정신없겠지. 서울살이가 얼마나 정신없고 바쁘겠어."

"야야, 내가 잘못했어. 삐치지 말고. 아줌마는 물리치료 받고 계셔?"

이후로도 한참을 토라진 승준을 어르고 달래느라 화담은 진땀을 뺐다. 남녀를 막론하고 삐친 사람은 호환 마마보다 무섭다고 절감, 또 절감하는데 별안간 저 앞에서 걸어오는 한 남자를 보고 그녀의 걸음이 멈췄다.

"……승준아, 이따가 내가 전화할게. 끊어."

수화기 저편에서 뭐라 말하는 소리가 들렸지만 바로 전화를 끊고 화담은 다가오는 남자를 뚫어져라 쳐다보았다.

"이야, 우리 화담이 그렇게 입고 있으니까 여느 부잣집 딸 못지않은걸? 삼촌이 몰라볼 뻔했네. 뭐 그 시장통에서 살아도 우리 조카 인물이 남다르긴 했지."

부산하게 구변을 풀며 다가오는 남자의 쇳소리 섞인 음성에 화담은 눈살을 찌푸렸다. 항상 뒤가 불안한 듯 보이는 저 엉거주춤한 자세며 웃고 있을 때도 끊임없이 상대방의 눈치를 살피듯 힐끔대는 눈버릇, 그리고 저 목소리까지 화담이 외삼촌을 볼 때마다 불쾌했던 모든 것이 여전했다.

아니, 여전하다고는 할 수 없다. 더욱더 안 좋은 쪽으로 굳어졌다. 그간 어디서 뭘 했는지 누렇게 뜬 푸석푸석한 안색이며 꺼멓게 죽은 눈 밑이 제 나이보다 열 살은 들어 보이게 한다. 그나마 생기가 있는 건 번쩍이는 눈인데 그 번쩍임도 총기와는 전혀 다른 종류였다.

'왜 저렇게 밖엔 못 살까?'

공든탑은 무너지지 않는다지만 그것도 탑 나름이다. 화담의 엄마가 동생에게 기울인 그 모든 공이 다 부질없었다 싶어 화담은 순간 강한 애석함에 휩싸였다.

"싸가지 없는 년. 넌 삼촌 보고 인사도 안 하냐?"

다가온 상만이 화담의 머리를 철썩 때렸다. 여느 때라면 피했을 텐데 오늘은 반응이 둔해서 고스란히 맞고 말았다. 머리카락이 흐트러진 채 가만히 서 있는 화담과 달리 상만은 당황한 듯 눈을 껌벅였다.

"눈깔이 삐었냐, 왜 그걸 맞고 서 있어?"

"어이가 없어서요."

툭 내뱉고 화담은 상만을 쏘아보았다.

"무슨 낯짝으로 제 앞에 나타나세요?"

"뭐? 낯짝? 이게 어디서 삼촌한테 말을 그따위로……."

상만이 또 손을 치켜드는 것을 보고 화담이 확 한 발 앞으로 디뎠다. 그 기세에 상만이 움찔하며 뒤로 물러났다.

"제가 전부터 한 가지 소원이 있었는데, 오늘 이뤄질 모양이네요. 외삼촌, 그 손 뺄쭘하게 그러고 있지 말고 그냥 때려요. 어디 한 번 제대로 맞아 봅시다?"

이죽거리는 미소가 화담의 입가에 걸렸다.

"근데 제가 눈 뜨고 맞고만 있지는 않겠죠?"

성큼성큼 다가서는 조카를 피해 외삼촌이란 작자는 뒷걸음질을 거듭했다. 제 누나와 똑 닮은 조카의 불같은 성정을 아는 것이다. 게다가 동생의 일에는 마냥 물렀던 누나와 달리 이 조카는 늘 외삼촌을 원수 보듯 했다. 상만 또한 이 녀석만 없으면 누나에게서 더 많이 뜯을 수 있었을 거라고 눈엣가시로 여긴 점에서 피차에 정 없긴 매한가지이다.

그래서 누나가 죽고 돈 되는 것을 모조리 해치우고 떠날 때에도 양심의 가책 하나 없었다. 너 같은 거 어디서 굶어 죽든 말든 내가 무슨 상관이냐를 넘어 누나에게 빨대 꽂고 그만큼 호의호식하며 살았으니 이제부턴 너도 세상 무서운 줄 알아야지, 하고 악의까지 품었었다.

그렇게 다시 볼 일 없을 것처럼 털어냈지만 그건 가지고 튄 돈이 바닥날 때까지의 이야기. 별안간 생긴 목돈도 흥청망청하는 사이 여름날 아침이슬처럼 말라버렸다. 도박판은 늘 그렇듯 그에게 적은 걸 주고 큰 걸 앗아갔다. 이제 그는 몇 천의 사채빚에 묶여 장기라도 팔아야 할 판이었다.

몇 천이 몇 억 되기 전에 중국 한 번 나갔다 오자는 대부업자 어깨의 말에 여권까지 만들러 간 날, 그는 외조카를 떠올렸다. 화담의 출생과 관련된 이야기를 들은 대부업체 쪽 사람들은 거기에서 확실한 돈 냄새를 맡았다. 그들은 자기 측 변호사까지 붙여주며 사업 한 번 벌여보자고 했다.

사업. 눈앞에 있는 화담이 절벽까지 몰린 자신의 '사업'임을 떠올리고 상만은 비굴한 웃음을 끌어올렸다.

"알아, 다 안다, 화담아. 네가 속상한 거 내가 어찌 모르겠냐. 내가 정말 빚에 쫓겨 목숨이 오락가락해서 그만 너한테 몹쓸 짓을 하고 말았지만, 그게 너한테 나쁜 마음이 있어 그랬겠냐? 돈이 웬수지, 돈이. 그래도 내가 백방으로 알아보고 해서 네 살길 만들어주려고 애썼다. 참말이야."

진정하란 듯 두 손을 흔들며 상만은 구변을 늘어놓았다.

"내가 손 놓고 있으면 남재현 죽은 것도 말짱 황이 되는 거야. 그 사람 죽고 유산 문제로 서울에서 너 찾던? 그쪽에선 입 딱 씻어버리려고 한 걸 누가 모를 줄 알고. 얼마나 무서운 사람들인데, 그 인간들이. 남재현만 쏙 빼가면서 누나한테 십 원 한 푼 보상을 안 한 철면피들이야. 내가 알았으면 그렇게 뒀겠냐? 그러니 이제라도 보상을 해야지, 암. 그래서 이 외삼촌이 법이라면 치를 떠는데도 네 일로 동분서주를 했잖으냐. 그런데 물정 모르는 네가 저 얌체 같은 치들이 구워삶은 말에 서울로 와버렸단 말에 얼마나 속이 터지든지. 숙맥도 아니고 어쩌자고 호랑이굴에 제 발로 걸어 들어갈 생각을 해? 머리가 있으면 생각을 해봐라, 십칠 년 같이 산 외삼촌을 믿어야겠냐, 네 엄마 미혼모 만들어서 팔자 조지게 한 남재현 마누라를 믿어야겠냐?"

화담은 씩 웃으며 대답했다.

"남재현 씨 부인 안 믿어요, 저."

"뭐? 그럼……."

"물론 십칠 년 동안 봐온 서상만이란 사람도 안 믿고요. 외삼촌이 콩으로 메주를 쓴다고 하면 그 콩도 안 믿어요. 안 믿어요, 안 믿어요! 외삼촌은 절대 안 믿어요! 그러니까 저 가지고 한몫 챙겨볼 생각일랑, 관두세요!"

거의 호랑이가 포효하는 듯한 기세에 그만 헛발질을 하느라 상만은 뒤로 나자빠질 뻔했다.

화담은 전부터 한번 퍼붓고 싶던 걸 퍼부어서 속은 후련했으나 컨디션이 좋았으면 더 잘할 수 있었다는 생각에 벌써부터 아쉬웠다. 더 퍼부을 말 없나 생각하는데 질린 듯이 화담을 쳐다보던 상만이 겨우 정신을 수습하고 중얼거렸다.

"원 말귀가 통해야 뭘 해보지, 고집 세고 무식한 것도 꼭 제 엄마를 닮아설랑은……. 넌 니 엄마 그러고 재수 없게 죽는 거 보고도 느끼는 게 없냐?"

"엄마 욕하지 마!"

생각하고 말 것도 없이 몸이 움직여 화담은 상만의 멱살을 잡아 흔들고 있었다.

"당신이 사람이야? 엉? 엄마가 당신한테 어떻게 해줬는데, 그게 말이야 뭐야! 이 개만도 못한 자식아!"

"어, 어, 이거 놔라, 놔, 이년아, 이거 놔!"

아직 삼십 대 후반의 한창나이인 남자가 열일곱 살짜리 여자애 힘을 감당 못해 사정없이 흔들리며 허우적거리다 마침내 겨우 목을 비틀어 살려달라고 소리쳤다. 그 소리에 기다렸다는 듯이 달려오는 이들이 있었다.

감정이 격해져 상만밖에 안 보이던 화담이 언뜻 정신을 차렸을 땐 세 명의 남자가 그녀를 에워싸고 아래로 끌고 가는 중이었다. 휙휙 둘러보니 생김새는 제각각이어도 그 특유의 분위기만큼은 세쌍둥이들처럼 닮아 있는 게 틀림없는 '어깨'였다. 처음에는 무슨 착오가 있는 건가 해서 어리둥절했던 화담도 그들 덕에 화담에게서 풀려난 상만이 잔기침을 하며 뒤따라오는 모습에 비로소 깨닫는 바가 있었다.

그들이 걸어가는 앞쪽에 옆문이 열려 있는 봉고차 한 대가 눈에 띄었다. 그 차를 아침에 본 적이 있다는 것까진 화담의 뇌리에 떠오를 경황이 없었다. 그저 이대로 계속 걸어가면 저 차에 태워질 거란 점은 분명히 예감했다. 사라진 줄 알았던 악운이 뒤통수를 치고 목청껏 웃는지, 진입로에는 다른 사람은커녕 오가는 차도 뚝 끊겼다.

화담이 짐짓 걸음을 늦춰보자 옆에 있던 남자가 팔을 잡아당겼다. 더 늦추자 바짝 뒤에서 따라오는 남자가 툭 등을 밀며 말했다.

"좋게 좋게 가자, 아가?"

화담은 마지못한 듯 몇 걸음 걷다가 별안간 옆에 있던 남자에게 힘껏 어깨로 부딪쳤다. 느닷없는 일에 휘청 옆으로 몸이 기울면서도 그녀의 팔을 놓지 않은 남자의 팔을 화담이 움켜쥐며 그것을 축으로 오른발을 쳐들어 얼굴을 갈겼다. 남자의 반응이 빨라서 정강이에 희미하게 코가 맞는 느낌밖에 들지 않았지만 일단 그녀의 팔을 놓게 만드는 데에는 성공했다. 화담도 바라는 바는 그게 전부, 뒤도 돌아보지 않고 걸음아 나 살려라 뛰기 시작했다.

그렇지만 어깨들도 일없이 체격만 큰 건 아니었다. 말 한마디 없이 쫓아오는 기세가 무시무시했다. 특히 화담의 뒤에 서 있던 남자는 발도 빨랐다. 화담이 숨 쉬는 것조차 잊고 죽을힘을 다해 뛰는데도 좁혀지는 간격이 확확 느껴졌다. 조금만 더, 조금만 더 뛰어서 큰길로 가면…….

"으윽!"

불과 수 미터를 남겨놓고 화담은 뒷덜미를 잡히고 말았다. 화담이 그 손을 뿌리치려고 했지만 목을 움켜쥔 무쇠 같은 손은 꿈쩍도 하지 않고 그녀를 봉고차가 있는 곳으로 끌고 갔다. 버둥대며 발길질을 해봤지만 옆에 다다른 다른 두 남자 중 한 명이 철썩철썩 뒤통수를 갈기자 눈앞에

별이 떠다니며 온몸에 힘이 쭉 빠졌다. 뒤통수는 물론이요 눈까지 불이 난 듯 욱신거릴 정도로 무서운 힘. 화담이 바바리맨을 잡아 표창을 받았을 때 용감하다고 칭찬하는 한편으로 진짜 깡패는 급이 다르다며 어쭙잖게 객기 부리지 말라고 신신당부를 하던 초로의 경찰서장 말이 뇌리를 오락가락했다.

'그래서 그냥 도망가려고 했는데……. 어떡하지, 차라리 진즉에 소리를 칠걸, 이젠 목소리도 안 나와.'

유례없는 어지럼증까지 일어 눈앞마저 가물거렸다. 정신을 차리려고 혀라도 깨물 작정을 하는데 별안간 퍽, 하는 소리가 등 뒤에서 들려왔다. 화담의 뒷덜미를 움켜쥔 남자를 때린 무언가가 바닥에 떨어져 화담의 발치까지 굴러왔다. 멍한 눈에 힘을 넣어 거듭 보아도 그것은 책이었다. 위협하는 듯한 한문 제목이 눈에 어른거린다.

『人間の證明』.

"……인간! 이건 알아."

마지막 글자도 틀림없이 아는데, 떠오르지 않을 뿐이다. 지금 컨디션이 워낙에, 아, 이런 걸 생각할 때가 아닌데.

두 발에 힘을 주며 화담이 똑바로 서보려 안간힘을 쓰는데 머리 위에서 드문드문 목소리가 들려왔다. 그제야 화담은 자신이 다리가 풀려 주저앉아버린 것을 깨달았다. 얼마간 귀가 잘 안 들렸다는 것도. 땅바닥에 손을 짚고 몸을 추슬러 세우던 그녀는 언뜻 들린 목소리에 흠칫 놀라 고개를 들었다.

설마 했는데 정말로 인후가, 어깨에게 멱살을 잡혀 있었다. 체격은 상대가 안 되는데 키는 인후가 반 뼘쯤 커서 상대를 내려다보고 있었다. 무슨 상황인지 전혀 모르는 것처럼 초연한 그의 눈빛에 화담은 제 눈을 의심해 비벼보곤 역시 거기 있는 게 차인후란 것에 소스라쳐 일어났다.

"그러지 마요, 왜 아무 관계없는 사람한테까지 시비야! 놔요, 놓아주라고!"

인후를 잡은 남자의 등에 매달려 인후에게서 떼어내려 했다. 그러나 귀찮은 파리라도 쫓듯 남자가 한 번 휘두른 팔에 화담은 여지없이 비틀거리다 기우뚱 넘어졌다.

한순간 사방이 잠시 정전된 것처럼 까매졌다가 밝아졌다. 뿐만 아니라 땅도 요동을 친다. 어지럼증이 뭔지 모르고 산 까닭에 이게 뭐지 하고 그저 얼떨떨해서 몇 번이고 다시 일어나려 했다. 잘될 리가 없다. 마치 취한 사람처럼 균형을 못 잡고 비트적대는 화담을 본 인후의 눈살이 찌푸려졌다.

"못 쓰겠네."

그렇게 중얼거린 인후가 손을 들어 자신의 멱살을 쥔 남자의 손을 잡았다. 크긴 해도 희고 손톱도 잘 정리된 그의 손은 어깨의 손에 비하면 여자의 손처럼 고왔다. 하지만 그 손으로 어깨의 손목을 움켜잡은 잠시 후, 그 큰 체구의 남자가 감전이라도 된 것처럼 움찔 놀라며 인후의 멱살을 풀고 뒤로 물러났다. 그걸 본 다른 남자들이 무기가 있는 건가 하고 경계하는 것을 보며 인후가 한쪽 입꼬리를 올렸다.

"손목 안쪽에 급소가 있다는 정도는 알아두는 게 어때? 뇌가 빌트인가구이다 보니 각 개체별로 천차만별인 건 맞지만……."

그렇게 말하다가 느닷없이 뒤돌려차기로 가장 가까이 있던 남자의 안면을 가격했다. 남자는 공격에 반응해 몸을 뒤로 뺐지만 아까 화담의 공격을 거의 피했던 것과 달리 이번엔 정통으로 얼굴 중앙부를 얻어맞고 말았다. 코를 움켜쥐는 손 사이로 금세 시뻘건 피가 배어 나오는 남자의 머리 뒤로 또 한 번 감아채듯이 발이 날아들어 뒷목을 후려쳤다. 빽 하는 둔탁한 소리와 함께 남자는 곤두박질치듯 곱드러졌다.

눈 깜짝할 새에 서 있는 남자를 한 명 줄인 인후는 잠깐 멈춘 중얼거림을 계속했다.

“뇌의 기본 용량이란 게 있거든. 천재라고 뇌 용량이 일반인보다 훨씬 크냐, 그건 아니란 말이야. 거의 공평하대. 아주 똑같진 않을 테니 ‘거의’라고 표현하는 게 맞겠지.”

인후가 다음 상대를 고를 것도 없이 귀 한쪽에 1센티쯤 뜯긴 흔적이 있는 남자가 덤벼들었다. 어깨 셋 중 두 번째로 좋은 체격으로, 유도라도 했는지 대뜸 팔을 뻗어 잡고 보려는 손을 한끝 차이로 흘리며 남자의 옆을 차지한 인후의 주먹이 빠르게 두 군데를 가격했다.

“도처, 전광. 그리고…… 성문.”

옆구리를 감싸 안으며 퍽석 주저앉는 남자의 정수리를 내리치는 손날에 그르륵 하는 소리를 내며 남자의 몸이 옆으로 쓰러졌다. 거품까지 무는 남자를 보며 인후가 혀를 찼다.

“한국 깡패라면 태권도 정도는 기본 아닌가? 아, 그쪽은 좀 아나 보네.”

과연 마지막 남자는 인후를 향해 자세를 잡는 게 남달랐다. 태권도라기보다는 복싱에 가까운 발놀림으로 슬금슬금 간격을 좁혀왔다. 인후는 아무 자세도 잡지 않고 살짝 삐딱하게 서서 기다렸다. 얕보지 않고 신중하게 인후를 훑어보던 남자가 마침내 땅을 차며 인후에게 덤벼들려는 순간, 화담이 남자의 다리에 매달리며 소리쳤다.

“이 남자 손 엄청 매워요! 선배, 괜히 다치지 말고 경찰에 신고부터, 신고, 신고해!”

달라붙은 거머리를 떼어내려 다리를 흔들던 남자는 여의치 않자 또다시 화담의 머리를 손으로 갈기려 했다. 하지만 그 손이 화담의 머리카락에 스치기도 전에 인후의 오른손이 남자의 목을 움켜쥐었다. 두툼한 살집에 목까지 있는 근육도 갈고리처럼 목뼈를 압박해오는 손을 피하진 못했다.

켁켁거리며 남자가 두툼한 손으로 인후의 팔을 움켜쥐고 힘을 줬지만 인후는 눈 하나 깜짝 않고 왼손으로 남자의 얼굴을 후려쳤다. 쫙쫙 얼굴이 돌아갈 정도의 힘으로 정확히 네 차례를 치고서 삽시간에 시뻘게진 남자의 얼굴에 마지막으로 주먹을 한 방 먹였다. 노린 곳을 정확히 지적하자면.

"인중. 기본 중에 기본이지."

그러고서 인후가 잡고 있던 목을 풀어주었다. 아연한 얼굴로 위에서 일어나는 일을 보고 있던 화담을 인후가 남자의 다리에서 떼어내자, 남자는 비틀거리며 뒷걸음치다가 엉덩방아를 찧으며 주저앉았다. 이미 눈빛이 게슴츠레하게 풀려 있다.

몇 분 정도는 전투 불능 상태일 어깨 셋에게서 시선을 돌린 인후가 마지막 남자를 찾아냈다. 거의 반은 얼이 빠져 있는 상만이었다. 그에게 다가가며 인후가 물었다.

"당신도 한패지?"

상만은, 눈을 홉뜨더니 대뜸 꽁무니를 보이며 줄행랑을 치기 시작했다. 내버려두고 돌아서는가 싶던 인후가 마음이 바뀌었는지 되돌아서서 상만을 쫓아 뛰었다. 몇 초 만에 상만을 따라잡은 그가 긴 다리를 슬쩍 뻗어 상만이 제 속도에 못 이겨 거기 걸려 나동그라지게 만들었다.

인후는 상만의 셔츠 자락을 움켜쥐고 질질 끌고 돌아왔다. 그대로 화담의 앞까지 끌고 온 상만을 턱으로 가리키며 인후가 물었다.

"이거, 뭐하는 사람이야?"

하나같이 검정 계열의 양복을 입은 어깨들과 동떨어진 분위기에 인후가 따로 확인한 것이다. 좀 전에 땅에 넘어지면서 긁혔는지 얼굴에 이곳저곳 생채기가 생긴 상만을 화담은 멍하니 쳐다보았다.

'닮았네.'

엉뚱하게도 그런 생각이 넘실댔다. 이제 보니까 엄마랑 닮았다. 눈매가, 코가, 광대뼈가. 희미하게.

"외삼촌이에요."

화담의 대답에 인후가 가뜩이나 찡그려져 있던 눈살을 더 찌푸린 뒤, 슥 저 앞쪽을 쳐다보며 물었다.

"경찰 불러줘?"

시선이 간 곳엔 인후의 운전기사가 차 밖에 나와서 대기 중이었다. 화담이 고개만 끄덕이면 당장 신고하게 할 셈이었다. 하지만 화담은 고개를 가로저었다. 인후가 다시 물었다.

"할 말 남았어?"

거기에 대해서도 화담은 고개를 저었다. 인후가 말했다.

"그럼 차에 타."

화담은 인후가 눈짓으로 가리키는 곳에 서 있는 차를 보았다. 햇빛을 받아 까만 차가 번득거리는 것에 저도 모르게 눈이 가늘어졌다. 화담의 악운을 쫓아낸 차.

보다 정확히는 차가 아니라 사람.

그 사람을 천천히 올려다보았다. 구겨진 미간 아래의 찌르듯이 그녀를 내려다보는 시선과 마주하면서 다시금 화담의 눈이 가늘어졌다. 그럴 이유가 없는데 눈이 부신 듯한 기분이 들었다. 바라볼수록 강해지는 느낌에 화담은 시선을 거두고는 빠르게 심호흡을 한 뒤 자리에서 일어났다.

인후가 시킨 대로 차로 걸어갔다. 거의 비틀거리지 않았다. 뒤를 돌아보지도 않았다. 차 뒷문을 열어주는 운전기사에게 목례를 하고 차에 오르려던 화담은 불현듯 동작을 멈추고는 인후가 있는 쪽으로 되돌아갔다.

상만에게 오는 거라 짐작하고 인후는 싸늘한 눈길을 상만 위로 던졌지만 정작 화담은 상만을 본 척도 않고 지나쳤다. 화담이 걸음을 멈추고 집어든 것은 땅에 떨어져 있던 책. 먼지를 털고 구겨진 부분을 펴가면서 다시 그녀가 차로 돌아갔다. 이번엔 확실히 올라타 운전기사가 차문을 닫는 것을 보고 인후는 아직 붙들고 있던 상만의 셔츠를 놓았다.

놓아줬음에도 얼떨떨한 눈초리로 인후의 눈치를 보던 상만이 슬금슬금 엉덩이를 밀며 뒤로 물러나다가 이윽고 몸을 돌려 달아나려는 순간 "당신."하고 나지막한 목소리가 뒷덜미를 잡았다. 더 가지도 못하고, 그렇다고 돌아보지도 못하고 굳어 있는 상만에게 그 목소리가 말했다.

"또 한 번 저런 것들 달고 얼쩡거리는 거 눈에 보이면 그땐 여지없이 유치장행이야."

잠시 뜸을 두었다가 목소리가 몇 마디 덧붙였다.

"나라면 정신병원 쪽을 알아보겠지만."

흠칫하며 뒤돌아본 상만은 막 돌아서던 중인 인후와 눈이 마주쳤다. 젖비린내 나는 애송이, 네놈은 뭐냐고 퍼붓고 싶었던 말은 딱 목구멍에 걸린 채 혀마저 말려든다. 눈빛이, 기껏해야 고등학생일 녀석의 눈빛이…….

인후가 차로 돌아와 문을 닫자 지체 없이 차가 출발했다. 화담은 구겨진 책장을 일일이 펴는데 골몰해 있었다.

"댁으로 가십니까, 도련님?"

기사의 질문에 인후는 화담의 손을 쳐다보던 눈길을 들어 그녀의 옆얼굴을 한 번 보곤 네, 하고 대답했다. 거기에 화담은 아무런 반응도 보이지 않았다. 그저 꾹 입을 다물고 열심히 책을 편다.

인후는 화담의 얼굴이 상기된 듯 붉고, 눈빛 또한 흐릿한 것이 자신의 기분 탓인지 실제인지 판별하기 위해 대놓고 몸을 튼 채 그녀의 얼굴을 관찰했다. 그 집요한 시선을 받으며 화담은 기어코 마지막 페이지 한쪽까지 구겨진 부분을 바로잡았다. 제 노력을 확인하듯 이리저리 책을 돌려본 화담이 고개를 가로젓더니 비로소 인후를 쳐다보았다.

"내가 새것으로 사줄게요."

화담의 콧잔등뿐만 아니라 머리카락과 이마의 경계선을 따라 촘촘히 땀이 밴 것이 확실히 보였다. 아버지 위독 소식에 망연자실하던 때에도 눈만큼은 맑고 생생했던 것이, 지금은 초점도 잘 맞지 않고 흔들렸다. 인후는 그 얼굴을 빤히 보며 운전기사에게 말했다.

"가다가 큰 병원 보이면 거기로 가주세요."

"네."

화담은 어리둥절한 얼굴로 인후와 운전기사를 갈마보다가 뒤늦게 병원의 의미를 깨닫고 고개를 저었다.

"나 때문이라면 그러지 마요. 다친 데 없이 멀쩡해요."

"내 눈엔 멀쩡한 걸로 안 보여."

"……아, 맞다. 감기 기운이 좀 있어서. 안 멀쩡해 보이는 건 그 탓이에요. 진짜 삭신이 쑤시고 어디 머리만 대면 잘 것 같긴 하거든요. 하지만 괜찮아요. 약 먹었어요."

운전기사에게 병원 갈 필요 없다고 손을 흔들다가 화담은 그만 푹 고개를 숙이며 하품을 했다. 그러곤 피식피식 웃었다.

"대책 없네요. 아까 그런 꼴 보여서 엄청 창피한데, 창피한 것도 졸음에는 지네요."

손에 꼭 쥔 책에 얼굴을 묻은 채 화담이 중얼거렸다.

"이거 새로 사줄게요. 근데 제목은 여전히 모르겠어요. 인간, 까지는 알겠는데. 뭐라고 쓰여 있는 거죠?"

"인간의 증명."

"인간의…… 증명? 와, 역시 어렵다. 엄청 어려운 책인 게 분명해요. 그죠?"

"별로. 어렵다기보다는……."

그 순간 무슨 생각이 들었는지는 정확히 인후도 모른다. 그저 화담에게 손을 뻗어 고개를 숙이고 있는 화담의 뒤통수에 그 손을 올렸다.

이렇게 작고 보드라운 머리를 아까 무지막지한 사내가 후려쳤더랬다. 차에서 내리며 그 광경을 보던 때의 기분이 되살아나며 울컥, 자신의 대처가 약했다는 후회가 샘솟았다. 그놈의 손을 부러뜨렸어야 했다. 다시는 못쓰게 자근자근.

"어렵지 않으면 쉬워요? 하기야 머리 엄청 좋다는 선배라면야."

"난이도로 설명할 내용은 아니고 굳이 말하자면……."

따끈따끈 열이 나는 게 느껴지는 머리를 가만히 쓰다듬어주면서 인후가 중얼거렸다.

"조금 슬픈 소설이야."

그 말에 화담이 내내 꼼짝 않던 머리를 천천히 들어 그를 쳐다보았다. 붉게 물든 눈가에 미소가 넘실거렸다.

"오, 슬픈 소설을 다 읽고. 머리만 좋은 게 아니라 싸움도 잘하더니 감성까지 풍부하다 이거예요? 조심해요, 차인후 씨. 자칫하다 반하겠어."

무덤덤한 눈길로 마주 보면서 인후는 머리를 쓰다듬어주던 손으로 그녀의 눈을 감겼다.

"졸리면 자."

감겨진 눈을 떠보려 하는 시도가 없진 않았지만 결국 눈을 누르고 있는 손 쪽이 이겼다. "빚쟁이구나, 빚쟁이……."라고 알 듯 모를 듯한 말을 남기고 화담의 숨소리가 잠든 이의 순한 그것으로 바뀌었다.

"댁으로 가시는 게 맞습니까? 도련님?"

룸미러 너머로 시선을 던지며 거듭 운전기사가 확인했다. 인후는 대답 없이 고개를 돌려 기사를 보았다. 그의 입술이 살짝 들썩이며 소리 없이 네, 라고 답한다. 이어서 왼손 검지를 세워 입술을 누르며 침묵을 명령했다. 고개를 끄덕이며 기사는 차내에 흐르던 음악을 껐다.

인후의 오른손은 여전히 화담의 눈을 가려주고 있었다.

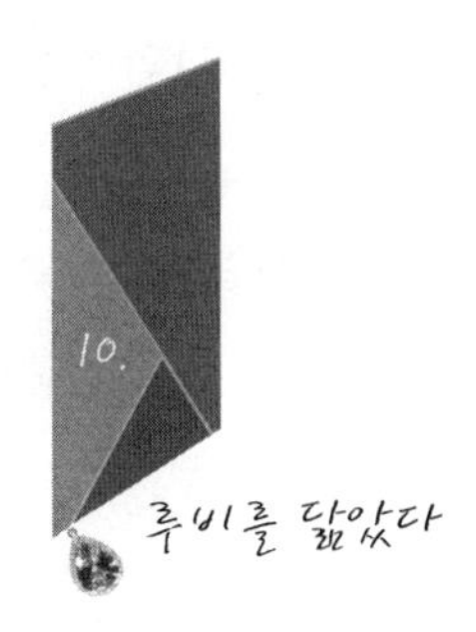

“아직. 안 그래도 깨워볼까 하고 있어. 봐서 병원에 가야 할 정도다 싶으면 연락할게.”

“미안하다, 정말. 이런 일로 폐를 끼치고.”

반복되는 다현의 사과에 인후는 휴대전화를 든 손을 왼손에서 오른손으로 바꾸었다. 그 와중에 나무주걱을 쥔 손도 자연스럽게 바뀐다.

“사과든 감사든 저 녀석한테 들을 테니까 넌 그쯤 해둬. 열 시 전엔 집에 들여보낼 테니까 전화도 이 정도로 하고.”

“그러지 말고 일어나면 연락해줘. 데려오게 차 보낼게.”

“데려다줄 차가 없을까 봐? 그만 끊어. 뭐 하던 중이야.”

인후는 마지막 통보 후 전화를 끊고 휴대전화를 저만치 밀어뒀다. 주걱을 다시 오른손으로 쥐고 냄비를 휘젓다가 작게 혀를 찼다. 그새 죽이 약간 눌어붙은 것이다.

“하여간에 달걀이란.”

다시금 진지하게 냄비 속을 들여다보며 죽을 젓길 얼마쯤. 이 정도면 됐다 싶어 불을 끈 후 파슬리 가루로 손을 뻗는데 또 전화벨 소리가 그의 주의를 흩트렸다. 이번에 그가 돌아본 것은 식탁에 올려놓은 화담의 가방이었다.

무시하려고 했으나 상대방은 끈질겼다. 인후가 대접에 죽을 담아내고 매실절임을 꺼내 물에 헹궈서 먹기 좋게 써는 중에도, 수저를 챙기는 중에도 배경음악처럼 주방에 벨소리가 흘렀다.

결국 인후는 식탁으로 가 화담의 가방에서 휴대전화를 꺼냈다. 액정에 뜬 '승준'이란 이름에 인상을 썼다. 안 그래도 점심때 거푸 전화가 오기에 몸이 안 좋아서 자니까 나중에 통화하자고 문자까지 보내줬는데 그 뒤로도 한 시간이 멀다 하고 전화다. 대체 어떤 녀석이 몸이 안 좋다는 말을 이해 못 하는지 한 번 보자고 벼르며 인후가 전화를 받았다.

"여보세요."

"……."

뜻밖의 남자 목소리에 저편에서 숨죽인 기색이 전해졌다. 인후는 살짝 입가를 비틀며 쌀쌀맞게 말했다.

"화담인 아직 자고 있습니다. 일어나면 전화하라고 말해줄 테니까 괜한 수고는 그만하는 게 좋겠네요."

"저기, 다현이 형인가요?"

머뭇거리며 묻는 소리에 인후는 다현이랑 형 동생 할 정도로 아는 사이인가 하고 휴대폰에 눈길을 주었다. 그런 것치고 목소릴 못 알아듣는 건 우스꽝스럽다. 다현과 인후는 목소리 색깔이 판이하게 다르니 말이다.

"다현인 아니지만 남다현도 알고 서화담도 아는 사람입니다. 어쨌든 궁금한 건 내가 아니라 서화담 아닙니까?"

"그, 그런데요?"

"화담인 잡니다. 본인 말론 감기 기운이라고 하는데 일어나봐야 정확한 걸 알겠죠. 그쪽 용건이 아파서 땀 뻘뻘 흘리며 자는 애 깨워서 전화 받게 해야 할 정도로 급해요?"

"아, 아뇨, 그런 건 아니고, 얼마나 아픈 건지 궁금해서. 워낙에 아픈 일이 드문 애라……."

당황했는지 야단맞는 어린애처럼 승준의 말소리가 자꾸 기어들어갔다. 인후 쪽을 꽤 연상의 어른이라고 생각했을 수도 있다. 저쪽의 마음을 편안하게 해줄 어떤 시도도 하지 않고 인후가 딱딱하게 대꾸했다.

"낯선 상황인 건 이쪽도 마찬가집니다. 내버려두지 않고 제대로 지켜보고 있으니까 일단은 이쪽에 맡기고 기다려요. 깨어나면 전화 왔었다고 전하겠습니다."

"……네, 부탁드립니다."

휴대폰을 귀에서 떼는데 다급하게 부르는 소리가 났다.

"저기, 저기요, 화담이 점심은 먹고 자는 건가요? 계속 자면 저녁은 틀림없이 아직일 테고."

"자느라고 점심도 거른 걸로 압니다."

거른 게 확실한데, 어째선지 추측성 말투를 쓰는 자신이 의아해 인후는 툭 식탁을 두드렸다. 승준이 전화상으로도 확연히 느껴질 만큼 답답해하면서 말했다.

"벌써 일곱 시 넘었는데 아무것도 안 먹고……. 죄송한데 화담이 뭐라도 먹게 해서 재우시면 안 될까요? 걔 정말 밥심으로 사는 애거든요. 한 끼만 굶어도 표가 확 나요. 아프면 더더욱 잘 먹어야 할 텐데."

인후는 조리대에 준비된 쟁반의 내용물을 쳐다보았다. 달걀죽에 매실 절임. 요깃거리를 준비한 게 영 쓸데없진 않을 모양이라고 생각하며 얼마쯤 부드러워진 말투로 대꾸했다.

"그렇게 해보죠."

"고맙습니다. 정말 고맙습니다."

전화기에 대고 열렬히 인사하고 있을 사내 녀석의 모습을 떠올리며 인후는 그럼, 하고 대꾸하고 전화를 끊었다. 잠시 화담의 휴대전화를 보며 식탁을 툭툭 의미 없이 두드렸다.

책임감과 의무의 화신 남다현이야 감사와 사과의 언사가 몸에 배었으니 그러려니 한다. 여기 이 '승준'이란 녀석은 뭘까? 언젠가 병원에서 마주쳤을 때 화담이 친구 이야기를 언급한 것이 인후의 뇌리에 떠올랐다. 그때 함께 서울에 올라온 친구가 이 녀석? 아니면 '서윤'이라는 애?

"그게 나랑 무슨 상관이지?"

미간을 찡그리며 인후는 화담의 휴대전화를 가방에 도로 넣었다. 그리고 준비해 둔 음식을 가지고 침실로 향했다.

조용히 문을 열고 들어가 커피 테이블에 쟁반을 내려놓고 침대 옆의 조명등 불빛을 조절한 뒤 침대에 누워 있는 이에게 시선을 주었다.

"묘하네."

행동하는 건 시원시원한데, 자는 모습은 무척이나 얌전하다. 얌전한 걸 넘어 조금 안쓰러울지도 모르겠다. 점심때 눕혀놓은 자리를 거의 벗어나지 않고, 둥글게 몸을 말고 자고 있다. 왼쪽 엄지를 입술에 대고 있는 모습에서 인후는 화담이 어릴 때 손가락을 빠는 버릇이 있지 않았을까 짐작해 보며 손등으로 화담의 뺨과 손을 만져보았다. 이마에 붙여준 해열파스가 열을 잡긴 잡은 모양이다.

곤히 자는 걸 보니 깨우기가 망설여졌지만 승준의 말을 떠올리곤 화담의 어깨에 손을, 대려다 그녀의 귓가에서 손가락을 튕기는 것으로 그쳤다. 서너 차례 딱딱 튀기는 소리에 화담이 깜박거리며 눈을 떴다.

"정신 들어? 나 누군지 알아보겠어?"

"인후 선배……. 응? 으응? 여기…… 뭐지, 어디에요?"

인후 너머의 방안 광경을 돌아보던 화담이 튕기듯 몸을 일으켰다. 깼다는 표시는 그 정도면 충분해서 인후는 음식 쟁반을 가져와 화담 앞에 내밀곤 의자를 가져다 앉았다.

"일단 먹어. 일곱 시 반 넘었어."

"엇, 죽이네."

화담은 쟁반에 담긴 음식물을 보고 눈이 동그래지면서도 본능적으로 숟가락을 들고는 곱게 파슬리가루가 뿌려진 죽을 고루 저으면서 물었다.

"근데 일곱 시 반이라면 저녁이요?"

"저녁. 별로 안 뜨거우니까 훌훌 먹지 그래?"

인후의 말에 냉큼 죽을 가득 떠서 입에 넣고 몇 번 오물거리다 꿀꺽 삼킨 화담이 흠칫 몸을 떨었다. 그리고 천천히 죽을 쳐다보는 눈길에 인후가 왜 그러느냐 물으려는데 화담이 손으로 입을 가리며 중얼거렸다.

"어머, 이거 뭐야."

"……왜? 뭐가 이상해?"

"이상하긴요, 맛있어요! 죽은 다 맛없다는 내 편견을 깼다고요! 굉장해!"

그러고선 거푸 한 다섯 숟가락쯤 허겁지겁 입에 밀어 넣었다. 그걸 깨끗이 삼킨 뒤 감동으로 초롱초롱 빛나는 눈을 하고 화담이 가슴을 눌렀다.

"아, 가슴이 지잉하고 울렸어. 사람이 산다는 건 참 좋은 거야. 먹기 위해서라도 열심히 살아야지. 응."

숙연히 다짐까지 하고서 화담은 이번엔 한 숟가락 한 숟가락을 천천히 음미하며 죽을 먹었다. 인후는 그렇게 맛있을 만한 게 아닌데, 하며 죽을 쳐다보았다. 달걀 알레르기가 있어서 달걀 든 음식은 철저히 피하고 있으나 달걀 맛을 모르는 것은 아니다. 평범한 야채죽에 달걀을 넣었다고 맛이 열 배쯤 좋아지는 마법이 있을 리도 없고.

"정말로 밥심에 죽고 사나보구나 너."

"그렇게 티나요? 으음. 식탐이 많아 보이는 건 곤란한데."

"누가 말해주더라. 점심도 못 먹었다니까 안절부절못하면서."

"누가요?"

가득 뜬 죽을 삼키고 입맛을 다시며 화담이 물었다. 인후는 승준의 이름을 대기 전에 약간의 저항감을 느끼는 자신을 깨닫고 자세를 고쳐 앉으며 팔짱을 끼었다.

"승준이라고, 아까부터 여러 번 전화하길래 내가 받았어. 통화한 지 한 십 분 됐나."

"으아, 승준이! 설마 나 아프다고 말해준 거예요?"

질겁을 하며 화담이 머리를 뒤로 젖혔다.

"했는데?"

"으아아아……."

화담은 땅이 꺼져라 탄식하고 다시 묵묵히 죽을 먹었다. 울상에 가까운 그 표정을 지켜보던 인후가 내가 실수한 거냐고 묻자 화담은 고개를 저었다.

"선배 잘못 아니죠. 그냥, 이걸로 또 얼마나 잔소릴 들을지 생각하니 암담한 게……. 아아, 마누라 잔소리에 집에 들어가기가 싫다는 남편들 마음을 알겠다니까요."

마누라와 남편의 비유. 보통 친구 관계에서 나올 만한 이야기가 아니란 생각에 인후는 살짝 턱을 치켜들며 물었다.

"남자친구?"

"아아, 예, 뭐."

조금 멋쩍게 화담은 이마를 긁적이다가 거기 붙여진 무언가에 으응? 하는 표정을 지었다. 인후가 해열파스를 붙여뒀다고 말하자 알겠다는 듯 고개를 끄덕이고 다시 죽을 뜨던 화담이 갑자기 화들짝 놀라 인후를 쳐다보았다.

"그러고 보니 여긴 어디에요?"

눈앞의 먹을 것에 홀려 그건 아예 잊어버린 줄 알았더니 아니었나 보다. 인후가 의자에서 일어나며 내 집이라고 말했다. 화담은 새삼 당황스러운 눈으로 방을 둘러보곤 자신이 있는 곳이 침대란 사실에 일어날 듯이 몸을 들썩였다.

"일어날 때 일어나더라도 먹던 거나 마저 먹어."

방문으로 걸어가며 인후가 하는 말에 화담이 급히 물었다.

"내가 차에서 자버리는 바람에 여기로 데리고 온 건가요?"

"응. 그 몸으로 다현이네 집에 가는 건 싫지 싶어서."

그건 확실히 그렇다고 생각하면서 화담은 막 문을 여는 인후에게 다시 물었다.

"저기, 그럼 선배가 날 업어서……."

침대에 데려다 눕혔느냐는 물음이 생략되어 있다. 인후가 흘깃 돌아보며 입꼬리를 올렸다.

"기사 아저씨가 옮겼어. 난 뜨거운 건 질색이거든. 특히 사람 체온."

"아, 네……."

아무리 화담이 당황했어도 인후의 말투에서 풍겨오는 냉기를 느끼지 못할 정도는 아니었다. 아, 이런 사람이었지 하면서도 조금 갑작스럽게 느껴져 서름해하는 사이 인후는 다 먹고 더 필요하면 부르라고 하고선 문을 나섰다. 한 뼘쯤 열린 문 너머로 타닥타닥 멀어져가는 발소리가 들렸다.

화담은 말똥말똥한 눈으로 유난히 넓은 침실—창으로 짐작되는 곳에는 검은 암막커튼이 빈틈없이 처져 있다—을 둘러보며 죽을 먹다가 퍼뜩 든 생각에 자신이 누워 있던 자리를 돌아보곤 베개며 시트를 샅샅이 만져 보았다. 곧 그녀는 숟가락을 문 채 한숨을 쉬었다.

"민폐다, 서화담. 말도 못 하게 민폐라 이젠 그냥 도망치고 싶어지잖아."

침울한 얼굴을 하고선 그릇이 깨끗해지도록 달걀죽을 싹싹 긁어 먹었다. 매실절임도 모조리 먹었다. 그러고도 양이 안 차 재삼 한숨이다.

"염치가 좀 있어라. 차라리 계속 아픈 게 더 좋았겠네."

원 없이 땀 흘리며 잤더니 감기 기운이고 뭐고 죄 날아가 버렸다는 게 이토록 애석할 수 없다. 침대에서 일어나 누운 자리를 정돈해 보았지만 땀으로 얼룩진 자리, 이게 무슨 의미냐 싶었다.

쟁반을 들고 조용히 침실을 나가자 "더 먹을래?"하고 묻는 소리가 들려 돌아보았다. 거실 소파에 앉아 책을 보면서 인후는 고개도 들지 않고 주방 쪽을 손으로 가리켰다.

"1인분 정도 더 남았어. 안 먹고 가면 버려야 하니 먹을 수 있으면 다 먹고 가."

"버린다고요? 그럼 안 되죠, 이렇게 맛있는데. 그러지 말고 뒀다가 선배가 야식으로 먹지 그래요?"

인후는 잠자코 고개를 저으며 책장을 넘겼다. 아무래도 야식을 안 먹나보다 하고 화담은 그가 가리킨 주방으로 향했다. 가스레인지 위 냄비의 내용물을 대접에 샅샅이 훑어 담으며 먼지 한 올 없게 생긴 주방을 구경하던 화담은 언뜻 눈에 들어온 싱크대 안 내용물에 손을 멈췄다. 잠시 하던 일을 멈추고 목을 쑥 빼어 싱크대를 들여다보았다.

달걀껍질이며 각종 채소 지스러기가 배수구통에 얌전히 모여 있다. 그걸 보며 화담은 혼자 산다던 인후의 말을 음미했다. 그럼 음식은 누가 해주는 거지? 설마……!

"저 죽 선배가 만들었어요?"

후다닥 거실로 뛰어간 화담이 묻자 인후가 여전히 책에 시선을 둔 채로 고개만 까닥 움직였다.

"선배, 요리마저 잘한단 말이에요!"

말끝이 물음표가 아니라 느낌표라는 게 포인트. 인후는 태연히 반문했다.

"넌 못해?"

마치 요리를 못 하는 게 사람이냐는 듯한 말투. 화담은 다행히도 머뭇거리지 않고 대답할 수 있었다.

"잘해요. 백반과 국밥이라면."

나는 소랑 돼지 내장도 씻을 줄 알아요! 라는 말은 다음 기회를 노려보기로 하고. 인후가 그제야 화담에게 시선을 던졌다.

"그런데 왜 그리 호들갑이야?"

"……그러게요."

왜 호들갑을 떨었는지 스스로도 그만 까먹고 화담은 주방으로 돌아가려 했다. 하지만 두 걸음을 못 가서 놀랐던 이유를 생각해 내곤 되돌아서서 성큼성큼 인후가 앉아 있는 소파 앞까지 전진했다.

"인후 선배는 약점이 있긴 있어요?"

"없는 사람도 있나?"

"없어 보여서 묻는 거예요. 약점 같지도 않은 약점을 댈 거면 아예 말을 말고요."

"네가 알아서 뭐하게?"

심드렁한 말에 화담은 눈살을 찌푸렸다. 이 사람의 이런 말에 익숙해질 때도 된 것 같은데 여전히 피부가 따끔거리는 기분이 든다. 저 집에만 해도 소현이라는 깜찍한 독설가가 있긴 하지만 인후와는 경우가 달랐다. 화담은 아직 소현에게선 한 수 접고 들어갈 만한 존경스러운 점을 발견하지 못했으니까.

어쨌든 심기일전, 화담은 씩씩하게 속마음을 꺼냈다.

"내가 할 수 있는 거라면 커버해줄까 하고요."

"커버?"

인후의 눈빛을 보니 네 주제를 좀 알라는 말이 금방이라도 떨어질 것 같아 화담이 재빨리 선수쳤다.

"말했잖아요, 내가 할 수 있는 거라면 하겠다고. 꼭 약점이 아니라도 상관없어요. 뭔가 사람 손이 필요한 일인데 선배가 직접 하기엔 시간 아깝다고 생각되는 일이 있으면 그거라도 말해줘요."

"커버니 뭐니 왜 네가 그런 걸 신경 쓰는데?"

아, 정작 중요한 이야기를 안 했구나. 화담은 탁 손바닥을 주먹으로 치고선 말했다.

"우렁이도 은혜를 갚는데, 서화담이 은혜를 입고 가만있으면 말이 안 되니까요."

빤히 화담을 쳐다보던 인후가 한쪽 입꼬리를 올렸다.

"그래서 뭐 우렁각시 노릇이라도 하게?"

"이래 봬도 초등학교 문화제에서 우렁각시를 맡아 열연을 펼친 바 있지요."

인후는 책을 내려놓고 소파에 깊이 등을 묻으며 다리를 꼬았다. 그대로 화담을 쳐다보다가 말했다.

"난 햇빛 알레르기가 있어. 그거, 도울 수 있겠어?"

"햇빛 알레르기……. 그것참 곤란한 알레르기가 다 있네요. 지금은 잘 모르겠지만 어떤 건지 알아볼게요. 뭐라도 하겠습니다! 또 다른 건 뭐 없나요?"

이마엔 해열파스를 붙이고 까치집 같은 머리를 하고 서선 주먹을 불끈 쥐며 초롱초롱 눈을 빛내는 화담의 모습, 잘난 얼굴이 아까울 정도로 엉망이다. 아마도 여태까지 본 것 중에 최악. 그런데도 인후의 입가가 풀리며 훗 하는 미소가 얼굴에 그려졌다.

"글쎄. 한번 생각해 볼게."

별것 아닌 말이 전에 없이 훈훈하게 들리는 마법이 일어났다. 아울러, 팡하고 꽃봉오리가 터뜨려지는 소리.

화담은 그 순간 틀림없이 그것을 들었다.

한남동 저택 앞에 택시가 멈춘 건 아홉 시를 약 오 분 남긴 시각. 집에 들어가도 반겨주는 것은 메이드 두 사람뿐 온 식구가 외출 중이었다. 엄마곰은 모임이 있어 오후 느지막이 외출했고, 아기곰들은 아직 학원에서 안 돌아왔다. 이거야 꼭 생존신고를 하는 느낌이라고 생각하며 화담은 본채를 나와 별채로 향했다.

목욕을 하고 나와 침대가 있는 복층으로 올라갔더니 그새 메이드가 다녀갔는지 테이블에 따끈한 우유를 비롯한 약간의 먹을거리가 놓여 있었다. 컵을 들어 우유를 조금씩 마시며 화담은 오늘 있었던 일들을 생각했다. 하지만 가라앉은 두통이 도지는 느낌에 고개를 절레절레 저으며 생각이고 뭐고 옆으로 밀쳐버렸다.

이제야말로 승준에게 전화를 해줘야지 하고 휴대전화를 꺼내 들었으나 폭우처럼 쏟아질 잔소리를 생각하니 선뜻 통화 버튼이 눌러지지 않아 애꿎은 우유만 원샷을 했다.

"크으, 뭘 두려워하는 거냐, 서화담. 이래서야 정말 마누라한테 들볶이는 남편 같잖아."

입술에 묻은 우유거품을 훔치고 단단히 벼른 얼굴로 통화 버튼을 눌렀는데, 허무하게도 저쪽에서 통화 중이었다.

"지금 서윤이랑 통화 중이야, 곧 내가 다시 할게."

"응. 기다릴게."

전화를 받은 승준이 그렇게 말해서 화담은 휴대전화를 보며 기다렸지만 오 분 가까이 전화기가 잠잠했다. 무료한 나머지 카스테라 한 조각에 손을 댔다가 접시를 바닥내고 부스러기를 모아 핥고 있을 때 승준의 전화가 왔다.

"미안, 오래 기다렸지?"

"아냐. 즐거운 시간이었어."

부스러기 한 톨 없이 광이 나는 접시를 뿌듯한 눈으로 쳐다보는 화담의 사정을 알 리 없는 승준은 거듭 미안하다고 하며 작게 한숨을 쉬었다.

"서윤이 저번 시험 점수가 별로 안 좋았거든. 말로는 괜찮다고 해서 그런 줄 알았더니 오늘 학원에서 쓰러졌다지 뭐야. 급성 위경련에 과로가 겹쳤대.”

“저런! 그래서 지금 병원에 있어?”

“응. 마침 연휴니까 현충일까지 병원에 있을 건가 봐.”

“그러고 보니 연휴지 참. 불행 중 다행이다.”

“그러니까. 안 그럼 그 애 성격에 링거를 달고라도 학교에 나올 거 아냐. 병실에 있으니까 마음이 심란한지 계속 이야기하고 싶어 해서.”

그래서 전화를 쉬 못 끊었다는 변명이 담긴 말에 화담은 서윤이 부모님은 와 계시냐고 물었다. 아버지는 며칠 전에 중국에 나가셨고 어머닌 논문 때문에 병실에 와서도 노트북만 들여다보느라 정신이 없어서 서윤이가 그냥 들어가라고 했단 말을 전했다. 들어가란다고 정말 들어가면 센스가 없는 일이겠지만, 서윤이 부모님들에게 그런 센스를 기대하는 건 무리다. 화담도 승준처럼 한숨을 내쉬지 않을 수 없었다.

“내일 잠깐이라도 병원에 가봐. 아줌마 어깨가 안 좋으시니 오래 있어 주는 건 힘들겠지?”

“가게일 돕고 저녁때쯤에나 가보려고. 저녁 먹는 거 보고 올 수 있으면 오게. 그보다 너는 어때? 목소린 괜찮게 들리는데, 몸은?”

“쿨쿨 자고 일어나서 죽 두 그릇 먹고 방금 카스테라도 한 접시 해치웠어. 아픈 사람이 식욕 있는 거 봤어?”

거드럭거리며 하는 말에 승준이 겨우 웃음소리를 냈다.

“아, 그 소식 들으니까 이제야 살 것 같다. 어째 오늘은 내 주위 여자들이 다 아파서 마가 끼었나 했다고. 역시 서화담, 네가 제일 먼저 그 수렁에서 탈출하는구나.”

“아무렴요, 서화담은 강합니다. 암어 스트롱베이비, 예압!”

힘차게 주먹을 내지르며 화담도 낄낄거렸다. 정작 아픈 데 없는 승준은 하루가 길었는지 목소리에 영 맥이 없었다.

"정말이지 오늘 같아선 공부 열심히 해서 의대라도 가야 하나 했다니까."

"좋지! 사람 살리는 일로 돈까지 잘 버는데 금상첨화 아니냐. 지승준 닥터. 뭐지, 갑자기 근사하게 느껴지는데?"

"농담하는 거 아니고."

"농담 아냐. 어차피 네 장래희망 딱 부러지게 정해진 것도 아니잖아. 진짜 의사가 되지 말란 법 있어?"

"야, 내 성적으로 의대는……. 내가 서윤이도 아니고."

"성적 올리면 되지. 넌 서윤이가 아니라고 하지만, 정작 서윤이만큼 공부해본 적도 없잖아?"

화담의 말이 핵심을 찔렀기 때문에 승준은 떨떠름하게 입을 다물었다가 이내 화제를 바꾸었다.

"아까 전화했더니 어떤 남자가 받더라. 알아?"

"응. 들었어."

"누군데? 집안일 해주는 남자가 또 있어?"

전화를 끊고 나서도 누구기에 전화를 받았을까 못내 신경 쓰였던 것을 승준은 되도록 아무렇지 않은 척하며 물었다. 화담은 컵을 거꾸로 세워서 마지막 남은 우유 한 방울까지 마시려고 애를 쓰며 말했다.

"집 아니었어, 아까는. 내가 귀인 차를 타고 오다가 퍼질러 자는 바람에."

"귀인?"

제대로 들은 건가 승준이 자기 귀를 의심하며 반문했다. 화담은 컵을 내려놓고 음절 하나하나를 강조했다.

"그래, **귀인.** 귀할 귀에 사람 인자 쓰는 귀인. 내가 한자 공부한다고 말했지? 실력이 그야말로 일취월장하고 있다고. 그냥 잘게 아니라 오늘 분 공부하고 자야겠다. '증명' 할 때 증 자도 뭔지 알아보고. 그건 모르는 게 당연하다 치지만 어떻게 명 자를 못 알아봤을까. 밝을 명자 알지? 내가 아까 그걸 헷갈렸다니까 글쎄. 반성해야지."

언뜻 듣기엔 화제와 무관한 듯한 화담의 말을 한 귀로 흘리며 승준은 귀인이 누군지에 비상한 관심을 보였다.

"목소리 젊던데, 학교 선생님?"

"선생님은 무슨. 3학년 선배야. 다현이 형 친구고."

"헤…… 3학년? 엄청 무게 잡길래 같은 고등학생이라곤 생각도 못했는데."

저간에 빈정거림이 담긴 말이었지만 화담은 거기까진 눈치 못 채고 히쭉 웃으며 고개를 끄덕였다.

"저번에 말했잖아, 수연고 애들 잰 체하는 데 뭐 있다고. 인후 선배는 그중 탑 오브 탑이야. 근데 무슨 체하는 게 아니라 사람 자체가 좀 묵직해. 아무래도 나이대가 달라서 그런 거 아닌가 싶어. 그 선배 3학년이긴 한데 나이가 스무 살이거든. 어릴 때 아파서 그렇게 됐대."

"잠깐, 그 사람 혹시 저번에 전화했던 사람 아냐? 왜 일전에 그 집 아줌마 쓰러졌다고 서울 가게 됐을 때."

"아, 맞다. 그때 너도 통화했겠구나. 그 사람 맞아. 차인후. 역시 지승준. 기억력 짱 좋아."

치켜 세워주는 화담의 말도 듣는 둥 마는 둥 승준은 입술을 빨고서 물었다.

"그럼 그 사람 집에 있었다고, 아까?"

“응. 뭔 일인지 자꾸 그 선배한텐 폐만 끼친다니까. 오죽하면 귀인이라고 부르겠냐, 내가.”

그러고 보니 승준에겐 간밤의 일을 말 안 했다는 게 떠올라 오늘 아팠던 이유도 설명할 겸 운을 떼려는데 승준이 먼저 어떤 사람이냐고 물어왔다.

“말했잖아. 3학년 선배고 다현이 형 친구. 지금 스무 살.”

“그런 거 말고 인상이나 느낌이 어떠냐고.”

“묵직하다니까?”

왜 자꾸 한 이야기를 또 시키지 하며 화담은 쟁반에 있는 물컵을 가져왔다.

“생긴 건 어떻고 성격은 어떤지 궁금해서 그래. 넌 내가 별안간 귀인이 생겼다고 하면 안 궁금하겠어?”

입장을 바꿔보니 대충 넘기긴 아까운 이야기겠다 싶어 화담은 할 말을 궁리했다. 차인후란 사람에 대한 고찰.

“생긴 건 이목구비 반듯하게 잘생긴 편. 근데, 좀 무섭게 잘생겼어. 오죽하면 보고 저승사자라고 착각한 일이 있어.”

“저승사자?”

TV 드라마에서 본 검은 갓 쓰고 스모키화장 짙게 한 저승사자를 떠올리고 승준은 눈살을 찌푸렸다. 화담은 화담대로 병원에서 봤던 모습이며 어젯밤에 검은 우산을 쓴 모습 등을 떠올리며 고개를 주억거렸다. 그러다 생각은 오늘 보았던 인후의 웃는 모습으로 흘러왔다.

잠들었던 꽃이 눈을 뜨며 향기를 뿜어내기 시작했다…….

아직도 선머슴애나 다를 바 없는 화담의 머릿속에 그런 시적인 표현마저 떠오를 정도로 인상적이었다. 핏기 없는 흰 얼굴이 담뿍 미소 지은 것만으로 돌연 생생해지던 순간. 잔잔히 자고 있던 호수의 물이 건듯 불어온 바람에 온통 은빛의 물비늘로 눈부시게 빛나듯이.

"……근데 은근히 요염한 사람이랄까."

"윽, 사내자식이 요염하다니, 재수 없어. 나 지금 팔에 소름 돋았어."

"이상한 거 상상하지 마. 그냥 그 사람 색깔이 그렇다 싶어서. 언뜻 사파이어라고 생각했었는데 이제 보니 루비를 닮은 것 같아."

별생각 없이 한 말이 우연히 핵심을 찔렀음을 깨달을 때 느끼는 전율 같은 게 등을 내달렸다. 화담은 지그시 뺨에 손을 댄 채 중얼거렸다.

"그래, 루비야. 실은 루비인 거지. 응."

"뭐야, 언제부터 네가 그렇게 보석에 조예가 깊었다고. 그 녀석이 루비면 나는 뭐냐? 서윤인 뭐고?"

퉁명스러운 승준의 물음에 화담은 거의 고민이랄 것도 없이 말했다.

"서윤인 진주고 너는 에메랄드."

"근거가 뭔데?"

"서윤인 하루하루 노력을 쌓아가는 성실함이 시간이 만든 보석인 진주하고 잘 어울리잖아. 너는, 푸릇푸릇해서?"

"뭐가 푸릇푸릇해, 너 그냥 되는대로 말해본 거지? 싸우자는 거냐?"

"으엥? 아니 난 정말로……."

느닷없는 보석 논쟁으로 진흙탕 싸움이 되면서 화담이 왜 아팠는지는 흐지부지 넘어갔다. 잔소리 폭탄을 모면한 건 좋은데 전화 끊을 때까지도 기분이 언짢았던 승준을 떠올리며 화담은 한자 교본을 펴면서 고개를 절레절레 저었다.

"에메랄드. 그것도 멋진 보석인데 왜 그러지?"

아직 몸만 여자, 서화담, 17세의 봄날의 한밤이 그렇게 저물어갔다.

다음날인 일요일 열한 시쯤 되어서 아틀리에의 내선전화가 울렸다. 사모님이 찾는다는 메이드의 말에 화담은 곧 건너가겠다고 하고선 올라가서 머리를 다시 빗었다. 아침부터 내내 공부한 한자 교본을 뿌듯한 기분으로 덮고선 오후엔 뭘 할까 고민하며 아틀리에를 나섰다.

명혜는 일어난 지 얼마 안 됐는지 살짝 푸석푸석한 민낯에 가운 차림으로 샐러드를 먹고 있었다. 인사하는 화담에게 턱짓으로 의자를 권하고는 몇 번 더 샐러드를 건드리다가 젊은 메이드가 주스를 가지고 들어오자 포크를 놓았다. 보는 것만으로도 풋내가 날 것 같은 진녹색 주스에 두 번 입을 댔지만 정작 내려놓은 걸 보니 거의 줄지가 않아 화담은 명혜에게 아침 식사의 의미가 무얼까 진지하게 고민했다.

거의 손댄 흔적이 없는 샐러드와 주스를 내어가고 메이드가 차를 내어왔다. 식탁에 가까워지면서 풍겨오는 진한 커피 향에 저절로 코가 벌름거려졌다. 명혜가 잔을 드는 걸 보고 화담도 제 잔을 들어 제법 우아하게 한 모금 마셨으나 그대로 잔에 도로 뱉을 뻔한 위기가 찾아왔다.

"우음, 콜록."

어찌어찌 삼키긴 했으나 이게 대체 뭘까 하고 잔 속의 고동색 액체를 뚫어져라 쳐다보는 화담에게 명혜가 말했다.

"총명탕이야. 다현이랑 소현이도 매일 마시는 거란다."

서윤이가 가끔 먹은 그거구나 하고 화담은 감탄했다. 이 쓴 걸 마시면서도 눈살 한 번 안 찌푸리던 친구가 존경스럽다. 일단 준거니 다 마실 생각에 잔을 드는 화담의 머리가 자꾸만 슬슬 뒤로 젖혀졌다. 간신히 다 들이켜고 입에 남은 뒷맛에 어깨가 움츠러든 화담에게 청천벽력 같은 소리가 떨어졌다.

"내일부턴 잊지 말고 챙기렴. 알아서 챙겨줄 테지만 혹시 모르니."

"설마 이걸…… 계속 마시란 말씀이세요?"

온 얼굴로 질색하는 화담을 보며 명혜가 엷게 웃었다.

"처음 마실 땐 고역이겠지만 계속 마셔 버릇하면 별거 아니야. 나도 너만 할 때 달고 살았단다. 우선 먹어보다가 정 못 먹겠으면 말해. 환으로도 먹을 수 있으니까. 소현이도 날이 한창 더울 땐 그렇게 해서 먹지."

"어, 전 굳이 먹을 필요가 없어서요. 애써 공부할 사람도 아닌데 총명탕이라니…… 낭비가 아닌지. 저는 공부 머리하고는 거리가 좀 있거든요."

돼지 목에 진주라는 본심을 둥글게 다듬어서 말로 꺼냈다. 잠자코 듣던 명혜는 커피를 마신 후 조용히 물었다.

"너 수연고 1년 학비가 어느 정도나 되는진 알고 있니?"

"아니요. 자사고니까 조금 셀 거라고 짐작은 하는데요."

일단 자사고라면 등록금이 어지간한 대학과 맞먹는다던 서윤이 말을 떠올리곤 기백은 하겠지 짐작해보는 화담에게 명혜의 말이 들려왔다.

"대략 천사백 넘어."

"예, 사백……."

"사백이 아니라 천사백."

"예? 사백 앞에 천이 와요? 일천사백만 원이요?"

화담이 놀라서 들썩이는 바람에 다 마시고 내려놓은 총명탄 잔이 덜그럭거렸다. 커피잔을 내려놓은 명혜가 뒤에 서 있던 메이드에게 손짓해서 빈 잔을 내어가게 했다. 식당 안에 둘만 남게 되자 명혜가 자세를 고치며 테이블에 팔꿈치를 올리고 턱을 괴었다.

"그래. 천사백이란다. 별개로 내는 기타 비용들은 제하고서 말이지."

화담은 입을 떡 벌리고 이 무슨 과장인가 하고 생각했다. 하지만 곰곰이

짚어보자니 조금씩 이해가 가기 시작했다. 그 깔끔하고 으리으리한 학교 건물들, 운동장과 별개로 산책 삼아 걸을 수 있는 공원 같은 정원에, 아직도 갈 때마다 의아한 화장실(낙서를 하면 어디서 사이렌이라도 울리는 거 아닌지 강한 의혹에 휩싸여 한 번은 치마 주머니에 볼펜을 가져간 적이 있으나 차마 점 하나도 찍지 못했다), 점심시간이 다가오면 심장부터 두근거릴 정도로 근사한 뷔페형 식당까지, 저 '수연' 이란 여자는 백지수표가 사람이 되어 걸어 다니는 것 같으니 말이다.

"그래도 천사백이라면 그건 거의 의대 등록금인데……."

기가 질려서 중얼거린 말에 명혜가 고개를 주억거렸다.

"음. 의대라면 아마 그 정도 들겠지. 그걸 알면 이야기가 편하겠구나. 이를테면 화담이 넌 예비 의대에 다닌다고 생각하면 되겠어."

"예비 의대요?"

듣는 것만으로도 모골이 송연해지는 무서운 말에 화담의 목소리가 더 기어들어갔다. 명혜가 나른하게 웃었다.

"정말 의대를 가라는 건 아니니까 그런 표정까진 할 것 없어. 실제로 수연고 졸업생 중에 의대 가는 비율 그리 높지 않을걸? 의사집안인 경우라면 모를까. 아, 물론 네가 가고 싶다면 뜻을 존중할 거야."

"아뇨, 절대요, 가고 싶다고 갈 수 있는 데가 아니에요. 제 꿈은 확고하진 않지만 대충 방향은 정해놓았거든요."

명혜가 약간 눈을 크게 뜨며 "그래?"하고 물었다.

"어떤 꿈인지 묻는 게 실례는 아니겠지?"

"실례는요, 얼마든지 말씀드릴게요. 먼저 군인이요. 어릴 때부터 장군이 되는 게 꿈이었거든요."

"……장군?"

"하지만 크면서 경찰이 되는 것에도 흥미가 생겼고 경호원이란 직업도 해봄직하다고 생각했어요. 가장 최근엔 파일럿이 되고 싶다고 생각했는데 그건 큰 비중은 없어요. 아직 제가 모르는 직업들도 많으니까 꿈은 또 생길지도 몰라요. 어쨌든 전 뭔가 지키는 일을 하고 싶어요. 나라를 지키든 사람을 지키든, 지킨다는 자체가 좋아요."

장군이라는 소릴 듣고서 명혜는 곤혹스런 눈빛을 했으나 눈을 빛내며 제 꿈을 피력하는 화담을 보면서 점차 표정이 되돌아왔다. 세상 물정 모르는 어린애들이 장래희망으로 대통령이니 재벌이니 떠들어대는 치기어린 말과는 다름을 이해한 것이다. 명혜는 약한 한숨과 함께 말했다.

"그런 일은 전부 머리를 안 써도 될 것 같고 말이지?"

화담은 제꺽 예, 라고 대답하진 않았지만 귀염성 있게 입술을 쫑긋거리며 웃었다. 명혜는 두 눈두덩을 지긋이 문지르다가 이윽고 반듯하게 앉으며 입을 열었다.

"정말이지 너는 다현이랑도 다르고 소현이랑도 다르다는 거 다시금 깨달았어. 네가 언급한 꿈의 후보들도, 워낙에 내 세상과는 동떨어져서 현실적으로 변변한 충고 한마디 떠오르지 않고 말이지. 그래도 말이야, 어떤 일을 하든 머리를 쓸 줄 아는 사람이 그렇지 않은 사람보다 자신의 일을 더 효율적으로 할 수 있다고 생각하는데."

화담은 가만히 고개를 갸웃하며 명혜의 말을 경청했다.

"예를 들면 군인이란 것만 해도 그래. 평생 말단 병사만 할 수는 없을 거 아니니? 그리고 네가 장군 말을 꺼내서 떠오른 우스갯소리가 있는데, 나폴레옹 장군이 산을 오른 이야기 들어봤니?"

"혹시 그거 산 두 개 놓고 장군님이 헷갈리는 이야기 말씀하시는 거예요?"

"대충 아나 보지? 어디 맞게 아는지 들어볼까?"

"나폴레옹이 군대를 이끌고 열심히 A산에 올라갔는데 꼭대기에서 '이 산이 아니네' 하는 바람에 다시 내려가서 옆에 있는 B산을 올라갔는데 그 정상에서 '아까 그 산인가 보네' 하고 말했다는 이야기요."

화담의 설명에 명혜가 고개를 주억거렸다.

"웃고 넘기면 그만이긴 하지만 약간 풍자적인 뉘앙스도 느껴지지 않니? 그런 일이 실제 상황에서는 아예 없을까?"

"실제 상황에서요? 음. 없진 않을 것 같아요. 사람은 실수를 하게 마련이니까요."

"그래. 사람은 실수를 하지. 그런데 여기 어리석은 사람이 한 명 있다고 치자. 그 사람은 자기가 실수를 했는지 안 했는지도 모를 만큼 어리석어. 그런 사람이 다른 수많은 사람을 거느리는 자리에 있다면 어떻게 될까? 만약 실제 전쟁이 일어난다면 그런 장군을 믿고 전투에 목숨을 내걸겠어?"

명혜가 말하고자 하는 게 무엇인지 감이 온 화담은 다소 맥없는 목소리로 중얼거렸다.

"공부에 취미는 없지만 그래도 잔머리는 좋단 소리 제법 듣는데."

"그 잔머리란 것도 결국 두뇌를 이용하는 한 방법 아닐까? 학교 공부란 것을 좋은 대학에 들어가기 위한 발판쯤으로 여기진 말려무나. 두뇌를 단련하는 각종 트레이닝이라고 생각해보면 아주 의미가 없지도 않을 거야."

"트레이닝이요?"

모조리 암기하는 것 말고 답이 없는 것 같은 공부가 무슨 트레이닝이 될까? 아, 암기력 향상은 되겠구나. 회의적인 표정을 짓고 있는 화담을 보며 명혜가 빙그레 웃었다.

"사람이 머리가 좋다, 나쁘다 구분하는 건 대뇌피질이란 것에 달려 있다더구나. 거기에 뇌신경세포란 게 있거든. 뉴런이라고 배웠니?"

"정확히는 기억 안 나는데 귀에 설지는 않아요."

"아무튼 뉴런이란 건 스무 살이 되는 시점에 최고로 발달한대. 그 뒤로는 매일 십만 개씩 죽고 말이지. 그렇게 생각하면 네겐 앞으로도 4년 더 발전할 여지가 있다는 건데, 여기까지 이해했니?"

어려운 말은 몰라도 발전 가능성에 대해서는 이해했다는 뜻으로 화담이 "네."하고 대답했다.

"그럼 남은 4년 동안 네가 가지고 있는 걸 키워보려 노력할 가치는 있지 않을까? 컴퓨터에 익숙한 세대니 '업그레이드'란 말이 더 와 닿으려나?"

거기에도 화담은 네, 라고 대답했다. 생각에 잠긴 나머지 한결 나직한 목소리였다.

"별안간 부담을 가지라고 꺼낸 말이 아니야. 공부도 이를테면 습관의 일종이니 슬슬 몸에 익혀나가란 거지. 학비가 아깝지 않을 만큼 잘해준다면 더욱 좋고."

학비란 말에 화담의 미간이 흐려지더니 꼭 치통을 앓는 사람처럼 끙끙거렸다. 결국 암만해도 이 말은 해야겠다 싶어 화담이 앞으로 몸을 기울이며 말했다.

"다음 학기에 전 다른 학교로 전학 가면 안 될까요?"

명혜의 두 눈이 휘둥그레지더니 이윽고 식당에는 나른한 그녀의 웃음소리가 퍼져 나갔다.

명혜가 어제 하굣길에 있었던 일을 알고 부른 게 아닐까 했는데 그건 화담의 기우로 끝났다. 하지만 공부 이야기를 하느라 정작 화담도 하려고 별렀던 말을 까맣게 잊었다는 걸 식당을 나온 후에 깨달았다.

"학비가 천사백. 아이쿠야, 그 아까운 돈을 어쩌면 좋아."

고개를 잘래잘래 흔들며 현관 포치로 나오는데 포치 옆 기둥에 기대서서 책을 보고 있던 다현이 알은체를 했다.

"아틀리에에 놀러 가도 돼?"

비타민 같은 미소를 던져주는 다현을 보자 자동으로 화담도 함박웃음을 지으며 고개를 끄덕였다가, 금세 또 반대로 저었다.

"그런 걸 왜 허락 받아. 형 아빠가 쓰던 아틀리에니까 나는 신경 쓰지 말고 전처럼 오가라고."

"전은 몰라도 지금은 그럼 안 되지. 지금 거기엔 남국의 공주님이 살고 있는 걸."

"에이, 공주님은 무슨! 서울말로 그러니까 엄청 느끼하잖아, 으하하."

찰싹 다현의 등을 친다는 게 평소처럼 힘이 들어가 다현의 몸이 휘청거리는 것을 보고 화담이 급히 사과했다.

"미안. 손 맵단 소리 자주 듣는데 아직도 조절이 안 되네."

"진짜 맵다. 손 맵기론 푸른이가 꽤 하는데 그 녀석이 청양고추라면 넌 프릭끼누 수준인걸."

"뭐, 풀끼?"

"프릭끼누. 청양고추보다 훨씬 더 매운 태국 고추야."

"어느 정도로 맵길래 훨씬 더 맵다고 그래? 청양고추도 장난 아닌데."

"음. 아마 청양고추의 다섯 배에서 열 배 정도?"

"으엑, 사람이 먹을 게 아니잖아. 위에 구멍 나, 구멍."

질색을 하며 화담이 손을 젓자 다현도 공감한다는 듯 고개를 끄덕였다. 그대로 별채를 향하면서 다현이 물었다.

"매운 거 잘 먹을 것처럼 보이는데, 실은 약한 모양이야? 청양고추에도 질색하는 거 보니까."

"음. 확실히 매운 거 잘 먹고 좋아하기도 해. 그런데 청양고추 그 자체엔 약간 안 좋은 기억이 있어서."

"어떤 건데? 이야기하기 곤란해?"

대번에 화담의 얼굴이 구겨졌지만 이야기 못 할 건 없다고 손을 저었다.

"엄마가 막 국밥 장사 시작했을 무렵인데, 손님 중에 어떤 분이 나한테 청양고추 하나를 다 먹으면 만 원을 주겠다고 하는 거야. 그래서 먹었는데."

"잠깐, 그게 정확히 언제 적 일인데?"

"내가 초등학교 2학년 때. 우리 엄마가 그토록 바라던 사장님이 된 해니까 절대 못 잊지."

"초등학교 2학년짜리에게 청양고추를 먹으라는 사람이 있었다고? 미안한데, 너희 엄마는 그걸 보고만 있었어?"

"에이, 봤으면 먹으라 했겠어? 엄만 가게 밖에서 순대 썰고 있었을 거야. 국밥집이라고 국밥만 파는 게 아니라 순대도 팔고 그러거든. 암튼 나는 청양고추 하나를 다 먹었어. 그 손님도 대단하다고 만 원을 줬고 말이지."

"속이 괜찮았어?"

자기 속이 다 아픈 것처럼 다현이 눈살을 찌푸렸다.

"아니. 첫 입을 대는 순간부터 입에서 불이 나는 거 참느라 찔끔 울기까지 했어. 그렇지만 만 원이 걸려 있었다고. 그때만 해도 국밥이 삼천 원,

비싼 건 사천 원 할 때야. 만 원이면 내겐 너무 큰 유혹이었어."

하아, 하고 한숨을 쉬는 화담을 안쓰럽게 쳐다보다가 다현이 탈은 나지 않았느냐고 물었다.

"그날 밤에 복통으로 데굴데굴 구르다 택시 타고 응급실 갔어. 만 원 벌려다 몇 만 원이 깨진 거지. 엄마한테는 엉덩이까지 맞고. 그러니 내가 청양고추를 좋아할 수가 있겠어?"

"이가 갈리겠지. 근데 너도 너다 참. 딱 먹어 보고 이건 아니다 싶으면 뱉어야지 기어코 먹고 있어? 겁이 없는 것도 정도가 있지."

"천지분간 못 할 때였잖아. 형은 어릴 때 그만한 사고 한 번 없었어? 형 아홉 살 때를 돌이켜 보란 말이야."

화담이 투덜거리는 말에 다현은 잠시 고개를 들어 하늘을 쳐다보다가 이내 어깨를 늘어뜨리며 중얼거렸다.

"나는 기억하는 가장 어릴 때부터 겁쟁이였어. 엄마 아빠 없이 고모 집에서 눈칫밥 먹고 자라면서 늘 기척을 죽이기에 급급했던 것 같아. 사고를 친다는 건 꿈도 못 꿨지."

본의 아니게 다현에게 아픈 기억을 떠올리게 한 사실에 화담은 혀를 씹어 먹고 싶은 심정으로 후회를 했다. 친척집을 전전하다가 아홉 살 봄에 보육원에 맡겨진 다현은 그해 가을이 깊어갈 무렵 이 집에 입양된 걸로 알고 있다. 그 한 해가 다른 어떤 해보다도 길었을 텐데 하필 콕 집어 아홉 살 운운.

'언제부터 이렇게 둔했냐, 서화담! 아줌마 말대로 너 같은 멍청이가 지휘관이라도 되면 네 군대, 너 때문에 몰살하는 것도 일도 아니겠다. 그래, 서화담, 총명탕을 먹고 공부를 하는 거다! 공부! 아…… 왜 갑자기 어깨가 무겁지.'

공부를 하겠다는 각오만으로도 일 년분의 피로가 몰려오는 기분을 떨쳐내려 애쓰는 와중에 별채에 다다랐다. 아틀리에로 들어가자 다현은 익숙한 걸음으로 창가에 놓여 있는 안락의자에 다가가 앉았다. 말은 하지 않아도 표정에 만족스러움이 묻어나는 얼굴을 보며 화담도 근처의 의자에 앉았다. 화제는 자연스럽게 어제의 일로 흘러갔다.

"아줌마에게 말했을까 봐 조마조마했는데 비밀 지켜줘서 고마워."

"일단은 네가 부탁했으니까. 하지만 네 외삼촌이 하려고 한 일은 납치야. 어머니가 제대로 알고 계셔야 한다고 봐."

"어제 호된 꼴을 봤으니까 또 같은 수작을 부리진 않을 거야. 그리고 무슨 수작을 부리든 이젠 내가 확실히 경계할 테니까. 호락호락 당하지 않아."

화담은 자신만만했지만 다현의 낯빛은 어두웠다.

"마냥 장담할 일이 못 돼. 어제도 인후가 마침 거기 있었기에 망정이지, 운이 나빴다면 지금쯤……."

"노노, 내 운은 5월에 바닥을 찍었거든. 이제 갓 회복세라 위태로운 경우는 있을지 몰라도 5월보다는 나을 거야. 어제 거기 인후 선배가 와줬다는 자체가 그 증거야. 하고많은 차 중에 그 시간에 인후 선배 차가 거길 딱 지나가다가 날 본 거지. 어때, 내 운이 좋다는 거 인정하고 싶지 않아?"

"그런 걸 보통은 우연이라고 하는데."

"우연이 긍정적으로 작용하면 그게 행운이지 별 게 행운이야? 참, 형한테 물어볼 거 있었다."

화담의 터질 듯한 자신감에 전혀 흠 하나 내지 못하고 다현의 반론이 묻혔다. 이제 화담은 상체를 앞으로 내밀고 새로운 주제에 몰두하고 있었다.

"인후 선배가 햇빛 알레르기 있다는 거, 형 알아?"

"아, 이제 눈치챘어?"

"눈치 못 챘어! 그러고 보니 눈치챘어야 하는 거구나. 별 싫어하고 우중충한 게 전생에 쥐며느리였나 하는 생각까진 했는데."

저 차인후를 보고 쥐며느리라니. 생각지도 못한 발상에 다현이 소리 내 웃는 동안 화담은 사뭇 괴로운 얼굴로 머리를 쥐어뜯었다.

"내가 이렇게 둔한 줄 처음 알았어, 왕쇼크! 끝내 인후 선배가 말하는 거 듣고서야 알다니."

"그래도 인후가 말해줬네?"

겨우 웃음을 그친 다현이 적이 놀랍다는 듯 말했다.

"인후 선배도 내가 똥인지 된장인지 먹여줘야 아는 바보란 걸 안 거지."

"글쎄. 그건 인후를 잘 몰라서 하는 말 같은데. 진짜 한심하다고 생각했으면 말도 안 했을걸? 걔 무색무취로 보여도 싫고 좋은 거 하나는 확실해."

"좋은 거? 좋아하는 게 있단 말이야?"

취미조차 없다는 사람이 좋아하는 건 대체 뭔가 싶어 화담이 눈을 빛내자 다현이 방금 한 말을 정정했다.

"무심코 상식적인 말을 했군. 인후의 경우엔 싫고 싫지 않은 것 사이의 구별이 정확하다고 해야겠어."

"에이, 그게 뭐야."

다시금 화담이 슬라임처럼 주르륵 퍼졌다. 다현이 웃으며 머리를 뒤로 젖혀 천장을 올려다보았다.

"그래도 인후가 싫어하지 않는 부류에 속한 것만으로도 대단한 거야.

갠 세상에 대해 알게 되는 것이 늘수록 싫은 게 기하급수적으로 는다고 하더라고."

"완전 마이너스적인 발상이잖아! 듣는 나까지 축축 처질 것 같아."

실제로 화담은 의자 아래로 쿵 엉덩방아를 찧으며 제 말을 입증했다. 건너다본 다현이 옅은 한숨을 내쉬었다.

"아무튼 다행이다, 진짜. 인후가 아니었으면 지금 어쩌고 있을지……."

"어정어정 지옥 언저리 구경 중일지도?"

"넌 농담이 나오는구나. 난 전화받고선 어찌나 놀랐는지 몰라. 괜히 같이 나가자고 했나 별생각을 다 했어."

"어차피 한 번은 일어났을 일이야. 자책할 필요 없어."

가볍게 말했지만 화담도 결코 유쾌한 기분은 아니었다. 새삼 외삼촌 상만과 함께 있었던 폭력배로 보이던 사내들을 떠올렸고 조카를 보러 오면서 그런 자들을 뒤에 대기시켰던 상만의 저열한 심사에 몸을 떨었다.

"에잇, 싫어, 끔찍해!"

갑자기 붕붕 고개를 저으며 화담이 내지르는 말에 다현이 의아한 얼굴을 했다. 화담은 똑바로 의자에 앉아 헤식은 미소를 흘렸다.

"그런 사람이 남은 유일한 핏줄이라고 생각하니까 말도 못하게 싫어서. 어제도 한바탕 퍼부어주려고 했는데, 정작 얼굴을 보니까 말이 안 나오는 거야. 그 얼굴에 엄마를 닮은 데가 있더라고……."

"그런 거에 큰 의미 두지 마. 난 가족이란 건 유전적인 공통점보다 정서적인 유대로 엮이는 거라고 봐. 극단적으로 추구하는 바가 다른 사람들을 가족이라는 틀로 묶는 게 의미가 있을까? 역사만 봐도 뜻이 달라서 친족간에 서로 죽고 죽인 사례가 얼마나 많은데."

음, 하고 고개를 끄덕이며 화담이 다현에게 물었다.

"먼 친척보다 가까운 이웃이 더 낫다는 말도 있으니까?"

바로 그렇다는 듯 다현이 빙그레 웃었다. 화담은 한숨을 내쉬며 의자에 등을 깊게 묻고 벽을 응시했다. 거기 걸려 있는 한적한 숲 속의 풍경 그림을 별 뜻 없이 바라보다가 풍경 속을 날아예는 새들을 색다른 눈으로 바라보게 되었다. 하늘을 날고 있는 세 마리 새와 나무에 앉아 있는 다른 한 마리 새. 허공의 세 마리는 가족이고 나무의 한 마리는 자신 같은 하숙생이 아닐까 하는 실없는 생각을 해본다.

"저거 내가 이 집에 들어오고 얼마 안 됐을 때 아버지가 그리신 거야."

다현의 말에 그도 같은 그림을 보고 있음을 알았다. 화담은 다시금 그림을 물끄러미 쳐다보았다. 이제는 세 마리의 나는 새들은 명혜와 아이들, 나뭇가지에 앉은 한 마리는 남재현으로 보였다. 그리하여 가족…….

가족, 가족. 내 가족은…….

그것은 심장을 쥐어짜는 통증으로 왔다. 아직도 엄마를 떠올리는 건 아련함보다는 아픔이다. 그래서 그만 물러나며 덮었다.

'미안, 엄마. 지금은 내 일만 생각할래. 눈앞의 일들만.'

마음속 동공에서 음산한 휘파람 소리가 났다.

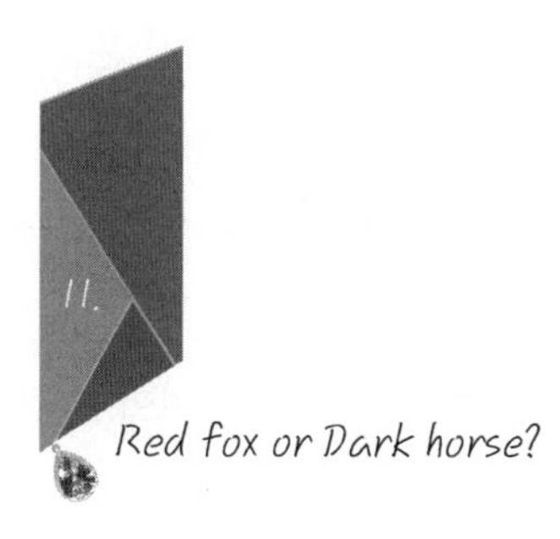

11. Red fox or Dark horse?

월요일은 아침부터 약간 구름이 끼고 선선해서 잔디를 깎기엔 딱이었다. 며칠 전에 정원사에게 배운 대로 잔디를 깎고 있는데 누군가 달려오는 소리가 나서 고개를 드니 조깅 나온 다현이었다.

"뭐 하는 거야? 왜 이런 걸 하고 있어?"

"보는 대로 잔디 깎아. 저 둘레는 다 했으니까 조깅해."

주위를 둘러본 다현은 미간을 찡그리며 다시 물었다.

"이런 걸 왜 네가 하느냐니까?"

"할 만하다 싶어서. 그리고 이거 은근 재밌어."

다소 날이 선 목소리의 다현을 어르듯 말하곤 화담은 기계를 구동시켰다. 왜앵 하는 소음 위로 화담은 아직 지켜보고 서 있는 다현에게 말했다.

"정원사 아저씨가 열흘에 한 번 정도 깎으면 된다고 했는데 난 아직 서툴러서 닷새 후에 다시 도전해 보려고. 한 번 더 하면 확실히 감 잡을 수 있을 것 같아."

다현이 다가오더니 잔디깎기 손잡이를 잡았다.

"이런 거 하라고 정원사를 두는 거야. 이럴 시간 있으면 차라리 운동을 해."

"운동은 저녁에 할 거야. 앞으론 자기 전에 한 바퀴씩 뛰고 오려고. 그리고 이거 매일 하는 거 아닌데 뭐."

"열흘에 한 번을 하든 매일 하든 마찬가지야. 네가 할 필요 없어. 그만 둬."

제법 강경하다. 과연 학생회장까지 한 사람이라 아주 무르지만도 않구나 하고 생각하며 화담 또한 강하게 어필했다.

"하고 싶어. 난 아주머니에게 이번 달 용돈을 받았고, 용돈이란 건 집안일을 거들면서 타는 거라고 알고 있거든."

다현이 한숨을 쉬더니 교묘한 공격 수법을 썼다.

"네가 이러면 나하고 소현인 뭐가 될지 생각해 봤어?"

화담이 씩 웃었다. 이에 대한 반격은 이미 생각해뒀다.

"나하고 그쪽은 다르지. 그쪽은 엄연히 이 집 자식이고 난 어디까지나 하숙생인걸. 그러니까 형이랑 소현인 이 집 가풍을 따르는 거고, 나는 우리 집식 가풍을 따르는 거야. 복잡하게 생각할 것 없잖아?"

과연 그 반격은 먹혔다. 다현은 마뜩잖은 눈빛으로 정원을 돌아보다가 한숨을 쉬며 어머니가 알면 못하게 하실 거라고 말했다.

"못하게 하시면 그때 가서 담판 지을 테니까. 뭐해, 어서 가서 조깅해. 체력이 받쳐줘야 공부도 하지."

다현의 등을 돌려세워 가서 뛰라고 힘껏 밀어주자 그가 못 이긴 듯 뛰어가면서도 몇 번 돌아보았다. 화담은 손을 흔들어주고 하던 일로 돌아갔다.

여섯 시 이십 분이 넘자 하늘이 한결 밝아졌다. 아직 부족한 부분은 학교 다녀와서 할 셈으로 잔디깎기를 창고에 넣고 오면서 보니 구름 걷힌 하늘이 그야말로 투명한 물빛.

"제법 찌겠는 걸?"

이런 날 빨래를 널면 기가 막힌데, 하던 화담은 돌연 인후의 일을 떠올렸다. 햇볕이 쨍쨍이면 차인후는 울상! 인터넷으로 검색해보니 햇빛 알레르기가 있는 사람은 강한 햇볕에 노출되면 부종에 두드러기에 물집에, 아주 힘들기 짝이 없다고 했다. 그래서 화담이 어제 근처에 산책 나갔다가 사온 비장의 무기가 하나 있었다. 오늘 당장 써먹을 기회가 왔다고 생각하며 부랴부랴 화담은 식당으로 향했다.

국에 밥을 말아 훌훌 넘긴 후 식당을 나서는데 샤워를 하고 온 다현이 식당으로 오다가 벌써 다 먹었느냐고 물었다.

"응, 급한 용무가 떠올라서 후루룩 삼키다시피 했어. 나 후딱 가봐야 돼. 형 이따 보자."

"잠깐, 같이 가려고 했는데 난? 알잖아, 너 혼자 학교 가는 거 좀……."

화담은 눈을 동그랗게 떴다가 다현이 걱정하는 바를 깨닫곤 웃으며 고개를 저었다.

"그건 형이 내 외삼촌을 몰라서 하는 말이고. 그 사람은 평생에 올빼미족이라 열두 시 전에 일어난 역사가 없어."

"그래도……. 그럼 기사 아저씨에게 말해둘 테니까 집에 올 때만이라도 그 차로 돌아와. 소현이 학원 데려다주고 학교로 돌아오는 거라 네가 좀 기다려야 할 거야."

"그러면 형 학원 데려다주는 게 애매해지잖아? 나 데려다주고 다시 학교 가서 형 태우려면 시간 촉박하지 않아?"

"나야 지하철이든 버스든 타면 되고."

다현은 문제없다는 듯 말했지만 화담은 말도 안 된다고 생각했다.

"그야말로 주객전도잖아. 게다가 기사 아저씨까지 끼면 아주머니에게 비밀로 하기로 한 게 의미가 없어질 거야. 내 일은 걱정할 것 없어. 토요일 같이 스타일 구길 일 없을 거라고 맹세해. 아, 나 얼른 가봐야 돼. 밥 맛있게 먹어!"

여전히 난감한 표정인 다현에게 찡긋 윙크를 하고 부랴부랴 복도를 가로질러 가는데 별안간 훅 앞을 가로막는 사람이 있었다. 하마터면 부딪힐 뻔한 것을 겨우 옆으로 비켜서보니 한껏 눈에 힘주고 있는 소현이 눈에 들어왔다.

"어, 안녕. 좋은 아침. 오늘은…… 평소보다 좀 빠르네."

아직 여섯 시 사십 분이 안 된 시각이니 소현이 여느 때보다 일찍 내려온 게 맞았다.

"형도 막 들어갔어. 재첩국 맛있더라. 맛있게 먹어."

'너 싫어, 너 싫어, 너 싫어.' 하고 눈빛으로 레이저를 쏘아대는 사람과 마주하는 상황은 설령 상대방이 연예인에 도전해 봄직한 예쁜 소녀라고 해도 난감하다. 화담이 먼저 시선을 피하고 슬슬 옆걸음으로 자리를 뜨려는데 소현의 쌀쌀맞은 목소리가 찰싹 고막을 때렸다.

"형이니 뭐니 소탈한 척하면서 이 남자 저 남자한테 꼬리 치는 거, 역겨워. 불여우."

부, 불여우? 내가? 화담이 어안이 벙벙해서 돌아보는데 아직도 소현은 할 말이 남아 있었다. 이번엔 제스처까지 이용한 역설力說.

"엄마나 오빠도 너 같은 거 진짜로 예뻐서 예뻐하는 거 아냐. 아빠 닮은 데라곤 그 얼굴밖에 없는 주제에! 속이 완전 딴판인데 그 얼굴발이 얼마나 갈 것 같아? 머리는 텅텅 비고 가슴만 큰 이디어트! 셰임 온 유!"

쭉 뻗은 소현의 손가락 끝이 눈이라도 찌를 것 같아 화담이 뒤로 몸을 뺐다. 한바탕 퍼부은 소현은 시원한 얼굴로 쿵쿵거리며 멀어져갔다. 멀거니 그 모습을 보던 화담이 이윽고 돌아서며 헛헛하고 웃었다.

"무슨 욕을 영어로 다 하냐. 근데 영어로 말해도 욕은 욕같이 들리는구나. 불여우도 모자라 가슴만 큰 이디어트?"

가슴을 내려다본 화담이 고개를 갸웃했다. 비록 자신이 C컵이긴 해도 살집이 있어 E컵 브래지어를 차던 엄마 강희에 비하면 새 발의 피라고 생각한다. 하물며 소현도 작은 키에 비해 가슴이 꽤 불룩하던데 왜 가슴을 들먹여 공격할까?

"나보고 불여우라고 하는 것도 그렇고 아무래도 보는 관점이 특이한가 봐."

가다가 복도 벽에 걸린 거울이 보여 잠시 멈춰 서서 이리저리 살펴보았다. 가지런한 맛이 없는 더부룩한 머리에 볕에 그을린 가무잡잡한 피부. 이런 불여우가 있다면 종족에서 쫓겨나기 알맞겠다. 아무튼 살다보니 이런 말도 들었다는 것에 만족하며 화담은 걸음을 옮기다가 휙 뒤돌아보았다.

"근데 내가 누구한테 꼬리를 쳤다는 거야? 당최 남자가 주변에 없는데 무슨 모함을 저렇게 뜬금없이. 실은 쟤도 나 못지않게 머리가 나쁜 거 아냐?"

씩씩거리며 별채로 향하던 화담은 구름마저 모조리 쫓아낸 하늘에 군림하는 해를 힐긋 확인하다가 찌르릉 어떤 깨우침을 얻었다.

"남소현, 너 설마 인후 선배를 좋아하는 거냐!"

그 이론이 너무도 그럴싸해서 어느 순간부터는 틀림없는 사실로 여겨지기 시작했다. 전학 3주차에 접어든 지금—학교에 다닌 날수는 실상 며칠 안 돼도—반 애들과 친해지려고 화담도 나름 노력 중이지만 말을 걸면 다들 상냥하긴 해도 어떤 보이지 않는 선 같은 걸 긋고 그 이상은 끼워주지 않는 덕분에 아직 이렇다 하게 어떤 무리에도 끼지 못했다. 그래서 계속 점심을 혼자 먹을 처지인 그녀를 다현이 여태 챙겨주었다. 그 자리에는 늘 푸른과 인후도 함께 했다. 남자가 있다고 하면 바로 그들!

분위기메이커인 푸른이 있어 식사자리는 아주 즐겁다. 겉으로는 벌써 화담과 죽이 잘 맞는 의남매 수준까지 왔다. 다만 인후는 절벽 위의 꽃, 난공불락의 탑으로서 아직도 도도하게 멀다. 다른 사람 같았으면 아니꼽다고 나가떨어질 만도 하지만 화담은 한 번 어떤 사람이 마음에 들면 자존심은 엿 바꿔 먹는 타입이다. 친해지고 싶어서 기회가 있을 때마다 거침없이 노력 중. 아무래도 그게 오해를 샀지 싶다.

"조만간 소현이한테 난 남자친구가 있다고 말해줘야겠어."

간단한 해결방법에 만족하며 화담은 살짝 감탄했다.

"세상 많은 남자 중에 차인후를 찍다니. 소현이 걔가 보는 눈이 있군. 어린데도 수준이 높아."

첫째로 감식안에 감탄하고 둘째로 그 난이도에 감탄했다. 그냥 친해지기도 여간 어렵지 않은데 하물며 그런 사람 여자 친구 자리를 노리다니, 보통 용감한 게 아니다.

땡 하고 엘리베이터가 열리기에 밖으로 나온 화담은 조용한 복도를 자박자박 걸어가다가 1107호 앞에서 멈춰 섰다. 그리고 막 초인종을 누르려는데 찰칵 문이 열렸다.

"뭔데……?"

'으앗, 엄청 컨디션 나빠 보여!'

오기 전에 미리 연락을 했기 때문에 기다렸단 것처럼 문이 열리는 것도 썩 놀랍지는 않았다. 다만 문 사이로 모습을 드러낸 인후의 얼굴이 말할 수 없이 창백한 게 막 관에서 빠져나온 뱀파이어 같았다. 하물며 입술도 짙은 팥색에 입고 있는 파자마도 빛바랜 느낌의 검붉은 색. 미간에 딱 선 주름으로 인해 컨디션은 물론 성격도 엄청 나빠 보인다.

비록 이렇게 생겼어도 실은 좋은 사람이란 점을 되뇌며 화담은 혹시 어디 아프냐는 말로 대화의 물꼬를 텄다. 인후의 미간이 더욱 좁아졌다.

"안 아파. 그딴 소릴 하려고 이 아침부터 찾아왔어?"

"아뇨, 아뇨, 그게 아니라 아직 잠옷을 입고 있는 것 같아서 물었어요. 잠옷이 아니라면 미안합니다!"

"잠옷 맞아, 그게 뭐?"

쌀쌀한 인후의 말에 화담은 시계를 확인해보곤 의아해하며 고개를 들었다.

"일곱 시 이십 분 넘었는데 아직 잠옷……. 서둘러야겠네요, 선배. 있잖아요, 제가 온 건—."

옆에 끼고 온 걸 건네려는데 인후가 딱 잘라 "안 가."라고 말했다. 제 귀를 의심하며 돌아본 화담에게 거듭 "학교 안 간다고."라고 말한다.

"역시 어디가 아픈 건……."

"오늘 자외선 지수가 몇이나 되는 줄 알아? 이런 날엔 학교고 뭐고 안 나가. 몰랐으면 이제라도 외워둬."

일단 화담이 고개를 끄덕였지만 뭔가가 생각나 얼굴을 찡그리며 물었다.

"선배 수연고 일 년 학비가 얼만 줄 알아요?"

"천사백 좀 넘는다고 들었는데 지금은 한 천오백 하나?"

언뜻 들어선 천사백 원, 천오백 원 말하는 듯한 심드렁한 말투에 화담은 길게 한숨을 쉬었다. 그가 부잣집 도련님이란 걸 실감하는 순간이기도 했다.

"선배, 천사백, 천오백은 어떤 사람에겐 세후 일 년 연봉에 해당하는 큰 금액이에요. 하물며 일 년에 돈 천도 못 벌어서 폐업하는 자영업자는 또 얼마나 많을 것 같아요? 선배가 그만큼 큰돈을 들여서 학교를 다니고 있다고요. 근데 오늘 햇볕 좀 난다고 아예 학교를 안 간다는 거예요, 지금?"

상냥하게 설득해야지 했지만 화담의 웃고 있는 입가가 경련을 일으킨다. 그 모습이 우스꽝스러워 살짝 표정이 풀어질 뻔한 것을 수습하며 인후도 웃는 얼굴로 공격했다.

"그럼 너 선크림으로 목욕해 봤어? 얼굴이나 손 말고 밖으로 보이든 안 보이든 상관없이 선크림 치덕치덕 발라본 적 있냔 말이야."

"윽, 그렇게나 바르는 거예요? 왜요? 옷 입으니까 선크림은 겉으로 노출되는 곳만 발라주면 되는 거 아니에요?"

"학교 교복이 온통 백색으로 통일되지 않는 이상 자외선이란 거 옷 입는다고 해결될 일 아니거든. 설사 백색으로 통일돼도 들어올 건 들어와. 게다가 한 번 두드러기라도 날라치면 노출 안 된 부분이라고 피해가는 것도 아냐."

"으, 그런 건가요. 그래서 선크림으로 목욕을……. 으아, 진짜 싫겠다."

대번에 항복하고 말았다. 아니 선크림으로 목욕을 하다니 너무 불쌍하지 않은가. 인후의 공격은 아직 끝나지 않았다.

"너도 이 기회에 선크림 목욕에 동참해볼래? 나 말고도 당하는 사람이

한 명 더 있다고 생각하면 학교 갈 기분이 날 것 같은데."

"고통을 나누고 싶은 마음은 굴뚝같지만 선크림은 질색인 걸요. 전에 한 번 발라보고 찝찝해서 혼났어요."

"……전에 한 번? 혹시 그 말이 지금 선크림을 전혀 안 바른다, 그 뜻은 아니지?"

인후의 물음에 화담이 어깨를 으쓱하며 안 바른다고 대답했다.

"나는 햇빛 알레르기는 없으니까 안 발라도 괜찮아요. 아, 약 올리려고 한 말은 아니에요. 그냥 그렇다고, 으익?"

갑자기 인후가 손을 뻗어 화담의 볼을 꼬집었다. 엄지와 식지로 볼살을 쥐고 위아래로 흔들더니 손가락을 떼고 가볍게 비벼보았다. 그러고서 물었다.

"그럼 지금 바른 게 뭐야?"

은근히 아픈 뺨을 문지르며 화담이 볼멘소리를 냈다.

"아무것도 안 발랐는데요."

"아무것도……. 너 화장품 없어?"

"에헤, 아직 그런 거 필요 없어요. 나중에 스무 살 되면 분도 바르고 루주도 바르면 되죠."

분에 루주? 케케묵은 표현에 이건 어디 조선시대에서 온 물건인가 하고 쳐다보다가 인후는 이마를 짚었다.

"어쩐지 처음엔 구운 땅콩 정도로 보이더니 갈수록 커피 땅콩이 된다 했다."

"땅콩 좋아해요? 나도 좋아하는데. 구운 땅콩도 좋고 커피땅콩도 좋은데 제일 좋아하는 건 꿀땅콩이요. 선배는요?"

인후는 화담이 한 달 새 많이 탄 점을 지적하는 건데 화담은 땅콩 생각에 입맛을 다시며 내심 공통점을 발견했다고 기뻐했다. 하지만.

"난 땅콩 알레르기 있어."

"불쌍해!"

화담은 그만 속내를 거를 틈도 없이 쏟아냈다. 세상에, 햇빛 알레르기로도 모자라 땅콩 알레르기라니!

"선배, 먹는 거 관련해서 알레르기 뭐뭐 가지고 있어요?"

귀찮은 기색이 역력한 눈으로 화담을 쏘아보면서도 인후는 될 대로 되란 듯이 읊기 시작했다.

"달걀, 우유, 복숭아, 딸기, 사과, 새우, 들깨, 옥수수, 토란, 메밀, 대두, 닭고기, 오리고기, 돼지고기, 거의 대부분의 조개류와 생선……."

하나하나 나올 때마다 화담은 옆에서 누가 바늘로 찌르기라도 하는 것처럼 움찔거리다가 인후가 더 말하기 귀찮아 '기타 등등'이란 말로 말문을 닫자 어깨를 축 늘어뜨린 채 그를 쳐다보았다. 다른 건 다 제쳐두더라도, 닭고기와 돼지고기는. 평생 치킨도 못 먹고 삼겹살도 못 먹고 살아야 한다니, 얼마나 슬픈 인생인가!

"선배, 이런 말 묻는다고 화내지 말아요. 정말 궁금해서 묻는 건데, 선배는 대체…… 무슨 재미로 살아요?"

"재미 같은 거 없어도 사람은 살 수 있어."

돌아온 대답에 화담은 더욱 맥이 빠졌다. 다른 사람이 똑같은 말을 했다면 허세라고 비웃었겠지만 인후가 말하니 신빙성 천 퍼센트. 입이 있어도 치킨과 삼겹살을 못 먹는 남자가 하는 말이잖은가. 하물며 햇빛으로부터 도망쳐 다녀야 하는 입장. 아아, 참으로 가련한 남자. 성격이 좀 모난 것쯤 이해하고도 남았다.

"미안해요. 공부가 부족해서 속 모르는 소릴 했습니다."

꾸벅 고개 숙여 사과하고 화담은 한 발 뒤로 물러났다.

"학비 운운한 내 말은 잊어버려요, 선배. 학비를 걸고넘어질 거면 선배가 아니라 나부터가 큰일이니까. 우선 이거라도 줄게요."

화담이 옆구리에 끼고 있던 작은 종이봉지를 내미는 걸 인후가 받았다. 그리고 빤히 그 안의 내용물을 들여다보고 있는 인후에게 화담이 머리를 긁적이며 설명했다.

"내가 화장품 거의 안 바르는 건 맞는데 여름에 너무 타면 엄마가 알로에 즙을 발라주곤 했거든요. 좋기론 생알로에가 최곤데 여기선 구할 데를 모르겠어요. 정 안 되면 무주에서 구할 수 있으니까 우선 그거라도."

종이봉지 안에 든 알로에 젤 튜브에서 시선을 들어 인후가 화담을 쳐다보았다. 속내를 읽을 수 없는 그의 눈빛에 화담은 자못 걱정스럽게 "무용지물이에요?"하고 물었다. 인후는 잠자코 고개를 젓고는 봉지를 수습해 손에 쥐었다.

그의 시선이 그녀가 옆구리에 끼고 있는 또 다른 엉뚱한 것으로 향했다. 무시하기엔 처음부터 너무도 잘 보였던, 장우산. 화담이 급히 설명했다.

"아, 이거 우산인데 양산 겸용도 된댔어요. 자외선차단 잘 된다고 파는 언니가 그러더라고요. 말로만 된다고 떠드는 어중이떠중이와는 차원이 다르대요! 이런저런 수치도 말해줬는데 녹음이라도 할 걸 그랬나. ……하여간 검은색입니다!"

"그래서, 나더러 그걸 쓰라고?"

"도움이 되지 않을까 했는데……."

더할 나위 없이 좋은 발상이라고 생각했었다. 그래서 거금 삼만 오천 원이나 써서 샀는데 오늘 인후와 말하다 보니 큰 의미가 없을 것 같다. 택을 뜯어서 이제 무를 수도 없는 우산을 보며 한숨을 쉬는 화담의 귀가 번쩍 뜨일 만한 말이 인후에게서 흘러나왔다.

"확실히 없는 것보단 낫겠지."

"어라, 그럼?"

쓸 거예요, 하고 물으려는 순간 인후가 조소했다.

"하지만 구경거리 신세가 되는 건 따논 당상이고."

미처 생각 못했던 맹점에 화담은 잠시 할 말을 잃었다. 안 그래도 남의 이목을 끌게 생긴 남잔데 볕 좋은 날 우산을 쓰고 돌아다니는 모습이 여기저기서 보인다면……. 속사정 모르는 사람들이 별나다고 뒷말하기에 충분할 터.

그러나 잠시 후 화담은 짐짓 시시하다는 듯 말했다.

"이제 보니 남의 눈 굉장히 의식하며 사나 보네요, 선배. 하긴 나같이 멘탈 강하기가 쉽지는 않지."

그녀의 거드럭거림에 인후의 눈이 가늘어졌다. 얼핏 웃음 비슷한 것이 떠올랐다 흔적도 없이 가라앉은 자리에 도로 성가신 기색을 채우고 그가 말했다.

"그렇게 멘탈이 강하면 내 방패막이도 될 수 있겠네."

"방패막이요?"

어리둥절해하는 화담에게 인후는 '우산비서' 라는 더 알 수 없는 말을 했다.

"학교에서 내가 햇빛을 피해야 할 때마다 달려와서 우산을 받쳐주는 거야. 내가 메시지를 보내면 달려온다. 어차피 필요한 때라고 해봤자 쉬는 시간이나 점심에 이동할 때 정도. 그 외엔 등하교 즈음이려나."

"할 수는 있는데, 그러면 더 눈에 띄는 거 아니에요?"

"그러니까 네가 방패막이라고 했잖아."

인후가 더욱 아리송한 얼굴을 하고 쳐다보는 화담의 미간을 툭 건드렸다.

"이미 존재감 막강한 다크호스로 부상했으니 나한테 올 눈총까지 떠안을 수 있지 않겠어?"

"그 다크호스라는 거, 나요?"

"그래, 너. 전학 첫날 엄청난 달리기 실력을 선보인 유명인이잖아?"

"그래서 다크호스? 오오, 그 표현 좋다. 검은 말, 그러니까 흑마인가! 흑마, 서화담. 불여우보다 백배는 나은데?"

애초에 다크호스를 문자 그대로 해석해도 흑마와는 다르다는 점을 지적할 틈도 없이 화담은 흑마라는 표현에 불타올랐다. 게다가 그녀가 언급한 불여우란 말에 인후의 관심이 쏠려 흑마는 아주 뒷전으로 밀렸다.

"불여우라니 그게 설마 네 별명이야?"

"아뇨, 절대 아니에요. 오늘 아침에 누가 그러더라고요. 머리 텅 비고 가슴만 큰 이디어트라고 하면서……."

"그 말엔 심각한 오류가 있군. 애초에 불여우는 머리가 잘 도는 영악한 케이스이지 머리 텅 빈 바보와는 거리가 멀어."

가슴에 대한 지적 또한 살포시 옆으로 밀어두고. 어쨌든 화담은 그의 말에 굉장한 공감을 표했다.

"그쵸? 나도 딱 들었을 때 그 생각했다니까요. 하지만 꼬리를 친 건 인정하기로 했어요. 그 점은 해명해야죠."

꼬리를 치다니? 그건 또 무슨 이야기인지. 저 집에서 그렇게 대놓고 험한 말을 지껄일 사람, 남소현밖에 떠오르지 않는데 대체 둘이 무슨 말을 나눈 거지?

말을 하면 할수록 호기심의 연쇄가 일어날 만한 소재가 나온다. 이 아이, 어수룩한 체해도 실은 퍽 머리가 좋을지 모른다는 의혹이 인후 안에서 피어난 때였다.

그때 한 집 건너 옆집의 현관문이 열리면서 젊은 여자가 나오더니 인후와 화담을 힐끔거리며 지나갔다. 문간에서 잠깐 이야기만 하고 보낸다는 게 꽤 길어졌다는 걸 자각하며 인후가 몇 시쯤 되었나 돌아보는 사이 화담은 지나친 여자의 뒷모습을 보다가 여자가 엘리베이터로 들어가자 방금 그 여자 구두 굽 봤느냐며 다그쳐 물었다.

"구두굽이, 와우! 암튼 저렇게 희한한 구두를 신고 용케도 균형 맞춰 걷네요. 다리 힘이 엄청 강한가?"

"남의 눈 의식 안 한다는 녀석이 남의 구두엔 왜 그리 관심이야? 여기서 계속 이야기할 순 없으니 들어와서 기다려."

인후가 등 돌려 안으로 들어가는 걸 멀뚱히 쳐다보던 화담이 곧 어라라? 하는 얼굴로 쫓아 들어가며 물었다.

"기다려요? 그럼 선배 학교에 갈 거란 말이에요?"

"그래, 어디 한 번 보자고. 그 우산 겸용 양산이란 게 얼마나 효과가 있는지. 시험해보기 딱 좋은 날이잖아?"

"네! 잘 되면 좋겠어요."

화담은 정적靜的으로 보이는 분위기와 달리 인후가 행동에 나설 때는 민첩한 사람임에 새삼 감탄했다. 하긴 토요일 일만 생각해 봐도 의외의 행동력을 깨닫기엔 충분했다. 그날 멀끔한 부잣집 도련님이라고 얕잡아 봤을 소년에게 삽시간에 큰코가 깨지고 황망히 돌아갔을 어깨들을 떠올리며 화담은 큭큭큭 웃었다. 우리 형님이 이 정도란 말이지, 하고 괜히 제 어깨가 으쓱해서 우쭐거리다가 진지하게 형님으로 모시고 싶다는 생각에 사로잡혔다.

'아니, 형님 운운하는 건 좀 양아치스러워. 다른 표현 없나? 좀 더 품격이 느껴지는 거. 음. 으음. 아! 그게 있다!'

그리하여 대략 육, 칠 분 후 학교 갈 준비를 마치고 침실을 나온 인후는 현관 앞에 단정히 무릎을 꿇고 앉아 있는 화담과 마주쳤다. 유난히 반짝거리는 화담의 눈을 보자 왜 그러고 있느냐 묻기가 두려워 아예 무시하며 자신의 용무에 집중하기로 했다.

"인후 선배, 후배가 진지하게 드릴 말씀이 있습니다."

"입 꽉 다물고 눈이나 감아."

"네? 네, 네."

의아해하던 화담은 인후가 팍 인상을 쓰자 재빨리 시키는 대로 했다. 다음 순간 치이익 소리와 함께 얼굴에 정체를 알 수 없는 물기가 날아오는 바람에 식겁을 했다.

"으아, 퉤퉤, 뭐, 뭐하는 거예요!"

"입이랑 눈에 안 들어가게 다물고 있으라잖아."

"잠깐만요, 대체 뭘 뿌리는 지나 알고! 으으으음!"

달아나려고 몸을 뒤틀었지만 보람 없이 인후에게 정수리를 붙잡혔다. 여태 힘으로 누군가에게 밀려본 경험이 별로 없는 화담이건만 인후에게는 확실히 밀렸다. 보기엔 말랐는데 실은 타고난 통뼈임에 틀림없다. 손힘도 굉장한 게 이 사람이랑은 절대로 딱밤내기 같은 건 하지 말자고 크게 새겨뒀다. 어쨌든 붙들려서 얼굴 가득 물세례를 받았다.

"이제 눈 떠도 돼."

그 말에 살짝 실눈을 뜨니 속눈썹에 이슬이 맺혀 잠시 세상이 아련했다. 대뜸 손등으로 눈을 문지르려는 화담의 손에 인후가 손수건을 쥐어주었다.

"손수건을 쓰는 건 사람이 개나 고양이와 다르다는 아주 간단한 증표야."

졸지에 개, 고양이와 동급이 되어버린 화담은 약간 풀이 죽어서 손수건으로 눈썹을 닦으며 반박했다.

"경우 바른 사람이라면 남의 얼굴에 뭘 뿌리기 전에 뭔지 알리고 양해부터 구할 것 같은데요."

"그건 그렇군. 사과하지."

엎드려 절 받기라도 인후의 사과 한마디에 그만 마음이 풀어져 화담은 헤헷 웃었다. 그런 화담의 손에 인후가 다짜고짜 뭔가를 던지듯 건넸다.

"방금 뿌린 거야. 아무리 귀찮아도 앞으론 그 정도는 얼굴에 공 좀 들여."

무언가의 정체는 선스프레이였다. 옅게 향기가 나는 건 알았기에 미스트라도 되나 생각했는데 한 단계 더 나갔다.

"선배 이걸 쓰는 거예요? 선크림 쓴다더니?"

"집에서라면. 집 밖에 나간 후에 번거롭게 크림을 어떻게 몇 시간마다 덧바르겠어?"

"아, 그러네요, 엄청 귀찮을 텐데 스프레이가 있어서 다행이네요. 참 좋은 세상이야. 근데 난 화장품 냄새 별로라 줘도 쓸 일이……."

"얼굴에 스프레이 조금 뿌리는 것도 싫다면서 날 돕겠다고? 알고 보니 말로만 동정하는 위선자 기질이 있네."

"……뿌리겠습니다."

재빠르게 항복하고 신발장에 부착된 거울을 본 화담이 흠칫 놀랐다.

"얼굴이 창백해졌어요!"

"기분 탓이야. 여전히 커피땅콩 그대로니까 잔말 말고 문이나 열어."

암만 봐도 얼굴이 허옇게 된 거 맞는데 하며 화담은 문을 열기 위해 돌아섰으나 인후가 신발장에서 구두를 꺼내 다 신은 후까지 닫힌 문과 사투를 벌이고 있었다. 잠자코 인후가 화담의 손을 옆으로 치우고 문을 열었다. 손가락 두 번 움직이면 되는 간단한 작업. 인후를 따라 나가며 화담이 다음엔 틀림없이 제대로 열 수 있다고 장담했다.

"주택에서만 살아놔서 아파트 문은 잘 모르겠어요. 제일 신기한 게 문을 닫기만 해도 저절로 잠기는 거예요. 어떤 원리인지 말해줘도 모를 테지만 아무튼 참 좋은 세상이에요."

"좋고 신기한 거 많아서 참 행복하겠구나."

아파트를 진입로에 콜택시가 그들을 기다리고 있었다. 원래 타고 다니던 차의 기사에겐 이미 안 가겠다고 알린 터라 준비하러 침실로 들어가면서 콜택시를 부른 것이다. 화담은 그에 대해서도 주도면밀하다며 칭찬하기 바빴다. 인후가 듣다못해 찌릿 쏘아보았다.

"아부는 그쯤하지? 기분 나빠지려고 하거든?"

엇 하고 놀란 표정을 지은 화담은 "아부 아닌데……."하며 입술을 감쳐물었다. 제 딴엔 열심히 호의를 표현하는 건데 이렇게까지 면박당하니 아무리 강심장이라고 해도 머쓱해진다. 정말이지 여태껏 만나본 중에 제일 어려운 사람이구나 하면서 화담은 반듯하게 앉아서 앞을 보거나 창밖을 내다볼 뿐 입도 뻥긋하지 않았다.

인후는 조용해진 걸 만끽하며 펼쳐든 책 위의 활자를 눈으로 좇았으나 얼마 못 가서 부자연스럽게 조용한 옆자리 승객에게 자꾸만 신경이 쓰이기 시작했다. 어째서 저 아이가 가만히 있는 것조차 신경에 거슬릴까?

사람이 수다스러운 것은 남녀를 막론하고 질색이다. 그런 이유로 빈번히 푸른의 연락조차 묵살한다. 화담은 그의 기준상 명백히 수다스러운 쪽이다. 그런데 지금 화담이 몇 분 입을 봉하고 있는 것으로 인후는 뭐라 설명할 수 없는 불편한 감정에 시달렸다. 무시하려고 해도 스멀스멀 쌓이는 감정의 압박이 장난이 아니다.

"그러고 보니 내 책은?"

그만 인후가 먼저 안락한 침묵의 시간을 끝장내고 말았다. 화담은 아, 하며 난처한 표정을 했다.

"서점 세 군데를 돌아보니까 그 책이 있긴 한데 똑같은 책이 아니더라고요. 그래서 인터넷 서점에 들어갔더니 그게 있는 거예요! 당장에 주문했지만 배송에 일주일은 걸린다는 건 감수해야 해요……."

한숨과 함께 화담이 사과했다.

"뒷내용이 궁금할 텐데 그렇게 오래 기다리게 해서 미안해요. 만화책도 읽다가 선생님한테 압수당하면 못 본 부분이 궁금해서 미치는 데 말이죠."

"압수를 당해봤다는 소리구나."

"히히, 초등학교 때 꽤나 많이요. 하지만 중학생이 된 후론 요령을 익혀서 한 번도 걸린 적이 없습니다."

진심으로 자랑스러워하고 있다. 인후가 혀를 찼다.

"머리가 나쁜 게 아니라 공부를 게을리한 거네. 수업 시간에 만화를 다 보고 말이야."

"안 그래도 이제는 절대 안 그러려고요. 그러고 싶어도 그럴 수 없는 게 수연고 학비가……. 아, 그 생각을 하니까 어쩐지 속이 쓰려요. 엇, 혹시 여기에 위가 붙어 있나?"

살면서 위가 어디 붙어 있는지 알 필요 없이 살았던 화담이 위의 발견에 경이로워하는 것에 인후는 모로 고개를 돌리며 실소를 머금었다. 그때 화담의 가방 안에 있던 휴대폰이 돌돌거리며 진동했다.

"아니, 아직. 응. 오늘은 좀 늦어서 지금 택시 안이야. 그래, 살다 보니 내가 학교 가느라 택시도 탄다. 자전거는 곤란하다니까. 주말에 와서 네 눈으로 한번 봐. 봐야 네가 그놈의 자전거 타령을 관두지. 응? 오토바이? 오, 그건 또 발상의 전환이네? 일단 확인이나 해볼게. 늦었어, 이미 접수 완료. 시끄러, 여기서 '여자가' 소리가 왜 나와? 너 일단 나보면 꿀밤 두 대 예약인 줄 알아."

화담이 구김살 없이 재잘대며 밝게 웃는 얼굴이 그가 바라보는 차창에 아스라이 비쳤다. 인후는 또다시 그 까닭을 모를 불편한 감정에 사로잡혔다.

"어이구, 미팅? 말리긴. 나가서 실컷 놀아. 너 고무신 거꾸로 신게 해달라고 내가 물 떠놓고 비마. 진짜래도? 서윤일 두고 맹세한다. 됐냐?"

살짝 수화기 저편에서 큰 소리가 나나 싶더니 화담이 휴대폰을 귀에서 떼며 낄낄거렸다. "하여간 얘는 지치지도 않아."라고 가볍게 머리를 저으며 휴대폰을 가방에 넣는 걸 보고 인후는 자세를 바로 했다.

"그러다 정말 바람이라도 나면 어쩌게?"

툭 하니 인후가 던진 말에 화담은 그가 자신의 일에 관심을 보인 게 반가워 재빨리 대꾸했다.

"나면 나는 거죠. 근데 나중에 대학이라도 들어간 다음에 나면 좋겠어요. 좋은 대학 가려는 욕심은 있는 애거든요."

화담이 말하고자 하는 바가 잘 이해되지 않아 인후가 말끄러미 그녀의 옆얼굴을 쳐다보았다. 화담은 진지한 얼굴로 "일단 대학 들어갈 때까지는…….”이라고 입속말을 중얼거렸다. 여전히 맥락을 잡을 수 없었지만 캐묻지 않고 인후는 고개를 돌렸다.

이윽고 택시는 가파른 오르막길을 올라가 학교 정문이 보이는 곳에서 멈춰 섰다. 앞길에 그득한 다른 세단들 때문에 정문 바로 앞에서 내리는 것은 거의 불가능에 가깝다. 화담이 먼저 잽싸게 차에서 내려 인후 쪽으로 돌아와 우산을 펼쳐들고 그가 내리길 기다렸다. 인후는 차에서 내리며 제 머리를 받치는 우산과 화담의 얼굴을 번갈아 보고는 한쪽 입꼬리를 올려 웃었다. 정말 하네, 라는 듯한 그 미소에 화담이 “정말로 한다니까요?”라며 싱긋 웃었다.

이후 학교로 들어가는 동안 인후가 예고했던 대로 다른 학생들 눈길에서 벗어날 수가 없었다. 하지만 화담은 그러거나 말거나 인후를 햇볕에서 사수하기 바빴다.

‘이거 꼭 경호원이 된 느낌인데? 그래, 경호원이 따로 있겠어? 이렇게 지켜주는 것이 바로 경호원. 서화담, 넌 경호원이다!’

그런 생각에 기분이 한층 고양되어 가슴마저 두근거렸다.

교사가 가까워지자 창밖으로 내다보는 애들도 하나둘 늘어갔다. 인후가 저것 좀 보라고 중얼거렸을 땐 구경꾼이 꽤 많아진 후.

“동물원 원숭이 꼴 되니까 좋아?”

인후의 빈정거림에 화담은 손을 저으며 지적했다.

“노노, 원숭이는 제 뜻과 무관하게 구경거리가 된 불쌍한 신세지만 난 그렇지 않은데요? 하물며 재밌어요!”

“재밌어? 이게?”

“네, 그게 실은 속으로 동유럽 귀족을 호위하는 경호원이 되었다는 망상을 펼치고 있었어요.”

"동유럽 귀족?"

그 발상의 비약을 도무지 이해할 수 없어 인후가 물었다.

"근데 다들 동유럽 귀족으로 아는 호위 대상이 실은 모왕국의 왕위계승서열 3위의 서자이고 그를 노리는 적대세력이 그가 유학 중인 한국에 킬러를 보낸 거죠……."

화담은 제 이야기에 취해 뺨을 물들이며 불쑥 인후의 팔을 붙잡았다.

"지켜드리겠습니다, 왕자님. 제 목숨을 걸고라도."

가뜩이나 초롱거리는 화담의 눈이 열의까지 담겨 반짝반짝 광채를 뿜어냈다. 시시한 망상에 어이없어 하던 것도 어느 순간 흐릿해지고 인후는 그 눈빛에 빠져 자신도 모르게 고개를 끄덕거릴 뻔했다. 다행히 어디선가 들려온 목소리가 인후를 그 위태로운 경지에서 구해냈다.

"어이, 차인후! 너 손목이 부러졌냐, 인마! 어디 감히 여자한테 우산 같은 걸 들게 하는 거냐?"

화담은 소리가 들려온 곳을 보고서 "푸른 선배!" 하고 힘차게 손을 흔들며 인사했다. 푸른의 옆에는 다현도 영문을 모르겠다는 표정으로 바깥을 내다보고 있었다.

"어허, 저 깔보는 표정 좀 보라지. 당장 우산 들지 못하냐, 차인후?"

푸른이 쩌렁쩌렁 성량을 자랑하며 야단치건 말건 인후는 성큼성큼 걸음을 옮겼다. 화담이 옆에 딱 붙어 수행하면서 푸른에게 그만 하란 표시로 입술에 집게손가락을 대고 쉿쉿 거렸다.

"내려가보자, 다현아. 마중 가자고."

"이야긴 이따가 천천히 해도 되잖아."

"안 돼! 면전에서 차인후를 놀릴 수 있는 절호의 기회야!"

내키지 않아 하는 다현을 기어코 팔에 꿰고 푸른은 교실을 박차고 나갔다. 호화찬란하게 비웃겠노라고 벼르며 입 근육까지 풀어대는 푸른과 함께 3학년 교사 1층에 다다랐을 때 입구에 거의 다다른 인후와 화담이 보였다. 화담은 출입문 코앞까지 빈틈없이 인후를 햇볕에서 사수했다.

마주치기 무섭게 푸른이 인후에게 딴죽을 걸며 놀려대는 것을 화담이 정색하며 유치하다고 면박하는 바람에 그만 푸른은 충격으로 말을 다 더듬었다.

"유, 유치하다고? 내가, 내, 내가?"

"네, 신나서 빠끔거리는 열대어 같아요!"

"왜 열대어야!"

"머리는 나쁘지만 예쁘니까요."

"난 예쁜 건 맞지만 머리도 나름 좋아!"

속사포처럼 주고받는 말은 콩트에 가까워졌지만 정작 둘은 진지했다.

"머리 좋은 사람은 보통 눈치도 있다고요."

"눈치 하면 강푸른, 날 키운 건 팔 할이 눈치야!"

"그리 눈썰미가 좋으신 분이 신성한 경호 업무를 놀려댔단 말이에요?"

"경호? 네가 인후를? 왜? 무엇으로부터의 경호야?"

푸른이 의아해하자 화담은 믿을 수 없다는 눈길로 푸른의 코앞까지 얼굴을 들이밀면서 말했다.

"이제 보니 눈치가 없는 게 아니라 무심한 거였네요? 어디 가서 인후 선배 불알친구라고 하지 마세요!"

"헉!"

친구에 대한 십 년 우정까지 부정당한 충격으로 창백해진 푸른의 얼굴에 흥, 하고 콧방귀까지 뀌고 화담이 인후를 돌아보았다.

"그만 가보겠습니다. 쉬는 시간 상시대기, 연락 주십시오."

여전히 열의로 들끓는 번쩍번쩍 빛나는 눈. 인후는 반은 체념해서 까닥 손짓했다. 화담은 접은 우산을 옆구리에 끼고 딱딱 절도 넘치는 힘찬 걸음으로 1학년 교사를 향해 갔다.

"정말…… 무슨 일이야?"

아직 충격에 빠져 있는 푸른을 대신해 다현이 인후에게 물었다. 인후는 입술을 들썩거리다 말고 낸들 알겠냐는 듯 어깨를 으쓱하곤 발길을 돌렸다.

'기껏해야 우렁각시 놀이지.'

하려고 했던 대답이 입에서 맴돈다. 식사를 거른 입 안이 영 쓰게 느껴지는 아침이었다.

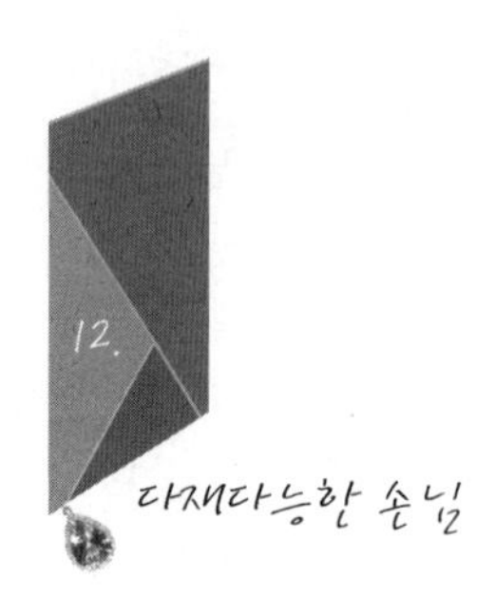

제풀에 지쳐 유야무야되겠지 했는데 그것은 인후가 화담을 아직 잘 몰라서 내린 오판이었다. 구름 한 점 없이 좋은 날씨가 이어진 그 한 주 내내 화담은 지치지도 않고 경호원 놀이에 심취해 있었다. 인후가 교사에서 나오기 무섭게 우산을 받쳐주는 기운 넘치는 1학년 여학생의 존재는 그 며칠간 광범위하게 인지도를 높였다. 그 인지도 덕분에 목요일, 금요일엔 같이 밥 먹지 않겠느냐고 권하는 급우들도 생겼으니 화담의 기분이 가파른 상승세를 타는 것도 당연했다.

"정말이지 귀인이라니까요. 좋은 일을 한다고 해서 그 보답이 꼭 돌아온다는 법은 없는데 선배를 지키자! 하고 분발했더니 같이 밥 먹을 애들도 생기잖아요. 신통하기도 하지."

돌아가는 차 안에서 화담이 인후를 경탄의 눈으로 바라보며 말하는 것에 인후가 벌레 씹은 표정으로 잘라 말했다.

"그렇게 들뜰 일 아냐. 보니까 어제오늘 같은 멤버도 아니었잖아? 별안간 일어난 유행은 자취를 감추는 것도 순식간이야."

“거품이라고 말하고 싶은 거죠? 나도 그 정도 눈치는 있어요. 그치만 거품도 나쁠 건 없잖아요? 원래 맥주도 술보단 거품맛인데.”

“너 술도 마셔?”

인후의 눈이 가늘어지며 목소리도 딱딱해졌다. 아직 화담은 그 세세한 차이를 구별할 단계가 아니라 그저 경쾌하게 대꾸했다.

“그냥 맛 정도만 아는 거죠. 하지만 소주는 영 아니야. 엄마가 그러는데 소주의 참맛을 알기엔 내가 너무 어리다네요. 서른 넘으면 마셔보라고 그래서 그때쯤 재도전할 거예요.”

“어머니가, 너 술 먹는 걸 아셨단 말이야?”

믿기지 않는다는 듯 묻는 말에 화담이 눈을 동그랗게 뜨고 인후를 보았다.

“그럼요, 애초에 술을 엄마한테 배웠는걸요? 나 미성년자잖아요. 술은 당연히 어른 감독 하에 마셔야죠.”

그걸로 인후도 약간은 안심했지만 아직 석연찮은 바가 있어 확인해 보았다.

“그래서 그걸 배운 게 언제야?”

“작년 생일! 열여섯 살에 춘향이도 시집을 갔다고 별거별거 다 가르쳐 주셨죠. 아하하, 우리 엄마지만 참 대단해.”

뭐가 우스운지 입술을 깨물고도 못 참고 키득거리던 것이 잠시 후 한숨으로 정리되었다.

“일주년 기념으로 소주를 마셔보면 전에 모르던 게 좀 느껴지려나…….”

가볍게 말해도 울림이 무겁다. 인후는 살짝 내려뜬 화담의 눈으로부터 뺨에 드리워지는 그늘을 느꼈다. 머리카락 한 올을 비롯해 손끝, 발끝까지 별안간 제 색을 잃고 흐릿하게 어른거렸다. 무색무취의 독 구름, 이른바 절망이란 것에 일순 완전히 집어삼켜졌다. 그것이 인후의 눈에는 보였다.

그 서늘한 공기를 인후는 화담의 머리를 툭 건드리는 것으로 깨트렸다.

"부모가 돌아가신 후에도 그 말씀을 거스르지 않는 것이 효라고 했어. 어머니가 서른 살이라고 했으면 서른 살이어야지. 쪼그만 게."

"에, 그러면 서른 살 될 때까지 소주는 절대 안 되는 거? 아, 오래 기다려야 한다고 생각하니 갑자기 더 먹고 싶네."

너스레를 떠는 화담은 이미 여느 때의 모습으로 돌아와 있다. 그런 화담의 앞머리 몇 가닥을 쥐고 인후가 말했다.

"전부터 생각했는데 너 머리 손 볼 때 지난 거 아냐?"

"지난 거 맞아요. 원래 중간고사 보고 자를 생각이었는데 어영부영하다가. 오, 많이 길었구나. 오늘 잘라야겠네요."

수긍한 화담이 기사 쪽으로 몸을 내밀며 적당한 슈퍼가 보이면 세워달라고 부탁하는 것에 인후는 한쪽 눈썹을 치켜 올리며 "슈퍼는 왜?"하고 물었다.

"커터칼 좀 사려고요. 다현이 형한테 있을 것 같긴 한데 기다리다가는 오늘 안에 못 자를 테니까."

인후는 잠시 생각에 잠겼다. 여섯 자리 숫자의 덧셈 뺄셈을 2초 안에 암산하는 머리로 족히 삼십 초는 넘게 생각했다. 그러다 물었다.

"설마 네가 네 머릴 자른다는 소리는 아니지?"

"내가 잘라요! 중이 제 머리 못 깎는다는 속담은 다 옛말이에요. 나 이 머리 중학교 때부터 혼자 손질했어요. 손재주 있죠?"

전혀. 추호도, 미토콘드리아 촉수만큼도 없어! 너야 바보라서 말도 안 되는 착각에 빠져 살았다 치고 네 주위의 눈 달린 인간이란 것들은 대체 뭘 한 거냐? 모조리 이상한 종교에라도 빠져서 아름다움은 죄악이니 결사적으로 가려야 한다, 뭐 그렇게 세뇌라도 시킨 거야?

의기양양한 화담의 얼굴에 쏟아주고 싶은 말은 그 외에도 많았다. 하지만 모두 제 안에 도로 묻고 인후는 의자에 깊이 등을 묻으며 기사에게 슈퍼에 들를 것 없이 바로 가라고 말했다. 화담이 커터칼이 필요하다고 웅얼거렸지만 인후가 무릎에 펼쳐든 책을 신경질적으로 넘기는 소리에 입을 다물고 자신의 영어단어장을 들여다보았다.

이윽고 차는 한남동 저택 앞에 이르렀다. 수연고를 두고 봤을 때 인후의 아파트와 한남동 저택은 딱 반대의 위치라 학교 갈 때 함께 타고 가는 것으로도 충분하다고 화담이 몇 번이나 사양했지만 차인후를 설득하는 것은 무리였다. 번번이 차 앞에서 벌어지던 고집의 대결은 안 타고 갈 거면 다 관두라는 인후의 한마디로 깨끗이 화담의 패배로 끝났다.

차에서 내릴 준비를 하며 화담이 운전기사에게 감사하다고 말하는데 옆에서 인후가 여기서 그만 돌아가시라고 하더니 먼저 차에서 내렸다. 눈을 끔벅이던 화담이 퍼뜩 놀라 따라 내리며 인후의 머리 위로 우산을 씌웠다.

"뭐예요, 선배? 여기서 왜 내려요?"

"손님. 우렁이 서식지도 구경할 겸."

"우렁이? 앗, 그거 나 말하는 거죠? 어, 진짜로?"

아직도 영문을 모르겠다는 얼굴인 화담을 뒤로하고 인후는 성큼성큼 계단을 올라가 인터폰 벨을 눌렀다. 대문이 열리고 함께 들어가 정원을 걸어가면서 화담은 슬슬 실감이 났다. 그리고 대뜸 기분이 좋아졌다.

"여기 와서 내 손님은 처음이에요!"

기분은 좋은데 앞일이 막막하다.

"어떡하지? 뭘 대접하지? 뭐하고 놀지?"

"나 오면 알아서 주시는 거 있어."

"그게 뭔데요?"

"대추 띄운 생강차에 기정떡."

"기정떡 좋아해요, 선배? 떡 좋아하는 거였어요?"

"어지간하면 먹어. 기정떡 먹고 낭패 본 일은 아직 없고."

"오, 접수! 내가 언제 한번 떡 해줄게요! 혹시 시루떡도 좋아해요? 나 그건 좀 자신 있는데."

인후가 잠시 걸음까지 멈칫하고 돌아보았다.

"자신이 있다니, 떡을 직접 만들 줄 안다는 소리야?"

"명절 대목 다가오면 시장에 있는 떡집에서 알바 뛰었거든요. 어렵고 손 많이 가는 건 무리지만 시루떡은 모양내는 것도 아니니까 거뜬해요. 맞다, 선배 생일에도 해줄게요. 쇠뿔도 단김에 빼랬다고 생일 좀 알려줘요."

누가 급한 성격 아니랄까 봐 당장 걸어가면서 가방을 뒤적이며 다이어리를 찾는 화담을 보고 인후가 쯧 혀를 찼다.

"보통은 휴대폰에 메모할 텐데 너한텐 전혀 의미가 없구나."

"맞다, 그런 수가 있구나! 선배, 나이스!"

전혀 주눅 들지 않고 찡긋 윙크까지 하며 화담이 휴대전화를 꺼냈다. 한참 끙끙댄 끝에 스케줄러를 찾고선 언제냐고 힘차게 물었다. 인후가 대답해주자 그걸 복창하면서 버튼을 누르던 화담이 문득 걸음을 멈추고 그를 올려다보았다.

"7월 15일요? 이거 음력이에요, 양력이에요?"

"양력. ……뭐야, 너 왜 그래?"

대답하던 그는 어째선지 화담이 반짝반짝 별똥이라도 튀어오를 것 같은 눈으로 그를 올려다보고 있음을 깨닫고 눈살을 찌푸렸다. 다음 순간 화담이 확 그의 손을 잡으면서 웃음을 터뜨리는 것에 흠칫하도록 놀랐다.

"완전 신기하다! 나랑 생일이 같은 사람 처음 봤어요!"

"……어?"

"물론 같은 날 태어난 사람이야 얼마든지 있겠지만 실제로 본 건 처음이에요. 게다가 그게 차인후라니, 이야, 세상은 참 재밌는 곳이야. 어우, 신기해. 어쩌면 하고많은 날 중에 나랑 같은 7월 15일에 딱 태어났어요?"

"내가 너랑 같은 날에 태어난 게 아니라 네가 나랑 같은 날에 태어난 거지."

묘한 우연이라고 생각하면서도 짚고 넘어갈 건 분명히 지적했다. 화담도 그건 그렇다면서 크게 고개를 끄덕였다.

"아무튼 선배랑 하나라도 공통점이 있다니 좋네요. 아, 선배, 우리 그냥 이러고 넘어갈 게 아니라 이번 기회에 클럽이라도 결성할까요?"

"클럽?"

"에헴, 이름하여 715 소사이어티!"

화담이 걸음을 멈추고 손을 쫙 펼치며 내세운 클럽명에 인후는 들은 척도 안 하고 성큼성큼 걸어갔다. 쩔쩔매며 그 뒤를 쫓아가 화담이 두 번째 제안을 했다.

"그럼 로즈 클럽은 어때요? 7월 15일 탄생화가 장민데."

"내가 세상에서 제일 싫어하는 꽃이 장미야."

"에엑? 장미는 또 왜 싫어해요?"

"향기. 그 향기를 맡으면 머리가 아프고 토할 것 같아."

"저런!"

그 좋은 향기가 고통이 되다니, 이건 또 얼마나 불쌍한 일인가 하고 화담은 두 눈 가득 동정을 담아 부르짖었다. 마침 본채에 다다라 현관으로 들어서는데 현관 입구의 오른편 벽에 기대놓은 테이블에 빨간 장미가 꽂힌 화병이 있어 화담은 기겁을 하며 인후에게서 멀찍이 치웠다. 그런 그녀를 중년의 메이드가 어리둥절하게 쳐다보며 사모님은 외출하셨는데 저녁식사 전에는 돌아올 거라고 말해왔다.

"그럼 저흰 아틀리에로 건너가 있을게요. 맞다, 아주머니, 인후 선배가 늘 먹는 걸로 가볍게 부탁드릴게요."

"알겠습니다, 아가씨."

메이드의 싹싹한 응대에 화담은 영 쑥스러운 얼굴로 꾸벅 감사인사를 하고서 인후와 본채를 나섰다.

"우리 엄마보다 더 나이가 많은 분한테 아가씨 소리 듣는 거 진짜 기분 이상해요. 편하게 대해주시면 좋겠는데 절대 안 그러시네요."

"이 집 가풍이 그러니 익숙해져야지."

"가풍인 건 알겠는데 나는 예외로 해도 되잖아요. 엄연히 난 하숙생, 엇, 선배 조심해요! 이쪽으로."

느닷없이 화담이 인후의 팔을 잡아당겨 제 오른편에 서게 하는 것에 의아해 돌아보니 저 앞쪽으로 잘 가꾸어진 장미 덤불 산책로가 있었다. 현관에서 본 빨간 장미를 비롯해 흰 장미, 분홍 장미가 고르게 섞여 한창 만발한 즈음이었다.

"그렇게 신경 써줄 것 없어. 향수쯤 되면 모를까 단순히 장미꽃 좀 있다고 펄쩍 뛰며 질색하는 건 아니야."

"아아, 향수. 그건 좀 다행이다. 난 장미 꽤 좋아하거든요. 하지만 선배를 생각해서 평생 장미 향수는 쓰지 않겠어요."

굳은 다짐은 기특한데 '평생'까지 들먹일 일일까? 인후는 화담의 단순함이 한심하다 싶으면서도 자신은 결코 흉내 낼 수 없는 바라는 생각에 얼마쯤 감탄도 한다.

이윽고 아틀리에로 들어간 인후는 아저씨가 돌아가신 후론 처음 와 본 공간을 새삼스러운 기분으로 돌아보았다. 진지하게 그림을 둘러보는 그를 방해하지 않으려고 화담은 조용히 복층에 올라가 책가방을 내려두다가 책상 중앙에 딱 놓인 한자 교습책을 보고 재빨리 책상 아래로 숨겼다. 그 옆의 일본어 초급회화 책도 따라서 유배를 갔다. 더 치울 게 없는지 체크하고 계단을 내려오는데 인후가 제도용 책상 앞에 서서 서랍을 여는 게 눈에 들어왔다. 스윽 서랍 안을 둘러보던 그가 무언가를 꺼내 든다.

"어, 커터칼이다."

"연필 깎을 일이 많으니까 있을 수밖에. 안 열어봤어?"

인후의 질문에 화담이 안 열었다고 대꾸했다. 더 설명을 바라는 듯한 인후의 표정에 화담은 어깨를 으쓱했다.

"남의 물건이잖아요. 고인이 되신 분의 프라이버시이기도 하고."

"……아버지라고 인정 안 하는 거야?"

그 질문에 화담은 난감한 듯이 머리카락을 꼬아댔다.

"인정하지 않는다는 건 아니에요. 어쨌든 내가 태어나도록 제공해주신 정자만큼은 고맙게 생각하고 있고요."

정자라는 노골적인 표현에 인후는 뭐라 할 말을 찾을 수가 없다. 다행히 화담이 계속 말을 이어갔다.

"어떤 사람인지 알고 싶기도 했었지만 우린 만날 인연이 아니란 것처럼 하늘이 딱 채어가버렸고 말이죠. 그래서 그냥…… 멀어요. 피는 물보다 진하다고들 하지만 오랜 세월 함께 부대끼며 산 정이 뒷받침되지 않으면 물과 크게 다를 것도 없지 않나, 뭐 난 그렇게 생각해요. 어린애 같나요, 이런 생각?"

"아니. 내 기조도 그 비슷해."

또 하나 통하는 게 있다는 것에 화담이 싱긋 웃는데 인후가 그녀를 쳐다보며 하지만, 하고 단서를 달았다.

"하지만 세상엔 단순히 시간의 퇴적만으론 따질 수 없는 그런 관계도 있지 않나 하는 생각도 해. 십 년의 세월을 이기는 일 년이 있을 수도 있고 어떤 이들의 일 년보다 더 꽉 찬 하루가 있을 수도 있다고."

"음. 그거 더 오랜 시간을 함께 보낸 쪽에선 억울할 만한 이야기 같은데."

화담이 그렇게 대꾸하는 자체가 아직 그런 경험을 해보지 못했다는 뜻. 인후는 피식 웃고선 커터 날을 올리며 신문지나 그런 것 좀 찾아오라고 말했다. 왜 찾느냐는 물음조차 없이 화담이 당장 얻어오겠다고 아틀리에를 나갔다. 얼마 안 있어 아틀리에 창밖으로 본채로 쌩하니 달려가는 화담이 내다보였다. 설렁설렁 가도 좋으련만 참으로 기운이 넘쳤다.

"저런 걸 구김살이 없다고 하는 건가."

창에 기대서 그 모습을 물끄러미 바라보던 인후는 불현듯 비쳐 들어오는 햇살이 부담스러워 뒤로 물러났다. 햇빛이 미치지 않는 그늘과 선명한 경계를 이루는 햇살 드리운 자리. 입을 다물고 팔짱을 낀 채 화담이 돌아와 문을 열 때까지 인후는 골똘히 그 경계선을 바라보고 서 있었다.

"선배, 신문지 대령입니다!"

"여기 이쯤에 몇 장 깔아봐. 그리고 타월 큰 것도 하나 필요해. 아, 가는 빗도."

역시 이유가 뭐냐고 묻지도 않고 화담은 시킨 대로 척척 하고선 욕실에 들어가 타월과 빗도 챙겨왔다. 그 사이 인후는 신문지 위에 의자를 가져다 두고선 제 가방에서 가위를 꺼내 들고 있었다. 화담은 그걸 보고 눈이 동그래졌다.

"가위를 가지고 다녀요?"

가윗날이 가늘고 날카로운 게 문방구용과는 다른 미용 가위에 가깝다. 인후는 무표정한 얼굴로 가윗날을 시험하듯 서걱서걱 움직였다.

"여차할 때를 위한 무기랄까."

"무기!"

작게 부르짖으며 화담은 인후의 손에 들린 가위와 인후의 얼굴을 번갈아 보았다. 그런 그녀와 눈이 마주친 인후는 화담이 정말 그의 말을 믿는다는 걸 깨닫고 피식 웃었다.

"해본 말이야. 설마 가위를 무기로 가지고 다니겠어?"

"정말 아니에요? 나도 하나 가지고 다닐까 했는데."

화담이 실망한 표정을 짓는 바람에 인후의 미소는 조금 더 지속되었다.

"무기가 아니면 가방에 가위가 왜 들어 있어요?"

"……그냥."

"귀찮다고 무시하지 말고 대답해 주십시오, 사부!"

덜컥 화담이 한쪽 무릎을 꿇으며 꺼내는 말에 인후는 미간을 찡그렸다. 기분 탓인가? 이 비슷한 광경을 어디선가 본 기분이…… 아, 그러고 보니 처음 우산을 가지고 아파트를 찾아왔던 날 무릎 꿇고 기다리던 걸 보았다.

“그렇게 일없이 무릎 꿇는 거 아니야.”

사부라는 말은 아예 못 들은 것처럼 무시했다. 화담은 아예 다른 쪽 무릎도 확실히 꿇고 인후를 올려다보았다.

“일없이 무릎 같은 거 안 꿇는다고요. 우리 엄마 말고 다른 사람한테 무릎 꿇어본 건 태권도 사범님에 이어 선배가 두 번째. 말이 나와서 말인데, 사부로 모시고 싶습니다. 절 제자로 받아주십시오.”

인후는 필요한 정보 이외엔 모두 기억에서 삭제하며 신문지 위에 놓은 의자 등을 툭툭 두드렸다.

“와서 앉아. 타월 목에 두르고. 머리 손볼 테니까.”

“오옷? 설마 선배가 내 머릴 잘라준다는 말이에요? 우와, 선배 머리도 자를 줄 알아요? 아니 잠깐, 그전에 사부님이 되어달란 건 왜 무시해요?”

“오 초 안에 와서 앉지 않으면 없던 일로 하고 돌아갈 거야. 오, 사, 삼, 이.”

2를 헤아릴 때 화담의 엉덩이가 의자에 안착했다. 그래도 입은 여전히 살아 있다.

“사부님 이야긴 거론의 가치도 없다 이건가요?”

“없어.”

칼 같은 대답에 화담의 어깨가 눈에 띄게 처졌다.

“가차 없는 성격 훌륭해요, 선배. 사제가 되는 건 물 건너갔지만 훔쳐서 조금씩 배울지도 몰라요. 아, 이게 어깨 너머로 배운다 뭐 그런 케이스인가?”

화담의 목 주위로 꼼꼼하게 타월을 덮고 의자 주위로 한 바퀴 돌며 구상을 하면서 인후가 중얼거렸다.

“아직은 거론할 것이 못 돼. 하지만 나중에도 거론 못할 거라고는 하지 않겠어.”

“어, 그 말은……?”

“네 자질이 어떤지 아직 내가 아는 게 별로 없잖아? 또 네 말의 무게도 의심스럽고. 아무에게나 걸어보는 시시한 수작에 덜컥 걸려드는 어리보기는 되고 싶지 않아.”

어리보기? 화담에겐 생소한 단어였지만 영어로 욕을 해도 욕은 욕으로 들리는 것처럼 그 말 또한 좋은 뜻이 아닐 거라는 확신 하나로 강하게 부정했다.

“아니에요! 말했잖아요, 두 번째로 무릎 꿇어본 거라고. 어리보기라니 말도 안 돼요.”

그러거나 말거나 인후는 화담이 똑바로 앞을 보고 앉게 하고 빗질을 시작했다. 화담은 부지런히 입을 쉬지 않았다.

“베스트프렌드가 둘 있는데요, 그중 한 명이 오서윤이라고 똑똑한데다 굉장한 노력가예요. 자랑스러운 친구죠. 근데 자랑스럽기는 해도 본뜨고 싶다는 생각은 해본 적 없어요. 그냥 걔는 그렇게 사는 거고 나는 나대로 사는 거다, 그런 식으로. 하지만 선배는 좀 달라요. 틀림없는 서윤이 과라고 생각했는데 몸을 쓰는 것도 아주 예술! 게다가 교육열에 펄펄 끓는 부모님을 둔 서윤이하고는 다르게 선배는 이미 독립까지 하고. 그래서 그런가 대단하구나 하고 마는 게 아니라 어쩐지 흉내 내고 싶고 저 사람 발뒤꿈치라도 닿아보고 싶다는 의욕이 막 솟구쳐요. 생전 처음으로 제 의지로 인생의 거울삼고 싶은 사람이 생겼단 말이에요.

……하지만 이렇게 말한다고 해서 덜컥 내 말을 믿으라고 하기는 무리겠네요. 선배 말대로 아직 나에 대해서 잘 모를 테니까. 아아, 속을 뒤집어 보여줄 수 있으면 좋을 텐데.”

그동안 빗질을 끝내고 인후는 가위질을 하고 있었다. 화담이 입을 다물자 머리카락 잘리는 소리만 서걱서걱 이어지는 데도 화담은 거기에 대해선 아무 생각이 없었다. 그저 조금 애석한 심정으로 다리를 타닥타닥 두드릴 따름.

“넌 날 믿어?”

불현듯 인후가 그렇게 물었을 때 화담은 고개를 돌리려다가 머리를 자르고 있는 중인 걸 떠올리고 멈추었다. 이런 이야긴 눈을 보고 해야 한다고 생각하지만 상황이 상황이다 보니 화담은 등을 진 채로 최대한 또렷이 말했다.

“믿어요.”

보이진 않는데 인후가 웃는 기척이 느껴져 화담이 덧붙여 말했다.

“입발림 말 아니에요. 남발해서 좋은 말과 해서는 안 되는 말 정도는 저도 구별해요.”

“네가 날 믿는다고 말하는 그 말 자체를 믿어본다고 치고……. 근거가 뭐야? 우연찮게 내가 널 몇 번 돕게 된 상황 때문에 내게 호의를 가지고 있는 건 알겠어. 그렇다고 날 믿어? 넌, 내가 생각하는 이상으로 순진하구나.”

씁쓰레한 어조가 깔린 인후의 대꾸에 화담은 약간 미간을 찡그리고 그 말을 곱씹어보다 물었다.

“그럼 선배는 자신을 믿을 수 없는 사람이라고 생각하는 거예요?”

“……글쎄, 어떨까.”

"애매하게 말하지 말고요. 간단하게 생각해 봐요. 세상에 인후 선배하고 아주 흡사한 사람이 있어서 어느 날 둘이 딱 만나게 됐다고 해봐요. 그 사람에 대한 선배의 느낌은?"

"혐오스러워."

주저 없는 대답에 화담은 잠시 말문이 막혀 빠르게 눈만 깜박이다 겨우 물었다.

"어째서요?"

"감정이 있는 척하는 소시오패스일 가능성이 크거든."

화담은 또 할 말을 잃었다. 아무리 생각해 봐도 스스로에 대한 판단이 반영된 말 같은데. 그렇다면 대체 왜 그리 자신을 부정적으로 보는 건지 짐작조차 가지 않았다. 확실히 둘은 서로에 대해 모르는 점이 훨씬 많다는 점을 인정하면서 화담은 침착하게 대답할 말을 골랐다.

"선배 말대로 그 사람이 사이코패스일지도 모르죠. 하지만 적어도 선배는 아니라는 게 중요해요. 아니, 실제로 선배하고는 관계없는 이야기죠."

이번엔 인후가 작게 웃음소리까지 내었다.

"서화담, 넌 무슨 근거로 그렇게 확신하는데?"

"선배, 혹시 미신 같은 거 믿어요?"

엉뚱한 화제 전환에 인후가 의아해하는 사이 화담이 거듭 물어왔다.

"미신이란 말이 별로면, 과학적으로 설명이 안 되는 영적인 것들이 세상에 있을 거라고 생각은 해요?"

"뭐, 내 눈에 보이지 않는 것이 존재하지 않는 것과 동의어라고는 생각 안 해."

약간 어렵게 말했지만 풀어보면 그런 세계를 부정하지는 않는다는 뜻.

화담은 그래도 살짝 주저하며 말을 꺼냈다.

"그럼 초지각능력이란 것도 있을 수 있다고 생각해요?"

인후는 잠시 가위를 멈추었다가 다시 빗질을 하며 물었다.

"혹시 지금 밑밥을 까는 거야? 다음에 나올 말이, 설마 너한테 초능력이 있다던가 하는 그런 건 아니지?"

"거창하게 초능력이라고 할 것까지는 아니고요, 그냥……."

여전히 얼마쯤 주저하는 마음을 화담은 홱 고개를 젖혀 인후의 눈을 보는 것으로 떨쳐냈다. 그대로 빗을 든 인후의 팔을 잡더니 크게 고개를 주억거리곤 입을 연다.

"선배는 맑은 사람이에요."

인후의 얼굴에서 표정이랄 게 싹 사라졌다. 그러나 눈빛에 희미하게 떠도는 불신까진 감추지 못했다.

"그거, 무당들이 곧잘 말하는 영이 맑다, 그런 뜻이야?"

"그러니까 그런 거창한 쪽은 아니래도요."

손사래를 치고서 화담은 머쓱한지 콧잔등을 긁적였다.

"한 사람을 진지하게 마주 본다든가 손이 닿거나 하는 식으로 몸이 닿으면 기운 같은 거라고 해야 하나, 그런 걸 느낄 때가 간혹 있어요. 나는 그걸 크게 맑은 쪽과 탁한 쪽으로 나눠요. 맑은 쪽은요, 삼림욕장을 걷는 것처럼 상쾌한 공기 비슷하고 탁한 쪽은 그 반대, 배기가스 그득한 도로나 황사로 시뿌연 하늘 같은 거 떠올리면 돼요. 어릴 때는 잘 몰랐는데 크면서 보니까 난 되도록 맑은 사람들하고만 어울려 왔더라고요. 기운이 탁한 사람들은 시간이 지나고 보면 꺼릴 만한 이유가 밝혀진 경우도 좀 되고……."

여러 사람이 떠올랐지만 가장 크게 부각된 사람은 역시나 외삼촌 상만이다. 한 사람이 온전히 맑기만 하고, 온전히 탁하기만 한 경우는 별로 없다. 때로는 맑은 사람도 이쪽 가슴이 답답해질 만큼 탁한 기운을 뿜기도 한다. 그렇지만 그런 사람들은 당면한 문제가 해결되면 머잖아 구름이 가셨다. 그러나 외삼촌 상만의 경우엔 때론 먹구름 같고, 때론 담배연기 같은 쾨쾨한 기운을 아주 떨친 적이 없었다.

마지막으로 만났을 때의 그는 보는 것만으로도 충충한 어둠을 스멀스멀 뿜어댔다. 진저리가 나서 마주보는 것도 피하고 싶은 사람이 되어버렸다. 그런 사람이 엄마를 닮았다는 것이 얼마나 서글프던지.

"그래서 내가 맑은 쪽이라고? 나, 그 능력이란 것에 강한 의문을 표하고 싶은데?"

인후의 말에 묵직한 상념에서 벗어나 화담이 밝게 말했다.

"믿고 싶지 않으면 안 믿어도 돼요. 하지만 내가 믿는 것까지는 선배가 어쩔 수 없잖아요. 난 선배에게서 느껴지는 청량감이 좋아요. 이런 좋은 느낌을 가진 사람이 사이코패스일 거라곤 절대 생각 안 해요."

인후는 멀뚱히 화담을 쳐다보다가 졌다는 듯 작게 한숨을 쉬었다.

"좋을 대로 해. 자기 감을 믿겠다는 사람, 옆에서 아무리 말려도 소용없겠지."

"선배가 나 믿지 말라고 말리면 웃기긴 하겠네요."

키득거리는 화담의 웃음을 흘려들으며 인후는 착실하게 가위질을 했다. 뒤늦게 그의 뺨에 희미한 홍조가 피어오르는 것을 화담은 미처 보지 못했다. 그걸 깨달은 인후는 부러 이따금 헛가위질도 하면서 머리 다듬는 시간을 늘렸다. 저도 모르게 얼굴이며 목에 올랐던 미열이 다 가라앉았다는 자신을 얻고서 이 정도면 됐다며 머리손질을 마쳤다.

거울을 보러 부리나케 욕실로 뛰어간 화담이 환호성을 지르며 문밖으로 머리를 내밀었다. 그녀의 반응은 치켜든 두 손 엄지만 봐도 확실했다.

"이쯤 되면 대단하다고 말하기도 입 아파요! 당장 사부가 되는 건 안 된다고 하면 수습 기간을 두는 건 어때요?"

"어서 머리 감고 여기 치울 생각이나 해. 설마 손님에게 뒷정리까지 시킬 참이야?"

"앗, 아뇨, 아닙니다! 얼른 머리 감고 치울 테니까 손님은 쉬세요! 생강차하고 떡 드시면서요!"

머리를 자르는 동안 젊은 메이드가 간식거리를 가져다주고 돌아간 후였다. 인후는 화담의 말대로 머리카락이 날리지 않을 곳에 얌전히 모셔다 놓은 쟁반을 힐긋 쳐다보긴 했지만 그리로 가는 대신 주변 정리에 들어갔다. 그래서 화담이 재빨리 머리를 감고 욕실에서 나왔을 땐 아틀리에는 머리 자르기 전으로 완벽히 돌아간 후였다. 카우치에 앉아 있는 인후에게 이러는 법이 어딨냐고 화담이 항의했지만 인후는 쟁반이나 가져오라고 턱짓으로 지시할 뿐이었다.

결국 간식 쟁반을 가져와 사이좋게 제 몫을 해치운 뒤 인후가 그만 가봐야겠다고 일어났다. 화담이 시각을 확인하곤 그를 붙잡았다.

"기왕 왔는데 저녁 먹고 가요, 선배. 아주머니랑도 잘 아니까 불편하지 않죠? 이 집 식구들은 금요일 저녁 빼곤 함께 모여 밥 먹는 게 하늘의 별 따기라니까요."

"오늘이 금요일인데?"

"아, 맞다! 그럼 더 같이 먹어요! 응, 꼭이요!"

다 함께 있는 자리에서 소현에게 확실히 자신의 결백을 알릴 생각에 화담의 눈이 빛났다. 인후는 딱 잘라 거절했다.

"가족들 정찬에 외부인이 끼는 건 경우가 아니야."

"그런 자리에 바로 이 몸이 끼거든요?"

화담이 코웃음 치자 인후는 그 점 또한 딱 잘라 반박했다.

“네가 아무리 부정해도 반은 이 집 가족인 게 맞아.”

“아니요, 하숙생이에요. 나한테 가족은 돌아가신 우리 엄마, 서강희 말고는 없다고요.”

그렇게 우기고 싶으면 우기라는 식으로 인후가 슥 눈썹을 치켜 올렸다. 화담은 뭔가 약이 올랐지만 이런 주제로 싸우자고 드는 것도 우스꽝스럽다 싶어 입술을 으드득 깨물며 불만을 삼켰다. 그 못마땅한 기분에도 불구하고 인후를 붙잡은 손은 놓지 않는다. 인후는 그 손과 조금 시무룩해진 화담의 얼굴을 번갈아 보다가 지겹다는 듯 중얼거렸다.

“날 그렇게 눈치 없는 녀석으로 만드는 게 소원이야?”

어쩌면 저녁을 먹고 갈 수도 있다는 여지를 주는 말에 화담이 확 살아난 얼굴로 인후를 보며 재빨리 입을 열었다.

“눈치 없다고 생각할 사람 아무도 없을 거예요! 다 같이 밥 먹는 자리라곤 하지만 다들 어찌나 예의 바르게 밥만 먹는지 영 심심하다고요. 내가 한 번 실컷 떠들어보려고 해도 눈치 보여서 두 손 두 발 들었다니까요.”

“하물며 재미조차 없는 자리에 날 굳이 끌고 들어가려는 저의는?”

“선배가 있으면 제가 씩씩하게 수다를 떨게요! 소현이도 선배가 있는데 저한테 무안이야 주겠어요?”

나름 의미심장한 말이었지만 정작 인후는 별생각이 없이 흘려 넘겼다. 그러곤 잠시 생각해보다 고개를 저었다.

“역시 안 내켜. 혼자 편히 먹는 쪽이 낫겠어.”

“으앙, 그러지 말고요, 선배. 오늘 정찬에 참석하시어 자리를 빛내주시면, 조만간 그에 대한 보답을 하겠습니다!”

"또 무슨 보답?"

인후가 슬며시 경계하며 묻는 말에 화담은 아직 아무 생각이 없는 것을 들키지 않으려고 짐짓 씩 웃어 보였다. 그걸 벌써 말하면 재미가 없죠, 하고 너스레를 떨면서.

"난 딱히 인생 재미로 사는 사람 아니야."

"잘 알죠. 하지만 인생에 있어 재미는 중요합니다, 차인후 씨. 그러니 이럴 때 슬쩍 못 이긴 척 져달라고요, 좀."

화담이 마침내 두 손을 모아 비는 시늉까지 하자 인후는 통 이해 못 하겠다는 눈으로 그녀를 보았다.

"넌 나랑 노는 게 재밌어?"

"재밌어요!"

즉답. 더더욱 인후의 눈빛이 심각해졌다. 그 심각한 눈빛을 발치로 떨어뜨리고 그가 중얼거렸다.

"이상한 녀석이네."

아하하, 화담이 웃음을 터뜨렸다.

"누구나 좀 이상한 점 하나씩은 있지 않아요? 선배도 남 말 하듯 할 일은 아닌 것 같은데. 어쨌든 이 서화담, 이상한 면은 있어도 좋은 사람이에요. 그러니까 선배, 절 제자로 받는 것을 진지하게 한 번 생각해보시면."

"일없어, 아직은."

"어우, 얄짤없는 남자 같으니."

입술을 비죽거린 것도 잠시, 화담은 저녁 먹고 갈 거죠, 맞죠, 하고 대답이 나올 때까지 보챘다. 그 강아지 같은 얼굴을 내려다보던 인후가 마침내 그러지 뭐 하며 항복했다.

"야호! 전 그럼 본채에 가서 말하고 올게요. 갔다 오면 우리, 음, 뭘 하고 놀죠?"

"난 읽을 책이 있어."

또 책인가. 화담은 생각지 못한 복병에 급습을 당했으나 훌륭하게 그 상처를 수습하고 미래의 사부에게 대꾸했다.

"그럼 저도 책을 볼게요. 우리 715 소사이어티의 첫 활동은 '독서'로군요."

"난 그런 클럽이 생기는 것에 동의한 바가……."

인후의 말은 화담이 바람처럼 아틀리에를 뛰어나간 후의 빈 공간에 허무하게 떨어졌다. 그는 카우치에 앉아 가방을 열어 읽을 책을 꺼내 들었으나 얼마 못 가 집중이 잘되지 않는 걸 인정하고 책을 덮었다. 그는 가위를 도로 꺼내고 무선노트도 꺼내어 한 장을 찢었다. 그리고 몇 차례 접은 종이에 가위질을 해가기 시작했다.

"7월…… 내 기억이 정확하다면 아마 탄생석이……."

화담이 갈 때 그랬듯이 올 때도 바람처럼 돌아오며 문간에서부터 "저녁 메인 메뉴는 다행히 소고기 요리랍니다!"하고 외쳤다. 지난주에 칠면조 요리가 나온 게 기억나 내심 가는 길에 긴장했다고 말하며 인후에게 걸어오던 화담은 테이블에 생긴 종이 부스러기며 인후가 손에 든 종이 뭉치를 보고는 눈이 동그래졌다.

"선배, 뭐 해요?"

인후는 세 번째로 찢은 종이에 서걱서걱 가위질을 마저 다 끝낸 후에야 천천히 그 결과물을 보이며 중얼거렸다.

"이건……."

"꽃이다, 설마 장미?"

"음. 뭐 그런 걸까."

인후는 모란꽃이라고 하려던 것을 관두기로 했다. 어찌 보면 장미로도 보인다. 보고 싶은 대로 보게 해두자.

화담은 부스러기들 속에서도 같은 작품을 찾아내어 모양이 잡히도록 펼친 뒤 눈이 휘둥그레져서 감탄을 거듭했다.

"우와, 나도 유치원 다닐 때 나비 같은 건 오려본 적 있는데 이건 그 수준에 비할 바가 아니네요. 뭐예요, 선배. 이런 멋진 취미가 있으면서 취미 같은 건 없다고 하질 않나."

"취미 아니야. 딱히 재미있어서 하는 일 아니거든."

인후의 부정에 화담은 이해 못 하겠다는 듯 얼굴을 찡그렸다.

"하지만 이걸 하려고 가위까지 가지고 다니는 거잖아요?"

"그렇긴 한데 이건 별 뜻 없는 기름칠 같은 거야."

"기름칠? 뻑뻑해진 경첩 같은 데 기름칠한다는 식으로?"

인후가 고개를 끄덕였다.

"네 표현대로 머릿속이 좀 뻑뻑하다 싶을 때 잠시 쉬게 하려고 하는 일이야. 아무 생각 없이 손을 움직이고 있으면 뭔가 말끔해지는 기분이 들어서."

"난 그럴 때 달리기를 하는데. 선배는 휴식도 참 심오하게 하네요."

다른 사람이 같은 말을 했으면 빈정거리는 걸로 들렸을 텐데 화담이 그렇게 말하니 있는 그대로 받아들여진다. 인후는 피식 웃으며 손에 든 종이꽃을 보았다.

"러닝머신에 시간을 투자하긴 하지만 달리면서 영화나 뉴스를 보다 보니 쉰다는 느낌은 안 들더라. 너처럼 발 닿는 대로 달린다면 또 모르겠지만."

"그럼 선배도 발 닿는 대로 조깅을 하면, 아, 서울은 공기가 안 좋아서 무리겠구나. 여기가 무주면 참 좋을 텐데."

애석해하면서 테이블에 펼쳐놓은 두 송이 종이꽃을 보던 화담은 인후가 제 손의 꽃을 아무렇지 않게 구겨버리는 것을 보곤 식겁을 했다.

"으아아아! 이렇게 예쁘게 만들어놓고 왜 그래요!"

화담이 비호처럼 손을 뻗어 빼앗아왔지만 구겨진 꽃은 이미 몇 군데가 찢어지기까지 했다. 화담은 손까지 떨며 아까워 어쩔 줄 몰라 했다.

"아이고, 이를 어째. 재능낭비가 따로 없네 진짜. 다 잘하니까 사람이 아쉬운 게 없어, 쯧쯧."

눈을 부라리며 혀까지 차는 화담을 보고 그가 웃었다.

"어차피 쓰레긴데 뭘 어쩌라고?"

"그 쓰레기 나 줘요, 나. 내가 앞으로 그 쓰레기 모으는 걸 취미로 삼으면 될 거 아니에요."

"취미 삼을 일이 그렇게 없어?"

"흥, 취미 하나도 없는 사람한테 그런 말 듣고 싶지 않아요. 그래서 어쩔 거예요, 줄 거예요, 말 거예요?"

테이블을 탕 내리치며 맡긴 걸 내놓으라는 식이다.

"이상한 녀석이 고집까지 있으면 사람들이 그걸 뭐라고 하는지 알아?"

"뭐라고 하는데요?"

"괴짜."

화담이 씩 웃으며 종이꽃을 들더니 제 얼굴을 가리곤 그 틈새로 인후를 내다보며 유쾌하게 말했다.

"바보보다는 괴짜가 훨씬 낫네요."

본채에 들렀을 때 명혜에게도 전화로 허락을 받았던 터라 집에 돌아온 명혜는 인후를 보고도 놀라지 않았다. 오히려 다현이 무슨 바람이 불었냐며 신기해했다. 저녁식사 시간 전에 아슬아슬하게 돌아온 소현은 식탁에서 인후를 보고 새침하게 인사를 했을 뿐 이렇다 할 반응이 없었다.

화담이 인후에게 흉을 보았던 것처럼 통 대화다운 대화가 오가지 않는 썰렁한 식탁이었다. 전에는 소현이 재잘거리며 분위기를 이끌었다고 하는데 화담이 끼고부터는 입에 자물쇠를 달았다고 했다. 단지 자물쇠만 단 게 아니라 다현이 대화를 시작하려고 하면 거기에 초 치는 일도 바지런하다.

아마도 자신은 여전히 저 불청객이 마음에 안 든다는 시위의 일환이겠거니 하면서도 화담의 마음이 편할 리는 없다. 너는 그러거나 말거나 하는 식으로 무시하고 다현과 수다를 떨 수도 있겠지만 여기서 더 소현과 감정의 골이 패고 싶지는 않아 다현에게 굳이 애쓰지 말라고 부탁해 두었다.

그래도 오늘은 인후가 있어서 그럭저럭 여느 집 식탁처럼 말이 좀 오갔다. 화담이 말을 꺼내려 입만 열어도 소현이 확 표정을 구기며 식기를 표나게 달그락거리곤 하던 일도 이번만큼은 잠잠했다.

다소 이르긴 해도 여름방학이 화제로 나왔을 때 다현은 작년에 간 런던 캠프 이야기를 하며 두 주 동안 비가 안 온 날이 딱 사흘밖에 없었는데 인후 혼자 즐거워 어쩔 줄을 모르더라고 밉지 않게 흉을 보았다. 정말 그랬느냐고 화담이 묻자 전에 없이 쾌적한 한때였다고 인후도 인정했다.

"말도 마. 다들 지루해서 어쩔 줄을 모르는데, 인후는 휘파람을 불고 다니더라니까."

"상상이 안 가. 하지만 틀림없이 휘파람도 잘 불었겠지?"

"잘 불렀지. 그것도 영국 국가를 불렀어. 캠프가 거의 끝나갈 무렵엔 나까지 한 대 때려주고 싶어서 손이 근질근질하더라니까."

"그 말은 누가 이미 한 대 때렸다는 말처럼 들리는데?"

"응. 있었어."

"누가? 어떤 용자가 겁도 없이 그런 짓을?"

믿기지 않아서 인후를 돌아보았더니 인후는 잠자코 와인을 한 모금 마셨다. 도수가 아주 약한 로제와인을 마시는 그 모습이 더없이 우아해서 화담이 저도 모르게 선망의 눈길을 보내는 사이 다현이 그 겁 없는 자의 정체를 밝혔다.

"푸른이가 영국이 그렇게 좋으면 아예 여기에 뼈를 묻게 해주겠다고 덤벼들었어. 결과는 뭐, 말 안 해도 알겠지?"

"하마터면 푸른 선배랑 못 만날 뻔했다는 거네!"

가슴을 쓸어내리는 시늉을 하는 화담을 보고 다현이 쿡쿡 웃었다. 덤덤히 식사를 해나가던 명혜가 그들의 이야기에 알은체한 것은 그때였다.

"슬슬 화담이 네 여권도 만들어야겠구나. 여름에 두어 군데 정도 나가 보는 게 좋겠지. 어디 가보고 싶었던 곳 있니?"

"어…… 제주도?"

어름거리다 꺼낸 대답에 다현은 물론 소현까지 어이없다는 듯이 웃으며 "촌뜨기."라고 크게 혼잣말을 중얼거렸다. 다소 무안해도 화담은 너글너글하게 마저 말했다.

"외국은 다음 기회로 미루더라도 제주도는 한번 가보려고요. 안 그래도 이번 여름엔 아르바이트 확실히 해서 제주도 여행 가자고 계획하기도 했고요."

"친구들이랑?"

다현의 물음에 화담은 불현듯 가슴이 먹먹해지려는 것을 늦지 않게 잠

재울 수 있었다. 승준이랑 했던 약속이긴 하다. 올해만큼은 세상없어도 엄마들을 이틀은 쉬게 만들어서 모시고 제주도 구경을 다녀오자고 했던 약속. 그것을 엄마들 부분만 잘라버리고 입 밖에 꺼냈다.

"승준이랑. 걔 내가 기념일 안 챙기는 것 때문에 속상해 죽으려고 하거든. 백일이니 일주년이니 사내 녀석이 왜 그런 거에 목을 매나 몰라. 하여간 자잘한 걸 다 상쇄하려면 한 번쯤 큰 걸 해줘야 할 것 같아서. 제주도 여행 정도면 나름 성의 표현이 되겠지 하고."

아예 그 목적 자체를 왜곡한 대답이었지만 거짓말이란 자책 없이 술술 말했다. 특히 소현을 의식하면서. 나는 남자친구가 있어. 제주도 여행 같이 가려고 계획 중인 백일 지나고 일 년도 지난 남자친구가 있단 말이지.

"흐음. 이번에 오면 잠깐 얼굴이라도 보게 해줘. 저번에 보긴 했는데 제대로 이야기를 못 해봤어."

"어? 안 그래도 승준이도 그 말 하더라. 형은 공부하느라 바빠서 어떻게 될지 모른다고 했는데."

"아무리 바빠도 밥은 먹잖아. 학원 근처로 오면 저녁 사줄게."

"진짜? 근데 승준이 말고 서윤이도 와. 나까지 세 명. 세 명이지만 나랑 승준인 이 인분은 먹는다는 거 명심하고."

"삼 인분씩 먹어도 돼."

"에이, 처음부터 그렇게 막 벗겨 먹을 순 없지. 흐흐."

다현의 말에 싱글거리던 화담이 불쑥 인후를 돌아보고 선배는 내일 바쁘냐고 물었다. 인후는 말없이 내가 왜 그런 걸 말해야 되냐는 눈빛을 지었다.

"약속 없으면 선배도 저녁 같이 먹었으면 좋겠어요. 친구들한테 보여주고 싶거든요."

"나를 왜?"

"자랑했거든요. 완벽에 가까운 엄청난 사람이라고."

인후는 눈살을 찌푸리며 고개를 돌렸다. 거절이다. 그래도 화담은 미련을 떨치지 못하고 물었다.

"싫어요? 영 안 되겠어요?"

"어우, 뻔뻔해."

너무도 밉살맞다는 듯 소현이 중얼거리는 소리에 화담은 대각선 맞은편 자리에 앉은 소현을 쳐다보았다.

"다현 오빠 얼굴 보고 좀 신경 써 주는 건데 지가 잘나 친해진 줄 알고 있나. 뭣도 아닌 게 알랑알랑 여우짓은. 주제를 알아야지."

곧 죽어도 눈을 마주하지 않고 혼잣말처럼 내뱉는다. 우아하게 송아지 안심을 썰면서 중얼대는 모습이 말 내용과 괴리가 커서 꼭 다른 누가 복화술이라도 하는 느낌이었다.

손님도 있는 자리에서 무슨 무례냐고 다현이 꾸짖어도 소현은 고개를 갸웃하며 혼잣말인데 너무 컸나? 하고 시치미를 뗐다. 다른 사람이야 뭐라고 하든 명혜가 잠자코 식사만 하면서 알은체하지 않는 것에 내심 자기 편이라고 여겨 기세등등한 것이다.

과연 다현이 눈길을 보내도 명혜가 받아주지 않아 결국 화담에게 미안한 표정을 지어 보였다. 화담은 신경 쓸 것 없다는 듯 손을 저으며 웃었다.

"뭐 틀린 말은 아니네. 다현 형 빽 없으면 내가 인후 선배 같은 사람과 친해질 일이 뭐가 있겠어. 그럴 주제도 아닌데 친해지고 싶어서 바득바득 하는 것도 있고. 근데 여우는 좀 그렇다, 소현아. 왠지 의도가 불순하게 들리잖아. 기왕이면 강아지 같은 걸로 순화해줄래?"

이쪽이 뭐라 하든 받아들이는 저편에서 비꼬아 보면 소용없다. 비뚜름하게 냉소를 지으며 못 들은 척하는 소현을 보고 화담도 두 손 들었다. 어차피 장기전을 각오했으니까.

그 작은 해프닝 이후 다현과 화담의 필사적인 인공호흡에 겨우 대화가 명맥만 유지하며 식사를 끝마쳤다. 이렇게 재미없는 자리가 될 줄 알았다면 인후를 붙들지 않는 건데 하고 후회해도 이미 늦었다. 소현의 핀잔 자체는 별것 아니었지만 아무래도 눈치가 보여서 인후에게 말을 거는 걸 삼가게 되어 씩씩하게 수다를 떨겠다던 약속도 못 지켰다.

사과해야지 하고 화담이 식당을 나서는 인후를 따라가는데 인후가 저만치 앞서가는 소현을 불러 세웠다. 네, 오빠하고 얌전한 얼굴로 돌아보는 소현에게 그가 말했다.

"사과해."

뒤따라가던 화담은 물론 인후 옆의 다현도 멈칫하며 그 자리에 섰다.

"……사과라뇨? 누구한테요?"

굳어진 소현의 두 눈이 지체 없이 인후 너머의 화담에게 꽂혔다. 잠시 어리둥절해 있다가 그 눈빛에 이크 하며 화담이 입을 열려는데 인후의 차가운 목소리 쪽이 더 빨랐다.

"당연히 나에게 해야지. 설마 나한테 사과할 게 뭔지도 모르는 거야?"

"오빠한테요? 내가 오빠한테 뭘 사과하란 건지……."

"남소현, 너 상당히 멍청하구나."

인후의 뒤에 있어서 그 말을 하는 그의 얼굴은 보이지 않았지만 마주 서 있는 소현의 표정을 보는 것만으로 화담까지 가슴이 내려앉았다. 차인후 씨, 당신을 흠모하는 가녀린 소녀에게 그런 말을 하는 건 반칙입니다!

"오, 오빠야말로 이유 없이 그런 말을 한 거면 사과해야 할 걸요."

"이유 없이 날 모욕한 건 너지. 그런데 뭘 잘못했는지도 모른다며? 멍청한 거 맞잖아."

어우, 찬바람이 쌩쌩 돈다. 화담은 팔에 소름이 돋지 않았나 만져보며 아예 벽으로 시선을 돌렸다.

"제가 어떤 점에서 오빠를 모욕했는지 설명해 주실래요? 그걸 듣고 납득이 가면 제가 멍청하다고 인정할게요."

남소현, 목소리는 떨리지만 당차게 대적하고 있다. 그럴 상황은 아니지만 그 근성에 화담은 높은 점수를 주었다.

"네 입으로 서화담이 나한테 알랑알랑 여우짓을 한다며."

"그랬어요. 그게 왜요?"

"네 눈엔 내가 뭣도 아닌 게 눈앞에서 알랑대는 걸 봐줄 만큼 머저리로 보여?"

"아……."

비로소 인후가 말하는 바가 짐작이 간 소현이 얼뜬 표정으로 눈을 깜박였다. 소현은 화담을 얕잡아보고 비꼬는 것만 생각했지 자신의 말이 인후까지 싸잡아 깔보는 언사가 될 거라곤 미처 생각 못했던 것이다. 뒤에서 듣던 화담도 그제야 그건 확실히 화낼 만하군 하며 고개를 주억거렸다.

"그런 뜻으로 한 말은 아닌데 거슬렸다면 미안해요, 그 점은 제가 사과할게요, 오빠."

잘못을 깨닫자 산뜻할 정도로 재빨리 소현이 사과했다. 그러나 못마땅한 눈길을 화담에게 쏘아 보내는 건 여전했다.

"오빠를 비하할 뜻은 전혀 없었어요. 어떤 마음으로 오빠들이 호의를 베푸는지 모르는 것도 아닌 걸요. 전 다만 분에 넘치는 호의를 받는 것도 모르고 끝도 없이 기어오르는 누가 얄미워서 한 말이에요. 시간이 지나면 나아지겠지 했는데 도무지 자기 주제 파악을 할 생각이 없어 보여서요."

"남소현, 너야말로 주제 파악 좀 하지?"

소현의 해명에도 인후의 냉담함은 더 파르라니 빛났다.

"……주제 파악이요?"

"내가 무슨 마음으로 서화담한테 잘해주는지 네가 뭘 알아서 속단이야? 아, 아까 그랬지? 내가 다현이 녀석 얼굴 보고 잘해주는 거라고."

"그럼 그게 아니에요?"

"착각하지 마. 그런 걸로 동기부여가 됐다면 진작 너한테도 잘해줬겠지."

촌철살인! 마디촌寸 자를 외우면서 곁들여 본 사자성어가 화담의 머릿속에서 화려하게 불꽃을 그리며 폭발했다. 나는 죽어도 차인후랑 말싸움 같은 건 하지 않겠다고 결심하는 순간이기도 했다.

창백하게 질려 할 말을 잃은 소현의 옆을 무심히 지나쳐가던 인후가 몇 걸음 못 가 불쑥 뒤돌아보며 화담에게 손가락을 까딱까딱했다. 당장에 화담이 따라붙는 걸 보고 걸음을 옮기면서 인후가 심드렁하게 중얼거렸다.

"아주 지겨운 자리였다는 거에 이의 없지?"

"……죄송합니다. 무릎 꿇고 사죄드릴까요?"

진지하게 한 말이지만 농담으로 들렸는지 찰싹 이마를 맞았다. 소리만 컸지 별반 아프지도 않았지만 화담은 에구구 앓는 소리를 냈다. 그러면서 힐끗 소현인 어쩌고 있나 돌아보는데 인후가 말하는 바람에 재빨리 고개를 돌렸다.

"그 보답이란 거 제대로 해야 할 거야."

"아, 네, 물론이죠, 기대하시라고요. 아니, 너무 기대하면 실망할지도 모르니까 적당히 기대하는 게 좋겠어요."

소현이도 걱정이지만 화담은 제 앞일이 막막해졌다. 어떤 보답을 해야 '제대로' 한 게 되지?

젊은 메이드가 다가와 사모님이 찾는다고 소현에게 말을 전하는 걸 힐끗 보고 화담은 인후와 함께 본채에서 나왔다. 다현은 소현을 혼자 둘 수 없어 눈짓으로만 인사했다.

그만 돌아가겠다며 택시를 부른 뒤 가방을 챙겨 아틀리에를 떠나는 인후를 따라 화담도 정원으로 나왔다. 오늘따라 유난히 별이 총총한 하늘을 보며 그녀가 말했다.

"달이 없어서 그런가 오늘은 별빛이 유별나네요. 꼭 무주 같아요."

인후는 별말 없이 함께 하늘을 감상하다가 대문이 가까워졌을 무렵, 입을 열었다.

"무주에 돌아가고 싶어?"

"음, 반반이에요."

"반반? 벌써 반이나 서울에 마음이 옮겨온 거야?"

"에이, 아직 서울이 무주 이기려면 멀었어요. 17년 살아온 지조가 있지."

"그런데 왜 반반이야?"

인후의 질문에 화담은 살짝 난감한 미소를 짓더니 생뚱맞게 공부하다가 시조를 외웠다는 이야길 꺼냈다.

"원래 그런 거 외우는 거 질색인데 이건 한 세 번 읽었더니 외워졌어요. 길재의 시조인데, 선배도 알죠?"

"오백 년 도읍지를 필마로 돌아보니 산천은 의구한데 인걸은 간데없네."

"어즈버 태평연월이 꿈이런가 하노라."

마지막 구절은 이구동성으로 함께. 멋진 호흡에 만족한 듯 화담이 손가락을 딱 튕기더니 한숨을 섞어 중얼거렸다.

"어쩐지 무주가 그 오백 년 도읍지 같다고나 할까."

그립다. 지금도 눈에 선한 시장 풍경이며 집으로 가는 길. 아침저녁으로 쓸고 닦으며 청소했던 식당과 변변찮은 집 구석구석의 작은 흠 하나까지도. 하지만 이제 더는 거기에 없다. 엄마와 함께 지상에서 증발하듯 사라져버린 것들.

그런데 이렇게 멀리 떨어져 있노라면 문득문득 그 모든 게 거기 그대로 있을 것 같은 기분이 든다. 신기루처럼 어른댄다. '신기루' 라고 자각하면서도 어쨌든 만져보지 않는 이상 거기에 있는 거잖아, 라고 아득바득 우긴다.

그렇다. 만지지 않아야 한다는 금기가 있다. 그 금기 때문에 화담은 심지어 다음 주 내지 다다음 주에는 무주에 내려가 강희의 위패를 모셔놓은 납골당에 찾아가야 하는 게 두려울 정도이다. 꿈을 지키려고 현실을 외면하다니, 주객이 전도돼도 한참 전도된 것이겠지만…….

"에이, 안 어울리게 시조를 외워서 그런가 기분 묘해졌어요. 선배 배웅하고 한바탕 뛰고 와야겠어요. 엇, 선배 전화 와요. 택시 도착했나봐요."

화담의 말대로 대문을 나서니 택시가 기다리고 있었다. 인후는 왠지 발이 떨어지지 않아 괜스레 밤하늘을 올려다보고 다시 화담을 보았다.

"자꾸 밤에 나와서 뛰고 그러지 마. 여자애가."

"이제 막 여덟 시 넘었는데 무슨 밤이에요. 근데 정말로 내일 저녁은 안 되는 거예요?"

"안 돼."

"그저 슬쩍 얼굴만 보여주는 거래도?"

계단을 걸어 내려가며 인후는 딱 잘라 싫다고 했다. 풀 죽은 목소리로 화담이 자기 친구들 좋은 애들인데, 하고 중얼거리는 걸 두고 인후는 택시에 올라탔다. 곧 출발한 택시 안에서 힐긋 사이드미러를 쳐다보니 열심히 손을 흔드는 화담이 보였다.

집에 도착한 인후는 샤워를 마치고 나와 물을 따라 마시며 주방 식탁에 놓인 시계를 쳐다보았다. 그리고 마저 읽어야 할 책을 챙겨 거실 소파에 앉았다. 서너 장 읽었을까, 그의 눈이 다시금 거실 벽시계로 향했다.

마침내 그는 창가로 다가갔다. 커튼을 젖히고 바깥을 내다보았다. 족히 이십 분은 그렇게 서 있었다.

"안 오네……."

꼭 이 길로 오리란 보장이 없는 데도 어쩌면, 하고 길에서 눈을 떼지 못했다. 무슨 고집인지 스스로도 이해 못 할 일에 종지부를 찍은 건 때마침 걸려온 푸른의 전화였다.

"다현이네 집에서 밥 먹었다며? 나도 일없이 집에 있었는데 좀 부르지 그랬냐. 소현이 본 지도 꽤 됐는데."

"어쩌다 그랬어. 용건이 뭐야?"

커튼을 도로 치고 창을 뒤로 했다. 어째선지 기분이 나빠져서 푸른에게 내뱉는 목소리도 쌀쌀했다. 푸른은 인후야 원래 그러려니 하고 전혀 신경 쓰지 않았다.

"오페라 티켓 생겼어. 일전에 말했던 베르테르. 내일 저녁 시간 비면 가자."

"내일 저녁?"

"왜, 무슨 약속 있어?"

"아니……."

말끝이 그리 명확하지 못한 건 푸른이 말한 오페라를 공연하는 홀이 다현의 학원 근처라는 게 떠올라서였다. 내키지 않아도 밖에 좀 다니면서 문화생활을 하라고 다그치는 푸른의 말을 귓등으로 흘리고 있는데 메시지 착신음이 나서 별생각 없이 들여다보았다. 인후의 눈이 살짝 커졌다.

[야호! 실컷 달리고 다리쉼 하면서 옆 가게 유리에 비친 얼굴을 봤는데요, 머리가 단정해요! 항상 사자머리가 되는 게 당연한 줄 알았는데!! 새삼 고맙습니다, 선배!!!]

"느낌표의 홍수네."

문자를 봤을 뿐인데 어째선지 머릿속에서 목소리가 생생하게 재생되는 바람에 피식 웃고 말았다. 푸른이 갑자기 무슨 소리냐며 물어온다.

"너 가기 싫어서 딴청 부리는 거지? 아, 좀 가자, 너 베르테르같이 우중충한 거 좋아하잖아."

"싫어하지 않는 것뿐이야."

"아, 예. 제가 말실수를 했습니다. 그래서 뭐요, 간다는 겁니까 만다는 겁니까? 나도 더는 안 권할 거야. 내가 만날 삼고초려를 하니까 지가 무슨 제갈량인 줄 알고 있어."

"그래, 가자."

선선히 응하자 외려 푸른이 놀라 정말이냐고 거듭 확인했다. 인후가 빙그레 웃었다.

"저녁은 내가 낼게."

"아기자기하게 예쁘다."

"TV가 없잖아!"

화담이 지내는 복층을 구경한 두 친구의 반응은 그렇게 양극으로 갈렸다. 화담은 서윤의 말에는 그렇지? 하고 맞장구치고 승준의 말에는 딱하다는 듯 혀를 쯧쯧 찼다.

"나이가 몇 살인데 아직도 TV 타령이냐, 넌? 그래가지고 의대 가겠냐?"

"어? 승준이 의대 간대?"

"아니, 간다고 정해진 건 아니고 그냥 말만 해본 거야. 의대는 무슨, 내 성적에."

열심히 손을 젓는 승준과 눈이 동그래져서 승준을 쳐다보는 서윤에게 앉을 방석을 내어준 뒤 포크로 찍은 멜론을 둘에게 하나씩 쥐어주며 화담이 싱글거렸다.

"갈 생각이 아예 없지는 않나 봐. 성적 핑계를 대는 건 성적만 되면 가고 싶다는 뜻이잖아."

"아니, 일차 관문으로 성적에서 탈락이라 이 소리지. 말로는 법대, 의대 누가 마다하겠냐?"

"봐, 갈 수 있으면 가고 싶다는 뜻이잖아. 그치?"

화담이 서윤에게 묻자 서윤은 애매한 미소를 지으며 승준을 물끄러미 쳐다보았다. 승준은 괜스레 두 팔을 내저으며 지금 중요한 건 여기 TV가 없는 거라고 부르짖었다.

"아 글쎄, 없어도 잘 산다니까 그러네."

"그게 말이 안 된다니까. 서화담이 드라마 없이 산다는 게 가능할 리 없어. 서윤아, 아무래도 이건 현실이 아닌 것 같아. 내 팔 좀 꼬집어 봐."

승준이 내민 팔을 서윤이 꼬집었지만 승준은 역시 안 아프다며 호들갑을 떨었다. 화담은 깔깔거리며 승준의 입에 멜론을 볼이 꽉 차도록 밀어 넣었다.

"너 좋아하는 멜론이다. 이게 꿈이면 멜론 맛도 안 나냐?"

"우오이에우엉어?"

도저히 언어로 볼 수 없는 웅얼거림도 찰떡같이 알아듣고 화담이 고개를 주억거렸다.

"그래, 비싼 거다. 이 집에서 먹는 과일들, 하나같이 과일 바구니에나 들어갈 법한 거야. 그 좋은 과일 정작 깎아놔도 이 집 사람들은 몇 조각 먹지도 않아. 아까워서 내가 다 해치운다니까. 이러다 나 살찌면 과일 살인 줄 알아."

애플망고를 찍어 날름 입에 넣고 먹는 화담의 표정이 아주 밝다. 서윤은 좀 쪄도 되니까 잘 먹으라고 말했다. 멜론을 다 해치운 승준도 그 말에 동의했다.

“그래, 너 살 빠진 거 다시 보충하려면 아직 멀었다. 과일이든 뭐든 좋은 거면 많이 먹어.”

“먹는 걸로 내 걱정하는 게 세상에 제일 일 없는 거야. 나, 여기 있는 입술점이 식복의 상징 아니냐. 어딜 가도 굶어 죽을 일 없으니까 괜히 밥 먹을 때 내 생각에 눈물짓지 마라, 지승준?”

“누가 눈물 따위 짓는다고 그러냐.”

승준이 콧방귀를 뀌었지만 서윤이 슬며시 손가락을 흔들며 일러바쳤다.

“눈물은 안 지어도 의기소침한 건 좀 있지. 오죽하면 요새 승준이 별명이 지춘향이야.”

“야, 그 말은 하지 말라니까.”

“지춘향? 뭐야, 왜 지춘향이야?”

서윤의 입을 막으려는 승준을 한쪽으로 확 밀쳐놓고 화담이 물었다. 서윤이 소곤거리는 시늉을 하며 대답했다.

“이몽룡 한양 보낸 춘향이 같다고 지춘향이야. 바람만 불어도 우리 화담이 있는 서울은 괜찮을까, 비만 내려도 서울은 괜찮을까. 저번엔 서울에서만 발행되는 신문도 있냐고 나한테 묻더라니까?”

“있으면 구독이라도 하게?”

화담의 놀림에 승준은 볼이 잔뜩 부어서 앵돌아앉았다. 화담은 낄낄거리며 애플망고를 승준의 입가에 대어주었다. 시위라도 하듯 이리저리 고개를 돌리던 승준은 화담이 계속 먹어, 먹어 하고 쫓아가자 못 이긴 척 입을 벌려 받아먹었다. 그런 승준의 머리를 슥 토닥거리며 화담이 말했다.

“살뜰히 내 생각해주는 건 고마운데 난 정말 잘 살고 있으니까 걱정은 엔간히 하고 공부나 열심히 해. 나도 요즘 한창 공부란 걸 하고 있다고.”

"공부? 학교 공부 말이야?"

서윤의 물음에 화담은 책상 제일 위에 놓아둔 한자 교재를 들고 와 자랑스레 펼쳤다.

"한자 공부! 열심히 해서 급수도 딸 거야. 독서도 하고 있어. 이번 달에만 벌써 책을 여섯 권 읽었다? 굉장하지?"

"응. 굉장하다."

서윤의 칭찬에 화담이 배시시 웃으며 어깨를 들썩거렸다. 그리고 자, 너도 칭찬해줘, 라는 뜻으로 승준을 돌아보았더니 이 녀석 어째선지 촉촉한 눈으로 화담을 보다가 고개를 돌리며 눈물을 훔쳤다. 어떤 마음인진 알겠는데 거기 휘말리면 죽도 밥도 안 된다. 찡그린 얼굴로 서윤을 돌아본 화담은 "얘, 생리하냐?"하고 묻고는 제풀에 너털웃음을 터뜨렸다. 서윤이 제법 순발력 있게 "그러니까 지춘향이래도?"라고 맞받아치고는 함께 웃었다.

"실은 하고 있는 공부가 하나 더 있는데 이건 장기 프로젝트라서 이 자리에선 공개 못 해. 이건 빠르면 한 일 년 후쯤에 보고할게."

화담의 돌발 발언에 둘은 의아한 눈빛을 주고받았다.

"뭔지 살짝 힌트라도 주면 안 돼?"

"응. 안 돼. 어쩌면 중도 포기할 수도 있거든. 엄밀히 말해선 공부라기보다는 적성검사에 가깝달까?"

"적성검사?"

더욱 의아해하는 서윤을 보며 화담은 쑥스럽다는 듯 머리를 긁적였다.

"소질검사라고 해도 좋고. 남재현 씨가 자그마치 6개 국어를 했다기에 나도 한 번, 앗, 잠깐, 방금 그거 못 들은 걸로, 못 들은 걸로 해!"

내심 비장한 비밀이었건만 몇 분을 못 가서 누설하고만 화담이 사색이 되어 팔을 저었다. 그녀의 반응에 승준과 서윤은 화담의 공부가 어학 쪽이란 것을 확신하게 되었다. 그래도 둘이 끔벅 눈길을 주고받고선 시치미를 뗐다.

"그 적성검사란 거 기왕이면 잘 됐으면 좋겠다."

"그러게. 일 년 후에 깜짝 놀랄 일이 생기길 기대할게."

두 친구의 배려에 화담이 발그레한 얼굴에 활짝 미소를 지으며 고개를 끄덕였다.

"응. 노력할게. 설사 그게 잘 안 되더라도 내가 잘할 수 있는 거 부지런히 찾을 거야. 일 년 후엔 너희 둘 다 괄목상대할 준비를 하라고."

"서화담이 문자를 쓰잖아? 공부를 하긴 하는구나."

"왜 이래, 이거! 내가 한 번 파면 지구 핵까지 파는 녀석이란 거 명심하라고."

"오옷, 핵까지 파기 전에 석유 나와서 화담이 부자 되는 거 아냐? 제발 나 버리지 말고 결혼해주라. 사람이 아무리 입신출세해도 빈천지교를 버리면 사람이 아니다?"

"의사가 된다면 생각해 보지. 흥."

"이미 날 버릴 작정이구나!"

거들먹거리는 화담의 다리에 매달려 승준이 흑흑 우는 척하는 걸 본 척도 않고 화담은 서윤에게 너라면 나한테 시집오는 거 언제든 환영이라고 찐한 손키스를 날렸다. 너무도 변한 것 없는 풍경에 서윤이 눈물을 훔치며 웃었다.

서울에 올라온 두 친구와 그렇게 담소를 즐긴 뒤 두 시가 넘는 걸 보고 집을 나섰다. 한강을 건너가 신사동 가로수길부터 압구정 로데오거리까지 대충 둘러보는 것만으로도 몇 시간이 눈 깜짝할 새 가버려 부랴부랴 다현의 학원이 있는 대치동으로 향했다.

"와, 서울이 돈 있는 사람들한텐 천국이라더니 진짜 천국은 천국이겠다."

"돈만 많으면 어딘들 천국으로 못 만들겠어? 쯧쯧. 우리 순둥이 허파에 바람 들어가지 않게 앞으로 이런 데는 피해 다녀야겠다, 서윤아."

화담과 마찬가지로 무주 토박이인 승준에게 서울은 몇 번을 봐도 위압적이었다. 화담은 자기는 그런 촌티는 벗었다는 듯 쿨한 척하다가 얼마 못 가서 승준과 한데 어울려 와와 하며 서울구경 처음 하는 촌뜨기 본색을 드러냈다. 초등학교 때까지 서울에서 살았던 서윤만이 언제나 그랬듯 침착한 자세로 두 말썽꾸러기들의 인솔자가 되었다.

"형이 그러는데 이쪽에 학원이 그렇게나 많대. 삼백 개가 넘는다든가. 봐봐, 온통 간판이 학원, 학원, 학원……. 어쩐지 나 이상한 나라에 들어온 앨리스가 된 것 같아."

화담이 머리를 짚으며 말하자 승준도 눈살을 찌푸리고 동의했다.

"나도 갑자기 속이 울렁거리기 시작했어. 한국 교육열이 높다고 이야기해도 그러려니 했는데 여기 오니까 확 실감 난다. 서울 애들은 이렇게 많은 학원에 다니면서 공부한다는 거잖아. 나…… 서울에 있는 대학 올 수나 있을까."

"야, 네가 그런 말을 하면 나는 어쩌라고?"

무주에서는 공부깨나 하는 승준이지만 과연 서울 애들에 비하면 어떨까. 말뿐인 격려는 하고 싶지 않아 화담은 심각한 눈빛으로 주위의 학원들을 쳐다보았다. 당장 다음 주에 볼 모의고사도 떠올라 화담은 전에 없이 강한 부담을 느꼈다. 상업계 고등학교에는 아예 없던 과목도 지금 허겁지겁 쫓아가야 하는 상황이다. 하위권은 따 놓은 당상. 하지만 더욱 무참한 결과를 감수할 각오를 해야 할지도 모른다.

"다음 주 시험에서 전교 꼴등을 하면, 아무리 나라도 멘탈에 금이 갈 것 같은데. 휴우."

화담의 한숨에 승준이 설마 하고 고개를 저었다.

"어느 학교에나 전교 꼴등 도맡아 하는 꼴통 몇은 있잖아. 아무리 수연고라고 해도 그런 꼴통이 없을까. 안 그래?"

승준이 서윤을 보며 묻자 서윤은 뺨에 손가락을 댄 채 고개를 갸웃했다.

"단정 짓기는 좀 그래. 수연고 대학진학률은 거의 전체주의 국가 수준이거든. 재작년인가엔 백 프로 대학 진학이었다고 들었어."

"당연히 그래야지, 그 비싼 학비를 내고 학교 다니는데 대학을 안 간다는 건 부모님에 대한 배신이야!"

화담이 주먹을 불끈 쥐며 외치더니 이내 낯빛이 창백해져선 배를 끌어안는 바람에 승준이 화들짝 놀라 왜 그러냐고 물었다.

"위가 쓰려서 그래. 그 비싼 학비 내면서 학교를 다니고 있다니 이러다 죽으면 지옥에서 히틀러를 만날지도 몰라. 나 꿈에서 단두대에 끌려간 적도 있어. 가위까지 눌렸다고."

"살이 빠지더니 기가 허약해져서 그러나 보다."

그저 화담이 몸 걱정뿐인 승준과 달리 서윤은 툭툭 화담의 손을 두드려 주며 상냥하게 말했다.

"그래도 학비가 비싼 만큼 알찬 교육을 해준다고 들었어. 수연고에서만 할 수 있는 여러 가지 공부, 즐기면서 해나가는 거야. 내가 아는 서화담이라면 돈 내고 절대 손해는 안 보겠다고 벼를 텐데?"

"오서윤, 너 말 한번 잘했다! 서화담이라면 그래야지. 응."

승준은 왜 나는 저런 말을 못할까 아쉬워하며 적극 동의했다. 두 친구의 격려에 화담은 등을 쭉 펴고 다짐했다.

"그래, 어차피 낸 돈 손해 안 보게 열심히…… 하지만 어떻게 해야 천사백만 원을 뽕을 뽑지!"

머리를 부여잡고 도로 한복판에서 절규하는 것으로 서화담은 건재하다는 것을 생생히 증명했지만 이번엔 승준이 놀라서 펄쩍 뛰었다.

"에엣, 천사백이라니, 그게 설마 1년 학비라고? 서윤아, 너 이거 알았어?"

"응. 자사고잖아."

"그게 당연한 거야? 대학교도 그 정도는 아닌데!"

"내 말이 그거야! 이제 내 속을 알겠냐, 지승준?"

"천사백 프로 알았어. 주눅 들지 말고 열심히 학교 다니라는 둥 속 모르는 소리 해서 미안하다, 화담아!"

맞장구치는 승준을 얼싸안고 화담은 서민의 단단한 유대를 뜨겁게 확인했다. 그 모습을 지켜보던 서윤이 한숨을 쉬며 고개를 돌리는데 시야에 온화한 인상의 잘생긴 남자가 미소를 지으며 그들 쪽으로 다가오는 게 보였다.

"멀리서 귀에 익은 목소리가 들린다 했더니 역시 너였어."

목소리도 인상만큼이나 부드러운 남자를 화담이 "형."하고 부르며 반갑게 알은체했다. 남다현을 알아본 승준이 인사를 하고 서윤도 화담의 소개로 통성명을 했다.

"너 엄청 똑똑한 친구라고 화담이가 자랑하더니 정작 중요한 걸 빠트렸구나. 이렇게 귀엽게 생긴 건 나 놀라라고 말 안 한 거야?"

"오올, 어떻게 알았어, 형. 우리 서윤이가 한 귀염하지. 게다가 안경 벗으면 눈이 완전 예쁘단 건 특급비밀이야."

"오, 정말?"

다현이 더욱 찬찬히 서윤을 쳐다보자 전혀 그런 거 아니라면서 서윤이 승준의 뒤로 숨어들었다. 얼굴이 빨개져 어쩔 줄 몰라 하는 모습에 화담이 다현의 팔을 치며 진짜 귀엽지 않냐고 감탄하고 다현도 고개를 주억거렸다.

예약한 식당까지 한 십 분 걸어야 하는데 택시를 타겠느냐고 다현이 묻자 모두 걷겠다고 이구동성으로 말했다. 화담이 친구들 맞네, 하고 웃은 다현이 앞장서서 걸었다. 오가는 인파가 많은 곳이라 둘씩 짝을 지어 걷는 게 한계. 화담이 다현의 옆에서 걸으며 자연스럽게 두 쌍이 만들어졌다.

"들은 대로 좋은 사람 같아."

서윤이 소곤거린 말에 승준은 좀 뚱한 표정을 지었다.

"난 어째 남자가 너무 사근거리는 것 같아."

"사교성이 좋댔잖아. 화담이한테 데면데면하게 구는 것보다는 훨씬 낫지 않아?"

"그야 그렇지만…… 너무 기생오래비 같은 것도 별로야."

"기생오래비는 좀 심했다."

웃음 섞인 목소리로 서윤이 나무랐지만 앞서 걸어가는 둘, 특히 다현을 보는 승준의 눈길은 별로 고와지지 않았다.

화담과 한집에 같이 사는 또래의 남자. 법적으론 남재현의 아들이지만 남재현과는 피 한 방울 섞이지 않았다. 하물며 화담이 남재현 딸로 인지를 받은 것도 아니니 법으로도 무관하다. 전화만 주고받을 땐 그나마 그 집에 잘 챙겨주는 사람이 한 명이라도 있다는 것에 안심했는데 눈으로 마주하니 자꾸 짜증 비슷한 것이 치밀었다. 둘이 정말 친해 보였다. 게다가 함께 걸어가는 모습이 지나치게 잘 어울렸다.

“그치만 참 잘생기긴 했다.”

옆에서 서윤까지 홀린 듯한 말투로 중얼거리자 승준은 그만 가시 돋친 말을 내뱉고 말았다.

“너까지 그런 시시한 것에 꺅꺅대냐?”

“뭐야, 잘생긴 거 보고 잘생겼다고 하는데. 너도 화담이 예뻐서 좋아하잖아.”

“안 예뻐도 좋아했을 거야. 날 어떻게 보고.”

“어쨌든 화담이가 예쁜 건 기정사실이니까.”

몇 걸음 앞에서 걸어가던 다현이 슬쩍 뒤를 가리키며 화담에게 “쟤들 왠지 다투는 것 같지 않아?”하고 물었다. 화담은 키득거리며 모른 체하라고 했다.

“친구끼린 가끔 좀 싸워야 더 돈독해지잖아. 서윤이 성격에 대거리를 다 하고 저만하면 장족의 발전이야.”

“흐음. 걱정은 안 되나 봐?”

“무슨 걱정?”

전혀 모르겠다는 표정인 화담을 보며 다현은 이걸 말할까 말까 하는 듯 고개를 갸웃했다. 그냥 허심탄회하게 말하라고 화담이 채근하자 그제야 입을 열었다.

“사이좋은 이성친구잖아. 하물며 넌 여기에 있고 저 둘은 무주에 있어. 그것도 같은 학교를 다닌다며.”

“에이, 난 또 무슨 이야기라고.”

화담은 실없다는 듯 피식 웃었다. 다현도 빙긋 웃으며 믿음이 굳은 건 좋은 일이라고 혼잣말처럼 중얼거렸다. 화담은 두 팔을 들어 머리 뒤에 깍지를 끼고 걷다가 불쑥 말했다.

"확실히 믿고 있어. 승준이랑 서윤이, 둘 다 참 좋아하니까. 사람을 좋아하면 믿는 게 당연하지 않아?"

다현은 잠시 뜸을 두었다가 대답했다.

"좋아하지만 못 믿는 경우도 꽤 많을걸. 사람들 감정이 다 너처럼 일관된 건 아니야. 아니 너 같은 경우가 드물 거야. 열 길 물속보다 더 헤아리기 어렵다는 게 사람이니까."

"그럼 난 내 드문 소신을 지켜야겠네. 다들 어려운데 나처럼 쉬운 사람도 하나쯤 있어야지."

"그러다 그 믿음에 호되게 코 깨지는 일이 생길지 몰라."

"그땐 그때고."

경쾌한 맺음말에 이어 화담은 하늘을 가리키며 저녁놀 좀 보라고 감탄했다. 오렌지 빛부터 시작해서 짙은 적자주색에 이르기까지 다채로운 그러데이션으로 물든 구름으로 하늘 가장자리가 눈부시게 고왔다.

"내일 날씨도 엄청 화창하겠어. 일찍 일어나서 등산 한번 가볼까? 근데 날씨가 좋으면 인후 선배는 괴롭겠구나. 형, 난 요새 우산 장수 어미가 된 것 같다니까. 나도 모르게 그만 좀 맑고 비 좀 오라고 빌고 있지 뭐야. 근데 난 비를 싫어해. 비가 와서 좋은 건 무지개가 생길 때뿐이거든."

"무지개라……. 나도 좋아하는데 마지막으로 본 게 언젠지 모르겠다."

다소 쓸쓸하게 들리는 말에 화담이 딱 손가락을 튕겼다.

"그럼 내일 정원에 잠깐 나와 봐. 내가 물 뿌려서 급조한 무지개라도 보여줄게. 내가 또 그런 거에 일가견이 있지."

"그럴까? 내일……. 응."

그럭저럭 하는 사이 다현이 예약한 장소에 이르렀다. 무난하게 패밀리 레스토랑 정도가 아닐까 했는데 그보다 한 단계 위의 장소여서 자리를 잡고 메뉴판을 본 세 사람은 당황했다. 여기 너무 비싸잖아, 라는 눈빛이 일사불란하게 오간 뒤 화담이 메뉴판으로 얼굴을 가리고 다현에게 속삭였다.

"뭐야, 형. 우리 먹다 체하는 거 보고 싶어서 그래? 밥 한 끼 먹고 몇 십만 원이 깨지게 생겼잖아."

다현이 화담의 얼굴을 가린 메뉴판을 내리며 지갑을 꺼내 카드 한 장을 보여주었다.

"정중히 대접하라는 어머니 분부야. 그나마 내가 조절한 게 여기니까 부담 갖지 말고 먹어. 여기가 마음에 안 들면 어머니가 가라고 한 곳으로 갈 수도 있고."

조절한 게 여기라면 조절 안 한 곳은 어떤 곳? 무주의 순둥이 셋은 재빨리 눈빛을 주고받은 뒤 현실에 순응하기로 했다. 그리곤 이 사치스러운 장소에서 어떻게 보다 알뜰하게 식사할 수 있느냐를 두고 소곤소곤 토의했다. 귀엽다는 듯 그 모습을 지켜보던 다현이 그들이 마침내 결정한 메뉴 외에도 이것저것 거리낌 없이 주문하는 바람에 순둥이들의 토의와 무관하게 식탁 위엔 음식의 향연이 펼쳐졌지만.

이게 대체 얼마어치야? 하고 타닥타닥 머릿속에서 계산기 두드리는 소리가 요란한 승준과 달리 화담은 재빨리 현실과 타협, 나이프와 포크를 쥐고 전투에 뛰어들었다.

"맛있어!"

연어 스테이크를 한입 베어 문 화담이 가슴을 누르며 감격하는 것을 신호로 다른 둘도 식사를 시작했다. 역시 이 셋 중에서 중심축은 화담이란 걸 확인하고 다현도 자기 앞의 접시에 주의를 기울였다.

화담과 승준 커플이 서로 뒤질세라 왕성한 식욕을 뽐내며 그 많던 음식도 착착 모습을 감추어가던 중에 그들의 테이블에 뜻밖의 사람이 나타나 알은체했다.

"요호, 여기서 다 본다? 너희들?"

"푸른 선배."

화담이 자리에서 일어나며 인사하려는 것을 됐다고 손짓해서 앉힌 푸른이 뉴 페이스 둘이 누군지 궁금해했다. 한 차례 통성명 후 푸른은 승준을 향해 비상한 관심을 보였다.

"오, 보기엔 순해 보이는데 네가 꽤 하는 모양이다? 이런 애 커버하는 남자친구는 어떤 사람일까 궁금했는데 의외로 평범한걸?"

짧은 말 속에 승준이 기분 나빠할 포인트가 수두룩했다. 다른 건 몰라도 승준은 하나만은 짚고 넘어가기로 했다.

"이런 애, 라는 게 어떤 말인지 잘 모르겠네요."

"어? 좋은 말이야, 좋은 말. 그렇게 날 세울 거 없어, 꼬맹이."

꼬맹이. 안 그래도 화담보다 키가 작다는 콤플렉스—그도 꾸준히 자라고 있지만 언제나 화담이 더 컸다, 처음 만났을 때부터 쭉!—에서 벗어나지 못하는 승준에게는 치명타였다. 승준의 이글거리는 눈도 모르고 푸른은 화담에게 어딘가를 가리키며 말하고 있었다.

"저기, 인후도 와 있어."

"진짜요?"

화담은 그 당장에 냅킨을 내려놓고 자리에서 일어나 인후가 있는 테이블로 종종걸음을 쳤다. 원래 화담이 있던 자리에선 인후의 등밖에 보이지 않는 위치였다.

"으하하, 만나게 될 사람은 만난다더니만 그게 이럴 때 써먹는 말이군요, 선배!"

짠 하고 얼굴을 비추며 화담이 하는 말에 인후는 힐긋 시선 한 번 던지고 다시 메뉴판을 쳐다보는 게 고작이었다.

"뭐예요, 왜 모른 척이에요? 선배? 나 투명인간 아닌데?"

"푸른이가 알은체해 줬으면 됐지 더 뭘 바라."

"푸른 선배는 푸른 선배고 인후 선배는 인후 선배잖아요. 아니면 설마 둘이 일심동체라는 말을 하려는 건……."

불현듯 제 입을 막은 화담이 인후와 뒤쪽 테이블에 서 있는 푸른을 번갈아 보더니 천천히 고개를 주억거렸다.

"선배, 불쾌하게 했다면 미안해요. 별생각 없이 놀리려고 한 말이지 편견을 담아 한 말은 아니에요. 나는 사랑의 형태엔 여러 가지가 있고 그것이 범죄의 여건을 구성하지 않는 이상 존중받아 마땅하다고 생각해요. 선배의 취향도 당연히 존중해요. 그럼 식사 맛있게 해요."

인사를 하고 돌아서려는 화담의 손목을 턱 붙잡는 손이 있다.

"그딴 소릴 지껄이고 도망가려고?"

"왜, 왜요. 틀림없이 존중한다고 했는데."

당장이라도 팔을 빼 달아날 것처럼 어깨를 들썩이며 화담이 대꾸했다. 인후는 여전히 메뉴판에 시선을 두고 까딱까딱 손짓으로 수그려보란 신호를 했다. 주저주저하다가 무릎을 굽혀 본 화담의 이마에 찰싹 인후의 손이 작렬했다.

"아펑!"

"엄살 부리지 마. 한 대 더 때린다."

"아, 왜! 아픈 걸 아프다고 하는데."

"어쭈, 말도 짧다?"

"흥, 말하면서 눈도 안 마주쳐주는 사람한테 존대해야 할 이유를 못 느끼겠네요."

화담의 볼멘소리에 비로소 인후가 그녀를 제대로 쳐다보았다. 차양처럼 눈을 가린 앞머리 사이로 흘러나오는 찌르는 듯 강한 눈빛을 화담도 두 눈 그득 힘을 실어 마주했다.

"그래서 사과는?"

"또 무슨 사과요. 아까 틀림없이 했는데."

"별안간 날 게이로 몬 것도 모자라 저 덜떨어진 녀석이랑 커플로 묶어 놓고도 사과를 안 하겠다고?"

"어머, 아니에요, 그럼?"

"'아니에요, 그럼?'"

"아니 문득 생각하니까 둘이 꽤 잘 어울린다 싶어서. 또 십 년 넘게 선배 성격 받아주면서 친구를 해온다는 게 보통 정만으론 안 되지 않나 생각도 들고. 근데 선배가 질색하는 걸 보니 역시 푸른 선배가 대인배, 아야, 왜 또 때려요!"

다시금 화담의 이마에 안착한 손에 화담의 입술이 한 치는 튀어나왔다. 인후는 쥐고 있던 화담의 손목을 놓아주며 "그리 억울하면 너도 때리든지."라고 제 이마를 툭툭 두드렸다. 순간 때리라면 못 때릴쏘냐, 하고 화담의 눈에서 불꽃이 튀었지만 얼마 못 가 피시식 꺼졌다.

"뭐 내가 한 엉뚱한 소리도 있으니까 이걸로 쌤쌤으로 쳐요. 내 가슴이 태평양만큼 넓은 걸 다행으로 여기구요."

"어디서부터 어디까지 지적해야 할지 감도 안 오는군."

인후는 옅은 한숨을 내쉬고 메뉴판을 들여다보았다. 화담은 테이블에 턱을 올리고 그런 인후를 올려다보며 말했다.

"선배, 선배, 여기서 선배가 고개를 딱 돌리기만 하면 보이는 테이블에 내 친구들이 와 있거든요? 우연이든 뭐든 간에 아무튼 이렇게 같은 데서 모였잖아요. 잠깐 고개만 돌려서 알은체해 주시면 안 돼요?"

"응, 안 돼."

"아니면 친구들을 이리로 불러올 수도 있는데."

"그것도 싫어."

역시나, 라고 생각하면서도 화담은 풀이 죽었다. 그래서 짐짓 화내는 척을 해본다.

"유유상종일 테니까 하고 내 친구들 무시하는 거예요? 그렇다면 판단 착오에요! 내 친구들은 나보다 열 배, 스무 배는 더 나아요."

"더 낫고말고 그런 거 관심 없어. 내가 안 보겠다는 이유는 딱 하나야."

"그게 대체 뭔데요?"

슥 인후가 화담을 쳐다보더니 고개를 기울여 말했다.

"낯가림."

속삭임에 가까운 나지막한 말에 화담이 '그럴 리가?' 라는 표정으로 인후를 보았다. 인후는 진지한 얼굴로 "심하거든."하고 덧붙였다.

화담은 멀뚱멀뚱 그를 올려다보다가 이윽고 그럴 수도 있겠구나 싶어졌다. 하지만 낯가림이 심한 사람치고 나랑은 꽤 금방 친해진 것 같은데 그건……. 아, 그렇구나. 화담은 자신이 남재현과 많이 닮았다는 사실을 떠올리고 그 예외적인 상황을 납득했다. 확실히 자신이 잘 아는 사람과 닮은 사람과는 친해지기가 더 쉬운 게 없잖아 있다.

"알았어요, 선배. 이번엔 단념할게요. 그럼 이 귀찮은 녀석은 물러갈 테니까 마음 놓고 맛있는 저녁 골라요. 근데 여기 좀 비싸니까 적당한 선에서."

혹시 직원들이 들을세라 주위를 경계하며 당부하고 화담이 테이블을 떠났다. 얼마 후 화담과 교대를 하듯이 푸른이 자리로 돌아왔다. 그리고 묻지도 않은 화담의 친구들 이야기를 미주알고주알 늘어놓았다.

"애들은 착해 보이는데 그거 말고 더 뭐가 있는진 모르겠네. 재규어 친구들은 표범이나 치타 정도인 게 보통이잖아? 근데 임팔라 두 마리를 보는 기분이야. 응, 다시 봐도 임팔라야."

"채신사납게 힐긋거리지 마. 네, 일단 이렇게 주세요."

주문을 마친 인후는 물로 입을 가시고 몇 마디 덧붙였다.

"그리고 서화담은 재규어라기보다는 퓨마에 가깝고."

"응? 둘 다 거기서 거기 아냐? 뭐가 다르지?"

"크게는 점박이 무늬의 유무. 또 재규어는 몸에 비해 머리가 크고 다리가 짧은 편이고 퓨마는 작은 머리에 가는 몸, 긴 뒷발이 특징적이야."

"오, 그렇구나. 퓨마로 정정. 어쨌든 퓨마 한 마리에 임팔라 두 마리가 친구라니까. 동물의 세계는 신비로워."

힐긋거리지 말라고 충고했는데도 또 턱을 괴고 저쪽 테이블을 보는 푸른을 보며 인후도 한 번쯤 돌아볼까 하는 충동에 사로잡혔다. 그러지 않았다. 대신 그는 문득 생각난 것처럼 손을 씻고 오겠다고 하고 일어섰다.

그리하여 화장실에 다녀오는 길에 쓸어보듯이 한 번 레스토랑 안을 훑었다. 화담의 밤톨 같은 머리를 찾아내는 데엔 일 초도 채 걸리지 않았다. 그 맞은편 자리의 두 사람, 안경 쓴 암컷 임팔라와 이제 겨우 뿔이 날 둥 말 둥한 수컷 임팔라를 눈에 담은 것도 불과 몇 초.

자리로 돌아와 앉은 인후에게 푸른이 싱글거리며 감상 소감을 물었다.

전혀 티내지 않았노라 장담하지만 이 녀석 눈만큼은 속일 수 없다고 실감하며 인후는 중얼거렸다.

"임팔라야."

그치, 그치 하며 와하하 푸른이 웃음을 터뜨렸다. 인후는 조금 맥이 풀려서 의자에 깊이 등을 묻었다.

'고작 임팔라였어.'

저런 얼치기 녀석이 궁금해 여기까지 온 자신이 실없고, 유치해서 웃음이 나려는 걸 하품을 하는 척 얼버무렸다. 그러면서 입을 가린 손으로 아까 화담의 이마를 때렸다는 게 떠올라 엉거주춤히 주먹을 쥐었다. 별안간 '아펑!' 하고 화담이 칭얼거리던 게 떠올라 인후는 풋 하며 웃음을 삼켰다.

"뭘 또 곱씹어보다 웃고 그러냐, 차인후. 하여간 넌 머리에 생각이 너무 많아."

속 모르는 푸른이 혀를 차는데도 인후는 터져버린 웃음을 어쩌지 못하고 입을 누른 채 기침하듯 웃었다.

"정말로 잘 먹었습니다!"

우렁찬 화담의 목소리가 주가 된 가운데 세 사람의 인사를 받으며 다현은 쑥스러운 표정을 지었다.

"말했다시피 난 대리인이라니까."

"그러니까 형이 이 진지한 감사의 마음을 전해주면 되는 거지. 물론 나도 뵙게 되면 고맙다고 말씀드릴 거야."

화담이 생글거리며 건네는 말에 다현이 졌다는 듯 고개를 끄덕이며 화담의 친구들에게 말했다.

"아무튼 잘 먹어줘서 나도 고맙다. 신경 써서 대접하라고 했는데 고작 밥 한 끼뿐이라 미안하고."

"아닙니다, 충분히 잘 대접 받았어요. 어디 가서 이렇게 근사하게 얻어 먹은 거 저는 처음이에요."

"저도……."

승준에 이어 서윤도 조심스레 한마디 하자 화담이 으히히 웃으며 덧붙였다.

"덩달아 나도. 진짜 잘 먹긴 했는데 밥값을 생각하면 속이 쓰린 걸 겨우 참고 있어. 맛있게 먹었으니까 내 피와 살이 되겠지 하면서! 지승준, 오서윤, 너희도 똥으로 내보내지 말고 피와 살로 만들어야 한다."

"야, 암만 그래도 똥이란 소린 좀…… 여자애가 하여튼."

"왜, 넌 먹고 똥 안 싸냐? 먹고 싸고 자는 게 사람의 삼대 욕구라고 그랬어. 그치, 서윤아?"

"어? 응…… 으응."

너무 당당하게 묻는 바람에 가엾은 서윤은 차마 부정하지 못하고 고개를 모로 돌렸다. 승준이 당장 그게 아니라고 말하려다가 같이 있는 다현 때문에 으이구 하며 이마를 짚고 말았다. 뭐가 틀린지도 모르고 화담은 의기양양한 얼굴로 다현을 돌아보며 어서 학원으로 돌아가 보라고 말했다.

"얼른 가봐, 형. 우린 이제 알아서 갈게."

"기왕 차는 대기 중이니까 타고 가래도 그런다. 아니면 이쪽 서윤이라도 타고 가게 하던가. 너희들 분당까지 갔다가 되돌아올 참이야?"

그 말에 친구들은 서로 얼굴을 마주 보았다. 모처럼 서울에 온 김에 서윤은 분당에 사는 큰아버지 댁에 들러 할머니도 뵙고 내일 내려갈 참이다.

못 해도 버스로 한 시간이면 무주 끝에서 끝까지 다니는데 익숙해진 이들의 공간 감각은 아직 서울이란 큰 공간에 대한 실감이 부족했다.

"내 말대로 해. 이따 분명 말 듣기 잘했구나 할 테니까."

고민하던 화담이 덥석 서윤을 껴안으며 칭얼거렸다.

"헤어지기 싫은데. 우리 서윤이 얼마 만에 보는 건데. 흐잉. 아, 이 찹쌀떡 같은 피부 좀 보라지."

서윤에게 비비적대는 화담의 머리 너머로 승준이 다현의 말대로 하는 게 좋지 않겠냐고 서윤에게 물었다.

"그편이 좋겠어. 왔다 갔다 하다가 너 버스 시간 놓칠 수도 있고. 화담아, 그렇게 하자?"

"몰라. 승준인 알아서 가라고 하고 난 너 따라갈래. 그리고 분당 할머니를 뵙고 넙죽 절한 다음에 서윤일 제게 주십시오 하고…… 놔, 지승준, 왜 내 사랑을 방해해!"

결국 화담은 승준에게 뒷덜미를 붙들려 떼어내지는 수모를 당했다. 다현은 돌아가는 광경에 웃으면서 신 기사에게 전화를 걸어 레스토랑 쪽으로 오게 했다. 얼마 안 있어 찾아온 진주색 세단에 서윤이 올라탔고 다시 못 볼 것처럼 애끊는 슬픔에 젖은 화담을 뒤로하고 떠났다.

"하아아, 서윤이가 가버렸어. 이제 내 6월은 끝났어."

축 처져서 걷는 화담을 뒤따르며 다현이 승준에게 항상 저러냐고 물었다. 승준이 말도 말란 듯이 손사래를 쳤다.

"쟨 껍질만 여자지 알맹인 거의 남자예요, 남자. 서윤이가 좋다고 하면 정말로 절 걷어찰 거예요."

그게 들렸는지 화담이 휙 뒤돌아보더니 내가 먼저는 안 찬다고 외쳤다.

"그땐 네가 알아서 떨어져야지, 바보야."

"그게 더 비참하거든?"

승준이 쏘아붙인 말에 화담은 메롱 하고 혀를 쭉 내밀어 보이곤 그걸로 기분 전환이 됐던지 뒷짐을 진 채 흥흥거리며 걸음마저 경쾌해졌다. 빠른 걸음에 따라가는 둘과는 간격이 어느 정도 벌어졌다. 잠시 다현과 둘이서만 이야기할 시간을 주는 배려 같지 않은 배려에 승준이 피식 웃었다.

"알맹이가 남자인 것치곤 세심한데?"

다현이 중얼거리는 말에 승준이 놀란 얼굴로 돌아보았다. 눈이 마주치자 다현이 빙긋 웃었다.

"단단하고 야무진 게 퍽 어른스럽다고 생각하고 있어."

"착해요. 정도 많고."

거들 듯이 말한 후 승준은 미진한 감에 다시 덧붙였다.

"자기 일엔 단단한 게 맞지만 다른 사람한테는 여려요. 아직 엄마 일로 무던히 속상할 텐데 곧 죽어도 내색 안 하고……. 이럴 때 나는 옆에 있어주지도 못 하고."

힘내라는 듯 다현이 승준의 어깨를 두드려주곤 화담의 뒷모습에 시선을 주었다. 아무렇게나 걷는 듯싶었지만 그녀는 다현과 만났던 곳에 다다르자 제꺽 멈춰 섰다. 지척에 보이는 학원을 가리키며 가는 거 보고 들어가겠다는 다현에게 둘은 깍듯한 인사를 남기고 돌아섰다.

다현이 잠시 지켜보자니 얼마 못 가 승준이 주춤거리며 손을 잡으려고 시도했으나 화담에게 정강일 차여 수포로 돌아갔다. 옆을 돌아본 화담이 혀를 내밀더니 대뜸 뛰기 시작했다. 승준이 헐레벌떡 쫓아가는 모습에 저도 모르게 다현은 웃었다. 그리고 천천히 학원으로 향하며 그는 가느다란 한숨을 토했다.

그가 학원 로비로 들어가며 휴대전화를 꺼내는데 마침 푸른에게서 전화가 왔다.

"막 헤어진 참이야. 차 타는 거 바래다주러 갔어. 한 명은 분당에 있는 숙부댁에 들렀다 내일 가고 남자애만. 고속버스로 간대. 글쎄, 들었는데 기억이 안 나네. 설마. 걔가 너냐?"

남친 배웅 나갔다가 향수병에 같은 차 타고 내려가 버리는 거 아니냐는 푸른의 말에 다현은 실소했다. 푸른은 진지하게 서화담, 딱 봐도 다혈질인데 무슨 짓인들 못 하겠느냐 반문했다.

"그 정도로 불타는 사이는 아닌 것 같아. 그냥 소꿉놀이의 연장선 같은 느낌이랄까. 뭐 남자애 쪽이 더 매달리는 건 확실하고. 나 엘리베이터 타야 해. 응."

나중에 통화하자는 푸른의 말에 고개를 끄덕이며 통화를 끝냈다. 다현은 엘리베이터를 등지고 음료 자판기가 있는 곳으로 걸음을 옮기며 휴대폰의 통화목록을 검색했다. 자판기 앞에 서서 돈을 넣으며 그중 한 번호로 전화를 했다.

"강남터미널. 여덟 시 삼십 분 차 타러 갈 거예요."

카랑, 음료수 캔 떨어지는 소리가 크게 울렸다.

딱 통화를 끝내기 무섭게 걸려온 다른 전화에 푸른은 또 한동안 수다를 떨었다. 먹는 속도가 썩 빠르지 않은 인후가 식사를 마치고 주문한 홍차가 나올 즈음에야 겨우 전화에서 해방되며 푸른이 푸념을 가장한 자랑을 늘어놓았다.

"오늘은 좀 조용히 보내겠다고 했는데도 사방에서 찾고 난리야. 여름 방학 되면 조용한 암자 같은데 가서 쉴까 봐."

늘 말뿐인 친구의 허세에 익숙한 인후는 잠자코 김이 피어오르는 홍차 잔을 들여다보았다. 시계를 보고 푸른은 조금 아슬아슬하다 싶어 남은 음식을 부랴부랴 먹기 시작했다. 그렇게 먹으면서도 틈틈이 말하는 건 잊지 않는다.

"남친 바래다주러 터미널 갔댄다. 무주 가려면 무슨 터미널 가야 하지?"

알게 뭐냐는 듯 인후가 고개를 갸웃하며 찻잔을 흔들었다. 조금 잠잠해졌던 김이 다시금 아지랑이가 되어 피어올랐다. 푸른은 샐러드를 꾹꾹 눌러 모아 입으로 가져가며 너도 모르는 게 다 있냐고 놀렸다.

"근데 확실히 안 어울려. 애가 깡은 좀 있는 것 같긴 한데 화담이 남자친구로는 별로. 케미가 안 살아요, 케미가. 다현이도 소꿉놀이라고 할 정도면 말 다했잖냐?"

"참 쓸데없는 것에 관심도 많다."

핀잔을 던지고 인후는 홍차 약간을 머금었다. 딱 좋을 정도의 뜨거움. 인후는 만족의 한숨을 내쉬고 한 모금 더 마신 후 잔을 내려놓았다. 홍차로 물든 것처럼 붉은 입술을 냅킨으로 누르는 친구를 보며 푸른이 투덜거렸다.

"자고로 타인의 연애만큼 재밌는 주제가 어딨냐? 너랑 다현인 반성해야 해. 화담이 같은 애도 연애를 하는데 원."

"화담이 같은 애라니?"

날아오는 시선이 날카로워 푸른은 잠깐 입을 다물고 눈을 껌벅였다.

"그러니까…… 왈가닥이잖냐, 걘. 드센 게 눈으로 보이고."

"그런 타입이 취향인 사람도 있는 거지. 너처럼 겉으론 내숭 떨고 뒤에서 호박씨 까는 타입에 꽂히는 녀석만 있을까."

"야, 내가 언제 그런 여자한테 꽂혔다고 그래? 난 어디까지나 귀엽고 청순한 걸 좋아한다구."

"그래? 그런데 왜 번번이 뽑는 카드마다 그랬을까?"

인후는 자못 궁금하다는 듯이 눈썹을 슥 치켜 올리곤 다시 찻잔을 들었다. 여기엔 반박할 말이 마땅찮아 푸른은 꿀 먹은 벙어리가 됐다. 강푸른. 드세고 강한 엄마들에게 질려서 연약하고 귀여운 여자를 찾아 헤맨 지 십수 년. 하지만 청순가련한 첫인상에 끌려서 만나본 뭇 여자 중에 진짜 청순가련한 여자는 단 한 명도 없었다.

"흥, 그래도 난 무수한 실패를 발판삼아 점점 더 성공을 향해 다가가고 있는 중이다. 적어도 너나 다현이처럼 모태솔로는 아니라 이거야!"

"남녀의 연애란 주제에 있어 누가 더 많이 했느냐를 자랑하는 시대는 보통 타락했다는 오명을 듣곤 하지. 훗날 21세기의 한국이 그런 평가를 얻을까?"

되로 주고 말로 받았다. 푸른은 씩씩대며 샐러드를 마구 입으로 욱여넣다가 우아하게 홍차를 마시는 친구가 암만해도 얄미워 쏘아붙였다.

"타임머신만 발명되면 내가 꼭 너를 중세 수도원에 떨궈 주고 오고야 만다. 어쩌다 그 고상한 시대를 놓치고 이 난잡한 세상에 태어났냐?"

"중세시대가 고상하다는 표현, 네 뇌가 청순하다고 자랑하는 거니까 어디 가서 입도 뻥긋하지 마. 아무튼 밖에서 내가 널 모른 체하는 걸 보고 싶지 않다면 말이야."

"야, 나도 책도 보고 하거든? 중세시대! 기사도와 로망스가 있었잖아? 아서 왕 모르냐, 아서 왕? 원탁의 기사."

"아서 왕은 그 실재성이 의심스러운 전설 속 인물이야. 저 히틀러조차도 다루는 이가 누구냐에 따라 미화되는 법인데 전설에 비할까? 설사 실재했다고 해도 그자는 왕이었고, 주변 인물도 다 특권계층이었어. 어떤 시대든 극소수의 특권계층이 절대다수인 민중의 고혈을 착취한 건 공통적이지만 그 시대는 획일적인 종교를 무기로 민중의 앎조차 죄악시한 암흑시대라고. 기사도? 기사를 자처하는 자들이 일으킨 십자군운동의 변질을 봐. 장렬한 부패의 로망스가 따로 없지."

가만두면 한 시간이고 두 시간이고 중세시대에 대한 이야기를 늘어놓을지 모른다. 푸른은 어째서 나는 이런 놈이랑 친구를 하는 걸까를 넘어 왜 이놈은 나 같은 놈이랑 놀아주는 걸까 하는 회의에 사로잡혀 푸념했다.

"인후야. 난 어디 가서 멍청하단 소린 안 듣고 사는데 너랑 있으면 뇌에 주름이 현격히 부족하다는 생각이 든다. 너도 내가 한심하지?"

인후는 씩 웃더니 찻잔을 내려놓으며 말했다.

"지치지도 않고 답 없는 연애에 매달리는 거 보면 그런 생각이 종종 들긴 해. 그 외엔 별로."

"별로? 솔직히 말해도 돼. 수준 안 맞아서 어울리기 고역이라고 말이야."

인후의 미소가 깊어져 왼뺨의 흉터가 보조개처럼 파였다.

"네가 내 수준의 인간이었으면 애초에 너랑 안 어울렸어."

"그거 예쁜 여자애들이 자기보다 더 예쁜 애하곤 같이 안 다니는 심리 같은 거냐?"

인상을 찡그리며 생각해보다 푸른이 내놓은 대답에 인후는 작게 소리까지 내며 웃더니 말했다.

"강푸른이 차인후보다 훨씬 나은 인간이란 소리다. 됐냐?"

푸른은 눈을 끔벅거리다가 아직 치워지지 않은 접시들을 이리저리 훑어보았다. 그리곤 심각한 얼굴로 물었다.

"너 뭐 잘못 먹었지? 어디 간지럽다거나 하지 않아?"

그만하자는 듯 인후가 손을 젓고 물로 입가심을 하는데 또 푸른의 휴대전화가 울렸다. 다시금 제 인기를 한탄하며 전화를 받은 푸른은 얼마쯤 통화하다가 반색을 하며 인후를 보았다.

"오페라? 혹시 그거…… 이야, 나도 그거 보러 갈 참이야. 막 밥 먹고 일어설 참인데. 어, 잠깐만."

수화기 부분을 손으로 막고 푸른은 인후에게 아는 친구가 부근에 있는데 보지 않겠느냐고 물었다.

"걔도 베르테르 보러간댄다. 친구랑 둘이래. 내가 걔 친구 봤는데 꽤 지적인 미인이더라고. 대학교 2학년이니까 애도 아냐. 많이 안 바랄 테니까 그냥 한 번 얼굴만 봐. 응?"

이런 식으로 짜맞춘 듯이 합석을 유도하는 경우가 간혹 있었던 터라 인후는 별다른 반응 없이 고개만 갸웃했다. 싫으면 싫다고 딱 잘라 말하곤 하는 그의 버릇을 알기에 긍정적이라고 받아들인 푸른이 신이 나서 오페라홀 앞에서 보자고 약속까지 하고 전화를 끊었다.

하지만 레스토랑을 나온 뒤 오페라홀을 코앞에 두고 푸른은 인후에게 내침을 당했다. 푸른이 먼저 차에서 내리고서 다음으로 인후가 내려야 하는데 탕 차문 닫히는 소리가 나서 홱 돌아봤을 땐 이미 늦었다.

"야, 차인후! 너 이러기냐, 진짜?"

문은 잠겨서 열리지 않고 대신 차창이 스르륵 내려가더니 인후가 푸른을 보며 말했다.

"같이 볼 사람들 생겼잖아. 방해 안 할 테니 즐거운 시간 보내."

"걔들 만나기 싫으면 싫다고 말을 하면 되잖아. 내가 억지로 싫다는 사람 찍어 붙이겠냐?"

"그러고도 남지?"

찔리는 게 있어 바로 반박을 할 수 없었다는 점에서 푸른의 패색이 짙어졌다. 푸른이 보기로 한 거 취소하겠다고 휴대폰을 꺼냈지만 인후는 설레설레 고개를 저었다.

"주말인데 꽃밭에서 알차게 보내. 난 본 걸로 칠게."

"그런 게 어딨냐, 보면 본 거고 안 보면 안 본 거지. 네가 밥도 샀잖아."

"덕분에 심심하지 않았어. 그럼 또 보자."

너랑 다시 밖에서 보면 내가 사람이 아니라고 길길이 뛰는 푸른을 뒤에 남기고 차는 무정하게 멀어져간다.

"바로 집으로 갈까요?"

"……글쎄요."

운전기사의 질문에 관자놀이를 누르며 생각에 잠겨 있던 인후가 이윽고 기사를 보며 말했다.

"저한테 키 주시고 그만 퇴근하세요."

그 무렵 또 다른 차 안에선 승준과 화담이 티격태격하고 있었다.

"깔창 같은 건 왜 깔고 다녀서 이 난리냐?"

"애초에 네가 뛰질 말았어야지. 아야야."

"으이구. 하여간 멍청한 덴 약도 없어. 서울 오는 거하고 깔창이 뭔 상관이야, 대체?"

입술을 삐죽이면서도 승준을 보는 화담의 얼굴엔 근심 가득이다. 한바탕 술래잡기를 하다가 승준이 그만 다리를 접질리고 말았다. 알고 보니 운동화 속에 깔창을 세 개나 깔아서 공중에 떠있었지 무언가. 안 그래도 키 높이 운동화인데! 5센티미터 욕심내다가 5일은 고생하게 생겼다.

"아, 멀쩡하게 서울 갔다가 절룩거리고 가면 아줌마가 어떻게 생각하겠냐? 너 때문에 내가 진짜 못 산다."

"일 절만 해. 안 그래도 아픈데 더 쪼지 말고."

일단 약국에서 파스를 사서 붙이고 얼음주머니로 찜질 좀 하다가 차 시간이 촉박해서 택시를 타고 터미널까지 왔다. 택시에서 내린 뒤 부축해서 걷게 해보다가 영 승준의 표정이 좋지 않자 화담은 승준 앞에 앉으며 등을 보였다. 승준이 질색을 하며 고개를 저었다.

"안 해, 싫어!"

"뭐가 싫어, 업혀, 잔말 말고."

"남자가 존심이 있지, 죽어도 안 업혀!"

"오냐, 죽어라."

바보에겐 주먹이 약. 화담은 긴말 않고 자리에서 일어나 승준의 명치에 주먹을 한 방 질렀다. 꾸루룩 혀 말리는 소리를 내며 앞으로 고꾸라지는 승준을 화담이 냉큼 등으로 받아 기합과 함께 일어섰다. 기합이 무색하게 가볍다.

"나한테만 잘 먹으라고 할 게 아니라 네가 더 잘 먹어야겠다. 사람이 몸에 살집이 좀 있어야 커도 클 거 아냐."

화담의 잔소리에도 승준은 제대로 맞받아칠 기력이 없다. 그리고 눈을 감고 있으니 엄청 창피한 건 창피한 거고 슬그머니 기분이 좋아지는 것도 사실. 화담에게 업힌 건 처음이 아니지만 이렇게 다 커서 업힌 건 처음이다. 물론 다시는 이런 일이 없어야겠지만 그 마지막 한 번을 감명 깊게 만끽하는 것도 나쁘진 않을 성싶다.

하지만 만끽의 시간은 길지 않았다. 척추가 절로 접어지던 명치의 아픔이 차차 가시며 겹쳐진 화담의 등에 대한 의식이 또렷해지자 그만 아랫

도리에 몹쓸 신호가 오기 시작했다. 승준은 사색이 되어 입을 뻐끔거리다가 문득 눈에 들어온 어떤 것을 보고 떨리는 손을 들었다.

"화, 화담아, 나 화, 화, 화장실, 화장실 좀."

"왜 그래? 설사? 좀만 기다려, 화장실, 화장실, 저기다!"

승준의 목소리가 떨리는 것을 오해한 화담이 냅다 화장실을 향해 질주했다. 화장실 앞에서 승준을 내려주고 부축하려는 것을 승준이 혼자 가겠다며 뿌리치고 들어갔다.

"기껏 비싼 것 먹었는데, 아깝게 설사를. 쯧쯧."

속 모르는 화담은 탈 난 속을 달래줄 만한 마실 거라도 사줘야겠다는 생각에 터미널 안 매점으로 향했다. 그리고 매실 음료와 보리차를 사서 되돌아가던 그녀의 앞을 웬 시커먼 남자 하나가 가로막았다.

크다. 체격도 체격이거니와 키가 한 백구십쯤 되려나 하고 생각하며 옆으로 비켜서는데 남자가 다시 그쪽으로 움직였다. 그래서 반대쪽으로 움직였는데 남자도 반대쪽으로 따라왔다. 고개를 들어 힐긋 남자를 보곤 "전 이쪽으로……."라고 말하고 갈 방향을 알려줬으나 다음 걸음에 또다시 앞을 가로막혔다. 새삼 눈을 들어 선글라스를 낀 남자의 얼굴을 보는데 어느 틈에 옆에 와 있던 또 다른 남자가 말했다.

"이번엔 진짜 좋게 가자, 아가?"

목소리가 귀에 익어 흠칫하며 돌아본 곳에 그 남자가 서 있었다. 외삼촌 상만이 학교 앞으로 데리고 왔던 세 명의 어깨 중 한 명. 전에 화담의 뒤통수를 때렸던 그 두툼한 손으로 화담의 어깨를 쥐며 남자가 재차 중얼거렸다.

"화장실에 있는 친구 생각도 해야지? 우린 사내놈한텐 가차 없다."

남자의 말에 소스라쳐서 돌아본 화담의 눈에 화장실 입구에 서 있는 검은 양복 차림의 남자가 보였다. 그 남자가 이쪽을 향해 손을 들어 알은체하자 어깨에 손을 올린 남자는 안에 한 명 더 들어가 있다고 친절하게 일러주었다. 순식간에 오만 가지 생각이 화담의 머릿속을 오갔다.

"……친구한텐 손대지 않는 거죠?"

"당연하지. 고분고분 따라가면 일없이 사람을 왜 패?"

소름끼치도록 사근거리는 말에 입술을 으드득 깨문 화담은 이내 흥, 하고 코웃음 치며 고개를 들었다.

"좋아요, 가자고요. 어디든."

"기특하네."

후려치는 것보다 더 기분 나쁘게 머리를 툭툭 쓰다듬는 손길을 참아내며 화담은 남자들과 함께 터미널을 나갔다. 출입문을 앞두고 남자는 휴대폰을 내놓으라고 했다. 화담은 순순히 휴대폰을 꺼냈지만 바로 주는 대신 말했다.

"외삼촌이랑 통화하고 싶은데요."

휴대폰을 반씩 잡은 채로 남자와 화담이 눈싸움을 벌였다. 힘으로는 덤빌 상대가 아니지만 사람 많은 터미널이니 그녀는 아직 소리를 칠 수 있는 여지가 있다.

"외탁은 안 했나 보네."

남자는 그렇게 이죽거리며 품에서 제 휴대전화를 꺼냈다. 폴더를 젖히는 남자에게 화담이 "영상통화요."하고 말하자 남자가 인상을 썼다.

"가지가지 한다, 아가?"

"진짜 통환지 녹음해둔 소리 들려주는 건지 제가 어떻게 알아요."

꿋꿋하게 말하며 화담은 남자의 옆으로 가서 액정 화면을 들여다보았다. 남자는 빨리 끝내고 말자 싶었던지 신경질적으로 버튼을 조작해

통화목록을 띄웠다. 거기 뜬 일련의 번호 중에서 세 번째 번호. 위급상황에선 머리가 핑핑 잘도 돈다던데 화담은 뒷자리 세 개를 외우는데 그쳤다.

"접니다, 형님. 무슨 영상통화를 다 주시고……."

전화가 걸리자 저편에서 흐릿하게 잔상을 남기며 움직이던 상만의 얼굴이 화담을 알아보곤 떨떠름하게 굳었다. 화담은 경멸의 눈빛을 감추지 않고 크게 한숨부터 쉬었다.

"정말이지 구제불능인 거 아시죠, 외삼촌?"

상만이 귀를 후비는 걸 보며 화담은 중얼거렸다.

"전 엄마랑 달라요. 이걸로 이제 외삼촌이랑 아주 연을 끊을 거예요. 나중에 행려병자 신세가 돼서 개죽음을 해도 내 알 바 아니에요."

그 말엔 뜨끔했는지 이쪽을 쳐다봤다가 또 슬슬 눈을 피하며 형님, 형님 하고 전화기 주인만 찾았다. 화담이 옆으로 비켜서자 남자가 몇 마디 하고 통화를 끝냈다.

"이쁘장한 게 성깔이 좀 있네. 나이 좀만 더 들면 남자 여럿 후리겠어."

남자의 이죽거림을 무시하고 화담이 먼저 성큼성큼 걸음을 옮겼다. 두 덩치가 놓칠세라 바싹 붙어 따라오는 가운데 터미널을 아주 나가며 화담은 힐긋 뒤를 돌아보았다. 화장실 앞에는 여전히 검은 양복을 입은 똘마니가 있다. 차라리 승준이 아주 오래 있길 빌면서 고개를 돌렸다.

"그 발로 나 찾는다고 돌아다니면 큰일인데."

손에 쥔 음료수를 보면서 화담은 시무룩하게 중얼댔다.

"자자, 전화기 이리 내야지?"

밖으로 나와 휴대전화를 뺏으려는 남자에게 화담은 분리한 배터리만 건넸다. 남자는 통째로 내놓으라고 윽박질렀지만 통화만 못 하면 되는 거 아니냐며 고개 빳빳이 들고 버텼다. 남자는 뭣 씹은 얼굴로 화담을 노려보며 주먹을 쥐락펴락했다. 그럼에도 표정 하나 변하지 않고 화담이 맞서자 제 분에 못 이겨 배터리를 길에 냅다 집어던졌다.

"아가야, 그 성깔 어디까지 가나 한 번 보자?"

툭툭 화담의 뺨을 두드리며 하는 말에 화담은 거칠게 남자의 손을 뿌리치고 대꾸했다.

"그쪽들한테 내가 황금알 낳는 닭인 거, 모를까 봐서요?"

나아가 화담은 어디까지 사람을 걷게 할 참이냐고 신경질을 냈다. 기가 차다는 듯 두 덩치가 눈길을 주고받았지만 확실히 그녀가 황금알을 낳는 닭이 맞긴 한 터라 이렇다 할 린치 없이 세워둔 차로 데려갔다.

"내 친구한테 손대지 않는 거 확실하죠?"

차 뒷문을 잡고 화담은 친구를 감시 중인 다른 사람들이 와야 차에 타겠다고 우겼다. 거의 별 희망도 없이 해본 말이었으나 웬일로 남자는 전화를 걸어 그만 차로 오라고 지시했다. 노림수가 있었던 까닭이다.

"아가야. 네 남자친구가 어디 사는 누군지 이미 접수했으니까 허튼수작은 고이 접는 게 좋을 거다. 괜히 저 무주까지 출장 가게 하지 말라 이 소리다. 너는 몰라도 그쪽은 황금알을 낳는 닭이 아니니 확 배를 갈라버릴지도 모르거든."

부러질 것처럼 꼿꼿이 버티던 화담도 이 말엔 안색이 바뀔 정도로 동요했다. 얼마 안 있어 터미널 안에서 검은 양복 차림의 두 남자가 나와 차로 왔다. 체격이 큰 두 사람이 앞에 타고 뒤에 온 두 사람 사이에 끼어 화담은 뒷좌석에 타게 되었다. 저도 모르게 터미널을 안타까이 돌아보는 화담을 남자가 머리를 눌러서 차에 태웠다.

쾅, 하고 문이 닫히고 검은 밴이 출발했다.

그 밴과 미끄러지듯이 교차한 옆 차선의 차가 별안간 큰 궤적을 그리며 유턴을 시도했다. 터무니없는 불법 유턴에 놀란 차들이 경적을 울리고 야단이 아닌 가운데 검은 벤츠는 차선 변경에 성공했다.

그리고 밴을 뒤쫓기 시작했다.

위험하게 차를 돌린 뒤 인후는 화담에게 전화를 걸었다. 하지만 기다렸다는 듯 전원이 꺼져 있다고 나오는 안내 멘트에 쯧, 혀를 차면서 힘주어 액셀을 밟았다. 쭈우욱 미끄러지듯이 속도가 올라가는 차로 앞차들을 추월해가며 곡예운전을 거듭하는 사이 목표인 밴과의 거리도 꾸준히 좁혀졌다. 그러다 한 번은 신호에 걸려 놓칠 뻔한 순간도 있었지만 이를 악물며 신호 자체를 무시하고 액셀을 밟았다.

아무쪼록 이 무모한 운전이 결과가 없는 헛소동으로 끝나지 않기만 바라며 인후는 130을 넘어가는 속도계기판을 확인했다. 이쪽이 따라붙는 것을 밴 운전자가 알아차렸는지의 여부는 알 수 없으나 밴도 규정 속도는 확실히 어겨가며 운전 중이라 레이스는 생각보다 길어졌다.

"빨간불, 빨간불. 걸려, 걸리라고. 그래!"

저만치 십자 교차로가 다가오며 주황색 불빛이 점멸하는 것을 본 인후가 초조하게 입술을 핥으며 내뱉은 말이 딱 들어맞아 밴이 교차점을 통과하기 전에 빨간불이 켜졌다. 그러나 그대로 앞차를 따라 나갈 조짐인 밴을 보고 그의 눈에 힘이 들어갔다. 아직 그의 벤츠와 밴과의 사이엔 몇 대의 차가 끼어 있어 이번에도 따라붙는 것은 도저히 무리였다.

"제기랄!"

어쩔 수 없이 속도를 줄이면서도 분이 나 핸들을 내리쳤다. 하지만 바로 다음 순간, 밴이 급정거를 하더니 슬금슬금 뒤로 물러나는 모습이 눈에 들어왔다. 영점 몇 초 차이로 교차로를 질러가지 못한 밴의 후퇴였다.

인후는 씩 웃고선 차에서 내려 정차한 차들 사이로 걸어갔다. 진한 선팅에 차 안이 들여다보이지 않는 밴 옆을 지나쳐간 그가 밴의 앞에 이르러 탕 하고 보닛을 두드렸다.

"너 뭐 하는 새끼야?"

운전석 창문이 내려가면서 둥그런 얼굴에 겨우 칼집을 낸 듯 작은 눈의 남자가 머리를 빼고 욕을 했지만 인후는 아무 대꾸도 하지 않고 휴대전화를 꺼내 만지작거렸다. 어쩔 수 없이 도어를 열고 내린 남자가 다가오는 것을 보며 인후는 남자가 들을 수 있도록 큰 목소리로 또박또박 말했다.

"신고할 게 있어서요. 어떤 남자들이 여자를 납치하는 걸 봤거든요."

다가오던 남자의 눈이 제법 크게 뜨인 걸 보며 인후는 "여기가 어디냐면."하고 주위를 둘러보았다. 인후가 교차로 이름을 대기 무섭게 남자가 홱 손을 뻗어 휴대폰을 뺏으려 했다. 순순히 뺏길 리 만무하다. 인후는 휴대폰을 쥔 손을 한껏 옆으로 뻗으며 오른손으로 남자의 팔목을 움켜잡았다. 아주 짧은 시간 동안 잡힌 손을 뿌리치려는 남자와 놓지 않으려는 인후 사이에 완력 싸움이 일어났다.

"이 새끼, 너 뭐야, 뭔데 뜬금없이 시비야, 시비가?"

자신이 밀린다고 느낀 남자가 언성을 높이며 인후의 멱살을 쥐려는 것을 인후가 상체를 뒤로 젖혀 가볍게 피하더니 마치 춤을 추듯 쥐고 있던 남자의 팔을 쭉 들어 올리며 빙그르르 옆으로 돌았다. 이놈이 뭘 하는 거야 하는 얼떨떨한 표정으로 따라서 고개를 돌리던 남자의 둥그런 얼굴이 다음 순간 "억!" 하는 소리와 함께 일그러지며 보닛에 뭉개졌다.

무릎 뒤쪽을 구두로 세차게 가격당한 것에 이어 팔이 뒤로 꺾여 보닛에 떠밀린 것이다. 뒤늦게 제 상황을 깨닫고 남자가 몸부림을 쳤으나 인후가 꺾은 팔을 사정없이 비틀어 올리는 서슬에 그만 또 체면이고 뭐고 없이 비명을 질렀다. 일련의 일이 불과 몇 초 안에 벌어졌다.

인후가 아직 왼손에 들고 있던 휴대폰을 다시 얼굴로 가져오는데 밴의 앞뒤 도어가 차례로 열리며 두 사람이 내려섰다. 그중에 한 명은 인후와 안면이 있었다.

"이제 보니 아는 놈이구만."

지난번의 수모를 생생히 기억하는 어깨가 징그럽게 웃으며 인후를 향해 걸음을 옮겼다. 머리를 까딱까딱하는 것으로 뚝뚝 소리를 내면서 남자가 다가오는데도 인후는 차분히 교차로 이름을 대고 거듭 말했다.

"네, 납치요. 제 눈에는 틀림없이 그렇게 보였습니다."

이어서 쫓아오면서 외워버린 밴의 차량번호를 읊기 시작하는데 쾅, 밴을 후려치며 어깨가 소리쳤다.

"이 시발 새끼가 뭔데 사사건건 다 된 밥에 코를 빠트려? 납치라니, 엉? 대체 누가 누구를 납치했다고 지랄이야?"

"오해인가요? 그럼 화담이랑 이야기 좀 하게 해주시죠?"

"화담이? 그게 누군데? 네 엄마라도 찾냐?"

전혀 모르겠다는 듯 눈알을 굴리는 어깨를 빤히 보던 인후가 느닷없이 보닛에 쥐어 누르고 있던 남자의 꺾인 팔을 확 비틀었다. 애꿎은 남자가 어깨가 탈구되는 고통에 비명을 지르는 걸 들으며 인후는 휴대폰에 대고 말했다.

“서둘러 주셔야겠는데요. 사람이 다칠 것 같아서요.”

그 모습을 보던 어깨가 기가 차다는 듯 웃었다.

“이 새끼 물건이네? 오냐, 경찰이든 뭐든 불러라. 암만해도 여기서 사람 하나 다칠 건 확실하다.”

팔을 걷어붙이며 인후에게 금방이라도 달려들 것처럼 으르렁대는 어깨를 주시하던 인후는 문득 가볍게 차가 흔들리는 걸 느끼고 눈을 가늘게 떴다. 이미 앞좌석의 둘은 내렸다. 그렇다면 뒷좌석에서 어떤 소동이 있다는 건데.

과연 곧 뒷좌석 도어가 열리며 화담이 구르듯이 튀어나왔다. 뒤를 돌아본 어깨가 “잡아!”하고 외치자 함께 내렸던 다른 덩치가 화담에게 손을 뻗었다.

“으랴아!”

화담의 우렁찬 기합 소리와 함께 덩치의 머리에 완벽한 뒤돌려차기 한 방이 작렬했다. 걷어찬 다리 전체가 저릴 정도로 제대로 찬 게 확실한데도 덩치는 워낙에 체격이 좋아 맞고도 그대로 서서 흔들릴 뿐이었다. 뜨악한 얼굴도 잠시, 화담은 돌려차기를 한 다리가 땅에 닿기 무섭게 재차 걷어 올려 덩치의 턱을 차올리고 이어서 축으로 버티던 왼발을 비틀며 또 한 번 배를 목표로 세차게 내질렀다.

비장의 연속 쓰리 킥. 태권도 사범님도 이걸로 쓰러트린 전적이 있는 화담은 자신의 비기에 대한 신뢰가 무한했으나 맷집으로 다져진 진짜 폭력배에게는 먹히지 않는다는 걸 이제 비로소 알았다. 가뜩이나 곰 같은 덩치가 몇 대 얻어맞고 얼굴이 붉어져 흰자위를 번득이며 노려보는 시선에 화담은 꿀꺽 마른침을 삼키며 주춤 뒤로 물러났다.

"달려, 서화담! 뒤돌아서 나한테 와! 뭐해, 뛰라니까!"

잠시 인후의 외침이 안 들릴 정도로 몸이 굳어 있었다. 그래도 이내 귀가 트이자 화담은 안 떨어지려는 발을 움직여 뛰기 시작했다. 쫓아오는 곰을 피해 밴을 빙 돌아서 죽어라 뛰었다. 사내가 어찌나 빠른지 머리카락을 쥐어 잡힐 뻔했으나 천만다행으로 머리가 짧아서 간발의 차이로 모면했다.

얼마 달리지도 않았는데 다리가 풀려 고꾸라질 뻔한 화담을 마주 달려온 인후가 확 끌어당겨 제 뒤로 오게 했다.

"선배, 조심해요! 아앗!"

먹잇감을 잡기 일보 직전에 끼어든 방해꾼을 보고 곰이 괴성을 지르며 솥뚜껑 같은 주먹을 휘둘렀다. 결코 제 상대가 아니란 걸 몸으로 느낀 만큼 겁을 집어먹고만 화담의 비명을 흘려들으며 인후는 크게 휘두르는 상대의 주먹질을 피하고 휴대폰을 쥐고 있던 손을 휘둘러 상대의 얼굴을 후려쳤다.

빠각, 하며 무언가 확실하게 부서지는 소리에 화담은 저도 모르게 눈을 질끈 감았다. 그 사실을 깨닫고 당장 눈을 홉뜨며 똑바로 앞을 쳐다본 화담은 제 턱을 감싸고 비틀거리는 곰을 발견하고는 놀라서 입을 벌렸다. 공격이 먹혔다! 차인후, 대체 이 사람은 얼마나 강한 거냐?

"젖비린내 나게 생긴 놈이, 어디서 사람 좀 팼나 보구나?"

일전에 당해본 어깨가 여유를 자랑하듯 손을 풀었다.

"딴 건 몰라도 사람 방심하게 하는 재주 하나는 인정하마. 툭 치면 어디 한 군데 부러지게 생긴 몰골을 하고선 말이야. 하지만 그게 두 번은 안 먹힌다는 거 오늘 똑똑히……."

어깨의 일장연설은, 그와 같은 직업에 종사하는 자라면 민감하지 않을 수 없는 어떤 소리에 흐지부지 꼬리가 잘렸다. 경찰차 사이렌 소리가 모두의 귀에 분명하게 들렸다.

아직은 멀어서 시야에 들어오지 않는 경찰차를 찾아 주위를 둘러보는 도중 이쪽 차선 신호가 바뀌어 옆 차들이 슬슬 출발하기 시작했다. 어깨가 하늘을 보며 헛웃음을 짓더니 화담을 향해 고개를 저었다.

"아가, 아무래도 다음에 다시 봐야겠다."

어깨는 한 군데씩 탈이 난 동료들을 차에 태웠고 앞좌석 운전석으로 다가가면서 다시금 화담에게 윙크를 던졌다.

"조만간 또 보자. 어디 아프지 말고 잘 지내야 한다?"

그는 인후에게도 입술을 한 번 비죽이며 야비한 미소를 짓고 운전석에 올라탔다. 시동을 거는 소리에 인후가 급히 화담을 중앙선 쪽으로 밀었다. 밴은 다른 수작 없이 곧장 둘의 눈앞에서 멀어져갔다. 인후도 지체 없이 화담의 손을 잡고서 제 차로 걸어갔다. 화담을 뒷좌석에 태우고 그도 운전석에 타서 신호가 바뀌기 직전에 그 도로를 떠났다.

어안이 벙벙해 있던 얼마간이 지나자 화담은 퍼뜩 떠오른 게 있어 뒤를 돌아보았다.

"선배, 경찰은요? 우리가 그냥 가버리면……."

"우리한테 오는 거 아니었을 거야."

"아니에요? 신고……했잖아요?"

"나는 안 했어. 다른 사람들이 했을지는 모르겠지만."

"안 했다고요?"

영문을 모르겠다는 얼굴로 눈을 껌벅거리던 화담이 마침내 "뻥카였어요?"하고 놀라서 물었다. 인후는 뻥카란 말을 알아듣지 못했다. 화담이 재차 허세부린 거냐고 묻자 그제야 고개를 주억거렸다.

"경찰 싫어하거든. 게다가 한국은 정당방위의 기준이 형편없으니까."

"으음."

정당방위에 대한 말에는 화담도 고개를 끄덕끄덕했다. 하지만 경찰이 싫다는 말에는 얼굴을 찡그렸다. 인후 선배가 경찰을 싫어하다니. 경찰에 대해 품고 있던 장밋빛 꿈이 급속도로 퇴색하는 느낌이다.

"우연히 경찰차가 근처에 지나가지 않았다면 지금도 싸우고 있었을지 모르는데. 걱정 안 됐어요?"

"그다지."

너무도 차분한 반응에 화담은 새삼 멍하니 입을 벌리고 고개를 끄덕였다. 차 안이 잠시 조용해졌지만 곧 다시 지절대는 화담의 목소리로 침묵이 깨졌다.

"어떻게 거기에 나타났어요? 선배 보고 옳다구나 하고 뛰쳐나오긴 했는데 지금도 영 믿기지가 않아요. 진짜 꿈인가?"

제 뺨을 한쪽으로 부족해 두 쪽 다 꽉 꼬집어보는 화담을 룸미러로 쳐다보곤 인후가 뭔가를 뒤로 던졌다. 그것은 용케도 화담의 이마를 찰싹 때리고 바닥으로 떨어졌다. 화담이 주워들어보니 인후의 휴대전화였다. 깨진 액정까지 살필 것도 없이 못 쓰게 됐다는 게 한눈에 확연했다.

"으아아, 이거 아까 그 곰 잡으면서 이렇게 된 건가요?"

"그래. 곰사냥의 제1 공신이다."

"으아아아아, 도저히 못 고치겠어! 아, 잠깐, 선배 손은 괜찮아요? 이게 이 모양인데 선배 손은, 꺄아아! 선배 손에서 피나잖아요!"

그걸 이제서야 인지한 자신의 눈을 의심하며 화담이 소리쳤다. 시끄럽다고 핀잔부터 한 인후가 오른손을 들어 손가락을 쥐락펴락 해보이며 멀쩡하다는 것을 증명했다.

"찰과상이야. 사람 때리고 이 정도면 아주 양호하지."

"양호하지 않아요! 피 때문에 옷소매까지 젖었잖아요!"

"아, 그렇군. 역시 난 흰색하곤 궁합이 별로 안 맞아."

"지금 옷 색깔이 문제가 아니라, 하아아……."

말을 하다 말고 땅이 꺼져라 한숨을 쉰 화담은 머리를 싸맨 채로 푹 고개를 숙였다. 삽시간에 차 안이 조용해졌다. 인후는 룸미러를 힐긋거리다가 신호 대기에 들어갔을 때 뒤돌아보며 화담의 머리를 건드렸다.

"왜 그래? 너 어디 맞은 데 있어?"

"난 괜찮아요. 너무 괜찮아요."

"그런데 왜 그러고 있어?"

"아무래도 선배를 그만 봐야겠다 싶어서요."

인후의 눈이 살짝 커졌다. 왜냐고 물으려다가 불현듯 입술이 마른 느낌에 혀로 입술을 축이며 화담의 복슬복슬한 머리카락만 말끄러미 쳐다보았다.

그러다 뒤에서 울리는 클랙슨 소리에 퍼뜩 정신을 차리고 운전대를 잡은 인후는 얼마쯤 가다가 인도변으로 보이는 편의점을 확인하고는 연석 옆으로 차를 댔다.

"뭐 마실래?"

질문을 던져도 얼굴을 들지 않고 고개만 젓는 화담을 보고 인후는 차에서 내려 편의점에 갔다. 홍차와 이온음료를 사고 계산대에서 눈에 들어온 막대사탕도 집히는 대로 한 움큼 계산했다. 차로 돌아왔는데 화담은 여전히 나가기 전에 본 그대로였다. 인후는 자기 몫의 홍차만 빼고 비닐봉지 채로 화담의 머리에 갖다댔다.

"먹어."

"생각 없어요."

이 녀석이 먹을 걸 마다하다니. 어느샌가 왕성한 식욕과 화담을 떼어놓고 생각할 수 없게 된 인후는 자신의 짐작보다 더 화담이 심각하다는 것을 깨닫고 머리를 굴렸다. 그러다 손에 쥐고 있던 홍차캔을 보고 그의 눈이 반짝였다.

"나는 마셔야겠어. 이것 좀 따줄래? 손이 아파서……."

손이 아프다는 말이 끝나기도 전에 번쩍 고개를 든 화담이 인후에게서 캔을 받아갔다. 화담은 캔을 따는데 은근히 서툴러서 몇 번이나 헛손질을 했다. 그 약점을 이미 파악하고 있었던 인후의 노림수였다. 입가에 옅게 떠오른 미소를 지우며 인후는 글러브박스에서 물티슈를 꺼내 오른손에 얼룩진 피를 닦았다. 그걸 본 화담이 빠르게 눈을 깜박이며 캔을 따는데 사력을 다했다.

"땄어요! 선배, 자, 선배는 홍차나 마시고 손은 이리 내봐요, 내가 닦아줄게요."

"그럴 거 없어. 금방 끝나니까, 엇."

코앞으로 쑥 다가온 홍차캔 때문에 인후가 멈칫하는 사이 오른손을 화담에게 빼앗겼다. 결국 인후는 화담에게 제 손을 맡겨두고 홍차를 마시기로 했다.

그의 셔츠 소매를 접어서 걷어 올린 화담은 팔부터 시작해서 손으로 차근차근 내려오며 꼼꼼히 피를 닦았다. 그러다 검지와 엄지 사이로 손등에서 손바닥으로 이어지며 7, 8센티는 족히 되게 난 찢긴 상처를 발견하고 감쳐물었던 입술을 바르르 떨었다. 상처를 피해가며 주변의 핏자국을 닦던 화담이 문득 손을 멈추더니 입을 열었다.

"병원에 가야겠어요, 선배. 그냥 두면 흉질 것 같아요."

"피도 다 멎었는데 뭐 하러."

"흉진다고요. 이거 틀림없이 흉 돼요."

"되면 되는 거지 여자애도 아닌데 그런 게 대수야?"

"대수에요, 나한텐 대수니까 병원에 좀 가요!"

나지막하던 화담의 목소리가 별안간 커져서 인후는 약간 놀랐다. 하지만 전혀 대수롭지 않은 척 후루룩 소리까지 내어 홍차를 마시고는 중얼거렸다.

"그래도 싫은데? 병원이라면 질색이거든."

"……선배, 제발 좀."

죽어라 그의 손만 들여다보던 얼굴을 들어서 화담이 그를 쳐다보았다. 답답해 죽겠다는 표정보다도 발그레해진 눈가가 인후를 자극했다.

여차하면 울어버릴 것 같은 눈.

그 눈을 마주하는 인후의 마음은, 바람 부는 갈대숲을 방불케 했다. 우는 건 싫은데 우는 게 보고 싶기도 하다.

지조 없는 바람에 춤추는 갈대들을 추스르며 인후는 짐짓 눈살을 찌푸렸다.

"왜 그리 심각해? 머잖아 군대도 갈 텐데 손에 한두 개 흠 있는 게 뭐 큰일이라고. 유난 떨지 마, 서화담."

인후의 말은 늘 그렇듯 화담에게 설득력이 있었으나 다시금 그의 손을 보자 낯빛이 어두워지는 건 여전했다.

"군대는 나중 일이고, 지금은 지금이잖아요. 흉터 안 생기게 미리 예방해서 나쁠 건 없다고 생각해요. 이렇게 다친 것만 해도 미안한데 거기에 흉까지 생긴다면……."

푸욱 한숨을 내쉰 후 화담은 자조적으로 중얼거렸다.

"선배는 나한테 귀인이 틀림없는데 나는 선배한테 폐만 끼치네요. 우렁이고 뭐고 내가 선배 근처에 얼쩡거리는 게 아닌가 봐요. 미안하다고 말하는 것도, 버릇 되겠어요."

"그러니까 지겹게 사과만 하지 말고 감사 인사를 해보지 그래?"

인후의 지적에 화담은 자신이 아직 고맙다는 말 한마디를 한 적 없다는 사실을 깨닫고 거푸 고맙다고 인사했다. 인후는 다 비운 홍차캔을 가볍게 일그러뜨리며 혀를 찼다.

"그것도 질린다. 아무리 좋은 말도 여러 번 들리면 질리니까 딱 한 번이라도 진지하게, 앞으론 그렇게 좀 해."

"네, 잘 알겠습니다."

하고 꾸벅 고개를 숙이던 화담은 이내 풀죽은 얼굴로 인후를 쳐다보았다.

"앞으로 또 미안하고 고마워해야 할 일 안 만들래요. 역시 내가 선배 근처에 얼쩡거리지 않는 게 최선이에요."

그냥 해보는 말이 아닌 듯한 다짐에 인후는 잠자코 편의점에서 들고 온 봉지 안을 뒤적이다가 딸기맛 사탕을 골라잡고 화담에게 내밀었다.

"먹어. 너한테 지금 필요한 건 당분이야."

인후가 그렇게 말하면 화담은 그만 '그런가?' 하고 생각하게 된다. 귀가 얇은 편은 아닌데 차인후 한정으로 귀가 만두피, 아니 라이스페이퍼보다도 얇아진다. 그래서 그만 네, 하고 막대사탕을 받아서 입에 물었다. 그러고서 그의 손을 닦는 일로 복귀한 화담을 지켜보던 인후가 중얼거렸다.

"서화담. 너 뭔가 착각하는 게 있는데."

"착각이요?"

"네가 나한테 도와달라고 한 적 있었어?"

"여러 번 있지 않나요?"

"그런 일은 딱 한 번이야. 무주 돌아갈 차비가 없어서 빌려달라고 한 거."

더 여러 번처럼 느껴져 화담은 고개를 갸웃했다.

"아, 사부가 되어달라고 한 건요?"

"그건 그 범주에 넣을 일이 아니지."

화담은 뭐가 다른지 모르겠지만 인후가 아니라니 아닌가 보다 한다.

"그리고 그 폐니 어쩌니 하는 것도 판단 미스야. 그건 네가 결정하는 게 아니라, 내 쪽에서 결정할 일이잖아?"

"음…… 그건 그렇긴 한데, 이렇게 눈에 보이는 명백한 피해 상황이 있는데 이게 폐가 아니면 뭐가 폐에요?"

여기 당신 손을 보란 듯이 화담이 톡톡 손가락을 두드리는 바람에 인후도 손에 생긴 상처를 보긴 했지만 그는 오히려 미소를 지었다.

"'폐'라는 건 타인에게 끼치는 괴로움, 번거로움 같은 걸 말해. 그런데 난 딱히 괴롭지도 번거롭지도 않았어. 도리어 기분 전환이 됐다면 모를까."

"기분 전환이요?"

뜻밖의 말에 화담은 어안이 벙벙해졌다. 인후가 그런 화담의 눈을 마주보며 쿡 웃었다.

"내가 무슨 히어로물 주인공도 아닌데 악당한테서 여자를 구해주고 악당을 물리치고 하는 일이 흔할 것 같아? 입장을 바꿔서 생각해봐. 네가 나였다면 기분이 어떨까?"

"음…… 좋죠. 악당퇴치, 정의실현! 근사하죠!"

바바리맨을 붙잡고 표창을 받던 그 기분, 세상을 다 가진 것처럼 으쓱하던 그때를 떠올리며 화담은 웃었다. 인후 또한 미소와 함께 턱을 까딱했다.

"그래. 너만큼 열광적은 아니어도 일단은 나도 흡족해. 제법 내가 괜찮은 놈인 것 같아서 나름 우쭐한 것도 있는데, 네가 그렇게 땅을 파고 들어가면 내 좋은 기분에 찬물 끼얹는 것밖에 더 돼?"

그건 전혀 생각 못한 방향이라 화담은 멍하니 인후를 쳐다보았다. 아닌 게 아니라, 그럴 것도 같다.

불현듯 어릴 적 큰 애들에게 곧잘 괴롭힘을 당하던 승준일 도와준 일도 떠올랐다. 그땐 승준일 괴롭히는 녀석들하고 하루가 멀다 하고 치고받고 싸웠다. 승준인 화담이 다치면 약을 발라주고 꼭 하나씩 맛있는 과일을 남겨놓았다가 집에 가는 길에 화담과 나누어 먹었다. 그런 승준이가 귀엽고 좋았다. 얼마 안 가 명실상부한 시장의 골목대장으로 인정받으며 더 싸울 일도 없어졌지만 그때 만약 승준이가 나 때문에 네가 번번이 다친다며 슬금슬금 피했다면 어땠을까?

"그렇게는 생각 못했어요. 맞아요, 내가 누굴 도와줬는데 돌아온 반응이 나 같으면 맥 빠질 거예요."

인정하지만 여전히 씁쓸한 건 씁쓸한 거다.

"하지만 난 늘 다른 사람을 돕는 입장이었는데, 그게 반대가 되니까 기분이 엄청 이상해요. 내가 꼭 쓸모없고 초라한 사람이 된 것 같은 게……."

그때 찰싹 화담의 이마를 때리는 손길에 화담이 수그러졌던 고개를 들었다. 인후는 여전히 미소가 깃든 입술을 열어 말했다.

"나한테도 이건 이상한 경험이야. 난 딱히 정의의 사도도 아니고 적극적인 것도 아니라 번거로운 일에 끼어드는 사람이 아니야. 그런데 너랑 얽히면 그만 묘한 일을 벌이는 거야. 전생에 너한테 빚진 게 많은 건지."

"전생? 선배 전생이나 윤회 같은 거 믿어요?"

불쑥 상체를 그에게 기울여오며 화담이 묻는데, 그 눈빛이 왠지 모르게 생생했다. 화담이 돌아가신 어머니를 절에 모셨다는 게 인후의 뇌리에 스쳤고 다음 순간 그는 태연히 고개를 끄덕이고 있었다.

"오, 선배 불교 신자구나! 나도 어릴 때부터 엄마 따라 절에 다녔어요. 아직 막 진지하게 믿는 건 아닌데 심정적으로는 그쪽. 와, 공통점 또 하나 발견! 나는 꼭 무교일 줄만 알았는데 알고 보니 불교 오빠네?"

반색을 하는 화담을 보며 인후는 "거의들 그렇게 알아."하고 중얼거렸다. "어쩐지 어딘가 초연한 면모가 있다 했어요."라며 화담은 존경 어린 시선을 보냈다.

"하기야 그런 게 아니면 어때요. 이제부터라도 좋은 인연으로 만들기 위해 애쓰면 되죠. 안 그래요?"

별것 아닌 공통점 하나로 별안간 기분이 확 바뀌었는지 화담에게서 환한 기운이 뿜어져 나왔다. 입에 문 사탕 때문에 한쪽 볼이 볼록한 게 우스꽝스럽긴커녕 귀엽게만 보이는 희한한 현상에 대해 생각하며 인후는 고개를 갸웃했다.

"그건 한 번 두고 보자고."

"노력하겠습니다, 우렁이 레벨업! 으랏차!"

기합을 넣고 화담은 닦다 만 인후의 오른손 미화작업에 돌입했다. 보송보송 흔들리는 그녀의 머리칼을 보며 인후는 불경 공부를 해야겠구나 하고 머릿속 한편에 메모를 한다.

"그쯤하면 됐어. 어차피 물에 제대로 씻어야지."

손톱 아래까지 청소할 기세인 화담에게서 오른손을 거두고 이온음료를 꺼내 던져준 뒤 인후는 운전석에 제대로 앉았다. 안전벨트를 매며 집으로 데려다주면 되냐고 묻자 화담은 고개를 끄덕거리다 말고 "으앗!"하고 소리를 질렀다.

"터미널이요, 선배, 고속버스터미널로 가야 해요! 승준이가 틀림없이 날 찾고 있을 텐데. 으아아, 서화담 바보멍충이, 승준이를 미아로 만들고 까맣게 잊다니! 사람도 아냐!"

"진정하고 일단 전화부터 해봐."

아직 그 임팔라 녀석이 터미널에 있다는 사실에 인후의 목소리가 표나게 딱딱해졌다. 화담은 당장 주머니에서 휴대폰을 꺼냈지만 배터리가 없어진 전화기는 무용지물일 뿐. 하물며 인후의 휴대폰도 망가진 상황이다.

"가면서 공중전화 보이면 말해줄게."

"어, 공중전화를 찾아도, 내가 승준이 번호를 외운다는 보장이……."

"못 외워? 남자친구라며?"

"저 진짜 숫자에 약하거든요."

"글쎄, 아무리 약해도, 성의의 문제 아닌가?"

가볍게 핀잔하며 차를 출발시킨 얼마 후 인후는 인도에 있는 공중전화 부스를 발견했다. 금세 뇌리에 떠오르는 일련의 숫자조합이 승준의 전화번호임을 인후는 의심치 않는다.

그는, 아직 외우고 있다. 하지만 그것을 화담에게 내색하는 건 별개의 문제. 인후는 그대로 전화 부스를 지나쳤다.

화담은 머리를 싸매고 승준의 전화번호를 떠올리려 애썼지만 자꾸 떠오르는 건 아까 어깨가 전화할 때 본 외삼촌의 번호 따위였다. 초조해하니까 더 생각이 안 나는 것 같아 등을 쭉 펴고 심호흡을 해보던 화담은 불현듯 인후에게 가장 중요한 걸 묻지 않았단 게 떠올랐다.

"근데, 선배. 내가 그 밴에 탄 건 어떻게 알았어요?"

인후는 옆으로 지나쳐가는 또 하나의 전화 부스를 힐긋 보며 대꾸했다.

"봤으니까 알지. 드라이브 삼아 터미널 부근 지나다가."

"와, 내가 운이 참 좋았네. 역시 악운에 강한…… 아냐, 이제부턴 행운이라고 해야지. 행운의 총아 서화담! 맞다, 선배 오페라 보러 간다고 하지 않았어요? 푸른 선배 말론 아홉 시 넘어서 끝난다고 한 것 같은데……."

"바람맞았어."

"누구한테요? 설마 푸른 선배한테? 왜요?"

"여자가 불러낸다고 쪼르륵 가버리더라."

"그런 의리 없는 사내를 봤나!"

분한 나머지 좌석에서 들썩이기까지 하는 화담에게 인후는 태연히 원래 그런 녀석이라고 말했다.

"수틀리면 혼자 휭하니 가버리는 건 나도 만만찮으니까 뭐라 할 것 없어."

"뭐야, 그게. 친한 친구일수록 예의를 갖춰야죠, 하물며 죽마고우라면, 죽마고우, 고우…… 95, 95, 7495……."

고우란 말에서 연상한 숫자가 화담의 기억에서 어떤 숫자를 끌어올렸다. 살짝 눈살을 찌푸리며 "그래, 왠지 그게 신경이 쓰였어."라고 중얼거리는 그녀에게 인후가 물었다.

"다현이한테 전화하게?"

인후는 좌회전 신호를 받고 차를 돌리느라 그를 보는 화담의 얼굴이 일순 굳어지는 것을 보지 못했다.

"네 남자친구란 녀석이 다현이 번호 안다면 전화했을지 모르겠네. 그래, 차라리 다현이한테 전화하는 게 빠르겠다."

머잖아 눈에 들어온 전화 부스를 보며 인후가 어떡할래, 하고 물었다.

"전화할 거야? 다현이 번호라면 내가 아니까."

"아뇨, 번거롭네요. 금방 터미널 갈 거잖아요. 안 그래요?"

어쩐지 대꾸하는 목소리가 건성인 것 같아 인후는 힐긋 룸미러를 쳐다보았다. 화담은 팔짱을 끼고 차창 밖을 보고 있다. 큰일이라면 큰일을 당한 후에도 웃음기가 서성이던 화담의 입가가 딱딱하게 긴장해 있는 게 느껴졌다. 뭐라 말을 걸려다가 인후는 내버려두기로 했다.

"여기요, 선배. 여기서 내려주면 돼요."

터미널에 이르러 인후가 주차할 장소를 찾는데 화담이 재촉하는 바람에 인후는 일단 차를 세웠다. 그러자 화담은 벌컥 차문을 열며 "고마웠어요, 은혜 열 배로 갚을게요!"라는 말을 남기고 쌩하니 달려갔다.

"저 바보가……."

경각심이라곤 손톱만큼도 없는 화담 때문에 인후가 답답해하는데 뒤에서 클랙슨 소리가 들렸다. 주차는커녕 정차도 금지된 구역이라 인후는 급히 차를 뺄 수밖에 없었다. 눈에 불을 켜고 주변을 살피다 간신히 한 자리 찾아내 차를 세우고 터미널 안으로 뛰어갔다.

오가며 보긴 했어도 실제로 들어와 본 것은 처음인 인후는 이런 시간에도 북적거리는 공간에서 잠시 얼떨떨하니 서 있었다. 어디로 가야 하는 걸까. 하지만 그가 낯선 곳에서 헤맬 시간은 그리 길지 않았다. 그저 몇 걸음 내딛으며 안을 둘러보았을 뿐인데 두 눈에 확 화담이 안겨왔다.

어째선지 화장실 앞에 쪼그려 앉아 있는 뒷모습에 뭘 하는 거야, 하고 다가가려던 그의 발은 화담이 혼자가 아니란 것을 깨달으며 멈추었다. 화담의 바로 앞에 누군가 웅크리고 앉아 있었다.

"임팔라……."

지승준이란 녀석이 앵돌아져 외면하고 있는 것을 화담이 풀어주려고 안간힘을 쓰는 게 멀리서도 확연했다. 두 손을 모아 싹싹 비는 시늉을 한데 이어 화담이 승준의 뒤로 돌아가 겨드랑이 사이에 팔을 넣어 억지로 일으켜 세웠다. 그러는 사이에도 화담은 눈웃음 가득한 애교를 마구 뿜어내더니 마침내 일어선 승준의 팔에 팔짱을 끼고 어서 가자고 졸랐다.

영문도 모르고 반 시간이 훌쩍 넘도록 터미널 안만 오락가락하다 마지막에 헤어졌던 화장실 앞에서 화담을 기다리느라 노심초사했던 승준은 어디 나타나기만 해봐라, 하고 잔뜩 별렀지만 정작 화담이 나타나자 삼십 분은커녕 삼 분도 못 되어 기분이 풀어지고 말았다.

"가서 전화해! 다리 찜질하고 자는 거 잊지 말고!"

"응, 토요일에 봐!"

다시 차표를 끊어 아홉 시 십 분 고속버스를 타고 가는 승준을 배웅한 뒤 화담은 한숨을 쉬며 돌아섰다. 터벅터벅 대합실로 돌아가 의자에 앉아 골똘히 생각에 잠긴 그녀의 옆자리에 누군가 슥 앉았다. 거의 십 분여를 눈을 뜨고 자는 사람처럼 꼼짝도 하지 않았던 화담은 이윽고 한숨을 쉬며 고개를 들다가 옆자리를 보고 눈이 휘둥그레졌다.

"선배? 집에 안 갔어요?"

인후는 가볍게 혀를 차고선 화담의 관자놀이를 쿡쿡 찔렀다.

"생각이란 걸 좀 하지? 너 아까 그 자식들한테 붙들린 데가 어디야?"

"그거야 터미…… 아……."

그가 말하는 바가 뭔지 깨달은 화담이 뒤늦게 주위를 경계했다. 인후가 슥 의자에서 일어섰다.

"데려다줄게."

쓴웃음을 짓고 일어선 화담은 인후의 옆에서 걸음을 옮기며 늦은 밤에도 사람이 북적거리는 터미널 안을 둘러보았다. 그러다 불쑥 인후의 팔을 잡고 그를 올려다보았다. 주차해둔 차까지 가도록 그러고 있으니 결국 인후가 왜 그러느냐 물었다.

"선배, 지금 살짝 탁한 거 알아요?"

인후의 눈이 가늘어졌지만 일단은 차에 타고 봤다. 차를 출발시키고도 한동안은 혹시 미행 같은 게 붙지는 않나 하고 주의를 기울였다. 당장은 다른 불상사가 없을 거라고 확신하고서야 차에 타기 전에 한 말에 대해 물었다.

"전에 말했던 그 기운인가 뭔가 하는 이야기야?"

"네."

"그런데 내가 탁해졌다 이거지?"

"살짝이요. 맑은 물인데, 가라앉아 있던 침전물이 잠깐 흔들린 것처럼."

침전물. 짚이는 바가 없지 않아 인후는 눈살을 찌푸렸다. 화담은 그 표정을 오해했는지 재빨리 덧붙였다.

"이상한 거 아니에요. 누구나 조금씩은 변하는 걸요. 심지어 아기들도 막 화를 내거나 하면 뿌옇게 돼요. 하루로 치면 아침보다 밤에 더 흐려지고요. 내 생각엔 지치는 정도도 영향을 주는 것 같아요."

"흥. 신통치 않군. 제대로 믿을 바가 못 돼."

"그래도 평균치라는 게 있으니까요."

변명하듯 중얼거렸지만 잠시 후 화담은 고개를 저었다. 한 번, 두 번 거푸 고개를 가로저으며 제 손을 들여다보았다.

"선배 말이 맞아요. 맹신하면 안 되겠어요. 사람이란 건 내 생각보다 복잡하니까. ……열 길 물속 운운하더니 정말 복잡해."

"네 입에서 그런 소리가 나오는 걸 보니 무법천지인 외삼촌도 쓸데가 아예 없진 않구나."

인후의 말에 화담은 다소 묘한 미소를 지었다.

"오늘 일마저 아주머니께 비밀로 할 건 아니지?"

화담은 바로 대답하지 않고 괜히 글러브박스를 열어 뭔가 진귀한 거라도 찾는 듯 구경했다.

"오지랖 부릴 생각은 없지만 네 외삼촌이란 사람, 질이 나빠. 그건 딱히 기운이고 뭐고 못 봐도 한눈에 보였어."

갑자기 화담이 몸을 비틀어 뒷좌석에 놓인 편의점 비닐봉지로 손을 뻗었다. 긴 팔 끝에 잡힌 봉지를 가져와 아까 인후가 사온 막대사탕 중에서 땅콩버터맛을 골랐다.

"이건 선배가 못 먹을 테니까 내가 접수."

포장지를 벗겨 날름 혀로 감아 넣고선 다시 사탕을 뒤적인 끝에 화담은 포도맛을 찾아냈다.

"선배, 포도맛이에요. 이건 먹을 수 있죠?"

"너무 달아서 싫어."

"으아아, 차인후는 싫어하는 게 너무 많아. 여기서 질문, 선밴 대체 군것질거리로 좋아하는, 아니 싫어하지 않는 음식이 뭡니까? 아, 기정떡 말고요."

화제를 전환하려는 의도가 명백한 화담의 부산함, 모르지 않았지만 인후는 진지하게 생각해 보았다. 군것질거리인가. 이것도 탈락, 저것도 탈락. 사색은 하릴없이 길어졌다. 화담은 그 긴 사색을 오해하곤 푹 고개를 숙였다.

"아주머니께 말씀드릴 거예요. 안 그래도 생각했어요. 나는 몰라도 불똥이 무주까지 튀는 건 안 되니까."

무주에 남아 있는 가족이 없으니, 화담이 말하는 건 친구들의 일일 거라고 인후는 짐작했다. 비로소 터미널처럼 사람 많은 곳에서 순순히 그 밴에 올라탄 것도 아까 본 그 임팔라랑 관계가 있을 거라는데 생각이 미쳤다. 손끝이 따끔거리는 불쾌한 느낌과 함께 인후는 핸들을 꽉 움켜쥐었다.

"너 갑자기 사라졌다가 나타났는데, 남자친구는 이상하게 생각 안 해?"

"안 해요. 충성도 테스트라고 했거든요. 히히."

"그런 게 통해?"

화담은 낄낄거리며 고개를 끄덕였다.

"승준인 내가 메주로 콩을 쒀도, 커험, 팥으로 메주를 쒀도 그렇구나 하고 믿을 녀석이에요."

"사내 녀석이 자존심이고 뭐고 없나 보군."

"아뇨, 걔 자존심 세요. 다만 나한테 한없이 물러터진 거지. 바로 그게 귀여운 거고요. 오늘 뜀박질하다가 발을 삐끗했는데 괜찮을지 모르겠어요. 글쎄 깔창을 세 개나 깔고 온 거 있죠? 그런 거 안 깔아도 옆에 서면 딱 눈 마주치기 좋은 키인데 왜 자꾸 키에 연연하는지 모르겠어요. 사춘기라서 그러나? 선배, 선배는 사춘기가 언제까지였어요?"

눈이 동그래져서 묻는 것을 태연히 무시했다. 손에 쥐고 있는 핸들의 단단함에 안심하면서 인후는 혹시라도 화담이 그에게 손을 대지 않기를 바랐다. 화담이 말하는 기운이라는 게, 어쩌면 깜짝 놀랄 만큼 탁해졌을지도 몰랐다.

일찍이 사막이 되어버린 그의 마음엔 아주 가끔 지나가는 비가 내릴 뿐 바람은 드물고도 드물었다. 그런데 지금 스스로도 어리둥절할 정도의 거센 바람이 불고 있다. 벌써 이 모래바람이 몇 번째인지. 이러다 헤아리는 게 의미가 없어지면 사막의 형태조차 바뀌어 버릴까 두렵다.

사춘기. 그런 단어에 흠칫하도록 놀라는 자신도 싫다.

초조함이라는 생경한 감정이 어느새 인후의 마음 한쪽에 단단히 결정을 맺고 있었다.

"이제 와?"

이어폰을 꽂은 채 정원을 걸어가던 다현은 누군가 등을 툭 치는 손길에 비명이라도 지를 듯 놀란 얼굴로 돌아보았다. 그렇게 놀라는 모습도 꼴사납지 않고 훈훈한 터라 화담은 에이, 하고 입술을 삐죽였다.

"형 실은 표정 연구 같은 거 하지? 거울 앞에서 막 연습하고 말이야. 어떻게 된 게 표정이 무너질 때가 없어. 암만 잘생긴 연예인도 흑역사 짤 정도는 있던데."

거기서 화담이 손가락을 딱 튕기며 눈을 크게 떴다.

"그러지 말고 연예인 해라. 배우 남다현. 그럴싸한데?"

다현은 이어폰을 빼서 가방에 넣으며 내가 무슨, 하고 고개를 저었다.

"배우는 아무나 하나. 내 얼굴로는 명함도 못 내밀어."

괜찮다는 다현의 손에서 기어코 가방을 뺏어 든 화담이 본채로 걸음을 옮기며 고개를 갸웃했다.

"얼굴이 그만하면 어때서? 나 무슨 사인회 때문에 남자 아이돌그룹 엄청 가까이에서 본 적 있는데 그중 한 명이 배우 겸업한다더라? 근데 그 사람하고 남다현? 형이 분위기 면에서 압도적이야."

"뭐야, 너무 비행기 띄워서 현기증 날 것 같아. 밥 사준 것 때문에 이래? 말했다시피 어머니 카드였어."

손사래를 치는 다현을 보며 화담이 싱긋 웃었다.

"나름 진정성 있는 아부야."

그대로 몸을 돌려 큰 보폭으로 걸음을 떼며 중얼거렸다.

"외적인 요소를 빼고도 형한테 연기 재능 있다고 생각하거든. 나만 해도 감쪽같이 속았으니까."

우뚝, 다현의 걸음이 멈췄다. 화담은 몇 걸음 더 뗀 뒤 돌아보지 않고 말을 이었다.

"하긴 난 썩 눈치가 빠른 편은 못 되니 속이는 게 쉬웠을지도 모르지."

"……무슨 말을 하는 거야? 아까 잘 헤어져 놓고는 갑자기 왜 그런 소릴 해? 무슨 일 있었어?"

"좀 냉혹한지는 몰라도 난 속고 속이는 문제에 있어선 말이야, 속은 쪽도 문제가 있다고 생각하는 입장이야. 누군가를 믿었으면 그 믿음에 따르는 책임도 있는 거지."

화담은 환하게 불이 켜진 본채 현관 포치를 응시하며 고개를 주억거렸다.

"그러니까 오롯이 형만 원망하지는 않겠어. 또 하나……."

천천히 다현을 돌아보며 화담이 빙긋 웃었다.

"난 사람 관계엔 같이 보낸 시간도 중요하다고 보거든. 그래서 아직 철석같이 형을 믿는 것도 아니었으니까 데미지는 생각보다 작아. 형은 천짜리 공격을 했다고 생각할지 몰라도 실상 이쪽에 통한 건 이백오십 정도밖에 안 된다는 거지."

물끄러미 화담을 바라보던 다현이 이윽고 도무지 모르겠다는 표정을 하고 다가왔다.

"미안한데, 네가 무슨 소릴 하는지 통 모르겠어."

"7495."

다시 걸음을 멈춘 다현을 바라보며 화담이 또박또박 열한 자리 숫자를 중얼거렸다.

"011-88XX-7495."

"내 전화번호잖아. 그게 왜?"

침착한 반문에 화담은 눈을 가늘게 뜨며 대꾸했다.

"난 숫자엔 젬병이야. 친구들 전화번호 못 외우는 건 말할 것도 없고 가끔은 집 전화도 헷갈렸다? 근데 이 번호는 외웠어. 오늘 있을 이유가 없는 데서 이 번호를 봤거든."

외삼촌에게 전화해 달라며 겁 없이 건달 옆에 딱 붙어서 그 사람 휴대전화를 훔쳐볼 때 통화목록 창에 뜬 번호 중에서 순간 확 눈에 들어온 숫자가 있었다. 그 번호가 유난히 진하게 보이는 바람에 정작 건달이 외삼촌 번호를 누를 땐 끝 세 자리를 외우는데 그쳤다. 외삼촌과 통화하고 이어서 밴에 실려 납치되고 천만뜻밖에 인후가 나타나 자유를 되찾는 등, 나름대로 가닥 많은 일에 시달리느라 까맣게 잊고 있었지만 결국 더 늦지 않게 기억해 냈다.

인후가 말한 대로 그것은 다현의 번호였다. 처음엔 뭔가 착오다, 내가 잘못 기억하는 건 아닐까 의심했지만 곰곰이 생각해보니 의심의 여지가 없었다. 애초에 열한 자리의 숫자를 화담이 착오 같은 걸로 똑똑히 기억해내는 일? 어디에 머리를 부딪치지 않는 이상 일어나기 힘들다.

그걸로 모든 게 명확해졌다. 집 근처에서부터 미행했거나, 서울에 올라오는 승준을 미행하거나 해서 그 건달들이 터미널에 나타난 거라고 생각했지만 실은 그즈음에 화담이 거기 나타날 걸 알고 기다렸던 것이다. 이쪽에서 알려주는 사람이 있었으니까.

그 사실을 받아들이자 일전에 수연고 앞에서 있었던 일에도 의혹이 생겨났다. 그날 화담은 다현과 함께 등교했고, 함께 어딜 가려다가 다현이 늦어지는 바람에 다른 학생들이 거의 없는 길을 혼자 어슬렁거리며 내려가다가 외삼촌과 조우했다. 학교에서 기다려도 된다는 화담을 굳이 학교에서 벗어나게 한 건 다현이었다…….

"형. 난 바보 아냐. 그러니까 그렇게 상처받은 듯한 눈 할 거 없어."

이윽고 다현이 먼저 눈길을 돌렸다. 천천히 머리를 쓸어넘기며 화담의 담담한 눈빛으로부터 시선을 거두어 그가 바라본 곳은 별채, 아틀리에의 불빛이다.

"최악이 되어버렸군."

나직한 다현의 중얼거림을 들으며 화담은 세상이 만화 같지 않음을 절감했다. 자, 문제는 모두 해결됐다, 범인은 바로 너! 하고 지목하면 으레 뒤따르는 게 용의자의 변명 아닌가? 내게는 알리바이가 있어! 라고 말이다.

그럴싸한 변명이라면, 믿는 척할 생각도 있었는데.

다가와서 화담의 손에서 자신의 가방을 가져가는 다현을 보며 화담은 아예 모른 척할 걸 그랬나 후회했다. 그 후회를 다현의 딴 사람처럼 차가워진 눈이 잘게 부숴주었다.

"참 운도 좋구나, 서화담. 오늘도 인후가 도와준 건 아닐 텐데."

그래서 넌더리가 난다는 듯한 어조. 다현이 화담의 소재는 전했을지언정 이후 경과에 대해 주고받을 만큼 그쪽과 밀접하지는 않음을 알 수 있었다.

다현은 단지 그 말을 남기고 홱 몸을 돌려 걸어갔다. 화담은 망연자실한 얼굴로 그 뒷모습을 보다가 이내 쫓아가며 따져 물었다.

"그게 다야? 나한테 사과도 안 해?"

"피차에게 의미 없는 짓이야."

"그걸 어떻게 알아?"

화담은 두 팔을 펼치며 다현의 앞을 가로막았다.

"사과해."

"하면?"

다현이 비뚜름히 웃었다. 화담은 턱을 치켜들며 말했다.

"사과 받아줄게. 그리고 이 일은 무덤까지 가져간다고 약속할게."

"그리고 내일부터 무슨 일이 있었냐는 듯 친분을 쌓고?"

"비 온 뒤에 땅이 굳는다는 말도 있잖아?"

썩 자신은 없지만 노력해볼 여지를 갖는다는 데 의미를 두자고 화담은 생각했다. 일이 이렇게 됐는데도 화담은 다현이 싫지 않았다. 화담이 좋아하는 사람들의 맑고 부드러운 기운, 다현도 그런 걸 가지고 있으니까.

"글쎄, 노력이라……."

화담을 마주보는 다현의 눈. 그것 또한 근거의 하나. 마음 깊은 곳에 악의를 가진 사람이 이렇게 그윽한 눈을 할 수는 없다고 화담은 믿었다.

"노력이라면 지금도 진절머리가 나게 하고 있어. 거기에 너까지 얹고 싶지 않아. 너도 노력하지 마. 나는 네 말대로 연기에 도가 텄을 뿐, 본질은 저 소현이하고 다를 게 없어."

순간 화담은 그녀가 이 집에 들어오면 죽어버리겠다고 소리치던 소현의 모습이 떠올랐다. 거기에 오늘 돌아와 들은 다른 소식도 있다. 어제 저녁식사 후 명혜에게 불려간 소현은 된통 야단을 들었는지 먹은 걸

죄 토하고 오늘도 음식에 손도 대지 않았다고 한다. 더불어 입에 자물쇠를 걸고 한마디도 하지 않는단다.

그 이야기를 해준 젊은 메이드에게 이런 일이 자주 있느냐 물었더니 '저번에 한 번…….' 이라며 말꼬리를 흐렸다. 꼬치꼬치 캐묻지 않아도 메이드가 말하는 그 '저번' 이란 게 화담이 집에 들어오느냐 마느냐 하던 때라는 감이 왔다. 단식투쟁까지 했던 것이다. 화담이 들어오는 게 싫어서.

그런 소현과 같은 마음인 건가. 그렇게까지 싫은 거였다니, 조금 쇼크다.

"왜……?"

그만 바보 같은 줄 알면서도 묻고 말았다.

"그냥 싫어. 사람 싫은데 이유가 필요해?"

마치 토라진 어린애처럼 뻗대는 말. 소현이라면 모를까 전혀 다현에게 어울리지 않고 겉돈다. 본인도 그걸 느꼈던지 쓴웃음과 함께 하아, 한숨을 쉬었다. 그는 다시 별채를 멍하니 응시하다가 느릿느릿 운을 뗐다.

"네가 아버지 친딸인 거. 그게 못내 부러워. 그건 내가 아무리 노력해도 이룰 수 없는 거니까. 거기다 넌 아버질 닮았잖아. 볼 때마다 부럽고, 질투 나고, 그러다 밉기까지 한 거야. 안 그러려고 해도 소용이 없어. 아버지가 살아계셨으면 널 얼마나 예뻐했을까 생각하고, 차라리 아버지가 돌아가셔서 다행이란 무서운 생각도 한 적 있어. 끔찍해. 나한테 이렇게 저열한 구석이 있다는 거. 너를 보면 내가 참 형편없는 녀석처럼 느껴져서 더 견딜 수 없어."

"그래서 내가 없어져주길 바랐구나."

"그래. 눈에 보이지 않으면 차라리 나을 것 같아서."

그렇게 솔직하게 인정하니 화담도 더는 어쩔 수 없다. 굴러들어온 돌

때문에 박힌 돌 두 개가 괴롭다는데 뻔뻔스레 버티는 것도 사람의 도리가 아니잖은가.

"에잇, 뭐 어쩔 수 없네. 형이 싫다고 내가 성형수술을 할 수도 없는 노릇이고 유전자를 바꿔줄 수도 없고. 알았어, 내가 어떻게든 해볼게."

"뭘 어떻게 하겠다는 거야?"

저도 모르게 걱정스런 표정을 지었다가 그녀와 눈이 마주치자 시선을 피하는 다현을 보며 화담은 씩 웃었다.

"형이랑 소현이도 좋고 나도 좋고 아줌마도 좋은 쪽으로 뭔가 방법이 있지 않겠어? 생각해 봐야지."

"왜 그렇게까지 해? 그냥 어머니께 말씀드려. 이걸로 너한테 약점 잡히고 싶은 생각 전혀 없어."

눈을 동그랗게 뜬 화담이 이내 웃음을 터뜨렸다.

"아하하, 형 진짜 날 모르는구나. 약점? 아이고, 사람을 뭘로 보는 거야. 우리 강희 씨가 약한 사람 괴롭히는 인간은 최악이랬어. 그랬다간 나중에 빗자루로 얻어맞는다고."

"……약한 사람?"

"당장 저기 안에 계신 명혜 씨. 믿고 있는 든든한 장남이 이렇게나 못난 놈인 줄 알면 그 실망을 어쩔 거야. 마찬가지 이유로 그쪽, 남다현 씨. 그쪽은 소현이보다 덜떨어진 겁쟁이야. 약하다는 말 말고 뭐가 더 필요해?"

고개를 수그리는 다현의 귓불이 타는 것처럼 빨개졌다.

"부끄러운 줄 알면 부디 입 다물고 있어. 아, 그리고 내일부터 갑자기 쌩까지 말고 연기력은 계속 갈고 닦아야 한다? 나도 한 수 배울 테니까요, 남다현 씨! 그럼 형, 잘 자!"

크게 팔을 흔들어 인사하고 화담은 별채를 향해 춤추듯이 걸어갔다. 뒤에서 따라오는 다현의 시선을 의식한 경쾌함만은 아니었다. 어쨌든 가장 울적한 순간은 지나갔지 않는가. 씁쓸하고 허탈한 기분이 드는 건 어쩔 수 없지만 같이 있는 사람 속도 모르고 혼자 꽃밭에서 노니는 것보다 솔직한 심사를 안 지금이 훨씬 낫다고 자위했다.

"까짓 날 싫어하는 사람이 한 명 더 늘었다고 하늘이 무너지는 것도 아니고. 아, 졸리다. 내일은 늦잠 자야지."

참 길었던 하루. 이제는 한바탕 숙면을 취할 때였다.

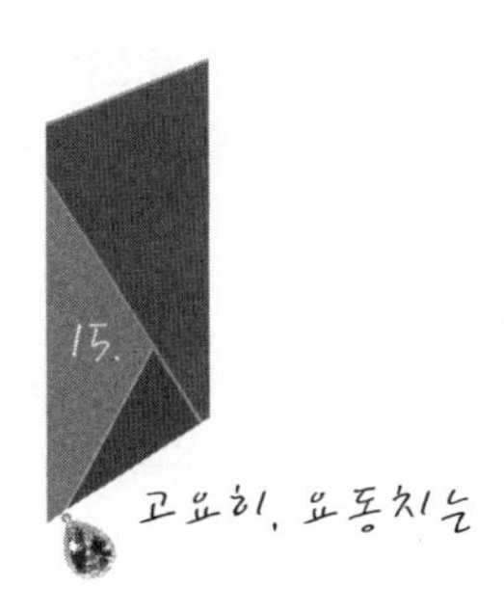

이튿날인 일요일, 명혜의 브런치에 화담도 한 자리 차지했다. 이런저런 잡다한 이야기로 식사하는 명혜에게 BGM을 제공하다가 마지막 입가심으로 마실 커피를 들여왔을 때에 비로소 화담은 두 번의 납치미수에 대해 알렸다.

"멋모르는 애를 꼬드겨 납치해갔다고 두고 보라고 할 땐 언제고, 정작 자기가 그런 짓을."

명혜는 미간에 선명한 주름을 세우고 진저리를 냈다.

"사람이 할 짓이 있고 못할 짓이 있지, 조카를 납치하라고 사주해? 정말이지 용렬하고 천박한 인간이야."

연신 고개를 내젓다가 화담과 눈이 마주치자 아차 하는 눈빛을 했다.

"그래도 네 외삼촌인데 험담하는 건 그렇지?"

"아뇨. 그 정도는 험담도 아니에요. 오히려 아, 그런 고상한 표현도 있구나 하고 생각한 참이에요. 용렬하고 천박하다. 외워둬야지."

그지없이 낙천적인 화담을 고개를 갸웃이 하고 쳐다보던 명혜가 한숨을 내쉬며 중얼거렸다.

"인후 군에게 보답을 해야겠구나. 그렇게 신세를 지기도 힘든 일인데."

그러고선 생각에 잠겨 있다가 이윽고 당분간 경호원을 붙여야겠다고 말했다.

"손을 써보긴 하겠지만 재판이란 게 세월아 네월아 하는 건 어제오늘 일도 아니고. 어쨌든 7월 안에는 판가름이 나겠지. 그전까진 되도록 밖에서 혼자 있는 일은 없어야겠어."

"차라리 제가 기숙사로 들어가는 건요?"

"무슨 기숙사? 수연고에 기숙사가 있나?"

명혜의 의문에 화담이 씩 웃으며 있다고 대답했다.

"저도 없는 줄 알았는데 재단 홈페이지 들어가 보니까 선생님들 사택 형식으로 제공되는 숙소가 있더라고요. 외국에서 온 교환학생들도 그 숙소에 머문대요. 공실도 꽤 있는 것 같고 말만 잘하면 들어갈 수 있겠다 싶던데, 어떨까요?"

눈을 깜박거리며 화담의 말을 듣던 명혜는 생각 좀 해보자는 말로 즉답을 미루었다.

"정 비서도 그렇고 나도 더 주의를 기울일 테니까 이후의 일은 맡기고 공부에 매진하렴. 며칠 후에 시험이지?"

나름 시험을 대비해 공부를 하고 있지만 명혜의 말을 듣자 그 기대치가 어느 정도인지 몰라 가슴이 좀 뛰었다.

"전 머리에 관련된 건, 하나를 들으면 하나를 아는 수준이에요. 아, 그게 수학이라면 셋을 들어도 하나를 못 건질 때도 있고요. 남재현 씨를 기준으로 절 생각하시면 큰일 나요. 듣자하니 그분은 하나를 배우면……."

"열, 스물을 아는 사람이었어."

명혜가 불현듯 화담의 머리카락에 손을 얹더니 뺨까지 부드럽게 매만지며 중얼거렸다.

"네가 무사해서 다행이구나. 참 다행이야."

아련한 명혜의 눈길은, 화담의 얼굴을 통해 그 너머의 다른 사람을 바라보는 것임을 화담도 모르지 않았다. 그럼에도 명혜의 눈빛과 부드러운 손길에 마음이 얼마쯤 따뜻해졌다.

새삼 자신이 아버지를 닮아 다행이지 싶었다. 이 얼굴 덕분에 엄마는 나를 더욱 많이 사랑해주었고 또 엄마가 없는 세상에서도 나를 필요로 해주는 사람도 있다.

기왕이면 얼굴뿐만 아니라 다른 닮은 점도 하나 꼭 있으면 좋겠다고, 별채로 돌아가면서 화담은 생각했다. 하지만 워낙에 그 사람에 대해 아는 게 없으니 고를 수 있는 후보지가 적다. 공부머리는 아님. 그림은 일찌감치 단념. 외국어는 목하도전 중. 선택지가 하나라도 더 필요하다. 그런 점에서 다현이 얼마나 운이 좋은지, 그가 미처 모른다는 생각에 화담은 쓴웃음을 지었다. 나도 실은 다현과 소현, 그들 남매가 부럽다고 언젠가 말할 수 있을 때가 올까?

아틀리에로 돌아와 목장을 배경으로 망아지를 돌보는 두 아이—아마 다현과 소현일 것이다—의 뒷모습 그림을 물끄러미 쳐다보는데 자꾸만 어떤 소리가 귀를 잡아당기는 느낌이 들어 고개를 돌렸다.

"전화다!"

뒤늦게 벨소리임을 깨닫고 복층으로 올라갔다. 하지만 막 사다리를 다 올랐을 때 벨소리가 끊어졌다. 확인해보니 승준의 번호가 세 통 부재중으로 찍혀 있다. 교회에서 돌아오면서부터 걸었나 보다고 생각하며 침대에 누워 전화를 걸려는데 그녀보다 한 발 먼저 전화벨이 울리기 시작했다.

화담은 액정화면에 뜬 '구원자' 라는 단어를 보고 눈을 끔벅였다. 승준이 아니라 인후였다. 그녀는 목청을 가다듬고 시작부터 떠들썩하게 전화를 받았다.

"야호, 선배! 날 하루 못 보니 입 안에 가시가 돋을 것 같은 거죠? 그러니까 날 제자로 받아주란 말이에요."

인후는 시답잖은 말은 철저히 무시하고 어제 일 말했느냐며 말문을 열었다.

"어제 일? 어제 무슨 일이 있었는데요?"

"생각나면 전화하든가."

그 말만 남기고 뚝 전화를 끊어버리는 바람에 화담은 화들짝 놀라 몸을 일으켰다. 보통은 전화 끊는다고 위협 정도는 하지 않나? 하여간 장난이 안 통한다고 혀를 차면서 화담은 전화를 걸어 예의 〈월광〉을 한참 감상했다. 전화 오는 걸 보면서도 부러 안 받는 게 분명해서 그만 "아우!"하고 허공에 주먹질을 하는데 인후의 목소리가 들렸다.

"생각났어?"

화담은 등을 쭉 펴며 주먹을 등 뒤로 감췄다. 인후의 눈에 보일 리가 없건만.

"났어요, 틀림없이 기억합니다. 전화 끊지 말아주세요."

이러다 조만간에 인후의 바짓가랑이에 매달리는 날도 올 것 같다고 생각하며 화담은 한숨을 쉬었다. 뭐 그래도 차인후 바짓가랑이라면 잡아도 구차하지 않을 거라고 생각하는 점이 이미 정상 범주를 벗어났다.

"안 그래도 전화해야지 했어요. 선배한테 줄 책, 어제 마침내 도착했더라고요. 인간의 증명! 월요일에 잘 들고 가서 바치겠습니다."

신이 나서 보고하는데도 인후는 책에는 심드렁했다.

"그래서, 아주머니께 말씀드리는 건?"

"아까 말씀드렸어요. 선배한테 보답하시겠대요."

"나 말고 너에 대해 뭐라고 하셔?"

"경호원 말씀을 하시기에 전 기숙사에 들어가고 싶다고 했어요."

"학교 숙소 말하는 거야? 선생들하고 교환학생들 쓰는?"

대번에 알아듣는다. 과연 이 사람은 모르는 게 없구나 하고 또 한 번 감탄하며 화담은 그렇다고 말했다.

"수연고 외부인들 출입 엄격하게 제한하잖아요. 그러니 기숙사에 있으면 누가 뭘 어쩔 거예요. 교복 입고 잠입을 할 것도 아니고. 그 덩치들이 교복 입으면 볼만하긴 하겠다."

"조건이 안 돼. 아무 학생이나 들어가고 싶다고 받아주는 데 아니야. 설사 윗선을 구워삶아서 들어간다고 해도 그 이유를 두고 말이 나올걸."

"상관없어요. 그런 거 내가 신경 안 쓰면 되죠."

"넌 상관없다 치고 네 후견인은? 네가 다현이네 집에 유숙하는 건 이미 알 사람은 다 알걸?"

자꾸 맥을 툭툭 끊는지라 화담은 어깨를 축 늘어뜨리며 앓는 소리를 냈다.

"희망적인 소리를 해봐요. 아주머니도 생각해 보신다는데 왜 자꾸 안 된다고만 해요. 좀 긍정적으로 삽시다. 예?"

"애초에 나는 네가 굳이 거길 나가야 하는 이유를 모르겠어. 아주머니 말씀대로 당분간 경호원 붙이면 될 일이야."

"그냥 뭔가 너무 수선 피우는 것 같고 그래서. 나 들어오기 전엔 평화롭던 집이었는데."

"왜, 남소현이 그런 눈치라도 줬어?"

"아직 소현인 몰라요. 알면 좋은 낯은 안 하겠죠."

"남의 말 신경 안 쓴다며? 소현이도 무시하면 되잖아."

"어쨌든 식구잖아요, 지금은. 박힌 돌들 기분 헤아려줘야죠. 아, 그리고 나 경호원 사양한 거 아니에요. 붙여주시면 고맙다고 모시고 다닐 거예요. 기숙사 말고 다른 데로 나갈 수도 있으니까."

어제만 해도 자신은 하숙생이지 가족이 아니라고 부득부득 우기더니 하루 새 달라졌다. 게다가 '돌들' 이라는 말도 뭔가 석연찮은 느낌이다. 하지만 인후가 그걸 지적할 겨를도 없이 화담의 말이 이어졌다.

"지금 기분 같아선 그냥 어디 깊숙한 굴에 들어가 잠이나 잤음 싶어요. 굴에서 한숨 자고 나왔더니 시간이 후딱 흘러 한 스물두 살쯤 되어 있으면 좋겠어요. 근데 지금은 스무 살도 참 아득히 멀다. 선배도 그랬어요?"

인후는 화담의 말이 끝나고도 얼마쯤 침묵하다가 물었다.

"그래서 굴이 없으니 학교 숙소라도 들어가겠다고?"

"옙! 아니면 따로 추천할 곳이라도 있어요, 선배? 나 삼십만 원까지 월세 낼 여력 있는데. 무주에선 삼십만 원이면 스물네 평짜리 아파트 월세도 되는데, 서울에선 턱도 없겠죠."

"아파트는 모르고 그보다 작은 오피스텔이라면 알아."

인후 생각엔 그냥 한남동 저택에 있으면서 출입할 때 경호를 받는 게 상책이다. 학교 숙소는 중책으로 고려할 만도 하다. 따로 나와 자취를 하는 것은, 지금 상황에선 가장 하책. 그런데도 그는 화담의 이야기에 보조를 맞추고 있었다.

"오옷? 거기가 어딘데요?"

"너도 아는 데야."

딱히 아는 오피스텔이 없는데 어딜 말하는 건가 고개를 갸웃하는 화담에게 인후가 차분히 읊조리는 이름. 귀에 익다 싶어 생각해 보니 인후가 사는 거기였다.

"우와, 딱 좋네. 거기 보안도 짱 튼튼하고 편의시설도 좋다면서요. 1층부터 3층까지가 상가고 지하엔 대형 마트도 있댔지, 아마? 건물이 두 개던데 오피스텔은 어디 붙어 있어요?"

"101동 4층부터 10층까지."

"오오, 그럼 내가 10층 얻어야겠다. 그럼 천장 하나를 사이에 두고 선배가 사는 게 되잖아요. 멋지네!"

오르지 못할 나무니까 화담은 흐드러지게 너스레를 떨었다. 그래서 이어지는 인후의 대꾸에 어라? 하고 말았다.

"10층은 없고, 9층이라면 가능해. 마침 지난달에 계약 끝나고 리모델링 중인 게 하나 있어."

뭐지, 이게 차인후식 유머인가? 적응하기 힘든 고급 유머라고 생각하며 화담도 나름 진지하게 받아쳤다.

"남향인가요? 동쪽까지는 커버되는데 서향이랑 북향은 곤란한데 말이죠."

"정남향은 아니고 남남동쯤 될까? 어차피 집은 입으로 보는 게 아니니까 와서 보지 그래?"

유머가 길어진다. 밑천을 들키기 전에 이쯤에서 현실로 돌아가자고 생각하고 화담은 슬쩍 발을 뺐다.

"오늘은 아주머니에게 시험공부를 하겠다고 약속해서. 그리고 학교 오가는 거 말고 당분간 외출은 삼가려고요."

"공부할 거 챙겨놔. 마침 날도 좋으니 데리러 갈게."

의아해하며 화담이 아틀리에 바깥을 내다보는 순간 콰르르릉 뇌성이 울었다. 어느새 창밖엔 먹구름이 좌악 깔려 어둑어둑했다. 좋은 날이다. 차인후 기준에서라면.

"아니에요, 어디 감히 선배를 기사도 모자라 경호원 노릇을 시키겠어요. 길에 시간 뿌리지 말고 공부해요, 선배. 전교 1등, 내친김에 전국 1등 해버리라고요. 난 공부 잘하는 사람이 그렇게 멋있더라."

"그럼 시험 보는 날 비 오라고 빌어. 아무튼 지금 나갈 테니까 이십 분 후에 대문 앞에 나와 있어."

"어? 진짜 와요?"

화담의 눈이 동그래졌다.

"이십 분이야. 기다리는 거 질색하니까 늑장 부리지 마."

"아, 네."

다른 선택지를 전혀 고려하지 않는 일방적인 명령에 반사적으로 수락을 해버렸다. 아니, 복종을 해버렸다. 그대로 끊는다 어쩐다 말도 없이 인후가 전화를 끊었는데도 화담은 이 카리스마 좀 보라며 감탄하고 있었다.

"아, 시대가 달랐다면 이 사람이 대장이고 내가 부하, 그것도 아주 말단의 부하 뭐 그런 거였을 것 같단 말이지. 목숨을 걸고 대장을 따르는 서화담! 그럼 설마 전생에 나한테 빚진 게 있다는 선배의 말도……? 적들의 함정에 빠진 대장을 구하기 위해 내가 이 한 몸 불살라 희생한 건가!"

따악 손가락을 튕기며 화담은 별안간 떠오른 이 발상에 푹 빠져들었다. 발그레 뺨까지 물들이고 한동안 공상의 나래를 펼치다가 문득 들려온 전화벨 소리에 화들짝 정신을 차리고 휴대폰을 보았다. 이번에야말로 승준이다.

"전화기 좀 가지고 다니라고 내가 몇 번을 말하냐, 엉?"

화담은 미안하다고 사과하고 다리는 어떠냐고 묻다가 책상에 놓인 시계를 보고 허거걱 하며 숨을 들이켰다.

"승준아, 내가 지금 나가봐야 해서. 내가 이따가 전화할게. 다리에 찜질부터 해, 아무튼 이따 전화할게!"

아직 전화를 받으며 다른 일을 병행하는 건 무리인 화담은 전화를 끊은 뒤 책상 구석에 놓인 선스프레이 병을 집어 들고 얼굴에 난사했다.

"좋아. 준비 완료……가 아니고 비 오니까 안 뿌려도 되는 건데, 아깝다!"

선크림은 그저 햇빛 날 때만 바르는 줄 아는 사람답게 한숨을 푹 쉬고선 옷을 갈아입을 생각으로 몸을 돌리는데 다시금 전화벨이 울렸다. 또 승준인 아니겠지 하고 들여다보니 아니나다를까 승준이다.

"바쁘대도 그런다. 난 한 번에 두 가지 일 잘 못하는 거 몰라?"

"안다, 거죽만 여자지 알맹인 남잔 거 내가 모르면 누가 알겠냐?"

"시끄럽고, 용건이 뭐야, 용건이. 이상하다. 그 옷이 왜 없지? 아, 어제 입었구나, 그거."

휴대폰을 어깨랑 목 사이에 끼고 입을 옷을 고르는데 승준이 네가 언제부터 그런 걸 다 고민했냐고 비꼬듯 말했다. 화담이 입술을 비죽거렸다.

"야, 나도 옷은 경우에 따라 입을 줄 알거든? T.P.O가 뭔지 알기나 하냐, 넌?"

"그래서 어디 가는 길인데?"

"어디긴 저기 오피스텔, 이야기하자면 길고 와서 말해줄게. 지금 한가하게 전화 받을 때가 아니라니까? 용건 없으면 끊어봐, 좀."

"나도 용건 있어! 침대 아래 가운데 서랍 좀 열어보라고 전화했다."

"가운데 서랍은 왜?"

"글쎄 열어보면 알아. 바쁘다며? 끊는다."

가운데 서랍이 어쨌다는 거지 하고 침대 쪽을 돌아보는데 별안간 승준이 "야, 너 바람피우면 죽어!"라고 소리치는 바람에 깜짝 놀랐다. 화담이 벙쪄서 전화기를 쳐다보았지만 이미 승준은 전화를 끊은 후다.

"뭐래, 이 바보는."

혀를 끌끌 차고 승준이 말한 대로 침대 가운데 서랍을 열어본 화담은 대뜸 보이는 뭔가에 눈이 동그래졌다.

"웬 곰인형?"

가방에나 달 법한 곰인형이 까만 눈을 반짝거리며 화담을 올려다보고 있었다. 귀엽긴 한데 이런 아기자기한 것에 별 취미가 없는 화담은 처치 곤란이란 눈빛으로 하늘색 리본을 목에 단 곰인형 스트랩을 집어 들었다.

"차라리 로봇을 주지. 아, 너한테 유감이 있는 건 아냐. 난 원래부터 인형이 좋은 줄 모르겠더라고."

곰인형의 앞발을 양손에 쥐고 흔들흔들 해보다가 역시 재미가 없다 싶어 한숨을 쉬는데 찌르릉 하고 한 차례 문자 수신음이 들렸다. 승준의 메시지였다.

[그거 휴대폰 고리야. 그런 게 달려 있으면 제아무리 덜렁이라도 잃어버릴 일은 없을 테니까.]

"역시 그런 거였어."

앓는 소리를 내며 화담은 인형을 쳐다보았다. 말로는 휴대전화 잃어버릴까 봐 주는 거란 식이었지만 노림수가 빤하다. 지금은 몰라도 서울 오기 전까지 무주에선 여자애들 사이에서 큼지막한 휴대전화 고리를 달고 다니는 게 유행이었다. 이런 종류의 봉제인형이 특히 많았는데 이게 또 커플 아이템이라 남자애들도 심심찮게 바지 주머니 밖으로 이런 게 톡 튀어나와 있곤 했다.

"에이, 승준이 볼 때만 하자."

암만 봐도 이건 아닌 것 같아 도로 서랍에 넣고 쌩하니 돌아섰다. 그리고 옷을 갈아입고 머리도 빗고 공부할 책도 가방에 챙겼다. 이제 준비 완료, 하고 사다리를 향해 몸을 돌렸지만 서너 칸 내려가다 말고 화담의 동작이 그쳤다.

"무시할래, 무시하고 싶어! 무시해도 되잖아?"

하지만 외면하지 못했다. 결국 사다리를 올라간 화담은 도로 곰돌이를 꺼냈다. 울상을 지으며 휴대전화에 주섬주섬 인형을 매달고선 이게 무슨 비극이냐고 한숨을 쉬었다.

"지승준! 으이구, 왜 남자애가 섬세해서 이 난리냐? 차라리 전에 말한 대로 신발을 살 걸 그랬나?"

커플티, 커플모자, 커플신발 등등, 하여간 뭐라도 같은 걸 하자고 성화인 걸 굳세게 무시한 결과가 이건가.

"아, 벌써 시간이!"

침대에 기대앉아 잠시 뒤늦은 후회를 곱씹던 여유도 시계를 보고 저 멀리 날아갔다. 화담은 애물단지 휴대전화를 가방에 챙겨 넣고 후다닥 사다리를 타고 내려갔다.

본채로 가서 잠깐 외출한다고 중년의 메이드에게 말한 후 좌락좌락 퍼붓는 소나기 사이를 뚫고 정원을 달렸다. 마침내 철컹 닫히는 대문을 뒤로하기 무섭게 빵 하고 경적소리가 들렸다. 벤츠가 이미 와서 대기 중이었다. 화담은 급히 우산을 접고 조수석에 올라탔다.

"언제 온 거예요? 설마 빗길인데 막 밟은 거 아니죠?"

"한 오 분 됐어. 넌 집에서 나왔으면서 왜 이리 젖었어?"

인후가 글러브박스에서 꺼내준 타월로 젖은 머리며 옷을 닦으면서 화담이 히힛 웃었다.

"늦을까 봐 달렸거든요. 어우, 손 좀 봐. 소독하고 연고 발랐어요?"

인후의 오른손 상처를 보며 화담은 얼굴을 찡그렸다. 어젯밤에 볼 때도 상처가 꽤 크다 싶더니 오늘 다시 봐도 빠끔히 입을 열고 있는 상처가 흉흉했다. 정작 인후는 그 손으로 아무렇지 않게 시동을 걸고 차를 출발시키며 건성으로 고개를 까딱했다. 그는 신경도 안 쓰는 것을 화담만 애가 닳아 전전긍긍 쳐다보다가 차가 골목을 내려가 차도로 끼어들 기회를 기다릴 때 잽싸게 검지를 뻗어 상처를 만져보았다.

"뭐야?"

인후가 눈살을 찌푸렸지만 화담은 검지를 엄지에 비벼보고 냄새까지 킁킁 맡은 뒤 "이럴 줄 알았어." 했다.

"연고 발랐다면서요? 근데 하나도 안 미끌거리잖아요."

"분말을 뿌렸으니까."

눈 하나 꿈쩍 않고 인후가 그럴싸한 이유를 댔지만 화담은 흥 하고 코웃음 치더니 제 혀를 쭉 내보였다.

"그럼 내가 핥아 봐도 돼요?"

"……핥아?"

도저히 이해 못 할 말에 인후는 자신이 뭘 잘못 들은 건가 했다. 하지만 화담은 씩 웃으며 거들먹거렸다.

"귀신은 속여도 난 못 속여요. 내가 어지간한 상처약 맛엔 일가견이 있다고요. 안티푸라민은 물론 호랑이 연고도 핥아본 사람이에요, 내가. 호랑이 연고 알아요? 호랑이?"

대체 무슨 이유로 사람이 안티푸라민이며 호랑이 연고 같은 걸 핥아야 한단 말인가. 인후는 덤덤한 표정을 한 것과 달리 약간 얼이 나가 차도로 끼어들 기회도 놓쳤다. 화담은 팔짱을 끼며 그런 인후에게 슥 얼굴을 들이밀고 물었다.

"진짜 핥아볼까요, 아니면 이실직고할래요?"

핥는다. 이 애라면 정말 핥고 만다. 마른침을 삼키며 인후는 이실직고 쪽을 택했다.

"안 발랐어."

"왜요! 하다 하다 약 바르는 것도 싫다 이런 거예요?"

"……귀찮아서?"

거의 본심에 가까운 대답에 화담은 한심하다는 듯 고개를 내저었다. 그러곤 주섬주섬 가방을 열어 뭔가를 찾았다.

"왠지 이럴 것 같아서 내가 챙겨온 게 있죠."

화담이 꺼내 든 것은 소독약과 연고. 탈지솜까지 완벽하다. 손 내보라고 말을 하더니 제가 알아서 인후의 오른손을 가져가 소독하고 약을 발랐다. 인후는 멀뚱히 굵은 빗줄기를 몰아내느라 분주한 와이퍼를 쳐다보다가 화담을 쳐다보고 또 와이퍼를 보았다. 화담이 어찌나 꼼꼼하고 조심스럽게 하는지 생각 외로 긴 시간이 소요되었다.

"살이 희어서 그런가 상처가 엄청 지독해 보여요."

"그렇게 봐서 그래. 별거 아니라니까."

인후는 퉁명스레 내뱉으며 손을 뺏듯이 가져왔다. 핸들을 툭툭 두드리며 차도 진입 기회를 초조하게 노리는데 여전히 심각한 얼굴로 그의 손을 보던 화담이 중얼거렸다.

"나중에라도 흉터가 생기면요, 내가 책임질게요."

"무슨 책임?"

살짝 그의 목소리가 갈라진 것, 화담은 못 느꼈는지 손에 시선을 둔 채

"그땐 흉터 제거 수술해야죠."하고 대답했다.

"요샌 그런 수술 하면 웬만한 흉은 감쪽같이 없어진대요. 근데 선배, 얼굴 흉터도 수술로 없앨 수 있지 않아요?"

화담이 목을 빼 인후의 왼뺨을 보려 하며 물었다.

"너무 오래돼서 안 되는 거예요?"

인후는 시큰둥하니 앞만 보았다. 마침 차도가 한산해져 그의 벤츠가 자연스레 차도로 섞여들었다. 계속 얼굴에 느껴지는 화담의 시선에 인후는 그다지 내키지 않는 입을 열었다.

"딱히 없애야 할 필요를 못 느껴. 그래서 없앨 수 있는지 알아보지도 않았어."

싸한 미소를 입가에 떠올리며 인후는 화담을 곁눈질했다.

"네가 보기엔 거슬리나 보지?"

"에이, 그 정돈 아니에요. 확실히 처음엔 좀 특이하다 싶었는데 자꾸 보니까 그게 있어서 더 인간미가 있는 것도 같아요. 선배 웃을 때 그 왼쪽 흉터가 보조개처럼 쏙 들어가면 굉장히 섹시한 거 알아요?"

돌발적인 어휘의 기습에 인후는 그만 사레가 들 뻔했다. 몇 번 기침을 해서 그 고비를 넘기고 그가 물었다.

"너도 그런 말을 다 쓸 줄 알아?"

"뭡니까? 나는 촌스러워서 그런 말도 못 쓸 거라고 생각하나 보죠?"

화담이 발끈하는 게 더 우스워 인후는 결국 웃고 만다.

"촌스럽다느니 하는 문제가 아니라, 안 쓸 것 같아서 하는 말이야. 섹시하다는 게 무슨 뜻인지나 알아?"

"세상에, 선배 날 진짜 바보로 알아요?"

"그럼 그런 말 이성을 상대로 하면 추파가 될 수 있다는 것도 알겠네?"

“암요. 추파는 물론 자칫하다 추행도 될 수 있다는 것도 알아요. 상대를 가려서 조심히 써야죠.”

표창장을 받은 모범시민으로서 그런 점에는 더욱 투철하게! 화담은 두 주먹을 불끈 쥐어보다가 별안간 든 어떤 생각에 눈이 화등잔만 해져서 인후를 돌아보았다.

“선배, 혹시 섹시하다는 말 싫어해요? 그래서 내가 방금 전에 선배한테 한 말이 추행으로 느껴진……. 난 성추행범이 되는 거예요?!”

한 번 발을 굴러 달까지 뛰어오를 만한 비약. 단순하기 짝이 없는 사고의 폭주에 인후는 그만 소리 내어 웃기 시작했다. 신호대기를 하는 사이 아예 핸들에 고개를 묻고 웃는 그를 보며 화담은 겸연쩍음에 잠자코 뺨을 긁었다.

“아니면 아니라고 말을 하지 뭘 또 그렇게까지 웃고…….”

“정말이지, 너 어디 숨어 있다가 이제 나타났냐? 나 아무래도 네 언행록을 하나 써야 할까 봐.”

인후가 겨우 웃음을 그치고 눈두덩이를 문지르며 하는 말에 화담은 고개를 갸웃했다. 언행록이라면 내 말과 행동을 기록하겠다는 뜻? ……설마 추행의 근거를 남기려고?

“선배, 내가 잘못했어요. 앞으론 진짜 말조심할 테니까 이번만 딱 눈 감고 넘어가줘요. 난 칭찬으로 한 말이었어요.”

화담이 두 손 모아 싹싹 비는 것을 어리둥절하게 보던 인후가 마침내 그 사고의 흐름을 추찰하고는 장난스럽게 그녀의 이마를 때렸다.

“정신 차려. 혼자 또 무슨 삽질이야?”

슬그머니 쳐다본 인후의 눈이며 입가에 드물게 훈훈한 미소가 어려 있어 화담은 긴장했던 마음이 사르륵 풀렸다.

"내 말에 기분 나빠진 거 아니에요, 진짜?"

"내가 고작 단어 하나 가지고 기분이 오락가락할 정도로 찌질해 보여?"

"어우, 절대 그럴 리가 없죠. 차인후 씨가 어떤 분인데."

"아부하긴."

가늘게 흘겨보며 핀잔하는 모습이 확실히 불쾌한 사람의 그것으로는 보이지 않았다. 어느 쪽이냐고 하면 오히려 기분이 좋아 보였다. 화담은 이게 다 좍좍 퍼붓는 비 덕분이라고 여기며 하늘에 감사했다.

"에이, 아직 아부는 시작도 안 했는 걸요? 선배, 운전하는 모습 엄청 폼 난다고 내가 말했던가요? 난 어제 보고 이 사람은 돌잡이 때 운전대를 쥔 게 틀림없다고 생각했다니까요. 어찌나 자연스럽게 몸에 익었던지."

화담이 작정하고 익살을 부리자 인후가 헛웃음을 짓긴 했지만 그게 싫지는 않은 듯 관두란 소리는 하지 않았다.

"나도 나이만 딱 차면 바로 운전면허 시험 볼 생각이에요. 그래서 트럭을 몰아보는 게 제 꿈이에요. 1톤, 2톤 그런 자잘한 거 말고 진짜 큰 트럭 있잖아요. 나아가서 나중엔 탱크도 몰고."

"탱크?"

너는 떠들어라 난 듣는다 모드를 유지할 셈이었지만 탱크 이야기는 짚고 넘어가지 않을 수 없다. 인후의 뜨악한 반응에 화담이 눈을 동그랗게 뜨고 말했다.

"네, 탱크요. 내가 전에 군인 되고 싶다고 했잖아요."

"군인이라니 금시초문인데?"

"어? 왜 금시초문이에요, 내가 틀림없이 군인이랑 경찰이랑 경호원 되는 게 장래희망이라고…… 아, 선배가 아니라 아주머니한테 한 말이구나."

뒤늦게 혼선을 깨닫고 화담은 머쓱하니 뺨을 긁적였다. 물끄러미 앞만 보면서 인후가 그녀의 말을 곱씹었다.

"군인에 경찰, 경호원이라고……."

"네, 전부 몸 쓰는 직업이에요. 그 말을 하고 싶은 거죠?"

인후가 부정도 긍정도 하지 않으니 화담이 부루퉁한 표정을 지으며 말을 이었다.

"그래도 사람을 지킨다는 점에서 아주 훌륭한 직업이에요. 그리고 아주머니 말씀으로는 그 직업들이 몸만 튼튼하면 되는 게 아니라 머리도 중요하대요. 나도 거기엔 공감하는 바가 없지 않아서 공부도 열심히 하려고요. 전엔 솔직히 엄마 얼굴에 먹칠하기 싫어서 공부한 게 컸는데, 이젠 날 위해서도 분발할 거예요. 하물며 학비가 천사백, 아아, 또 그 무서운 걸 생각해 버렸어."

화담은 이럴 때가 아니라며 가방에서 교과서를 꺼내 들여다보았다. 그녀는 다가오는 모의고사에서 반 꼴등을 할 거라는 두려움에 사로잡힌 가련한 존재였다. 인후는 피식 웃고선 화담이 공부를 하도록 내버려두었다.

이윽고 인후가 사는 주상복합아파트에 도착해 차를 주차시킨 뒤 옆 동으로 향했다. 오피스텔에 대해선 반신반의하던 화담은 정말로 인후가 9층 오피스텔 문 중 한 곳에 이르러 도어락을 해제하자 입을 헤 벌리고 안으로 들어섰다.

"오, 뭔가 세련됐다. TV도 커요! 가구도 어지간한 건 다 있군요. 당장 사람만 들어오면 살게 생겼네요. 오피스텔이란 데가 이런 거구나. 저기 운동기구도 있네!"

인후는 화담이 실컷 구경하도록 입을 다물고 있다가 감탄사도 잦아들고 이만하면 됐겠다 싶을 때 마음에 드느냐고 물었다. 화담은 TV 아래의 선반 앞에서 리모컨을 만지작거리며 고개를 끄덕였다.

"햇빛도 잘 들 것 같고 내부도 아주 깨끗하고. 부족한 데가 없는 걸요. 하나 부족한 게 있다면……."

"있다면?"

"돈이죠. 내가 부동산 시세에 대해서 전혀 모를 거라고 생각하면 오산이에요. 이 오피스텔 보증금만 해도 몇 천일 것 같다는 촉이 확 왔다고요. 그리고 월세는 한 팔구십?"

"대충 맞아."

"그럴 줄 알았다니까. 에이, 일없네요."

화담은 손사래를 치다가 문득 시계를 들여다보더니 쭈뼛거리며 말했다.

"그래도 기왕 왔는데 나 TV 좀 보면 안 돼요? 한 시간이면 되는데."

인후가 그러라고 하자 화담이 반색을 하며 소파에 앉아 전원을 켰다. 뭘 보려고 저러나 인후가 지켜보자니 화담은 TV채널을 조작하다가 마침내 한 곳에 고정시켰다.

"……전국노래자랑?"

인후가 맥빠진 목소리를 내든 말든 화담은 박수를 치며 즐거워했다.

"한다, 한다. 와, 송해 오빠, 이게 얼마만이에요!"

"송해…… 오빠? 저 할아버지를 보고 오빠?"

연예계의 일에 깜깜하기론 타의 추종을 불허하는 인후도 송해가 누구인지 정도는 알았다. 화담은 어허, 하고 인후를 돌아보며 따끔히 야단쳤다.

"선배도 '형'이라고 부르든가 '형님'으로 불러요. 할아버지라니 어디서 감히."

"대체 왜 그래야 하는데?"

"그게 룰이에요. 지구가 둥글고 해는 낮에 뜨고 달은 밤에 뜨는 것처럼."

"아니 그러니까 그게 왜 룰……."

"쉬이잇!"

출연자와 송해 '오빠'가 이야기하는 동안엔 아예 말도 하지 말라는 듯 화담이 쉿쉿거렸다. 어처구니가 없긴 해도 인후는 입을 봉했다. 이윽고 출연자가 노래를 시작하자 화담은 팔짱을 끼고 감상하다가 "약해, 약해." 하고 평까지 했다.

인후는 끈기를 가지고 기다렸다. 하지만 출연자가 세 명이나 바뀌도록 화담은 화면에 푹 빠져 있었다. 네 번째 출연자가 나와 노래를 부르는 것을 보고 인후가 저기, 하고 입을 열었더니 화담이 보지도 않고 홱 어딘가를 가리켰다.

"내 가방 안에 선배 책 있어요. 『인간의 증명』이요."

한마디로 그거 읽으면서 입 다물고 있으란 소리다. 지금까지 화담에겐 넘칠 정도로 극진한 대접만 받아온 인후는 전국노래자랑에 밀려 찬밥이 된 자신의 처지가 도무지 이해가 가지 않았다. 무슨 마력이 있는 건가, 다시 한 번 알아볼 요량으로 그도 화면을 응시했지만 오 분을 못 넘기고 결국 소파에서 일어서고 말았다.

들어오면서 현관 옆 바닥에 내려놓은 화담의 가방을 사이드 테이블로 가져가 열자 완충재로 꽁꽁 싸놓은 소설책이 눈에 띄었다. 그것을 꺼내던 인후의 눈에 곰돌이 인형이 보였다. 이런 취향이 있나 하고 들어 올린 인형에 휴대전화가 딸려왔다.

"유치하긴."

피식 웃고선 책을 들고 소파로 돌아와 앉았다. 화담은 TV에서 선보이는 시답잖은 개그에 박장대소를 하며 웃느라 바빴다. 인후는 가벼이 고개를 저으며 책을 펼쳐 들었다.

인후는 독서를 하고 화담은 TV를 보며 반 시간 남짓 흘렀을 즈음 최우수상 수상자도 정해지고 송해 오빠가 마지막 인사를 하는 것에 화담이 "다음 주에 봬요!"하고 TV를 향해 손 흔들며 인사를 했다.

"꼭 봐야지. 이번엔 엄마랑 같이."

"……어떻게?"

화담이 돌아가신 엄마를 들먹거리는 것이 신경 쓰인 인후가 상체를 앞으로 빼며 물었다. 화담은 비로소 그를 돌아보며 생긋 웃었다.

"다음 토요일에 무주에 갈 거예요. 승준이네 집엔 TV 있으니까 엄마 사진 가져가서 같이 보고 오죠 뭐. 지금 지내는 아틀리에는 다 좋은데 TV가 없어서."

토요일에 가서 일요일에 하는 프로를 보고 온다고 하면, 하루를 묵을 셈이다. 그 묵을 곳이 지승준 집이구나 싶어 인후는 떨떠름했다. 그 불만을 내색하는 대신 이제는 광고를 내보내는 TV 화면을 턱으로 가리키며 물었다.

"아주 푹 빠져서 다른 건 눈에 뵈지도 않더라, 너? 뭐가 그리 좋은 거야?"

"히힛. 송해 오빠는 내가 머리털 나고 처음으로 만나본 연예인이에요. 애석하게도 기억은 못 하지만."

잠깐 화담은 낙담한 얼굴을 했지만 이내 씩씩하게 말을 이었다.

"내가 세 살 때 무주에서 저 프로를 찍었대요. 그때 엄마가 날 데리고 갔다가 송해 오빠를 만나 악수를 한 거예요. 그 뒤로 우리 모녀에게 연예인이라면 단연 송해 오빠! 그리고 꼭 언젠가 저 프로에 나가야지 했어요. 문제는 둘 다 노래를 못해서 예선 통과도 가망이 없다는 거죠. 아예 처음부터 인기상을 노리자고 하다가 그럴 게 아니라 노래 좀 하는 사람을 영입해서 보컬로 세우고 우린 춤을 추자고…….”

불현듯 화담의 목소리가 약해지더니 어깨를 축 늘어뜨리며 마저 말했다.

“춤에는 좀 자신이 있었거든요.”

이젠 이룰 수 없게 된 소원에 뒤늦게 쓸쓸한 기분이 드는지 화담에게서 못내 허망한 분위기가 흘러나와 인후는 안타까워졌다. 위로를 하고 싶지만 어떤 말을 해야 할지, 어떤 행동을 해야 할지 막막하기만 했다.

“이제 더 볼 거 없으면 그만 일어서자. 나 목이 말라서.”

“아, 그래요, 선배. 말은 안 했는데 나도 목말라요. 나 물먹는 하마라고 말한 적 있던가요?”

인후는 아예 이 공간에서 떠나는 쪽을 택했다. 화담도 잠시 굳었던 분위기를 털어버리기 위해 짐짓 목소리를 높이며 일어섰다. 오피스텔을 나와 엘리베이터로 가면서 그녀가 물었다.

“근데 저게 선배 거란 말이에요?”

“엄밀히 말해선 할머니 거야. 돌아가시기 전에 이것저것 내 앞으로 해 놓으셨지.”

“선배 엄청 예뻐하셨나 봐요. 언제 돌아가셨는데요?”

이럴 때 사람들은 보통 할머니가 그에게 남겨준 이것저것에 대해서 궁금해한다. 화담은 아니었지만.

“6년 전에. 기일이 이즈음이던가. 아니, 5월이었으니까 지났구나.”

마치 남 이야기하듯 하는 말에 화담이 인후의 어깨를 찰싹 때렸다.

"뭐예요, 할머닌 그렇게 예뻐라 하고 손자한테 유산도 남겨주셨는데 돌아가신 날이 언젠지도 몰라요? 이거 이거 혼자 밖에 나와 산다고 기강이 아주 무너졌구만."

"그래, 난 인성이 글러먹었어."

한없이 건성인 대꾸에 화담은 눈살을 찌푸렸다. 잘은 몰라도 인후가 이유 없이 돌아가신 분 기일을 무시할 것 같지는 않았다. 본인 입으론 인성이 글러먹었다고 하지만 그렇지 않다는 거 화담은 그를 대신해 맹세라도 할 수 있었다. 겉으로는 쌀쌀맞아도 속은 얼마나 깊은데!

틀림없이 뭔가 사정이 있을 거라고 생각한 화담은 방금 때렸던 그의 어깨를 살살 문지르며 말했다.

"인정하는 거 보면 개선의 여지가 있네요. 이제라도 늦지 않았으니까 할머니 한 번 찾아뵙는 게 어때요? 어디서 들은 말인데, 죽은 사람들도 산 사람을 그리워한대요."

인후는 쓴웃음을 지었다. 돌아가신 할머니가 그를 그리워하는 일 같은 건 도저히 상상할 수가 없었다.

아파트로 들어가자 화담은 슬쩍 그의 얼굴을 올려다보며 점심은 어떻게 할 거냐고 물었다. 인후는 잠시 생각해 보다 그녀를 보며 물었다.

"소고기랑 토마토 괜찮아?"

"좋아하는데요?"

이상한 조합이라고 생각하면서도 일단 대답했는데 인후가 고개를 끄덕였다.

"그럼 미트볼소스 스파게티 해줄게."

"오오, 스파게티 나 짱 좋아해요. 나도 도울게요, 나도."

"손님이잖아. 공부나 해."

"에이, 내가 무슨 손님이에요. 나는 우렁이잖아요, 우렁이. 선배, 막 부려먹어요. 나 양파 같은 거 잘 다져요. 눈이 어찌나 튼튼한지."

엄지손가락을 치켜세우며 자부하는 모습에 인후는 피식 웃었다. 하지만 주방 쪽을 쳐다보는 그의 시선에 얼마쯤 머뭇거림이 보인다.

인후의 집에 고정적으로 드나드는 여자가 둘 있는데 한 명은 일주일에 한 번 본가에서 밑반찬을 가져오는 경우고, 다른 쪽은 청소하러 오는 도우미이다. 그게 이 집 조리대나 냉장고에 손댈 수 있는 예외적 사례. 하물며 푸른이라고 해도 이 집 주방에선 물 마시는 것 이상의 자유는 없다.

그런데 이제 화담에게 주방까지 허락해야 하는 건가.

'너무 가까워.'

간격을 두어야 한다는 생각이 강하게 뇌리에 떠올랐다. 이제 곧잘 화담이 그의 집에 드나드니만큼 더 그녀에게 제한할 필요가 있는 곳.

"혼자 하는 게 더 빨라. 식탁에서 공부하고 있어."

비록 반벽을 통해서긴 해도 주방과 식당이 분리된 구조이다. 화담은 그의 말을 들을 것처럼 식당으로 갔지만 가방을 내려놓자 포르르 주방으로 난입했다. 인후가 인상을 쓰자 화담이 두 팔을 걷어붙이며 장담했다.

"이래 봬도 국밥집 딸 경력 십 년이에요. 한 번 믿고 재료 손질 맡겨봐요, 후회하지 않게 해드린다니까요?"

"못 믿어서 그러는 게 아니라, 아, 됐어. 나 때문에 괜히 반에서 꼴등했다는 핑계는 대지 마."

"꼴등 안 해요! ……설사 해도 선배 탓은 안 해요."

인후는 체념하고 화담에게 파며, 마늘, 양파 등을 준비해 주었다. 화담은 싱크대 앞에 서서 채소를 씻으며 인후에게 자신이 만든 국사 노래를 들어보겠냐고 물었다. 인후가 소고기를 꺼내 해동하려고 전자레인지에 넣고 있자 화담은 허락으로 알고 노래를 부르기 시작했다. 노래라기보다는 연대표 암송에 가까웠는데, 쉽게 외워보려는 노력이 전혀 보이지 않는다는 점에서 화담이 공부에 썩 자질이 없다는 것이 증명됐다. 본인 말대로 노래에 재주가 없다는 것도.

인후는 해동한 고기를 다지면서 화담이 만든 노래를 외우기 쉽게 가사를 바꾸고, 틀린 부분을 바로잡아주었다. 언제부턴가 입을 헤 벌리고 경청하던 화담이 이제 다시 한 번 불러보라는 인후의 말에 엉뚱한 소릴 했다.

"나랑 나중에 노래자랑 나가지 않을래요, 선배?"

인후가 고개를 들어 쳐다보니 화담은 아주 진지한 표정을 하고 있었다.

"선배가 승준이보다 열 배는 노랠 잘하는 게 틀림없어요. 게다가 목소리에 깊이가 있는 게, 와우, 다른 건 몰라도 여자 심사위원이 나오면 다 녹다운시킬 수 있을 거예요."

"쓸데없는 소리 말고, 보고 온 오피스텔 생각 있어?"

"에? 어, 좋긴 한데 거긴 비싸기도 비싸고 아주머니에게도 부담이……."

이미 거절했다고 생각했는데 인후에겐 거절로 들리지 않았나 하며 화담이 말했다. 인후는 코웃음 쳤다.

"학교 숙소는 공짜인 줄 알아? 거기도 한 달에 백만 원은 거뜬히 받을걸? 물론 식비는 제외고 말이야."

"백만 원이요?"

"최저로 따져서 말이야. 어쩌면 백오십? 태연히 이백도 받을 학교지."

"말도 안 돼."

라고 중얼거리면서도 이미 속으론 '그래, 미스 수연은 그러고도 남을 거야.' 라고 생각했다. 인후는 화담의 얼굴로 훤히 드러나는 그 생각을 읽고 대꾸했다.

"네가 들어오겠다고 하면 보증금은 생략하고 월세 정도만 받을 테니까. 그 정돈 특별히 아주머니에게 부담 안 될 거야. 그리고 어차피 그분이 널 돌봐주는 제반비용은 나중에라도 아저씨 유산 내에서 제할 수 있잖아?"

"……글쎄요."

딱히 아버지가 남긴 유산에 대해 권리주장을 할 생각이 없는 화담은 말끝을 흐렸다. 너무 다그치면 역효과가 날 걸 우려해 인후도 잠시 대화를 끊고 고기를 다지는 일에만 집중했다. 그러자 화담이 이윽고 입을 열었다.

"있죠, 선배. 나는 남재현 씨한테 받을 게 있다고 생각해서 서울 올라온 게 아니에요."

힐긋 쳐다만 보고 계속 음식 준비를 하는 인후의 등을 보며 화담은 조금은 편한 기분으로 이어 말했다.

"유산이니 뭐니 그런 걸 따지는 자체가 이상하달까. 먼 친척이 큰 유산을 남겨줬다던가 하는 이야기 소설 같은 데선 보긴 했지만 실제로 내 이야기가 되니까, 그건 아닌 것 같아요. 받을 의미도 모르겠고, 받을 권리가 있다는 생각도 안 들고. 그런데 왜 덜컥 서울에 와서 그분 부인한테 신세를 지느냐? 첫째 이유는 선배도 잘 아는 골칫덩어리 외삼촌 때문이죠. 그리고 둘째는……."

선뜻 그 둘째에 대한 말이 나오지 않아 인후는 저도 모르게 칼질을 멈추고 기다렸다.

"여기가 서울이니까."

그렇게 말한 뒤 화담은 한숨 반 웃음 반으로 말했다.

"실은 무주가 아니면 다 좋았어요. 뉴욕이나 모스크바라고 해도 좋다고 갔을 거예요. 나는 그냥 무주가 떠나고 싶었어요. 어디를 봐도 엄마가 떠오르는 그 거리에서."

화담의 목소리가 끊겼다. 인후는 건성으로 재료손질을 하면서 무슨 말을 해줘야 할지 고민했다. 여지없는 막막함에 입술마저 말라붙었다. 마치 그런 그를 구원하듯 화담이 밝아진 목소리로 다시 말을 꺼냈다.

"어쨌든 서울에 와서 좋은 점도 생겼어요. 말도 안 된다는 거 알지만, 그래도 이따금 엄마가 여전히 시장에서 국밥집을 하고 있을 거란 상상이 되는 거 있죠? 딸을 서울로 유학 보내고 열심히 돈을 벌기 위해 일하고 있을 서강희! 하물며 학비가 천사백이니까!"

화담은 킥킥 웃으며 우리 엄만 학비가 그렇게 많이 드는 고등학교가 있다곤 상상도 못할 거라고 덧붙였다.

"그런데 첫 시험에서 꼴등 하면 어머니가 뒷목 잡고 쓰러지시는 거 아냐? 졸지에 불효녀……."

장단을 맞춰주려고 익숙하지 않은 농담까지 하며 뒤돌아보던 인후는 화담이 눈물을 훔치는 모습을 보고 얼굴이 굳어졌다. 화담은 눈이 마주치자 오해 말라고 손을 저었다.

"양파가 매워서 그래요. 내가 양파 수천 알 깠는데 이 양파는 매운 걸로 탑 쓰리에 들겠어요. 어디 양파지, 이거?"

인후는 눈을 돌리며 못 본 척하는 게 고작이었다.

그 뒤론 이렇다 할 말없이 요리 준비를 했다. 인후는 척척 막힘없이 요리를 했고 화담도 눈치껏 거들어주며 처음치고는 꽤 좋은 호흡을 이루었다.

마침내 완성된 스파게티를 볼 가득 넣고 음미해본 화담은 온몸을 떨며 맛있다고 호들갑을 떨었다.

"와, 스파게티란 게 원래 이런 맛이구나! 나 세 그릇은 해치울 수 있을 것 같아요, 우힛, 먹고 죽자!"

"야, 천천히 먹어, 천천히, 그렇게 잔뜩 말아서 어떻게 먹으려고. ……먹고 아프지나 말아라."

스파게티 한 접시를 포크로 세 번 말아서 삼키는 재주에 인후는 반은 질리고 반은 압도되고 말았다. 접시에 남은 미트볼도 마저 해치운 화담이 다시 한 접시를 가지러 주방에 다녀왔다. 소스에 면을 비비며 화담이 싱글거렸다.

"내가 너무 빨리 먹으면 선배가 적적해지니까 이번엔 천천히 먹을게요. 맞다, 다음엔 내가 짜장면 해줄까요? 나 그건 자신 있는데. 근데 돼지고기를 안 넣으면 그 맛이 나려나? 잠깐, 그전에 선배, 짜장면 싫어해요, 안 싫어해요?"

인후는 솔직하게 안 먹어봤다고 대답했다. 아앙? 하고 화담은 희한한 소리를 내며 뒤로 몸을 젖혔다. 인후가 잠자코 스파게티를 먹고 있자 겨우 그 대답을 수용한 화담이 포크를 내려놓고 박수를 쳤다.

"브라보, 정말이지 인후 선밴 늘 내 예상을 뛰어넘는다니까요. 나이 스무 살에 대한민국에 살면서 짜장면을 안 먹어봤다는 사람이 몇이나 될까."

하지만 그 사실에 다른 이유로 큰 자극을 받았는지 화담은 두 손을 맞잡고 상체를 바싹 기울여오며 눈을 빛냈다.

"그럼 내가 만든 짜장면이 선배가 태어나서 처음 먹는 짜장면이 되는 거네요? 후후후. 이 서화담의 명예를 걸고 차인후 씨께 비기秘技를 선보이지요. 근데 처음 먹는 게 내 짜장면이면 짜장면에 대한 기대치가 너무 올라갈 우려가 있는데. 그게 딱 하나 단점이다."

"반대로 평생 안 먹겠다고 맹세할 수도 있는 일이지."

"어헛, 그런 일은 일어나지 않아요."

"두고 보자고."

"흥, 이따 내가 짜장면 재료 적어줄 테니까 거기서 못 먹는 거나 체크해 봐요. 당장에 개량 들어간다, 내가."

어디 마음껏 해보란 듯 인후는 어깨를 으쓱했다. 의욕에 타올라 벌써부터 식탁에 손가락으로 이것저것 쓰는 화담의 모습에 입가에 떠오른 웃음을 인후는 오렌지주스와 함께 삼켰다. 그가 여태 짜장면을 못 먹은 것은 춘장의 주재료인 콩을 꺼린 게 큰데 아무래도 화담은 춘장 재료를 모르는 듯했다. 이제 와서 그렇다고 밝히면 저렇게 들떠 있다가 낙심할 게 자명. 언제가 되든 먹기 전에 알레르기 예방약을 섭취하는 쪽으로 마음을 굳혔다.

'그렇게까지 할 건 없잖아?'

마음속에서 조용히 의문을 표하는 목소리가 있다.

'그러게. 그렇게까지 할 일은 아닌데.'

스스로도 인정했다. 하지만 그 순간 눈이 마주쳐 히죽 웃는 화담을 보자 그런 건 아무래도 좋다 싶어졌다.

한참 문제집을 푸는 데 집중한 나머지 전화 벨소리가 울리는 것을 깨닫고 고개를 들었을 땐 벨소리가 그친 후였다. 얼핏 들었어도 화담의 전화가 분명해서 식당 쪽을 쳐다보곤 고개를 돌리는데 전화를 받으러 갔을 줄 알았던 당사자가 여전히 그의 눈앞에 있었다. 기묘한 자세로 목이 꺾였는데도 쿨쿨 낮잠삼매경이다.

"너무 잘 먹는다 했지. 야……."

깨우려고 손을 뻗었던 인후는 이내 화담의 머리를 편하게 소파에 기대어주는 쪽으로 마음을 바꿨다. 그가 손을 떼려는데 화담이 "아냐, 아직 배고파요, 두 그릇은 더."라고 중얼거리는 바람에 인후는 쿡 웃음을 머금었다.

그때 또 울리기 시작한 전화벨 소리에 인후는 자리에서 일어났다. 식당으로 가 화담의 가방에서 휴대전화를 꺼냈다. 짐작한 대로 어김없이 지승준. 인후는 잠자코 벨소리를 줄였다. 무음에 가깝도록 작아진 벨소리가 마침내 그치고 부재중통화 5통이라고 뜨는 액정을 보며 쓴웃음을 지었다.

"자존심이라곤 없는 녀석이로군."

싸늘히 중얼거리며 휴대폰을 가방에 넣는다는 게 미끄러져 바닥으로 떨어졌다. 인후는 휴대폰을 집어 들고 새삼스러운 눈으로 곰돌이 인형을 보았다. 지나가는 말로 빨간색을 제일 좋아한다고 들은 기억이 있는데 인형 목에 달린 리본이며 입힌 옷은 파란색이다. 어제 만난 무주 친구들이 준거라면 영 센스가 없다고 할 수밖에.

그대로 가방에 넣고 돌아서던 인후의 뇌리에 비로소 어떤 생각이 스쳤다. 그는 다시 화담의 가방을 쳐다보았다. 그리고 잠시 후 휴대폰을 꺼냈다.

어디서 봤다 했는데, 어제 터미널에서 보았다. 지승준이 메고 있던 백팩에 달려 있던 것. 그 곰돌이는 분명 빨간색 리본과 옷을 입고 있었다. 화담이 들으면 승준이 가방에 그런 게 있었단 말이야? 하고 놀랄 일이지만 인후의 기억은 사진처럼 선명했다.

"유치해."

이런 허접한 것을 커플 아이템이랍시고 나눠 가진 자체가 한심했다. 확인도 했으니 더 볼 것 없다는 식으로 가방에 욱여넣는데, 별안간 "달링 알러뷰!"라는 생뚱맞은 기계음이 울렸다. 뒤이어 "서화담, 지승준 포에버!"라는 남자 목소리.

인후는 반쯤 얼어 있다가 천천히 가방 속을 들여다보았다. 자신의 손이 곰인형의 배를 누르고 있다는 걸 깨닫고 손을 뗐다가 다시 한 번 배를 움켜쥐는 순간, 예의 두 가지 문구가 연이어졌다.

하, 하고 인후에게서 헛웃음이 흘렀다.

"요즘 내 인생 수준이 너무 올라간 것 같아요, 선배. 초심을 유지해야지 이러다 허파에 바람들겠어."

"너한테 경호원 생기면 하라고 해도 안 해."

인후가 바래다주는 차 안에서 화담은 그 말에 잊고 있던 걱정거리를 떠올리고 고개를 갸웃했다.

"아무도 날 구할 일이 없으면 좋을 텐데요."

가볍게 한숨을 쉰 화담은 슬슬 한남동 저택에 가까워져 오는 풍경을 확인하고는 두 번째 걱정거리를 생각했다. 다현과 소현, 명혜의 두 애기곰들…….

"월세 좀 깎아줘요, 선배."

인후는 그건 아주머니랑 논할 일이라고 잘라 말했다.

"깎아줘요. 이 세상에 에누리 없는 장사가 어딨어요! 오만 원이라도 빼줘요. 네? 네?"

"보증금 안 받겠다고 하는 건 뭐라고 생각하는 거야?"

"보증금이란 건 세입자를 못 믿으니까 받는 거고! 나 못 믿어요? 내가 감히 선배 집에 무슨 짓이라도 할까 봐? 나예요, 나, 서화담. 715 소사이어티의 동지이자 잘생긴 후배!"

화담이 턱 아래에 두 손을 받치고 꽃받침 시늉을 하며 쳐다보는 서슬에 인후는 좌회전할 길에서 직진을 할 뻔했다.

"좋아. 빼줄게, 대신 조건이 있어. 그 715 소사이어티니 뭐니 하는 말 좀 하지 마."

"엇, 그건……. 715 소사이어티가 얼마나 멋진데. 선밴 우리가 같은 날 생일인 게 못마땅한 거군요! 좋아요, 그렇게 싫다는데 나도 이젠 필요 없어요. 흥."

팔짱을 끼고 홱 고개를 돌리는 화담에게 인후는 뭐라 말을 하려다 입을 다물고 말았다.

바깥을 내다보던 화담은 저택으로 이어지는 골목에서 앞서 걸어가고 있는 다현을 알아보았다. 인후도 마침 다현을 알아보고 천천히 속도를 늦추며 경적을 울렸다.

"어떻게 둘이 같이 있어?"

차에서 내리는 둘을 보고 다현은 크게 어색한 내색 없이 반가운 얼굴을 했다.

"어떻게는. 얼굴 두꺼운 내가 빈대 붙으러 놀러 갔었어."

"그래? 용케 인후가 받아줬네."

"그야 선배가 날 좋아하니까."

그 말에 인후는 바람이 일도록 홱 고개를 돌려 화담을 쳐다보았다. 화담이 낄낄거리며 말을 고쳤다.

"아참. 싫어하지 않는 거였지. 이분은 세상에 좋아하는 게 없다는 걸 깜박했어. 나는 엄청 좋아했는데 짝사랑에 지쳐서 이젠 적당히 좋아하려고."

"승준일 위해서 천만다행인걸?"

다현이 받아치자 화담은 눈을 동그랗게 떴다.

"에이, 승준이하고는 비할 수 없지. 범주가 달라."

손사래를 치는 화담에게서 다현에게 눈길을 돌리며 인후가 말했다.

"이 녀석 오늘 오피스텔 보러 온 거야. 집에서 나올 계획이던데 알아?"

"……그래?"

전혀 들어보지 못한 이야기처럼 다현은 의아한 얼굴을 했다. 내공의 차이일까, 더는 인후를 세워두고 쇼를 하는 게 내키지 않아 화담은 들어가면서 이야기하자고 얼버무렸다.

"오늘 고마웠어요, 선배. 내일 봐요."

비는 그쳤지만 구름이 깔려 어두운 저녁 하늘 아래로 인후의 차가 멀어져가는 걸 지켜보다가 둘은 저택 담을 따라 걸었다.

"인후 오피스텔?"

"응. 제안해주더라. 참 좋은 사람이야."

"흐응……."

생각에 잠긴 다현 옆에서 화담은 가방에서 휴대폰을 꺼냈다. 부재중통화가 찍힌 것을 보고 으악, 하고 작게 놀라면서 메시지를 확인했다.

"아, 내가 잘 때 했나보네. 낮잠 잤다고 하면 믿어주려나? 아니, 안 믿을 텐데."

화담은 승준이 믿지 않을 진실을 대신해 믿을 만한 핑계거리를 궁리하며 대문을 지났다. 펼쳐진 너른 정원 앞에서 화담은 다현을 보지도 않고 들어가 보라고 손짓했다. 곧장 별채로 향해가면서 그녀는 승준에게 전화를 걸었다. 늘 그렇듯 승준은 놀라울 정도로 빨리 전화를 받았다.

"……어, 그래, 그래. 아니 글쎄 전화긴 개목걸이가 아니래도? 이럴 거면 곰인형 말고 진짜 개목걸이를 사지 그랬냐? 뭐? 사란다고 사기만 해봐. 그땐 이 인형도 내다버릴 거야. 응? 무슨 소리? 아니. 그래? 누르면 소리가…… 안 나는데? 뭐야, 안 나. 안 난다니까 그러네. 야, 속고만 살았냐, 안 나. 안 난다고! 그래, 영상통화 해봐라 어디."

묵직한 대기 속에서 화담의 목소리는 그녀가 꽤 멀어진 후로도 다현에게 닿았다. 하지만 마침내 그녀가 별채 안으로 들어가 버리면서 사위는 한없이 조용해졌다.

비로소 다현은 멈췄던 다리를 움직여 걸음을 떼었다. 느릿느릿 끌리는 걸음이 그의 복잡한 심사를 드러내는 듯하다.

다현이 본채로 들어가고 얼마 안 있어 툭툭 굵은 빗방울이 듣기 시작하더니 곧 쏴아아 하고 빗소리가 일대를 감쌌다. 여전히 승준과 통화 중이던 화담은 빗소리에 창가로 다가가며 즐거운 낯을 했다.

"여긴 또 비 온다, 승준아. 빗소리가 호쾌한 게 멋져."

무심코 손을 들어 화담은 습기 서린 창에 누군가의 이름을 썼다.

"네가 언제부터 비를 그렇게 좋아했다고?"

승준의 물음에 화담은 히죽 웃고 이름 주위에 하트 테두리를 둘렀다.

"오늘부터."

2부. Tarantella

Rubylike

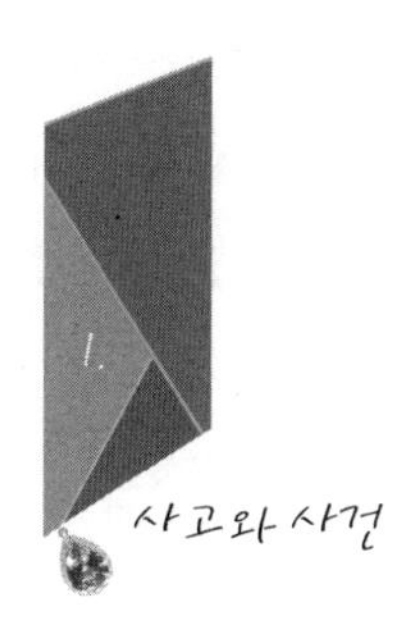

드르륵, 드르르륵!

책상 위의 휴대전화가 연신 몸을 떨며 조금씩 자리를 옮겨가는 동안에도 좀처럼 그 주인은 일어날 줄 몰랐다. 문워크를 거듭하던 휴대폰이 아슬아슬하게 책상 가장자리에 걸리나 싶더니 또 한 번의 진동과 함께 그만 아래로 떨어져버렸다. 케이스가 꽉 안 끼워져 있었던지 바닥에 닿기 무섭게 본체와 케이스가 따로 뒹굴며 만들어낸 소음에 비로소 잠든 이도 흠칫 어깨를 떨었다.

하지만 베고 자고 있던 손가락은 까딱거리면서도 눈을 뜨는 데는 또 십여 초가 족히 흘렀다. 그 사이 바닥에 떨어진 휴대폰은 두어 번 더 진동하고선 마침내 잠잠해졌다.

화담이 실눈이나마 떴을 땐 강의실이 이미 조용해진 후. 그녀는 하품을 하고는 도로 팔에 머리를 묻고 잠을 청했다. 그리하여 다시 순식간에 달콤한 꿈나라로…….

가다 말고 화들짝 머리를 들고 손목시계를 확인했다.

"으아아! 두 시 넘었잖아! 수업, 수업, 잠깐, 내 휴대폰! 에잇, 저건 왜 떨어져 있는 거야?"

부랴부랴 전화기를 수습하곤 빈 강의실을 뛰쳐나갔다. 2층 아래 강의실의 마케팅관리 수업에 들어간 화담은 바로 교재를 펼쳐 수업을 따라가는 데만 집중했다.

7교시 수업이 끝나고 쉬는 시간이 되자 조금 녹초가 된 기분으로 뻐근한 목을 두드렸다. 계절학기 수업을 오전, 오후 두 과목을 듣는 것은 생각보다 더 심신이 소모됐다. 이제 겨우 첫날인데 이러니 고3과 재수 시절은 어떻게 버텼는지 기억도 안 난다. 쉬는 김에 휴대폰을 들여다본 화담은 부재중통화가 여럿 와 있는 걸 보고 고개를 갸웃했다.

"053이면 경상도 쪽이었나?"

세 시 십이 분에 걸려온 전화는 지역번호가 낯설었다. 그쪽엔 연고가 전혀 없으니 확인전화는 패스. 그전에 온 다른 부재중전화가 있어 확인하던 화담의 눈이 동그래졌다.

이 사람이 왜? 하고 생각하다가 전화를 걸었지만 전원이 꺼져 있다고 나오는 안내멘트에 소득 없이 전화를 끊었다. 물끄러미 휴대폰을 쳐다보던 화담은 용건이 있으면 다시 걸겠지 하고는 휴대폰을 가방에 던지듯 넣었다.

다섯 시를 십 분 남기고 수업이 끝난 강의실에 남아 화담은 오후 수업 내용을 훑어보는 것으로 복습을 마쳤다.

"아아, 찌뿌듯하다."

막 다섯 시 십오 분이 넘은 벽시계를 보며 기지개를 켠 뒤 여전히 눈만 감으면 잠이 쏟아질 듯한 컨디션을 의식하고 강의실을 나섰다. 화장실로 가서는 찬물로 실컷 세수하고 세면대 거울을 보며 정수리를 톡톡 건드렸다.

“이놈의 머리 확 쳐버릴까.”

거기엔 전에 없던 한 뭉치의 머리타래가 턱 하니 얹어져 있다. 일명 똥머리. 긴 머리는커녕 단발조차 해본 적 없었던 화담이 지난 몇 년 머리를 쭉 길러오면서 감당한 인고를 그 누가 알아줄까. 열일곱 살 여름부터 스물세 살 여름이 되도록 길렀으니 만으로 6년. 해마다 여름이면 잘라버릴까, 라는 말을 입에 달고 살았지만 아직 몸 한 귀퉁이에 붙어 생존을 이어가고 있다.

이번에야말로 자를까 하다가도 몇 번 호흡하는 사이 마음이 바뀌었다. 기왕 여기까지 참은 거 좀 더 참아보자 쪽으로. 앞으로 일 년 반. 대학을 졸업하는 그날을 꿈꾸며 주먹을 불끈 쥐는 화담의 눈에서 번쩍번쩍 빔이 나왔다.

손수건으로 얼굴을 닦은 화담은 선스틱을 얼굴과 드러난 팔에 충분히 두드렸다. 벌꿀맛 립밤을 입술에 발라주는 것으로 재정비 완료.

“오케이, 일하러 갑시다!”

경영대 건물을 나선 화담이 교정을 가로질러 후문을 향해 뛰었다. 종종 아는 얼굴이 보여 손 흔들고 인사를 하는 등의 여유를 부려도 발만큼은 쉬지 않고 달리고 있다. ‘다섯 시 반, 뛰는 여자’ 라고 해서 숙인여자대학교에서 나름 명물이 된 풍경인데, 본인은 그 점을 전혀 모른다.

그녀가 그렇게 열심히 달려간 곳은 숙인여대 후문의 칼국수로 유명한 식당이다. 화담은 거기서 주중 여섯 시부터 열 시까지 아르바이트를 하고 있다. 일단 시작 전에 칼국수 국물에 밥 한 공기 뚝딱하고 이후 정신없이 서빙이며 설거지를 하다 보면 시간이 언제 지나갔는지 모르게 가버린다.

처음엔 시급 육천 원으로 시작했다가 일 잘한다고 한 달에 육십씩 받게 되었고 명절 보너스는 덤이다. 싹싹한 성격에 일을 찾아서 하는 부지런함, 이 년 가까이 일하면서 단 한 번도 개인 사정으로 빼먹은 날 없는 성실함의 삼박자를 갖춘 덕에 직원 못지않게 대접받고 있다.

다른 플러스 요소는 단연 미려한 외모일 것이다. 이 목청 크고 웃음소리 호탕한 시원시원한 미인을 보러 다니는 저녁 단골이 적지 않다는 것, 사장님을 비롯한 찬모 아주머니들이 곧잘 지적하는 바이지만 화담은 누가 밥 먹는데 얼굴 보러 다니느냐며 웃어넘기고 말 뿐이다.

하지만 오늘도 버젓이 화담의 얼굴 보러 온 남자 손님들이 여기저기 테이블에 앉아 뻰질나게 힐끔거리고 있다. 바로 지금 그녀가 주문받는 테이블만 해도 남자 셋이 화담의 얼굴을 목하 감상 중.

"해물칼국수 둘에 감자칼국수 곱빼기 하나 맞으시죠? 다른 건 주문하실 거 없으시고요? 아주아주 쪼끔만 기다려주세요, 맛있게 해서 갖다드릴게요. 언니, 여기 해물둘에 감자곱 하나! 어서 오세요, 몇 분이세요? 두 분이면 저 안쪽 자리로. 아, 제가 치워드릴게요. 그냥 두세요."

홀 서빙은 둘이 하는데 화담 혼자 휘젓고 다니는 듯한 착시를 손님들에게 안겨주며 그녀는 동분서주했다. 눈코 뜰 새 없이 바쁘던 것도 여덟 시가 조금 넘자 소나기와 함께 한풀 수그러들었다. 그 기회에 화장실을 다녀온 화담이 설거지를 하러 주방으로 들어갔는데 불쑥 사장님이 주방에 머리를 들이밀며 누가 찾아왔다고 말했다.

"저를요? 누가…… 어, 정 비서님?"

"아가씨."

설거지통에 손 넣고 있는 화담을 보는 정 비서의 얼굴에 안타까운 기색이 떠올랐으나 이내 평소의 온화한 모습으로 돌아와 목례를 건네며 말했다.

"조금 격조했습니다. 잘 지내시는 듯해 다행입니다."

"네, 아저씨도요. 우리가 언제 봤더라, 지난달이었나요?"

"사월 말일에 뵙고 처음입니다."

"아, 그랬던가요. 소현이 생일파티가 벌써 두 달 전이라니. 별로 하는 것도 없는데 시간이 너무 빨리 간다니까요, 올해도 이제 시작인가 했더니 벌써 절반이 가고."

말하면서도 날렵하게 그릇 몇 개를 더 씻어 놓고서 화담은 고무장갑을 벗고 정 비서에게 돌아섰다. 그녀의 일터는 명혜도 알고 있지만 이렇게 사람을 보낸 건 처음이다. 시시한 용건은 아닐 거라고 생각해 정색을 하며 용건을 물었다.

"전화를 드렸는데 받지 않으시는 터라 모시러 왔습니다."

"일할 땐 가방에 넣어두거든요. 왜요, 무슨 일이라도?"

정 비서는 약간 뜸을 들였지만 화담이 침착하게 기다리고 있자 입을 열었다.

"도련님께 작은 사고가 있었습니다."

사고. 저도 모르게 이를 앙다무느라 화담의 턱이 굳었다.

"053으로 시작하는 지역번호로 전화가 왔었는데……."

"053이면 대구 지역번호입니다. 아마도 병원에서 전화를 한 것 같습니다."

"설마…… 다현 형이 그 병원에?"

"네. 대구에서 교통사고가 나신 모양입니다."

순간 화담은 눈앞이 허예지며 윙하고 귀가 울었다.

정 비서와 만났던 사월의 끝날, 본가에서 소현의 생일파티가 열렸다.

다현과도 그때 만난 게 마지막이었다. 그 뒷날 다현은 전국일주를 위해 서울을 떠났다. 명혜가 차를 내주었지만 그래서는 기분이 나지 않는다며 다현이 거절했다. 그에겐 2년간 과외를 해가며 모은 돈으로 산 애마도 있었다.

그의 애마는 할리데이비슨 팻보이.

다시 말해, 바이크였다.

"피워도 될까?"

양해를 구하실 것 없어 피우시라고 몇 번이나 말했는데도 또 명혜가 허락을 구했다. 같은 대화를 이미 여러 번 했다는 것조차 떠올리지 못한 만큼 초조한 기색의 그녀에게 화담은 잠자코 라이터를 켜주는 것으로 대답을 대신했다.

담배에 불을 붙이는 그 짧은 순간에도 명혜의 흰 손이 잘게 떨렸다. 명혜는 더워도 땀을 잘 흘리지 않는 체질이지만 지금은 관자놀이 주변에 축축하게 땀이 맺혀 있는 게 육안으로 보였다. 그 바람에 마흔 중반의 나이치고는 많은 새치가 더 눈에 띈다. 화담은 명혜가 지난 육 년 사이 부쩍 시들었다는 것을 새삼 깨달으며 가만히 손을 잡았다.

"괜찮을 거예요."

그녀의 위로에 명혜는 힘없이 고개를 끄덕였다.

"그래야지."

다시 담배를 무는 명혜의 입가가 바르르 떨렸다. 화담은 큰바람이 불면 흔적도 없이 날아가 버릴 것처럼 작은 여인의 손을 두 손으로 꼭 움켜쥐었다. 손 안에서 마주 힘을 주며 쥐어오는 명혜의 손이 차디찬 얼음장 같았다.

대구로 내려가는 길 내내 차창 밖에선 비가 오고 차창 안에는 담배 연기가 빚어낸 희푸른 구름이 맴돌았다. 마치 안갯속을 헤치고 가는 것 같다고 화담은 생각했다.

'구름 뒤에는 태양이 있는 법이니까, 이 안개 너머에도 빛이 있으면 좋겠는데.'

창밖의 어둠을 응시하며 오로지 바라고 기도할 뿐. 사람이 얼마나 허망하게 죽을 수 있는지 아느냐고 마음속 동굴에서 속삭이는 소리를 한사코 무시해가면서.

3년보다 더 길게 느껴진 세 시간이 지나 다현이 있다는 종합병원에 도착했을 때 한발 먼저 와 있던 푸른이 나와서 그들을 맞이했다. 놀라서 한달음에 대구로 내려온 그도 낯빛이 조금 창백했다.

"어휴, 우리 어머니 놀라셔서 얼굴 한 줌 되신 것 좀 봐. 제가 그 못된 놈 깨어나면 엉덩이를 열 대 걷어차 줄게요, 어머니. 어머니, 설마 사랑하는 아들 엉덩일 찼다고 그때 가서 제게 눈 흘기시는 거 아니죠?"

푸른의 서글서글한 눈에 장난기가 살아 있는 게 크게 걱정할 정도의 중상은 아니겠구나 싶어 일단 안심하면서도 '깨어나면' 이란 말이 마음에 걸려 바삐 걸으며 화담이 물었다.

"형 아직 의식 안 돌아왔어?"

"응. 기회는 이때란 듯이 쿨쿨 자고 있어. 너도 알다시피 걔가 잠에 보통 인색하냐? 이럴 때 한 번 오지게 자자 싶었나 보지."

그들은 응급실 내에 있는 집중치료실로 향했다. 혹시 싶어 푸른에게 명혜를 부축하게 하고 정 비서와 화담이 몇 발 먼저 확인하러 갔는데 오면서 들은 이야기로 상상한 것보다는 외관이 양호한 것에 둘은 안도의 시선을 교환했다.

특히 헬멧을 쓰고 있었던 얼굴이 아주 깨끗해서 얼굴만 보면 푸른의 말대로 그냥 잠을 자는 사람처럼도 보였다. 뒤따라온 명혜도 다현의 얼굴을 보고 그나마 안심이 됐던지 다리에 힘이 풀려 허물어지려는 것을 푸른과 정 비서가 부축해 의자에 앉게 했다.

담당의사가 와서 CT 촬영검사 결과를 토대로 명혜에게 부상 부위에 대해 설명하는 동안 화담도 깁스를 한 다현의 오른팔과 다리, 복합골절을 입은 왼쪽 무릎 등을 살폈다. 오른쪽 쇄골도 부러지고 아래 늑골도 몇 개 금 갔다고 하는데다 여기저기 타박상으로 인한 멍은 셀 수 없이 많다. 명혜는 무엇보다도 왜 의식이 없는지 크게 걱정했다.

"내원 당시엔 의식이 꽤 또렷했습니다. 경미한 뇌진탕만 입어도 몇 시간 의식이 소실되는 경우는 흔합니다. 일단 더 지켜보시고 혹시 혈종이나 뇌부종 우려가 있다면……."

설명을 늘어놓는 젊은 의사에게 명혜는 당장 MRI부터 찍자며 성화였다. 정 비서도 할 수 있는 검사는 다 하는 쪽으로 말에 힘을 실으니 피곤에 찌든 얼굴의 의사는 정 소원이라면 좋을 대로 하라는 식으로 나왔다. 정 비서가 수속을 위해 자리를 뜬 사이 명혜는 무슨 병원이 이리 불친절하냐며 다현이 깨어나기만 하면 서울로 데려가겠다고 별렀다. 푸른은 푸른대로 성이 나서 눈에 쌍심지를 켰다.

"정말 그 할머니 찾아서 무슨 벌이든 받게 해야 하는 거 아니에요? 자기 때문에 사람이 죽을 뻔했는데 어쩜 나 몰라라 하고 도망을 가지? 사람이 인두겁을 쓰고 말이야."

목청을 높이는 푸른에게 화담도 가세해 욕을 퍼붓고 싶긴 매한가지였다. 사고원인이 다현의 운전미숙이나 부주의로 인한 거라면 원망하고 말 것도 없겠으나, 8차선에서 무단횡단을 하는 할머니를 피하려다가 미끄러져 벌어진 사고였던 것이다. 사고 유발자나 다름없는 할머니는 소란을 틈타 달아나버렸다니 기가 막히지 않을 수 없다. 하지만 자신마저 화를 내서 불난 데 기름을 끼얹을 수는 없는 노릇.

"그래도 목도 그렇고 척추가 멀쩡하다니 불행 중 다행이야. 여태 쉼 없이 달려왔으니 외국 나가기 전에 누워서 푹 쉬라고 하늘이 휴가 준 거라고 생각해야지. 안 그래요, 아주머니?"

명혜는 말없이 한숨만 쉬었지만 푸른이 화담에게 가세해 미국 나가서 사고가 났으면 병원비가 장난 아니었을 텐데 돈 아끼려고 한국에서 미리 사고를 낸 걸 보면 과연 효자는 효자라고 장단을 맞췄다.

"그러게! 미국 가서 사고 났으면 우린 또 얼마나 놀랐을 거야. 거긴 비행기 타도 열 시간이 넘는 데 가는 동안 가슴이 까맣게 타들어가고도 남지. 형이 정말 속이 깊다니까요. 이번에 크게 액땜했으니까 앞으로 한 팔십 년은 끄떡없이 잘 살 거고 말이에요."

"앗, 생각해 보니 난 너무 평탄하게 살아왔어! 이참에 어디서 한 번 넘어져서 발가락이라도 부러뜨려봐야 하나?"

"에이, 그 정도로 액땜이 되나. 생각 있으면 나한테 말해, 선배. 팔다리 어디든 딱 한 방에 부러뜨려줄 테니까."

화담이 씩 웃으며 잔근육으로 뭉쳐진 오른팔을 들어보이자 푸른이 진심으로 사양한다며 두 손을 격하게 내저었다. 둘이 분위기를 띄우려 애를 써봐도 명혜는 변함없이 땅거미 내린 겨울 뜰처럼 가라앉은 낯빛으로 다현을 들여다볼 뿐이다. 그 옆으로 바투 다가앉으며 화담도 다현을 응시했다.

"이야, 다현 형 완전 꽃미남이네. 스물다섯 살인데 스무 살 때처럼 보송보송한 것 좀 봐. 누구하곤 완전 달라. 이래서 사람은 평소 행실이 중요하다니까."

"뭐야, 그 누구가 나냐? 나야? 내 얼굴이 어때서? 나 아직 얼굴 팽팽하고 젖살도 고대로거든?"

"그건 젖살이 아니라 술살이지. 선배처럼 십 대 때 귀여운 상들이 나이 들면 푹 퍼지기 십상이야. 흔히들 두부상이라고 하잖아."

"야, 내가 세상에서 제일 싫어하는 게 두부다. 나는 북방계의 날렵한 미남자라고. 당장 그 말 취소해, 서화담. 어서!"

아옹다옹, 농 반 진담 반으로 티격태격하는 둘의 노력에도 불구하고 명혜는 결국 눈물을 터뜨리고야 말았다.

"여보, 다현이 데려가지 마요. 데려가려면 날 데려가지 왜 다현이를……. 당신이 다현이 지켜줘야 하는 거잖아. 어쩌면 아버지란 사람이 그래……."

침대에 머리를 기대고 울먹이는 명혜의 하소연에 화담의 가슴이 먹먹해졌다. 언제 한 번 크게 살가운 어머니 노릇을 하진 않아도 이 사람이 엄마는 엄마구나 싶었다.

다현이 MRI 검사를 받으러 들어간 동안에도 밖에서 벽에 머리를 기대고 두 손을 모은 채 기도하는 명혜의 모습이 어쩌면 성스럽게까지도 보였다.

소현이 억척스럽게 공부한 끝에 소원하던 프린스턴대학에 입학해 뉴저지로 간 지도 삼 년째. 일찌감치 다현이 군대를 다녀온 덕에 집이 텅 빌 일은 없었으나 이제 다음 학기부터는 다현도 교환학생으로 북경대에 갈 참이라 한동안 집이 적적할 터였다. 그러거나 말거나 명혜는 전혀 신경 쓰지 않는 것처럼 보였는데 지금의 명혜를 보면 화담이 그녀를 얼마쯤 오해하고 있었는지도 모르겠다.

다현이 어서 깨어나서 이렇게 걱정해주는 어머니를 보면 좋겠다고 생각했다. 착하고 반듯한 아들이자 오빠. 신망 있는 친구이자 우수한 엘리트. 그 한 몸에 미덕은 다 가지고 있는 것처럼 보이는 저 남다현이란 인물에게도 남에게 보이기 곤란한 약점 하나쯤은 있다는 것을 아는 사람으로서 화담의 바람은 진실했다. 아무리 완벽해 보여도, 결국엔 부모의 사랑을 남에게 빼앗기기 싫은 평범한 자식인 것이다.

반 시간이 넘게 걸린 검사도 끝나고 별반 이상 소견 없이 다시 집중치료실로 옮겨진 뒤 한 시간쯤 흘렀다. 자정이 막 넘을 즈음. 시각이 시각인지라 모두 조금씩 잠에 겨워하는 모습이 슬슬 나타나던 참에 화담이 뭔가 마실 거라도 사오겠다고 걸음을 떼었는데 얼마 못 가 뒤에서 그녀를 부르는 듯해 "왜요?"하며 고개를 돌렸다.

명혜도, 푸른도, 하물며 정 비서도 화담을 부른 게 아니었다. 그들은 모두 병상의 환자를 보기에 여념이 없었다. 갑자기 긴장된 그 분위기에 화담이 발길을 돌리는 찰나, 다시금 들렸다.

"……화담아, 서화담!"

이번엔 화담도 그 목소리의 주인을 깨닫고 달려갔다.

"깨어났어요?"

명혜는 고개를 저으면서 애타는 시선으로 아들을 바라보았다. 재차 다현의 입술이 들썩이며 화담아, 화담아 하고 그녀를 찾았다.

"야, 화담이 여기 있어. 눈 뜨고 보라고, 잠꼬대만 하지 말고. 안 되겠다, 화담아, 네가 좀 깨워. 어서 깨워봐, 어서."

푸른이 답답해하며 하는 말에 화담이 고개를 끄덕이고 다현의 머리맡으로 가서 그를 불렀다.

"형, 다현 형. 나 화담이야. 내 목소리 들려? 들리면 눈 떠봐. 형, 눈 좀 떠보라고. 이러고 계속 잘래 진짜? 나 안 그래도 졸린데 그냥 확 가버린다. 야, 남다현!"

달래도 보고 을러도 보고 하면서 자꾸자꾸 고개를 기울이다 두 손을 입가에 대 확성기처럼 만들어 부르는 순간, 바르르 눈꺼풀이 떨리더니 다현이 눈을 떴다. 졸지에 그와 눈이 맞은 화담은 얼떨떨하게 눈을 깜박거리다 확 웃었다.

"오, 깼다, 아주머니, 형 깼어요. 깨어났어요!"

명혜의 어깨를 붙잡아 다현 쪽으로 밀어주고서 화담은 푸른과 손잡고 춤을 추었다. 정작 그렇게나 걱정한 명혜는 깨어난 다현을 보고선 왜 이렇게 사람을 놀래키느냐 가벼운 타박 한마디 하고 입을 다물어버렸다. 아이구 내 아들, 살았구나 하며 얼싸안는 것까진 바라지 않아도 저보다는 더 표현할 수 있을 텐데 하고 속으로 혀를 차며 화담은 명혜의 어깨를 감싸 안고 다현을 들여다보며 말했다.

"형 안 깨어난다고 아주머니가 엉엉 우시는 거 들었어? 정말이지 이번 일로 아주머니 머리가 더 하얗게 세면 그땐 형이 직접 염색해드려야 해."

다현은 몹시 몽롱해 보이는 눈으로 화담과 명혜를 번갈아 보다가 마침내 희미하게 고개를 끄덕였다.

"어머니, 죄송해요. 이런 일로 걱정 끼쳐 드려서."

명혜는 가만히 다현을 바라보다가 다현의 눈을 찌를 것 같은 머리카락을 조심스레 치워주는 것으로 답을 대신했다. 화담이 명혜의 머리에 제 머리를 대고 뭔가 듣는 시늉을 하더니 싱글거리며 말했다.

"아주머니가 그래도 이만하길 다행이라고 하시네. 진짜 큰 액땜했다, 다현 형. 죽다 살아난 거 축하해!"

병실 옮기면 케이크라도 사다가 파티하자고 말하는 화담의 수선에 비로소 명혜가 조금 웃는 낯을 지었다. 그런 일이라면 여기 아마추어 파티

플래너 미스터 케이가 있다며 푸른이 쓱 제 얼굴을 들이밀었다.

"남다현, 다시 살아난 거 축하한다. 너 내 생각보다 큰 인물이 될 모양이니까 앞으로도 잘 지내보자. 오케이?"

푸른이 쪽 하고 소리를 내며 키스를 날리자 다현이 고개를 살짝 틀며 눈을 감아버렸다. 화담이 와앗 하고 외치며 다현의 눈꺼풀을 손가락으로 벌렸다.

"안 돼, 안 돼, 눈 뜨고 있어. 형 눈 보려고 얼마나 기다렸는데 벌써 감는 거야. 선배가 시답잖은 짓을 하니까 형이 아예 눈을 감아 버리잖아. 훠이훠이, 절로 좀 가 있어."

"야, 서화담, 너 내가 그렇게 만만하냐? 훠이훠이? 내가 새냐? 절로 가긴, 내가 스님이냐? 절로 가게."

"말꼬투리를 잡을 거면 좀 웃기기라도 하던가. 하여간에 사람이 갈수록 변변찮아……."

날것 그대로의 구박에 푸른이 넌 왜 그렇게 나한테만 모지냐는 푸념과 함께 두 손으로 얼굴을 감싸고 뛰어가버렸다. 그 등에 대고 뭐든 따뜻한 것 좀 사오라고 한마디 하는 화담을 보며 다현이 맥없이 중얼거렸다.

"너흰 참 변하질 않는구나."

"사람이 일없이 변하면 죽어."

찡긋 윙크를 던지며 화담도 침대에서 물러났다.

"암만해도 푸른 선밴 미덥지 못하니까 나가서 뭘 사는지 감독해야겠다. 자, 아주머니는 금지옥엽 아드님 또 잠들지 않도록 감독하세요. 아저씨, 저만 출출한가요? 우리 야식 같은 거 안 먹어요?"

"안 그래도 그 점을 생각 중이었습니다."

정 비서도 눈치껏 화담과 행동을 함께했다. 두 모자를 뒤로하고 응급실을 나서며 화담은 한껏 기지개를 켰다.

"아우우, 이젠 막 졸음이 쏟아지네요. 아저씨, 가다가 제가 눈 뒤집고 쓰러져도 놀라지 마세요."

"그렇군요, 아가씬 이미 잠드실 시간이 한참 지났네요. 얼른 병실을 알아봐야겠습니다."

"급할 것 있나요. 일단 목부터 축이자고요."

정 비서에게 팔짱을 끼고 화담은 음료수 자판기가 있는 곳으로 향했다. 한발 먼저 와 있던 푸른은 뽑아야 할 음료수는 안 뽑고 그 짧은 새 만난 여자에게 수작을 걸고 있다가 두 사람에게 딱 걸렸다.

"이야, 역시 강푸른. 포미닛, 지조란 건 사전에 없지."

"기다려봐. 조만간 투미닛으로 닉네임 체인지할 테니까."

화담의 비난의 시선에도 전혀 굴하지 않는 포미닛, 이른바 4분이면 여자를 낚는다는 마성의 남자 강푸른이 전매특허인 눈웃음을 섞은 윙크를 날렸다. 화담은 보란 듯이 고개를 젖히고 하품을 하는 것으로 답했다.

"하여간 여자도 아냐, 넌. 대체 네 어디가 예쁘다고 지승준은 아직 콩깍지를 못 떼는 거냐?"

"그거야……."

머리를 벅벅 긁으며 생각해보던 화담이 대답했다.

"M이라서?"

일단 다현은 특실로 옮긴 후 날이 밝으면 상태를 봐서 서울 병원으로 옮기기로 했다. 명혜와 정 비서가 대구에 남았고, 오전 수업이 있는 화담은 푸른의 차로 서울로 향했다.

"그냥 자, 눈 까뒤집고 있는 거 보는 게 더 무서워."

"그래도 선배가…… 운전을 하는데 옆에서 자는 건……."

병원 주차장을 벗어난 지 얼마 안 돼서부터 눈이 슬슬 감기기 시작했는데도 한사코 자지 않으려고 흰자위를 드러내고 있는 화담을 힐끔거리며 구경하던 푸른은 신호대기를 하는 사이 휴대전화로 슬쩍 도촬을 했다. 화담은 반 잠꼬대로 "나 안 자, 안 자니까……."하며 가볍게 코를 골았다.

"크크크, 동영상을 찍어서 보내줘?"

낄낄거리면서 푸른은 사진과 함께 짧은 메시지를 누군가에게 보냈다.

[한국의 평화를 입증할 결정적 한 컷! 보고 좀 웃어라.]

그러고선 문득 떠오른 대로 옥스퍼드의 날씨를 검색해 보곤 피식 웃었다. 오늘은 소나기. 어제는 안개. 내일은 흐림. 내일모레도 흐림. 어떻게 된 게 한 주 동안 해 나는 날이 딱 하루인데 그마저 구름 조금이란 말이 붙어 있다. 이러니 그 녀석이 한국에 안 돌아오는 거라며 머리를 내저었다.

"걔 머리 위엔 구름을 이식해 줘야 한다니까 진짜."

푸념이 섞인 혼잣말을 끝으로 그는 운전에 집중했다. 자면서도 제대로 눈조차 못 감은 화담의 걱정이 무색하게 단련된 올빼미족의 내공을 뽐내며 네 시 좀 못 되어 차는 서울에 들어섰다.

인후의 아파트 앞에서 화담을 깨우자 화담은 화들짝 놀라면서 "안 자!" 하고 소리부터 치고서 눈을 떴다.

"그래, 너 안 잤어. 절대 안 잤으니까 그만 들어가서 자."

"……응? 어디를?"

"어디 갈냐?"

푸른이 가리키는 대로 차창 밖을 내다본 화담은 잠시 후 겸연쩍은 얼굴로 머리를 긁적였다.

"순간이동을 했을 리도 없고 내가 내내 퍼질러 잔 모양이네. 미안합니다! 고급 인력을 운전기사로 부려먹다니, 나중에 한 번 제대로 은혜 갚겠습니다!"

두 손을 모으며 꾸벅 고개 숙이는 화담에게 됐다고 말하려다가 푸른은 생각을 바꾸었다.

"좋다. 그럼 언제 한번 칼국수 대접받는 걸로 퉁치자. 수제비도 좋고."

"오, 그런 거라면야 언제든지 콜, 이 아니라 세 번 바람 맞으면 그걸로 끝이야. 내가 황금 같은 주말에 선배 기다리다가 끼니때 놓친 게 벌써 몇 번인지 알아?"

평일엔 화담이 아르바이트를 하니 주말이나 되어야 화담이 솜씨를 부린 음식을 먹을 수 있다. 그나마 푸른은 몇 차례 약속을 했다가 그 당일에 다른 약속이 생겨 펑크 낸 경험이 손으로 꼽지 못할 만큼 여러 번이다.

"이크, 벌써 네 시 넘었네. 금세 동트겠다. 선배도 어서 가서 자. 아, 졸릴 것 같으면 차라도 마시고 갈래?"

"노땡큐. 여자 집에서 차만 마시는 건 내 스타일 아냐."

푸른의 거절에 화담이 한심하다는 눈빛을 여과 없이 던지며 도어를 열었다.

"아직 그런 소릴 지껄이는 걸 보면 졸리진 않는 모양이야. 아무튼 고마웠어, 선배. 운전 조심히 해서 가."

"아디오스!"

하등의 쓸모없는 화려한 윙크를 남기고 푸른의 페라리가 멀어져갔다. 그 웅장한 배기음이 안 들릴 때까지 꼼짝 않고 지켜보던 화담은 이윽고 어깨를 들썩이며 집을 향해 몸을 틀었다.

"생각지도 못하게 긴 하루가 됐네. 아무튼 다현 형이 그만해서 다행이야. 정말 다행이야."

잠이 깬 줄 알았지만 평소 같으면 한참 깊이 잠들어 있을 시간의 뇌는 엘리베이터까지 걸어가는 동안의 기억을 감쪽같이 없애주는 잔재주를 부렸다. 문득 하품을 하면서 보니 어느새 엘리베이터 안. 11층을 누른 후 화담은 언뜻 생각난 대로 가방에서 휴대전화를 꺼냈다.

깨끗한 대기화면. 부재중전화는 없었다.

"그래, 걔들은 고3이니까, 고3."

의대 본과 1학년의 삶은 고3보다 팍팍하다는 것을 멀리 있는 화담도 확실히 실감하고 있다. 이제 날이 바뀌었으니 삼일째 승준과 서윤, 둘 중 누구에게도 연락 한 통 받지 못했다. 마지막 전화 때 시험 준비 때문에 사흘간 다섯 시간도 못 잤다고 푸념을 하던데 지금이 딱 피크인 걸까.

유급은 죽어도 안 한다며 비장하게 다짐하던 승준의 말을 떠올리며 화담은 피식 웃었다. 하지만 이내 그 미소는 얼마쯤 씁쓸한 것으로 바뀌었다.

"머리가 좀 더 좋았으면 좋았을 텐데."

그랬으면 그녀도 지금쯤 승준, 서윤과 함께 생지옥이라는 본과 1학년 생활을 하고 있었을 수도 있는데.

승준은 재수를 해서 소원하던 무주대학교 의학부에 합격했다. 대학은 어딜 가도 별 상관없다던 서윤도 승준의 공부를 봐주다가 의대에 흥미가 생겼는지 반수 끝에 가볍게 합격해 같은 무주대 동창이 되었다. 거기에 자신도 끼어서 다시 삼총사가 되어 다녔다면 아무리 지옥 같은 공부가 기다리고 있어도 즐겁지 않았을까.

상상의 나래를 펼쳐보다가 엘리베이터 문이 열리는 걸 보고 백일몽을 떨쳐냈다. 새벽에 안 자고 돌아다니니 이런 영양가 없는 생각을 다 하지 하고 화담은 혀를 찼다.

집문 앞에 이르러 비밀번호를 누르고 안으로 들어섰다. 현관에서 신을 벗고 폴딩도어를 밀어 열자 센서가 동작해 알아서 불이 켜지며 실내가 환해졌다. 책으로 둘러싸인 웅장한 거실이 그녀를 반겼다. 몸에 익은 버릇대로 텅 빈 실내를 한 바퀴 돌아보고 화담은 제습기로 가서 물받이 통을 꺼내 들고 욕실로 향했다.

샤워하고 욕실을 치우고 나오니 다섯 시가 금방이다. 머리가 아직 덜 말랐지만 화담은 목욕가운 차림 그대로 거실 소파에 풀썩 드러누웠다. 이 비싼 가죽 소파에 젖은 머리로 눕는 것, 평소라면 생각도 못할 일이지만 오늘은 그냥 무시하고 눈을 깜박거리며 높다란 천장을 올려다보았다.

인후가 영국으로 떠난 이래 줄곧 맡아서 관리해온 집이 전에 없이 크고 휑하게 느껴졌다. 이리저리 몸을 뒤척이며 눈을 감아도 떠도, 응급실에서 다현을 보던 명혜의 그 쓰러질 듯 창백한 옆모습이 망막 저편에 남아 있었다. 누가 뭐래도 아들을 걱정하는 어머니의 모습이었다.

그것이 한동안 잠잠했던 화담의 허기를 건드렸다. 화담은 소파의 등을 향해 돌아누워 둥그렇게 몸을 말았다.

"엄마……."

그저 부르기만 했는데도 목이 메는 이름. 울지 않으려고 눈을 꼭 감아봤지만 전혀 도움이 되지 않았다. 세차게 차오르는 급류에 노력할 의지조차 힘없이 떠내려가 버려 그녀는 가운 소매에 얼굴을 묻고 엉엉 울었다.

새벽에 깨어 있는 것의 무서움. 다현의 사고가 의도치 않게 그녀에게 일깨워준 몇 가지 중 하나였다.

다음날, 아르바이트를 마친 후 화담은 다현을 보러 병원으로 향했다. 오후에 서울 병원으로 옮긴 터라 어제 같은 대장정은 아니다. 식욕이 없다며 저녁식사도 거르고 곁에 있던 명혜를 다현이 정 비서에게 부탁해 뭐라도 드시게 하라고 내보낸 참이라 병실엔 다현 혼자였다.

"눈이 좀 붓지 않았어?"

다현이 귀신같이 알아보는 서슬에 화담은 물을 따라 마시다 말고 에헤헷 헤식은 웃음을 흘렸다.

"눈썰미도 좋으셔라. 실은 리포트 때문에 눈물 쏙 빼는 영화를 한 편 봤거든. 오랜만에 통곡 좀 했지."

"어떤 영화였는데?"

"응? 아, 이거 형이 봤으려나? 2차 세계대전 때가 배경인데 주인공이 유대인이야. 사랑하는 여자를 공주님이라고 부르고, 나중에 그 여자랑 결혼해서 귀여운 아들도 생겼는데 결국 가족이 다 수용소에 끌려가게 돼. 근데 이 주인공이 정말 말도 못하게 낙천적이야, 그래서 아들한테…… 아, 나 이런 거 설명 잘 못하는데."

영화를 봤다고 둘러댔으니 그럴듯한 설명을 해야 하는데 이놈의 영화 제목이 도통 안 떠오른다. 하지만 그 부실한 설명을 듣고도 다현은 찰떡같이 알아들었다.

"〈인생은 아름다워〉 봤구나."

"맞아! 분명 그 제목이었어. 형도 그거 봤어?"

희미하게 웃으며 다현이 좋은 영화였다고 중얼거렸다.

"네가 울었다는 대목도 알 것 같은데. 거의 마지막 즈음에 귀도가 조슈

아가 숨어 있는 곳을 향해 윙크를 던지고 씩씩하게 걸어가던 장면 아닐까.”

“응! 그 부분, 그 부분을 보면서 정말이지…….”

아주 정확하게 이끌어준 다현의 말에 새삼 감명 깊은 장면을 떠올릴 수 있었다. 화담은 소파에 앉으며 뭉클한 나머지 한숨을 내쉬었다.

“정말 멋진 아빠곰이라고 생각했어.”

중학교 때 승준의 집에서 본 영화인데, 아직 아버지에 대해 알기 전이라서 막연히 내 아버지도 저런 사람이면 좋겠다는 생각을 했던 기억이 났다. 화담은 조금 감상적이 되어버린 기분을 바꿔보려고 침상에 누워 있는 다현 쪽으로 상체를 내밀며 물었다.

“어때, 남재현 씨는 그 멋진 아빠곰이랑 좀 닮았어?”

다현은 살짝 우스꽝스러운 표정을 지었다.

“음…… 아버지가 어머니를 공주님이라고 부르는 광경은 상상이 안 되는데.”

“아하하, 그렇게 능청스러운 사람 아닌 것 정도는 알아. 애초에 남재현 씨 세대의 남자들한텐 힘든 일이지.”

“글쎄, 요즘도 사람에 따라 다르지. 푸른이라면 뭐 공주님보다 더한 말이라도 하겠지만.”

“정답! 세상에 어제 대구에서도 그놈의 수작질을 하는 거 있지. 강푸른 머리엔 대체 뭐가 들어 있느냐, 난 그게 정말 궁금해.”

“모두 다 인맥이라잖아.”

“스케일 조금만 더 넓히면 온 세상 남자들의 적이 되고 말걸? 어쩌면 한결같이 여자 인맥만 넓히는 건지.”

다현은 빙그레 웃고선 시선을 내리깐 채 깁스가 된 오른팔 위를 쓰다듬었다. 그가 뭔가 다른 생각을 하는 것 같아서 화담은 조용히 물 한 컵을 더 따라와 앉았다.

새벽에 집에 들어가 소파에서 잠깐 잤지만 아무래도 숙면과는 거리가 멀었던지라 벌써부터 슬슬 졸음이 밀려왔다. 그래서 병원 매점에서 에너지드링크도 하나 마시고 왔지만 아무래도 돈만 날린 것 같다. 입술 속살을 잘근거리는 것으로 졸음을 참던 화담은 문득 시선이 느껴져서 고개를 들었다가 물끄러미 그녀를 보고 있는 다현과 눈이 마주쳤다. 그 웃음기 없는 시선에 화담은 슬며시 불편함을 느꼈다.

외삼촌 상만과 관련된 일 이후로 화담과 다현은 멀지도 가깝지도 않은 딱 그 수준을 지키며 지내왔다. 화담이 인후의 오피스텔을 빌려 한남동 집을 나온 뒤로도 학교에서 다현이 그녀를 챙겨준 것은 변함없었지만 반년 후 졸업하면서 다현은 원치 않았던 샤프롱 노릇에서도 해방되었다.

그가 대학생이 되고 한 학기를 마친 후 군대에 가 있던 2년간 둘 사이의 거리는 꽤 산뜻하게 굳어졌다. 제대를 한 다현과 다시 만났을 때 화담은 그에게서 명절에나 얼굴을 보는 먼 친척 같은 느낌마저 받았더랬다.

그 산뜻한 거리감은 소현이 유학을 가면서 얼마쯤 변화가 찾아왔다. 비가 오나 눈이 오나 치러지는 한남동에서의 금요일 저녁식사는 화담의 아르바이트 때문에 토요일로 시간대가 변경되었을 뿐 여전히 유지되었다. 다만 몇 년이 흘러도 곁을 안 줘서 힘들던 소현보다도 다현과 마주앉아 죽이 잘 맞는 남매 시늉을 하는 게 화담에겐 더 부담스러웠다.

더욱이 얼마 안 있어 명혜가 다현의 운전 실력이 믿을 만해졌다며 다현에게 화담을 바래다주도록 시켰다. 그렇게 돌아가는 차 안에서 둘은 주변 사람 이야기를 하던가 음악을 듣던가 했다. 결코 서로의 근황 같은 것에 필요 이상 다가가지 않았다. 하지만 때때로 차 안에 이도 저도 아닌 침묵이 내려앉을 때면 서로가 그은 선을 넘지 않으려 기울이는 노력을 의식해 어색해지는 순간이 찾아오곤 했다.

'이 사람과는 그날 이후론 제대로 눈을 마주쳐본 일이 없구나.'

화담은 그 점을 깨닫고 다현의 시선에 거북해지는 기분을 이해했다. 아무래도 병실이 조용한 탓도 있는 것 같아 TV라도 틀어볼까 하고 리모컨을 찾아 두리번거리며 "형도 물 좀 줄까?"하고 물었다.

"……공주님."

생뚱맞은 대꾸에 화담이 눈이 동그래져서 그를 쳐다보았다. 다현은 여전히 그녀를 빤히 쳐다보며 물었다.

"지승준 말이야, 걔는 그렇게 부른 적 있어?"

아직도 그 영화 생각을 하고 있었던 건가.

"전혀. 수줍음을 얼마나 탄다고, 걔가. 설사 그렇게 부른다고 해도 내가 듣고 싶지 않아. 어우 싫어."

실제로 옮게 닭살마저 돋아 팔을 문질렀다. 그런 화담의 표정이며 행동을 지켜보던 다현이 천천히 중얼거렸다.

"너한테 지승준은 남자 아니야. 안 그래?"

뭘까. 왜 별안간 화담의 애정사에 대해 알은체하는 건지 도통 알 수가 없어 화담은 눈만 끔벅였다.

"대답할 필요도 없지. 그게 사실인 건 누가 봐도 훤하니까. 그 답 없는 연애 놀이를 계속 끌고 가는 거 너희들 우정에도 하등 도움될 거 없어. 네가 정말 지승준을 생각한다면 더더욱."

"저기, 형."

"넌 네 하찮은 동정이 그 애가 정말 자길 좋아해줄 여자를 만날 기횔 막고 있다는 생각해 본 적 있어?"

황당함에 이어 불쾌한 중에도 다현의 그 물음만큼은 매섭게 귓전을 때렸다. 내가 승준의 기회를 막고 있다?

"열여섯 살 때부터니까 벌써 칠 년이지. 그 정도 했으면 됐어, 화담아. 친구를 위해서 너 또한 다른 여지를 막고 있었다는 거 누구보다 네가 잘 알 테니까."

"나는 딱히 걔 때문에 막거나 놓친 기회 같은 건 없어."

화담이 단호하게 못 박은 말에 다현이 고개를 저었다. 그것 보라는 듯한 옅은 미소를 띠며.

"모르는 거겠지. 너는 그런 걸 보려 하지 않으니까."

"……형, 어제 사고 때문에 신경이 많이 예민한 모양이다. 난 잠깐 밖에 나가 있을 테니까 머리 좀 식혀."

다른 사람도 아니고 다현이랑 이게 뭐하는 건가 싶어 화담은 우선 병실을 나가고 보려했다. 그렇게 병실 문으로 걸어가는데 뒤에서 목소리가 들려왔다.

"나 사고 난 거 알았을 때, 걱정했어?"

"말이라고 해? 그럼 기뻐서 팔짝팔짝 뛰었을까."

별 황당한 소리 다 듣겠다는 듯 돌아보며 혀를 찼다. 다현은 시무룩하게 웃었다.

"내가 너였다면…… 아마 여러 가지 생각이 들었을 텐데."

"흥, 사람이 다치면 걱정하는 거지 뭐 여러 가지 생각이 들고 말고 할 게 있다고."

"……순수하게 걱정 받을 처지가 아니잖아. 내가, 너한테 한 짓이 있는데."

쓴웃음에 이어 다현이 긴 한숨을 쉬었다.

"난 이제야 겨우 받아야 할 벌을 받은 기분이야. 지난밤엔, 모처럼 두 다리 쭉 펴고 자는 느낌이었어."

하려는 말뜻은 알겠는데 화담은 선뜻 그러냐 하고 받아들일 준비가 되어 있지 않았다. 6년. 너무 오랜 시간 동안 그들은 연극을 해왔다.

"그렇게 말하니까 내가 꼭 무슨 저주라도 한 것 같네. 아무튼 생각이 많다는 건 알겠어. 이야기는 퇴원하고 차차 하자고."

다시 몸을 돌리는 그녀를 붙들듯이 다현이 말했다.

"지금 말하고 싶어. 제대로 용서를 빌지 않으면, 그다음 말도 할 수가 없으니까. 염치없는 거 알지만, 너한테 하지 않으면 안 될 말이 있어. 부탁이니까 한 번만 들어줘."

숨차게 뱉어내는 말에 배인 열의가 화담의 마음을 약하게 했다. 열이 올랐는지 벌겋게 상기된 다현을 돌아보며 화담은 해보라고 손짓했다.

"말 못하게 하면 죽게 생겼네 원. 사과는 나중에 들어줄 테니까 일단 해봐, 그 말이란 거."

"서화담, 내가 너 좋아한다."

다현은 조금의 웃음기도 없는, 아까부터의 그 표정으로 화담을 바라보며 거듭 말했다.

"여자로 의식해 왔어. 지난 몇 년간 계속."

화담은 수도 없이 눈을 깜박인 끝에 겨우 말했다.

"아무래도 형 무슨 검사든지 다시 하는 게 좋겠어. 제정신이 아닌 것 같아."

"더할 나위 없이 제정신이야. 어제 사고가 났을 때, 그 짧은 순간 머릿속을 오간 수많은 생각 중에 가장 선명한 게 너였어. 너한테 하지 못한 말, 그것 때문에 절대로 죽을 수 없다고 생각했어."

그녀를 응시하는 올곧은 눈동자. 차분한 것 같으면서도 아래에 깔린 열의로 조금씩 들떠 오르는 목소리. 화담은 오싹 목덜미에 소름이 돋았다.

"역시 충격 때문에 어떻게 된 거야. 아주머니께 말씀드려야겠어."

전혀 알아듣지 못한 것처럼 쌀쌀맞게 말하고 화담은 확 문을 열며 복도로 한 발 내딛었다. 그리고 그다음 발을 마저 내딛지 못하고 그녀는 돌처럼 굳어졌다.

문 바로 앞에 명혜와 푸른이 서 있었다.

"드, 들어오다가 아주머닐 만났거든, 그래서……."

당황한 나머지 말마저 더듬는 푸른과 심하게 동요한 기색을 감추지 않고 화담을 보는 명혜의 표정. 그들이 방금 전 이야기를 들었다는 증표로 그보다 더 확실한 것은 있을 수 없다. 덩달아 화담까지 당황해서 어쩔 줄 몰라 하다가 마른 입술을 빨며 떠오르는 대로 말했다.

"안 그래도 졸려서 그만 돌아가려던 참인데 오셔서 다행이에요. 어제 잠을 설쳤더니 영 컨디션이……. 전 그만 가볼게요, 아주머니. 아, 그리고 저기, 형은…… 머리 쪽 검사를 다시 해보는 게 좋을 것 같아요. 기왕 입원했으니까 더 확실하게, 예, 그럼 가볼게요."

엉거주춤하게 인사하고 누가 붙잡기라도 할세라 빠르게 걸음을 옮겼다. 명백히, 도주였다.

병원을 나온 뒤에도 무턱대고 한참을 뛰다가 옆구리가 아파서 겨우 달리길 그쳤다. 뒤를 돌아본 화담은 이젠 그림자도 보이지 않는 병원을 바라보며 머리를 내저었다.

"미쳤나봐."

정말이지 그렇게밖에는 생각할 수 없었다.

다현의 병문안을 마치고 나온 푸른은 병원을 채 나서기도 전에 휴대전화를 꺼내어 엄청난 속도로 메시지를 날렸다.

[속보, 이건 진짜 별 이천만 개짜리 속보다! 얌전한 고양이가 부뚜막에 먼저 올라간다더니, 다현이가 세상에!!! 저 남다현이 화담이 좋아한단다, 글쎄. 아주머니한테 화담이랑 내가 결혼 못할 것도 없는 거 아니냐고 말하는 걸 내 귀로 똑똑히 들었어. 지저스, 오 마이 가쉬!]

일단 한 번 보내고 다음 메시지로 액정화면을 채워 가는데 느닷없이 전화벨이 울리며 화면에 'OX' 라고 떴다.

"와, 이 정도 소식은 되어야 전화를 한다 이거냐?"

하여간 비싼 녀석이라고 입술을 이죽거리던 푸른은 이참에 너도 골탕 좀 먹으라는 듯 보란 듯이 시간을 끌었다. 그러자 전화가 끊어지더니 잠시 후 메시지가 도착했다.

[2 rare occurrences, huh? U know the boy who cried WOLF. expect more ingenious thing for tomorrow. HAHA.(희귀한 사건이 둘씩이나? 양치기 소년 이야기는 알 테고. 내일은 더 창의적인 걸로 기대하지. 하하.)]

"양치기 소년? 이 자식은 내가 만날 거짓부렁만 하는 줄 아나. 이건 진짜 늑대라고!"

단박에 도발된 푸른이 씩씩대며 전화를 걸었다. 그런데 이번엔 상대가 전화를 받지 않는다. 약이 올라 발을 구르며 받을 때까지 걸었다.

"야, 차인후, 내가 사람 목숨가지고 장난칠 만큼 막돼먹은 놈으로 보였냐? 나 강푸른, 의리 빼면 시체라고!"

네 번째 전화를 비로소 받아주시는 도량에 감격하여 푸른의 목소리가 쩌렁쩌렁 메아리쳤다. 그러자 상대는 시끄럽다는 한마디를 남기고 전화를 끊는 은총을 베풀었다.

"어우우, 이 자식 진짜. 안 해, 절대 안 해! 내가 너한테 전화를 걸면 강푸른이 아니라 차푸른이다! 너랑은 절교야 차인후! 아우, 진작 이랬어야 하는데. 진작, 진작에!"

끊긴 전화에 대고 길길이 뛴 푸른이 홱 몸을 돌려 차를 향해 걸어갔다. 그의 무시무시한 기세는 차 시동을 걸어 병원 주차장을 나설 때까지는 유지되었다. 하지만 차도에 나와 신호를 받으며 사이드미러로 병원을 힐끗 쳐다볼 즈음엔 이 획기적인 소식을 나눌 만한 사람이 달리 없다는 사실에 애가 달아 미칠 것만 같았다. 사람은 많지만 듣고 딱 입 다물 사람이 없다! 이래서 세상에 대나무 숲이 있는 건가!

푸른은 꿋꿋이 운전대를 두 손으로 잡고 버텼다. 아무리 휴대폰을 힐끔거려도 전화만 안 걸면 무슨 생각을 하든 차푸른이 될 일은 없다, 없지만…….

"전화 좀 걸어라, 자식아. 넌 어째 세상 돌아가는 일에 관심이 없냐. 엉엉."

눈물만 안 나는 읍소를 한 지 얼마나 되었을까, 마침내 푸른의 휴대전화가 울기 시작했다. OX라고 뜬 액정화면을 더없이 사랑스럽게 쳐다보며 푸른은 덥석 전화를 받았다.

"그래, 인후야! 아, 나 소리친 거 아니다."

"부사, 형용사, 미사여구 다 빼고 육하원칙대로 서술해."

역시 차인후다운 통화의 시작이었다.

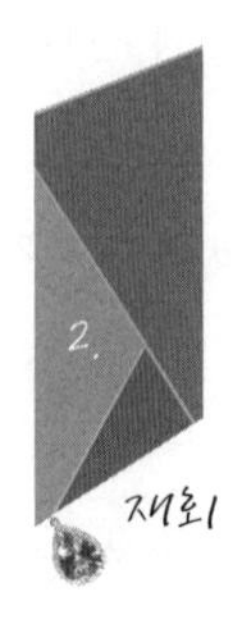

수요일에 일어난 다현의 교통사고에 이어 목요일의 폭탄고백. 이어서 아무 일 없었던 금요일이 지나고 토요일이 되었다. 이런 상황에도? 하고 화담은 의문을 품었지만 어김없이 한남동에서의 저녁식사가 진행되었다. 당연히 참석자는 명혜와 화담, 둘뿐이다.

"봉사활동은 고되지 않아?"

화담이 전에 한 번 먹고는 좋아하는 음식 TOP3에 넣을 만큼 열렬히 사랑하는 명란덮밥을 야무지게 비벼서 한입 크게 떠먹는 걸 감상하던 명혜가 물었다.

화담은 고등학교 2학년으로 올라가는 봄부터 봉사활동에 관심을 보여 이런저런 곳을 찾아다니다가 3학년이 된 후론 명혜가 소개해준 성당에 딸린 보육원에 꾸준히 다니고 있다. 그 일이 화담의 진로에 끼친 영향도 상당하기 때문에 학업 말고는 크게 아이들 일에 관심을 두지 않는 명혜도 이따금 관심을 보이곤 했다.

"전혀요. 애들 보면 엄청 기운을 받아서 더 힘이 나요."

입 안에 든 걸 열심히 씹어 삼키고 화담은 대답했다. 화담의 메뉴에 맞춰서 식사로 명란 파스타를 받은 명혜는 파스타 몇 가닥을 포크로 말면서 엷게 웃었다.

"과연 천성이구나. 사람들 많은 곳에 가면 기운을 뺏기는 나 같은 사람이 보자면 부럽기 짝이 없어."

"저도 썩 마뜩찮은 사람들이랑 같이 있으면 피곤해져요. 오히려 나쁜 기운이 배가 되어 금세 축축 쳐지는걸요. 사람 숫자보다도 누구랑 함께 있느냐가 중요하다고 봐요."

"그도 그렇지."

고개를 끄덕이고 명혜는 화이트와인으로 입을 가셨다. 화담은 명혜의 음식접시와 와인병을 갈마보았다. 파스타는 나올 때에 비해 줄어든 게 별로 없는데 와인병은 벌써 절반쯤 비었다. 약간 눈살을 찌푸리며 화담이 뭐라 말하려고 입을 떼는 순간 명혜가 말했다.

"아이들 성적표를 받아봤다. 그대로만 가면 네 후배가 될 일은 없겠더구나."

"아하하, 그쵸? 애들이 공부를 참 잘한다니까요. 특히 막둥이가 물건이에요. 머리가 너무 좋아서, 하나를 들으면 열을 안다는 게 뭔지 걔를 보면 확확 실감이 드는 게."

"막둥이?"

"아이참, 수동이요. 아주머니께서 후원하시는 아이들 별명 정도는 외우시라니까요. 수동이는 막둥이, 연서는 사랑꾼, 인아는 제비, 록영인 사슴. 넷밖에 안 되잖아요. 아주머니 안 그렇게 생겼는데 은근히……."

화담이 야유에 명혜가 쿡쿡쿡 이마를 짚고서 웃었다.

"난 머리가 명석한 것과는 애초에 거리가 있었어. 그러니 애써 편입이라고 한 곳이 숙인여대였지."

"어머? 지금 우리 학교 무시하시는 거예요? 우리 학교가 어디가 어때서요? 대학평가순위 29위면 됐지, 더 뭘 바라시는 거예요? 저도 열심히 재수해서 들어간 대학이거든요? 좋은 대학이라고 가라실 땐 언제고."

눈을 동그랗게 뜬 화담이 따지고 들자 명혜는 시치미를 뚝 떼고 말했다.

"그나마 네가 갈 수 있는 대학 중에선 가장 좋다 이거였어. 재수를 했는데도 성적이 그 정도밖에 안 나오니 적당히 타협해야지, 별수 있었겠니?"

화담은 입을 딱 벌리고 명혜를 쳐다보다가 외쳤다.

"전이랑 말씀이 완전 다르잖아요!"

명혜는 막 입에 파스타를 넣었는데 화담 때문에 웃음이 나서 사레가 들뻔한 걸 와인으로 겨우겨우 달랬다. 어른과 싸울 수도 없는 노릇이라 화담은 그저 명란덮밥을 양볼이 미어터지게 넣고 우적우적 씹으며 분을 식혔다.

애초에 재수할 생각이 없었던 화담을 꼬드겨서 재수 끝에 숙인여대에 들여보낸 공로자는 단연 조명혜였다.

수연고에 전학 가 처음 친 모의고사로 뒤로 해서 전교 3등이라는 쾌거를 달성한 이래 화담은 나름 성실하게 학생의 본분을 다했지만 공부로는 크게 두각을 드러내지 못했다. 화담이 특히 취약했던 수학에 과외선생을 아홉 번이나 바꿔서 붙여본 명혜도 나중엔 그 한계를 받아들였다.

그러나 수연고에서 특출나지 못했다고 해서 전국 수준도 형편없다는 소리는 아니다. 크게 욕심내지 않으면 서울 소재 대학 중에서 골라갈 성적은 됐다. 무주대학 정도는 여유롭게 합격권. 거기가 국립대학이기도 하고 그 기회에 고향에 돌아가는 것도 생각해봄직해서 화담은 고민했었다.

하지만 후견인인 명혜는 그 두 가지 다 난색을 표했다. 소송 끝에 후견인 지정을 마치고 상만에게도 적당히 돈을 집어줘서 일단 화담의 눈앞에 얼쩡거리는 걸 막는 데에는 성공했지만 무주로 돌아가면 또 그자에게 어떤 빌미를 줄지 모른다는 게 명혜의 첫 번째 의견. 그리고 기왕 대학에 진학할 거라면 취업에 조금이라도 더 도움이 될 대학을 고르란 게 두 번째였다.

그러면서 명혜가 강력하게 민 것이 그녀가 졸업한 숙인여대였다. 숙인여대는 여대 중에선 세 손가락 안에 꼽히는 데다 배출된 동문이 상당히 쟁쟁하다는 경쟁력이 있었다. 명혜의 조언이 아니더라도 성적을 좀 더 끌어올리면 충분히 도전해볼 만한 학교라는 데에는 화담도 동감했다.

결정적으로 화담의 생각을 확 기울게 한 추가 있었으니 명혜가 내건 '후원'이라는 카드였다. 화담이 봉사를 나가던 보육원에 고등학생인 애들이 있었는데 공부는 그럭저럭 해도 대학 학비가 부담스러워 진학을 망설인다는 이야기를 명혜에게 한 적이 있었다. 이미 명혜는 그 보육원에 상당액수를 다달이 보내주는 후원자였던 터라 거기서 더 뭔가를 바라고 한 말은 아니었다. 그저 안타까운 마음에 언젠가 식사 자리에서 지나치듯 한 말이었는데 명혜가 그걸 잊지 않고 있다가 화담이 숙인여대 이상의 대학에 진학한다면 그 아이들 4년간 대학 학비를 지원하겠다고 약속한 것이다.

재수하겠습니다! 라고 선언할 당시의 화담은 마음 같아선 하버드대학도 갈 기세였다. 기세란 것이 만능은 아니라 나중엔 숙인여대에 합격한 것으로도 감격해서 명혜를 얼싸안고 기뻐했지만 말이다.

"하긴 아들은 한국대 들어갔고 딸은 프린스턴에 갔으니 그에 비하면 제 대학이 양에 안 차실 만도 하죠. 제가 너그러운 마음으로 이해해 드릴게요."

맛있는 것을 먹으면서 언제까지 골을 내는 것도 마땅치 않다. 화담이 대인배답게 화해의 손길을 내밀자 와인잔을 내려놓으며 명혜가 대답했다.

"양에 안 찼다는 게 실망했단 말은 아니란다. 어쨌든 3대째 숙인여대생 아니니?"

웃음을 머금은 명혜의 얼굴을 화담은 멀뚱멀뚱 쳐다보다가 잠자코 밥을 먹었다. 명혜가 말하는 3대란 것은 돌아가신 명혜의 모친과 명혜, 그리고 화담을 말했다. 우리가 그렇다고 모녀도 아닌데…… 라고 마음속에 떠오른 말은 딱 좋게 익은 열무김치를 씹으며 깊이깊이 묻었다.

식사를 마치고 거실로 나왔다. 용케 엊그제 병원에서의 일은 언급하지 않고 넘어갔다. 알은체하는 게 더 이상한 일이겠지 하는 화담에게 명혜가 자고 가지 않겠느냐고 물었다.

"다현이가 여행 갔을 땐 별생각 없었는데, 병원에 누워 있다고 생각하니 통 잠이 오질 않는 게…… 아니면 이대로 병원에 가는 게 좋을까."

대답 전에 화담의 머릿속에는 식당에서 명혜가 비운 와인 이 떠올랐다. 결국 그 한 병을 혼자 다 마셨다. 명혜는 확실히 전에 비해 술이 늘었다. 그럼에도 지금 화담을 바라보는 명혜의 수척한 뺨엔 핏기조차 엷다. 이게 좋은 건지 나쁜 건지 나중에 서윤을 보면 물어봐야겠다고 다짐했다.

"자고 갈게요. 대신 오늘은 본채 손님방 주셔야 해요. 소현이도 없으니까 제일 좋은 방으로. 아셨죠?"

"내 방이라도 내어줄게. 그럼 이따가 영화라도 볼까?"

둥글게 휘어진 눈매가 불그스름하게 물들어 기뻐하는 모습이 나이와 무관한 천진함을 풍겼다.

"네, 씻고 내려올 테니까 영화 봐요, 우리. 맞다, 아주머니, 〈인생은 아름다워〉 보시지 않을래요?"

"응? 그 영화 아직 못 봤니? 좀 된 영환데."

"봤는데 또 보고 싶어요. 좋은 영화잖아요."

"확실히 괜찮은 영화였지. 그래, 그러자꾸나. 나도 오랜만에 다시 보고 싶어."

그리하여 둘은 잠옷 차림으로 3층의 시어터룸에서 다시 만났다. 좋은 영화는 언제 어디에서 봐도 좋지만 그것이 고요한 밤이라면, 그리고 하늘의 별들을 감상할 수 있는 멋진 천창이 있는 곳에서라면 더욱 좋다.

어김없이 또 같은 장면에서 눈물을 뺀 바람에 영화가 다 끝나도록 훌쩍이고 있던 화담 옆에서 명혜는 덤덤한 얼굴로 딱 한마디 "허망해라."하고 중얼거렸다.

"저런 결말이라서 더 여운이 남고 못 잊는 거래요. 제목을 생각해도 뭉클해지고. 서윤이가 한 말인데, 그 말이 맞는 것 같아요."

화담의 말에도 가만히 화면만 바라보던 명혜는 화담이 불을 켜러 갔다 오자 불쑥 말했다.

"너는 꼭 널 사랑해주는 사람을 만나서 결혼하렴. 여자는 사랑하는 남자보다는 사랑해주는 남자를 택하는 게 나아."

경험에서 우러나온 교훈일까? 화담은 뭐라 대답할지 몰라 머뭇거리다가 부러 더 밝게 재잘거렸다.

"기왕이면 상호 관계여야죠. 나도 그 사람을 사랑하고, 그 사람도 날 사랑하고. 그리고 둘은 영원히 행복했습니다."

"……그런 일은 잘 일어나지 않아. 그래서 동화에 그렇게 많이 나오는 거야. 어릴 때는 꿈으로 한없이 부풀고 살면서 끊임없이 꿈을 깎아내면서 사는 거, 그게 인생이란다."

그거야말로 허망한 이야기에요. 화담은 혀끝까지 밀려온 말을 참느라 혼났다. 엷은 화장기마저 지워져 더욱 흰 가면 같은 명혜의 얼굴을 바라보다가 화담이 말했다.

"그럼 제가 다른 인생을 사는 거 보여드릴게요. 저도 이미 큰 꿈 하나가 떨어져 나가버렸지만, 어쩔 수 없죠. 잃어버린 건 잃어버린 거니까. 하지만 상실된 꿈이 많으면, 그보다 더 많은 꿈을 꾸면 되는 거 아니겠어요? 하나를 잃으면 두 개를 더 꾸고 두 개를 잃으면 여덟 개를 더 꾸고. 꿈은 어릴 때만 꾸는 게 아니니까 결국엔 제가 이겨요."

천천히 화담을 돌아본 명혜가 살며시 화담의 뺨을 만졌다. 몸에 익지 않아 서툴지만, 기특해하는 몸짓이다. 그 작은 행동의 여분을 채우는 건 이쪽을 바라보는 눈빛이다. 깊은 산 속의, 겨울에도 얼지 않는 따뜻한 샘과 같은 눈. 귀 기울여 들으면 찰찰 흐르는 소리가 날 것 같은.

그대로 이날 밤의 대화는 끝인 듯했다. 하지만 그만 자러 가겠다고 인사하고 돌아서는 화담을 불러 세우는 목소리가 있었다. 화담이 돌아보자 명혜는 머뭇거리는 기색으로 그녀를 보다가 아니라고, 가서 자라고 손짓했다.

돌아서는 화담의 가슴이 묘하게 뛰었다. 방금 하려던 이야기가 뭔지 알 것 같은 느낌. 다시 부르지 말아 달라고 마음속으로 빌면서 화담은 발길을 빨리했다.

"얘, 화담아."

막 계단으로 내려가기 직전이었는데! 못 들은 체하려던 충동도 잠시, 고분고분하게 돌아보며 네, 하고 대답했다.

"다현이 일 말이지……."

알은체하실 것 없잖아요. 그냥 묻어요, 우리. 저도 그 정도 지각은 있습니다, 아주머니. 화담이 속으로 내뱉는 말에도 명혜는 잠자코 발치를 보며 말할 따름이다.

"네 의사는 어떠니?"

"……네?"

잠깐 화담은 제 귀를 의심했다. 여기서 내 의사를 확인할 필요가 뭐지?

"솔직히 미처 생각도 못했던 일이야. 그래서 처음엔 기가 막혔고 얼떨떨하기도 했는데…… 분명 아예 안 될 일은 아니니까."

명혜의 말에 화담이야말로 급속도로 얼떨떨해져갔다.

"너희가 같은 뜻이라면 반대할 생각 없어."

"네에?"

"하지만 여느 남녀처럼 가볍게 사귀다가 마는 건 안 돼. 너희처럼 특수한 처지에선 한번 시작하면 되돌릴 자리가 없는 거야. 최소한 약혼부터야. 이건 다현이에게도 말했단다."

화담은 반은 넋이 나가서 명혜를 보았다.

"넌 좋은 아이야. 물론 다현이도 좋은 아이지. 한번 잘 생각해보렴."

그 물 같은 눈으로 따스히 웃어주고 명혜가 돌아섰다. 조용히 멀어져가는 그녀를 한동안 바라보다가 비로소 말문이 틔었을 때 화담이 소리쳐 물었다.

"아주머니, 잠시만요. 뭔가 잊고 계신 거 아니에요?"

명혜가 슥 고개를 돌리며 "내가?" 하고 반문했다.

"네. 저 승준이랑 사귀는 거 알고 계시잖아요."

멀뚱히 화담을 보는 명혜의 표정이 마치 그런 이야긴 금시초문이라고 말하는 것처럼 보였다.

"승준이요, 지승준. 아주머니도 여러 번 보셨잖아요?"

거듭 외친 이름에 명혜는 슥 눈썹을 치켜 올렸다.

"그런 애랑 평생 소꿉놀이를 할 건 아니잖니?"

그 자리에서 미처 단 한마디의 반박도 하지 못한 것, 그것이 못내 화담을 찜찜하게 했다. 적어도 '그런 애'가 무슨 뜻인지에 대해선 확실히 짚고 넘어갔어야 했는데.

아침부터 펴들고 있었어도 채 열 페이지를 못 읽은 책을 덮고 화담은 나갈 준비를 했다. 아파트 어디를 가도 쫓아다니는 시계가 벌써 한 시가 넘은 시각을 가리키고 있었다.

모자를 쓰고 백팩에 소설책을 한 권 넣어서 현관으로 가다가 주방으로 방향을 틀어 마실 물을 챙겼다. 그리고 주방을 나오다 말고 고개를 갸웃하며 문워킹으로 되돌아갔다.

"음. 멈췄네."

주방에 있는 두 개의 시계 중에서 냉장고 옆 벽에 걸린 사각 프레임의 시계가 열 시 오 분에 멈춰 있었다. 거실로 나와서 잡동사니를 둔 서랍을 열었지만 건전지는 보이지 않았다. 저번에 마지막 건전지를 쓰면서 사둬야지 하고는 잊어버렸다는 게 떠올랐다. 시계 건전지가 뭐 그리 잘 닳겠냐마는, 집에 시계가 스물한 개가 있다 보면 이야기가 다르다.

시계가 스물한 개. 뭔가 편집광적인 느낌이 들지만 사실이다. 온 집에서 시계 초침 소리가 날 것 같지만 소리 자체는 거의 없다. 대부분이 디지털시계로 아날로그시계는 몇 되지 않는 까닭이다. 그렇다고 해도 한집에 시계의 절대숫자가 많다는 것은 분명하다. 몇 번 이유를 물어본 적이 있으나 인후에게 대답을 듣는 데는 실패했다.

"오케이. 건전지를 사와야지."

외출에 명분이 생겨서 한결 씩씩해진 얼굴로 화담은 아파트를 나섰다.

집주인 부재중의 아파트 관리인으로서 화담은 최대한 아파트의 현상 유지를 할 의무가 있다. 멈춘 시계가 없도록 하는 것은 집에 있는 식물들을 죽이지 않는 것에 이어 그녀가 늘 신경 쓰는 두 번째 항목이다. 그래서 언제든 주인이 돌아와도 낯설음을 느끼지 않도록. 너무 오래 안 돌아와서 요즘 들어선 아예 잊었나 싶기도 하지만.

"아예 가능성이 없지도 않아. 한국이란 나라를 썩 좋아하지도 않았으니까. 아니, 싫어했다고 봐야지. 사계절이 있다는 것부터 싫다는 사람이었으니……."

잠시 까다로운 집주인에 대해 생각하는 동안 엘리베이터는 1층에 도착했다. 아파트를 나가자마자 후텁지근한 공기의 습격을 받은데 이어 그늘을 벗어나자 쨍한 햇살이 2차 공격을 퍼부었다. 기상청에서 예보하길 올해 여름은 무더위가 일찍부터 시작해서 늦도록 이어질 거라더니 과연 7월도 안 됐는데 찜통더위가 슬슬 고개를 들고 있다.

화담은 그늘을 골라 다니며 더위 속을 행군했다. 몇 시간이고 걸어다닐 수 있다고 자신하는 강철 체력도 습기엔 두 손 들어서 카페에 들어가 두어 시간쯤 아이스커피 한 잔과 얼음물 한 잔으로 버텼다. 카페는 그럭저럭 한산했고 소설책도 읽을 분량이 남았지만 화담에겐 그것이 버틸 수 있는 최대치. 찌는 더위도 싫지만 오래 쬐면 피부가 싸해지는 에어컨

바람도 만만찮게 싫어 미련 없이 카페를 뒤로 했다.

머릿속이 뒤숭숭하니 툭 트인 녹음을 보면 낫지 않을까 생각한 화담은 북한산에 갈 셈으로 방향을 잡았다. 그래서 버스정류장으로 향하다가 그다지 만나고 싶지 않았던 누군가의 레이더망에 포착되고 말았다.

"어이, 꺽정아! 꺽정아, 거기서 뭐해?"

지난밤 뭘 했는지 목이 팍 가서 목소리는 말이 아니지만, 화담을 꺽정이라 부른 그 하나만으로도 강푸른이 틀림없다. 도끼눈을 하고 목소리 주인을 찾아 도로를 훑어본 화담은 맞은편 차도에서 차창 너머로 손을 흔드는 푸른을 발견했다. 기다리라는 손짓을 하더니 푸른이 곧 신호를 받아 유턴을 해서 화담 옆까지 돌아왔다.

"야, 서꺽정, 너 전화는 또 왜 안 받아? 내가 너한테 전화를, 야, 야, 야, 야!"

푸른의 파란 페라리 옆구리를 화담이 꽝하고 걷어차는 바람에 푸른은 숨이 넘어갈 것처럼 꺽꺽댔다.

"너, 너, 너 내 페페한테 무슨 짓이야!"

차에서 구르듯이 뛰어내려 옆문이 무사한지 살피며 악을 쓰는 푸른에게 화담이 흥 콧방귀를 뀌었다.

"내가 전에 경고했지, 선배. 한 번만 더 나 꺽정이라고 부르면 선배가 가장 아끼는 거한테 보복한다고."

"그렇다고 페페를 때려? 이 가녀린 애가 무슨 죄를 졌다고? 네가 사람이냐? 이 불한당, 깡패! 네가 이렇게 무지막지하니까 서꺽정이라고 부르는 거 아냐, 서꺽정, 서꺽정!"

그와 인후를 두고 너무도 극명한 차이가 나는 대접에 앙심을 품은 푸른이 네 걸걸한 성격에 고상한 문인 서화담이 말이나 되냐며 행동거지가 딱

임꺽정이라고 놀려대기 시작한 것이 사건의 발단. 그 뒤로 몇 번이고 경고를 했으나 푸른은 모르쇠를 시전 중이다.

화담은 딱히 양반 문인에서 백정 도둑떼 두목으로 격하된 것에 분을 품은 것은 아니다. 다만 엄마가 붙여준 내 우아하고 향기가 날 것 같은 이름을 두고 왜 저런 거지발싸개 같은 이름으로 불려야 한단 말인가!

경고를 해도 못 알아 처먹는 멍청한 사람을 위해 화담의 다리가 다시 한 번 크게 위로 솟구쳤다. 이번엔 페라리 지붕을 갈겨줄 기세인 그녀를 보고 푸른이 새된 비명을 지르며 차 앞을 가로막았다.

"내가 다 잘못했어! 페페는 죄가 없으니 날 때려, 날!"

"한 번만 더 서꺽정 어쩌고 해봐."

"안 해, 절대 안 해. 내가 페페를 걸고 맹세한다."

흥 하고 콧바람을 일으키고 홱 몸을 돌린 화담을 푸른이 이를 갈고 쳐다보았으나 아직 용무가 있는 쪽인지라 울며 겨자 먹기로 그녀를 붙들었다.

"야, 서화담. 너 병원 안 가? 나 지금 가는 길인데 같이 갈까 하고 전화하려던 참이야."

화담은 살짝 인상을 썼지만 푸른을 돌아볼 땐 언제 그랬냐 싶게 아무렇지 않은 표정이었다.

"어차피 모레쯤 퇴원하는 거 아니었어?"

"그래서 안 가볼 거야? 퇴원할 때까지?"

"수요일 오전에나 한남동 들러볼 생각이야."

"아주머니가 아무 말씀도 안 하셔?"

그 말에 혹시 그녀가 모르는 무슨 이야기가 오간 건가 내심 걱정이 됐지만 화담은 계속 태연한 체했다.

"무슨 말씀? 나 어제 한남동에서 식사하고 하룻밤 자고 왔는데 아주머닌 별말씀 없으시던걸?"

"그래?"

푸른은 고개를 갸웃했지만 병원에 함께 갈 뜻이 없다는 것은 확실히 접수했다. 그럼 가보라고 손짓하고 도어를 열어 차에 오르려다가 푸른은 멈칫하며 화담을 불러 세웠다.

"분명히 밝혀두는데, 난 남의 연애에 끼는 거 딱 질색인 사람이야. 남녀 관계든 남남 관계든 여여 관계든 어디까지나 각자의 사생활, 터치 불가 영역이라고 믿는다고."

"사설 참 기네. 그래서?"

"다현인 성실한 놈이야. 뼛속 깊이 성실함이란 유전자가 새겨져서 무슨 일이든 간에 하지 않으면 모를까 허투루 하는 걸 본 적이 없어. 그래서……."

그가 다현의 이름을 꺼낸 순간부터 화담은 모자를 꾹 눌러쓰더니 조리를 신을 발로 툭툭 보도블록을 건드리기 시작했다. 온몸으로 불쾌하다는 신호를 발하고 있는 걸 보고 푸른은 이래서 오지랖 같은 건 딱 질색이라고 생각하면서도 이왕 꺼낸 말, 마침표를 찍기 위해 입을 움직였다.

"만약 네가 내 여동생이었다면 두 팔 들고 만세를 불렀을 거라고."

화담이 힐끗 모자챙 너머로 푸른을 보며 웃었다.

"하지만 아니잖아?"

그리고서 돌아서며 그녀가 투덜거렸다.

"다들 승준이를 잊어버린 게 틀림없다니까. 걔가 그렇게 만만하나?"

"어이, 어디 가는 길이야? 가는 길이면 태워다주고."

"북한산!"

"이 더위에 뭐 하러?"

"산적질 하러 간다, 왜?"

퉁명스레 내지르고 멀어져가는 화담을 쳐다보다가 푸른은 차에 탔다. 시동을 걸다 말고 그는 흐응, 하고 중얼거렸다. '다들' 이라면 보통 두 사람 이상을 지칭하는 말이지?

"역시 아주머니가 무슨 말 하신 게 틀림없어."

유유히 운전을 해가다가 또 하나 생각난 게 있었다. 서화담, 틀림없이 조리를 신고 있었는데.

이 일을 역시 혼자만 알 푸른이 아니다. 신호 대기 때만 열심히 기다리다가 누군가에게 바람처럼 보고했다.

[……조리였단 말이지. 조리를 신고 북한산을 간대. 의미가 뭐겠어? 난 영락없는 계란으로 바위 치기라고만 생각했는데 의외로 그 바위 별로 안 단단한 모양이야. 아니면 다현이가 계란보다 더 단단한 걸까?]

메시지를 보내놓고 다시 차를 몰며 푸른은 중얼거렸다.

"사람 일이란 게 참."

다 안다고 생각했던 것조차 때로 깜짝 놀랄 면을 드러내 보이곤 한다. 그래서 한 치 앞도 모르는 세상이라고 하나, 별안간 사색가 기분을 맛보며 푸른은 병원으로 향했다.

오디오북을 듣고 있던 다현은 노크 소리에 머리를 들며 문쪽을 돌아보았다. 푸른을 보고 반가운 듯 웃어보였지만 그전에 실망의 기색이 스쳐갔다.

"미안하다, 나뿐이라서."

"무슨 실없는 소리야. 앉기나 해."

간병인이 병실을 나가는 사이 푸른은 냉장고에서 음료수를 꺼내 뚜껑을 따며 바깥의 더위에 대해 한두 마디 했다.

"그 더위에도 불구하고 한 놈 더 달고 올 생각이었는데 북한산한테 밀렸지 뭐냐."

"북한산?"

"응. 북한산. 밖에 진짜 덥다, 과장이 아니라…… 옳지, 섭씨 32도에 습도 85프로란다. 근데도 간대. 조리를 신고."

"조리? 그걸 어떻게 알아?"

과연 조리란 말에는 다현도 반응했다.

"봤으니까 알지. 태워오려고 그쪽으로 돌아오다가 길에서 만났거든."

푸른은 휴대전화로 날씨 검색을 더 해보다가 혀를 찼다.

"다음 주 내내 불볕더위래, 어디서 태풍이라도 안 오나?"

태풍은커녕 비 한 방울도 안 올 것 같은 화창한 하늘을 창문 너머로 내다보며 다현은 천천히 눈을 깜박였다. 푸른은 휴대폰에서 눈을 들어 그런 다현을 보았다. 남의 연애에 끼어드는 것은 상바보짓이라고 아까도 생각했지만 이런 경우 그에게 잠자코 있으란 것은 쫄쫄 굶은 어린애 앞에 막 구운 마시멜로를 놔두고 먹지 말라고 하는 것과 비슷했다.

"너 뭔가 믿는 구석 있지?"

불쑥 푸른이 묻자 무슨 소리냐는 듯 다현이 돌아보았다.

"내가 여러모로 생각해봤는데, 아무리 죽다 살아났다고 해도 여태 아무 조짐도 없었던 사람한테 별안간 네가 사랑 고백을 한다? 납득이 안 가더란 말이지. 남다현이란 캐릭터가 소심하진 않을지 몰라도 딱히 대범한 쪽도 아니잖아? 하물며 여자 문제에, 그것도 상대가 서화담인데?"

자문자답하던 푸른이 비장하게 결론까지 내렸다.

"암만 봐도 내가 모르는 뭔가가 둘 사이에 있다, 이게 내 결론이다."

어떠냐 하고 쳐다보는 푸른의 호기심 어린 눈빛에 다현은 쓴웃음을 지었다.

"있다면 있는 셈이지만……."

"오오올? 정말? 진짜 서화담이 양다리를 걸친 거야? 와, 걔 그렇게 안 봤는데 수단 좋네."

푸른의 설레발을 다현은 한숨으로 일소에 부쳤다.

"그런 일 아니야. 오히려 그 반대지."

"반대라니?"

어떤 상황에서 반대인지 짐작조차 못 하는 푸른의 천진한 얼굴에 다현은 새삼 가슴에서 긁어모은 한숨을 흩뿌렸다.

"그 앤 날 싫어해. 어쩌면 경멸할지도 몰라."

푸른은 더더욱 미궁에 빠져서 친구의 얼굴을 멍하니 쳐다보았다.

확실히 조리를 신고 북한산 등반은 무리였다. 그래도 갈 데까지 가보다가 내려온다는 게 발에 물집이 잡혀버렸다. 뭐 몇 군데 산모기에 물린 셈치고 화담은 병원까지 갔다.

산에서 내려오면서 다현에게 할 말을 정리했는데 정작 병원 앞에 서자 들어갈 엄두가 나지 않았다.

'몸을 써서 해치울 수 있는 일이라면 당장 덤벼들어 끝장내 버릴 텐데…….'

이런 일이 되면 자신은 어찌할 바를 모르는구나, 하고 새삼 깨달았다. 따지고 보면 이 비슷한 일을 이미 옛날에 겪어봤음에도 면역이 되긴커녕 여전히 우왕좌왕이다. 아무리 서 있어도 들어갈 일은 없을 것 같으니 일찌감치 돌아가서 땀에 전 몸을 씻기로 했다.

"아야."

홱 돌아서 크게 발을 내딛는다는 게 물집이라도 터졌는지 욱하는 쓰라림이 밀려와 화담은 걸음을 멈췄다. 허리를 숙여 상처를 살펴보는데 뒷주머니의 휴대전화가 지잉지잉 울렸다. 무심히 휴대폰을 꺼내 든 화담의 눈이 커지더니 반가운 마음에 확 웃음부터 나왔다.

"지닥터. 살아 있었냐?"

"아마 그럴 거다. 혹시 내가 책상 위에 쓰러진 채 죽어서 전화 거는 유령이 된 게 아니라면 말이야."

승준의 목소리엔 맥이 전혀 없는 게 어딘가 아주 먼 곳에서 전화를 거는 것처럼 들렸다. 물어보니 이틀 밤을 새우고 공부하다가 이러다 시험 보러 가서 잘 것 같아서 두 시간이라도 자려고 누운 참이라고 했다.

"어떻게 된 게 하루도 맘 편히 자는 날이 없는 것 같다? 이번에도 생화학이 문제야?"

"응. 생화학. 아아아아, 무슨 짓을 해도 F를 받는 건 이미 정해진 게 틀림없어. 난 아무 의미 없는 발버둥을 치는 거야. 유급할 거야, 화담아. 1학년을 또 다니는 게 내 숙명일 거라고. 왜 그걸 못 받아들이고 이러고 있는 걸까? 응?"

매번 같은 푸념과 자학. 그럭저럭 널널하게 지내던 의예과 2년과 달리 본과 1학년이 된 후 승준의 자존감은 특히 생화학이란 과목과 만나 끝없이 최저점을 갱신 중이다. 최저 점수 10퍼센트 학생에게 F를 주는 걸로 악명 높은 과목. 의대에서 한 과목이라도 F를 받는 것은 곧 유급을 의미했다. 재수 끝에 보결 2순위로 의대에 입학한 승준은 모두가 비슷한 노력을 기울인다고 했을 때 자신이 최저 10퍼센트에 해당하는 건 불 보듯 뻔한 일이라며 걸핏하면 좌절했다.

"길고 짧은 건 대봐야 알지. 걱정 붙들어매, 너한테 F 따윈 없어. 생화학? 날려버려, 그깟 놈한테 지지마! 지승준, 지승준, V, I, C, T, O, R, Y! 파이팅, 지승준! 서울에서 서화담이 응원을 보낸다! 야, 제대로 받아먹고 있어?"

화담은 좋은 기운을 팍팍 넣어주려 힘차게 응원구호를 외쳤다. 승준이 희미하게 웃으면서 냠냠냠 먹는 시늉을 했다.

"전화도 좋지만 역시 얼굴 보고 싶다. 정신없이 바빠서 내 이름도 깜박깜박하는데 네 이름은 부적처럼 외우고 산다, 내가. 화담이, 우리 화담이하고."

"흐하하, 내가 승리의 여신이니까. 생화학 시험 보기 전에 북쪽을 보고 내 이름을 세 번 외치고 들어가. 이 몸이 널 지켜주겠노라."

"진짜 그래야겠다. 북쪽을 보고 세 번이라 이거지. 북쪽을 보고, 응…… 꼭 내가…… 응……."

승준이 뭐라고 더 웅얼거리긴 하는데 목소리가 잘 들리지 않았다. 별안간 혼선인가 하고 승준일 불러 보는데 저쪽에서 서윤의 목소리가 들려왔다.

"승준이 잠들었어. 목소리 들어서 좋은지 웃으면서 자."

살짝 어리둥절했던 것도 잠시, 화담이 웃으며 물었다.

"같이 공부하고 있었나 보네? 너희 집이야?"

"응. 오늘은 아무래도 잠을 좀 자게 해야 할 것 같아서 저녁 먹고 데리고 왔어. 도서관에서 뿌리를 내릴 기세라."

서윤은 의대 입학 후 공부에 전념하기 위해 대학가에 투룸을 구해서 독립했다. 시험 때문에 정신없어서 집에도 못 갈 즈음이면 승준도 가끔 거기 들러서 씻고 가거나 한다는 정도는 화담도 알고 있었다.

"승준이 번번이 우는소리 하는데 서윤이 네가 옆에서 보니까 알 거 아냐. 생화학, 정말 암담해?"

"음. 교수님이 대쪽 같긴 하시지. 그래도 F는 아닐 거야. 승준이 정말 혼신의 힘을 다하고 있거든. 이 정도로 근성이 있는 앤가 싶어서 가끔 놀란다니까."

"그치? 걔가 하기 전까지 머뭇거려서 그렇지 한다고 하면 아주 끝장을 보거든. 좋은 의사가 될 거야. 물론 서윤이 너도 그럴 테고."

"그러고 싶어. 아함. 미안, 화담아, 나도 졸려서 잠깐 눈 좀 붙였다 일어나야겠어."

"그래, 어서 자. 근데 저기 생화학 시험만 보면 너희 한가해지는 거야?"

"아니, 그건 최종관문일 뿐이야. 그 뒤가 첩첩산중…… 나도 지금 재시(재시험) 볼 게 두 과목이나…… 하아암."

졸려서 제대로 말을 못 잇는 터라 화담은 나중에 통화하자며 전화를 끊었다. 그리고 잠시 휴대폰을 응시했다.

"에잇, 무슨 생각을 하는 거야. 둘이 친구인데. 암, 공부하다 보면 친구 집에서 잘 수도 있고. 서화담, 너 이 녀석 머릿속이 불건전해!"

붕붕 머리를 젓고 씩씩하게 걸음을 내딛다가 통화하느라 잊고만 발의 상처가 다시 세게 쓸려서 화담이 펄쩍 뛰었다. 이번에야말로 물집이 확실히 터진 자리를 바라보다 임시대책으로 물티슈를 접어 엄지와 검지 사이에 끼워보는데 또 휴대전화가 진동했다.

"아직 안 자? 자라니까 그러네."

"……응?"

제대로 인사를 못하고 끊은 서윤이 다시 전화를 걸어온 줄만 알았던 화담은 저편에서 들려오는 목소리에 멈칫했다.

"벌써 자려던 중이야? 이제 여덟 신데……."

다현의 물음에 화담은 마른침을 삼키고 목소리를 밝게 띄웠다.

"난 또 승준인 줄 알고. 방금 통화했거든. 이틀 밤샘 공부하고 오늘은 안 되겠는지 막 한숨 잔다고 하더라고."

"그래? 열심이네."

"응, 열심이지. 의사는 아무나 되나."

화담의 자부심 섞인 대꾸에 다현도 그렇다고 맞장구친 뒤 어색한 침묵이 깔렸다. 화담이 발을 보며 왼발에도 물티슈를 끼울까 생각해보는데 다현이 먼저 입을 열었다.

"산에는 다녀왔어? 푸른이 말론 북한산 간다고 했다던데."

"응. 역시 산이 시원하더라."

"발은 괜찮아?"

다현의 질문에 화담이 정색을 하며 주위를 둘러보았다. 내 발에 난리 난 걸 어떻게 아는 거지?

"조리 신고 갔다고 해서. 아, 혹시 운동화도 챙겨갔어?"

"아니, 안 챙겼어. 뭐 슬슬 걸어다닐 만한 곳만 갔으니까. 어느 바보가 조리 신고 등산을 하겠어. 하하하."

그 바보는 여전히 경계의 기색으로 주변을 살피다가 이윽고 다현의 짐작일 뿐으로 결론짓고 등 너머 병원 건물에 시선을 못 박았다. 슬그머니 곤혹스러운 감정이 도사리며 고운 얼굴에 그늘이 졌다. 이왕 이렇게 된 거 전화로 끝장을 봐 버릴까.

하지만 쓴웃음과 함께 생각을 접었다. 아무리 달갑지 않다고 해도 사람 대 사람으로 마주보고 감정을 고백한 건데 그 끝맺음 정도는 마주보고 하는 게 도리라고 여겼다.

화담이 그리 고민하는 동안 전화기 저편의 다현은 말이 없었다. 이제 고민을 해결하자 그 침묵이 불편해 화담이 헛기침을 했다.

"나 아직 바깥이거든. 목도 마르고 뭣 좀 사 마셔야겠어. 형 뭐 할 말 있는 거 아니지?"

"그게……."

말꼬리 흐리지 마! 이상한 말이라면 제발 넣어둬! 얼굴 보고, 한 번에 끝내자고! 화담은 병원을 응시하며 강렬한 텔레파시를 보냈다.

"그냥 목소리가 듣고 싶었어."

"아……."

"나, 내일 퇴원할 것 같아. 아무튼 쉬어. 잘 자고."

조용히 전화가 끊겼다. 그의 전화임을 아는 순간부터 고대했던 순간이지만 조금도 후련하지 않았다. 무거운 짐을 산에 가서 얼마쯤 덜어내고 왔더니 방금 그 별것 아닌 말로 도로 잔뜩 쌓아올리고 말았다. 다현이 눈앞에 있으면 나한테 왜 이러는 거냐고 멱살이라도 잡고 흔들고 싶은 심정이다.

"혹시 날 괴롭히려고 짜낸 고차원의 모략인가? 북경으로 떠나기 전에 나한테 골칫거리를 안겨주려고……는 아니겠지. 아, 어쩌자고 오토바이 사고 같은 게 나서. 으아아아!"

꼬리에 꼬리를 무는 생각으로부터 달아나려고 그녀는 괴성을 지르며 내달렸다.

그 결과 아파트 앞 버스정류장에서 내렸을 땐 오른발을 거의 절룩거리며 걷고 있었다. 사는 동안 다시는 조리 같은 건 신지 않겠다는 엉뚱한 화풀이를 하며 터덜터덜 걸어가는 그녀의 옆으로 택시 한 대가 빠르게 지나쳐갔다. 그리고 진입로에 접어들 때쯤 그 택시가 돌아내려와 스쳐갔다.

관리비가 헉 소리 나게 비싼 아파트답게 깨끗하게 관리하는 진입로에 접어들어 이제부턴 맨발로 갈까 하고 조리를 벗어들고 몇 발짝 떼어 보았다. 확실히 편해서 흐헤엣 하고 바보 같은 웃음을 흘리며 고개를 드는 화담 앞으로 누군가 걸어왔다. 그녀는 옆으로 약간 비켜서 갈 길을 터주며 발을 내딛다가 다음 순간 우뚝 멈춰 섰다.

"……어?"

밤이 되었어도 더위가 완전히 물러가지 않았건만 지금 그녀가 보는 사람은 긴 소매 셔츠를 전혀 걷어 올리지 않고 입고 있다. 블랙 셔츠와 슬랙스, 그리고 조금만 흐트러져도 눈을 가리는 차양으로 둔갑하는 긴 앞머리가 찰랑찰랑……. 환하게 켜져 있는 가로등 불빛을 등 뒤로 후광처럼 드리우며 걸어오는 저 까마귀 같은 남자는—.

"어어어?"

저벅저벅 걸어와 두 발자국쯤 남기고 멈춰선 남자가 화담의 발을 턱으로 가리키며 말했다.

"그건 왜 그래?"

"어, 그게, 그게요, 산책 삼아 오후에 잠깐 나왔다가 북한산에 가고 싶어져서 갔는데, 가서 보니까 내가 조리를 신고 왔더라고요……."

"그랬는데 설마 그대로 등산을 했다는 이야기?"

"버스비 들여서 갔는데 그냥 돌아오는 건 아까워서."

"믿을 수 없어."

한 발자국 더 다가오며 남자가 고개를 내저었다.

"하고많은 것 중에 멍청함을 업그레이드하면 어쩌자는 거냐, 넌?"

한쪽 무릎을 굽혀 앉은 남자가 발을 한 번 들어보라고 툭툭 치는 대로 화담은 멍하니 오른발, 왼발 차례대로 들었다 내렸다. 남자는 두 발을 다 살펴보곤 눈길을 들어 그녀를 보며 혀를 찼다.

"몸 간수 제대로 안 할래? 물집 터진 데서 진물도 나는데 이 더러운 길을 맨발로, 대체 생각이 있어, 없어?"

"우와아."

야멸친 야단을 들으면 들을수록 화담의 어리벙벙한 얼굴에 놀라움이 퍼졌다. 그러다 갑자기 짝 하고 박수를 한 번 치면서 뒤로 물러났다.

"이 꿈 엄청 리얼하잖아! 자각몽인가? 오오, 마침내 나도 자각몽을 꾸는구나! 히야야, 짱이다!"

열광으로 들끓어 오른 화담이 함박웃음을 지으며 눈앞의 남자를 얼싸안았다. 부둥켜안고 마구 그의 머리카락에 뺨을 비벼본 뒤 얼굴을 들고 다시 그의 얼굴을 확인한 후 호탕한 웃음과 함께 감싸 안은 등을 두드려대며 말했다.

"Welcome, Mr. Cha! Long time no see! I missed you Soooooo much. How about you? Did you missed me?(어서 와요, 선배! 오랜만이에요. 나 선배 어어어엄청 보고 싶었는데, 선배는요? 나 보고 싶었어요?)"

"너 영어가……."

"Well, I' m good at English. I Know, I Know. HAHAHA!(영어 좀 하죠, 내가. 알아요, 알아. 하하하.)"

"대체 그 사투리 억양은 뭐야?"

"응? 과연 차인후. 내 꿈에서도 자기 캐릭터를 고수하네."

표정 하나 안 변하고 비판을 하는 것에 감탄하며 이어 화담은 눈앞에 있는 하얀 밀떡 같은 얼굴의 코앞까지 얼굴을 들이밀었다.

"사투리면 어떻고 아니면 어때요, 말만 통하면 되지. 그리고 기왕 나타난 거 칭찬을 좀 해보라고요. 어쩌면 6년 만에 보는 건데도 가시 같은 말만 툭툭. 선배 같은 사람 때문에 미인은 인물값 한다는 소리가 있는 거예요. 나 같이 착한 사람이 아무리 세상의 편견을 깨보려 해도 선배가 그 고정관념을 착실히 굳혀 놓으면 플러스 마이너스 제로가……."

말을 하면서 쿡쿡 인후의 입술을 눌러보고 더 나아가 양 볼을 움켜잡고 조물조물 가지고 노는 만행을 저질러 나가다가 왠지 모르게 화담은 뒷덜미가 서늘해졌다. 슬그머니, 요놈의 꿈이 너무 리얼해서 무서워지기 시작했다.

"원래 자각몽이 이런 건가, 어쩐지 소름이 돋네."

마주하는 인후의 눈이 너무 강하게 반짝여서 더 무서운 건지도 모르겠다. 아무튼 화담은 조몰락거리던 인후의 볼을 톡톡톡 두드려주며 물었다.

"Anyway, Mr. Cha, おげんきですか? 私, 先輩のことずっとかんがえてますよ. それでついにこんな夢まで見られるようになったんです…….(잘 지내고 있어요? 나 늘 선배 생각하고 있어요. 그랬더니 마침내 이런 꿈까지 꾸게 되네요.)"

거기서 피식 쓴웃음을 지었다.

"이렇게 생생하게 보는 데 6년이나 걸리긴 했지만 하늘이 사람 성의에 감동하려면 그 정도가 평균인가 보지. 아무튼 잊지 않고 살고 있어요, 선배. 아무리 멀리 떨어져 있어도 한 번 친구는 영원한 친구니까."

인후는 빤히 화담을 쳐다보며 눈을 깜박였다. 그 모습에 화담의 웃음기가 증폭되었다.

"이 말 면전에서 했으면 누가 누구 친구냐고 대뜸 면박했을 텐데. 아무래도 내 꿈이다 보니 필터링이 되나?"

"……천만에."

한숨을 쉬듯 중얼거린 인후가 천천히 손을 들어 아직도 자신의 얼굴을 감싸고 있는 화담의 두 손을 하나하나 떼어내며 자리에서 일어났다. 그에게 붙들린 손 때문에 화담도 덩달아 일어서는 모양새가 되었다.

"6년이나 지났는데도 여전한 네 꿋꿋함에 할 말을 잃었던 것뿐이야."

"오오? 별안간 내 칭찬? 왠지 이 꿈 진짜 무서운데?"

"칭찬으로 들려? 내가 꿋꿋하다고 한 건 네 그 촌뜨기 기질을 말하는 건데."

"뭐요, 촌뜨기?"

대번에 울상을 지은 화담은 그럼 그렇지 하며 혀를 찼다.

"고슴도치, 삐죽이, 투덜이 차인후가 암만 내 꿈이라고 해도 별안간 비단구렁이가 될 일 있겠어."

푸념에 이어 묵혀둔 원망도 기지개를 켰다.

"네, 차인후 씨. 서화담은 여전히 무주촌뜨기구요, 십 년, 이십 년 후에도 그럴 예정이랍니다. 그렇게 별 볼 일 없는 인간이니까 당신도 영국 간 뒤로 소식 한 자가 없는 거겠죠. 아무튼 만나서 반가웠네요. 이젠 꿈 그만 꾸고 쉴래요. 좀 피곤한 하루였거든요."

화담은 제법 쌀쌀맞게 인후를 외면하고 터덜터덜 걸어갔지만 이내 되돌아와서 인후의 어깨를 두드리며 활짝 웃었다.

"아프지 말고 잘 지내요, 선배. 그럼 안녕!"

비록 꿈에서라도 찝찝하게 헤어지는 건 싫다. 화담은 인후의 얼굴을 말똥말똥한 눈으로 올려다보다가 "참 잘생겼어."하고 새삼 감탄하고는 미련 없이 몸을 돌렸다.

여봐란 듯한 맨발에 한 손엔 조리를 흔들거리며 걸어가는 그녀를 인후는 눈을 세 번 깜박일 동안 지켜보았다. 그러다 머리를 내젓곤 발을 떼어 뒤따라갔다. 크게 내딛는 걸음마다 속도가 붙더니 화담의 옆에 이르렀을 땐 거의 뛰는 것에 맞먹었다. 그대로 화담의 앞을 가로막는가 싶더니.

"으아아?"

눈 깜짝할 새에 그녀를 오른쪽 어깨에 들쳐 메버렸다!

그리곤 곧장 걸어가는 인후의 어깨 위에서 화담은 "어어? 어어?"하고 아직 상황파악 못 하고 휘둥그레진 눈만 깜박거렸다.

아파트 로비에 들어선 인후가 엘리베이터까지 곧장 가서 버튼을 누르자 지하 1층에 멈춰 있던 엘리베이터가 금세 올라와 열렸다. 엘리베이터에 타고선 인후가 11층을 누르는 것을 화담은 뒤집힌 채로 몸을 뒤틀어 어찌어찌 보았다.

"뭐지, 이 현대판 변강쇠 같은 시추에이션은? 선배, 비록 꿈이긴 해도 이런 건 선배 캐릭터에 안 어울리는데요."

아직도 꿈 타령을 하는 화담 때문에 인후의 미간엔 살며시 줄이 생겼다. 그래도 이런저런 말없이 꾹 입을 다물고 엘리베이터가 11층에 다다르길 기다렸다.

이윽고 11층에서 내린 그가 집을 향해 걸어가며 "비밀번호는?"하고 물었다. 화담이 "그대로죠, 당근. 선배 집이잖아요."하고 대꾸하자 문 앞으로 가서 빠르게 도어락을 해제하고 안으로 들어섰다.

인후가 떠날 때 본 그대로 전혀 변화가 없는, 하물며 습도마저 그가 좋아하는 55프로에 맞춰진 집 안이 그를 맞이했다. 그는 곧장 거실로 향했고 책장을 마주보는 자리에 놓인 카멜색 소파에 짊어지고 있던 짐을 던지듯 내려놓았다.

"아이구야, 그냥 내가 알아서 서게 해주지 왜 사람을 집어던지고……."

널브러졌던 화담이 추슬러 일어나다 말고 흠칫 놀라 굳어졌다. 한 뼘 거리도 안 되는 지척에 인후의 얼굴이 보였다. 인후는 저도 모르게 뒤로 상체를 젖히는 화담의 정수리를 붙잡아 꼼짝 못하게 만들고서 말했다.

"오랜만이다, 서화담. 그러니 제대로 인사해줄게."

휘둥그레진 화담의 눈 속에서 인후의 얼굴이 더욱 가까워졌다. 무슨 인사를 이렇게나 가까이에서, 라고 생각한 순간 그녀의 입술을 덮어오는 부드러운 것이 있었다.

2권에서 계속.